Jenk Saborowski
Biest

PIPER

Zu diesem Buch

Der gefährlichste Computervirus der Welt gelangt in die Hände von Terroristen. Ein Anschlag, der bis gestern noch undenkbar schien, steht unmittelbar bevor. Mitten im Herzen Europas. Welche Rolle spielt der ehemalige Stasi-Funktionär, den der Journalist Marcel Lesoille in Tel Aviv fotografiert? Gemeinsam mit Agent Solveigh Lang von der europäischen Geheimpolizei ECSB verfolgt er eine Spur bis nach St. Petersburg und Berlin. Können sie gemeinsam die Katastrophe verhindern?

Jenk Saborowski, geboren 1977 im Taunus, studierte Publizistik und Germanistik, ging in der Boom-Zeit der New Economy nach New York und lebt heute als Unternehmer, Autor und leidenschaftlicher Hobby-Koch mit seiner Frau in München und Frankfurt. Fragen, Wünsche und Anregungen gerne an den Autor unter js@jenksaborowski.de

Jenk Saborowski

BIEST

Thriller

Piper München Zürich

Mehr über unsere Autoren und Bücher:
www.piper.de

Von Jenk Saborowski liegt bei Piper vor:
Operation Blackmail

Das »Biest« ist eine fiktive Geschichte. Ereignisse, Personen und Institutionen sind frei erfunden, jede Übereinstimmung mit der Realität wäre reiner Zufall.

MIX
Papier aus verantwortungsvollen Quellen
FSC® C083411

Originalausgabe
Januar 2013
© 2013 Piper Verlag GmbH, München
Umschlaggestaltung: Hafen Werbeagentur
Umschlagmotiv: cg Textures
Satz: Kösel, Krugzell
Gesetzt aus der Minion
Papier: Munken Print von Arctic Paper Munkedals AB, Schweden
Druck und Bindung: CPI – Clausen & Bosse, Leck
Printed in Germany   ISBN 978-3-492-30093-3

PROLOG

Moskau, Russland
Juni 2011

Die ausladenden Kronleuchter des großen Saals im Kreml funkelten heute nur für Freunde des ewigen Präsidenten. Der normalerweise für den Empfang von Staatschefs reservierte, riesige Raum mit auf Hochglanz poliertem, reich mit Intarsien verziertem Parkett und den höchsten Decken, die Russland zu bieten hatte, stammte aus einer Zeit alter Größe. Aber Zeit und Größe verloren von jeher an den riesigen Pforten des russischsten aller Gebäudekomplexe Moskaus ihre Bedeutung. Was letztere Einschätzung anging, hätte der Präsident im Scherz behaupten können, selbst die Lubjanka, jenes berühmt-berüchtigte KGB-Gefängnis, sei russischer als ausgerechnet der Kreml. Ein lautes Lachen wäre dieser Bemerkung zwangsläufig gefolgt, natürlich nur ein Scherz. Der heutige Abend unter handverlesenen Freunden des russischen Staatsoberhaupts, begleitet von sanften Streicherklängen und im funkelnden Licht der Kandelaber, war ein perfekter Anlass für solche intimen Scherze, deren Wahrheitsgehalt und ihre Undenkbarkeit zugleich die eigentliche Pointe bildeten.

Das Biest, von dem niemand, der noch lebte, wusste, warum er so genannt wurde, betrat den Saal in Begleitung seiner Gattin um genau 19.55 Uhr, wie ihm ein zufriedener Blick auf seine reich verzierte goldene Armbanduhr verriet. Er kannte das Protokoll immer noch gut genug, um pünktlich zu sein, ohne wie ein alberner Speichellecker zu wirken. Er lächelte seiner Frau zu und hoffte, dass sie die Verlogenheit dahinter nicht bemerkte, denn natürlich wäre er viel lieber mit Mascha zum Präsidenten gegangen. Seine Augen schweiften unauffällig durch den Saal, und er entdeckte jede Menge bekannter Gesichter. Kein Wunder, schließlich drängte sich die halbe neue Elite Russlands um die gigantische Tafel, die sich wie in guten alten Zeiten unter opulenten Platten mit erlesenen Köstlichkeiten bog und die in etwa achtmal so viel Essen aufbot, wie die versammelte Runde in einer Woche hätte vertilgen können. Heute Abend galten die neuen Gesetze nicht, die vorschrieben, dass sich die russische Seele an die westliche Kultur annähern sollte, um nicht gestrig zu wirken. Das Biest lächelte ob des kleinen, aber für den Präsidenten bedeutenden Signals. Diese Nacht galt als Signal für die tiefe Verbundenheit der alten Machtzirkel mit der neuen dünnen Elite, die wie smarte Investmentbanker aussah, sich gewählt ausdrückte und weniger Wodka trank. Sie erfüllten auch heute Abend ihre perfekte Zweckehe, die Ex-KGB-Funktionäre und die neuen Eigentümer ehemaliger Staatsunternehmen wie Gazprom und Vneshtorgbank. Eine neue Runde mit den gleichen Spielern und ihren Ziehsöhnen. Während das Biest darüber sinnierte, betrachtete er das lilafarbene Abendkleid seiner Gattin und stellte sich seine zweiundzwanzigjährige Geliebte darin vor, was seine Frau mit resignierter Miene zur Kenntnis nahm. Sie standen etwas abseits, am Rand des riesigen Saals, und er starrte mit leeren Augen in die Menge. Wieder einmal wurde ihm nur allzu deutlich, dass er zwar dabei sein durfte, aber dennoch weit davon entfernt war, zu ihnen zu gehören. Er stand in der zweiten Reihe zwischen den Stühlen. Auch er hatte im Westen studiert, aber eben nicht in Harvard oder Cambridge, sondern nur an der Columbia. Von Jelzin hatte er einst die größte Tankstellenkette des Landes und einen Futtermittelhersteller erschlichen, abgesichert über einen Kredit bei einer Bank, die dann in die Pleite gerutscht war. Nicht nur seiner, sondern die Kredite der meisten hier Anwesenden waren als nicht pfändbar eingestuft worden, worüber jeder unabhängige Wirtschaftsprüfer nur den Kopf geschüttelt hätte. Doch nicht so der Insolvenzverwalter jener Bank, der in diesem Moment auf der anderen Seite des Raumes stand und gelangweilt die Perlen in seinem Champagnerglas zählte. Die Unternehmen besaß das Biest längst nicht mehr, er hatte sie gegen lukrativere Beteiligungen eingetauscht. Er war schon immer das Deut cleverer gewesen, das ihn heute zum Außenseiter stempelte. Wortlos nahm er seine Frau am Arm und schob sie in Richtung der für sie vorgesehenen Plätze, etwa zwanzig Stühle vom Gastgeber entfernt. Wenigstens als er sich setzte, erntete er das eine oder andere Schulterklopfen, mehr gönnerhaft als freundschaftlich. Dabei besaß auch er selbst unermesslich viel Geld, er war nahe daran, ein Milliardär zu sein, zumindest auf dem Papier. Aber was zählte heute Abend schon eine Milliarde? In der Nähe des Präsidenten saßen Männer, deren Spesenkonto ähnlich viele Nullen aufwies wie sein gesamtes Investment-Portfolio. Als ihr Gastgeber endlich an sein Glas klopfte und ihn damit aus seinen selbstzerstörerischen Gedanken riss, tätschelte er als eine Geste des guten Willens den Saum des Kleids seiner Frau, sie lächelte ein wenig versonnen und ein wenig verächtlich. Ihr Tisch hatte kaum die erste Schicht des Kaviarbergs auf dem großen Tablett abgetragen, als ein alter Bekannter, der deutlich näher beim Präsidenten saß, unvermittelt aufstand und das Glas erhob: »Auf ein starkes Russland!«, prostete er in die Runde. Gelangweilt schloss er sich dem Prosit an. Offenbar führten sie einige Tische weiter eine deutlich interessantere Unterhaltung. Es war offensichtlich, dass der Trinkspruch für alle anderen aus dem Zusammenhang gerissen war.

»Meine lieben Freunde«, hallte plötzlich die kräftige Stimme des Präsidenten durch den Saal. »Wo er recht hat, hat er recht. Aber lassen Sie mich Ihnen ein Geheimnis verraten.« Wie immer klang seine Stimme nüchterner als die der anderen. Er hatte diese Symbiose eigens geschaffen, der Reichtum der smarten jungen Männer war sein Teil ihrer stillen Abmachung, die im Gegenzug unbedingte politische Loyalität verlangte. Diejenigen von ihnen, die sich gegen ihn gewandt hatten saßen im Gefängnis, wegen Steuerhinterziehung oder Hochverrats.

»Die Stärke Russlands ist heute mehr denn je in Gefahr. Der russische Bär ist müde geworden über die Jahre, der Hunger macht ihm zu schaffen, und die Einnahmen aus der Schaustellerei, die sich Weltzirkus nennt, sind auch nicht mehr das, was sie einmal waren.« Er lachte laut, während sich der Rest des Tisches betreten abwendete. Dabei hatte er natürlich recht. Er sprach nur aus, was die dekadenten Milliardäre am Tisch angesichts ihres eigenen Luxuslebens nicht mehr interessierte. Politisch und volkswirtschaftlich steuerte Russland auf die Bedeutungslosigkeit zu. In dem Maße, in dem die Rohstoffe an Wichtigkeit verloren, schwand die Zukunftsfähigkeit ihres Landes. »Das Einzige«, fuhr ihr Gastgeber fort, »das Einzige, was Russland wirklich helfen würde, wären explodierende Rohstoffpreise. Unsere einzige Rettung ist noch immer dieses wunderbare Land.«

Was meint er damit?, fragte sich das Biest. Er sollte es in der nächsten Sekunde erfahren, und diese Sekunde würde sein Leben verändern, obwohl er das zu diesem Zeitpunkt noch nicht ahnte. Denn der alte und nach einem beispiellosen Coup auch der nächste Präsident des Landes fuhr fort: »Ich bitte euch, darüber nachzudenken bei euren Geschäften und Transaktionen«, skandierte er wie bei einer launigen Rede zu einem dieser lächerlichen amerikanischen Charity-Dinner, »wie können wir sie dazu bringen, uns mehr für unsere wertvollen Güter zu bezahlen? Egal, mit welchen Mitteln.« Er lachte laut. »Auf unser wunderbares Land, meine Freunde.« Dazu streckte er das halb volle Wodkaglas vors Gesicht. Erst waren es nur vereinzelte Lacher, aber je mehr der Anwesenden die gelungene Mischung aus Scherz und aberwitziger Wahrheit bewusst wurde, desto mehr stimmten ein. Alle leerten ihre Gläser in einem Zug, und der Präsident lachte selbstzufrieden in die Runde. Das Biest hatte das Gefühl, dass sein Blick eine halbe Sekunde länger an seinen Augen kleben blieb als an allen anderen. Egal, mit welchen Mitteln? Er hatte doch nur einen Scherz gemacht, oder nicht? Er zog mit dem Messer eine Linie in den Berg aus Kaviar auf seinem Teller und zerschnitt abwesend einen der köstlichen Blini, den nächsten Trinkspruch hörte er kaum. Der brillante Verstand des Biests hatte angefangen zu arbeiten.

TEIL 1

Man muss wissen, dass es zwei Arten zu kämpfen gibt, die eine nach Gesetzen, die andere durch Gewalt; die erste ist die Sitte der Menschen, die andere die der Tiere. Da jedoch die erste oft nicht ausreicht, so muss man seine Zuflucht zur zweiten nehmen. Ein Fürst muss daher sowohl den Menschen wie die Bestie zu spielen wissen.

Niccolò Machiavelli
Der Fürst
1513

KAPITEL 1

Amsterdam, Niederlande
03. September 2012, 21.23 Uhr (drei Monate später)

Solveigh Lang lag rücklings auf der sehr unbequemen Chaiselongue in ihrem Wohnzimmer und versuchte, ein Buch zu lesen. Genauer gesagt versuchte sie, einen Western zu lesen, was sie zum einen noch niemals in ihrem Leben getan hatte und was ihr zum anderen auch niemals eingefallen wäre, hätte die Buchhändlerin in der Willemstraat es ihr nicht wärmstens ans Herz gelegt. Natürlich wusste ihre Buchhändlerin nichts von ihrem teils bis ins Abnorme gesteigerten Geruchsinn, sonst hätte sie ihr gerade diesen Roman wohl kaum empfohlen, denn er stellte das 19. Jahrhundert keineswegs verklärt dar, sondern so, wie es wohl war. Mit stinkenden Badehäusern, mannigfaltigen Geschlechtskrankheiten, die allerhand Beschwerden verursachten und die sich Solveigh nicht einmal vorstellen wollte, und eben mit Dreck, fauligen Tümpeln und ungewaschenen Huren. Ein gutes Buch, aber was ihre Nase anging, eine echte Herausforderung. Solveigh legte den Band beiseite und goss sich einen zweiten Schluck Rotwein ein, um ihren schärfsten Sinn zu versöhnen. Eine Strähne ihrer dunkelbraunen, gewellten Haare fiel ihr ins Gesicht. Sie setzte das große Glas an und sog die Aromen auf, der Wein duftete nach roten Beeren, reifer Pflaume und einem Hauch Grafit. Ein schwerer Wein, von dem sie hoffte, dass er sie ein wenig müde machen würde. Sie wusste, dass sie dringend Schlaf brauchte, sie war erst heute Morgen nach einem kräftezehrenden Einsatz in Krakau gelandet, und die stundenlange Abschlussbesprechung hatte auch nicht gerade dazu gedient, ihre Batterien wieder aufzuladen. Dafür konnte sie im eigenen Bett schlafen, was für Solveigh schon fast ein kleiner Luxus war. Ihr Job als Special Agent der Europäischen Sondereinheit ECSB, die sich mit paneuropäischen Verbrechen beschäftigte, brachte jede Menge Flugmeilen und Zugkilometer mit sich. Ihr Job waren die Täter, die sich um keine Staatsgrenzen scherten und die Tatsache auszunutzen wussten, dass Europol immer noch keine operativen Befugnisse erhalten hatte. Und es wurden immer mehr: Die Mafia, Schleuserbanden, Drogen, Terroristen, das war die Klientel der ECSB. Willkommen im vereinten Europa, murmelte sie in ihr Weinglas und warf einen Blick auf die Prinsengracht, an der sie eine kleine, aber durchaus schicke Wohnung in einem der typischen Amsterdamer Häuser bewohnte: schmal und mit einem spitzen Giebel, dessen Kran noch Anfang des letzten Jahrhunderts Waren und Güter in das jetzt ausgebaute Dachgeschoss gehievt hatte. Solveigh hatte die obersten beiden Stockwerke des Hauses angemietet, was deutlich luxuriöser klang, als es tatsächlich war: Zweiundsiebzig Quadratmeter heller Holzboden mit schwarz gestrichenen Deckenbalken und weißen Wänden. Aber immerhin ein selbst erarbeitetes Zuhause, so sah es Solveigh, die in einem Hamburger Problembezirk aufgewachsen war.

Die Prinsengracht lag in dichtem Nebel, den die Straßenlaternen kaum durchdrangen, und die vorbeieilenden Studentengruppen lachten dumpf zu ihrem spitzen Fenster herauf. Sie mochte dieses kleine Disneyland von einer Stadt inmitten der Kanäle mit den unentwegt klingelnden Fahrradfahrern und den windschiefen Gebäuden, die aussahen wie Puppenhäuser. Sie setzte gerade das Glas an, um einen weiteren Schluck Wein zu trinken, als ihr Handy klingelte. Sie griff nach links und fummelte in der Sofaritze nach der glatten Oberfläche. Eine SMS. Die Nachricht war von Marcel, er musste am Flughafen in Frankfurt umsteigen und wartete auf seine Maschine nach Tel Aviv, eine heillose Verspätung inklusive. Seine SMS waren seltener geworden, stellte Solveigh fest. Und weniger aufregend, mehr alltäglich. Am Anfang ihrer Beziehung, die nun schon fast ein Jahr dauerte, hatten sie sich fast täglich geschrieben. Solveigh während eines Einsatzes irgendwo in Europa und er in seinem alten Leben bei seiner Exfreundin Linda in seiner Pariser Studentenbude. Seitdem hatte er sich sehr verändert, größtenteils zum Positiven, vielleicht sogar durch sie. Sie schickte eine schnelle Antwort und wünschte ihm alles Gute für seinen ersten Auftrag. Als sie die Nachricht abgeschickt hatte, fragte sie sich, ob sie zu geschäftsmäßig geklungen hatte. Nachdenklich nahm sie noch einen Schluck Rotwein. Sie hoffte nicht, aber sie wusste es nicht mehr so genau, zumindest heute nicht. Solveigh merkte, wie der Wein sie schläfrig machte. Sie legte sich auf die Seite und starrte noch eine Weile hinüber zur Küchenzeile, wo die Uhr der Mikrowelle 23.04 anzeigte, als sie plötzlich ein vertrautes Geräusch wahrnahm. Sie bekam einen Anruf auf ihrem Laptop. Das leise Zirpen wurde langsam lauter. Das konnte nur Eddy sein, ihr engster Kollege und bester Freund, der vermutlich wie so oft bis spätabends im Büro saß. Der, dem sie diese Wohnung zu verdanken hatte und ihren Job bei der ECSB. Seufzend stand Solveigh auf und ging hinüber zu ihrem Schreibtisch, der genau vor der großen Fensterfront stand. Tatsächlich war es Eddy, dessen Konterfei sie bereits vom Monitor anlächelte. Allerdings nicht aus dem Büro, sondern offenbar aus einer Kneipe, im Hintergrund erkannte sie die langen Flaschenreihen seiner Lieblings-Tapasbar. Eddy Rames war Spanier und verzichtete als solcher ungern auf ein gutes, spätes Abendessen, auch wenn es hieß, dass er seinen Rollstuhl über die nicht behindertengerechte Treppe im Saragossa wuchten musste. Sie griff nach ihrer Brille, einem dickrandigen Designermodell, in dessen Gestell eine hochauflösende Kamera verbaut war. Es war ein wichtiger Teil ihrer Ausrüstung und diente normalerweise dazu, dass Eddy auf seinem Bildschirm in der Zentrale stets das sehen konnte, was sie bei einem Feldeinsatz vor Augen hatte. Heute würde es ihm etwas anderes zeigen. Solveigh setzte die Brille auf die Nase und lief die Treppe hinauf ins Schlafzimmer. Sie schaltete das Licht ein und zerwühlte das Laken. Der Laptop würde die Kamera als Signalquelle von alleine erkennen. Wunder der Technik, oder besser: der Militärtechnik, korrigierte sich Solveigh. Es hat schon seine Vorzüge, die gesamten Ressourcen der Europäischen Union anzapfen zu können, dachte Solveigh, als sie die Taste drückte, um das Gespräch anzunehmen.

»Eddy«, sagte sie mit gespielt vorwurfsvollem Ton. »Siehst du das da? Das ist ein Bett, mein Bett. Und weißt du, was hier nicht stimmt?« Ohne seine Antwort abzuwarten, sagte sie: »Richtig. Ich liege nicht drin. Eddy, was willst du?«

»Slang, hör zu, es gibt Neuigkeiten …«

Er nannte sie bei ihrem Spitznamen, so weit alles wie immer. Aber sein Tonfall ließ sie stutzen. Irgendetwas musste passiert sein, hier ging es nicht um eine ihrer durchaus üblichen längeren Abendunterhaltungen über das Chatprogramm der ECSB, das sich nicht nur für die Polizeiarbeit, sondern auch perfekt zum Schachspielen eignete.

»Was ist los, Eddy?«

»Sitzt du?«, fragte ihr Kollege, der sonst jedes Wort auf die Goldwaage legte und jedes Gramm davon zu viel als Verschwendung erachtete.

Solveigh hatte gelernt, ihm blind zu vertrauen, auch wenn sie keine Ahnung hatte, weswegen, in Gottes Namen, sie sich hätte hinsetzen sollen. Trotzdem ließ sie sich auf der niedrigen Kante ihres Betts nieder. Natürlich sah Eddy jede ihrer Bewegungen, sodass er nicht auf ihre Bestätigung warten musste.

»Er hat anbegissen, Slang.«

Solveigh wurde schlagartig hellwach und nüchtern. »Er, heißt, ER, oder?«, fragte sie flüsternd.

»Ja, Solveigh. Und diesmal kriegen wir ihn, das verspreche ich dir. Wenn ich mein Bier ausgetrunken habe, treffen wir uns im Büro, in Ordnung?«

Solveigh seufzte und griff nach ihrer Hose: »Manchmal

wünschte ich, an dem Klischee der entspannten Südländer ohne jede Arbeitsmoral wäre doch etwas dran.«

Aber natürlich hatte er recht. Wenn es um IHN ging, konnten sie sich keine Verzögerung leisten. Und keinen Fehler. ER war der Einzige, der die ECSB jemals geschlagen hatte. Und keiner von ihnen würde das jemals vergessen.

KAPITEL 2

Moskau, Russland
04. September 2012 (einen Tag später)

Dimitrij Sergejewitsch Bodonin legte den Ball auf den Elfmeterpunkt, und obwohl er nach siebenundachtzig Minuten bereits schwitzte wie ein Wasserbüffel auf der Flucht, lief es ihm jetzt eiskalt den Rücken hinunter. Er war der Kapitän, bei ihm lag die Verantwortung, gerade bei einem 0:1-Rückstand gegen ein erdrückend überlegenes Team. Und obwohl es bei der Klasse, in der ihr zusammengewürfelter Haufen antrat, um nichts weiter ging als Ruhm und Ehre an der Technischen Universität, spürte er dennoch die Last der Erwartungen auf seinen Schultern. Tonnenschwer. Und elf Augenpaare plus die auf der Bank, die sich in seinen Rücken bohrten. Noch einmal bückte sich Dimitrij zum Leder hinunter – nur um Zeit zu gewinnen – und drehte den Ball einmal in der Luft, um ihn auf dem gleichen Punkt wieder abzulegen. Er atmete tief ein, beugte den Oberkörper leicht nach links, um dem Torwart anzudeuten, dass er das rechte Eck wählen würde. Die Sonne trat hinter einer Wolke hervor. Zu spät. Er lief an, riss im vollen Lauf das rechte Bein nach hinten und drosch das Leder Richtung Kasten …

Zwanzig Minuten später standen die Mitglieder des Uni-Freizeitclubs FC Sehr Roberto unter der Dusche, und Viktor klopfte ihm aufmunternd auf die Schulter.

»Mach dir nichts draus, Dimitrij Sergejewitsch, das kann jedem passieren. Außerdem stand die Sonne wirklich beschissen.« Dimitrij glaubte dem üblicherweise Poloshirts tragenden Juppie kein Wort. Natürlich nahm er den misslungenen Elfer persönlich, Sonne hin oder her, aber er ließ es sich nicht anmerken. Schließlich gab es noch ein nächstes Spiel, und der Trupp sollte nicht von einem frustrierten Kapitän weiter demoralisiert werden. So lächelte er Viktor zu und drückte gedankenlos eine extragroße Portion Haarwaschmittel aus der Plastikflasche.

Auf dem Parkplatz lief ihm Viktor zum zweiten Mal über den Weg, die Haare frisch gegeelt, Sonnenbrille im Haar. Sie kannten sich noch nicht sonderlich gut, Viktor spielte erst seit zwei Monaten in ihrem Verein und studierte Wirtschaft und nicht Computerwissenschaften, wie die meisten anderen.

»Hey, Dimi«, nannte Viktor ihn bei seinem Kosenamen, der ihm verhasst war, aber auch das ließ er sich gegenüber seinen Freunden nicht anmerken, »sehen wir uns heute Abend im Prospekt?« Dimitrij seufzte innerlich. Während Viktor seine Sporttasche in einem scheinbar nagelneuen Golf verstaute, nutzte er die Zeit, um nachzudenken. Das Prospekt war ein unter Studenten sehr angesagter Klub, aber leider auch entsprechend kostspielig. Sein Budget als Sohn eines mittleren Angestellten und einer Russischlehrerin reichte für maximal zwei Besuche eines solchen Klubs im Monat. Und obwohl er schon an seiner Kandidatur-Dissertation schrieb, war er auf die Unterstützung seiner Eltern angewiesen.

»Hey, was ist das Problem?«, fragte Viktor und legte einen Arm um ihn. »Wenn es um die Kohle geht, mach dir keine Gedanken, mein Alter zahlt.«

Dimitrij blickte ihn skeptisch an, aber Viktor grinste nur verschwörerisch: »Er hat mir gesagt, ich könne mitnehmen, wen ich wolle. Sein schlechtes Gewissen, dass er sich so wenig um mich kümmert, weißt du?«

Dimitrij nickte. Was hätte er auch sonst tun sollen? Und wenn er ehrlich war, wollte er natürlich ins Prospekt. Die schärfsten Bräute an der Uni gingen ins Prospekt.

»Weißt du was?«, raunte Viktor ihm konspirativ zu. »Manchmal glaube ich, ich liebe sein schlechtes Gewissen mehr als ihn selbst.«

Vielleicht war er ja doch kein so schlechter Kerl, dachte Dimitrij auf dem Rückweg in seine Wohnung. Immerhin schien er mit der Kohle seines Vaters ganz okay umzugehen. Klar, er ließ es ein bisschen raushängen, aber bei Weitem nicht so schlimm wie viele andere. Ich muss dringend rauskriegen, wer eigentlich sein Vater ist, nahm sich Dimitrij vor und stellte in seinem Kopf schon einmal die Suchbefehle zusammen. Während er durch die grauen Betonklötze des Studentenwohnheims lief, schrieb er im Kopf dazu ein kleines Computerprogramm, das ihm vielleicht noch etwas mehr über Viktors Vater verraten würde. Das waren die Privilegien eines armen Studenten, aber immerhin eines Studenten der besten Hightech-Uni, die Russland zu bieten hatte.

———

Die Schlange vor dem Prospekt an diesem Abend war lang, die überwiegend jungen, gut angezogenen und vor allem gut aussehenden Menschen scharten sich fast den gesamten roten Klinkerbau entlang bis zur nächsten Straßenecke. Geduldig reihte sich Dimitrij am Ende der Schlange ein und flirtete mit dem Mädchen vor ihm, einer rothaarigen, zierlichen Kommilitonin, die er aus der Mensa kannte. Sie trug ein weißes Tanktop, einen sehr kurzen Rock und Schuhe mit den höchsten Absätzen, die Dimitrij je gesehen hatte. Sie amüsierten sich prächtig, und Dimitrij gelangte zu der Überzeugung, dass er sich bei ihr vielleicht sogar eine Chance ausrechnen durfte. Wenn nicht wieder einer dieser neureichen Schnösel mit den großen Autos und Brieftaschen so dick wie seine Doktorarbeit auftauchte und sie ihr im letzten Moment wegschnappte. Junge Russinnen, wie wahrscheinlich junge Frauen überall auf der ganzen Welt, konnten unglaublichem Reichtum einfach nicht widerstehen. Geld schon, kein Mädchen heiratete einen Mann seines Geldes willen, wenn er nur doppelt so viel verdiente wie sie. Aber die Sorte Reichtum, bei dem Geld keine Rolle mehr spielte, die Jachten, die Villen in Cannes, die Ferraris, das war etwas anderes. Die Schlange bewegte sich kaum, es konnte Stunden dauern, bis sie auch nur einen Fuß in den Klub setzen würden, aber Dimitrij genoss die Zeit mit Maja. Sie lachte gerade über einen seiner Scherze, als ihm jemand den Arm um die Schulter legte.

»Da bist du ja endlich«, begrüßte ihn Viktor. »Was ist los, wollen wir nicht reingehen? Komm mit!« Er zog ihn weg von Maja, aber Dimitrij wollte Maja auf keinen Fall alleine lassen.

»Maja kommt mit«, sagte Dimitrij bestimmt. Viktor zuckte mit den Schultern und lief vorneweg, an der gesamten Schlange vorbei bis zum Eingang. Als Viktor das schwarze Schirmchen am VIP-Eingang sah, unter dem dunkel gekleidete Türsteher die Arme verschränkten, wurde Dimitrij klar, warum sich Viktor aufführen konnte, als gehörte ihm der Club höchstpersönlich. Sie zierte das Logo der Wodkafabrik, bei der sein Vater als CEO arbeitete. Die neue obere Mittelschicht. Bei Weitem unterhalb der Oligarchen, aber für russische Verhältnisse astronomische Gehälter auf Westniveau, wie Dimitrij seit heute Nachmittag aufgrund eines Geschäftsberichts auf der Firmenwebsite wusste. Als die Security-Leute ihnen die Tür aufhielten, warf er einen Blick auf Maja. Sie sah sehr glücklich und stolz aus. In diesem Moment beschloss Dimitrij, dass es gut war, Viktor als

Freund zu haben, auch wenn er ihn anfangs für einen aufgeblasenen Schnösel gehalten hatte. Zu diesem Zeitpunkt machte er sich keine Gedanken darüber, welchen Preis diese Freundschaft mit ihren Privilegien haben könnte. Das kam später.

Tel Aviv, Israel
04. September 2012 (zur selben Zeit)

Der bis auf den letzten Platz gefüllte Airbus A 340 setzte mit über zwei Stunden Verspätung zur Landung an. Marcel Lesoille seufzte, als der Fensterplatz die Sandalen über seine blauen Socken zog, kaum dass der Pilot die Anschnallzeichen ausgeschaltet hatte. Pflichtschuldig schälte er seine 1,85 Meter aus dem engen Sitz und stand gebeugt im Gang, während neben ihm seine Mitreisenden eifrig die Fächer leerten, nur um eine Minute länger am Gepäckband warten zu dürfen. Um die Zeit zu überbrücken, nahm er seine Kamera aus der gewachsten Messenger-Tasche und prüfte zum dritten Mal auf diesem Flug, ob die Batterien der 5000-Euro-Leica voll und der Speicherchip leer waren. Jungfräulich wie seine erste Freundin, grinste Marcel und starrte wieder dem aufgeregten Ehepaar vor ihm auf die gestreiften Hemdrücken. Zwei Reihen weiter vorne weckte eine junge Frau seine Aufmerksamkeit, die dem Bild, wie er sich Israelinnen vorgestellt hatte, schon ziemlich nahe kam. Schwarze dicht gelockte Haare, ein olivfarbener Teint und sehr geheimnisvolle, rabenschwarze Augen. Und sie schien ihn auch bemerkt zu haben. Er lächelte ihr zu, und sie wich seinem Blick nicht aus. Da sich Marcel mit Frauenblicken auskannte oder sich das zumindest einbildete, nahm er an, dass sie an ihm interessiert sein könnte. Grüne Augen, Lockenkopf, einigermaßen in Form, normalerweise funktionierte es. Auch frühe erste graue Haare mit Ende zwanzig hatten daran bis jetzt nichts geändert. Aber ihrem flüchtigen Interesse folgte kurz darauf eine unvermittelte Kühle, eine Distanz, die bei ihrem nicht einmal existenten Flirt überhaupt nicht notwendig gewesen wäre. Ganz im Gegenteil. Sie wirkte viel zu persönlich betroffen, vollkommen unsinnig. Über die Schultern des Ehepaares versuchte er ihren Blick zu erhaschen, diese schwarzen Augen zu fixieren, ihnen zuzulächeln, nur den Bruchteil einer Sekunde lang. Aber sie war abgetaucht in eine andere Welt, die sich in weiter Ferne abspielte und in die ihr Marcel nicht folgen sollte. Als er sich Zentimeter für Zentimeter durch den engen Gang des überlangen A 340 schob und mit einem freundlichen Lächeln einem allein reisenden Asiaten den Vortritt ließ, dachte er für einen Moment an Solveigh. Sie hatte einen Auftrag in Osteuropa, irgendetwas Wichtiges, Unaufschiebbares. Wie immer. Er hatte sie seit zwei Monaten nicht mehr gesehen, nur einmal, für zwei Stunden auf ein sonniges Picknick im Jardin des Tuileries. Keine Frage, sie war eine tolle Frau, dachte er, während er weiter vorne nach dem dunklen Haarschopf Ausschau hielt. Sie hatten so vielversprechend angefangen: er, der verirrte Medizinstudent auf Sinnsuche, und sie, die aufregende Polizistin irgendeiner geheimen Sondereinheit der EU-Kommission. Und sie hatte ihn mit ihrer schieren Willenskraft und ihrem unerschütterlichen Glauben daran, dass man alles erreichen kann, was man will, auf den richtigen Weg geführt. Auf die richtige Schiene gehievt, würde Solveigh sagen. Und es stimmte. Vom ambitionierten Hobbyfotografen hatte er es bis zu einem Praktikum bei der angesehenen Zeitung L'Echo Diplomatique gebracht. Immerhin. Er war fast schon ein richtiger Fotojournalist. Und seine letzte Reportage hatte sogar einen Preis gewonnen. Keinen wichtigen, aber immerhin einen Preis. Aber sollte er deshalb leben wie ein verdammter Mönch? Schließlich wusste er ja auch nicht, wen sie im Rahmen ihrer ach so geheimen Aufträge alles mit ins Bett nahm, oder? Egal, sie ist sowieso verschwunden, dachte er, als er den dunklen Lockenkopf am Gate immer noch nicht wieder zu Gesicht bekommen hatte. Er zuckte mit den Achseln. Wir werden sehen, was das Leben uns bringt. Tel Aviv und seine Frauen schienen ihm jedenfalls eine aufregende Alternative zu sein, auch wenn er immer noch nicht wusste, was er von diesem Land und seiner Politik halten sollte. Zu widersprüchlich waren all die Positionen, die er dazu in den letzten Jahren gehört hatte, und er war froh, dass ihm seine Story die Gelegenheit geben würde, sich selbst eine Meinung zu bilden.

Nachdem er die Passkontrolle hinter sich gelassen und bei dem Grund für seine Reise zumindest nicht die volle Wahrheit angegeben hatte, sammelte er sein Gepäck ein und betrat die große Ankunftshalle, in der Taxifahrer und einige Nonnen auf ihre jeweils sehr unterschiedliche Klientel warteten. Ein weitverzweigtes Brunnensystem aus Edelstahl, über dessen Kanten ständig Wasser von einem halb offenen Rohr zum nächsten Becken plätscherte, verbreitete den Geruch von Chlor. Was für eine Symbolik: Das 1948 gegründete Israel begrüßte Einreisende mit einem Brunnen, der nach Chlor stank. Ob dies von den Entscheidungsträgern beabsichtigt gewesen war, als sie der Installation zugestimmt hatten, wagte Marcel zu bezweifeln. Er schoss ein paar Fotos aus der Hüfte, um nicht aufzufallen. Die Präsenz der Sicherheitskräfte wirkte auf eine passive Art bedrohlich. Und man konnte sich nicht sicher sein, ob es geduldet wurde, den Flughafen Ben Gurion zu fotografieren, der als eines der terrorgefährdetsten Gebäude der Welt galt.

Als er durch die vergilbten Automatiktüren in die Sonne trat, sah er sie wieder, die geheimnisvolle Schönheit von Sitz 45H. Sie lehnte an einem Pfeiler aus Beton gegenüber dem Eingang des Flughafenbahnhofs und rauchte eine Zigarette. Er hätte schwören können, dass sie ihm hinter der dunklen Sonnenbrille direkt in die Augen sah, aber sie ließ sich nicht anmerken, ob sie ihn wiedererkannt hatte. Marcel blieb nichts anderes übrig, als die Treppe hinunter zu den Gleisen zu nehmen, ihm fiel auf die Schnelle einfach kein guter Grund an, sie anzusprechen. Auf der fünften Stufe klingelte sein Handy: Solveigh. Vielleicht ist es besser so, dachte Marcel, kurz bevor er die Taste zum Annehmen des Gesprächs drückte, und nahm sich vor, die dunkelhaarige Schöne diesmal wirklich zu vergessen.

―――

Als Marcel am nächsten Tag in seinem einfachen Hotelzimmer aufwachte, schien ihm die Sonne durch die hauchdünnen Vorhänge direkt ins Gesicht. Er öffnete das Fenster und sah hinaus auf die viel befahrene Ben Yehuda, eine der Hauptverkehrsadern der Innenstadt, die parallel zur Strandpromenade Richtung Süden verlief und an der die meisten der günstigeren Hotels lagen. Da er weder Budget noch einen genauen Plan hatte, wie er seine Reportage über die israelische Sabotageaktion des iranischen Atomprogramms angehen sollte, beschloss er, einen Morgenlauf am Strand einzuschieben, um ein erstes Gefühl für die Stadt zu bekommen. Marcel liebte es, sich Städte joggend zu »erlaufen«, man schafft einige Strecke und kann sie trotzdem mit allen Sinnen genießen, anstatt in einem öffentlichen Verkehrsmittel oder einem stickigen Taxi festzusitzen, wobei sein Budget Letzteres ohnehin nicht hergegeben hätte. Eine Dreiviertelstunde oder 8,5 Kilometer später stand er erfrischt unter der Dusche und wusste, dass auch Tel Aviv das klägliche Ergebnis stadtplanerischer Ideen der Siebzigerjahre war, die überall auf der Welt die Strände von Großstädten am Meer verschandelt hatten. Dicht verbaut und mit einer überaus schnell befahrenen Straße zwischen Innenstadt und Promenade, die mutige Fußgänger nur mit einem gewissen Gottvertrauen in die Bremswilligkeit der Tel Aviver überqueren konnten. Den Rest des

Tages verbrachten Marcel und seine geliebte Leica in den Straßen der Stadt. Seinen Kontakt beim Mossad, dem israelischen Auslandsgeheimdienst, würde er erst morgen anrufen, er hatte die Maschine einen Tag früher als geplant erwischt, und so wusste niemand, dass er bereits im Land war. Zumindest dachte Marcel, dass niemand seine Ankunft wahrgenommen hatte.

Am Abend ließ sich Marcel am Tresen des Hotels ein Restaurant empfehlen und bekam ein Fischlokal auf der Dizengoff genannt, das sehr beliebt sei. Vor allem bei den Frauen, wie der einigermaßen schmierige Portier mit einem wissenden Grinsen ungefragt ergänzte. Achselzuckend fügte sich Marcel in sein Schicksal, wenigstens konnte er die Strecke vom Hotel locker laufen, und in die größte Shoppingmeile der Stadt hatte es ihn heute auch noch nicht verschlagen. Als er das kleine Lokal betrat, fiel sie ihm sofort auf: Dort saß an der Bar, hinter der sich die schlauchförmige offene Küche befand, sein Flirt aus dem Flugzeug, die langhaarige, sonderbare Schönheit, die ihn danach nicht mehr erkannt haben wollte. Sie war mit einer Freundin unterwegs, die beiden lachten ausgelassen. Marcel beschloss, diesen unglaublichen Zufall als Wink des Schicksals aufzufassen, und wählte einen Platz in der Ecke, sodass er ihr fast direkt gegenübersaß. Er bestellte einen Weißwein und grinste zu ihr herüber. Zwischenzeitlich schien sie ihre Erinnerung wiedergefunden zu haben, denn sie prostete ihm fröhlich zu, und als sich ihre Freundin eine halbe Stunde später verabschiedete, ergriff er die Gelegenheit beim Schopfe und lud sie auf ein Glas Wein ein, als Wiedergutmachung für die Verspätung ›seiner Airline‹. Auf ihren Hinweis, er sei doch nicht einmal Deutscher und wie er sich da für die Lufthansa-Verspätung verantwortlich fühlen könne, entgegnete er, dass Franzosen bei dem Versuch, eine schöne Frau kennenzulernen, noch keine Lüge je zu abwegig gewesen sei. Er fand es einen dummen Spruch, aber sie schenkte ihm ein fröhliches Lachen. Nach einem Hinweis auf die Überlegenheit der französischen Küche und dem beabsichtigten Protest ihrerseits schaffte er es wenig später, sie zu einem gemeinsamen Abendessen zu überreden.

Als der Hauptgang aufgetragen wurde, Pasta mit Meeresfrüchten, eine Empfehlung von Yael, wuchs in Marcel das eigentümliche Gefühl, dass er von ihr ausgefragt wurde. Das zweifellos charmanteste und attraktivste Verhör, das Marcel je erlebt hatte, aber nichtsdestotrotz ein Verhör. Sie wusste mittlerweile, dass er für den Echo arbeitete und hinter welcher Story er her war, sie wusste, dass er mehrere Jahre Medizin studiert hatte, bevor er sich seiner Leidenschaft, der Fotografie und dem Journalismus, gewidmet hatte, nur seine Beziehung zu Solveigh hatte er ihr verschwiegen. Er fragte sich, ob er für seinen neuen Beruf überhaupt geeignet war, denn er wusste bisher so gut wie nichts über sie, außer dass sie Yael hieß. Deshalb brachte er zwischen zwei Gabeln vorzüglicher Nudeln die Sprache auf sie. Er war wirklich gespannt darauf, wie sie reagieren würde.

»Was bedeutet eigentlich der Name Yael? Klingt irgendwie biblisch.« Was für ein dämlicher Versuch, schalt sich Marcel innerlich, aber Yael lachte ihn an.

»Nicht ganz falsch, mein liebenswerter Franzose. Yael taucht im Buch der Richter auf, sie vernichtete angeblich einen Feind Israels. Aber er bedeutet auch Bergziege.« Dazu legte sie den Kopf schief.

»Wie passend«, befand Marcel und pulte eine orangefarbene Muschel aus der Schale.

»Und was machst du, Yael? Also, ich meine, was arbeitest du? Oder studierst du?«, wollte Marcel wissen. Yael zögerte einen Moment zu lange, sodass Marcel klar war, dass sie irgendetwas vor ihm verbergen wollte. Vermutlich hatte sie einen Freund, der zu Hause auf sie wartete. Ihre Antwort verblüffte ihn trotzdem: »Wieso ist das wichtig, Marcel? Ja, ich studiere. Aber wieso möchtest du das wissen? Du musst noch viel über uns israelische Frauen lernen.«

»Ich denke, das könnte mir gefallen«, sagte Marcel und grinste.

»Und über unser Land«, fügte sie hinzu.

Marcel nickte: »Natürlich. Das ist der Grund, weshalb ich gekommen bin. Die Konflikte, eure Nachbarn, der Gazastreifen, der drohende Krieg, ich möchte so viel wie möglich über alles erfahren.«

Yael starrte auf ihren Teller und bemerkte nach einem nachdenklichen Bissen: »Um unser Land zu verstehen, ist es wichtig, unsere Geschichte zu kennen. Die frühe wie auch die jüngere. Wusstest du zum Beispiel, dass dieses Lokal hier«, sie deutete mit dem Finger auf die Bar, »einer der wichtigsten Kontaktplätze beim Zorn Gottes war?«

Operation Zorn Gottes. Marcel hatte seine Hausaufgaben gemacht. Unter diesem Decknamen hatte der Mossad in den Siebzigerjahren die Liquidierung der Olympia-Attentäter durchgeführt. Er schluckte und schüttelte den Kopf.

»Nein, natürlich nicht«, sagte er.

»Lass uns aufessen und über die schönen Dinge reden, und dann gehen wir spazieren. Glaubst du, es könnte dir gefallen, mit mir zu Ende zu essen, Marcel?« Sie sprach das ›c‹ kehlig aus, sein Name klang auf einmal sehr exotisch. Marcel hatte keine Einwände.

Zwei Gläser Wein und ein Dessert später, auf dem Yael bestanden hatte, schlenderten sie über den Rothschild Boulevard, sie hatte sich bei ihm untergehakt. Für jeden Außenstehenden mussten sie aussehen wie ein Liebespaar, das wie so viele andere in der lauen Septembernacht über die baumgesäumte Prachtstraße der Stadt schlenderte, die in der Mitte für Fußgänger reserviert war. Marcel versuchte immer noch die spezielle Stimmung dieser Stadt zu ergründen, aber er konnte nicht fassen, was ihn so faszinierte. Sie hatte ein hässliches Gesicht und strahlte trotzdem, sie lachte einem ins Gesicht – direkt und ohne an dir vorbeizuschauen. Selbst jetzt, in der Nacht, schaute sie dir direkt in die Augen, als wolle sie dich prüfen, und dir, wenn sie dich für gut befand, das Paradies bieten. Tel Aviv hatte etwas sehr Sexuelles, nicht im konkreten, mehr in einem eigentümlich indirekten Sinn. Wenn er jemals etwas Sinnvolles über diese Stadt schreiben wollte, würde er das besser formulieren müssen, dachte Marcel, als er ihr davon erzählte.

»Und du willst etwas über unser Land und den Iran schreiben?« Sie lachte und lehnte ihren Kopf an seine Brust, ihre Locken schmiegten sich an sein Hemd. Er legte eine Hand um ihre schlanke Taille und blieb stehen. Das Licht einer Laterne schien ihr auf die blauschwarzen Haare. Sie sah ihn an, ihre Lippen öffneten sich ein wenig, die Andeutung einer Einladung. Eine Einladung, die Marcel nicht ablehnen konnte, diese Affäre war unausweichlich, das hatte er in der Sekunde beschlossen, als er sie zufällig wiedergetroffen hatte. Als sich ihre Lippen wieder trennten, keuchte sie ein wenig.

»Hast du deshalb in dem Lokal auf mich gewartet?« fragte Marcel mit einem verschmitzten Lächeln.

Yael schien kurz irritiert zu sein. »Unter anderem«, sagte sie geheimnisvoll, und Marcel sah sie verwundert an. Irgendetwas an dieser anziehenden Frau stimmte nicht, aber ihm wollte partout nicht einfallen, was das sein könnte. Bevor er weiter darüber nachdenken konnte, legte sie ihm einen Finger auf die Lippen und zog sein Gesicht zu sich heran.

KAPITEL 4

Prag, Tschechische Republik
07. September 2012, 22.05 Uhr (vier Tage später)

Um exakt 22.05 Uhr betrat die brunette Mittdreißigerin die Lobby des Hotels Maria in der Prager Altstadt durch eine schwere Drehtür in der Mitte der Fensterfront. Die breitrandige Brille verlieh ihrem ansonsten sehr geschäftsmäßigen dunkelblauen Kostüm eine modische Note. Der Rock war eng, endete aber erst knapp unter dem Knie, ihre Bluse blütenweiß und der Ausschnitt nicht zu provokant. Sie hätte eine hochrangige Vertreterin einer Fluggesellschaft oder eines internationalen Lebensmittelkonzerns sein können. Allein der Inhalt ihrer braunen Ledertasche hätte alle diese ersten Eindrücke Lügen gestraft. Ihre braunen High Heels klackerten auf dem Steinboden, und einige der Geschäftsleute, die in den modernen Ledersesseln auf was auch immer warteten, blickten ihr hinterher, als sie an den Tresen des Concierges trat. Der Rest des ECSB-Teams arbeitete im Hintergrund fieberhaft an der Falle, die sie ihrem größten Widersacher stellen wollten, seit Monaten warteten sie darauf, dass Thanatos, Europas erfolgreichster Auftragskiller der letzten zwanzig Jahre, einen ihrer fingierten Aufträge annahm. Und es sah so aus, als hätten sie in Prag Glück gehabt. Es war eine heikle Mission, zumal sie ohne offizielles Mandat durchgeführt wurde, nur die tschechische Regierung war informiert. William Thater, der Chef der ECSB, hatte ihnen sämtliche Ressourcen der Organisation versprochen, als Thanatos im letzten Jahr einen Kollegen zum Krüppel geschlagen hatte, und er hatte Wort gehalten. Allerdings nicht, ohne sie immer wieder daran zu erinnern, wie vorsichtig sie vorgehen mussten.

Agent Solveigh Lang entschied sich für den Fahrstuhl, gemeinsam mit einem offenbar frisch verliebten Pärchen, das der Kleidung und ihrer Stimmung nach einen Opernabend oder Ähnliches hinter sich haben musste. Die Tür schloss sich überaus sanft, und noch bevor sich die Kabine in Bewegung setzte, knackste der Sprechfunk in ihrem linken Ohr: »Slang, nach wie vor keine Signatur«, meldete eine ihr wohlvertraute Stimme. Sie nickte kaum merklich, um den Kollegen über die Kamera in ihrer Brille mitzuteilen, dass sie verstanden hatte. Der Fahrstuhl bremste sanft und vermeldete mit einem dumpfen Dreiklang die Ankunft im vierten Stock. Unglücklicherweise stieg das Pärchen mit ihr aus, sodass ihr nichts anderes übrig blieb, als die Schlüsselkarte ihres Zimmers aus der Rocktasche zu ziehen, um den Eindruck zu erwecken, sie habe die Nummer vergessen. Erleichtert stellte sie fest, dass die angeschickerten Turteltäubchen den Westflügel bewohnten, während ihr Ziel gen Osten lag. Ohne ein erkennbares Zeichen von Eile steckte sie die Karte zurück in ihre Rocktasche, ihr eigenes Zimmer lag nicht einmal auf diesem Stockwerk. Während sie den langen Flur hinunterlief, war sie froh, dass der dicke Teppichboden alle Geräusche ihrer Schritte schluckte. Erneut knackte der Sprechfunk in ihrem Ohr: »Noch immer nichts«, vermeldete Eddy in gewohnt knappen Worten, und kurz darauf stand sie vor der Tür mit der Nummer 416. Solveigh atmete tief ein. Dann los, ermunterte sie sich und schob die Universal-Schlüsselkarte in den Chipleser. Ein kaum hörbares Klicken im Schloss und eine winzige grüne Leuchtdiode zeigten ihr, dass sie die Tür öffnen konnte. Ein letztes Mal warf sie einen Blick in den menschenleeren Korridor und zog die Jericho. Mit einem gleichmäßigen Schwung drückte sie mit der Hüfte die Tür auf und betrat das Zimmer des Killers, die Waffe im Anschlag.

Keine halbe Minute später wusste Solveigh, dass sich Eddys Sensoren nicht getäuscht hatten: Thanatos war nicht da, und obwohl diese Tatsache exakt ihrem Plan entsprach, war Solveigh beinah ein wenig enttäuscht darüber. Aber sie wusste, dass Rache kein besonders guter Ratgeber in ihrem Geschäft war, und sie zählte zu den besten Field Agents der ECSB. Eiserne Disziplin gehörte zu ihren wichtigsten Grundsätzen, und daher schluckte sie ihre Emotionen herunter, um sich ihrer eigentlichen Aufgabe zuzuwenden. Ihr Besuch in dem Hotelzimmer mit den blickdicht zugezogenen Gardinen hatte einen viel schlichteren Grund, als man es hätte erwarten sollen. Ihr Ziel war nicht der Attentäter selbst, sondern sein Gepäck. Und so durchsuchte sie nacheinander den Kleiderschrank und den kleinen schwarzen Rollkoffer, um seine Kleidungsstücke eins nach dem anderen zu katalogisieren. Die hochauflösende Kamera in ihrer Designerbrille verzeichnete ein Hemd nach dem anderen: das blaue, das weiße, das karierte, eine Baseballmütze, einen grauen Hut, vier Hosen und ein paar Schuhe. Das Wechseln von Schuhen gehörte auf der Flucht nicht zu den probaten Mitteln, etwaige Verfolger abzuschütteln, das Wechseln der Kopfbedeckung oder das Ausziehen eines Hemds, um zu einer zweiten Kleidungsschicht zu gelangen, hingegen schon, und sie mussten auf alles vorbereitet sein. Indem Eddy, ihr zweites Gehirn, in einem leer stehenden Apartment auf der anderen Straßenseite das Verschlagworten übernahm, hatte Solveigh binnen weniger Minuten, was sie brauchte. Beim Schließen des Koffers achtete sie peinlich genau darauf, alles exakt so zu hinterlassen, wie sie es vorgefunden hatte, ebenso beim Zurückhängen der Bügel an die offene Kleiderstange. Eddy, der sich die Aufnahmen ihrer Kamera vom Betreten des Raums jederzeit wieder anschauen konnte, korrigierte hier und da eine Kleinigkeit: »Der Bügel ganz links hing leicht schräg, sodass der Mantel die Schubladen berührt«, ermahnte er sie beispielsweise. Als Letztes widmete sich Solveigh einem einfachen, aber effektiven Klassiker im Spionagegeschäft: dem unsichtbaren Schloss. Da die Tür des Zimmers nach innen aufging, kam nur der Boden direkt davor infrage. Solveigh bückte sich und scannte den Teppich. Sie fand das sogenannte unsichtbare Schloss in Form eines abgebrannten Streichhölzchens, das vom Türblatt gefallen sein musste, als sie das Zimmer betreten hatte. Da ihr Eddy in diesem Fall nicht von Nutzen sein würde, testete sie mehrfach mit demselben Schwung, mit dem sie die Tür geöffnet hatte, und legte das Hölzchen schließlich etwa zwanzig Zentimeter vom linken Rand entfernt auf die Tür. »Thermo?«, fragte sie Eddy, von dem sie wissen wollte, ob der Gang auf ihrem Stockwerk leer war. »Negativ«, antwortete ihr Kollege, und so zog sie mit einem letzten Blick zurück ins Zimmer vorsichtig die Tür ins Schloss. Nicht einmal einer der meistgesuchten Auftragsmörder der Welt würde ahnen, dass jemand in diesem Zimmer gewesen war. Jemand, der nun wusste, auf welche Kleidungsstücke sie bei einer Verfolgung achten mussten, und jemand, der fest entschlossen war, Thanatos diesmal nicht entkommen zu lassen.

––––

Am nächsten Mittag saß Solveigh im Restaurant Francouská an einem Fensterplatz direkt hinter einem Aufkleber, der für ein günstiges Mittags-all-inclusive-Menü warb. Das Francouská bot Touristen einen riesigen, prunkvollen Jugendstilsaal, gehobene tschechische Küche und lächerlich überzogene Weinpreise mit Blick auf den Platz der Republik. Sie trug nicht mehr das dunkelblaue Kostüm, mit dem sie in dem Hotel kaum aufgefallen war, sondern eine Jeans, eine billige weiße Jacke und Turnschuhe. Während um sie herum die spärlich besetzten Tische auf einen sehr langsamen Kellner und ihr Essen warteten, wartete sie bei einem Glas Rotwein, das sie nicht anrührte, auf Thanatos. Ihre Geduld wurde nicht allzu sehr strapaziert, denn keine zwanzig Minuten später kündigte Eddy über den Sprechfunk an, dass er das Maria verlassen hatte. Thater, der in der Lobby des Hotels mit einem Blackberry scheinbar seine E-Mails beantwortete, hatte ihn identifiziert. Solveigh, die ihn draußen übernehmen sollte, knallte einen Fünfzigeuroschein auf den Tisch und schnappte sich ihre Handtasche, die wichtig war. Nicht nur, weil Frauen ohne Handtaschen zwangsläufig auffielen, sie enthielt auch ihre Jericho, da ihr selbst ein Schulterholster durch die auffällige Beule, die es zwangsläufig erzeugte, zu riskant erschien. Sie stellte sich vor das Schaufenster eines großen Einkaufszentrums, in dem eine neue, von einer Formel-1-Firma lizensierte Schuhkollektion beworben wurde, und beobachtete in der Spiegelung die Straßenseite gegenüber. Eddy leitete ihr die Information weiter, dass Thanatos das blaue Jackett und ein weißes Hemd trug. Er benötigte etwa zwei Minuten vom Hotel bis hierher, und es war der einzig logische Weg, denn am Platz der Republik trafen sich sämtliche öffentlichen Verkehrsmittel: der Taxistand sowie die Straßen- und die U-Bahn. Sie würde ihn nicht verpassen. Der Grund, warum sie ihn überhaupt aufwendig verfolgen mussten und ihn nicht einfach festnahmen, lag darin, dass sie ihm nach wie vor nichts beweisen konnten. Selbst das umfangreiche Archiv, das ein Kommissar in Stockholm über ihn angelegt hatte, reichte nicht für eine Verurteilung vor Gericht. Sie mussten ihn auf frischer Tat ertappen, und sie hatten die Falle, die heute zuschnappen würde, über Monate vorbereitet. Es war einer von fünf fingierten Aufträgen, die sie an Thanatos über Boten herangetragen hatten. Ihn direkt zu kontaktieren war schon einmal gründlich schiefgegangen, und so hatten sie ihre Fallen über aufwendig verschleierte Mittelsmänner ausgelegt. Und bei dieser einen hatte er angebissen. Bei der in Aussicht gestellten Summe hatte er wohl nicht widerstehen können, obwohl er immer weniger zu arbeiten schien. Die Frequenz der Attentate, die sie ihm zuschrieben, stagnierte seit Jahren. Auch Auftragsmörder gehen offenbar in Rente, vermerkte Solveigh, als sie plötzlich einen Mann bemerkte, der scheinbar ohne Eile auf der anderen Straßenseite an der Fassade des Francouská vorbeischlenderte, genau vor dem Fenster, hinter dem sie noch vor wenigen Minuten gesessen hatte. Am Eingang zur U-Bahn blinzelte er kurz in die Sonne, bevor er die Stufen hinuntereilte. Solveigh sprintete quer über den Platz, ständig auf der Hut vor losen Pflastersteinen, die hier an der Tagesordnung waren. Auf der endlos langen, mit Holzimitat vertäfelten zweiten Rolltreppe, die hinunter zum Bahnsteig der U-Bahn führte, holte Solveigh ihn ein. Sie hielt sich etwa fünfzehn Personen hinter ihm, während die Stufen sie mit unfassbar hoher Geschwindigkeit tief unter die Stadt trugen. Das Schöne an Verfolgungsjagden in Großstädten war die Tatsache, dass das gängige Klischee aus Agentenfilmen in keiner Weise der Realität entsprach. Es war für einen Verfolgten in urbaner Umgebung beinah unmöglich, einen gut geschulten Schatten zu bemerken. Allenfalls simple Ganoven verhielten sich derart fahrlässig, dass sie in die Luft starrten oder im Stehen eine Zeitung vors Gesicht hielten. Solveigh wusste das aus eigener Erfahrung, und sie gedachte heute ihre Trümpfe bis zur letzten Karte auszuspielen.

»Sieht so aus, als wollte er Richtung Süden«, sagte Solveigh auf dem Bahnsteig, geschützt von einer beleuchteten Reklametafel. »Wo ist die Zielperson?«

»Auf dem Weg zum Gericht, wie abgesprochen. Glaubst du, er will dort zuschlagen?«

»Keine Ahnung, ich halte es nach wie vor für die unwahrscheinlichste Variante.«

»Bleib an ihm dran«, mischte sich Thater für seine Verhältnisse recht harsch ein. Er war der größte Verfechter der Gerichtstheorie. Es gehörte zum Wesen der ECSB, dass unterschiedliche Meinungen nicht wegdiskutiert, sondern akzeptiert wurden. Sie waren auf alle Möglichkeiten vorbereitet, die ihnen ein Team von über zwanzig Attentatsexperten anhand des Terminkalenders des Staatsanwalts ausgearbeitet hatte. Eines Terminkalenders, der dank der absichtlichen Unachtsamkeit seiner Sekretärin für fünf Tage nicht wie sonst üblich im Safe seines Büros eingeschlossen worden war. Am zweiten Tag hatten Solveigh und Eddy vom Büro darüber aus beobachtet, wie jemand eingebrochen war. Sie hatten nicht eingegriffen, denn sie hatten Thanatos erst dadurch genau dort, wo sie ihn haben wollten. Eine Stunde und eine der langweiligsten Verfolgungsjagden, die Solveigh jemals erlebt hatte, später war klar, dass er gar nicht daran dachte, den Staatsanwalt vor Gericht zu ermorden. Er irrte scheinbar ziellos durch die Straßen, fuhr im Kreis, nahm die Straßenbahn erst in die eine Richtung und dann wieder zurück, kaufte einmal Sandwich mit Hühnchen und Blauschimmelkäse und rauchte unablässig. Manchmal glaubte sie sogar den scharfen Tabak riechen zu können, wie kalter, verbrannter Dung. Solveigh hatte gerade die letzte Schicht Kleidung gewechselt und ein Baseballcap tief in die Stirn gezogen, als sie das Gefühl beschlich, an dieser Straßenecke schon einmal gewesen zu sein. In dieser Gegend gab es hauptsächlich unbedeutende, vom Smog stark verrußte Verwaltungsgebäude, Touristen verirrten sich kaum in diese Ecke, obwohl sie kaum zehn Minuten von den lebendigen Kopfsteinpflasterstraßen der Altstadt entfernt lag.

»Such nach Überschneidungen mit dem Terminkalender, hier in der Nähe waren wir heute schon«, bat sie ihren Kollegen, der vor einem leistungsstarken Rechner saß.

»Schon passiert, Slang«, vermeldete Eddy, dem der seltsame Zufall offenbar auch nicht entgangen war. »Gleich um die Ecke liegt das Restaurant, in dem er … warte kurz … nächsten Freitag mit dem Wirtschaftsattaché der deutschen Botschaft zu Abend essen wird.

»Der Attaché, das war eine Frau, oder nicht?«

»Ja, Dr. Andrea Falk, um genau zu sein.«

»Besorg uns Bilder, Eddy.«

Solveigh grinste, während sie zum vierzigsten Mal an diesem Tag die Straßenseite wechselte. Sie würden den Attaché einer europäischen Botschaft niemals wissentlich einer derartigen Gefahr aussetzen, sie war nicht eingeweiht, im Gegensatz zum Staatsanwalt, der freiwillig kooperierte. Und deshalb würde er an jenem Abend nicht mit einer deutschen Diplomatin speisen, sondern mit einem Agenten der europäischen Geheimpolizei ECSB. Solveigh freute sich beinahe ein wenig auf den Abend.

Dubrovnik, Kroatien
12. September 2012, 13.28 Uhr (fünf Tage später)

Die Septembersonne stand hoch am Himmel, als der alte Mann in einem weißen Sommeranzug durch das ehemalige Tor der mittelalterlichen Steinmauer in den Hafen trat. Blinzelnd setzte er die Sonnenbrille auf – seine Augen vertrugen die Sonne nicht mehr so gut wie früher – und suchte ein vertrautes Gesicht. Als er seinen Mann gefunden hatte, der wie verabredet in einem der beiden Restaurants an einem Tisch saß, nickte er kaum merklich. Der kleine alte Hafen der Stadt, in dem hauptsächlich die winzigen Nussschalen der Einheimischen und Wassertaxis anlegten, die jene Horden von Touristen zwischen Dubrovnik und den Inseln hin- und herschipperten, war zum Bersten voll, was Thomas Eisler nur recht sein konnte. So würde er trotz seiner wie immer makellosen Garderobe nicht auffallen. Nicht, dass es etwas bedeutet hätte, vermerkte er für sich. Der gefährliche Teil der Reise war vorüber. Das einzig Gefährliche an Dubrovnik waren die Taschendiebe und der Mann, mit dem er verabredet war. An einem kleinen Stand aus eilig zusammengezimmerten Spanplatten mit einer sehr aufwendig frisierten Frau dahinter kaufte er ein Ticket nach Cavtat, einem Ort etwa zehn Kilometer die Küste hinunter, dessen Exklusiviät sich an der kleineren Touristenschar und der Nähe zum Flughafen bemaß. Eisler wusste, dass nicht nur sein Auftraggeber, sondern viele neureiche Russen hier ihre Boote ankern ließen. Als das Wassertaxi ablegte, warf er einen Blick auf seine Mitreisenden, bei denen es sich ausnahmslos um harmlose Touristen handelte. Eine etwa dreißigjährige Frau mit mintfarbenem Top schoss Fotos von ihrer Mutter und war wohl drauf und dran, ihn um einen Schnappschuss zu bitten. Thomas Eisler tat so, als läse er den informationsarmen Prospekt, den ihm die Frau mitsamt seiner Fahrkarte in die Hand gedrückt hatte. Nachdem ihr Schiff den engen Hafenbereich verlassen hatte, hob sich der Bug aus dem Wasser, das mintfarbene Top widmete sich ihren Fotos, und Thomas Eisler starrte in die schäumende Heckwelle. Ihre Fahrt führte sie an der Küste entlang. In den Bergen dahinter häufte sich der Anblick von verlassenen Hotelanlagen, die man leicht für intakt hätte halten können, würde nicht allen Fenstern das Glas fehlen, das zwangsläufig die Sonnenstrahlen reflektiert hätte. Er machte eine mentale Notiz, sich einige der Grundbucheinträge anzuschauen. Verlassene Gebäude dieser Größenordnung, für die sich seit Jahrzehnten niemand mehr interessiert hatte, konnte man in seinem Gewerbe immer brauchen.

Als sie eine halbe Stunde später Cavtat erreichten und Thomas Eisler von dem schwankenden kleinen Kahn auf die Kaimauer des Jachthafens sprang, wobei zu seinem Missfallen seine Knie schmerzten, war es fast Mittag. Zu seiner Linken lagen am Heck vertäute Luxusjachten, an deren Masten große Fahnen traurig im lauen Wind hingen, zu seiner Rechten erstreckten sich die Liegeplätze für die einheimischen Boote, kleine Segeljachten und einige Motorboote. Er warf einen Blick auf seine Uhr: zu früh für seine Verabredung, also beschloss er, die Promenade abzulaufen und einen Kaffee zu trinken. Um exakt zehn Minuten vor eins stand er wieder an demselben Platz, nur dass diesmal kein öffentliches Wassertaxi auf ihn wartete. Mit der rechten Hand die Sonne abschirmend, warf er einen Blick über das Wasser und entdeckte kurz darauf ein kleines weißes Motorboot, das auf ihn zuhielt. Keine zwei Minuten später tuckerte der PS-starke Außenborder im Leerlauf am Pier, und zwei muskulöse, sonnengebräunte Arme halfen ihm beim Einstieg. Eisler bedankte sich artig und ließ sich auf der ledergepolsterten Rückbank nieder, als sein Skipper das Beiboot auf Kurs brachte. Sie hielten Kurs auf das offene Meer, aber ihr Ziel lag viel näher. Anatoli Kharkovs Jacht, oder besser gesagt, die Firmenjacht der Wodkafabrik, war zu groß für den Hafen, und so ankerte sie in der Bucht davor, fernab von neugierigen Blicken der Touristen oder, was noch viel schlimmer wäre, der Boulevardpresse. Eisler wusste, dass vor Kurzem noch das Schiff eines echten Oligarchen hier gelegen hatte, was Anatoli sicher verärgert hätte, denn es war noch einmal um ein Vielfaches größer als sein eigenes. Thomas Eisler grinste innerlich bei dem Gedanken, als der braun gebrannte Steward das Schlauchboot am Heck der 40-Meter-Jacht vertäute, vor allem da er bei seinen intensiven Recherchen über seinen neuen Arbeitgeber herausgefunden hatte, dass die Firma sie oft über eine sehr diskrete Agentur aus Monaco zum Chartern anbot. Oder wohl eher anbieten musste. Er wartete nicht darauf, dass ihm wieder jemand an Bord half, sondern hievte sich eigenhändig auf das Teakholz der Badeplattform und kletterte über die kurze Leiter an Deck. Ein weiterer Steward in weißer Uniform erwartete ihn bereits:

»Herzlich willkommen an Bord der Annabelle, Mr Eisler. Mr Kharkov erwartet Sie bereits, wenn Sie mir folgen möchten?«

Der Engländer stakste vorweg, wahrscheinlich fanden sie die Blasiertheit schick, ein Stück altes Geld auf einem Kahn, finanziert von neuem und dafür umso mehr davon. Oder seine Frau stand auf den Engländer, sie kümmerte sich um das Personal. Dies zu wissen gehörte ebenso zu Thomas Eislers Arbeitsverständnis wie die Tatsache, dass der Mann in dem Café in Dubrovnik darauf wartete, dass er wohlbehalten von der Jacht zurückkehrte. Bei Kharkov konnte man nie wissen. Zum wiederholten Mal fragte sich Eisler, wie es möglich war, dass er trotz bester Kontakte niemals hatte herausfinden können, wer seine wahren Auftraggeber waren. Eindeutig war nur, dass es nicht der Vorstandsvorsitzende der Wodkafabrik sein konnte, dafür reichte sein Einfluss bei Weitem nicht aus. Der Steward blieb vor einer verspiegelten Glastür auf dem Oberdeck stehen. Er musste nicht klopfen, denn sie glitt zur Seite, kaum dass sie sie erreicht hatten. Anatoli betrat die Sonnenterasse, weiße Hosen und ein rosafarbenes Poloshirt, das stark spannte und sein sonnengerötetes Gesicht noch betonte. Offenbar hatte er seinen hellen slawischen Teint etwas zu lange der Mittelmeersonne ausgesetzt. Der Russe begrüßte ihn mit einem festen Händedruck und einem abschätzenden Blick. Sie hätten ein wundersames Paar abgegeben, wenn jemand sie beobachtet hätte, die fünfzigjährige Leuchtboje und der alte sehnige Mann im feinen Sommeranzug. Eisler lächelte dünnlippig, Anatoli hatte keinen Grund, nervös zu sein. Im Gegenteil. Sie setzten sich auf eine bequeme Eckbank unter einen Sonnenschirm, sein Jackett legte er ordentlich gefaltet über die Lehne. Nachdem er einen Drink dankend abgelehnt hatte, waren sie alleine, und Anatoli kam ohne Umschweife zur Sache. Hinter seinem roten Gesicht glitzerte das Mittelmeer von der Sonne, und die seichten Wellen kräuselten sich in der Bucht.

»Wie lief es in Israel?«, fragte der Russe und nippte an einem Pimm's mit viel Eis. Für einen kurzen Moment ruhten seine Augen auf Eisler, der in diesem Moment begriff, dass dieser Mann nicht nur über einen messerscharfen Verstand verfügte, sondern auch überhaupt keine Skrupel kannte. Der Kontrast zwischen diesen ausdruckslosen Augen und dem bunt-fröhlichen Jetset-Drumherum hätte krasser kaum ausfallen können.

»Zufriedenstellend, Mr Kharkov. Absolut zufriedenstellend.«

»Also haben Sie das Virus?«

»Es ist kein Virus, Mr Kharkov. Es ist Schadsoftware. Wenn Sie einen griffigeren Ausdruck bevorzugen: ›Wurm‹ trifft es etwas besser.«

»Das weiß ich selbst«, bellte der Russe verärgert. »Und Sie sind sich sicher, dass es der echte ist?«

»Wenn der Mossad-Agent echt war, ist der Wurm es auch … Und glauben Sie mir, Mr Kharkov, ich erkenne einen Agenten, der ein doppeltes Spiel spielt«, stellte er fest und legte sein Telefon in die Mitte des Tisches. Er wusste, dass wiederum der Russe wusste, dass er bis zum Ende der DDR der erfolgreichste Spionageabwehroffizier der Stasi gewesen war, jener Organisation, die noch heute von allen Geheimdiensten der Welt für ihre Effizienz bewundert wurde, auch wenn sie den Staat, den sie hatte schützen sollen, letztlich durch die unglaublichen Kosten in den Ruin getrieben hatte. Der Anteil am Staatshaushalt hatte – alle bei anderen Ministerien versteckten Budgets eingerechnet – am Schluss bei über fünfzehn Prozent gelegen. Ein unglaublicher Kostenfaktor, den der Arbeiter- und Bauernstaat unmöglich hatte weiterführen können, er war unrettbar verloren gewesen, noch bevor die Menschen mit ihren Demonstrationen in Leipzig und Dresden den friedlichen Umsturz eingeläutet hatten. Glücklicherweise galt das nicht für die Offiziere jener Organisation, noch heute gab es Konten, welche die Bundesrepublik nie gefunden hatte. Und es gab neue Arbeit, so auch für Thomas Eisler.

»Daran zweifele ich ja gar nicht, Eisler«, riss ihn Anatoli aus seinen Gedanken. »Ich wusste, dass Sie das schaffen. Ist es da drauf?« Er blickte auf das Telefon in der Mitte des Tisches. Eisler nickte. Anatoli Kharkov nahm das Telefon in die Hand und wog es, wie um seinen Wert zu bestimmen. Dann nickte er anerkennend: »Gut gemacht, Eisler. Sie haben Ihren Bonus verdient. Und Sie fahren weiter nach Berlin, um sich um den Rest zu kümmern?«

»Selbstverständlich, Mr Kharkov. Wie besprochen. In drei Monaten sind wir einsatzbereit. Gesetzt den Fall, dass Ihre Leute das mit dem Wurm hinbekommen.« Thomas Eisler warf einen skeptischen Blick auf das Telefon, das in der riesigen Hand des Russen beinahe verschwand.

»Darüber machen Sie sich keine Sorgen. Ich habe genau den richtigen Mann dafür, und er wird bald so weit sein.«

In dem Moment betraten zwei junge Männer das Sonnendeck in tropfnassen Badehosen. Anatoli winkte sie zu sich und raunte Eisler zu: »Na, was für ein Zufall. Wenn man vom Teuf… Jungs, darf ich euch Thomas Eisler vorstellen? Ein Geschäftspartner aus Deutschland.«

Die beiden Jungs wirkten höflich, wobei der eine deutlich selbstbewusster auftrat als der andere. Er vermutete, dass es sich bei ihm um Anatolis Sohn handelte.

»Das sind mein Sohn Viktor und sein bester Freund Dimitrij. Sie studieren zusammen und sind für das Wochenende rübergeflogen«, bestätigte Anatoli seine Vermutung. Der Sohn und der Freund. So, so. Er gab ihnen höflich die Hand.

»Und was studieren Sie, Dimitrij?«

»Fortgeschrittene Computertechnologie an der MSTU«, antwortete der Junge und blickte zu Boden. Er konnte kaum fünfundzwanzig sein.

»Und in welchem Semester?«

Anatoli mischte sich ein, wahrscheinlich ärgerte er sich, dass er nicht nach den akademischen Leistungen seines Sohnes fragte: »Er macht gerade seinen Doktor. Mit vierundzwanzig, das muss man sich mal vorstellen. Der Junge ist fast so etwas wie ein Genie!« Dabei legte er den Arm um die Schultern der beiden und drückte sie so fest an sich, als wollte er sie zerquetschen. Anatoli lachte, und Thomas Eisler ahnte, warum. Er selbst hielt nicht viel von jungen Leuten, noch hätte er so einem Jungspund jemals einen derart heiklen Teil ihrer Mission anvertraut. Aber er musste zugeben, dass sie wahrscheinlich

mehr von Computern verstanden als seine gesamte Söldner-
truppe.

Ihr geschäftliches Gespräch war ebenso effizient beendet worden, wie es begonnen hatte. Vielleicht hatte Anatoli seinen Posten doch nicht ganz zu Unrecht zugeschanzt bekommen, wenn
auch möglicherweise von noch unangenehmeren Zeitgenossen,
als er selber einer war. Erst als Eisler wieder in dem Boot saß,
das ihn nach Cavtat brachte, dachte er an den Mann, der schon
auf ihn wartete. Sein Back-up, im wahrsten Sinne des Wortes,
denn auf dessen Telefon befand sich eine weitere Kopie von
Stuxnet, falls sein Handy durch einen unglücklichen Zufall zerstört worden oder ihm etwas zugestoßen wäre. Eigentlich hätte
Eisler es zerstören sollen, aber sein Bauchgefühl sagte ihm, dass
es nicht schaden könnte, das Back-up noch ein wenig zu behalten. Man konnte nicht genügend Back-ups haben in seinem Geschäft, dachte er und hielt die Nase in den Fahrtwind.

———

Das Biest nahm den regulären Wasserbus, er hielt nichts von
Auffälligkeiten und Statussymbolen zur falschen Zeit am falschen Ort. Er hatte Kharkovs Jacht gestern Abend vom Ufer in
Cavtat aus betrachten können, protzig und mit am Heck vertäu-
ten aufgeblasenen Bananen und Jetskis für seinen verwöhnten
Jungen. Er verachtete ihn dafür. Aber er brauchte ihn, diesen
neureichen, zweitklassigen Manager, dessen Loyalität außer
Frage stand. Nachdem das schwerfällige Boot, das im Halbstun-
dentakt von Dubrovnik auf die Insel vor der Küste fuhr, sanft
gegen die Bojen am Pier geschaukelt war und der Ticketabrei-
ßer kaugummikauend die Leinen vertäut hatte, betrat er mit
etwa vierzig weiteren Passagieren das Naturreservat, das Ein-
tritt kostete und deshalb gut besucht, aber nicht von Touristen
überschwemmt war. Die meisten der Neuankömmlinge trugen

Flipflops, Strandlaken unter dem Arm und schnatterten dummes Zeug. Das Biest konnte sie schon jetzt gut leiden, sie würden den Mann mit dem etwas zu teuren weißen Hemd und den Kakies schnell vergessen. Er wartete bei einer Cola auf der Terrasse des hiesigen Restaurants, das eher als Kiosk bezeichnet werden musste. Es störte ihn nicht, einen Tag lang den Touristen zu mimen, wenn es seinen Zwecken diente. Und die Verbindung zwischen ihm und Kharkov durfte niemals ans Licht kommen, das war einer der wichtigsten Teile seines Plans. Nur deshalb betrieb er diesen Aufwand. Als sich der dicke Russe schwitzend und schnaufend den Weg hinaufschleppte, ging er ihm ein Stück entgegen und lächelte. Auch das war wichtig.

»Gehen wir ein Stück«, schlug er vor, nach einer Begrüßung, die Kharkov als herzlich empfunden haben dürfte.

Der Wodka-CEO wischte sich den Schweiß von der Stirn, beeilte sich aber, mit ihm Schritt zu halten. Sie nahmen den Weg hinauf zu den verfallenen Mauern eines Klosters, zu jenem Teil, den die Touristen mieden, weil die Klippen steil und der Weg zu weit war. Nach einigen Biegungen verschluckte ein Dickicht aus grünen Bäumen und Sträuchern sie und der Weg wurde steinig.

»Läuft alles nach Plan?«, fragte das Biest.

»Natürlich«, beeilte sich Anatoli zu versichern. »Ich habe das Virus sogar schon heute geliefert bekommen. Ich hatte Ihnen doch gesagt, dass auf Eisler Verlass ist.«

Das Biest zog eine Augenbraue nach oben. »Und die Teams?«

»Sind unser nächster Schritt. Ich habe Eisler die komplette Organisation übertragen, was diesen Teil des Plans angeht. Er ist Deutscher und einfach näher dran. Ich dachte, es wäre sicher auch in Ihrem Interesse, wenn wir etwas Abstand halten.«

Der Weg führte in einem langen Schwung an der Ostseite der Steilküste entlang. Unter ihnen rauschten die Wellen gegen die Felsen. Der Blick auf das dalmatinische Festland war atemberaubend. Ein gigantisches Kreuzfahrtschiff, das im Schatten der Insel vor Anker gegangen war, verabschiedete sich mit einem lauten Dröhnen seines Horns.

»Sicher«, antwortete das Biest. »Ich bin froh, dass Sie für uns mitdenken, Anatoli.«

Er spürte, wie der Mann unsicherer wurde. Es gefiel ihm. Auch das gehörte zu seinem Plan. Wie die kleine Show, die er vorbereitet hatte. Sie gingen eine halbe Stunde an den Mauern des Klosters entlang, das die Benediktiner vor über zweihundert Jahren verlassen hatten. Neben ein paar Obstgärten hinterließen sie einen Fluch, sollte Lokrum jemals wieder besiedelt werden. Das Biest hatte nicht vor, sich hier niederzulassen, auch wenn ihm die Geschichte mit dem Fluch gut gefiel. Nachdem ihm Kharkov den Plan in allen Einzelheiten dargelegt hatte, musste das Biest zugeben, dass der eifrige Organisator ihn nicht enttäuscht hatte. Seine Planung entsprach in allen Belangen seinen Vorgaben und übertraf sie sogar in manchen Punkten.

»Dann lassen Sie uns feiern gehen, Anatoli. Sie haben es sich verdient.« Er legte den Arm um die Schulter seines Geschäftspartners und führte ihn einen steilen Weg hinab zu einem Anleger aus Beton, der nur mit kleinen Booten zu erreichen war. Zwei Männer und eine Frau lagen auf bunten Handtüchern in der Sonne, eine Flasche Champagner stand in einem Kühler. Das Biest vermutete, dass diese Szenerie Kharkovs Geschmack traf. Er beobachtete, wie er sich die Lippen leckte, als er die Brüste der brünetten Schönheit betrachtete, die der minderjährigen Geliebten eines ehemaligen Ministerpräsidenten Italiens zum Verwechseln ähnlich sah. »Bunga-Bunga« trifft es fast, lächelte das Biest innerlich beim Gedanken an das, was nun kommen sollte. Die zwei Männer auf den Handtüchern könnten unterschiedlicher kaum sein, und doch betrachtete er sie als seine engsten Vertrauten. Die Haut des Größeren war grau, ebenso wie sein Haar, und seine Augen traten unnatürlich dick aus ihren Höhlen. Der Engländer passte nicht hierher und schien sich auch nicht sonderlich wohlzufühlen, sein Handtuch lag etwas abseits, das Glas daneben war leer. Das Biest wusste, dass es nicht gefüllt gewesen war. Er trank niemals. Der andere Mann hingegen strotzte, vor Energie, obwohl er nicht viel jünger war. Sein Haar war pechschwarz, er hätte aus Nordafrika stammen können, weshalb ihn jeder nur den Algerier nannte. Er lag dicht neben der Brünetten, sie berührten sich nicht, aber nur um Haaresbreite. Und nur aus Respekt dem Biest gegenüber, dessen Hände sie alle drei fütterten. Trotzdem starrte er der jungen Frau unverhohlen zwischen die Beine und auf die Brüste. Er war der Einzige, dem das Biest so etwas durchgehen ließ. Er war sein Seelenverwandter, der Primus inter Pares der beiden Männer, die er beinah als Freunde bezeichnen würde, weil er niemanden kannte, der ihm gegenüber loyaler war. Nicht einmal seiner eigenen Ehefrau vertraute er so sehr wie dem Engländer und dem Algerier. Und Kharkov würde schnell erfahren, was er unter Loyalität verstand. Die junge Frau stand auf und begrüßte ihn, er nahm sie in die Arme und legte eine Hand um sie, um Kharkov klarzumachen, wem sie gehörte. Ihre Haut war fest und weich zugleich, genau wie er seine Geliebten haben wollte. Und devot genug, beeindruckt von Geld mit einem Maß an Eigenständigkeit, das seinen Zielen nicht zuwiderlief. Kharkov senkte den Blick. Sie küsste ihn auf die Wange.

»Setzen Sie sich, Anatoli, bitte setzen Sie sich.«

Das Biest schenkte im Sitzen zwei Gläser ein, die Gebräunte schmiegte sich eng an seinen Rücken.

»Ich möchte mit Ihnen anstoßen, Anatoli. Auf Ihren Plan!« Keiner der beiden Männer machte Anstalten, das Glas zu erheben. Der Nordafrikaner grinste. Die Gläser klirrten zusammen.

»Noch etwas«, sagte das Biest verschwörerisch und beugte sich zu Kharkov herüber. Der Angesprochene blickte selbstzufrieden in die Runde.

»Ich möchte, dass Sie sich etwas genau einprägen.« Er flüsterte jetzt fast. Sie knabberte an seinem Ohr, und er nahm noch einen Schluck Champagner, bevor er fortfuhr. Der Diamant in ihrem Bauchnabel funkelte in der Mittelmeersonne.

»Es gibt zwei Dinge, die ich von Ihnen erwarte. Sie stehen über allem anderen.« Er machte eine Kunstpause. »Loyalität und Leistung.« Es klang wie zwei Gebote vom Berg Sinai. Gottgegeben. Kharkov nickte: »Natürlich. Das ist auch für mich das Wichtigste.«

»Gut«, sagte das Biest und stellte das Glas auf den Beton des Anlegers. »Das sagt unsere kleine Maria hier auch immer.« Er streichelte ihr über die Wange und dann über den knappen gelben Bikini, der ihre Brust nur unzureichend verdeckte. »Und dennoch.« Seine Worte hingen Unheil verkündend in der Luft. Sie zog sich von ihm zurück, aber er packte sie im Genick, wie eine ungehorsame Katze, und drückte ihren Kopf in seinen Schoß. »Gestern hat sie mir einen geblasen.« Seine Stimme war leise und unbeteiligt, sie übertönte kaum das Platschen der Wellen. Maria zitterte. »Und wissen Sie was, Anatoli?«

Der Russe schüttelte den Kopf.

»Sie hat es nicht gebracht.«

Plötzlich sprang das Biest auf und zerrte Maria auf die Füße. Sie schrie und schlug um sich, aber der eiserne Griff um ihren Nacken ließ ihr keine Wahl. Der Engländer und der Algerier, der immer noch grinste, wirkten wie in Lauerstellung. Gut so. Das Biest ging mit ihr an den Rand des Anlegers und schmiss sie ins Wasser. Er stieg ihr über eine kurze rostige Treppe hinterher. Maria versuchte verzweifelt, ihm zu entkommen. Sie schlug mit den Armen um sich, das Wasser platschte, dann kriegte das Biest wieder ihren Nacken zu fassen. Ein lauter Schrei wurde vom Wasser erstickt, als er sie herunterdrückte.

»Sie sollen wissen, was ich mit denen mache, die das missachten, was mir wichtig ist, Anatoli.« Er rief es so laut, als wäre es ihm egal, ob ihn jemand hörte.

»Verstehen Sie das, Anatoli?«

Die Frau wehrte sich nach Kräften, aber das Biest presste ihren Kopf erbarmungslos nach unten. Sie hatte keine Chance. Keine Minute später hörte das Planschen auf, und das Biest stieg die Leiter hinauf. Wasser tropfte von seinen nassen Kleidern auf den sonnengewärmten Beton. Er stand aus Sicht von Kharkov vor der Sonne. Ein schwarzer Schatten. Das schwarze Biest. Das Biest lächelte, als er sah, dass Kharkovs Arm zitterte , als er das Champagnerglas erhob, um mit ihm anzustoßen.

»Kümmert euch um das da«, sagte er und legte sich in die Sonne, um zu trocknen. Der Algerier und der Engländer, der Dunkelhaarige mit dem lüsternen Blick und der Grauhaarige mit den Fischaugen, erhoben sich ohne Hast. Der braun gebrannte Körper in dem gelben Bikini trieb leblos im Meer.

Tel Aviv, Israel
12. September 2012, 23.50 Uhr (am selben Tag)

Nach einer Woche in Tel Aviv hatte sich Marcel einigermaßen akklimatisiert, zumindest was das Wetter anging, denn mit seiner Recherche kam er nur schleppend voran. Dafür hatte er schon einige kulturelle Highlights entdeckt, an denen sein Chefredakteur vermutlich weniger Gefallen gefunden hätte als er selbst. Und so endete Marcel auch an diesem Abend in einer dunklen Bar, die zudem illegal war und die man viel eher in Berlin oder in Beirut erwartet hätte. Er hatte den Besitzer in einem 24-Stunden-Supermarkt kennengelernt, als er versucht hatte, nach elf noch ein Bier zu kaufen, was seit Neuestem in Israel verboten war. Seine Zufallsbekanntschaft, die eine Packung Toilettenpapier in der Hand hielt, hatte ihm angeboten, in ›seiner‹ Bar noch etwas zu trinken, sie sei gleich nebenan.

Ungläubig hatte sich Marcel ihm angeschlossen, denn er wusste, dass direkt gegenüber seines Hotels keine Bar existierte, er wäre schon zehnmal daran vorbeigelaufen. Aber seine Zufallsbekanntschaft hatte ihn nicht in die Irre geführt. Er drückte die Klingel eines einfachen Ladenlokals, in dessen Schaufenster sich verstaubte ausrangierte Staubsauger stapelten, und ihm wurde tatsächlich geöffnet. Als er die Tür aufdrückte, schlug Marcel der Geruch von Marihuana entgegen, und harte Drum-and-Base-Rhythmen drängten auf die Straße.

»Guter Schallschutz, neuer Freund«, war Marcels einziger Kommentar. Der junge Mann mit dem Dreitagebart grinste nur und wies ihn auf die einzige Hausregel hin: »Wenn die Musik aufhört, sei leise, dann steht die Polizei vor der Tür«, und deutete auf einen kleinen Monitor, der den Bereich direkt vor dem Lokal in flimmerndem Grau zeigte. Marcel schickte eine SMS an Yael und war stolz darauf, ihr in ihrer Stadt einen Laden zeigen zu können, den sie sicher noch nicht kannte. Dann bestellte er ein Bier und ließ die Umgebung auf sich wirken. Die Gäste waren allesamt junge Israelis, hippes Partyvolk, die Frauen waren hübsch und die Männer überaus lässig gekleidet. Und trotz der Tatsache, dass der Laden kaum zu finden und ziemlich illegal war, spürte er beim zweiten Bier eine Hand an seiner Hüfte. »Natürlich kenne ich die Berlin Bar«, lachte Yael. »Es ist einer der hipsten Läden der Stadt.« Sie sah umwerfend aus in einem roten Sommerkleid, ihre Haare umspielten die dunklen Augen, und ihr Teint schimmerte im roten Licht wie Bronze. Sie bewegte ihre Hüften zu den Beats, und ihre Arme machten anmutige Bewegungen, die irgendwie einladend wirkten. Marcel küsste sie auf die Wange und bestellte für sie einen Gin Tonic an der Bar. Er wusste immer noch nicht, was sie von ihm wollte, aber ihm war mittlerweile klar, dass er sie ins Bett kriegen musste, auch wenn sie das nach ihrem Kuss auf dem Boulevard Rothschild noch abgelehnt hatte. Wenn auch überaus charmant und mit einer glaubwürdigen Ausrede.

»Komm, lass uns tanzen«, forderte Yael, aber Marcel wollte nicht tanzen. Sie ließ nicht locker und zog ihn auf die Tanzfläche.

Sie tanzten und tranken zusammen, lachten, landeten am Ende auf einem Filzwürfel vor dem DJ-Pult, und schließlich – keine Stunde später – standen sie vor Marcels Hotel in der Ben Yehuda. Marcel schwankte leicht, und ihm wurde klar, dass mindestens einer der Gin Tonics einer zu viel gewesen war. Oder das Bier. Oder Yael. Er zog sie an der Hüfte zu sich heran. Sie grinste und drückte ihn gegen den kalten Beton der Hauswand, er spürte die kleinen Steine durch den dünnen Hemdstoff und Yaels Brüste, die sich gegen ihn verschworen hatten. Sie lachte und fuhr ihm mit der Hand durch die Haare.

»Du wirst eurem Ruf gerecht, mein stürmischer Franzose. Hier in Israel sagt man, ihr wüsstet, wie man mit Frauen umgeht …« Ihre Haut glänzte leicht, ihre leicht geöffneten Lippen tanzten vor seinen Augen. Sie presste ihn noch enger an die Wand, und Marcel ergab sich in das Unvermeidliche. Ihre Lippen trafen sich, er ahnte noch, dass sein Dreitagebart auf der zarten Haut kratzen würde, und dann vergaß er die Nacht und die Vorsätze und die andere Frau.

Vier Stunden später weckte ihn der Durst, aber er schlug nicht die Augen auf. Was hatte er getan? Etwas Wundervolles, erinnerte er sich. Er lag nackt auf dem Bett, und der abgestandene Geruch seines einfachen Hotelzimmers war ihrem Duft gewichen. Er griff nach rechts, tastete, aber das Bett war leer. Mit leicht dröhnendem Schädel, den auch das Adrenalin und die Endorphine von unglaublichem Sex nicht hatten verhindern können, öffnete er die Augen. Das Zimmer war dunkel bis auf den flachen Schein der Schreibtischlampe, deren Schirm jemand zur Wand gedreht hatte, sodass noch weniger Licht auf das Bett fiel. Warum sollte das jemand tun? Marcel ermahnte sich zur Ruhe und setzte sich so langsam wie möglich auf. Vor dem Licht, das die Wand reflektierte, saß eine Gestalt, ihr Rücken gerade, die Figur so harmonisch wie die eines Streichinstruments. Warum, um alles in der Welt, hat die den Lampenschirm verdreht?, fragte sich Marcel, immer noch leicht schlaftrunken. Hatte sie ihn nicht wecken wollen? Möglich. Aber nicht sehr wahrscheinlich. Langsam schlüpfte er aus dem Bett, achtete darauf, dass ein vorbeifahrendes Auto, dessen Motorengeräusch durch das geöffnete Fenster hineinwehte, seine Bewegungen verschluckte. Es dauerte etwa zwanzig Sekunden, bis er schließlich fast neben ihr stand. Und plötzlich wusste er, was es mit dem gedämpften Licht auf sich hatte. Ja, sie hatte ihn tatsächlich nicht wecken wollen. Aber nicht aus Rücksicht.

»Yael?«, fragte er leise. Wenn sie sich erschreckt hatte, ließ sie es sich nicht anmerken. Langsam, fast in Zeitlupe, drehte sie ihren Kopf zu ihm und sah ihn an. Selbst in diesem dunklen Moment des Betrugs sah sie wunderschön aus.

»Es tut mir leid, Marcel«, presste sie hervor. Das Display seines Handys in ihrer Hand tauchte ihre rechte Gesichtshälfte in blaues Licht. Marcel blickte von ihr zum Handy und dann wieder in ihre dunklen Augen.

»Du schnüffelst in meinem Handy herum?«, fragte er fassungslos. »Was tust du da? Das ist vertraulich!«

Sie stand auf und wich vor ihm zurück.

»Vertraulichkeit, mein lieber Marcel, gibt es in meinem Geschäft nicht.«

Nur ein leichtes Zucken ihrer Augen verriet, dass sie in diesem Moment eine Taste auf seinem Handy drückte. Marcel stürmte auf sie zu und versuchte es ihr aus der Hand zu reißen, aber Yael ließ sich einfach zurück auf die Matratze fallen und entzog sich so seinem Zugriff. Marcel warf sich auf sie, versuchte ihren rechten Arm zu packen zu bekommen. Yael lachte, aber in seinen Ohren klang es nicht mehr verspielt, sondern höhnisch.

»Gib mir das verdammte Telefon«, schrie er, als sie urplötzlich ihren Widerstand aufgab, das Telefon in die Kissen warf und aufsprang. Marcel hechtete dem Gerät hinterher und landete bäuchlings auf dem Bett. Das Display war noch eingeschaltet. Hektisch versuchte er herauszufinden, was Yael damit gemacht hatte. Er suchte in seinen E-Mails, aber er fand seinen Posteingang unverändert vor. SMS: nichts. Bilder: keine Änderung. Die letzte Möglichkeit war zugleich die unwahrscheinlichste. Er scrollte durch zwei Seiten mit Programmen, bis er das kleine Icon gefunden hatte: ein stilisierter goldener Pfeil auf schwarzem Grund: das Logo der ECSB, des European Council Special Branch, das Programm, mit dem er mit Solveigh über eine verschlüsselte Leitung Nachrichten austauschen konnte.

»Nein«, sagte er leise. »Wofür hast du mich benutzt? Was bist du?«

Yael trat neben das Bett. Sie hatte das rote Kleid wieder angezogen und schloss gerade die Schnalle ihres linken Schuhs. Sie gab ihm keine Antwort. Marcel rief das Programm auf und gab sein Passwort ein. War es möglich, dass sie es wusste? Nicht wahrscheinlich, aber auch nicht unmöglich. Marcel schwante Übles. Sobald das Programm geladen war, wählte er das Protokoll mit den Nachrichten zwischen ihm und Solveigh. Es war leer und seine digitale Signatur gelöscht. Stumm drehte er sich zu ihr um. Sie stand im Türrahmen seines Hotelzimmers, ihr Blick unlesbar.

»Warum hast du das getan, Yael?«, fragte er leise. Seine Wut war Zorn gewichen. Sie hatte die ganze Zeit ein doppeltes Spiel mit ihm gespielt.

»Weil ich eine Spionin bin, Marcel.« Sie senkte den Blick. »Dein Telefon wird übrigens nicht mehr funktionieren, ebenso wenig wie das vom Hotel. Und es tut mir leid, ehrlich.«

Ohne noch einmal aufzublicken, drehte sie sich um, verließ das Zimmer und drückte die Tür sanft von außen in das Schloss.

Prag, Tschechische Republik
14. September 2012, 07.58 Uhr (am nächsten Tag)

Agent Solveigh Lang betrat um acht Uhr morgens die deutsche Botschaft in Prag und verließ sie über zehn Stunden später als neuer Mensch. Ihr Aussehen hatte sie nicht einmal großartig verändern müssen, um als Dr. Andrea Falk durchzugehen. Auch der Wirtschaftsattaché hatte dunkle Haare wie sie, lediglich die leichte Welle hatte sie herausföhnen müssen, und zwei grüne Kontaktlinsen verbargen ihre auffälligen, hellgrauen Augen. Was für ein Glück, dass mich Thanatos in Athen niemals ohne Verkleidung zu sehen bekommen hat, dachte Solveigh, während sie in die große Limousine stieg, die vor dem Tor auf sie gewartet hatte. Es handelte sich um ein spezielles Fahrzeug, das die ECSB vor diesem Einsatz bei einer sehr teuren, aber dafür sehr effektiven Firma in Gstaad hatte umbauen lassen. Zwar besaß es keine aufregenden Gimmicks, die geeignet wären, die Herzen von Special-Effects-Fans höher schlagen zu lassen, aber sie hatten zumindest eine Chance, wenn er sie im Auto angriff.

»Fahr los, Dominique«, sagte sie, nachdem die Tür mit einem satten Klack ins Schloss gefallen und ein Magnetmechanismus sie verriegelt hatte.

»Geht klar, Ma'am«, grinste Dominique Lagrand vom Fahrersitz. Wieder einmal überlegte Solveigh, ob es ein Fehler war, ihn an dieser Operation teilnehmen zu lassen. Schließlich hatte ihm der Mann, den sie jagten, beide Beine zertrümmert, und die Firma in Gstaad hatte den Wagen auch noch behindertengerecht ausbauen müssen, aber Will meinte, das war es wert. Für ihn. Für ihren Freund und Kollegen. Solveigh wusste aus eigener Erfahrung, wie wichtig es sein konnte, durch Mitwirkung zu verarbeiten. Schließlich war es sowieso Wills Entscheidung, und die würde sie hundertprozentig mittragen.

Die Limousine glitt durch die Innenstadt von Prag und stoppte ohne besondere Vorkommnisse unterhalb der Treppe des Justizministeriums. Das hochherrschaftliche Gebäude lag hell und freundlich in der untergehenden Sonne, und ihr Gesprächspartner wollte sie offenbar nicht warten lassen, denn er eilte mit seinen zwei Leibwächtern im Schlepptau in Richtung ihres Wagens. Es würde den beiden nicht schmecken, dass er bei ihr einstieg, aber so lautete die Verabredung, die sie mit dem Innenministerium getroffen hatten. Und wie immer, wenn sie für die EU ermittelten, war diesem einfachen Kompromiss ein schier endloser bürokratischer Aufwand vorangegangen. Einer der Bodyguards hielt den Schlag offen, während der Staatsanwalt neben ihr auf das kalte Leder glitt. Er wirkte nervös, und Solveigh konnte es ihm nicht verdenken.

»Guten Abend, Jiri, wie geht es Ihnen?«, fragte Solveigh heiter und hielt ihm die Hand hin. Er musste sich unbedingt entspannen, wenn sie Thanatos reinlegen wollten.

»Hallo, Frau …«, er räusperte sich. »Dr. Falk.«

Sie hätten ihm nichts über den Attentäter sagen sollen, fuhr es Solveigh durch den Kopf, aber bevor sie sich weiter Gedanken darüber machen konnte, meldete sich der Sprechfunk in ihrem Ohr. Eddy.

»Zielperson in der U-Bahn Richtung Osten. Weg von euch.«

Solveigh grinste innerlich. Typisch Eddy. Keine Information zu wenig, keine Information zu viel.

»Entspannen Sie sich, Jiri. Er ist noch nicht einmal in unserer Nähe. Genießen wir das Abendessen, bis wir Gegenteiliges hören, in Ordnung?«

»Ihre Nerven möchte ich haben«, bekannte der Staatsanwalt, ein dünner Mann mit streng nach hinten gekämmten grauen Haaren und einer dicken Brille. Er lockerte seine Krawatte und öffnete den obersten Knopf seines Hemdes. Als der schwere Wagen anrollte, hoffte Solveigh inständig, dass es ihr in der nächsten Stunde gelang, den Mann auf andere Gedanken zu bringen.

Das Restaurant, in dem Jiri und Frau Dr. Falk einen gemeinsamen Abend hatten verbringen wollen, galt als eines der besten der Stadt und schien Solveigh für ein Rendezvous zwischen zwei Mittvierzigern durchaus gut geeignet. Raue Steinwände wurden hier und da durch Bücherregale aus dunklem Holz aufgelockert, die Küche lag hinter einer Glaswand im rückwärtigen Teil des Lokals. Sehr geschmackvoll, fand Solveigh, als ein sehr höflicher Kellner sie zu ihrem Tisch geleitete, der wie beabsichtigt nicht vorne zur Straße stand, sondern in einer Ecke im hinteren Teil des Restaurants. Sicher sonst eher der Katzentisch, vermutete Solveigh, aber die exponierte Lage hinter der breiten Fensterfront hatten sie auf keinen Fall riskieren können. Nach den Berechnungen ihrer Experten war schon die Lage des Restaurants an einer Durchgangsstraße ein Risiko, aber eine Änderung im Terminkalender zweier Diplomaten, ob sie sich nun für ein privates Tête-à-Tête trafen oder etwas Dienstliches zu besprechen hatten, hätte sofort Thanatos' Misstrauen erregt. Und für Sir William war es wichtiger, dass Thanatos keinen Verdacht schöpfte, auch wenn es ein Risiko für Jiri und seine Mitarbeiterin bedeutete. Zumindest solange sie es für kalkulierbar hielten, denn sie wollten ihn dieses Mal wirklich kriegen. Sie mussten ihn kriegen. Nicht zuletzt, um die Ehre ihrer Einheit wiederherzustellen. Will achtete peinlich genau auf die Befindlichkeiten seiner Leute, auf den Stolz seiner Einheit, denn die ECSB war eine kleine, verschworene Gemeinschaft, in der Loyalität über allem stand. Notfalls sogar über den Tod hinaus, und darauf musste sich jeder einzelne Mitarbeiter jeden Tag verlassen können. Deshalb hatte ihnen der Chef damals, nach der Katastrophe in Athen, das Versprechen gegeben, alle Ressourcen der ECSB zu nutzen, um diesen Killer zu kriegen. Deshalb waren sie heute hier. Und leider eben auch der bedauernswerte Staatsanwalt, der den Lockvogel spielen musste. Als der Kellner die Weinbestellung aufgenommen hatte, drückte Solveigh ihm die Hand: »Wir schaffen das, glauben Sie mir. Draußen sind mehr Leute von uns, als Sie denken. Und nicht nur dort.«

Solveigh deutete ein Kopfnicken in Richtung eines anderen Tischs an, an dem zwei Männer saßen, die offenbar zu einem Geschäftstermin verabredet waren. Der Staatsanwalt putzte seine Brille und warf ihr einen fragenden Blick zu.

»Special Air Service aus England«, flüsterte Solveigh, was eine glatte Lüge war, aber sie musste es unbedingt schaffen, den Mann zu beruhigen. Sie war es gewohnt, dass die ECSB aufgrund ihrer geringen Mannstärke unterschätzt wurde, und ihr war jedes Mittel recht, diesen »Mangel« auszugleichen, notfalls auch auf Kosten des altehrwürdigen SAS. In der nächsten Stunde sollte es nicht bei diesem einen Trick bleiben, Solveigh schmeichelte ihm, hörte ihm aufmerksam zu, nahm das Gespräch in die Hand, wenn ihnen die Themen auszugehen drohten. Und immer wieder bekam sie Rückmeldung über den Sprechfunk in ihrem Ohr. Solveigh legte gerade die Gabel des Hauptgangs auf den Teller, als sie in Eddys Stimme zum ersten Mal an diesem Abend so etwas wie Aufregung wahrnahm.

»Und Sie wollen wirklich im Ernst behaupten, dass die allermeisten dieser Oligarchen ganz ehrbare Geschäftsleute geworden sind, Jiri?«

»Natürlich sind das Alphatiere, die alle mehr oder weniger Dreck am Stecken haben. Aber die allermeisten haben sich mittlerweile legalen Geschäften zugewendet«, setzte der Staatsanwalt an. »Schauen Sie, die Verteilkämpfe sind seit den Neunziger-Jahren vor …«

Auf den Rest von Jiris Antwort musste Solveigh verzich-

55

ten und konzentrierte sich stattdessen auf Eddys Stimme: »Er kommt jetzt raus und hat ein Paket unter dem Arm.«

»Und das ist sicher eine ganz normale Privatwohnung?«, vernahm sie Will Thaters Stimme aus dem Hintergrund.

»Soweit wir das beurteilen können, schon, und auf die Schnelle wird auch kaum mehr rauszukriegen sein.«

»Pollux: irgendetwas zu dem Paket?« Pollux war der Spitzname des Mannes, der Thanatos an diesem Abend folgte.

»Negativ.«

Solveigh spürte ein Kribbeln in den Fingern. Es ging los. Was auch immer er vorhatte.

»… die meisten haben sich über Israel abgesetzt, wenn sie mit dem Regime in Konflikt gerieten oder von der kriminellen Schiene nicht runterkamen.«

Der Staatsanwalt referierte immer noch, er wirkte jetzt deutlich gelöster als zu Beginn des Abends. Wenn der wüsste, dachte Solveigh im Stillen und lächelte ihn an.

»Wieso denn Israel?«, fragte sie, obwohl es sie im Moment noch weniger interessierte als das Wetter in Kalifornien.

»Er geht zurück zur U-Bahn. Jetzt wieder auf dem Weg Richtung Innenstadt«, gab Pollux Zwischenbericht.

Der Staatsanwalt beugte sich zu ihr, herüber und flüsterte verschwörerisch: »Sie bezahlen eine Jüdin dafür, Sie zu heiraten, und ›zack‹, schon sind Sie ein waschechter Israeli. Komplett mit neuer Religion, Pass, größtenteils weißer Weste und allem, was dazugehört. Und das alles in einem Land ohne Auslieferungsabkommen für Glaubensbrüder.«

Solveigh lächelte erneut und war froh, als endlich das Dessert aufgetragen wurde. Bei einem Löffel wunderbarer Mangocreme und mitten hineingemischt in ihre Konversation über die russische Mafia wurde Pollux plötzlich hektisch. Es musste etwas passiert sein. Etwas Unerwartetes.

»Bitte, Jiri, erzählen Sie mir mehr davon«, bat sie und meinte Eddy, dem sie damit zu verstehen gab, ihr auch Pollux' Feed auf ihren Kopfhörer zu legen. Sie grinste ihr Gegenüber an und stocherte mit dem Löffel in einer Kugel Eis herum. Sie hörte ein Keuchen. Pollux rannte offenbar.

»… er ist ausgestiegen und war plötzlich weg. Ich glaube, er läuft nach Norden.«

Solveigh hörte Schritte auf dem Asphalt: »Ich sehe ihn wieder. Sieht aus, als ob er versucht, ein Motorrad zu klauen.« Im nächsten Augenblick hörte sie das laute Kreischen eines hoch drehenden Motors und den Abrieb von Gummi auf dem Asphalt. Pollux musste die Szene nicht mehr beschreiben. Thanatos war ihm entwischt.

Solveigh nahm den letzten Löffel Eiscreme und rührte danach Zucker in ihren Kaffee. Will Thater schaltete sich ein: »Er versucht es mit einer Ducati-Bombe. Wir brechen ab.«

Will sprach von einem Mann auf dem Motorrad, der eine Bombe an ein fahrendes Auto heftete und zur Explosion brachte. Eine ganz neue Masche, die im Geschäft der Auftragsmörder derzeit groß in Mode war. Eine äußerst heimtückische, aber sehr effektive Methode, einen Anschlag auszuführen und unerkannt davonzukommen. Das halbe iranische Atomprogramm war auf diese Weise in die Luft geflogen. Solveigh hatte allerdings noch nie davon gehört, dass sie einem Einzeltäter gelungen war, normalerweise waren immer zwei dafür nötig: ein Fahrer und ein Sozius, der die Bombe anbrachte. Trotzdem hatte Will wahrscheinlich recht. Es war zu riskant. Und wenn sie nie wieder so eine Chance bekamen?

»Nein, Will«, murmelte sie. »Bringen wir es zu Ende. Heute.«

»Was meinten Sie?«, fragte Jiri irritiert.

»Verzeihung, ich war nur in Gedanken. Ich meinte, wir sollten langsam abbrechen. Heute wird es keinen Attentatsversuch mehr geben, Jiri. Fahren wir nach Hause.«

Der Staatsanwalt seufzte erleichtert. Als er ihr in den Mantel half, roch sie den Wein, dem er ordentlich zugesprochen hatte, um sich Mut anzutrinken. Sie konnte es ihm nicht verdenken.

Durch die Fensterfront beobachtete sie, wie Dominique den Wagen an den Straßenrand steuerte. Und vielleicht würde es ihm heute noch helfen, dachte sie, als sie auf die Rückbank des schwarzen BMW glitten.

»Okay, Solveigh, wir haben zwei Fahrzeuge hinter euch und eines davor«, meldete Eddy über Sprechfunk. »Wir sehen ihn kommen, okay?«

»Verstanden«, sagte Solveigh und entschuldigte sich bei Jiri mit einem lächelnden Schulterzucken. »Nur die Bestätigung der Kollegen, dass sie Feierabend machen.« Vom Fahrersitz aus warf ihr Dominique einen tadelnden Blick zu.

Während der zwanzigminütigen Fahrt durch die Prager Nacht, um Jiri bei seiner Privatwohnung abzusetzen, versuchte Solveigh sich darauf zu konzentrieren, was vor ihnen lag. Das größte Problem in ihrem Geschäft war, dass man nicht wusste, was kommt. Soldaten trainieren auf eine bestimmte Situation, einen Einsatz. Aber ihr Gegner war keine Konstante, auf deren Handeln man sich einstellen konnte. Er schlug Haken, tat etwas vollkommen anderes. Und so saß Solveigh in ihrem Sitz, die Hand an der Jericho, die jetzt wieder in ihrem Schulterholster steckte, und wartete. Fünf Minuten. Sechs Minuten. Acht Minuten.

»Motorrad, schnell näher kommend aus 12.00 Uhr«, meldete der vorausfahrende Wagen. Dominique starrte konzentriert durch die Frontscheibe, während Solveigh tief einatmete. Erwarte das Unerwartete. Nur dafür bist du da. Dafür bist du ausgebildet. Denk daran, Slang. Plötzlich hörte sie die quietschenden Reifen eines wendenden Fahrzeugs und dann das Aufröhren eines Motorrads. Er kam. Dominique gab Gas, wie es jeder gute Fahrer in dieser Situation machen würde.

»Was ist mit dem Back-up?«, fragte Dominique.

Als die Nachhut den Sprechfunk aktivierte, hörte Solveigh lautes Hupen. Entspann dich, Solveigh, denk nur an das, was nicht passieren kann.

»Krähenfüße«, schrie der Fahrer über den Sprechfunk. Kein Back-up. Das Motorrad kam näher. Dominique drückte aufs Gas, und der schwere Wagen schoss nach vorne, aber gegen eine Rennmaschine hatte er keine Chance. Denk an deinen Trumpf, Solveigh. Denk an den Moment. Es war alles geplant, auch das hier. Wir wussten, dass er gut ist. Aber wir wussten auch, dass wir besser sind. Sie hoffte inständig, dass sie sich darin nicht getäuscht hatten. Wie vereinbart, hielt Dominique den Wagen so gerade wie möglich, ohne die Geschwindigkeit zu verringern. Wann immer er die Spur wechseln musste, achtete er darauf, möglichst schnell wieder auf die rechte zu kommen. Solveigh hörte das Motorrad hinter ihrem Wagen, es kam näher. Sein Motorengeräusch wurde dringlicher, aber weniger aggressiv. Die Pirsch. Er gab langsam Gas, schob sich an sie heran. Zweiundzwanzig, dreiundzwanzig, vierundzwanzig. Sie hörte das Motorrad genau neben dem linken Fenster, an dem Jiri saß. Sie sah nicht aus dem Fenster, vermutlich aktivierte er gerade jetzt den Zünder der Bombe und bereitete sich darauf vor, ihn von außen an die Wagentür zu heften. Genauso wie bei den Attentaten in Teheran. Die alle erfolgreich gewesen waren. Fünfundzwanzig, sechsundzwanzig. Jetzt. Mit einer einzigen schnellen Bewegung presste sie den Staatsanwalt auf den Sitz, schrie: »Runter!« und richtete die Jericho auf das Fenster, wo sie den Attentäter vermutete. Eine gesichtslose Fratze von Helm starrte sie an, verspiegelt und schwarz vor dem dunklen Himmel der Nacht. Sie hatte keine Zeit. Beinahe glaubte sie, das Gesicht hinter dem Visier lächeln zu sehen, als er ihre Pistole bemerkte. Kugelsicheres Glas funktioniert in beide Richtungen. Der Mann auf dem Motorrad griff in die Tasche, die er um den Bauch geschlungen hatte, und zog ein Paket hervor. Aber nicht dieses kugelsichere Glas, Thanatos, dachte Solveigh und drückte ab. Der Schuss knallte unglaublich laut in dem engen Innenraum des Wagens, sodass ihre Ohren klingelten. Dann zerbarst die Scheibe in tausend kleine Splitter. Solveigh glaubte noch, einen

Anflug von Überraschung hinter dem Visier zu erkennen, als ihre erste Kugel den Helm durchschlug. Die zweite traf nur Bruchteile von Sekunden später die Brust und riss den leblosen Körper von der schweren Maschine. Sie hatte ihn getroffen. Aber war er auch tot? Betäubt von dem Lärm, hörte Solveigh wie in Trance, dass auf ihrem Handy eine Nachricht für sie eingegangen war.

Moskau, Russland
14. September 2012, 22.28 (zur selben Zeit)

Dimitrij nippte an seinem Wodkaglas und beobachtete, wie Viktor auf der Couch gegenüber wieder einmal große Reden schwang. Maja hing wie üblich gebannt an seinen Lippen, und er musste ja zugeben, dass Viktor gut erzählen konnte. Gerade gab er wieder einmal die Story zum Besten, wie er eine Gruppe Touristen auf einer Kajaktour mit seinem Jetski beinahe zum Kentern gebracht hätte. Natürlich hatte auch ihm der Kurzurlaub Spaß gemacht, von seinen finanziellen Mitteln hätte er sich nicht einmal träumen lassen, jemals wie die Reichen und Schönen in Saus und Braus zu leben. Nicht einmal ansatzweise. Im Grunde war ja auch Viktor gar nicht das Problem, er war ein netter Junge, der das Leben genoss, das ihm die Kohle seines Vaters förmlich aufzwang. Aber genau bei Letzterem wurde die ganze Angelegenheit, wie sollte er das formulieren: zwielichtig? Nicht dass sein Vater irgendwelche krummen Geschäfte in seiner Gegenwart gemacht hätte oder Leute mit Geldkoffern kamen und gingen oder Ähnliches. Aber dieser alte Mann aus Deutschland, der hatte bei Dimitrij sämtliche Alarmglocken klingeln lassen. Seine Augen waren so kalt gewesen wie die eines Reptils, und Dimitrij konnte die Nachfrage nach seinem Studiengang einfach nicht vergessen. Das leise Lächeln der schmalen Lippen unter dem schütteren Oberlippenbart und der abschätzende Händedruck. Auf einmal brach die Runde in lautstarkes Gelächter aus und riss ihn aus seinen Gedanken. Maja lachte ihm ins Gesicht, die anderen prosteten ihm zu, er dachte nicht mehr an den Vater und das Reptil. »Lass uns tanzen gehen«, forderte Maja ihn auf und zog ihn von dem tiefen Sofa im VIP-Bereich des Clubs. »Ja, gehen wir tanzen«, stimmte Viktor mit ein, und der Tross von Freunden, drei Männern und fünf Frauen, zog weiter Richtung Tanzfläche. Sie würden ihre guten Plätze nicht verlieren, und wenn sie zurückkamen, würde eine neue eiskalte Flasche Wodka mit Mixgetränken auf dem niedrigen Glastisch stehen. Das war immer so, seit Dimitrij mit Viktor und seinen Freunden ausging. Seine Freunde, das waren Pavel, ein weiterer Millionärssohn, und stetig wechselnde junge Frauen in immer auffälligerer Kleidung. Dimitrij fragte sich, ob sie nächstes Jahr gänzlich unbekleidet kämen, denn dem Tempo ihrer Metamorphose nach zu urteilen, müsste es spätestens um Weihnachten herum so weit sein. Nicht dass es ihn gestört hätte, er galt unter seinen Kommilitonen nicht gerade als Kostverächter. Als sie die Treppe hinuntergingen, genoss er die bewundernden Blicke der Mädchen. Er war einer von denen da oben, einer, der dazugehörte, zu denen sie alle gehören wollten. Maja zog ihn auf die Tanzfläche. Zu den harten Beats von russischem Techno zeichneten bunte Scheinwerfer Muster auf die zuckenden Leiber, ließen Brüste erstrahlen oder glitten über grell geschminkte Gesichter. Das Prospekt galt nicht umsonst als einer der exklusivsten Clubs der Stadt, die Soundanlage war wirklich atemberaubend, dachte Dimitrij, als ihn Viktor an der Schulter aus der Menge zog und Richtung Bar dirigierte. Er warf ihm einen fragenden Blick zu, und Viktor machte eine Schnappbewegung mit der Hand, um ihm zu verstehen zu geben, dass er etwas mit ihm besprechen wollte. Dimitrij bedeutete Maja, dass er gleich wiederkommen würde, und lief hinter Viktor her, der wie immer keine Zeit zu verlieren und schon an der Bar Drinks besorgt hatte. Als Viktor ihn erreicht hatte, überraschte ihn sein Freund mit einem Glas Champagner. Der Beat war im Barbereich keineswegs leiser, und Dimitrij musste Viktor ins Ohr schreien, um sich Gehör zu verschaffen: »Was ist los, Viktor Antatoljewitsch? Gibt es was zu feiern?«

»Ja«, schrie Viktor zurück. »Ich habe heute mit meinem Vater gesprochen. Er hat mir das Angebot gemacht, eine seiner Tochterfirmen zu übernehmen. Die MosTec, eine kleine, aber feine Computerfirma hier in Moskau.«

»Das ist ja super!«, schrie Dimitrij und prostete ihm zu.

»Lass uns nach oben gehen, okay?«, schlug Viktor vor. Dimitrij nickte, und sie machten sich auf den Weg zurück in den VIP-Bereich, in dem man sich wenigstens einigermaßen unterhalten konnte.

»Also, Viktor, was ist der Haken?«, fragte er, als sie wieder auf ihrem Stammplatz saßen.

»Er hat eine Bedingung gestellt.«

»Und die wäre?«

»Er gibt nicht mir die Firma, Dimi, er gibt sie uns.« Viktor machte dazu ein frustriertes Gesicht. Dimitrij stellte den unberührten Champagnerkelch auf den Glastisch und sagte: »Das tut mir leid, Kumpel.«

Viktor beugte sich nach vorne, das Glas in der Hand zwischen seinen Knien. Dann blickte er zu ihm herüber und begann auf einmal breit zu grinsen. »Was heißt hier leidtun, Dimi? Das ist das Beste, was überhaupt passieren konnte! Wir beide zusammen, eine eigene Firma. Stell dir mal vor: dein Genie und mein Geschäftssinn. Das ist doch unschlagbar, oder etwa nicht?«

Dimitrij lächelte vorsichtig: »Doch, schon.« In diesem Moment kamen die Mädels zurück von der Tanzfläche, und Maja begrüßte ihn mit einem sanften Kuss auf den Mund.

»Was ist los, Dimitrij?«, fragte sie. »Du siehst aus, als hättest du ein Gespenst gesehen.«

»Nein, Maja, es ist ...«

»Mein Vater will, dass wir beide zusammen seine Moskauer Computerfirma übernehmen«, mischte sich Viktor ein, »aber er weiß noch nicht, was er sagen soll.«

»Aber das ist doch super! Du ein Geschäftsmann! Ich freue mich für dich!«, sagte Maja aufgeregt und küsste ihn auf die Wange. Dimitrij wusste nicht, wie ihm geschah. Natürlich war das eine unglaubliche Chance, vielleicht die Chance seines Lebens. Und natürlich würde er sie ergreifen. Eine eigene Firma! Wenn seine Mutter das hörte, sie würde umfallen vor Stolz. Noch immer hielt ihm Viktor das Glas zum Anstoßen hin. Wenn da nur dieser Deutsche nicht wäre.

»Wir sind die Zukunft!«, rief Viktor. »Eine Runde auf die Zukunft!« Vorsichtig prostete Dimitrij ihm zu, und begleitet von Anfeuerungsrufen der fünf Mädels am Tisch, fielen sie sich in die Arme.

Prag, Tschechische Republik
14. September 2012, 22.41 (zur selben Zeit)

Dominique Lagrand hörte den Knall von zwei Schüssen aus dem Fond und sah im Rückspiegel, wie es den Attentäter von seiner Maschine fegte. Er riss den Wagen herum und bremste, der Gestank von verbranntem Gummi mischte sich mit dem beißenden Geruch der Treibladungen aus Solveighs Patronen.

»Alles okay?«, schrie er, während er sich bemühte, den schweren Wagen auf der sechsspurigen Straße zu wenden. Hupende Autos rauschten an ihnen vorbei, ihre Scheinwerfer schienen ihm nach der Drehung des Wagens direkt ins Gesicht. Aber der Verkehr ebbte schon ab, hinter dem Körper des Attentäters bildete sich bereits ein Stau.

»Ja«, antwortete Solveigh und hustete. »Eddy, hat es ihn erwischt? Ist er tot?«

»Keine Ahnung. Euer Begleitfahrzeug steckt immer noch fest.«

»Verdammter Mist«, fluchte Solveigh. Dominique fuhr langsam an und näherte sich dem Motorrad, das noch gute zwanzig Meter über den Asphalt geschlittert war. »Halt an, Dominique.« Normalerweise hätte sie ihm befohlen, den Sprengsatz zu sichern, aber sein Rollstuhl lag im Kofferraum des Wagens, und für eine derartige Aktion hatten sie keine Zeit. So viel zum Thema ›Es spielt keine Rolle‹, dachte Solveigh und ärgerte sich keine Sekunde später über den Gedanken.

Die Jericho im Anschlag, stemmte Solveigh die Tür mit der zerborstenen Scheibe auf. Es war wirklich eine clevere Idee gewesen, einseitiges Panzerglas zu verwenden. Es funktionierte ähnlich wie verspiegeltes Glas: eine Seite vollkommen undurchdringlich, die andere kaum ein Hindernis für eine Kugel. Die Reste des Fensters rieselten auf den grauen Rock und knirschten unter den Sohlen ihrer in dieser Situation sehr unpraktischen High Heels. Aber sie hatte keine Zeit zu verlieren. War Thanatos tot? Hatten sie Europa endlich von diesem brutalen, aber äußerst erfolgreichen Attentäter befreit? In wenigen Augenblicken hätte sie Gewissheit. Die Straße wurde von den Scheinwerfern der Autos, die hinter dem vermeintlichen Unfall angehalten hatten, in grelles Licht getaucht, nur der Himmel war stockfinster. Sie sah eine reglose Gestalt auf dem Asphalt und mehrere Autofahrer, die von der anderen Seite auf diese zuliefen. Arglose Bürger. Opfer. Mögliche Geiseln.

»Stand back!«, schrie Solveigh und wiederholte ihre Anweisungen auf Französisch und Deutsch. Nachdem Eddy ihr zusätzlich ins Ohr geflüstert hatte, was das auf Tschechisch hieß, stockte der Vorwärtsdrang merklich. Einer Masse von Menschen war eine drohende Gefahr kaum instinktiv bewusst – viel weniger als einem Einzelnen, wusste Solveigh. Sie schwenkte die Kimme ihrer Waffe in Richtung des Helms und bewegte sich langsam auf Thanatos zu. Als sie keine zwei Meter von ihm entfernt war, glaubte sie zu sehen, wie sich sein rechter Arm bewegte. Oder hatte sie sich getäuscht? Nein, er bewegte sich eindeutig in Richtung seines Körpers. Ein letzter Trumpf? Sie musste schnell sein, Verstärkung war nicht in Sicht, sie war auf sich alleine gestellt. Und sie musste entscheiden. Sofort. In ihrem Kopf rasselten die verschiedenen Möglichkeiten herunter wie die analoge Abflugsanzeige an einem altmodischen Flughafen. Waffe – Holster – Bombe – Zünder. Was versuchte die Hand so verzweifelt zu erreichen? Das Adrenalin in ihrer Blutbahn ließ die Szene direkt vor dem Lauf ihrer Waffe wie in Zeitlupe ablaufen. Sie bewegte sich – zum Hosenbund. Waffe – Holster – Bombe – Zünder. Die analoge Anzeige in ihrem Kopf zeigte nur noch Bombe – Zünder. Und Gürtel. Noch zehn Zentimeter. Ihr Gehirn traf die Entscheidung, bevor Solveigh es bewusst wurde. Sie stürzte nach vorne, warf sich auf den scheinbar reglosen Körper und presste ihr linkes Knie mit dem gesamten Körpergewicht direkt auf sein Handgelenk. Er schrie vor Schmerz und Zorn. Solveigh drückte ihm den Lauf ihrer Pistole an die Halsschlagader, bis er verstummte. Sein Helm musste von innen blutgetränkt sein, die rote Körperflüssigkeit sickerte schon aus einem kleinen Spalt am Visier. Schon ihre erste Kugel hatte ihn übel zugerichtet. Vorsichtig öffnete Solveigh seine Lederjacke, um den Zünder zu finden, den sie am Gürtel vermutete. Aber da war nichts. Kein Zünder, kein Handy, das man als Zünder hätte missbrauchen können. Was hatte er so verzweifelt zu fassen versucht? Sie tastete die Hosentaschen ab und lächelte. Plötzlich wusste sie, was er gesucht hatte. Sie beließ es dabei und begutachtete stattdessen die Wunde am Oberkörper – ein glatter Durchschuss. Er hatte eine Menge Blut ver-

65

loren. Er wehrte sich jetzt nicht mehr, er wusste, dass er am Ende war. Und Solveigh wusste, dass er es wusste. Profis spielten nicht mit ihrem eigenen Leben, sie versuchten es zu retten. Alles andere waren Hirngespinste aus Romanen oder Hollywoodfilmen. Kaum ein Attentäter war bereit, für einen Auftrag sein Leben zu riskieren, das taten nur tumbe Dummköpfe, und solche hielten in dieser Profession im Allgemeinen keine zwei Jahre durch – geschweige denn über fünfzehn, wie Thanatos.

»Hören Sie mich?«

Ein leichtes Nicken war ihr Antwort genug.

»Ich werde Ihnen jetzt den Helm abnehmen, um zu sehen, wie es um Sie steht, okay?«

Ein weiteres Nicken. Zwei Profis. Ein Verlierer.

Vorsichtig löste Solveigh den Gurt unter dem Helm und zog ihn langsam von seinem Kopf. Sein Körper krampfte vor Schmerzen und zitterte unter ihren Beinen, aber Solveigh ließ sich davon nicht beeindrucken. Sie wollte ihm in die Augen blicken, und vor allem wollte sie, dass er ihre sah. Sie entfernte die grünen Kontaktlinsen der Dr. Andrea Falk. Er sollte die Augen aus Athen sehen. Von damals. Und heute wieder. Ihre Entschlossenheit, damit ihm klar würde, welchen Fehler er begangen hatte, sich mit der besten Einheit Europas anzulegen, in dem er einen ihrer Leute verstümmelte. Seine Schmerzen scherten sie nicht, Dominique hatte damals ungleich größere ertragen müssen. Unter dem Helm kam ein grauer Haarschopf zum Vorschein, der eher zu einem Dirigenten als zu einem Auftragsmörder gepasst hätte. Sollte es tatsächlich keine Perücke gewesen sein, wie sie immer angenommen hatten? Diese Erkenntnis würde warten müssen, zu viel Blut. Er hatte die Augen geschlossen und atmete flach. Es stand schlimmer um ihn, als sie vermutet hatte. Er würde nicht durchkommen. Auf einmal drang ein Röcheln aus seiner Kehle, und er spuckte Blut auf Solveighs Rock. Sie drehte ihm den Kopf zur Seite, damit die Schwerkraft ihm half. Langsam schwenkte er seinen Kopf zurück und öffnete die Augen. Solveighs Pupillen verengten sich, als der Hass aus ihren Augen wich. Wenn es zu Ende ging, verdiente jeder Mensch Respekt, selbst Thanatos. Ohne die Pistole auch nur einen Millimeter von seiner Halsschlagader wegzubewegen, griff sie in seine Hosentasche, wo sie das vermutete, wonach er im Sterben gegriffen hatte. Er lächelte, als sie eine Zigarette anzündete und ihm zwischen die Lippen hielt. Er zog gierig, als handelte es sich um Medizin, die seinen Zustand verbessern könnte. Was die Zigarette für einen langjährigen Raucher wohl auch tat. Als er den letzten Zug inhaliert hatte und die Glut schon beinah den Filter versengte, schloss er wieder die Augen. Solveigh wusste, dass er sie nie mehr öffnen würde. Der Tod eines Menschen war für Solveigh immer wieder eine bemerkenswerte Erfahrung. Obwohl sie wusste, für welche Gräueltaten er verantwortlich war, schien doch auch bei seinem Tod ein Licht auf dieser Welt auszugehen, was sie traurig stimmte. Trotz aller militärischen Ausbildung, die sie genossen hatte, konnte sie dieses Gefühl nicht ablegen. Sie spürte unter dem Druck ihrer Pistole, wie er aufhörte zu atmen, spürte es unter ihrem Knie, das immer noch auf seinem Handgelenk lag, wie die Spannung, die jedem lebendigen Körper innewohnt, nachließ. Zur Sicherheit prüfte sie mit ihrer freien Hand seinen Puls. Thanatos war tot. Sie hatten es geschafft. Sie blieb noch drei Sekunden ruhig sitzen und stand dann langsam auf. Sie sah die fragenden Blicke der Autofahrer und Dominique, dem es irgendwie gelungen war, sich selbst in seinen Rollstuhl zu hieven. Aus der Ferne näherte sich eine große Anzahl unterschiedlicher Sirenen. Sie kamen zu spät. Dominique rollte bis direkt neben den Leichnam seines Peinigers und sah sie fragend an. Solveigh nickte. Das Nicken war jetzt frei von Zweifel und Bedauern. Ein Mann, der viele Menschen auf dem Gewissen hatte, war seinen Opfern gefolgt. Dann steckte sie ihre Jericho in den Bund ihres Rocks und ging auf der leeren Straße Richtung Osten, hinein in die Nacht. Als sie die ramponierte Limousine hinter sich gelassen hatte, steckte sie sich eine von Thanatos' Zigaretten an, obwohl sie ansonsten nur bei Eddy an Weihnachten rauchte. Sie lief minutenlang durch die kalte Luft, sog den Rauch in die Lungen und betrachtete die Sterne. Ein Hip-Hop-Song über New York kam ihr in den Sinn, warum, wusste sie auch nicht so genau. »These Streets will make you feel brand new, the lights will inspire you«, summte sie und wunderte sich, wie sehr das Lied gleichzeitig traurig und hoffnungsfroh klang. Nach der Hälfte warf sie die Kippe in eine Pfütze am Straßenrand und holte ihr Handy hervor. Zeit weiterzumachen. Und sie hatte die Nachricht nicht vergessen. Sie war von Marcel: Komme nach Prag. Wichtig! Morgen 15.00 Uhr, Vysehradsky-Friedhof, Grab von Josef Kaizl.

Berlin, Deutschland
15. September 2012, 12.41 Uhr (einen Tag später)

Bemüht, möglichst trocken aus dem Taxi zu kommen, spannte Thomas Eisler den Schirm, noch während er auf dem Rücksitz saß, auf. Er setzte den rechten Schuh auf den Bürgersteig und hievte sich aus dem Wagen, mit einer schnellen Handbewegung knallte er die Tür zu und sah sich um: Der Mehringdamm in Kreuzberg gehörte nicht zu seinen bevorzugten Gegenden, und er wunderte sich, dass es Doreen hierher verschlagen hatte, ausgerechnet in den Westen. Aber manchmal hielt das Leben selbst für die Talentiertesten unvorhersehbare Stolperfallen parat. Manche nannten es Pech, andere Schicksal, die meisten fanden sich damit ab. Thomas Eisler war gespannt, wie es seiner ehemaligen Vorzeigeschülerin ergangen war. Er hatte sie jetzt seit über zehn Jahren nicht mehr gesehen, und es war über zwanzig Jahre her, dass sie für ihn gearbeitet hatte. Damals war sie eine achtzehnjährige Schülerin vom Land gewesen, die über die bestens organisierte »Zentralstelle für besondere Aufgaben« der FDJ ihren Weg zu ihm gefunden hatte. Ob sie immer noch so blendend aussah wie früher? Ob sie eine geeignete Kandidatin für ihn war? Oder eine ebenso große Enttäuschung wie Karin und Astrid, die er jeweils an den letzten beiden Tagen aufgesucht hatte? Eine Hausfrau und Mutter von drei Kindern und eine alkoholkranke Hartz-IV-Empfängerin, die sich zwar ganz passabel hielt, an der aber die Selbstzweifel bis zur Unkenntlichkeit genagt hatten, passten nicht in seinen Plan. Hoffen wir auf Doreen, dachte Eisler und warf einen Blick auf den zerknitterten Zettel aus seiner Manteltasche: Mehringdamm 128. Casino. Inhaber Robert Tucher, genannt Robbie. Vielleicht doch reine Zeitverschwendung, überlegte Thomas Eisler, als er die letzten Meter zu Fuß zurücklegte. Der Regen pladderte auf seinen windschiefen Schirm aus dem Drogeriemarkt. Egal, wo wir schon mal da sind, dachte er und betrachtete die bunte Leuchtreklame aus grünen, roten und blauen Paneelen, die den gesamten Eingangsbereich überspannten. Tatsächlich stand in riesigen Lettern ›Casino‹ darüber, obwohl es sich um nichts weiter handeln konnte als um eine billige Spielhölle. Als er den dicken Vorhang zur Seite schob, kroch ihm eine Wolke von kaltem Rauch, altem Fett und schalem Bier entgegen, der rote Teppichboden war abgewetzt und stumpf. Ein paar Billardtische standen in der Mitte des Raumes, an den Wänden blinkten bunte Automaten, die durcheinander um die Aufmerksamkeit der Gäste trällerten. Von denen gab es, soweit er das überblicken konnte, allerdings bisher keine Spur. Er hatte sich die frühe Stunde nicht umsonst ausgesucht, das Etablissement hatte erst seit gut vierzig Minuten geöffnet. An der Rückseite des Raums war eine lange Theke zu sehen, jedoch ohne Personal dahinter. Verlassen wie eine baufällige Achterbahn im Regen, dachte Thomas Eisler und machte sich trotzdem auf den Weg. Auf halber Strecke begutachtete er einen Billardqueue, um etwas Zeit zu gewinnen. Neben der Bar hatte der Besitzer eine Ecke mit Computern installiert, ein selbst gedrucktes Transparent versprach Sport- und Pferdewetten über das Internet. So viel zum Thema Glücksspielmonopol in Deutschland, dachte Eisler. Die Barhocker waren in ebenso schlechtem Zustand wie der Teppich, aber die Theke schien frisch gewischt. Nachdem er etwa fünf Minuten gewartet hatte, ohne sich bemerkbar zu machen, tauchte aus einer schwarzen Tür, von der er vermutete, dass sie zur Küche führte, ein dickbäuchiger Mann im schwarzen T-Shirt auf. Er schwitzte stark, trug vier Wasserkisten in den riesigen Händen und blickte ihn missmutig und zugleich erstaunt an. Thomas Eisler lächelte: »Ich bin auf der Suche nach Doreen Kaiser«, sagte er wahrheitsgetreu. Robbie, so seine Vermutung, war sicher kein Zuträger der Behörden, ganz abgesehen von der Frage, was er ihnen hätte zutragen können. Ein alter, viel zu gut gekleideter Mann war heute bei mir und hat nach Doreen gefragt, zum Beispiel. Ende der Geschichte. Robbie deutete mit einem gleichgültigen Blick auf eine weiße Tür, die, den Schildern nach zu urteilen, zur Toilette führte. »Macht Kasse«, war der knappe Kommentar. Also nicht nur die Toilette, vermerkte Eisler für sich. Kasse war gut, Kasse hieß, sie war vertrauenswürdig, trank wahrscheinlich nicht übermäßig. Das war gut. Denn für das, was er mit ihr vorhatte, würde sie alle fünf Sinne brauchen. Und vielleicht noch den einen oder anderen mehr. Er schwang sich von dem Barhocker und öffnete die weiße Tür. Der beißende Geruch von Chlor und vieler Zitrusklosteine empfing ihn in einem dunklen Gang mit den Toiletten zur Rechten. Am anderen Ende erkannte er eine weitere Tür mit der Aufschrift ›PRIVAT‹. Thomas Eisler klopfte, was beinahe ohne Zeitverzug mit einem überraschten, aber freundlichen ›Herein‹ quittiert wurde.

Im Büro des Casinos erwarteten ihn ein ordentlich aufgeräumter Schreibtisch und eine große Topfpflanze, die er hier niemals vermutet hätte. Und die Erscheinung, die gerade etwas vom Boden aufgelesen hatte und sich nun erstaunt aufrichtete, ebenso wenig. Doreen Kaiser war immer noch eine schöne Frau. Auch nach zwanzig Jahren strahlte sie auf eine so positive, fröhliche Art und Weise hinter diesem Schreibtisch an diesem unsäglichen Ort, dass Eisler in der ersten Sekunde bereits wusste, dass er seine Kandidatin gefunden hatte. Ihre Figur war weiblich und attraktiv, das blonde Haar zu einem modischen Pagenkopf geschnitten, sie trug einen sicherlich überaus günstigen, aber vorteilhaft geschnittenen roten Rock und eine ordentlich gebügelte Bluse mit Nadelstreifenmuster. Und sie blickte ihn an, als hätte sie ein Gespenst gesehen. Ihr Mund stand offen, aber ihre Augen lächelten bereits ob des unerwarteten Wiedersehens. Sie waren nicht im Schlechten auseinandergegangen, im Gegenteil.

»Hallo, Doreen«, sagte Eisler.

»Thomas! Bist du das wirklich?«, fragte sie ungläubig.

»Meistens nenne ich mich heutzutage anders«, bemerkte er, machte einen Schritt auf sie zu und schloss sie in die Arme.

»Mein Gott, es ist so lange her«, sagte Doreen und weinte fast. Er hielt sie einen Moment lang fest wie eine lange verloren geglaubte Tochter und drückte sie dann sanft von sich.

»Kein Grund, traurig zu sein, Doreen. Ich habe einen Auftrag für dich.«

In Doreens Augen konnte er sehen, dass sie darauf gehofft hatte. Dass sie vielleicht die ganzen Jahre darauf gewartet hatte. Zwanzig Jahre. Wie oft musste sie sich eingestanden haben, dass es keine Aufträge mehr geben würde; ihren Staat, für den sie spioniert hatte, gab es nicht mehr. Aber es gab immer neue Auftraggeber.

»Einen Auftrag?«, frage sie ungläubig. »Wie früher?«

»Wie früher, Doreen. Nur viel besser bezahlt. Und jetzt lass uns gehen.«

Doreen bestand darauf, die Abrechnung fertig zu machen

und ihre Vertretung anzurufen. Das sei sie Robbie schuldig. Thomas Eisler ließ sie gewähren und verabredete sich mit ihr für denselben Nachmittag in einem Café auf dem Ku'damm. Als er aus dem Casino auf den viel befahrenen Mehringdamm trat, schien schon wieder die Sonne. Und er war seinem Ziel, bis in drei Monaten seine operativen Einheiten aufgestellt zu haben, ein großes Stück näher gekommen. Er hatte Anatoli Kharkov den Zeitplan fest zugesagt, und mit Doreen war ein wichtiges Puzzlestück an seinen Platz gerückt.

Prag, Tschechische Republik
15. September 2012, 14.50 Uhr (wenige Stunden später)

Als Solveigh den steilen Hang der alten Festungsanlage Vyseh-rad hinaufeilte, warf sie einen Blick auf die Uhr: zu spät. Und sie war schon jetzt außer Atem. Der verdammte Hügel war nicht nur verdammt steil, sondern die Straße auch noch endlos lang. Sie verfluchte sich dafür, dass sie den Taxifahrer nicht bis nach oben hatte fahren lassen. Bloß, weil ihre Paranoia ihr eingeredet hatte, das Treffen könnte eine Falle sein. Quatsch, schalt sie sich. Die Nachricht kam von Marcels Handy über die gesicherte App der ECSB. Merkwürdig war nur, dass sie ihn partout nicht er-reichen konnte. Es sah ihm gar nicht ähnlich, so eine Geheim-niskrämerei um ein Treffen zu machen. Natürlich freute sie sich, ihn zu sehen, sehr sogar, aber ein inneres Gefühl sagte ihr, dass etwas im Busch war. Sie machte sich sogar ein wenig Sor-gen um ihn, als sie endlich das Plateau erreichte, das am öst-lichen Flussufer wie eine Trutzburg über der Moldau thronte. Sie stemmte die Hände in die Hüften und atmete einmal tief durch. Unter ihr türmten sich rote Steine zu Burgmauern, die auf Angreifer des 14. Jahrhunderts einschüchternd und unüberwindbar gewirkt haben mussten. Ihre Instinkte rieten ihr, vorsichtig zu sein und nichts zu überstürzen, Marcel würde warten. Er reiste nicht aus Tel Aviv nach Prag, um dann wegen fünf Minuten Verspätung wieder zu verschwinden. Warum spürte sie diese Anspannung, die sie sich nicht erklären konnte? Wie ein ganz normaler Tourist schlenderte sie den Weg in Richtung der St.-Peter-und-Paul-Kirche entlang, deren dunkle, gotische Türme am nördlichen Ende der parkähnlichen Anlage in den Himmel ragten. Als sie endlich das Grab von Josef Kaizl auf dem Friedhof hinter der Kathedrale erreichte, fand sie sich vor einem verschlossenen Gitter an einer der Seitenmauern wieder. Eine monumentale Bronzeskulptur breitete ihre Flügel über dem marmornen Grab aus, beschützend, bedrohlich. In drei tönernen Töpfen gedachten verdorrte Zweige der Toten. Ein würdiger Platz, dachte Solveigh und bewunderte das Schattenspiel unter den Flügeln. Dr. J. Kaizl. 1854 bis 1901. Hatte Marcel das Grab aus einem bestimmten Grund ausgewählt? Wenn ja, konnte sie sich keinen Reim darauf machen. Solveigh ließ ihren Blick über die Gräber schweifen und suchte nach einem Lebenszeichen von Marcel, aber sie konnte ihn nirgends entdecken. Vielleicht hatte er sich ebenso verspätet? Außerdem hatte er von ihr nicht einmal eine Bestätigung ihres Treffens erhalten. Wie auch? Er hatte die Nachrichten-App nicht mehr geöffnet. Aber natürlich wusste er, dass er sich auf sie verlassen konnte und dass sie alles daransetzen würde, die Verabredung einzuhalten. Wo war er?, dachte Solveigh, als sie plötzlich spürte, wie jemand aus dem Nichts hinter sie trat. Sie erahnte seine Anwesenheit, wie man einen fremden Blick auf sich ruhen fühlt, kaum merklich, aber leicht beunruhigend. Kein Knirschen im Kies und kein noch so feiner Lufthauch hatten ihn verraten. Marcel?

»Ich dachte schon, Sie kämen nicht mehr, Frau Lang«, sagte eine Frauenstimme auf Deutsch mit unverkennbar arabischem

Einschlag, aber perfekter Grammatik. Wer war die Frau? Und wo war Marcel? Solveigh drehte sich langsam um und sah sich einer äußerst attraktiven Schwarzhaarigen gegenüber, die sicher zehn Jahre jünger war als sie. Mitte zwanzig, dunkler Teint, noch dunklere Augen.

»Wer sind Sie?«, fragte Solveigh ein wenig perplex, um kurz darauf hinzuzufügen: »Und vor allem: Was wollen Sie von mir?«

»Mein Name ist Yael Yoffe, und ich muss mich entschuldigen, dass ich Sie mit einem Trick hierhergelockt habe. Tun Sie mir den Gefallen, und gehen Sie ein Stück mit mir?«

Solveigh betrachtete sie eingehend und versuchte, diese Yael Yoffe einzuschätzen, was ihr nicht ganz leichtfiel. Der Name sprach für einen israelischen Hintergrund, aber das konnte natürlich täuschen. Und wer sagte ihr, dass dieser Name ihr richtiger war? Dennoch entschied sie sich, auf ihren Vorschlag einzugehen, sonst lief sie Gefahr, womöglich niemals zu erfahren, wie es zu diesem Treffen gekommen war. Sie nickte, und wenige Augenblicke später knirschten ihre Schritte beinahe im Gleichklang auf dem Kies der schnurgeraden Wege, die wie auf einem Schachbrett an den Gräbern entlangführten. Solveigh schwieg, sie hatte nicht vor, als Erste etwas von sich preiszugeben. Yael war an der Reihe, und das schien dieser auch klar zu sein. Ihre Stimme war ruhig und überaus sachlich, als sie ihr berichtete, warum sie dieses geheimnisvolle Treffen organisiert hatte.

»Ich will nicht lange um den heißen Brei herumreden, Miss Lang. Ich arbeite für den israelischen Geheimdienst, und mein Vorgesetzter hat eine Nachricht, die er dem European Council überbringen möchte. Nicht über die üblichen Kanäle, nicht über die Amerikaner und vor allem unter absoluter Geheimhaltung.«

Obwohl Solveigh bereits vermutet hatte, dass es sich bei Yael um eine Israelin handelte, war sie überrascht. Eine Mossad-

Agentin? Das erklärte zumindest dieses geheimnisumwitterte Treffen. Aber leider noch nicht ganz. Solveigh schaute sie ausdruckslos an, sie hatte nicht vor, etwas zu Yaels Monolog beizutragen.

»Vor etwa drei Monaten nahm in Tel Aviv ein Mann Kontakt zu einem unserer Agenten auf. Ein Deutscher. Er behauptete, ein Konsortium von Geschäftsleuten zu vertreten, die ein überaus großzügiges Honorar für technische Informationen über das Stuxnet-Virus zahlen würde. Unser Agent ging zum Schein auf den Vorschlag ein und informierte meinen Chef.«

Solveigh blieb stehen: »Dieser Agent waren Sie, nehme ich an?«

»Ja«, bestätigte Yael und nickte. »Unser Dossier hat, was Ihre Auffassungsgabe angeht, nicht übertrieben, Frau Lang. Sind Sie mit dem Stuxnet-Wurm vertraut?« Solveigh schüttelte den Kopf. Sie hatte von dem Industriecomputervirus gehört, aber bisher ausschließlich in den Medien. Sie wusste nur, dass er mutmaßlich vom Mossad, der CIA oder beiden gemeinsam entwickelt worden war, um das iranische Atomprogramm zu sabotieren.

»Stuxnet ist das fortschrittlichste Computervirus der Welt, Miss Lang. Oder Schadsoftware, um genau zu sein. Und extrem gefährlich. Es repliziert sich selbst, dringt in Industrieanlagen ein und manipuliert deren Steuerungscomputer. Es ist kein einfacher Trojaner, der Kontodaten von Privatpersonen ausspäht oder Spam-Mails versendet. Stuxnet wurde entwickelt, um Infrastrukturen zu sabotieren – gezielt und ohne dabei in Erscheinung zu treten. Es ist ein schreckliches, aber geniales Stück Ingenieurskunst.«

»Also ist es korrekt, dass Israel das Virus entwickelt hat?«

Yael lächelte undurchsichtig: »Sie wissen, dass ich das niemals zugeben könnte, selbst wenn es stimmen würde. Also lautet die Antwort Nein. Aber ich darf Ihnen verraten, dass der Staat Israel im Besitz einer Kopie des Virus ist.«

Auch das überraschte Solveigh kaum: »Fahren Sie fort. Was wurde aus Ihrem Deutschen?«

»Der Mann, der sich als Fritz Handelmann vorstellte, bot schließlich bis zu zwanzig Millionen Dollar für eine Kopie des Virus. Leider ist es uns nicht gelungen, seine Hintermänner zu identifizieren. Er schien vollkommen alleine zu arbeiten. Nachdem er festgestellt hatte, dass ich ihm das Virus nicht würde liefern können, verschwand er nach Bayern und wird seitdem von uns überwacht. Er hat, soweit wir das beurteilen können, zu niemandem Kontakt aufgenommen und geht seiner regulären Tätigkeit als Manager bei einer Tankstellenkette nach.«

Solveigh dachte einen Augenblick darüber nach. »Und was genau sollte ich der EU Ihrer Meinung nach ausrichten?«

»Sagen Sie Ihrem Vorgesetzten, dass Gideon Feinblat der festen Überzeugung ist, dass jemand anderes nicht so loyal war wie Yael Yoffe und dass er davon ausgeht, dass eine feindlich gesinnte Gruppierung den Stuxnet-Quellcode besitzt.«

»Und was könne eine solche Gruppe mit dem Virus anfangen?«

»Natürlich ist der Code nicht gerade einfach zu manipulieren, aber wenn diese Gruppierung einen Spezialisten auftreibt, der klug genug ist, seine Genialität zu verstehen, dann …«

Yaels Redefluss stockte. Solveigh blieb stehen und sah sie fragend an.

»… dann ist die Infrastruktur in Europa gefährdet. Große Industrieanlagen, Verkehrsnetze, Strom, Stahlwerke, die Autoindustrie. Stuxnet ist fast universell einsetzbar, wenn es entsprechend umprogrammiert wird.«

»Und wie kommt Gideon Feinblat zu der Annahme, dass ausgerechnet die EU als mögliches Anschlagsziel infrage kommt?«

Yael Yoffe zog eine dünne Aktenmappe aus der tiefen Tasche ihres Mantels: »Zur gleichen Zeit wie Fritz Handelmann hielt sich noch ein zweiter Mann in Tel Aviv auf, den wir ebenso beobachten ließen. Wir konnten keinen Kontakt zwischen den beiden nachweisen, aber Gideon Feinblats Instinkt sagt, dass sie etwas miteinander zu tun haben. Und ich bin mir sicher, Sie werden den Namen und das Foto erkennen, oder etwa nicht?«

Solveigh nahm ihr die Akte aus der Hand. Zuoberst lag ein grobkörniges Bild, das mit einem leistungsstarken Teleobjektiv in einer Hotellobby aufgenommen worden sein musste. Es zeigte einen etwa siebzigjährigen Mann, den Solveigh nicht auf Anhieb zuordnen konnte. Den Namen, der neben dem Foto stand, kannte sie dafür umso besser: Thomas Eisler, seines Zeichens einer der ranghöchsten Stasi-Offiziere bis zum Zusammenbruch der DDR.

»Heilige Scheiße«, entfuhr es Solveigh. »Jetzt verstehe ich, warum Sie den ganzen Aufwand hier inszeniert haben.« Wenn Thomas Eisler im Spiel war, konnte niemand den deutschen Behörden trauen. Er hatte sich 1989 kurz vor dem Zusammenbruch der DDR nach Moskau abgesetzt und war flüchtig. Angeblich hatte er ein Angebot der CIA über Asyl gegen detaillierte Informationen über die Organisation der Informellen Mitarbeiter der Stasi abgelehnt und war in Österreich untergetaucht. Aber auch die Gerüchte, er lebe immer noch in dem Deutschland, das ihn angeblich so fieberhaft suchte, wollten nicht verstummen. Wenn dieser Thomas Eisler seine Finger da drin stecken hatte, musste die ECSB aktiv werden. Solveigh nickte Yael anerkennend zu und bedankte sich für die wichtigen Informationen.

Die israelische Agentin zog die Augenbrauen hoch: »Und Sie interessiert gar nicht, wie es uns gelungen ist, Ihnen diese Nachricht zukommen zu lassen?«

Solveigh lächelte trocken: »Nein. Sie haben mit Marcel geschlafen, alle anderen Möglichkeiten können wir, glaube ich, ausschließen, oder nicht?«

Das Handy am Ohr, schloss Solveigh zwei Stunden später die Tür zu ihrem Hotelzimmer auf, in der rechten Hand balancierte sie einen Kaffeebecher. Ihr Chef William Thater war ebenso in der Leitung wie ihr Kollege Eddy und zwei externe Experten der ECSB, ein Spezialist für Computerviren sowie ein Professor aus Rom für Nahostpolitik, der gerade seine Einschätzung ihrer Begegnung mit der Mossad-Agentin abschloss:

»Wenn Sie überhaupt jemandem trauen können aus Tel Aviv, wozu ich Ihnen nicht unumwunden raten würde, dann vertrauen Sie Gideon Feinblat.«

»Eine sehr aufschlussreiche Formulierung«, grummelte Sir William ins Telefon. »Aber ich komme nicht umhin, Ihnen zuzustimmen, und wie sagt man so schön: Einem geschenkten Gaul und so weiter? Wenn er uns seine Hilfe anbietet und uns zudem Yael Yoffe zur Verfügung stellt, sollten wir das zunächst nicht ablehnen – auch wenn wir wachsam bleiben müssen. Sie haben ihre eigenen Interessen – das dürfen wir nicht vergessen. Aber aufgrund der beunruhigenden Analyse zum Stuxnet-Virus und dessen möglicher Auswirkung auf unsere Handels- und Infrastruktursysteme werde ich der EU-Kommission empfehlen, uns weiter ermitteln zu lassen. Ihr alle wisst, was das heißt ...«

Solveigh nahm einen Schluck Kaffee aus dem Becher, der ihr fast die Lippen verbrannte. Zum fünfhundertsten Mal fragte sie sich, wann endlich jemand einen Deckel erfinden würde, der das verhinderte. Als sie den Becher absetzte, roch sie feine Aromen von gemahlenen Kaffeebohnen und noch etwas anderes. Ihr Geruchssinn hatte sie bisher selten getäuscht.

»... sammeln uns hier in Amsterdam«, hörte sie als Nächstes von Will. Sie kannte diesen Geruch sehr gut. Es roch nach altem Leder, Flugbenzin und einer grünen Wiese. Nur ein Mensch, den sie kannte, trug dieses Parfum. Ihr Magen hatte in diesem Moment keine Ahnung, ob er sich freuen oder verkrampfen sollte, stattdessen spürte sie einen kleinen Stich im Herzen. Solveigh ging den schmalen Flur ihres Hotelzimmers entlang vorbei an ihrem aufgeklappten Koffer und dem Zimmersafe, noch immer hielt sie den Kaffeebecher in der Hand. »Wir sehen uns in zwei Tagen«, schloss Thater und bedankte sich bei den Teilnehmern der Telefonkonferenz. Solveigh legte auf und betrat das Schlafzimmer. Sie hatte sich nicht getäuscht. Auf dem Stuhl vor dem kleinen Schreibtisch saß ein unerwarteter Besucher und blickte zu ihr herauf. Er hielt eine Kamera in den Händen und fummelte gedankenverloren an ein paar Knöpfen. Solveigh sagte nichts.

»Hallo, Solveigh«, begrüßte Marcel sie mit dem schiefen Grinsen, das sie sehr mochte, das aber in dieser Situation vollkommen unangebracht war. Sie nickte. Sie war verletzt, gekränkt. Natürlich war ihr klar, dass sie keinen Anspruch auf ihn hatte, schon gar nicht bei der wenigen Zeit, die sie ihm widmen konnte. Selbst verwirkt. Natürlich machten ihm andere Frauen schöne Augen, und natürlich war sie nie da. Immer unterwegs, keine Zeit. Entschuldige, Marcel, da bin ich in Mailand oder Stockholm oder Prag. Wie oft hatte sie diesen Satz mit wechselnden Städtenamen schon gebraucht und sich nichts weiter dabei gedacht? Einfach weitergemacht, als hätte nichts, was sie tat, jemals eine Konsequenz, weil sie so gut zueinanderpassten. Sei nicht albern, Solveigh, das steckst du doch locker weg, oder nicht? Sie war sich auf einmal nicht mehr so sicher. Also sagte sie lieber nichts. Er stand auf und kam auf sie zu. Sie wollte, dass er sie umarmte, und wollte ihn doch wegstoßen, so weit sie konnte. Als das alte brüchige Leder und der Flugdiesel näher kamen, wollte sie ihn schon nicht mehr ganz so weit wegstoßen, und als er sie schließlich in die Arme nahm und ihre Wange streichelte, wusste sie nicht mehr, ob sie ihn überhaupt jemals loslassen wollte. Er wusste, dass sie es wusste, wahrscheinlich hatte Yael ihn sogar angerufen, vielleicht als Wiedergutmachung – oder als Startpunkt für eine Wiederholung? Keine Ahnung. Er nahm ihren Kopf zwischen die Hände und sah ihr tief in die Augen: »Es tut mir leid, Solveigh. Wirklich.« Sie nickte, obwohl sie nicht wusste, was sie denken sollte. »Ich dachte, du bist in Tel Aviv«, brachte sie schließlich hervor, ihre Stimme klang deutlich beiläufiger, als sie sich fühlte. »Nicht mehr«, antwortete er. »Ich dachte mir, dort, wo sich eine israelische Agentin und die berüchtigte Slang treffen, da muss die interessantere Story drin sein. Also bin ich ihr nachgeflogen, sobald mich die Wache vom Mossad aus den Augen ließ. Glücklicherweise wusste ich ja von unserem Telefonat vor drei Tagen, wo sie dich finden würde.«

Solveigh musste zugeben, dass seine Logik bestechend war, und fragte sich, gegen wie viele Statuten der ECSB sie verstieß, indem sie Marcel hin und wieder verriet, in welcher Stadt sie sich aufhielt. Zumal jetzt, wo er das Volontariat beim »L'Echo Diplomatique« angefangen hatte. Es machte ihre private Situation nicht eben einfacher, dass er jetzt den investigativen Journalisten zuzurechnen war. Natürlich war er noch am Anfang seiner Karriere, aber oftmals waren das ja die Gefährlichsten von allen, weil sie die größeren Risiken eingingen, um ihre Story zu bekommen. Wenn sie ehrlich war, machte ihn das sogar noch ein wenig anziehender. Und was fangen wir jetzt mit uns beiden an?, fragte sich Solveigh, während er sie immer noch in den Armen hielt. Ihr Handy piepste, und da sie es ebenso wie den Kaffeebecher nach wie vor in der Hand hatte, las sie die Textnachricht von Eddy über Marcels Schulter: Ihr Flug nach Amsterdam ging schon am nächsten Morgen. Was war das für eine Zukunft mit einem Mann, der sie gerade erst betrogen hatte? Vielleicht meine einzige, seufzte Solveigh innerlich. Was hatte sie schon für eine Wahl? Zumindest für den Moment? »Wir haben bis morgen früh«, flüsterte sie ihm ins Ohr und konnte förmlich spüren, wie er grinste. Er hatte gewonnen. Zumindest für die nächsten Stunden.

KAPITEL 12

Moskau, Russland, Tverskaja-Straße
16. September 2012, 08.39 Uhr (am nächsten Morgen)

Dimitrij Bodonin fuhr mit seinem neuen Firmenwagen in die Tiefgarage des Bürogebäudes, in dem MosTec seinen Sitz hatte. Die Firma, die er gemeinsam mit Viktor seit zwei Tagen leitete. Managing Director, stand auf seiner Visitenkarte. Es kam ihm immer noch wie ein Traum vor, aber die fünfzehn Mitarbeiter, die unter anderem das Computersystem von Anatolis Wodkafabrik warteten, waren keine Illusion. Und es handelte sich nicht etwa um stupide Arbeitsbienen, einige waren sogar recht fähig. Die meisten hatten wie er an der Technischen Universität studiert, wenn auch keiner mit einem so guten Notenschnitt wie er oder dem frühen Doktortitel vor der Nase. Vielleicht ist es also ganz und gar gerechtfertigt, dass ich ihnen nun sagen soll, wie sie ihre Arbeit machen, überlegte Dimitrij, als er das 3er-BMW-Coupé mit silbern glänzenden riesigen Chromfelgen verriegelte. Keine zwei Minuten später betrat er ihre Firmenzentrale im vierten Stock, die allerdings nur aus schmucklosen Zweckbüroräumen mit grauem Teppichboden und einer Unmenge Computern bestand. Kabel lagen quer über die Gänge, ein Zustand, den er unbedingt abschaffen musste, wenn sie wirklich strategisch expandieren wollten. Die alte Mär von chaotischen Programmieren war ein gesellschaftliches Relikt aus den Neunzigern. Wer heute in der IT erfolgreich sein wollte, musste organisiert, professionell und ganz und gar up to date sein. Im Gegensatz zu einigen Rechnern hier, notierte er im Kopf, als er die Tür zu seinem und Viktors gemeinsamem Büro öffnete. Viktor saß an seinem Schreibtisch und starrte konzentriert auf den Monitor.

»Guten Morgen!«, sagte Dimitrij fröhlich. Viktor blickte von seinem Monitor auf und bedeutete ihm mit einem Nicken in die andere Ecke des Raumes, dass sie nicht allein waren. In den letzten Wochen hatten sie sich immer weiter angenähert, mittlerweile musste Dimitrij zugeben, dass er Viktor wohl mit Fug und Recht nicht nur als seinen Partner, sondern auch als besten Freund bezeichnen durfte. Dimitrij verkniff sich daher sein übliches Ritual, die Tasche in die Schrankecke zu pfeffern, und tat stattdessen das, was er von einem distinguierten Geschäftsmann erwarten würde: Er ging mit energischen Schritten zu seinem eigenen Schreibtisch, der Kopf an Kopf mit Viktors stand, und blickte absichtlich nicht in die Ecke, in der der vermeintliche Besucher stehen musste. Er setzte sich auf seinen Stuhl, der leicht wippte, und startete den Computer. Erst nachdem der satte Klang des Systems ertönt war, schaute er auf. Hätte er sich ja denken können, wenn Viktor so ein Aufheben darum machte: Anatoli Kharkov, der Boss höchstselbst, gab sich die Ehre. Er lehnte an ihrer Schrankwand, pulte an seinen Fingernägeln und grinste ihn an: »Guten Morgen, Dimitrij. Gut geschlafen?«

Sollte das eine Ermahnung sein? Es war Viertel vor neun, an sich kein Grund für einen Rüffel, dachte Dimitrij und antwortete fröhlich: »Ja, vielen Dank.« Nahm er die Sache nicht ernst genug? Immerhin war der grauhaarige dicke Mann ein ehemaliger KGB-Funktionär, bei denen konnte man nie wissen. Aber schließlich hatte er schon mit ihm in dem Whirlpool seiner Jacht gesessen, also was soll's, dachte Dimitrij. Anatoli Kharkov lächelte nachsichtig.

»Das freut mich zu hören, Dimitrij. Ich vermute, ihr habt mittlerweile schon eine Strategie für euer prosperierendes Unternehmen erarbeitet, oder nicht?«

Dimitrij blickte zu Viktor, der andeutungsweise mit den Schultern zuckte. Doch, er hatte so etwas wie eine Strategie im Kopf, sogar ein paar PowerPoint-Seiten waren an den letzten Abenden dabei herausgesprungen, aber bisher hatte er es nicht geschafft, sie mit Viktor abzustimmen. Andererseits konnten sie auch nicht komplett blank dastehen, das wäre sicher auch nicht in seinem Sinne. Der Computer war mittlerweile hochgefahren, ebenso wie das Mailprogramm, das sich bei jedem Start automatisch öffnete.

»Nun ja«, begann Dimitrij, um Zeit zu gewinnen. Parallel klickte er die Datei an und schickte sie per E-Mail an Viktor. Vielleicht konnten sie so zumindest noch einmal, wenn auch virtuell, darüber reden. »Wir haben uns natürlich Gedanken gemacht über die Zukunft von MosTec. Erst mal mussten wir natürlich eine genaue Situationsanalyse vornehmen.« Dimitrij warf einen Blick zu Viktor hinüber, der sich gelangweilt durch die paar Seiten PowerPoint klickte. »Und das ist ja gar nicht so einfach, schließlich gibt es neben der Fabrik noch einige weitere Schlüsselkunden…«

Viktor schaute zu ihm herüber. Dimitrij konnte nur hoffen, dass sein Partner seine Einschätzung teilen würde. Er warf ihm einen fragenden Blick zu. Viktor zuckte mit den Schultern und nickte, ohne sonderlich begeistert auszusehen. Es war ja auch wirklich nicht der Weisheit letzter Schluss, im Grunde bestand seine Strategie aus einer radikalen Modernisierung der Infrastruktur und einer Neuausrichtung hin zu den großen Geschäftskunden, die überall in Moskau wie Pilze aus dem Boden schossen. Es waren nicht eben besonders schwierige Zeiten für ein IT-Unternehmen, das sich schon über die Verträge mit der Wodkafabrik einigermaßen über Wasser halten konnte. Dimitrij räusperte sich: »Also gut, Anatoli. Ich habe hier eine Präsentation, die Sie sich vielleicht einmal ansehen sollten.« Er drehte den Monitor ein Stück in Anatolis Richtung. Viktor verließ seinen Platz und setzte sich auf die Kante seines Schreibtisches, um den Besucherstuhl für seinen Vater frei zu halten, aber der machte keinerlei Anstalten, seinen Platz an der Schrankwand zu räumen.

»Das ist gut. Zeig mir, was ihr erarbeitet habt. Meine Augen sind noch sehr gut«, bemerkte der dicke Mann mit dem roten Gesicht. Dimitrij konnte sich nicht vorstellen, dass das stimmte. Trotzdem schaltete er die Präsentation auf Vollbildmodus und ging sie Seite für Seite mit den beiden durch. Geschäftsfelder, Vertrieb, Marketing. Das letzte Chart zeigte den Knackpunkt ihres Vorschlags: den Finanzierungsbedarf. Und der war nicht unerheblich. Nicht so groß, dass er für Anatoli ein ernsthaftes Problem darstellte, aber groß genug, dass sich zeigen würde, ob er es ernst meinte mit der gemeinsamen Zukunft oder ob er doch nur eine kleine Stelle mit ein bisschen Renommee für seinen Sohn gesucht hatte. Als Dimitrij endete, schaute Anatoli auf seine Fingernägel. Er streckte sie von sich und betrachtete das Ergebnis seiner Fummelei, die er auch während Dimitrijs Vortrag nicht unterbrochen hatte. Dimitrij und Viktor schauten sich an. Wieder einmal zuckte Viktor mit den Schultern. Wie kann man seinen eigenen Vater nur so schlecht kennen?, fragte sich Dimitrij zum wiederholten Mal und schaute wieder zu Anatoli. Das weiße Hemd unter dem grauen Anzug spannte ein wenig mehr als beim letzten Mal, dachte Dimitrij noch, als Anatoli plötzlich anfing zu lachen. Sein Bauch bebte über dem dünnen Gürtel.

»Ihr wollt Geld?«, fragte er zwischen zwei tiefen Lachern, die in einem üblen Husten endeten. Dimitrij wurde sehr flau im Magen. Natürlich hatte er es übertrieben. Er hatte es versaut. Er schaute mit bangen Blicken zu Viktor, der gleichgültig auf der Kante seines Schreibtisches saß. Plötzlich ebbte das Lachen ab, und es wurde sehr still in dem Büro.

»Okay«, sagte Anatoli plötzlich, sehr leise, aber sehr bestimmt. »Unter einer Bedingung.«

Viktor und Dimitrij sahen sich fragend an. Was hatte das zu bedeuten? Wollte er, dass sie noch einen Gesellschafter aufnahmen? Jetzt, wo sie beide sich so gut arrangiert hatten?

Anatoli Kharkov zog einen Speicherchip aus der Jackentasche. »Ihr fragt euch sicher, was ihr für euer Geld tun müsst, nicht wahr?« Die beiden jungen Manager nickten unisono.

»Nun«, sagte Anatoli und hielt den Speicherchip ins Licht der Neonröhren an der Decke, als könnte er so den Inhalt auslesen. »Ihr müsstet euer Geschäftsfeld ein wenig erweitern ...«

KAPITEL 13

Amsterdam, Niederlande
16. September 2012, 20.25 Uhr (am Abend desselben Tages)

Marcel Lesoille landete um 20.25 Uhr in Amsterdam, nach seiner Schätzung etwa sechs Stunden später als Solveigh. Er nahm die Bahn bis zum Amsterdam Centraal und von dort aus weiter zum Amstel Business Park. Marcel kannte das unscheinbare Bürogebäude, in dem die ECSB ihren Sitz hatte. Die Nachbarn der kleinen internationalen Sondereinheit der des Europäischen Rats waren ebenso unscheinbar wie die Adresse: IT-Firmen, ein Personaldienstleister, ein paar kleinere Buchhaltungsunternehmen. Keine Auffälligkeiten, nichts, was irgendjemand interessiert hätte, geschweige denn einen Journalisten. Aber Marcel wusste es besser, seit er Solveigh, über mehrere Tage verteilt, jeweils einen weiteren Abschnitt auf ihrem Weg ins Büro ›begleitet‹ hatte, damit sie nur ja keinen Verdacht schöpfte. War das der Anfang ihres gemeinsamen Endes gewesen? Ein kleiner Betrug, begangen aus dem Überschwang heraus, endlich das Praktikum beim Echo ergattert zu haben und ein echter Enthüllungsjournalist zu werden? Er wusste es nicht genau. Bevor sich Marcel an der gegenüberliegenden Bushaltestelle im Wartehäuschen auf einen Stuhl aus blau lackiertem Drahtgeflecht setzte, stopfte er seinen Schal ins Revers und steckte die Hände in die tiefen Manteltaschen. Es war empfindlich kalt in Holland und entschieden zu kalt für ihn. Wieso war eigentlich nirgendwo in dem Gebäude Licht zu sehen?, wunderte sich Marcel. Er wusste aufgrund ihres Telefonats in Prag sicher, dass Solveigh eine Besprechung im Büro hatte. Vielleicht nutzten sie einen Innenraum, sinnierte er achselzuckend. Der Nieselregen wehte ihm über das zu schmale Vordach ins Gesicht und tropfte ihm an den Falten seiner Kapuze gesammelt in den Nacken. Tief in den Taschen seines Mantels überprüfte er routiniert, ob eine Speicherkarte in der Kamera steckte, und richtete sich aufs Warten ein, als er plötzlich ein Taxi bemerkte, das vor dem Kasten aus Beton und Glas hielt. Marcel fischte die Leica aus der Tasche und blickte durch den Sucher. Das leistungsstarke APO-Summicron-Objektiv holte das Taxi näher heran, die Scheibe reflektierte den bläulichen Schein der Straßenlaterne, und die Regentropfen brachen das Licht wie tausend kleine Diamanten. Er drückte den Auslöser. Klick. Er konnte nicht erkennen, wer in dem Taxi saß. Klick. Ein blauer Peugeot. Klick. Der Fahrgast reichte einen Schein nach vorne und öffnete den Schlag. Klick. Aha, vermerkte Marcel. Hat es sich doch gelohnt, hier in der Kälte zu sitzen. Klick. Eine Frau stieg aus, sie war mit einer blauen Jacke ohne Kapuze bekleidet, ihr dunkles Haar hatte sie unter dem Kragen verborgen. Klick. Marcel erinnerte sich daran, wie diese Locken seine Nase gekitzelt hatten. Klick. Sie blickte in seine Richtung. Hatte sie ihn bemerkt? Ihr Gesicht war jetzt deutlich zu erkennen unter den Neonröhren über dem Bürgersteig. Klick. Guten Abend, Yael Yoffe, murmelte Marcel. Das könnte interessant werden. Sie blickte immer noch zu der Bushaltestelle, in deren dunkelster Ecke Marcel auf dem Stahlrohrgeflecht saß. Aber nein, sein schwarzer Mantel dürfte maximal schemenhaft auszumachen sein von dieser Entfernung, und das Objektiv konnte aus diesem Winkel nichts reflektieren. Klick. Hat sie die Augen zusammengekniffen? Da wendete sie sich schon ab und rannte durch den Regen Richtung Eingang. Klick. Er würde diese Story bekommen, und er würde sich nicht abschütteln lassen. Marcel spürte instinktiv, dass hier etwas Größeres im Gange war. Größer, als ihm vielleicht hätte lieb sein sollen für seine erste eigene Reportage.

Amsterdam, Niederlande
16. September 2012, 21.21 Uhr

Solveigh Lang holte die spätabendliche Besucherin am Empfang einer Firma namens Loude IT Services ab, die es in Wirklichkeit gar nicht gab. Der vierte Stock des Gebäudes diente der ECSB als Tarnung, lediglich ein paar Büros beherbergten ausgelagerte Buchhaltungsmitarbeiter, die hier tagsüber die Fassade aufrechterhielten. Als sie die junge Israelin begrüßte, bekam sie, ohne es zu wollen, ein flaues Gefühl im Magen. Ohne sich etwas anmerken zu lassen, eskortierte sie die Mossad-Agentin über die ausgetretenen Teppichböden bis zur Sicherheitsschleuse in einen der Konferenzräume. Routiniert ließ Yael das grünliche Licht des Iris-Scanners eine Identifikation vornehmen und gab eine Zahlenkombination ein, die sie von einem Verbindungsoffizier in der israelischen Botschaft erhalten hatte. Sie war die erste Besucherin, die die Sicherheitsmaßnahmen der ECSB nicht zu verwundern schienen, im Gegenteil, sie nahm sie mit einer natürlichen Gelassenheit zur Kenntnis. Als sich die Aufzugtüren schlossen und sie die seltsam dumpfe Stille des Schallschutzes umfing, kam Solveigh nicht umhin zu bemerken, dass Agentin Yoffe sehr gut roch, nach Patchuli und Minze. Zu ihrem flauen Gefühl im Magen gesellte sich ein kleiner Stich ins Herz. Weil sie Marcel verstehen konnte. Sie war eine attraktive Frau, diese Agentin. Vielleicht ein wenig zu attraktiv für ihren Geschmack, aber darum würde sie sich später kümmern müssen.

Als sich die Aufzugtüren ein Stockwerk tiefer öffneten und sie das komplett isolierte und gegen elektronische Angriffe geschützte Hauptquartier der ECSB betraten, drängte sich glücklicherweise die Arbeit von alleine in den Vordergrund, und Solveigh begann wieder zu funktionieren. Wie immer. Beinah ärgerte sie sich ein wenig darüber. Ob so die ersten Anzeichen eines Burn-outs aussahen? Sie führte ihre Besucherin in den großen Konferenzraum, in dessen Mitte ein großer elliptischer Tisch stand. Wie alle Einrichtungsgegenstände bei der ECSB war er weiß und trug zu der beinahe klinischen Atmosphäre der Räume bei. Ohne die vielen Monitore und Mitarbeiter, deren Mischung man durchaus als bunt bezeichnen dürfte, hätte es sich auch um die Hightechintensivstation eines Krankenhauses für betuchte Privatpatienten handeln können. Yael Yoffe hängte ihre nasse Jacke an einen Haken und blieb dann mit verschränkten Armen an der Glastür stehen. Bevor Solveigh die Vorstellungsrunde übernehmen konnte, betrat William Thater den Raum durch die gegenüberliegende Tür, und wie immer, wenn der ›Grandseigneur der Geheimdienste‹ anwesend war, nahm seine Präsenz den Raum in Gänze ein, ungeachtet seiner geringen körperlichen Größe.

»Yael Yoffe vom israelischen Mossad, nehme ich an«, begrüßte er die Agentin. Solveigh entging nicht, dass er sie dabei musterte. Wahrscheinlich kam sie ihm zu jung und zu hübsch vor, vermutete sie.

»Guten Abend, Sir William. Es ist mir eine außerordentliche Ehre, Sie kennenzulernen.«

»Lassen Sie bitte den Sir weg, ja?«, bat Sir William Thater, der den offiziellen Titel eines Knight of the British Empire trug, seit er in den Siebzigerjahren eine Zelle der IRA infiltriert hatte, nur um ihr einige Jahre später entscheidende Informationen über britische Operationen zukommen zu lassen. Informationen, die Menschenleben retteten, auch wenn sein vermeintlicher Verrat damals nicht allen politischen Parteien opportun erschienen war. Trotzdem, oder vielleicht gerade deswegen, bestand er nicht auf seinem Titel.

»So wie ich die notorische Informationsbesessenheit Ihres Dienstes kenne, brauche ich Ihnen den Rest meines Teams nicht vorzustellen, oder? Wie geht es Gideon?«

Yael lächelte: »Nein, das brauchen Sie tatsächlich nicht. Und ich weiß, dass Sie sich Anfang der Neunziger einmal getroffen haben, er hat es mir erzählt. Er bestellt Ihnen Grüße, sein Olivenhain habe schon schlechtere Jahre gesehen, soll ich Ihnen ausrichten.« Solveigh runzelte die Stirn, sie hatte nicht gewusst, dass sich die beiden Geheimdienstler schon einmal begegnet waren. Nicht, dass es einen wundern sollte, wie alle Branchen war auch diese Welt eine überschaubare mit den immer gleichen Akteuren. Mit einer undurchsichtigen Verbindlichkeit stellte sich Yael selbst den Anwesenden vor: Eddy Rames, Solveighs Partner in der Zentrale und seit einem Jahr Dominiques größter Rollstuhlkumpel, wobei Eddy seit frühester Kindheit darauf angewiesen war und Dominique erst seit seinem Umfall mit Thanatos. Letzterer saß direkt neben Eddy und gab ihr sitzend die Hand. Des Weiteren waren noch ihr Deutschlandexperte sowie ein Nahostspezialist der Universität Oxford anwesend, dazu ein Computeringenieur der Softwarefirma, die den Stuxnet-Wurm umfassend analysiert hatte. Dieser war per Videokonferenz aus München dazugeschaltet, er sah keineswegs aus, wie man sich einen Computerexperten vorstellen würde. Ein freundlicher, gemütlicher Amerikaner Mitte vierzig, mit roter Krawatte und grau meliertem Anzug schaute erwartungsvoll in die Runde. Nachdem sich alle vorgestellt hatten, bat Will Thater den Softwarespezialisten, seine Einführung in die Funktionsweise von Stuxnet fortzusetzen.

»Im Januar 2010 machten die Mitglieder einer Abordnung der Internationalen Atomenergiebehörde bei einer Routineinspektion der Urananreicherungsanlage in Natanz im Iran eine erstaunliche Entdeckung: Binnen weniger Stunden hatten Techniker dort Zentrifugen in einer derart großen Anzahl ersetzt, dass keiner der Anwesenden an die offizielle Version regulärer Wartungsarbeiten glauben konnte. Der Iran wollte keinerlei Erklärung zum Austausch der Zentrifugen abgeben und war dazu auch nicht verpflichtet, das Mandat der Kontrolleure beschränkte sich auf den Verbleib und die Verwendung des radioaktiven Materials. Dennoch blieb die große Frage für die Inspekteure: Warum? Warum tauschte der Iran an die tausend Zentrifugen binnen weniger Tage, die normalerweise kaum binnen eines Jahres ersetzt worden wären?« Er machte eine dramaturgisch sinnvolle Kunstpause, um seine Zuhörer zu animieren, die Frage selbst zu beantworten. Natürlich reagierte niemand. Alle starrten auf den Monitor mit dem Mann aus München. »Nun«, fuhr er endlich ohne jede Eile fort. »Den Grund sollte die Welt erst ein halbes Jahr später erfahren, als einem jungen Sicherheitsexperten aus Weißrussland ein Problem mit dem Computer eines Kunden im Nahen Osten gemeldet wurde. Er suchte Tage nach der möglichen Ursache und fand schließlich etwas ganz und gar Ungewöhnliches: einen Zero-Day-Exploit.«

Dominique schaute fragend in die Runde, und auch Will Thater schien keine Ahnung zu haben, worum es ging, geschweige denn Solveigh, die immerzu Yael beobachtete, für die all diese Informationen keine Neuigkeit zu sein schienen. Nur Eddy schien die Tragweite dieses Was-auch-immer zu erkennen, er hatte aufgehört zu tippen, ein untrügliches Zeichen, dass ihn etwas überrascht hatte. Glücklicherweise hatte auch der Computerexperte aus München die fragenden Blicke bemerkt und holte ein wenig weiter aus: »Als Zero-Day-Exploit bezeichnet man eine Sicherheitslücke, die zum ersten Mal überhaupt benutzt wird. Wenn Sie so wollen, in etwa wie die Mondlandung. Damit Sie begreifen, wie absolut außergewöhnlich das ist, ein kleiner Vergleich: Jedes Jahr werden Millionen Fälle neuer Schadsoftware entdeckt, aber nur eine einstellige Zahl davon benutzen einen Zero-Day-Exploit, also eine vollkommen neue, bislang unentdeckte Sicherheitslücke. Auf dem Schwarzmarkt kostet eine solche Schwachstelle in Windows mehrere Hunderttausend Euro, folglich war unser weißrussischer Freund alarmiert. Gemeinsam mit vielen weiteren Experten gelang es uns schließlich in monatelanger Arbeit, Stuxnet zu verstehen. Und was wir fanden, war wohl das bestprogrammierte Stück Schadsoftware, das die Welt je gesehen hat.«

»Sie waren dabei?«, platzte Solveigh heraus.

Der gemütliche Mann mit dem amerikanischen Akzent nickte von der großen Leinwand auf sie herab: »Ja, gemeinsam mit vielen meiner Kollegen. Sie müssen verstehen, dass Stuxnet nicht nur einfach ein kleines cleveres Stück Software ist, es ist ein Kunstwerk. Der Zero-Day-Exploit war eine Sicherheitslücke im Betriebssystem, die es ihm erlaubte, sich weiterzuverbreiten, und zwar gänzlich ohne dass dafür ein Programm ausgeführt werden muss. Sie stöpseln ihn an einen beliebigen Rechner in einem Netzwerk, und Stuxnet fräst sich seinen Weg auf jedes einzelne System. Dabei geht es so vorsichtig vor, dass die Administratoren kaum eine Chance haben, es zu bemerken. Lange Zeit war uns vollkommen unklar, zu welchem Zweck das Programm geschrieben worden war. Es lag einfach nur da, mitten im Betriebssystem, und schaute ab und zu nach, ob ihm jemand über das Internet neue Instruktionen gab. Oder zumindest schien es so.«

»Sie meinen, es ist eine Art Schläfer?«, fragte William Thater neugierig, plötzlich wieder auf vertrautem Terrain.

»So ähnlich«, referierte der Amerikaner. »Als wir allerdings die Verbindung zu den defekten Zentrifugen aus Natanz herstellten, erkannten wir, dass das Virus nur geschlafen hatte, weil es nicht vorgefunden hatte, was es suchte: Industrieanlagen. Stuxnet wurde speziell dafür erfunden, das iranische Atomprogramm zu sabotieren, weswegen es sehr wahrscheinlich von den Amerikanern oder von den Israelis geschrieben wurde. Es ist jedenfalls viel zu komplex, um das Werk eines Einzelnen zu sein, Sie brauchen eine große Organisation und einige Tonnen an Dollar, um so etwas zu entwickeln.«

Solveigh warf ob des politischen Fauxpas einen einen Seitenblick zu Yael, die aber beschwichtigend die Hand hob. Offenbar galten heute Abend andere Regeln, und sie standen ja auch nicht gerade im diplomatischen Dienst ihrer jeweiligen Länder.

»Ich danke Ihnen sehr für Ihre Einschätzung, Mr Chambers. Ich könnte mir gut vorstellen, dass wir Sie in den nächsten Wochen noch einige Male bitten werden, an unseren Besprechungen teilzunehmen, möglicherweise brauchen wir Sie sogar hier in Amsterdam.«

Das Beamerbild wackelte, als er auf seinem Stuhl hin und her rutschte. »Das wird leider nicht möglich sein, Mr Thater«, entgegnete der Mann aus Deutschland, »ich fliege morgen auf eine mehrtägige Konferenz nach Boston und dann zu einem Projekt nach Singapur.«

Solveigh wusste, dass Will das nicht gefallen würde. Er führte die ECSB nach Gutsherrenart. Im Positiven wie im Negativen, was heißen sollte, dass er sich bedingungslos für seine Leute einsetzte, aber ebenso bedingungslose Loyalität erwartete. Und Verzögerungen kamen für ihn nicht infrage. In keinem Fall und von niemandem. Und sie hatte sich mit ihrer Einschätzung nicht getäuscht.

»Glauben Sie mir, Mr Chambers, Sie fliegen nirgendwohin. Die entsprechenden Instruktionen Ihres Arbeitgebers finden Sie morgen früh in Ihrem Posteingang. Nochmals vielen Dank und auf ein baldiges Wiedersehen.«

Mit einem Nicken in Richtung Eddy beendete er das Gespräch, und die Verbindung wurde unterbrochen. Solveigh wusste, dass ihr Kollege, noch während Thater den Zivilisten ›eingeladen‹ hatte, eine E-Mail an den persönlichen Referenten des deutschen Wirtschaftsministers oder sonst jemand Wichtigen geschickt haben würde, der seinen Arbeitgeber davon überzeugte, dass er zur Verfügung stand, wenn sie ihn brauchten.

Die ECSB arbeitete als sehr kleine Einheit mit vielen politischen und persönlichen Hebeln, sonst wäre die Geschwindigkeit, in der von ihnen Ergebnisse erwartet wurden, gar nicht zu erzielen. Thater schaute in die Runde, als suchte er nach den Antworten, die ihm aber keiner liefern konnte. Solveigh machte einen zaghaften Versuch, ihm klarzumachen, dass sie heute Abend wohl kaum mehr etwas ausrichten konnten: »Will, lass uns ins Bett gehen und morgen mit einem frischen Kopf noch einmal darüber reden.«

Aber Will Thater trommelte mit einem Bleistift auf die Tischkante, für Solveigh ein untrügliches Zeichen dafür, dass er eine Entscheidung getroffen hatte: »Nein, wir werden morgen früh kein Jota mehr an Informationen zur Verfügung haben. Ihr wisst, dass ich kein Freund davon bin, Entscheidungen zu vertagen, und deshalb machen wir Folgendes: Für eine offizielle Anfrage ist es zu früh, die geben uns niemals die Erlaubnis, wegen eines Computervirus unsere Ressourcen zu verschwenden.«

»Aber, Will«, setzte Dominique an, der während des gesamten Vortrags des Computerexperten Chambers in seinen Laptop gestarrt hatte. »Das Ding ist nicht zu unterschätzen. Ich habe mal etwas recherchiert, und das ist wirklich ...«

»Ich bin ja deiner Meinung, Dominique. Und wenn Feinblat uns schon seine Mitarbeiterin als Verbindungsoffizier anbietet«, bemerkte er mit einem Seitenblick zu Yael, die nickte, »dann sollten wir das nicht ausschlagen. Solveigh, du fliegst mit Yael nach Israel. Findet die Verbindung zu Thomas Eisler, seine Anwesenheit in Israel war nie im Leben ein Zufall. Dieser Mann ist einer der gefährlichsten Schweinehunde, die mir je untergekommen sind, Eddy stellt dir ein Dossier zusammen, und ich bin sicher, Yael kann dir von Gideon Feinblat auch noch das eine oder andere besorgen, oder nicht, Ms Yoffe?«

Die Israelin nickte erneut.

»Und ihr, Eddy und Dominique, ihr holt diesen Experten aus

München hierher und setzt euch mit Dr. Gladki an eine Simulation. Ich will wissen, was das Ding anstellen könnte. Immerhin haben wir einen entscheidenden Vorteil: Wir kennen den Wurm, und wir wissen, wie er funktioniert. Also macht euch an die Arbeit, Leute.«

Solveigh stand auf und bot Yael an, sie zu ihrem Hotel zu fahren, sie würden in den nächsten Tagen noch genug Nachtschichten einlegen, um die Reise nach Israel vorzubereiten. Im Rausgehen hörte sie, wie Dominique Eddy gegenüber eine Bemerkung fallen ließ, bei der ihr ein kalter Schauer über den Rücken lief: »Klar wissen wir, wie der Wurm funktioniert, aber weißt du, was er nicht bedacht hat? Was ist, wenn sie ihn verändern? Wenn er gar nicht mehr als Stuxnet erkannt werden kann, weil sie ihn umbauen?«

»Dann«, antwortete Eddy, als Solveigh Yael durch die Tür des Konferenzraums schob, »haben wir ein echtes Problem.«

Nahe Lublin, Polen
18. September 2012, 23.58 Uhr (zwei Tage später)

Der Lastwagen hielt mit quietschenden Reifen auf dem Autobahnparkplatz, der für besonders billigen Sex bekannt war. Hier, im östlichsten Polen, waren die Preise um ein Vielfaches günstiger als an der deutschen Grenze, die nahe Ukraine verdarb den Frauen das Geschäft. Thomas Eisler betätigte zweimal das Fernlicht. Eine blonde Frau, der ein breiter Gürtel die Daunenjacke zu einer Wespentaille zusammenschnürte, stand plötzlich im Scheinwerferlicht. Ihr pinkfarbener Rock und die weißen, kniehohen Stiefel kamen als Folge des falsch verstandenen Signals auf seinen Wagen zu. Ein knallrot geschminkter Mund kaute

Kaugummi vor seiner Fensterscheibe. Thomas Eisler ließ die Scheibe herunter und drückte ihr einen Zehneuroschein in die Hand. Dazu schüttelte er den Kopf und deutete auf den Mann in dem blauen Overall, der rauchend von seinem Truck in ihre Richtung lief. Der Mund zog eine Schnute und stakste von dannen. Eisler stieg aus dem Wagen, einen schwarzen Pilotenkoffer in der linken Hand. Der Motor des Wagens drehte im Leerlauf, und alle zwei Sekunden schlugen die Scheibenwischer. Es war nass und kalt. Der Mann in dem Overall hatte einen Bart, der vermutlich angeklebt war, und rauchte einen nach künstlichen Südfrüchten stinkenden Zigarillo, er trug eine Sonnenbrille. Wie er selbst. Geschäfte dieser Art erledigte man besser, ohne sich gegenseitig beschreiben zu können. Und wie Eisler war der Mann mit dem Lastwagen ein Profi. Zu ihrer beider persönlichem Verständnis von Professionalität gehörte es auch, keine Lächerlichkeiten wie einen Koffer voller Geld auf einem Autobahnparkplatz zu übergeben. Die monetären Angelegenheiten waren längst zur beiderseitigen Zufriedenheit über Treuhandkonten bei Banken in Staaten mit äußerst diskreten Gesetzen erledigt worden, zu denen die Schweiz seit Neuestem nicht mehr zählte. Heute Abend ging es nur noch um die Ware. Heiße Ware. Jede Partei wusste, dass die andere wusste, dass ein zweiter Mann den jeweiligen Fahrzeugen gefolgt war, seit sie die Grenzen von Deutschland respektive der Ukraine zu Polen überquert hatten. Niemand gab sich Illusionen hin, was das gegenseitige Vertrauen anging. Und das war auch gut so.

Als er hinter das Steuer des Vierzehntonners glitt, der im Kaufpreis seiner Ladung mitinbegriffen war, zog er ein handtellergroßes Gerät aus dem Aktenkoffer und schaltete es ein. Wenige Sekunden später begann es in schneller Folge zu knacken. Tausende kleine Klicks in einer tödlichen Sinfonie. Er musste sich keine Sorgen machen, das Material war sicher verstaut. Ihm wurde es nicht gefährlich, aber die Messwerte waren aussagekräftig genug, um zu beweisen, dass sich im Laderaum tatsächlich das befand, was er bestellt hatte. Jedes Klicken stand für dreißig atomare Teilchen, die die Röhre erreichten. Der Geigerzähler maß die natürlich Strahlung so wie die des radioaktiven Materials, das er für den zweiten, ebenso wichtigen Teil ihres Plans brauchte.

Berlin, Deutschland
21. September 2012, 11.08 Uhr (drei Tage später)

Doreen Kaiser floh vor der Kälte des Schneetreibens ins nächste Geschäft, das Gebläse, das die Kälte draußenhalten sollte, wehte ihr Haare ins Gesicht. Nicht zu teuer, nicht zu billig, hatte Thomas, oder wie immer er sich jetzt nannte, gesagt. Ein Beamtentyp, Jahresgehalt von knapp fünfzigtausend Euro, ging es Doreen durch den Kopf, als sie auf der Rolltreppe in die Damenabteilung fuhr. Hier bin ich schon mal nicht verkehrt: keine Designerware, aber ein gewisser Schick von Markenklamotten in gedeckten Farben, eher Strick als Seide. Während die silbernen Stufen sie nach oben trugen, warf sie aus alter Gewohnheit einen Blick zurück: Folgte ihr jemand? Für Doreen Kaiser war es, als kehrte sie in ihre Jugend zurück, die Zeit von 1985–1989 als sie für das Ministerium für Staatssicherheit Aufträge erledigt hatte, die sehr viel mit ihrem guten Aussehen und noch ein wenig mehr mit ihrem Charakter zu tun gehabt hatten. Als Thomas Eisler zum zweiten Mal in ihrem Leben aus dem Nichts aufgetaucht war, um ihr eine Chance anzubieten, mitten in ihrem neuen Leben im Büro des Casinos, direkt neben der Zimmerpflanze, da hatte ihr Herz einen Sprung gemacht. Und sie hatte keine Sekunde gezögert, mit ihm zu gehen, natürlich nachdem sie noch alles in Ordnung gebracht hatte. Doreen war sich nicht sicher, ob es daran lag, dass er in den Jugendjahren ihre wichtigste Bezugsperson gewesen war, oder ob es an der Aussicht auf ein wenig Aufregung lag. Oder auch einfach nur am Geld, dachte sie und strich mit den Fingerkuppen über das dicke Bündel Geldscheine, das in ihrer abgetragenen Handtasche neben der neuen Kreditkarte steckte. Wenigstens komme ich zu ein paar neuen Klamotten, entschied sie und machte sich wie eine Katze auf die Jagd durch die Gänge mit dem Plastikbodenbelag, der nach Marmor aussehen sollte, bisweilen unterbrochen von einzelnen Teppichinseln, die dazu einluden, stehen zu bleiben.

Eine gute Stunde später hatte sie mehrere Kleider, drei Hosen, eine Jeans und vier Blusen auf dem Arm und steuerte die Anprobekabinen an. Eine nicht übermäßig dienstbeflissene Verkäuferin, deren Lustlosigkeit vermutlich darin begründet lag, dass Doreen aussah, als wolle sie die schönen Sachen nur einmal anprobieren, aber niemals ernsthaft erwerben, hielt ihr einen Vorhang zur Seite. Doreen ignorierte sie und betrat eine der anderen Kabinen. Nicht ohne sich zu vergewissern, dass keine Überwachungskamera an der Decke oder hinter dem Spiegel angebracht war, zog sie den Vorhang zu und begann sich auszuziehen. Nacheinander probierte sie mehrere exakt aufeinander abgestimmte Outfits, die ihre weiblichen Rundungen zur Geltung brachten, ohne auffällig sexy zu wirken. Denk daran, es geht um einen Beamten in etwa meinem Alter, also Mitte vierzig bis fünfzig, ermahnte sie sich. Er sollte ja schließlich keinen Herzinfarkt bekommen beim ersten Anblick. Und so, wie sie Thomas' Plan verstanden hatte, würde es nicht ausreichen, ihn einmal zu verführen, ihm schwebte eine länger angelegte Beziehung vor. Mindestens drei Monate würde sie dauern, vielleicht vier, gemeinsame Zukunftsplanung inklusive. Doreen wusste noch nicht viel über die Zielperson und noch weniger über die gesamte Aktion, die Eisler in der einfachen, aber großzügigen Vierzimmerwohnung über einem Media Markt in der Nähe vom Alex plante. Das Strickkleid gefiel ihr, es sah irgendwie nach Rom oder Mailand aus. Mit braunen Stiefeln und einem dicken Armreif aus Kupfer würde es noch besser aussehen, was Doreen in einer mentalen Notiz vermerkte. Wie er wohl sein würde, der Mann, auf den sie angesetzt werden sollte? Er stehe noch nicht fest, hatte Thomas gesagt, als sie mit einem Glas Orangensaft auf seiner Couch gesessen hatte, es gebe nach wie vor vier Kandidaten. Ob sie für alle als Lockvogel vorgesehen war? Sie war sich bewusst, dass sie für ihre zweiundvierzig Jahre gut aussah, aber der Zahn der Zeit war auch an ihrem Körper nicht spurlos vorübergegangen, und einen Mittzwanziger ausgerechnet von ihr verführen zu lassen würde für Thomas ein Risiko bedeuten. Risiken gehörten nicht zu Thomas Eislers Vorlieben, und ihr war klar, dass er, ohne mit der Wimper zu zucken, eine andere Frau ausgesucht hätte. Also ist vielleicht doch ein weiterer Lockvogel im Spiel, dachte Doreen während sie in einen eleganten schwarzen Rock schlüpfte und dazu eine passende bordeauxfarbene Bluse anprobierte. Es würde ihr nicht gefallen, wenn er eine andere auswählen würde. Nein, sie wollte den Auftrag bekommen. Sie musste ihn einfach kriegen. Nach einer Viertelstunde in der Kabine entschied Doreen Kaiser, einfach alles zu kaufen, es war bei Weitem noch nicht genug, um als kompletter Kleiderschrank einer Frau in einer dreimonatigen Beziehung durchzugehen. Als Nächstes würde sie einen Secondhandladen ansteuern müssen, um ein paar abgetragenere Stücke zu erwischen. Und Schuhe, sie brauchte dringend Schuhe. Alle Frauen brauchten Schuhe, oder nicht? Sie beschloss, sich das für den frühen Abend aufzusparen, als Highlight sozusagen.

————

Als sie um zwanzig vor acht mit einem Taxi an der Bushaltestelle hielt, die gegenüber dem Media Markt lag, besaß sie immer noch einen Großteil des Geldes, das ihr Thomas gegeben hatte, zumal sie oft die Kreditkarte verwendet hatte. Dieses

Mal bezahlte sie mit einem abgegriffenen Fünfzigeuroschein und hievte die acht Tüten alleine aus dem Kofferraum, nachdem der Fahrer keinerlei Anstalten machte, ihr zu helfen. Als sie die Betontreppe zu den Wohnungseingängen des Plattenbaus hinaufstieg, verschnaufte sie kurz und ließ ihren Blick über das abendliche Berlin streifen. Sie stand mittendrin in der Millionenstadt, den Alexanderplatz im Rücken und das geschäftige Mitte keine zehn Gehminuten entfernt. Und trotzdem lief im siebten Stock dieses Hauses, das vermutlich wegen der Mieter nicht abgerissen werden konnte, der Plan für einen Terrorakt – das zumindest vermutete Doreen. Sie wusste, dass Thomas Eisler ein gefährlicher Mann war, ein Mann, der leidenschaftlich hassen konnte, zudem. Der Hass auf das westliche Establishment seit dem Untergang der DDR schien nicht nachgelassen zu haben – im Gegenteil. Die meisten waren milder geworden mit den Jahren des vereinten Deutschlands, hatten sich mit mittelmäßigen Positionen abgefunden, engagierten sich für etwas Neues oder für soziale Projekte, auch wenn sie früher zum Führungskader der DDR gehört hatten. Nicht jedoch Thomas Eisler. Ein wenig grenzte es schon an Ironie, dass er ausgerechnet hier, mitten in Berlin, wohnte, mitten im Zentrum. Aber vielleicht lag gerade darin seine größte Tarnung. Hier fiel niemand auf, kein Bettler, kein Drogensüchtiger, kein Mann im Kapuzenpulli und kein Banker. Und sie hatte Thomas in den letzten drei Tagen schon in zwei solch gegensätzlichen Rollen erlebt, jeweils beim Verlassen der Wohnung. Fragen gestellt hatte sie natürlich keine. Niemand stellte Thomas Eisler irgendwelche Fragen, ohne explizit dazu aufgefordert zu werden. Als sie den Hauseingang betrat, schlug die Eingangstüre, die viel zu schnell zufiel, gegen ihre Tüten. Im siebten Stock klingelte sie an der Wohnungstür, bevor sie aufschloss, wie sie es verabredet hatten. »Thomas?«, rief sie im Flur. Er war nicht da. Sie stellte die Tüten ordentlich nebeneinander und ging in die Küche, um sich einen Tee aufzubrühen. Mit einer dampfenden Tasse in der Hand stand sie fünf Minuten später in dem Wohnzimmer, den Alexanderplatz mit dem Fernsehturm vierzig Meter unter sich. Sie sah die kleinen bunten Menschen ihren Geschäften nachgehen, wie sie in die Schächte zum Nahverkehr strömten und wieder hinaus, wie sie auf Treppen saßen und in Nussschnecken bissen oder Bier tranken. Heute war der ganze Alexanderplatz, der einstige Stolz der Republik, gepflastert mit der Werbung amerikanischer Konzerne, gegen die sie einst so stolz gekämpft hatten. Aber sie hatten verloren, der Sozialismus hatte auf drei Viertel des Wegs versagt. Sie klebten einfach Plakate drüber wie in Kiew und bauten ihre Schnellrestaurants in jeden Winkel, quetschten Cafés, die Grande Latte Americanos verkauften, neben Copy-Shops und Discounter. Die amerikanischen Plakate und die fremde Sprache verklebten ihre Republik, und sie konnte nichts dagegen tun. Bundesrepublik Deutschland, dass ich nicht lache, fluchte sie innerlich. American Republic of Germany, traf es doch deutlich besser. Sie trank den heißen Tee in kleinen Schlucken neben dem kurzen grünen Vorhang, der nicht über die Heizung reichte. Wie konnte sie Eisler überzeugen, dass sie auf jeden Fall die Richtige war? Sie musste mehr über das Projekt herausfinden. Sollte sie es riskieren, einen Blick in das Arbeitszimmer zu werfen? Wenn Thomas sie dabei erwischte, wäre das nicht gut. Gar nicht gut. Andererseits konnte es nicht schaden zu wissen, worum es ihm ging, oder nicht? Im Sinne der Sache sozusagen. Sie warf einen Blick auf ihre Armbanduhr, die billige Imitation eines Gucci-Modells. Die kleinen silbernen Finger standen auf kurz vor acht. Sie stellte den Becher auf den Couchtisch und traf eine Entscheidung. Die Tür zum verbotenen Arbeitszimmer lag am Ende des langen Flurs. Sie lauschte noch einmal, ob sie etwas aus dem Treppenhaus hörte, und drückte dann langsam die Klinke runter. Es war nicht abgeschlossen. Nicht, dass sie das erwartet hätte, Thomas vertraute ihr, das war ihr klar. Und sie war im Begriff, dieses Vertrauen zu missbrauchen. Die Vorhänge waren zugezogen, und das Zimmer lag im Dunklen, in der Mitte des Raums blinkten einige bunte Leuchtdioden in ungleichen Abständen. Doreen tastete nach dem Lichtschalter, die nackte Glühlampe, die in der Fassung von der Decke baumelte, erwachte zum Leben. Die Wände waren über und über mit Notizen und Ausdrucken bedeckt, Eisler hatte sie mit Reißzwecken in den dünnen Rigips gepinnt. Doreen atmete tief ein. In der Mitte des Raumes stand ein großer Tapeziertisch, auf dem neben weiteren Akten und Unterlagen ein Computer und ein großer Laserdrucker standen. Das Gebläse des Rechners surrte leise, aber der Bildschirm war schwarz. Die gesamte Wand zu ihrer Rechten zeigte Fotos, von denen Doreen vermutete, dass es sich um Satellitenbilder handelte. Sie zeigten unterschiedliche Regionen und Industriegebäude. Sie trat einen Schritt näher heran. Offenbar zeigten sie dieselben Gelände jeweils zu unterschiedlichen Zeiten, denn auf einem waren Gebäude zu sehen und auf anderen keine oder nur Teile, obschon sie augenscheinlich dieselben Koordinaten zeigten. Anhand der Breiten- und Längenangaben, die auf einem dünnen weißen Rand aufgedruckt waren, konnte sich Doreen überzeugen, dass sie sich nicht geirrt hatte. Die Datumsangaben waren unterschiedlich, teilweise lagen bis zu sieben Jahren zwischen den einzelnen Bildern. Warum sollte jemand sich für derartig lange Zeiträume interessieren? Und was hatte es mit den Anlagen auf sich? Sie sahen aus wie Fabriken, zumindest produzierendes Gewerbe. Sie wanderte zum nächsten Motiv und versuchte sich das große Bild statt einzelner Aufnahmen vorzustellen. Plötzlich begriff sie, was Eisler damit bezweckte: Offenbar zeigten die Satellitenbilder den Bau der Anlagen, jeder einzelne Schritt war vorhanden, man konnte beobachten, wie sie Stockwerk für Stockwerk wuchsen. Doreen schluckte. Es gab keinerlei Ortsangaben außer den Längen- und Breitengraden, mit denen sich Doreen nicht auskannte. Sollte sie es riskieren, den Computer einzuschalten? Sie lief zu dem langen Tapeziertisch. Auch hier lagen

Fotos einer Industrieanlage im Bau: graue Gebäude auf einem Teppich ordentlich angelegter Felder, die wie eine Patchworkdecke aussahen, mit Feldwegen und Straßen als feine Nähte dazwischen, daneben der Schwung eines Flusses, grün und manchmal mit einem Lastkahn darauf, der eine kleine weiße Gischt hinter sich herzog. Eine Akte enthielt Fotos von Männern, die unheimlich aussahen. Sie blickten auf den Bildern starr geradeaus. Soldaten, dämmerte es Doreen. Die Männer machten ihr Angst. In dem Moment, als sie die Maus bewegen wollte, um den Computer aufzuwecken, hörte sie, wie der Schlüssel an der Wohnungstür kratzte. Scheiße, Thomas kam zurück. Doreen hastete zum Lichtschalter und war froh, dass sie ihre Schuhe in der Küche ausgezogen hatte. Sie machte kaum ein Geräusch, oder doch? Sie knipste das Licht aus und zog langsam die Tür zu. Sie musste vorsichtig sein, sie wusste von vorhin, dass die Scharniere knarzten. Das Schloss an der Wohnungstür klickte auf, als Doreen ins Wohnzimmer trat. Ohne Hast ging sie zum Couchtisch und nahm ihre Tasse Tee, um auf Thomas zu warten. Beiläufig begann sie, mit einer Nagelschere die Etiketten von den neuen Kleidungsstücken abzutrennen.

Thomas Eisler ging grußlos am Wohnzimmer vorbei und verschwand in seinem verbotenen Raum. Kurz darauf hörte sie ihn gedämpft telefonieren. Sie konnte nicht verstehen, worum es ging. Danach wurde es für eine halbe Stunde sehr ruhig in der Wohnung, nur das leise Ticken der Plastikuhr über dem Durchgang zur Küche war zu hören, und Doreen versuchte die Stille mit alten Erinnerungen zu überbrücken. Erst drang es nur leise zu ihr durch. Ein heller Ruf. Ihr Name. »Doreen!« Dann noch einmal: »Doreen!« Auf Zehenspitzen ging sie zur verbotenen Tür. Sollte sie jetzt Antworten bekommen? Wollte er sie endlich einweihen? Sie blieb mit dem Ohr an dem kalten Holz stehen. Da war es noch einmal, ganz deutlich: »Doreen?« Sie entschloss sich, nicht die Tür zu öffnen. »Ja?«, rief sie zaghaft. »Kommst du bitte kurz zu mir?«, bat Thomas. Wenn er es so wollte, dachte Doreen und öffnete vorsichtig die Tür. Er stand hinter dem Tapeziertisch mit dem Computer, die Vorhänge waren immer noch zugezogen. Wie die Höhle eines Löwen, dachte Doreen.

»Bitte schließ die Tür.«

Sie zog sie hinter sich zu.

»Komm ein Stück näher«, sagte er und fügte nach einer kurzen Pause ein »Bitte« hinzu. Doreen wagte sich zwei Schritte weiter in den Raum, sie stand jetzt inmitten der Fotos direkt unter der nackten Glühlampe. Sie erinnerte sich, dass sie noch niemals in diesem Raum gewesen war, und blickte sich neugierig um.

»Du brauchst nicht so zu tun, als ob.« Seine Stimme war auf einmal um zehn Grad kälter als zuvor. Er wusste es, schoss es Doreen durch den Kopf.

»Was hast du dir nur dabei gedacht, Doreen?«, fragte er. Eis. Doreen antwortete nicht, sie schlug die Augen nieder. Plötzlich sprang er neben sie und riss ihre Haare brutal nach hinten, ihr Nacken knackte, als sich die Halswirbel dehnten.

»Was. Hast. Du. Dir. Verdammt. Noch mal. Dabei. Gedacht?«, schrie er, sein Mund direkt neben ihrem Ohr. Sie spürte zwei kleine Tropfen Speichel auf ihrer Haut. Sie wimmerte vor Schmerzen. »Bitte, Thomas«, versuchte sie, aber er stieß sie brutal von sich, sie sank auf die Knie. Er trat ihr mit dem Absatz seines Schuhs ins Kreuz, ihr Brustkorb landete auf dem harten Teppich, und die Luft wich aus ihren Lungen. Sie hörte, wie er seine Gürtelschnalle öffnete. Sie wusste, was jetzt kommen würde. Sie kannte ihn, seit je behandelte er seine Mädchen so. Auch wenn sie erst siebzehn Jahre alt gewesen waren. Der erste Hieb traf sie zwischen den Schulterblättern. Sie versuchte, nicht zu verkrampfen. Es kam ihr vor, als wäre der Gürtel härter geworden mit den Jahren.

»Du.« Der untere Rücken. Er zerriss ihr Oberteil, der feine Stoff leistete kaum Widerstand.

»Denkst.« Rechte Schulter.

»Du.« Linke Schulter. Jetzt wie das Schwungrad einer Maschine.

»Kannst.« Rechte Schulter.

»Die.« Oberer Rücken.

»Staatssicherheit.« Unterer Rücken.

»Bescheißen?« Er packte sie an der Schulter und drehte sie brutal auf den Rücken. Er stand jetzt breitbeinig über ihr, das Gesicht wutverzerrt. Der andere Thomas. Die dunkle Seite.

»Du.« Rechte Brust. Er riss den BH über ihren Kopf, er blieb an ihrem Kinn hängen.

»Denkst.« Linke Brust.

»Du.« Bauch.

»Kannst.« Wieder der Bauch. Das Finale.

»Mich.« Das Leder schnitt in ihr Fleisch.

»Bescheißen?« Der letzte Hieb traf noch einmal ihre Brüste. Dann ließ er sie liegen, und ihre Tränen liefen auf den harten Teppichboden. Sie würde nie wieder versuchen, ihn zu bescheißen. Es war ihr Fehler gewesen. Sie hatte selber Schuld. Die Soldaten hatte sie längst vergessen.

Tel Aviv, Israel
24. September 2012, 14.04 Uhr (drei Tage später)

Als Solveigh aus dem Ben-Gurion-Terminal in die milde Wärme Israels trat, zündete Yael eine Zigarette an und zog ihr Handy aus der Manteltasche. Solveigh blieb zwangsläufig stehen, während sie Yael einige Sätze auf Hebräisch sprechen hörte, die wie üble Flüche klangen. Die semitischen Sprachen waren ihr fremd, wie vielen Europäern, und sie verstand kein einziges Wort. Yael beendete das kurze Telefonat mit etwas, das in ihren

Ohren wie: »Sababa«, klang. Die israelische Agentin warf die nur zu einem Viertel gerauchte Zigarette auf den Boden und lief los, sie trat sie im Vorbeigehen aus.

»Was ist los, Yael? Ärger?«

»Nein, kein Problem. Nur eine kleine Komplikation.«

»Was für eine Komplikation?«, fragte Solveigh und hechtete ihr hinterher über das Parkdeck des Flughafens, doch Yael schien ihr nicht mehr zuzuhören. Sie lief auf eine dunkle Limousine zu, die mit laufendem Motor in einer der Parkbuchten stand, die Motorhaube Richtung Ausfahrt. Ohne ein weiteres Wort der Erklärung öffnete sie den Kofferraum und warf ihre Tasche und ihren Koffer hinein, dann setzte sie sich auf den Rücksitz. Sie hatte den Deckel offen stehen lassen, was Solveigh als Aufforderung auffasste. Keine zehn Sekunden später saß sie neben ihr auf der Rückbank und hörte eine weitere Schimpftirade in der »funny language«, wie sie das Hebräische insgeheim getauft hatte. Als sie in hohem Tempo über die Autobahn Richtung Tel-Aviv-Zentrum rasten, fiel ihr auf, dass auch die Schriftzeichen komplett unleserlich waren. Zwar waren auf den Straßenschildern auch die lateinischen Buchstaben angegeben, aber bei den anderen fehlten jegliche Muster, auf den ersten Blick waren überhaupt keine Übereinstimmungen zu erkennen, sie hätten ebenso gut in ägyptischen Hieroglyphen verfasst sein können. Das kann ja heiter werden, stellte Solveigh fest und entschloss sich schließlich, in einer der kurzen Pausen der Unterhaltung zwischen Yael und ihrem Fahrer ihre Frage loszuwerden: »Was für eine Komplikation, Yael?«

»Jemand ist uns gefolgt.«

Kaum möglich, vermerkte Solveigh für sich. Niemand kennt den Standort der ECSB, wer hätte ihr also folgen können? Es sei denn, jemand hatte sich an Yaels Fersen gehängt. Nicht ausgeschlossen bei einer Agentin des Mossad. Vielleicht war ihr sogar ein europäischer Geheimdienst auf den Fersen. Solveigh beschloss, Eddy später darauf anzusetzen.

»Haben Sie eine Ahnung, wer?«

»Oh ja«, bekannte Yael mit einem vielsagenden Seitenblick. »Und ich glaube, es fällt Ihnen nicht schwer, zu erraten, um wen es sich handelt. Oder, Agent Lang?«

Marcel?, schoss es Solveigh durch den Kopf. War das möglich? Er war ihr ganz sicher nicht aus Prag gefolgt, so viel stand fest. Er hätte es niemals bis zum Flughafen geschafft, er hatte noch geschlafen, als sie gegangen war. Oder zumindest hatte sie das angenommen. Das Problem war, dass man bei ihm nie genau wusste, was er vorhatte. Seinen Reiz hatte das für sie im Privaten nur verstärkt, sie mochte Männer mit Überraschungen, aber in diesem Fall war das natürlich ein kleines Problem, zumal ihr jeder unterstellen würde, dass sie ihn mit Interna versorgte. Ob Yael das auch vermutete? Solveigh betrachtete ihre Silhouette.

»Kann ich davon ausgehen, dass er uns seit Ihrem Telefonat am Flughafen nicht mehr folgt?«, fragte Solveigh schließlich. Die israelische Agentin nickte, ohne von ihrem Blackberry aufzusehen, wobei ein leichtes Lächeln ihre Lippen umspielte.

———

Marcel stand in einem separaten Raum des israelischen Zolls am Flughafen und beobachtete zwei junge Männer dabei, wie sie sein Gepäck durchwühlten. Und obwohl er nur einen kleinen ledernen Weekender und seine Fototasche bei sich trug, dehnte sich der Prozess bis ins Unendliche, wie drei Kaugummis auf einmal. Seit fünfundzwanzig Minuten betrachteten die Beamten jedes einzelne seiner Kleidungsstücke und hielten es vor eine Kamera. Dann verschwanden sie in einem kleinen Nebenraum, um wer weiß was damit anzustellen. Der zweite, ein kleinwüchsiger Mann mit Locken, die nach dem Achtzigerjahre-Relikt Dauerwelle aussahen, überprüfte dann das gleiche Kleidungsstück vor seinen Augen aufwendig mit einem Teststreifen, wie er normalerweise bei Laptops eingesetzt wurde, um Sprengstoff nachzuweisen. Marcel hatte noch niemals erlebt, dass diese Methode bei einer Unterhose angewendet wurde, geschweige denn, nachdem das Flugzeug bereits wieder sicher gelandet war. Sie zogen eine verdammte Show ab, um ihn aufzuhalten, das war ihm natürlich klar. Verdammtes Miststück, dachte er und musste selbst grinsen, als der Minipli den nächsten Teststreifen aus einem himmelblauen Körbchen fischte. Er brauchte einen Plan, wie er sie wiederfinden würde.

Er wusste, dass Solveigh teure Hotels bevorzugte, und natürlich wäre es eine Option, einfach alle abzuklappern und unter irgendeinem Vorwand, zum Beispiel einer Blumenlieferung, nach ihrer Zimmernummer zu fragen. Sich einfach nur in die Lobby zu setzen wäre viel zu auffällig, zumal er davon ausgehen musste, dass die beiden mittlerweile wussten, dass er im gleichen Flieger gesessen hatte. Nein, das war keine gute Idee. Er musste sie im Glauben lassen, dass er sie abgeschüttelt hatten. Für immer. Zudem hatte Solveigh mit Sicherheit auch das Personal instruiert, sie über Erkundigungen nach ihrer Person unverzüglich zu unterrichten. Er brauchte etwas Besseres. Und er hatte einen entscheidenden Vorteil: Er kannte sie. Ihre Gewohnheiten, ihre Macken und Ticks. Während der Lockenkopf und sein Kollege eine weitere halbe Stunde in seiner Unterwäsche nach Sprengstoff fahndeten, reifte in ihm ein Plan, der nicht schiefgehen konnte. Er würde sie wiederfinden, zumindest Solveigh, denn sie war in dieser Stadt ähnlich fremd wie er.

Nachdem Solveigh den halben Nachmittag in der Zentrale des Mossad im Norden der Stadt verbracht hatte, setzte ein Fahrer sie am frühen Abend vor ihrem Hotelzimmer ab. Sie waren sämtliche Überwachungsfotos durchgegangen, die die Israelis von Thomas Eisler gemacht hatten, hatten alle Hotel- und Restaurant Rechnungen überprüft und sogar zwei Tonmitschnitte angehört, die ausgesprochen illegal gewirkt hatten, ohne einen entscheidenden Durchbruch zu erzielen. Sie wussten jetzt, dass Thomas Eisler unter dem Namen Bjarne Eklund mit einem dänischen Pass ausgestattet war, er war am 4. August, aus Rom kommend, über den Ben Gurion Airport eingereist. Die Aufnahmen der Sicherheitskameras am Flughafen waren eindeutig, nur gab es bisher keinerlei Hinweise auf seine Ausreise. Eddy arbeitete bereits daran, die Bänder aus Rom zu besorgen, was aber vermutlich bis morgen Mittag dauern würde und sie wahrscheinlich auch nicht entscheidend weiterbrächte, denn Eisler war mit Sicherheit auch schon am Abflughafen alleine unterwegs. Am nächsten Tag wollten sich Solveigh und Yael gemeinsam die möglichen Verdächtigen anschauen, die innerhalb des Mossad Zugang zum Stuxnet-Quellcode hatten. Als sich Solveigh im Hotelzimmer ihre Joggingklamotten anzog, dachte sie darüber nach, wie ungewöhnlich kooperativ sich dieser Dienst zeigte, der als einer der verschlossensten und besten der Welt galt. Warum zogen sie ausgerechnet die ECSB ins Vertrauen? Vermutlich weil es sich bei der ECSB, deren schiere Existenz nicht einmal dreihundert Leuten bekannt war, um eine ähnlich klandestine Einheit handelte. Oder einfach weil Gideon Feinblat William Thater vertraute. Oder weil der Staat Israel plötzlich Angst vor seiner eigenen Technologie bekommen hatte. Die Geister, die ich rief. Wobei die Aktion gegen den Iran im politischen Europa kaum auf Ablehnung stoßen würde. Im Gegenteil. Als Geheimdienstlerin kam Solveigh nicht umhin, die Planer der Stuxnet-Aktion zu bewundern: kein Tropfen Blut vergossen, aber das iranische Atomwaffenprogramm trotzdem um mindestens vier Jahre zurückgeworfen. Hunderte von Millionen Dollar an waffenfähigem Plutonium verhindert, ohne ein Menschenleben zu opfern. Das hatte schon was, obwohl natürlich weder Feinblat noch Yael Yoffe die Beteiligung Israels offiziell zugegeben hatten. Aber klar, dachte Solveigh. Ihr wollt mir erzählen, dass ihr Zugang zum Quellcode habt, aber natürlich nicht dahintersteckt? Sie glaubte kein Wort der Beteuerungen, sah aber auch keinen Grund, ihre Gastgeber dies wissen zu lassen.

Zehn Minuten später verließ sie ihr Hotel und machte sich auf den Weg zur nahe gelegenen Strandpromenade, laut Yael die einzig sinnvolle Option, in der Innenstadt joggen zu gehen. Während sie nach Süden Richtung der alten, ursprünglich arabischen Hafenstadt Jaffa lief, versank die Sonne zu ihrer Rechten im Mittelmeer. Sie lief immer weiter, durch einen kleinen Park, den weite Schleifen geteerter Wege durchzogen, vorbei an einem Restaurant, das vereinsamt an den Strand gebaut worden war und dessen rote Lampions im Wind baumelten. In Ermangelung von Alternativen nahm sie dieselbe Strecke zurück. Es waren viele Jogger unterwegs, die in der kühlen Abendbrise ihre Runden drehten, und trotzdem hatte Solveigh das Gefühl, verfolgt zu werden. Sie kaufte an einer Tankstelle, die ebenso unvermittelt an der Strandpromenade am Straßenrand stand wie zuvor das Restaurant, eine Flasche stilles Wasser, trank in gierigen Schlucken und drehte sich um. Das Wasser war eiskalt. Und etwa achtzig Meter hinter ihr band ein groß gewachsener Mann in einem grauen Kapuzenshirt, das für das hiesige Klima viel zu warm war, seine Schuhe zu. Also doch, dachte Solveigh und freute sich einen Moment zu früh. Sie schraubte den Deckel wieder auf die Wasserflasche und rannte weiter. Was sollte sie tun? Natürlich wäre es ein Leichtes gewesen, ihn dem Mossad zu überlassen, sie würden wissen, wie sie ihr einen unliebsamen Ausländer für ein paar Tage vom Hals hielten. Andererseits war sie aber auch von Marcels Loyalität überzeugt, er machte seine Arbeit. Nicht mehr. Und nicht weniger. Und so unprofessionell seine Kleidungswahl gewesen war, die sicher darauf abgezielt hatte, dass sie sein Gesicht nicht sofort erkennen konnte, so clever war sein Vorgehen, sie beim Joggen abzupassen. Einer Sucht, die sie nicht lassen konnte, sobald sie mehrere Tage hintereinander in einem stickigen Büro verbringen musste, und das hatte er eiskalt ausgenutzt. Was würde passieren, wenn sie ihm quasi frei Haus die Story mitlieferte? Es war doch nur eine Kleinigkeit, die ihr entgangen war, oder nicht? Als sie die Vorfahrt ihres Hotels erreichte, hatte sie die Entscheidung getroffen, einfach keine Entscheidung zu treffen.

Moskau, Russland
01. Oktober 2012, 22.35 Uhr (eine Woche später)

Dimitrij saß auf dem Sofa seiner neuen Wohnung, luxuriöse 90 Quadratmeter in einem der schicken neuen Hochhäuser, und blickte nachdenklich auf die Schneeflocken, die sich auf seinem Balkon wilde Schlachten mit dem Wind lieferten. Angestrahlt von einer Lichterkette, die Maja in einem Anflug weihnachtlicher Stimmung um den Handlauf gewickelt hatte, stoben sie in kleinen Wirbeln an den Seitenwänden auf, um sich schließlich größtenteils auf einer Verwehung am Boden niederzulassen. Aus der Küche hörte er ihre Stöckelschuhe auf dem Fliesenboden, Gucci, neuestes Modell. Seit sie umgezogen waren, ging Maja in teure Boutiquen und kaufte goldene Figuren für den Kaminsims, suchte neue Vorhänge aus oder brachte ihm ein kalbsledernes Portemonnaie mit oder eben neue Guccis für sich. Sie hatte einen sehr russischen Geschmack, was Einrichten und Luxusartikel anging. Er hatte sich bei der Personalabteilung einen Teil seines Bonus als Vorschuss auszahlen lassen müssen, denn er verdiente jetzt zwar knapp 2,5 Millionen Rubel, aber das entsprach in westlichen Währungen gerade einmal 80 000 Dollar. Kein Gehalt, mit dem sich auf Dauer ein solcher

Lebensstil finanzieren ließ. Dimitrij dachte an das Leuchten in ihren Augen und wie atemberaubend sie in den neuen Sachen aussah, und beschloss, diese Diskussion zu vertagen. Er hatte Wichtigeres zu tun, und wenn er das Projekt für den Boss zu Ende gebracht hatte, würde es keine Schwierigkeiten mit dem Bonus geben. Mit dem Suchen-Befehl klickte er den nächsten Textbaustein an, der die Buchstabenkombination mrxnet.sys enthielt. Er war immer noch dabei, die Software zu entschlüsseln, die Viktors Vater ihnen auf einer Speicherkarte übergeben hatte, als enthielte sie nicht weniger als den Heiligen Gral. Dimitrij war überzeugt davon, dass die Speicherkarte in dem Telefon gesteckt hatte, das der alte Mann auf das Schiff vor der damaltinischen Küste gebracht hatte, als er und Viktor vom Jetskifahren zurückgekommen waren. Er wusste nicht, warum, aber der Mann passte zu dieser Software. Sie waren beide gleichermaßen irgendwie unheimlich. Dimitrij hatte nach wenigen Minuten gewusst, dass es sich um eine Schadsoftware handelte, aber sie gab ihm immer neue Rätsel auf. Normalerweise waren Viren, Trojaner oder Würmer, wie diese kleinen Biester auch genannt wurden, sehr klein und besaßen maximal die Größe einer kleinen Bilddatei. Ganz im Gegensatz zu dem, was Dimitrij jetzt seit zwei Wochen analysierte: Es war fast ein halbes Megabyte groß, und es bestand, soweit er bisher gesehen hatte, aus nichts als einfachen Textzeilen, dem Code. Keine Bilder oder Musik oder sonstige Dateien, die viel Speicherplatz verbrauchten. Was nichts anderes bedeutete, als dass es sich um ein äußerst komplexes Schadprogramm handeln musste. Und wie es funktionierte, hatte Dimitrij immer noch nicht herausbekommen. Sicher war nur, dass er tatsächlich das Original, den echten Sourcecode, besaß – also die Datei, an dem der ursprüngliche Programmierer gearbeitet hatte. Er hatte sie in kleine handliche Stücke unterteilt, um zu verstehen, wie er sie aufgebaut hatte. Und der Teil, an dem er im Moment arbeitete, schien ihm ein guter Anfang zu sein. Hier wurde offenbar festgelegt, wie sich die Software verbreitete. Und was er entdeckt hatte, war eine dicke Überraschung: Offenbar nutzte das Programm eine ihm bisher unbekannte Schwachstelle von Windows-Betriebssystemen, die es dem Programm erlaubte, sich von einem USB-Stick ohne weiteres Zutun des Nutzers auf dessen Computer zu installieren. Das Interessante daran war, dass solche neuen Schwachstellen extrem selten und daher sehr teuer waren. Er kannte nur einen Wurm, der diese Schwachstelle nutzte, aber es war unmöglich, dass es sich um diesen handeln konnte. Oder doch? Dimitrij hatte Maja jetzt vollkommen vergessen, er war in die Welt seines Bildschirms mit den kryptischen Zahlen und Buchstabenkombinationen abgetaucht, die keinem normalen Menschen etwas sagen würden. Er wählte ein Icon auf seinem Desktop, das aussah wie eine glänzende schwarze Spinne, die in der Wüstensonne glitzerte: sein Darknet. Darknets waren so etwas wie die digitale Entsprechung zu Londoner Herrenclubs: Man bekam nur Zutritt zu dem exklusiven Zirkel, wenn man sich verdient gemacht hatte, wenn die anderen wussten, dass man einer der besten Programmierer war, die die Welt zu bieten hatte. Er startete das Programm, das im Wesentlichen aus einer Chat- und Dateitauschfunktion bestand, natürlich absolut sicher und nicht zurückzuverfolgen. Er durchsuchte das Message-Board nach einem bestimmten Eintrag und las die dahinterliegende Diskussion. In seinem Magen machte sich ein flaues Gefühl breit, und dennoch stieg mit jeder neuen Nachricht auch seine Aufregung. Denn es schien so, als würde sich seine Vermutung bestätigen. Nach einer Viertelstunde, Maja hatte inzwischen das Haus verlassen, er hatte ihren Kuss zum Abschied kaum bemerkt, schloss er das Darknet und kopierte das Virus auf einen USB-Stick. Er rannte beinahe durch die Wohnung zu seinem Schreibtisch, stöpselte seinen zweiten Rechner vom Internet ab und startete Windows. Als sein Desktop auf dem Bildschirm erschien, steckte er den USB-Stick in den Rechner und wartete fünf Sekunden, dann zog er ihn schon wieder heraus. Er hatte weder etwas angeklickt noch irgendeine Datei geöffnet. Und trotzdem ... Wenn er sich nicht täuschte ... Mit zittrigen Fingern startete er ein selbst geschriebenes Analyseprogramm. Nach zwanzig Sekunden ließ er sich auf den Schreibtischstuhl fallen und murmelte: »Heilige Scheiße.« Das Virus hatte den PC befallen und prüfte gerade, ob sich in seiner Netzwerkumgebung noch weitere Computer befanden, die er infizieren konnte. Dimitrij konnte live mitverfolgen, wie elegant das Programm dabei vorging und wie es sich unmerklich im Speicher ablegte. Er konnte nicht anders, als das Meisterwerk zu bewundern, es kam ihm vor, als betrachte er das Bolschoi-Ballett bei einer komplizierten Choreografie. So einfach, so elegant und doch so unfassbar schwer zu erreichen. Jetzt war Dimitrij sicher, um welches Programm es sich handelte: um das gefährlichste Virus der Welt, den Superstar der Schadsoftware, das Meisterstück eines Genies: Stuxnet. Anatoli Kharkov wollte, dass er Stuxnet für ihn umprogrammierte. Dimitrij atmete tief ein und starrte zur Decke. Und er hatte ihm den Quellcode schon besorgt. Er ging in Gedanken durch, wie er es anstellen könnte. Die Aufgabe entbehrte nicht eines gewissen Reizes, das musste er zugeben. Und es wäre definitiv möglich, schließlich waren die meisten Funktionen der Software ironischerweise von den großen IT-Sicherheitsfirmen gut dokumentiert worden, um Schaden abzuwenden. Nein, es war sogar wahrscheinlich deutlich weniger aufwendig, als sich Anatoli das vorstellte. Zumindest wenn er den Teil mit der technischen Anlage, die manipuliert werden sollte, tatsächlich aus der Ukraine zugeliefert bekam, wie Anatoli versprochen hatte. Seine Aufgabe war nur die Hülle, das Eintrittstor über die normalen PCs. Für ihn wäre es ein Leichtes, den dicken Bonus einzufahren, den Anatoli ihnen versprochen hatte. Die Preisfrage jedoch lautete: Was wollte Anatoli damit?

Haifa, Israel
3. Oktober 2012, 12.05 Uhr (zwei Tage später)

Der Mietwagen war stickig, und Marcel war froh, dass die Temperatur im Winter nur um die zwanzig Grad lag, denn eine Klimaanlage war in dem kleinen Yaris nicht verbaut. Und mehr hätte sein Budget vom Echo nicht hergegeben, was andererseits wiederum ein Glück war, denn das Auto war eine perfekte Camouflage – kein Mensch interessierte sich für ihn. Selbst Solveigh und Yael hatte er während der letzten Tagen unbemerkt folgen können, wenn sie die Zentrale des Mossad, in der sie sich größtenteils verschanzt hatten, einmal verließen. Immer hatte er eine Lücke gefunden, in die er den Kleinwagen hatte quetschen können. Mittlerweile hatte er über fünfhundert Fotos auf insgesamt acht Fahrten gesammelt – und es wurde immer mysteriöser. Nachdem ein Taxi Solveigh am Morgen nach ihrem Joggingausflug zur Zentrale des Mossad gebracht hatte, dessen Adresse im Norden der Stadt ein offenes Geheimnis war, fuhren sie am Nachmittag zu einer umzäunten und vom Militär bewachten Containersiedlung vor den Toren von Tel Aviv. Er hatte sich nicht näher herangetraut, aber dennoch einige Aufnahmen von Leuten geknipst, die das Gelände verlassen hatten. Fast alle waren in Zivil gekleidet, aber ihre Bewegungen verrieten sie trotzdem als Militärs, zumindest glaubte Marcel das – er hatte noch keine Gelegenheit gefunden, die Bilder auszuwerten. Es folgten mehrere Fahrten zwischen Solveighs Hotel und der Mossad-Zentrale, zwei Spaziergänge, bei denen sie aber anscheinend niemanden getroffen hatten. Und heute? Sie waren auf dem Weg nach Norden, Richtung Haifa, der drittgrößten und wichtigsten Hafenstadt des Landes. Yael saß am Steuer der amerikanischen Limousine, Solveigh auf dem Beifahrersitz. Im

Grunde passen die beiden gar nicht so schlecht zueinander, sinnierte Marcel, während er sich hinter einen roten Pick-up-Truck zurückfallen ließ. Langsam bekam er Übung darin, er fühlte sich fast ein wenig wie James Bond. Für Arme, fügte er nach einem kurzen Seitenblick auf den Toyota hinzu. Nach einer guten Stunde erreichten sie die Ausläufer der Stadt, im Hintergrund war schon gut der Carmel-Berg zu erkennen mit den Gärten und dem Schrein des Bab, dem Wahrzeichen der Stadt. Sie umrundeten ihn und näherten sich eine weitere Viertelstunde später dem Hafen. Der Verkehr in Haifa war kaum besser als der in Tel Aviv oder Rom, die Hupe und das Gaspedal schienen das Wichtigste an einem Auto zu sein. Mehrmals fluchte Marcel, als ihm andere Fahrer den Weg abschnitten, aber es gelang ihm jedes Mal, an den beiden dranzubleiben. Sie parkten in der Nähe des Kreuzfahrtterminals und stiegen aus ihrem Wagen. Fast simultan setzten die beiden Agentinnen ihre Sonnenbrillen auf und gingen mit entschlossenen Schritten in Richtung des Gebäudes. Marcel stellte den Yaris vor einer Pizzeria ab und lief ihnen hinterher, sorgfältig darauf bedacht, jederzeit hinter einem Auto oder einer Ecke in Deckung gehen zu können. Natürlich hatte er sein leistungsstärkstes Teleobjektiv auf der Kamera, er brauchte die Gesichter von den Menschen, mit denen sie sich trafen, so scharf wie möglich. Während sich Marcel bei einer Boutique für einen Ständer mit bunten Schals interessierte, befragte Solveigh einen Reedereimitarbeiter, der aussah wie die Albinoversion eines Airline-Stewards. Klick. Yael mischte sich gestikulierend in die Diskussion ein und reichte dem Mann ein Foto. Klick. Ein Mann mit Sonnenhut, älteres Semester. Klick. Der Albino nickte. Klick. Nach einer kurzen Konversation nickte er erneut. Klick. Und zog ein rotes Tau zur Seite, das wohl als Absperrung diente. Klick. Er bedeutete ihnen zu folgen. Klick. Das war's. Marcel würde ihnen niemals in ein Büro oder gar auf ein Schiff folgen können, ohne aufzufliegen. Was er hatte, musste reichen. Denn langsam, aber sicher war es an der Zeit, nach Paris zurückzufahren und in der Redaktion eine erste Analyse anzufertigen. Sie musste hieb- und stichfest werden, wenn er seine Story intern verkaufen wollte, und er schätzte, dass er mindestens zwei Wochen brauchen würde, um alle Fäden zu einem logischen Muster zusammenzuspinnen. »Lassen Sie sich so viel Zeit, wie Sie brauchen«, hatte er gesagt. Der Chefredakteur. Und dann ermahnend hinzugefügt: »Aber übertreiben Sie es nicht.« Er würde Marcels Aufenthalt in Israel nicht bereuen, da war er sich sicher. Aber er hatte die Rechnung ohne den »Echo« gemacht.

KAPITEL 20

Mannheim, Deutschland
10. Oktober 2012, 15.31 Uhr (anderthalb Wochen später)

Der ICE aus Berlin fuhr mit einem leisen Summen an, begleitet vom Quietschen der sich lösenden Bremsen, und ließ Doreen Kaiser auf dem Bahnsteig in Mannheim zurück. Der Wind pfiff über die Bahngleise und trieb staubkornfeine Eiskristalle in ihr Gesicht. Der Bahnhof in Mannheim war eine Durchgangsstation, kein Ort, um anzukommen, auch nicht für sie. Doreen ließ den Griff des kleinen Rollkoffers hochschnappen und folgte der Menschenmasse Richtung Treppe. Als sie keine hundert Meter entfernt den Koffer wieder hochwuchtete, diesmal zum Bahnsteig mit der Nummer zehn, übertönte eine blecherne Stimme das Gemurmel der Passagiere und das Kratzen der Rollkoffer auf dem Split.

»Meine Damen und Herren, bitte beachten Sie … «

Das verhieß nichts Gutes, wusste Doreen. »Bitte beachten Sie« hieß fast immer, dass es ein Problem gab. Die monotonen Durchsagen an Bahnhöfen folgten seit je eisernen Gesetzen, allen voran dem, niemals zu sagen, was wirklich los war. Selbstmörder wurden zu Signalstörungen, Baustellen zu Oberleitungsschäden, Verspätungen wurden stets nur häppchenweise zugegeben.

»Regionalexpress 4809 nach Heilbronn über Heidelberg, Eberbach und Neckarsulm, planmäßige Abfahrt um 15.36, wird heute voraussichtlich zehn Minuten später eintreffen.«

Oder sie gaben gleich gar keinen Grund an. Doreen warf einen Blick auf ihre Armbanduhr, die ebenso neu war, wie der Rest ihrer Kleidung und der Wohnungseinrichtung, die in diesem Moment mit einem Lastwagen von zwei polnischen Arbeitern nach Heilbronn gefahren wurde. Zu ihrer neuen Wohnung. Zu ihrem Auftrag. Doreen war es gleichgültig, ob der Zug zehn oder zwanzig Minuten Verspätung hatte, es kam nicht darauf an. Wichtig war nur, dass sie Anfang nächsten Jahres den Kontakt hergestellt hatte. Und sie hatte noch über einen Monat Zeit bis zum Stichtag. Sie würde ihn nicht verpassen, nicht wegen der halbstündigen Verspätung einer Regionalbahn. Glücklicherweise stand der Zug schon abfahrbereit auf dem Gleis, sodass sie nicht einmal in der Kälte warten musste. Sie suchte sich eine Fensterreihe, hinter der möglichst wenige Fahrgäste saßen, und drückte den Türöffner. Keine zwei Minuten später saß sie auf einem unbequemen, harten Sitz mit blauer Polsterung, die diesen Namen nicht verdiente, und starrte aus dem Fenster. Wie er wohl sein würde? Noch einmal kramte sie den braunen Umschlag aus ihrer Handtasche, den sie eigentlich in Berlin hätte lassen sollen, und betrachtete die Fotos der vier Männer, von denen sie einen verführen sollte. Nicht nur einfach verführen natürlich, eine richtige Beziehung sollte sie mit ihnen eingehen – inklusive gemeinsamer Zukunft und so weiter, Kinderplanung möglicherweise, wenn es klappen würde, mit Anfang vierzig. Wenn er wollte, sie hätte sich immer Kinder gewünscht, würde sie sagen. Es würde nicht klappen. Oder doch lieber zweisam durchs Leben? Kein Problem, würde sie sagen, man durfte doch auch nicht die gemeinsame Zeit wegschenken, auf die sie sich so freute. Sie würde sein, was sie sein sollte. Seine Traumfrau. Gedankenverloren betrachtete sie Peters hohe Stirn, seine Lachfalten, das leicht ergraute schüttere Haar. Oder Martin, der Jüngste, ein attraktiver Mann mit dichtem schwarzem Haar und einem Schnauzbart, der Softwarespezialist, danach Hans, der in der Verwaltung arbeitete und die Dienstpläne erstellte, obwohl der laut Thomas nur zweite Wahl war wegen seines Jobs. Peter war ihr ohnehin am sympathischsten, aber darauf kam es nicht an. Obwohl es vieles leichter machen würde. Doreen stellte sich Peter vor, wie er von der Arbeit käme, er arbeitete als technischer Angestellter in der Beschaffung, und sie hätte einen Kuchen gebacken, Butterkuchen, wie ihre Oma. Mit einer Kerze drauf. »Aber ich habe doch gar nicht Geburtstag«, würde er sagen. »Aber wir schon, Schatz. Vor einem Monat haben wir uns kennengelernt, und ich wollte einfach sagen, wie toll ich das finde.« Doreen schauderte bei dem Gedanken und zog ihren Lippenstift nach mit einem kleinen Taschenspiegel. Als sie sich darin betrachtete, sah sie eine schöne Frau, eine einsame Frau, die nach Heilbronn zog und niemanden kannte. Sie klappte den Spiegel zu und stopfte ihn zusammen mit dem Umschlag zurück in ihre Handtasche.

Szczurowa, Polen
14. Oktober 2012, 06.31 Uhr (vier Tage später)

Thomas Eisler beobachtete den Fortschritt vom Team Schweden. Sechs Männer mit kantigen Gesichtern und kurzen Haarschnitten. Ihre identische schwarze Kleidung ließ sie noch etwas gleicher aussehen. Der Trupp lief auf einen über drei Meter hohen Zaun zu, nach außen gewandter Stacheldraht auf der

Krone ließ ihn unüberwindlich aussehen. Die Höhe und der Winkel des Wehrs entsprachen exakt den Gegebenheiten in Forsberg. Der Mann, der für die Leiter zuständig war, lief vorneweg, nicht zu schnell, nicht zu langsam. Geschwindigkeit und Kräfte sparen zugleich. Im Lauf ließ er das erste Segment seiner speziell angefertigten Leiter einrasten. Dann das zweite und dritte. Das leichte und trotzdem hochfeste Karbon machte es möglich, dass er sie tragen konnte, obwohl sie bereits fast zwei Meter hoch war. Es handelte sich genau genommen nicht einmal um eine Leiter, sondern vielmehr um eine Brücke mit Stufen. Das fertige Konstrukt würde jede Mauer und jeden Zaun in der geforderten Höhe überwinden. Es war der einzige Job des groß gewachsenen Mannes im Team Schweden: zu trainieren, diese Brücke aufzubauen. Weiteres wurde nicht von ihm verlangt, obwohl auch er ein Sturmgewehr auf dem Rücken trug. Dafür musste er genau diesen Auftrag in absoluter Perfektion erledigen, die sich nur durch unendlich viele Wiederholungen erreichen ließ. Fünfzig Meter weiter hatte er die Konstruktion fertig. Etwas zu weit weg von seinem Hindernis. Er hatte zu früh angefangen. Thomas Eisler hörte zufrieden den Pfiff des Ausbilders, den er angeheuert hatte.

Erst gestern hatte er ihnen erklärt, worum es bei ihrem Auftrag wirklich ging. Es entsprach in etwa dem Profil, für das sie bei ihren früheren Einheiten ausgebildet worden waren: unerkannt eindringen, sabotieren und ebenso unerkannt entkommen. Ihre Feuerwaffen trugen sie nur für den Fall, dass etwas schiefging. Und das durfte nicht passieren. Es würde nicht passieren. Das sah er in ihren Gesichtern. Die Männer stammten hauptsächlich aus Aufklärungseinheiten, die hinter feindlichen Linien operierten, und er hatte darauf geachtet, dass jedem Team mindestens einer zugeteilt war, der die Landessprache ihres jeweiligen Zielobjekts beherrschte. Sie waren der Garant dafür, dass in der Bevölkerung hysterische Panik ausbrechen würde. Sie waren der Teil, auf dem er bestanden hatte, weil er einem Computervirus alleine nicht vertrauen wollte. Die Männer würden parallel zu ihrem Anschlag auf die Computersyteme einen konventionellen Anschlag durchführen. Genau zum richtigen Zeitpunkt. Eine dreckige Bombe mit dem radioaktiven Material, das er auf einem polnischen Parkplatz in Empfang genommen hatte. Sie waren gewissermaßen die Lungenentzündung für seinen krankheitsgeschwächten Patienten, der sich Europa nannte. Diese Männer waren das, was seinen Patienten umbringen würde.

Amsterdam, Niederlande
25. Oktober 2012, 15:28 Uhr (zwei Wochen später)

Dominique Lagrand biss die Zähne zusammen, der Schmerz in seinen Knien war beim Freihändigstehen noch immer beinahe unerträglich. Sophie, seine Physiotherapeutin, saß auf einem Gymnastikball, was sie gerne tat, und wippte, während sie ihn anstrahlte. Sie war eine Sadistin. Auch wenn er sie mochte.

»Du machst das gut, Dominique. Noch fünf, vier, drei, zwei eins. Und … die Stangen.«

Dominique blies ein wenig Speichel durch die Zähne, nur Millisekunden bevor seine Hände die beiden Holzstangen fanden, die es ihm erlaubten, seine Beine zu entlasten. Es war unfassbar, was in so einem Bein alles degenerieren konnte, wenn man es nicht mehr benutzte. Seine Knochen waren mittlerweile – gut ein Jahr nach dem schrecklichen Ereignis in einem Athener Lagerhaus – recht gut verheilt, aber die Muskeln und Sehnen waren verkümmert. Die Nerven wollten nicht mehr wie er, sein Gehirn bemühte sich, aber die Befehlskette war unterbrochen. Die Hilflosigkeit bei den Übungen machte ihn wütend, auch wenn er wusste, dass das keine besonders sinnvolle Reaktion war. Aber auch wenn er es von Grund auf neu lernen musste, er würde irgendwann wieder laufen, was nach seinem Unfall zwar kein medizinisches Wunder, aber doch eine Überraschung war. Sophie sagte, es liege an ihm, sein Wille sei unzähmbar wie ein übel riechender Tiger. Sie behauptete sogar, ihn schon auf dem Gang riechen zu können, wenn er sich im Rollstuhl durch die Linoleumflure schob. Natürlich machte sie Witze, aber er mochte die zierliche drahtige Frau, obschon sie ihn in den letzten sechs Monaten unfassbar gequält hatte. Sein eigener Quälgeist ließ ihn auch abends selten in Ruhe, wenn er die Übungen alleine zu Hause wiederholte, um noch ein wenig schneller aus diesem verdammten Ding zu kommen. Wenigstens hatten sie seinen Peiniger endlich erwischt, genau wie Will es versprochen hatte.

»Und noch eine Runde freies Stehen, bitte. Dominique!«, forderte die Physiotherapeutin mit gespielt strengem Blick, sie wippte noch immer auf dem Ball, scheinbar ohne Kraft aufzuwenden, wie ein Perpetuum mobile. Dominique ließ die Stangen los, und sein Körper versuchte, die Schwerkraft zu überlisten. Jeder Mensch tat das unbewusst, jede Millisekunde, die er auf zwei Beinen stand, und es fiel einem nicht einmal auf. Erst jetzt lernte Dominique, dass der aufrechte Gang keine Selbstverständlichkeit, sondern geradezu ein Wunder war. Sie ließ ihn diesmal noch länger balancieren, und auf einmal spürte Dominique, wie sich etwas verändert hatte. Diese Übung gehörte seit über drei Monaten zum Abschluss ihres Tagespensums, und doch hatte sich gerade eben, von einem Moment auf den anderen, etwas Wichtiges geändert. Es fühlte sich an, als hätten die Impulse, die seine Nerven ans Gehirn sendeten, auf einmal einen neuen Weg gefunden. Was natürlich kompletter Unsinn war, aber es fühlte sich so an. Wie in einem ausgetrockneten Bachbett nach dem Sommer das erste Schmelzwasser seinen neuen Weg fand. Das Stehen tat zwar immer noch höllisch weh, er zitterte vor Schwäche und Wut, aber es war, als müsse sein Körper weniger darum kämpfen. Er schaute entgeistert auf seine Beine. Dann hörte er Sophie aus der anderen Ecke des Raums, sie saß offenbar nicht mehr auf dem Ball.

»Und ...«, ihre typische Kunstpause. »... entlasten bitte!« Er hörte ihre Schritte auf der Matte. Dann eine Tür. Verwirrt blickte er sich um, normalerweise verabschiedeten sie sich voneinander, aber Sophie war gerade in ihrem Büro verschwunden, das an den Behandlungsraum angrenzte. Dominique schüttelte irritiert den Kopf und ließ noch einmal die Stangen los. Er wollte wissen, ob es noch einmal funktionieren würde. Er stand. Freihändig. Vorsichtig versuchte er einen Schritt, musste sich zwar gleich wieder abstützen, aber es klappte erstaunlich gut. Die Übung war nicht neu für ihn, aber so? Das vorsichtig fließende Wasser in dem Bachbett hatte offenbar noch ganz andere Vorteile. Dominique grinste, als Sophie zurückkehrte, sie trug ein großes, langes Paket unter dem Arm, um das sie ein rotes Band geknotet hatte. Die Schleife sah aus, als wäre sie beim Einpacken in Eile gewesen.

»Was ist das?«, fragte Dominique. »Ein Geschenk?«

»Ja, ein Geschenk«, sagte sie. »Von mir für dich. Sei froh, dass ich es schon besorgt habe, du bist früh dran. Wie immer.« Ihre Sommersprossen strahlten noch ein wenig mehr als sonst. Dominique ahnte, um was es sich handelte. Und er hatte sich für diesen Tag etwas vorgenommen. Sehr fest hatte er sich das vorgenommen. Er grinste sie an, sie war noch kleiner und zierlicher als er, im Grunde war es eine vollkommen logische Frage.

»Gehst du mit mir aus?«, platzte er heraus.

»Wenn du das Gehen wörtlich nimmst«, sagte Sophie mit einem Augenzwinkern und drückte ihm das Paket mit den Krücken in die Hand.

»Alle zwei Stunden für fünf Minuten, mehr nicht. Für den Anfang.«

Es würden einige sehr glückliche Minuten alle zwei Stunden

werden, dachte Dominique, als er die Klinik verließ, um zurück in die ECSB-Zentrale zu fahren.

———

Um siebzehn Uhr desselben Nachmittags ergab sich plötzlich die Gelegenheit, auf die Dominique gewartet hatte. Eddy verließ gerade das Büro, das er sich mit Solveigh teilte, wahrscheinlich um frische Luft auf dem Dach zu schnappen, was er sehr häufig tat, seit ihm Will Thater dort eine elektrische Rampe für seinen Rollstuhl hatte anbringen lassen. Schon eigentümlich, dass bei der ECSB ausgerechnet auf einem Flur zwei Rollstuhlfahrer arbeiten, dachte Dominique. Andererseits war Thater für seine rigorosen Auswahlmethoden bekannt, was die Qualifikation seiner Mitarbeiter anging. Und von einem Innendienstmitarbeiter wie Eddy wurde nun einmal nicht gerade verlangt, dass er den Mount Everest bestieg. Eddy war so etwas wie Solveighs zweites Gehirn, wenn sie im Einsatz war. Er war über Kameras ständig mit ihr verbunden und lotste sie durch eine fremde Stadt oder flüsterte ihr nützliche Details über ihren Gesprächspartner ins Ohr. Die beiden waren ein Dreamteam, sie kannten sich schon ewig, wie Dominique mittlerweile herausgefunden hatte. Offenbar hatte Eddy Solveigh damals aus einer sehr unschönen Zeit mit Drogen und abgebrochener Ausbildung herausgeholt. Trotzdem war Dominique jetzt froh, dass Eddy für kurze Zeit auf dem Dach verschwunden war, denn er hatte einen Plan. Mithilfe von Sophies nagelneuen Krücken stemmte er sich aus dem Rollstuhl und überquerte sehr langsam und begleitet von einem heftigen Schweißausbruch den Gang von seinem Büro bis zu ihrer Tür. Er klopfte nicht, sondern öffnete sie schwungvoll, wobei ihm eine der Krücken aus der Hand glitt und lautstark zu Boden ging. Solveigh drehte sich erschrocken um und starrte ihn entgeistert an. Dann wich ihre Überraschung echter Freude, und sie grinste. Sie nahm den

Telefonhörer zum Ohr, den sie wohl fallen gelassen hatte, und sagte: »Marcel? Ich rufe zurück, okay?« Der unvermeidliche Marcel Lesoille, vermerkte Dominique. Er konnte es immer noch nicht fassen, dass Solveigh auf ihn stand. Sie strahlte ihn an.

»Du stehst. Wow!«, sagte sie nur. Dominique glaubte, eine feuchte Stelle in ihrem linken Auge gesehen zu haben, aber sicher war er sich nicht. Vor allem wusste er im Nachhinein nicht, ob es an seiner Wiederauferstehung oder an ihrem Telefonat mit Marcel lag.

»Zumindest für ein paar Minuten«, sagte Dominique und ließ sich mit lautem Getöse in den Besucherstuhl fallen. »Mal ganz abgesehen davon hätte ich auch noch eine Frage.«

»Schieß los«, antwortete Solveigh.

»Es ist etwas, na ja, politisch inkorrekt.«

»Umso besser.« Ihre hellgrauen Augen blickten ihn erwartungsvoll an.

»Ich weiß nicht so richtig, was ich von der ganzen Israel-Connection halten soll. Die tauchen hier auf, erzählen uns was von dem Virus, alles Friede, Freude, Eierkuchen im Westen. Klar, sie sind unsere Verbündeten. Aber können wir deshalb einfach ignorieren, was sie mit den Palästinensern machen? Ich meine, so ganz von der Hand zu weisen sind deren Argumente ja auch nicht, oder?«

Solveigh seufzte. Die Israeldebatte war aus ihrer Sicht weder zu gewinnen noch zu verlieren.

»Andererseits«, meinte sie, »kann man auch nicht ignorieren, dass seit Jahren von der Hamas Bushaltestellen in die Luft gesprengt werden und die Extremisten ganz offen die Auslöschung des Staates Israel fordern. Wie übrigens auch der Iran, gerade kürzlich hat der Präsident einem deutschen Journalisten ein Interview gegeben. Bei der Freundlichkeit kann einem schon angst und bange werden …«

Die Tür ging auf, und Eddy schob seinen Rollstuhl hinter seinen Schreibtisch. »Seid ihr gerade bei meinen Lieblingsfreunden?«

Solveigh pfiff durch die Zähne. Sie hatte mit Eddy schon eine Diskussion darüber geführt, und der Spanier hatte ziemlich eindeutige Ansichten.

»Ich meine ja nur«, sagte er, während er hektisch die Maus bewegte, damit der Computer wieder aufwachte. »Immerhin machen die Israelis einfach die Grenzen dicht. Mauer drumherum, fertig. Die schließen die Menschen ein. Und das sind doch nicht alles Radikale. Die ganze Geschichte Israels ist eine Geschichte von Mauern und Zäunen, und ich kann mir irgendwie nicht vorstellen, dass sich das jemals ändert.«

Solveigh setzte zu einer Antwort an, aber Eddy hob schon kapitulierend die Hände: »Ich weiß, ich weiß … Wir werden sehen.«

Plötzlich bemerkte Solveigh einen weiteren Besucher in ihrem kleinen Büro: Will Thater lehnte im Türrahmen.

»Wenn ich dazu auch mal etwas sagen darf«, bemerkte er trocken. »Es ist einfach nicht unser Job, hier Weltpolitik zu machen. Ein befreundeter Staat bietet der Europäischen Union seine Hilfe an. So einfach ist das. Ich bin auch nicht mit allem einverstanden, was die israelische Regierung aufgrund der starken konservativ-religiösen Strömungen im Moment so beschließt. Aber es ist einfach nicht unser Job.«

Damit war das Thema vorerst vom Tisch, auch wenn Dominique keineswegs überzeugt war. Er fühlte sich in der Nähe der israelischen Agentin nicht wohl, was, wie er zugeben musste, ebenso an ihr persönlich liegen konnte. Sie war ihm einfach unheimlich, diese Yael Yoffe.

———

Zwei Stunden später saß das gesamte ECSB-Team, das an dem Fall beteiligt war, um den elliptischen Konferenztisch, der in einem Raum in der Mitte des Stockwerks untergebracht war. Natürlich Will Thater, der Chef, sowie das kleine Kernteam ihrer Voruntersuchung: Solveigh, Eddy und Dominique. Thater, der die ECSB nach dem Vorbild von Geheimdiensten in unabhängigen Zellen organisiert hatte, glaubte nicht an schiere Personalmenge, sondern setzte vielmehr auf individuelle Effizienz. An den Wänden flimmerten von Flachbildschirmen die wichtigsten Fakten: Slangs Erkenntnisse aus Israel, die Informationen, die ihnen Feinblat über Yael zugespielt hatte, sowie die Statistiken, die sie in den vergangenen Wochen mit zwei ihrer versiertesten externen Experten erarbeitet hatten, deren Konterfei nun ebenfalls auf zwei der Bildschirmen zu sehen war: Dr. Andrea Gladki, eine Statistikprofessorin aus Warschau, sowie Tom Chambers, der Computerexperte, den Will wieder zu seiner Firma zurückgeschickt hatte. Dominique war einigermaßen stolz darauf, dass er die Formel, mit der sie die wahrscheinlichen Angriffsszenarien mit Stuxnet ermittelt hatten, inzwischen sogar von alleine verstand. Im Gegensatz zu Will Thater, dem sie heute ihre Ergebnisse vorstellten. Es ging darum, zu entscheiden, ob er die europäischen Staatschefs, denn nur diese waren der ECSB gegenüber direkt weisungsbefugt, um ein offizielles Mandat bitten würde. Ein Mandat, dass sie unbedingt bekommen wollten, denn sie waren alle überzeugt, dass möglicherweise viel mehr davon abhing, als man das bei einem Computervirus erwarten würde. Menschenleben standen auf dem Spiel. Viele Menschenleben. Und ihrem Chef stand, ebenso wie Solveigh, das Unverständnis ins Gesicht geschrieben. Er blickte zunächst auf die Formel und wandte sich dann an Dr. Gladki mit der Bitte um eine umfassende Erläuterung.

$$LP = BaseLP + \Sigma_{i=1}^{n} LP_{i}(x_{i})$$

Zu Dominiques Überraschung verwies Dr. Gladki an ihn, die Einführung zu übernehmen. Er hatte sich mit der weißhaarigen

Andrea, die gute dreißig Jahre älter war als er, über die Berechnungen zu ihrem Fall angefreundet. Und sie hatte sein Talent für Mathematik entdeckt, das ihm bisher verborgen geblieben war. Mittlerweile liebte er ihre gemeinsamen Zahlenspiele und die theoretischen Modelle. Vielleicht hätte er das sogar studieren sollen, überlegte er, während er die Bremsen seines Rollstuhls löste. Er räusperte sich, als er sich vor den Bildschirm schob: »Das Ziel unserer Berechnungen ist eine Wahrscheinlichkeitsvorhersage für das Eintreten eines bestimmten Vorfalls, beispielsweise das komplette Lahmlegen der Automobilindustrie oder der Stahlproduktion. Dafür versuchen wir, diese Wahrscheinlichkeit durch zahlreiche Dimensionen in einem geschlossenen Modell zu beschreiben. Je Dimension hat man einen sogenannten Linear Predictor, kurz LP genannt, der in Zusammenhang mit der Wahrscheinlichkeit zu dem Parameter steht.« Er deutete auf den linken Teil der Formel und starrte in fassungslose Gesichter. »Die Wahrscheinlichkeiten für die einzelnen Dimensionen haben wir getrennt kalkuliert, aber das würde uns hier zu weit führen. Ihr müsst nur wissen, dass wir sowohl die volkswirtschaftlichen Schäden wie auch die notwendigen Umprogrammierungen am Virus sowie mögliche Ziele und ihre Verteilung in Europa mit einberechnet haben. Das Ganze ist eine Art Glaskugel für die Zukunft, basierend auf Erfahrungen aus der Vergangenheit und Experteneinschätzungen. Nur ein klein wenig präziser.« Er lächelte. »So weit klar?«

»Du spinnst«, sagte Solveigh, und auch keiner der anderen schien ihr geniales Prinzip auch nur im Ansatz verstanden zu haben. Dominique versuchte es mit einer Erklärung, die auch Dr. Gladki ihm gegenüber gebraucht hatte: »Im Grunde funktioniert das ganz ähnlich wie bei einer Versicherung, die ja auch verschiedene Schadenhöhen und ihre Wahrscheinlichkeiten gegeneinander aufrechnen muss, um zu ermitteln, wie viel die Kunden dafür bezahlen müssen. Unsere gesamte Formel ist im Grunde eine solche Versicherungsberechnung.«

So langsam dämmerte es den anderen, wie sie sich dem Problem genähert hatten, und Will bedeutete ihm fortzufahren.

»Als Zweites haben wir versucht, die möglichen Ziele der Täter zu klassifizieren und jeweils mit Parametern zu unterfüttern, die uns«, er deutete auf den zweiten Teil der Formel, »schließlich erlauben, eine Wahrscheinlichkeit für jedes Ziel zu berechnen.«

Das Problem an erklärenden Vorreden, seufzte Dominique innerlich. Kein Mensch interessiert sich dafür, alle warteten ungeduldig auf die Ergebnisse, aber dennoch konnten sie in so einem wichtigen Fall die Herleitung nicht einfach unter den Tisch fallen lassen. Dr. Gladki sprang ihm bei: »Was Dominique Ihnen zu sagen versucht, ist, dass wir innerhalb dieser einfachen Formel…«, Dominique, der sie mittlerweile gut genug kannte, sah, wie ein leises Lächeln ihre Mundwinkel umspielte, als sie die Formel als einfach bezeichnete. Natürlich war das Gegenteil der Fall. »… einige Parameter eingebaut haben, die ihrerseits wiederum auf einigermaßen komplexen Berechnungen basieren«, fuhr Andrea Gladki fort. Dominique war sich nicht sicher, ob ihr Einwurf das Ganze verständlicher gemacht hatte.

»Dennoch glauben wir«, ergriff er wieder das Wort, »dass unsere Berechnungen ziemlich exakt sind, zumal das Ergebnis deutlich ausfällt.«

Jetzt genoss er die volle Aufmerksamkeit eines jeden Anwesenden. Er rief einen der einzelnen Parameter auf, die sie errechnet hatten, um das Prinzip zu verdeutlichen. Er würde die Formel Stück für Stück auflösen.

»Beschäftigen wir uns zunächst mit der Variablen m, der Motivation der Täter. Wie ihr sehen könnt, ergibt sich aus der Komplexität, mit der Stuxnet umprogrammiert werden muss, in Verbindung mit den notwendigen Ressourcen und den möglichen Zielen eine Wahrscheinlichkeit von 73,45 Prozent, dass es sich um eine politisch motivierte Gruppierung handelt.«

Er bedeutete Eddy, die nächste Grafik aufzurufen, bei der der mittlere Teil der Formel hervorgehoben war. »Wenn wir uns die möglichen Ziele anschauen, kommen vor allem Industrieanlagen, Infrastrukturen und Verkehr sowie Verwaltung in…«

»Bitte, Dominique«, unterbrach ihn Will Thater, der in einer für ihn sehr typischen Ungeduldsgeste mit einem Kugelschreiber auf die Tischplatte klopfte. »Das ist ja alles schön und gut, und ich glaube dir und Dr. Gladki wirklich unbesehen, dass ihr das anständig berechnet habt.«

Dominique seufzte.

»Was ist das Ziel?«, fragte William Thater. »Und ist es Grund genug, den Europäischen Rat einzuschalten?«

»Ich glaube, daran kann kein Zweifel bestehen«, antwortete Gladki, und Dominique nickte ernst. Solveigh, Will und Eddy blickten ihn an. Alleine ihn. Musste er das wirklich verkünden? Ein Blick zu Andrea bewies ihm, dass er diese Karte gezogen hatte.

»Wir glauben«, setzte er an und schaute dabei in die Runde am Tisch, »dass eine Gruppe russischer Nationalisten plant, Europa in den ungeplanten und sofortigen Ausstieg aus der Kernenergie zu treiben, um die Gaspreise ins Unermessliche steigen zu lassen und so den Wert ihres wertvollsten Bodenschatzes zu vervielfachen.«

Das Kugelschreiberklopfen hatte aufgehört. Will dachte nach und verkündete nach einer Weile: »Okay, das hört sich logisch an. Käme es tatsächlich zu einer Abschaltung sämtlicher Kernkraftwerke in Europa, würde der Gaspreis explodieren. Nur Gas könnte überhaupt die notwendige Spitzenlast erzeugen, ohne die unsere Industrie stillsteht und damit die gesamte Wirtschaft. Und die Einzigen, die genug liefern könnten, wären die Russen. Aber warum, um alles in der Welt, sollten die europäischen Staaten gleichzeitig aus der Kernenergie aussteigen? Das Wendemanöver der deutschen Kanzlerin nach Fukushima war zugegeben erstaunlich, aber nicht alle Bevölkerungen teilen die deutsche Skepsis. In Frankreich beispielsweise ist nahezu niemand gegen die Atomenergie – auch nicht in Skandinavien …«

»Und was wäre«, flüsterte Dominique, dem selbst bei dem Gedanken, was ihre Berechnungen ergeben hatte, beinahe körperlich übel wurde, »wenn es ein Fukushima in Europa geben würde? Nicht einmal in dem Ausmaß, aber Störfälle. Und viele davon. Und unkontrollierbar? Was wäre dann?«

Will Thater wurde bleich, und auch die ansonsten so gefasste Solveigh rutschte unruhig auf ihrem Stuhl hin und her. Es entstand eine längere Pause, bis schließlich doch Will das Wort ergriff: »Und ihr wollt mir erzählen, dass ein Computervirus ein Atomkraftwerk lahmlegen kann? Das kann doch nicht euer Ernst sein …«

»Wer weiß?«, warf Solveigh ein. »Immerhin werden die Atomanlagen vom Iran ja auch nicht gerade aussehen wie der Hof eines Schweinebauern, oder? Und da haben die Israelis es nun mal nachweislich reingekriegt.«

»Genau, Slang«, bestätigte Dominique. »Und ich zeige euch jetzt ein Foto, das einiges relativieren dürfte, was ihr bisher über unsere westeuropäische Hightechatomindustrie gedacht habt.«

Er warf einen fragenden Blick zu Eddy, der die entsprechende Datei aufrief. Das Bild zeigte einen Mann in einem Overall, der schief lächelnd vor einer Computeranlage stand, die sich kaum von einem handelsüblichen PC unterschied.

»Was soll denn das sein?«, fragte Will. »Falsches Bild?«

»In gewisser Hinsicht schon«, erläuterte Dominique und fuhr langsam und sehr leise fort: »Hier seht ihr den Leitstand des Atomkraftwerks Isar II, eines der neuesten der Bundesrepublik Deutschland, das bis mindestens 2022 am Netz bleiben soll. Und das da in der Mitte«, er deutete auf den PC, »ist ein Computer mit dem Betriebssystem Windows NT.«

»Den Stuxnet ohne Probleme angreifen kann«, flüsterte Eddy.

»Heilige Scheiße«, murmelte Will und griff zum Telefon.

Moskau, Russland
04. Dezember 2012, 17.33 Uhr (sechs Wochen später)

Thomas Eisler erreichte die Gegend, die im Volksmund Rubljowka genannt wurde, über die gleichnamige Chaussee, an der seit jeher die Wochenendhäuser der Reichen und Mächtigen lagen. Von Josef Stalin bis Wladimir Putin hatten hier alle Regierungschefs ihre Datschen gebaut, zunächst meist aus Holz, heutzutage aus Marmor und mit goldenen Wasserhähnen. Die Straße beschrieb eine sanfte Linkskurve durch die dichten Kiefernwälder, nur ein Polizeifahrzeug hier und da ließ darauf schließen, dass es sich noch nicht um die tiefste Provinz handelte. Gerade die verkehrsgünstige Lage nahe dem Autobahnring um Moskau machte diese Gegend so beliebt, und die neuen Herrscher des Riesenreichs hatten mit skrupellosen Methoden, von denen Bestechung noch die freundlichste war, dafür gesorgt, dass sie jetzt weitestgehend unter ihresgleichen residierten. Sein gemieteter SUV fiel jedoch weder einem der Polizisten noch einem der ihn überholenden Sportwagen auf, in dieser Gegend fuhren sogar die kleinen Hausangestellten Mittelklassegeländewagen aus Deutschland. An der Abzweigung zu Anatolis Haus stand keine Polizei, und nur ein kleines Emailleschild mit der Hausnummer 88 verriet ihm, dass er die richtige gefunden hatte. Eisler parkte den Wagen vor dem großen schmiedeeisernen Tor, das sich öffnete, kaum dass er ausgestiegen war. Ein strahlender Anatoli kam aus der riesigen Villa, die aussah wie ein versteinertes Raumschiff von Luigi Colani, und breitete die Arme aus.

»Eisler, mein Lieber! Ich hoffe, Sie hatten eine angenehme Reise.«

Vermutlich hat er eine neue Liebhaberin, schätzte Eisler, dem die gute Laune des Russen sofort verdächtig vorkam. Als Erstes musste er eine Führung durch die Datscha über sich ergehen lassen, die für diese Gegend sicherlich nicht sonderlich imposant war. Eher obere Mittelschicht. Natürlich hatte Eisler immer gewusst, dass hinter dem Wodkamanager noch ein weiterer, ungleich mächtigerer Auftraggeber stehen musste. Es ärgerte ihn nur, dass er immer noch nicht herausgefunden hatte, um wen es sich dabei handelte. Er vermutete einen Oligarchen der ersten Stunde aus der Jelzin-Clique. Und es gab einen Namen. Besser gesagt, einen Decknamen, der immer wieder auftauchte und der selbst Thomas Eisler noch in seinem Alter und bei seiner Erfahrung einen kalten Schauer über den Rücken laufen ließ. Das Biest. Ein Phantom. Während er über den Hintermann sinnierte, schmunzelte er und nickte, als Anatoli ihn auf ein riesiges dunkles Bild im sogenannten Salon hinwies. Es nahm die gesamte Wand gegenüber der Glasfront ein, die einen Blick in den Park erlaubte. Erst in gebührendem Abstand zum Haus begannen die dichten Kiefernwälder mit ihren dünnen Stämmen und dem buschigen Nadelgrün. Eisler fand, dass das stimmungsvolle Gemälde als Kontrast zu den dunklen Kiefernwäldern geradezu exquisit ausgesucht worden war – im Gegensatz zum Rest des Hauses.

»Ein Anselm Kiefer aus Deutschland«, referierte Anatoli über das Bild. »Also ein Landsmann von Ihnen, nicht wahr?«

Er klopfte ihm dazu auf die Schulter. Anatoli stand neben Eisler, der einen pflichtschuldigen Blick auf das Kunstwerk warf.

»Und stellen Sie sich mal vor: Das Ding verliert dauernd Stroh.«

Thomas Eisler zog eine Augenbraue hoch.

»Mein Ernst. Der Anselm hat das angeklebt. Ich ruf den Händler an und sage: Der Kiefer haart. Und was sagt der?« Er lachte schon jetzt über seinen eigenen Witz.

»Das muss so sein, Mr Kharkov. Das Bild entwickelt sich. Es

lebt! Dass ich nicht lache! Fast zwei Millionen hab ich für das Ding bezahlt, und der sagt, es muss leben!«

»Und was haben Sie gemacht?«, fragte Eisler, ohne zu wissen, ob er die Antwort wirklich hören wollte.

»Na, ich hab's wieder drangeklebt!« Jetzt lachte sogar Thomas Eisler, wenn auch aus vollkommen anderen Gründen als der Russe. Sie nahmen auf einem großen Ledersofa vor der Fensterfront Platz, und die Stimmung kippte von einer Sekunde zur anderen von heiterem Plausch zu geschäftlicher Unterredung. Anatoli servierte noch einen Fruchtsaft aus einer Karaffe und kam dann ohne Umschweife zur Sache.

»Also, Eisler, was haben Sie mir mitgebracht?«

Eisler zog einen dicken braunen Umschlag aus seiner Ledertasche und räusperte sich: »Nun, Mr Kharkov, wie ich Ihnen schon bei unserer letzten Besprechung angekündigt habe, sind die Vorbereitungen fast abgeschlossen. Ich habe insgesamt acht Ziele aus Ihrer Liste ausgewählt, wie gewünscht mit Schwerpunkt Frankreich, Deutschland, Schweden und England.«

Er reichte ihm den Ausdruck einer Wikipedia-Seite, auf denen einige Kernkraftwerke mit Kuli markiert waren. Obwohl er wusste, dass die Behörden heutzutage Papier kaum jemals kontrollierten, hatte er dennoch darauf geachtet, nicht mit verfänglich aussehendem Material zu reisen.

»Den Zugang zu den jeweiligen Zielen erreichen wir über mehrere Methoden, deren genaue Funktionsweise ich Ihnen lieber nicht erläutern würde, wenn Sie verstehen, was ich meine.«

Anatoli verstand nicht und wollte zu einer Schimpftirade ansetzen, die Eisler mit einer besänftigenden Geste gerade noch abwenden konnte: »Bitte, Anatoli. Vertrauen Sie mir, wir werden das Virus in mindestens vier dieser Kraftwerke einschleusen können. Sie sollten besser nicht wissen, wie wir das genau anstellen. Und das wollen Sie auch nicht.« Der alte Mann strich sich über den dünnen Bart und wartete auf die Reaktion seines Auftraggebers, der hinaus in den Wald starrte, als müsse er sich

133

sammeln. Nach ein paar Augenblicken drehte er sich um und sah Eisler direkt in die Augen, die Iris hatte das Schwarz in seinen Augen zu kleinen Schlitzen verengt. »Also gut, Eisler. Vier mindestens. Wenn Sie das garantieren können«, sagte der Russe fast ein wenig zu ruhig. »Wann schätzen Sie, können Sie anfangen?«

»Das«, bemerkte Thomas Eisler und faltete die Hände vor seinen knochigen Knien, »hängt sehr davon ab, wann wir endlich das Virus von Ihnen bekommen.«

Anatoli beugte sich nach vorne: »Sie können es mitnehmen.« Er warf einen Blick auf seinen viel zu protzigen Breitling-Chronografen. »Es kann sich nur noch um Minuten handeln.«

Eisler ließ die Hände gefaltet und starrte ihn an. Das war allerdings eine wirklich große Überraschung, er war davon ausgegangen, dass Anatoli nichts als einen weiteren Zwischenbericht von ihm wollte. Doreen und Tanja würden sich beeilen müssen, von den anderen Teams, die in die Kraftwerke einbrechen sollten, ganz zu schweigen. Er war noch nicht bereit. Noch nicht ganz. Und wenn Anatoli wirklich heute schon die Stuxnet-Variante liefern würde …

Ein sanftes Klingeln unterbrach seine Gedanken. Offenbar schien es doch Hausangestellte zu geben, obwohl ihm beim Reinkommen keine aufgefallen waren, denn Anatoli machte keine Anstalten, sich zu erheben.

»Da ist er ja endlich«, rief Anatoli leicht verärgert, als ein junger Mann im teuren Anzug das Wohnzimmer in Begleitung einer putzig beschürzten jungen Hausangestellten betrat. Ob Anatoli Strauss-Kahn-Phantasien nachhing? Es interessierte ihn nicht, obwohl ihn normalerweise alles interessierte, was mit seinen Klienten zu tun hatte. Anatoli jedoch war mit seinem schlechten Geschmack ein wenig zu weit gegangen in den vergangenen zwei Monaten. In dem jungen Mann erkannte Eisler den Freund des Sohnes wieder, der ihm auf der Jacht vorgestellt worden war. Er begrüßte ihn, als er sich auf einen Sessel neben ihn setzte, mit einem knappen Kopfnicken, noch immer hielt er die Hände gefaltet wie ein Priester. Er musterte den Jungen, der einen skeptischen Blick zu ihm herüberwarf.

»Er ist in Ordnung, Dimitrij. Ihr kennt euch doch, oder nicht?«

»Schon möglich«, sagte der Computerspezialist, und Thomas Eisler fiel auf, dass er zu schnell schluckte. Kein guter Schauspieler, vermerkte er zur späteren Verwendung. Der zu teure Anzug fischte einen USB-Stick aus der Tasche und schob ihn quer über den Tisch in Anatolis Richtung. Wieder eine Geste der Distanz. Er ist sich nicht mehr sicher. Oder Anatoli zahlt ihm nicht genug.

»Und da ist alles drauf?«, wollte Kharkov wissen. Der Junge nickte. »Und das funktioniert?«

»Ich kann nur für meinen Teil sprechen, die Subroutinen für die Anlagensteuerung kommen von Ihrem Kontakt in der Ukraine, aber soweit ich das überblicken kann, sieht auch das sehr professionell aus. «

»Die Ukraine ist kein Problem«, lächelte Eisler, der den Kontakt vermittelt hatte.

»Dann wird er funktionieren«, sagte Dimitrij. Eisler bekam von Anatoli den Stick über den Tisch geschoben, wie den Schwarzen Peter beim Kartenspiel. Er ließ den Speicherchip in den Umschlag fallen und verschloss ihn mit dem Klebestreifen.

»Fangen Sie an, Eisler. Machen Sie ihnen Feuer unter dem Arsch.«

Thomas Eisler nickte nachdenklich und warf noch einen Blick auf den Programmierer, der mit etwas zu wenig Stolz und zu vielen Fragezeichen auf dem gebeugten Rücken in seinem Stuhl saß. Er zog eine Augenbraue hoch, als er sich erhob und sich von Anatoli per Handschlag verabschiedete, dem Jungen nickte er nur kurz zu. Er war schon fast aus der Tür, als er sich noch einmal umdrehte.

»Ach, Mr Kharkov, auf ein Wort noch bitte.«

Stöhnend erhob sich der Russe, nicht ohne noch einen Schluck von dem Fruchtpunsch zu kosten, und begleitete ihn zum Ausgang. Als Thomas Eisler ins Freie trat, schirmte Anatoli die hoch stehende Sonne mit seinem Handrücken ab und blickte ihn fragend an. Eisler beugte sich zu ihm vor und raunte: »Der Junge ist nicht mehr bei uns, er ist ein Sicherheitsrisiko. Sie werden sich um ihn kümmern müssen. Überwachen Sie ihn, er darf jetzt nicht ausscheren.«

Anatoli nickte, als habe er nichts anderes erwartet. »Ich weiß«, seufzte er. »Obwohl es mir immer leidtut um die jungen Leute.«

Als Thomas Eisler in den SUV stieg, den er vor dem Tor geparkt hatte, schlich sich das Biest zurück in seine Gedanken. Der Hintermann. Das Phantom. Er erinnerte sich an die Gerüchte, die sich um ihn rankten. Angeblich war seine Frau kurz vor seinem Abtauchen verschwunden. An einem schönen Sommertag. Einfach so. Spurlos. Daher sein Spitzname, der in den Wirren der Finanzkonstruktionen von Jelzins Russland zum Pseudonym geworden war. Wie konnte jemand, der so reich war, auf einmal abtauchen?, fragte er sich. Er würde noch einmal versuchen, seine alten Quellen beim FSB anzuzapfen, nahm er sich vor, als er wendete. Kurz nachdem er sich in den Verkehr auf der A 105 Richtung Moskau eingefädelt hatte, waren die Sorgen um Dimitrij Bodonin verschwunden. Zumindest vorläufig.

TEIL 2

Und weil denn ein Fürst imstande sein soll, die Bestie zu spielen, so muss er von dieser den Fuchs und den Löwen annehmen; denn der Löwe entgeht den Schlingen nicht, und der Fuchs kann dem Wolf nicht entgehen. Er muss also ein Fuchs sein, um die Schlingen zu kennen, und ein Löwe, um die Wölfe zu schrecken. Die, welche nur den Löwen zum Vorbild nehmen, verstehen es nicht. Ein kluger Herrscher kann und soll daher sein Wort nicht halten, wenn ihm dies zum Schaden gereicht und die Gründe, aus denen er es gab, hinfällig geworden sind.

Niccolò Machiavelli
Der Fürst
1513

KAPITEL 24

Amsterdam, Niederlande
12. Dezember 2012, 10.21 Uhr (eine Woche später)

Solveigh saß an ihrem Schreibtisch und brütete über den Analysen, die Dominique mit der Statistikerin Dr. Gladki angefertigt hatte. Sie fand keinen logischen Fehler in der Formel, aber das Ergebnis konnte sie dennoch kaum glauben. Noch einmal blätterte sie durch die ›Atomrechtliche Verfahrensordnung‹ und einige andere juristische Dokumente, die den sicheren Betrieb der Kraftwerke gewährleisten sollten. In der Theorie las sich das alles recht umfassend und wasserdicht. Aber was, wenn die beiden doch recht hatten? Solveigh wusste, dass die beiden sich – wie es bei der ECSB üblich war – Hilfe von den besten Universitäten und Experten aus dem gesamten Euroraum geholt hatten. Ich hätte die Hintergründe allerdings gerne noch einmal außerhalb der offiziellen Runde aus Dominiques Mund gehört, dachte Solveigh und ließ die Akten sinken. Eddy hatte die Beine von dem Fußbrett auf den Schreibtisch gehievt, eines nach dem anderen, und schlief. Solveigh knüllte das Deckblatt der Verfahrensordnung zusammen und warf es als Ball in seine Richtung. Sie verfehlte seinen Kopf um wenige Zentimeter.

»Eddy, Siesta ist rum!«, sagte sie lachend, als Eddy, wahrscheinlich vom Luftzug geweckt, zusammenschrak.

Ihr Kollege öffnete nur langsam die Augen und fluchte etwas nahezu Unverständliches. Immer, wenn Eddy ärgerlich wurde, sprach er Katalanisch, und Solveigh hatte bei ihren vielen Schachpartien einige Wörter aufgeschnappt. Diesmal ging es um ihren Bruder, den es gar nicht gab, und etwas mit töten.

»Du hörst dich eher an wie Snoop Dogg aus L. A. als wie ein waschechter Katalane aus Osona.«

139

Eddy griff nach seinem rechten Bein und verfrachtete es wieder in den Rollstuhl.

»Das bin ich ja auch gar nicht«, gestand Eddy schon etwas versöhnlicher. »Aber es klingt aufregender, finde ich. Was gibt's denn, Slang?«

»Ich habe mir die Materialien noch einmal angeschaut, und irgendwie kann ich mir nicht vorstellen, dass das wirklich so einfach sein soll mit den Atomkraftwerken …«

Sie hoffte, dass Eddy, der als ausgewiesener Computerexperte mit einer Vergangenheit als Hacker beim Chaos Computer Club viel mehr mit dieser Virenkiste anfangen konnte als sie, es ihr endlich erklären konnte.

In diesem Moment klopfte es an der Tür, und ohne eine Antwort abzuwarten, streckte Dominique den Kopf herein. Solveigh warf einen Blick auf die Uhr ihres Computers. Sie hatten noch über eine halbe Stunde Zeit bis zu ihrer Lagebesprechung.

»Wenn man vom Teufel spricht. Das trifft sich gut, Dominique«, sagte Eddy und wedelte mit dem Arm. »Komm rein und setz dich, wir haben hier noch eine Kritikerin, was eure Analyse angeht!«

Dominique balancierte ungelenk auf den Krücken zu dem Stuhl, der für die seltenen Besucher in ihrem Büro in der Ecke neben dem Kleiderständer sein unbeachtetes Dasein fristete, und krachte dankbar gegen die Lehne.

»Du bist nicht überzeugt, Slang?«, fragte Dominique ohne jede Spur von Verärgerung. Er hat sich gut bei uns eingelebt, vermerkte Solveigh.

»Na ja, mal ganz ehrlich – und wir sind ja jetzt unter uns –, ich habe mir die Sicherheitsbestimmungen von Kernkraftwerken angeschaut. Die haben überall Kameras und Sensoren, meterdicke Betonwände, teilweise sogar versteckte Flugabwehrbatterien, was immer dir einfällt. Da kommt doch niemals ein Terrorist auch nur in die Nähe …«

»Das ist schon richtig, Solveigh«, erklärte Dominique. »Aber das müssen sie doch auch gar nicht.«

»Wegen dieser Software, schon klar. Und wie sollen sie die da reinbekommen?«

»Stell dir so ein Kraftwerk einfach mal vor wie den Tresorraum einer Bank, okay?«

Solveigh nickte. Auch Eddy hatte jetzt aufgehört zu tippen und hörte interessiert zu.

»Im sichersten aller Räume, dem Tresor ganz unten im Keller, dort, wo die Schließfächer sind, befindet sich der Reaktor, in dem die Atomkerne gespalten werden. Das ist der am besten abgeschirmte Bereich des Kraftwerks. Direkt vor der Tür, auch noch im Keller und gesichert von mehreren Stahltüren, befindet sich der Leitstand. Hier wird das Kraftwerk gesteuert. Im Stockwerk darüber befindet sich die Verwaltung unserer Bank, genauso wie bei dem Kraftwerk. Hier gibt es auch noch einen abgesicherten Bereich, in den nur Leute vorgelassen werden, die Berechtigung haben, den Tresorkeller zu betreten, in unserem Fall wären das die Techniker und Ingenieure. In den weniger gesicherten Bereichen, zu denen man zwar immer noch nur mit einer Codekarte Zutritt erhält, arbeiten die Leute, die die Schichtpläne erstellen, die Sekretärinnen, der Betriebsrat, das Management. Selbst in einem mittelgroßen Kernkraftwerk arbeiten um die tausend Personen, bis hin zum Tellerwäscher in der Kantine.«

»Okay, das verstehe ich«, unterbrach Solveigh ihn. »Aber der Koch kann ja auch nicht einfach die Bank ausrauben, oder?«

Dominique lächelte: »Nein, vermutlich nicht. Aber deswegen heißt Schadsoftware auch umgangssprachlich ›Virus‹, sie verbreitet sich fast von alleine, gewissermaßen durch die Luft.«

Eddy lachte kehlig.

»Okay«, gab Dominique zu. »Vielleicht nicht gerade durch Luft, aber beinahe. Eddy, erinnerst du dich an das Virus bei diesem Automobilhersteller?«

»Oh ja, die Story ist gut. Irgendein Oberprogrammierer hat einen PC aus einem der Greifroboter am Fließband ausgebaut, um die Software zu aktualisieren. Dazu hat er ihn einen Raum weiter an seinen eigenen PC angeschlossen. Nachdem er ihn freudestrahlend wieder in den Greifarm eingebaut hatte, stand eine Viertelstunde später die gesamte Produktion still – er hatte unwissentlich einen ganz einfachen Wurm eingeschleppt, ein lächerlich unkompliziertes Programm, das einfach nur alles tumb abschaltete. Über vier Stunden haben die Experten gebraucht, um die Fabrik wieder zum Laufen zu kriegen.«

Solveigh starrte ihn an: »Aber doch nicht in einem Atomkraftwerk! Das ist doch lächerlich!«

Eddy zog eine Augenbraue hoch und deutete mit ausgebreiteten Handflächen zu Dominique: »Deine Show, Kumpel.«

»Wir denken, dass es keineswegs unwahrscheinlich ist. Unsere Simulation zeigt, dass mit einer Wahrscheinlichkeit von 0,86 Prozent der eine oder andere systemische Kontakt zwischen den Computern im Tresorraum und denen in der Verwaltung besteht. Pro Tag wohlgemerkt. Ihr dürft nicht vergessen, das sind Industrieanlagen, die von einfachen Angestellten der Privatunternehmen gewartet werden. Wir reden hier nicht über Langstreckenraketen mit Abschusscodes oder Ähnliches.«

Eddy, der schneller im Kopfrechnen war als Solveigh, pfiff durch die Zähne: »Das bedeutet, dass die Chance nach nur einem Monat auf fünfundzwanzig Prozent angewachsen ist, dass das Virus bis in den Leitstand vorgedrungen ist.«

»Exakt«, pflichtete Dominique ihm bei. »Und diese Analyse beinhaltet auch den Tellerwäscher, der das Virus im Küchencomputer einschleust. Ich rechne persönlich eher mit 55 Prozent im Monat, wenn die Russen sich etwas Mühe geben.«

Solveighs Mund blieb offen stehen, nachdem sie diese Zahlen gehört hatte. Mittlerweile war auch sie überzeugt, dass die Bedrohung real war. Und wir sind mittendrin, dachte sie noch, als Eddys und ihr Rechner gleichzeitig eine als besonders dringend und vertraulich eingestufte E-Mail ankündigten. Synchron drehten sie sich zu ihren Monitoren.

»Geh deinen Rollstuhl holen, Kumpel. Es geht los. Thater will uns in fünf Minuten im Konferenzraum sehen.«

———

Im Konferenzraum war der Grund ihres Meetings für jeden auf dem großen Monitor ersichtlich: Die Staats- und Regierungschefs der EU hatten über ihren Fall abgestimmt. Der Bildschirm zeigte eine Europakarte, auf der die Länder, die Wills Antrag stattgegeben hatten, grün und die restlichen rot eingefärbt waren. Soweit Dominique sehen konnte, hatten nur zwei Länder gegen ihre Ermittlungen gestimmt: England und Italien. Er schob seinen Rollstuhl neben den von Eddy und klappte seinen Laptop auf. Sie sahen aus wie zwei Musterschüler einer Behindertenklasse, fand Dominique. Will Thater klopfte wie so oft mit einem Stift auf die Tischplatte und wartete, bis alle Eingeladenen versammelt waren. Als Letzte öffnete Solveigh schwungvoll die Tür und setzte sich auf einen freien Platz am Tischende.

»Ihr könnt wohl gerade nicht anders, oder, Will?«, fragte sie nach einem kurzen Blick auf das Abstimmungsergebnis.

»Sehr witzig, Slang«, sagte der Engländer. »Aber wahrscheinlich hast du recht, Europa ist nicht gerade in Mode im Unterhaus.«

Solveigh grinste.

»Aber lassen wir das.«

Er war nicht in der Laune für Witze, bemerkte Dominique. Ob es klug war, ihn in dieser Stimmung zu fragen? Immerhin ging es um etwas, das ihm wichtig war, wie er in den letzten Wochen erkannt hatte.

»Die EU-Kommission hat uns offiziell das Mandat erteilt, die drohende Anschlagsserie auf die Energieinfrastuktur Europas zu verhindern und aufzuklären. Damit können wir anfangen, ich bin mir sicher, ihr habt Vorschläge?«

Solveigh nickte Eddy zu, erhob sich von ihrem Stuhl und trat an den Monitor, auf dem jetzt ihr vorläufiger Schlachtplan zu sehen war.

»Wir werden als Erstes eine Analyse erstellen, wie das Virus in die Kernkraftwerke eingeschleust werden kann. Unserer Meinung nach ist das die größte Schwachstelle des Plans unserer Gegner ...«

Dominique atmete hörbar ein.

»... auch wenn«, fuhr Solveigh nach einem Seitenblick fort, »wir nicht unbedingt alle einer Meinung sind. Eddy?«

»Uns bleibt im Moment schlicht keine andere Wahl. Da wir nicht wissen, wo die Täter zuschlagen, sondern nur, mit was, nämlich mit einer neuen Variante von Stuxnet, die wir noch nicht kennen, ist dies unser bester Ansatz. Ihr knöpft euch die wichtigsten Anlagen vor, die wir nach ihrem Schadenpotenzial für die Bevölkerung und ihrer Auswirkung auf die Stromversorgung bei einem Störfall aussuchen. Wir drehen jeden Stein um: Könnten die Terroristen dort eindringen, wen könnten sie bestechen – einfach alles.«

Thater schaute zu Dominique, der frustriert nickte. Ihm fiel im Moment auch kein besserer Plan ein, auch wenn er sich sicher war, dass die Täter so kaum zu stoppen sein würden.

»Okay. Und welche Einheit soll dich unterstützen? Du wirst für die Einbruchsszenarien doch sicher einen von den Special Forces dabeihaben, oder nicht?«

»Ehrlich gesagt, habe ich mich schon darum gekümmert. Und ich hätte gerne dieses Mal keinen von den üblichen Verdächtigen wie KSK oder SAS.«

»Und wieso nicht, wenn ich fragen darf?«, ätzte Thater, dem der britische Special Air Service immer besonders am Herzen lag.

»Die Ausbildung ist doch bei allen europäischen Einheiten

fast dieselbe. Ich hätte gerne jemanden von einer etwas kreativeren Truppe …«

»Und an wen hättest du da so gedacht, Slang? Die Schweizergarde vielleicht?«

»Viel exklusiver. Yael hat mir versprochen, jemanden zu schicken. Von der Shajetet 13.«

Thater, der breitbeinig auf seinem Stuhl saß, als wäre er bereit, jederzeit aufzuspringen, tippte noch einmal mit dem Kugelschreiber an die Tischplatte, dann wurde es still. Die Special Forces der israelischen Navy, mein Gott, dachte Dominique. Er wusste, dass sie häufig mit den Seals trainierten, die Osama bin Laden getötet hatten. Eine der exklusivsten Einheiten der Welt. Und ihnen eilte tatsächlich ein Ruf voraus, den man als kreativ bezeichnen könnte. Oder unkonventionell. Dominique wusste, dass Solveigh hier ein großes Kaliber auffuhr, zumal es sich nicht um eine Einheit aus dem Euroraum handelte. Aber wenn es nützte?

»Okay. Deine Entscheidung«, sagte Thater nach einer kurzen Pause. Keine zwei Minuten später waren die Aufgaben verteilt, und die Runde löste sich auf. Nur Sir William, der Chef der ECSB, saß immer noch auf seinem Stuhl und hatte sich keinen Zentimeter bewegt, seit Solveigh von ihrem Plan mit der Shajetet 13 erzählt hatte. Er starrte gedankenverloren ins Nichts, als Dominique neben ihn rollte. Thater zuckte beinahe zusammen, als Dominique sich räusperte, um sich Gehör zu verschaffen. Dann drehte Thater sich aber zu ihm um und lächelte.

»Was gibt's Dominique? Ich habe gehört, du läufst wieder?«

Der alte Mann hatte wirklich überall seine Quellen, vermerkte Dominique und nickte: »Ich versuche es zumindest.«

»Das klingt aber nicht sehr zuversichtlich«, zweifelte Will.

»Nein, nein, das ist es nicht«, beeilte sich Dominique zu versichern. »Es ist nur … ich meine …«

»Spuck's aus, mein Lieber. Wir haben hier keine Geheimnisse, das weißt du. Und ich helfe dir, wenn du etwas auf dem Herzen hast, das ist mein Job, okay?«

Dominique, der mit einem überehrgeizigen Vater aufgewachsen war, konnte die Führungsqualitäten von Thater immer noch kaum fassen. Für die Schwäche, die er im Begriff war zu gestehen, wäre er zu Hause für einen Tag in die Besenkammer gewandert, wenn nicht Schlimmeres. Und Thater begegnete ihm nicht nur verständnis-, sondern auch noch respektvoll. Dominique bewunderte ihn aufrichtig, auch wenn einem seine snobistische Gutsherrenart im Tagesgeschäft gehörig auf die Nerven gehen konnte. Wenn es darauf ankam, konnte man sich aber auf Thater verlassen. Meistens jedenfalls. Und heute war es Dominique wirklich wichtig.

»Ich habe lange nachgedacht in den letzten zwei Monaten, und ich denke, dass ich noch eine ganze Weile brauchen werde, bis meine Beine auch nur halbwegs wieder zu gebrauchen sind. Und es ist mehr als fraglich, ob ich jemals wieder für einen Außeneinsatz geeignet sein werde. Thanatos war eine Ausnahme, und ich danke Ihnen dafür, aber wir beide wissen, dass es ein Risiko war, das wir nicht wieder eingehen sollten.«

Thater nickte nachdenklich: »Ich hatte mir schon gedacht, dass dir das klar ist. Aber es gibt genügend Aufgaben hier in der Zentrale für dich, bis du komplett wiederhergestellt bist. Oder kannst du dich über zu wenig Arbeit beklagen?«

»Nein, natürlich nicht. Aber Will, ich bin dafür nicht ausgebildet. Ich war ein Cop für die Straße, nicht fürs Büro. Und ich bin nicht so gut wie Eddy mit der IT, werde es auch niemals sein. Natürlich könnt ihr mich weiterhin mit ein paar Analysen beauftragen, die ich dann mit externen Experten durchführe, und mich trotzdem zu euren Sitzungen mitnehmen, aber ich denke, wir alle wissen, warum ihr das macht, oder? Sonst habe ich noch niemals einen Analysten dort gesehen.«

Thater nickte erneut, sagte jedoch nichts. Was hätte er auch dazu sagen sollen? Es war die nackte, unbequeme Wahrheit. Nicht mehr und nicht weniger.

»Aber ich denke, ich habe einen Vorschlag. Bei beinahe jedem Auftrag spielt Dr. Gladki eine entscheidende Rolle, oder nicht?«

»Natürlich, sie ist unsere Statistikerin. Fast täglich basieren unsere Entscheidungen auf ihrer Mathematik: Wohin würde sich ein Täter wenden, was sind die logischen nächsten Ziele? Atomkraftwerke oder vielleicht doch nur die Produktion von Daimler? Aber worauf willst du hinaus?«

»Dr. Gladki hat mir angeboten, bei ihr zu studieren. Ich bekomme viele von meinen früheren Scheinen angerechnet, und sie nimmt mich unter ihre Fittiche. Sie schätzte, ich könnte in zwei bis drei Jahren zurück sein.«

»Du willst Mathematik studieren?«

»Ich hatte das schon mal angefangen, neben Jura, das mir mein Vater aufgezwungen hatte.«

Thater blickte ihn skeptisch an: »Und danach?«

»Komme ich zurück, kann wieder laufen und werde der erste Risikomathematiker der ECSB. Als Unterstützung für Solveigh und Eddy.«

Eine ganze Weile saß Thater stumm da. Dominiques Magen krampfte sich zusammen, er wollte unbedingt seine Zustimmung für das Studium haben. Er hatte keinesfalls vor, die ECSB zu verlassen. Er wollte nur die Jahre, die er ohnehin mehr Last als Nutzen war, zu etwas Sinnvollerem verwenden als Arbeiten, die auch einer der unzähligen anderen Mitarbeiter gut erledigen konnte. Er wollte etwas leisten. Endlich wieder.

»Also gut, Dominique. Aber ich habe eine Bedingung.«

Dominique blickte ihn gespannt an: »Eine Bedingung?«

»Wenn ich dich zum Studieren schicke, um dich als Vollzeitmathematiker zurückzubekommen, dann wüsste ich gerne, dass das einen Vorteil bringt. Also tretet den Beweis an. Beweist mir bei unserem aktuellen Fall, dass die Statistik den Unterschied macht. Dann kriegst du dein Studium. Und die Stelle.«

London, England
14. Dezember 2012, 22.49 Uhr (zwei Tage später)

Das Biest blickte aus dem bodenlangen Fenster seines Apartments in Canary Wharf über die Themse und die glitzernden Lichter von London. Hinter seinem Rücken stand einer von zwei Männern, denen er vollends vertraute, obwohl oder vielleicht gerade weil seine Gegenwart selbst ihn schaudern ließ. Der Engländer trug einen roten Rollkragenpullover unter einem feinen Mantel aus Kamelhaar, seine Haare waren nach hinten gegeelt und umrahmten ein kantiges Gesicht mit einer wulstigen Stirn, unter der stark hervortretende Augäpfel lagen. Doch nicht nur deshalb wirkte sein Blick wie von einer Krankheit gezeichnet, es war vor allem das Fehlen jeglichen Lebens, das die Augen wie abgestorben aussehen ließ. Eine Krankheit der Seele. Wie eine Totenmaske an einem lebendigen Körper. Seine Bewegungen waren vorsichtig, sie wirkten beinahe wie mechanisch verlangsamt oder als ob man ihn in Zeitlupe betrachtete. Künstlich beherrscht. Das Biest griff zu seinem Weinglas, um nicht weiter darüber nachdenken zu müssen.

»Sie haben neue Anweisungen für mich, Sir?«

Er fragte es wie ein Anfänger in Spencer's Butler School. Nicht neutral und bei Weitem nicht freundlich genug. Außerdem schien er seine eigene Agenda zu verfolgen, auch wenn er bisher jeden Auftrag zu seiner Zufriedenheit ausgeführt hatte.

»Sie sind mit unseren Plänen in Moskau vertraut?«

»Selbstverständlich.« Geflüstert. Auf der Themse fuhr ein Vergnügungsboot vorbei, auf dem die Menschen einen Vertriebserfolg feierten oder eine Tanzparty veranstalteten. Europa würde nicht mehr lange tanzen, vermutete das Biest.

»Brennen Sie die Brücken hinter uns ab. Moskau ist überflüssig geworden.«

»Meinen Sie das wörtlich? Oder darf ich das als Metapher verstehen?«, fragte der Mann in dem Kamelhaarmantel. Das Biest spürte, wie seine Augen verquollen auf seinen Rücken starrten. Leblos.

»Verstehen Sie es, wie Sie es für richtig halten. Aber vor allem meine ich: vollständig.«

Das Biest trank einen weiteren Schluck von dem edlen Riesling aus Deutschland, dessen Preise bald explodieren würden. Verstrahlte Reben. Und nicht nur der Wein würde teurer werden. Als er sich umdrehte, war der Engländer verschwunden.

KAPITEL 26

Paris, Frankreich
18. Dezember 2012, 12.15 Uhr (vier Tage später)

Marcel betrat das siebte Geschäft des heutigen Tages leicht angesäuert. Solveigh hatte ihn erst am Morgen angerufen und angekündigt, dass sie spontan eine Nacht in Paris verbringen würde – bei ihm – und dass es voraussichtlich ihre letzte Chance sei, in diesem Jahr zusammen Weihnachten zu feiern. Und natürlich erwarte sie kein Geschenk, das wäre ja auch viel zu kurzfristig, und nein, es sei ihr klar, dass er zu tun habe. Trotzdem konnte Marcel es natürlich nicht dabei belassen. Trotz oder vielleicht gerade wegen seiner Affäre mit Yael. Und so klapperte er eben einen Laden im Marais nach dem anderen ab, eine ganze Woche vor Heiligabend und ganze drei Stunden vor seinem Treffen mit dem Chefredakteur, das nicht einfach nur wichtig, sondern geradezu überlebenswichtig für ihn war. Zumindest

149

was seine weitere Karriere anging. Der »Echo« hatte Wort gehalten und ihn seine Story in Ruhe recherchieren lassen. Von dem Plan, eine Woche nach seiner Rückkehr aus Israel erste Ergebnisse präsentieren zu können, hatte sich Marcel allerdings schnell verabschieden müssen. Es hatte ihn fast zweieinhalb Monate gekostet, die Fakten zu sammeln und zu einer halbwegs sinnvollen Theorie zusammenzubasteln. Und langsam machte der Chefredakteur Druck. Und nicht zu knapp. Während er versuchte, die Preisschilder der sündhaft teuren Klamotten im Vorbeigehen zu lesen, ohne dass die Verkäufer davon etwas mitbekamen, hing er seinen Gedanken nach. Würde es ihm gelingen, die Chefredaktion von seiner Verschwörungstheorie zu überzeugen? Denn viel mehr hatte er immer noch nicht vorzuweisen. Er strich über das weiche Material eines Schals, der 189 Euro kostete. Cashmere. Aber er würde ihr gefallen: gewebt aus blauen und schwarzen Fasern und mit kleinen Troddeln am Ende, die ihn leicht verwaschen und gebraucht aussehen ließen. Solveigh stand auf kostbare Accessoires, denen man den Preis nicht ansah. Kurz entschlossen griff Marcel zu, er hatte einfach keine Zeit mehr, und auch wenn das Geschenk sein Budget deutlich überschritt, war es immer noch besser, als zu spät zu seinem Termin beim Echo zu erscheinen. Das konnte er sich noch viel weniger leisten. Er schluckte, als der Kassierer seine EC-Karte durch das Lesegerät zog, weil er sich Sorgen machte, dass das Guthaben nicht ausreichen würde. Doch nach einem kurzen Zögern spuckte das Gerät schließlich den Zettel zum Unterschreiben aus, offenbar hatte er seinen Dispokredit noch nicht gänzlich aufgebraucht.

––––

Das Büro der »Echo«-Redaktion lag in der dunklen Rue St-Honoré, einer schmalen, einspurig befahrenen Straße, gesäumt von Cafés und geduckten Torbögen. Als Marcel keine fünf Minuten vor seinem Termin das knarzende Treppenhaus in den dritten Stock hinaufstieg, stellte er wieder einmal fest, welchen Anachronismus sich diese Zeitung, die bekannt dafür war, die größten Skandale der französischen Republik aufgedeckt zu haben, mit ihrem ganzen Auftreten leistete. In dem uralten Büro gab es weder Computer noch Handys, stattdessen quollen die Faxgeräte über, und auf jedem der eng gestellten Schreibtische der zweckentfremdeten Sechszimmerwohnung stapelten sich Bücher und Papier. Der Chefredakteur saß wie alle anderen mittendrin, ein bleistiftdürrer Mann mit schlohweißer Mähne und einer dicken Hornbrille, der ihn in diesem Moment skeptisch musterte. Marcel rückte auf dem unbequemen Holzstuhl hin und her, sein Ischias schmerzte schon jetzt. Der Bleistift sprach schnell, beinahe hektisch, aber seine Fragen waren dennoch präzise und durchaus unangenehm. Er hatte seine Verschwörungstheorie über den Papierstapeln vor sich ausgebreitet: die Fotos aus Israel, Yael und Solveigh, die sich am Kreuzfahrtterminal von Haifa ganz offensichtlich nach der Ausreise eines Mannes erkundigten, den Marcel nach endloser Recherche endlich als Thomas Eisler identifiziert hatte, einen ehemaligen Stasi-Offizier, der in der Bundesrepublik Deutschland steckbrieflich gesucht wurde. Marcel hatte daraus geschlossen, dass Israel mit der EU gemeinsame Sache machte, was diesen Herrn anging, und dass irgendetwas im Busch sein musste. Der Besuch eines Technologiezentrums des Mossad, Yaels geheimniskrämerische Kontaktaufnahme zu Solveigh, all dies deutete darauf hin, dass es etwas mit dem Stuxnet-Virus zu tun haben musste. Zumindest versuchte er es so seinem Chefredakteur zu verkaufen, denn in Wahrheit hatte er die Verbindung zu Stuxnet nur aufgrund eines mitgehörten Telefonats in einem Prager Hotelzimmer gezogen, aber das konnte er ihm ja schlecht auf die Nase binden.

»Dünn, mein Freund«, lautete die Einschätzung des Dürren hinter seinem Berg von Papier. Er nahm eine seiner Aufnahmen, die Solveigh und Yael beim Verlassen des Mossad-Hauptquartiers in Tel Aviv zeigte. »Und woher wissen Sie, dass diese Solveigh Lang für die EU-Kommission arbeitet?«

Marcel biss sich auf die Lippe. Er wollte sie nicht mit hineinziehen als offizielle Informantin, ihm war klar, dass er damit Solveighs Karriere gefährden würde. »Ich habe sie beobachtet, als sie in Amsterdam ein geheimes Büro betrat. Offiziell ist dort eine Firma namens Loude IT Services gemeldet, aber die scheinen keinen einzigen Kunden zu haben, und sie sind auch bei keinem der üblichen Branchenverbände bekannt. Ich habe mit einem Freund gesprochen, der …«

»Das reicht nicht«, unterbrach ihn der Bleistift und warf das Foto wieder auf den Stapel. »Sie, Monsieur, haben gar nichts. Ich kann mir beim besten Willen nicht vorstellen, was für eine Einheit das sein soll, von der Sie behaupten, dass sie grenzübergreifende Verbrechen aufklärt. Wir haben noch niemals etwas von einer solchen Einheit gehört. Und dann auch noch der Mossad, der immer aus dem Hut gezaubert wird, wenn irgendwo etwas passiert, was erst mal keiner versteht. Nein wirklich, Marcel, das klingt mir alles viel zu sehr nach Fletschers Visionen. Konzentrieren Sie sich lieber auf diese Sexskandal-Geschichte. Glauben Sie wirklich, dass mit unserem Verteidigungsminister der vierte Spitzenpolitiker eine Frauengeschichte anfängt? Wieder in New York wie bei dem Weltbank-Chef, und wieder konnte einer einfach spontan vor lauter Geilheit nicht mehr laufen? Langsam sind doch für uns die Sexskandale das, was für die Deutschen ihre Plagiate sind. Nein, vergessen Sie Ihre Mossad-Geschichte, Marcel. New York riecht nach CIA, der Schweinebucht, was weiß ich. Besorgen Sie da etwas.«

»Aber …«, stammelte Marcel in einem letzten Versuch zur Rettung seines Themas, »wie erklären Sie sich dann das Interesse an Thomas Eisler?«

»Marcel«, seufzte der betagte Chefredakteur. »Wer kennt

den denn noch? Und wen lockt der hinter dem Ofen vor? Ich meine, mal ganz ehrlich: Der Mann ist jetzt wie alt? Fünfundsiebzig? Und was soll das für ein Computervirus sein? Dann funktionieren halt mal die Computer nicht, das ist sicher kein Beinbruch.«

»Wenn Sie sich da mal nicht täuschen«, murmelte Marcel. Er hatte zwar noch keine Ahnung, wofür Stuxnet eingesetzt werden sollte, aber nach seinen Recherchen war ihm durchaus klar, welchen Schaden er anrichten konnte.

»Basta. Sie kümmern sich um den Verteidigungsminister und die CIA.« Er klappte sein Notizbuch auf, um Marcel zu zeigen, dass die Audienz beendet war. Niedergeschlagen klaubte Marcel seine Fotos zusammen und stopfte sie zurück in seine Fototasche. Als er sich zum Gehen wandte, blickte der Bleistift noch einmal von seinen Notizen auf: »Ach, Marcel? …« Er hielt inne und hätte beinah zu einer Antwort angesetzt. »Aber Ihre Bilder … die sind nicht schlecht. Machen Sie weiter so, okay?« Er lächelte beinah. Und Marcel musste entscheiden, ob er seine Zukunft beim »Echo« wegen eines vagen Gefühls aufs Spiel setzen sollte. Er musste einfach noch mehr aus Solveigh herausbekommen. Und vielleicht hatte er ja noch heute Abend Gelegenheit dazu.

Moskau, Russland
22. Dezember 2012, 16.04 Uhr (vier Tage später)

Der Engländer betrachtete seine graue Haut im Spiegel auf der schäbigen Tankstellentoilette. Er hatte das Gefühl, dass seine hervortretenden Augen immer schlimmer wurden. Aber natürlich konnte das auch reine Einbildung sein. Er pulte ein Stück Haselnuss zwischen zwei Schneidezähnen heraus und schloss die Tür auf. Nachdem er beim letzten Mal wieder einmal eine von seinen Eskapaden hatte beseitigen müssen, wartete heute ein sehr viel umfangreicherer Auftrag auf ihn. Drei Menschen mussten ausgeschaltet werden. Anatoli und Viktor Kharkov. Laut seiner Liste Vater und Sohn. Bei Ersterem handelte es sich um den Mann, den er auf der Insel vor Dubrovnik gesehen hatte. Ein dicklicher Exfunktionär mit zu hohem Blutdruck. Er würde kein Problem darstellen. Ebenso wenig wie sein Sohn, der ihm als Schnösel beschrieben worden war. Die dritte Person auf der Liste war ein gewisser Dimitrij Bodonin. Angeblich ein ziemlich cleverer Bursche. Ursprünglich hatte er mit ihm anfangen wollen, aber aus irgendeinem Grund wurde der Junge verfolgt. Von ziemlichen Dilettanten, die zwar wechselnde Fahrzeuge einsetzten, aber sich in etwa so unauffällig anstellten, wie das Biest seine Geliebte umgebracht hatte. Nur aus diesem Grund hatte Dimitrij noch ein paar Tage länger zu leben. Der Mann startete den Motor seines alten Ladas, den er bei einer kleinen Autovermietung bestellt hatte, und rollte vom Hof der Tankstelle.

Über eine halbe Stunde später erreichte der Mann den überdimensionalen Parkplatz der Filiale eines schwedischen Möbelhauses im Süden von Moskau. Er kannte sich in Moskau nicht sonderlich gut aus. Zu dem Russen, für den er heute arbeitete, fand er erst vor drei Jahren, er selbst stammte aus Manchester. Aber das war das Schöne an internationalen Marken, stellte er fest, als er den weißen Pfeilen auf dem Boden folgte, die ihn zunächst durch sämtliche fertig eingerichteten Räume eines Famlienhauses führten: Vom Hotdog bis zu Sofakombinationen, man konnte sich darauf verlassen, dass sie auf der ganzen Welt gleich schmeckten respektive aussahen. Und so erreichte er sein Ziel, die Selbstbedienungshalle am Ende des Rundgangs, ganz ohne die Hilfe von Angestellten, die ihn hätten wiedererkennen können. Er bahnte sich seinen Weg zwischen Palettenwagen mit überlangen Schrankwänden darauf und Müttern, die Topfpflanzen vor dem Bauch und ihre Kinder auf dem anderen Arm trugen, hindurch bis in die Abteilung für Haushaltswaren. Es war gar nicht so einfach, wie es sich Laien oft vorstellten, sich in einer fremden Stadt eine Waffe zu besorgen – es sei denn, man kannte sich mit Messern aus und wusste sie zu benutzen. In der Hand des richtigen Mannes konnte auch ein einfaches Küchenmesser zur tödlichen Waffe werden. Der Engländer bevorzugte die japanische Santoku-Klingenform, denn die war kurz genug, um das Messer in einer Jacke zu verstecken, und die Gewichtsverteilung war meistens ausgewogener als beim europäischen Schliff. Er wog einige der angebotenen Varianten auf dem Zeigefinger seiner rechten Hand. Dazu wählte er ein zweites Messer mit sehr langer schmaler Klinge, das normalerweise zum Filetieren von Fischen verwendet wurde. Der Engländer hatte jedoch ncht vor, Angeln zu gehen. Zumindest nicht in den nächsten drei Tagen.

Heilbronn, Deutschland
28. Dezember 2012, 08.34 Uhr (sechs Tage später)

Peter Bausch hatte das Weihnachtsfest mit seiner Schwester verbracht und ärgerte sich noch jetzt darüber, dass er sie überhaupt eingeladen hatte. Die drei Tage hatten mit Schweigen begonnen und im Streit geendet, und er wusste schon gar nicht mehr, warum er angenommen hatte, es könnte dieses Mal anders sein. Seit ihre Eltern nicht mehr lebten, versuchten sie immer wieder, die traute Familie zu mimen, aber sie waren einfach zu unterschiedlich. Beide gingen partnerlos durchs Leben, seine Schwester, weil sie keinen fand, und er, weil ihn seine Exfrau für einen Orthopäden in Hannover sitzen gelassen hatte. Peter Bausch lenkte seinen Passat Kombi über den Bürgersteig auf den Parkplatz der Bäckerei Huck und stieg aus, die kühle Nässe des Morgens wehte ihm um die Nase, und er fröstelte trotz seiner dicken Daunenjacke, das Weihnachtsgeschenk seiner Schwester. Schon von außen sah er sie: die Neue aus der Trattoria, die in letzter Zeit öfter da gewesen war. Bei seinem Stammitaliener fielen ihm Frauen, die alleine Rotwein tranken, immer auf, zumindest wenn sie aussahen wie diese: blonder Pagenkopf, ein tailliert geschnittener Mantel, Stiefel. Als er die Tür zur Bäckerei öffnete, drehte sie sich zu ihm um. Und lächelte. Er wollte zurücklächeln, aber sie schlug zu schnell die Augen nieder und bezahlte. Da sie die einzigen Kunden waren, bestellte er das Erste, was ihm einfiel: zwei Mohnbrötchen und eine Körnersemmel, die er gar nicht mochte. Als er bezahlte, betrachtete sie das Sortiment an Marmeladen, das in einem Regal neben dem Eingang stand. Peter nahm die raschelnde Tüte von der Verkäuferin entgegen und wandte sich zum Gehen. Ob er ihr sagen sollte, dass die Marmeladen toll waren? Du spinnst wohl, Peter, du hast noch nie eine gekauft, hörte er seine Schwester sagen. Und vielleicht hatte sie ja recht. Etwas mutloser ging er Richtung Tür, als sich plötzlich auch der Pagenkopf zum Gehen wandte und ihm geradewegs in den Weg stolperte. Er erschreckte sich und hielt abwehrend die Hände vor seine Tüte, ein mehr als dämlicher Reflex, aber die Blonde entschuldigte sich überschwänglich, es tue ihr leid. Er grinste: »Ist doch nichts passiert«, sagte er und hoffte, dass es nicht einfältig klang. Er hielt ihr die Tür auf. Sie lächelte wieder und lief über den Parkplatz, ihre Stiefel knirschten auf dem Streugut, sie lief beschwingt, fast fröhlich. Er wollte ihr nachrufen, ob sie mal mit ihm in die Trattoria gehen würde, statt alleine mit ihrem Buch, aber da war sie schon um die Ecke gebogen.

———

Eine knappe Woche später saß er trotzdem mit ihr in der Trattoria, weil er sie seit dem Zusammenstoß fast jeden Morgen beim Bäcker traf und sich nach drei Tagen doch ein Herz gefasst hatte. Außerdem war Silvester, und Peter betrachtete das als eine gute Gelegenheit, die er nicht verstreichen lassen durfte. Sie hieß Doreen, war ungebunden und neu in der Stadt. Und aus der Nähe sah sie noch viel besser aus, als er gedacht hatte. Über den Rand seines Rotweinglases beobachtete er, wie eine Gabel mit Tagliatelle und Lachs zwischen ihren dunkel geschminkten Lippen verschwand. Beim Kauen sah sie ihn an, während er von Irland erzählte, seiner einzig großen Leidenschaft. Das Cottage vom letzten Jahr beschrieb er etwas luxuriöser, weil er sich schon vorstellte, wie sie auf der Kachelofenbank aussehen würde mit ihrem Strickkleid und den dunklen Augen. Sie war nicht mehr ganz jung, aber bei seiner Beschreibung der saftigen grünen Wiesen stellte er fest, dass sie etwas ganz und gar Weibliches ausstrahlte, das er sehr anziehend fand. Er konnte es nicht erklären, aber ihre Bewegungen waren irgendwie … anmutig. Das falsche Wort. Keinesfalls ordinär, im Gegenteil. Sie drückte sich gebildet aus, interessierte sich für Kunst und schien ganz und gar fasziniert von seinem Irland, das sie noch nie gesehen hatte. Sie sagte, es höre sich an wie das traumhafteste Land der Welt, so wie er es beschrieb. Aber nach ihrem Umzug sei ihr noch nicht nach Verreisen zumute, sie müsse sich erst hier noch akklimatisieren, wie sie sich ausdrückte. Sie sagte ihm dies bei einem Glas Rotwein, und wäre Peter sich nicht ganz sicher gewesen, dass das ganz und gar ausgeschlossen war, hätte er geschworen, sie hätte es wie eine Einladung an ihn klingen lassen. Beim Dessert, einem Tiramisu, erklärte sie ihm offen, dass sie noch nicht wisse, wozu sie nach ihrer Trennung schon bereit sei. Er sprach von seiner eigenen, und sie stellten fest, dass sie beide theoretisch frei wären, aber nicht recht wussten, was sie mit dieser Freiheit anstellen sollten. Sie lächelten beide und versprachen sich gegenseitig, es langsam angehen zu lassen. Als er ihr in den Mantel half und ihren schlanken Hals betrachtete, als sie zufällig den Pagenkopf zur Seite wandte, war er nicht mehr ganz so sicher, ob er dieses Versprechen würde einhalten wollen. Herrgott, es war jetzt drei Jahre her, dass Simone ausgezogen war. Als sie sich vor dem Lokal voneinander mit Küsschen auf die Wange verabschiedeten, war Peter glücklicher als während der gesamten letzten zwei Jahre zusammen. Er schaute ihr nach, ihre Silhouette spiegelte sich auf dem regennassen Asphalt, und die Absätze ihrer Stiefel erzeugten ein kleines Echo an den Häuserwänden.

Moskau, Russland
07. Januar 2013, 19.52 Uhr (eine Woche später)

Am Anfang waren es nur Kleinigkeiten, aber seit Dimitrij darauf achtete, häuften sich die Anzeichen, dass etwas nicht stimmte. Das erste Mal hatte er gestutzt, als Maja ihm von zwei Heizungsinstallateuren berichtet hatte, die er nicht bestellt haben konnte. Glücklicherweise hatte sie die beiden abgewiesen, aber eine Woche später hatte Licht im Arbeitszimmer gebrannt, als er nach Hause gekommen war. Natürlich könnte es sein, dass er es angelassen hatte, aber er ging beinahe jeden Morgen noch einmal zurück, um sich davon zu überzeugen, dass er es ausgeschaltet hatte. Genährt von seinem Misstrauen, hatte er angefangen, sich Notizen über Autos zu machen, die ihm mehrfach begegneten. Es gab einen blauen Ford Focus, den er in den letzten acht Tagen viermal gesehen hatte. Okay, das konnte Zufall sein, falls ein Nachbar den gleichen Weg ins Büro nahm wie er. Aber auch noch der grüne Golf, den er mindestens zweimal hinter sich bemerkt hatte? Und der weiße Sprinter? Für den Naturwissenschaftler in ihm waren das ein paar Zufälle zu viel. Und alles hatte begonnen, nachdem er das Virus bei Anatoli abgeliefert hatte. Und bei dem Deutschen. Hinzu kam, dass er Victor seit gestern nicht mehr erreichen konnte. Er hatte zwar angekündigt, dass in ihrem Haus auf dem Land der Handyempfang miserabel sei und dass sein Vater darauf bestehe, die Weihnachtszeit vor allem trinkend und ohne Geschäftliches zu verbringen, aber trotzdem. Noch einmal wählte er seine Nummer. Es klingelte. Aber niemand hob ab. Frustriert warf Dimitrij das Telefon auf den Beifahrersitz neben seine Aktentasche, die heute etwas dicker war als sonst, denn er hatte sich im Internet ein Gerät bestellt, das ihm endlich Gewissheit verschaffen sollte.

Er fuhr nervös, und mehrfach ermahnten ihn andere Autofahrer zu mehr Aufmerksamkeit oder um eine Kollision mit ihnen zu verhindern, weil er aus lauter Unachtsamkeit mit seinem BMW die Spur wechselte. Er hätte sich niemals auf diese Leute einlassen dürfen mit ihrem Geld und den verlockenden Versprechungen. Seit er die Subroutinen des Programmierers aus der Ukraine gesehen hatte, wusste er auch, dass es kein Dummejungenstreich war, zu dem sie ihn angestiftet hatten, sondern Industriesabotage. Mindestens. Wenn nicht Schlimmeres. Als er in die Parkbucht der Tiefgarage seines Wohnhauses schlitterte, blieb er noch einen Moment lang hinter dem Steuer sitzen und atmete tief ein. Jetzt galt es. In ein paar Stunden würde er wissen, ob an seiner Verschwörungstheorie etwas dran war. Und dann? Was sollte er dann machen? Eines nach dem anderen, Dimitrij. Finden wir erst mal raus, ob du dir nicht alles nur einbildest. Er schnappte seinen Aktenkoffer und fuhr nach oben. Die Wohnung war dunkel, Maja war nicht da. In der Küche hing ein Zettel, dass sie mit einer Freundin ins Kino gefahren war und dass er nicht mit dem Essen auf sie warten solle. Essen, lachte Dimitrij, ist nun wirklich das Letzte, wonach mir der Sinn steht. Er stellte die Tasche auf den Boden und öffnete mit einem lauten Klack die beiden Schlösser. Das Gerät, das er im Internet unter Majas Namen bestellt hatte, sah unscheinbar aus, es bestand lediglich aus einem LCD-Monitor und einer kurzen, dicken Antenne, die an einem Drehgelenk aus der Seite ragte. Dimitrij versicherte sich, dass der Ton abgestellt war, und schaltete es ein. Der Bildschirm erwachte zum Leben und zeigte zunächst das Logo der Herstellerfirma und schließlich einige Balken, die sich hektisch auf und ab bewegten. Dimitrij hatte sich die Beschreibung genau durchgelesen, im Grunde ging es darum, die falschen Signale zu identifizieren. Er fing in der Nähe seines WLAN-Modems mit der Messung an und arbeitete sich über die Fenster vor, bis er in etwa einordnen konnte, welche Strahlung die Handymasten in der Umgebung und sein

Funknetz aussendeten. Dann tastete er sich langsam an die wichtigsten Stellen heran. Er strich über den Lampenschirm einer Stehlampe: nichts. Wäre auch ein zu lächerliches Agentenfilmklischee gewesen, dachte er. Das Telefon im Wohnzimmer: nichts. Doch als er am Bücherregal vorbeilief, schlug plötzlich einer der Balken aus. Also doch, dachte Dimitrij und hielt die Luft an. Eine Stunde später hatte er fünf Ausschläge gefunden, und er war sich sicher, dass es sich um Wanzen handelte. Zwar hatte er keine einzige gefunden, aber er hatte auch gar nicht die Absicht, sie zu entfernen. Wenn sie ihm folgten und jeden seiner Schritte überwachten und jetzt auch noch seine Wohnung abhörten, dann konnte das nur eines bedeuten: Anatoli vertraute ihm nicht mehr. Und wozu würde das am Ende führen? Dimitrij kannte die Geschichten, die sich um die Vergangenheit der Wodkafabrik rankten, zu gut, um sich von seiner jovialen, schmerbäuchigen Fassade täuschen zu lassen. Er würde ihn umbringen, da war sich Dimitrij sicher. Wahrscheinlich wartete er nur auf eine günstige Gelegenheit, einen Streit zwischen ihm und Maja zum Beispiel. Er musste sich etwas einfallen lassen. Aber nicht hier. Er packte das Gerät wieder in seine Aktentasche und fuhr in die Tiefgarage. Ob sie sein Auto auch verwanzt hatten? Auszuschließen war es nicht. Er konnte sich nirgendwo mehr sicher sein. Und er musste es irgendwie Maja beibringen. Nur was er ihr beibringen sollte, das wusste er selber noch nicht so genau.

Zwei Stunden und einen langen Spaziergang durch die bitterkalten Straßen Moskaus später hielt Dimitrijs BMW vor dem Kino, in dem Maja mit einer Freundin den neuesten Streifen mit Johnny Depp ansah. Seit Geld keine große Rolle mehr für sie spielte, gingen sie nur noch in diesen neumodischen Komplex, der Popcorn verkaufte und ein besonders ausgefeiltes

Soundsystem versprach. Er hatte ihr eine Nachricht auf dem Handy hinterlassen, dass es etwas zu feiern gebe und dass er sie noch ausführen wolle. Er hatte angekündigt, dass er hier auf sie warten würde. Maja erschien kurz nach dem Ende des Films mit freudestrahlender Miene und sprang in den Wagen. Sie trug einen Mantel mit Pelzkragen und sah aus, als käme sie von einer Modenschau, was Dimitrij ausnahmsweise sehr recht war, denn er hielt nach halbstündiger Fahrt vor einer der exklusivsten Cocktailbars der Stadt. Als er dem Mann vor der Tür seine Autoschlüssel in die Hand drückte, hakte sich Maja bei ihm unter und fragte: »Nun sag schon, Dimi. Warum führst du mich aus? Was gibt es denn Tolles zu feiern?«

»Gleich, Maja, ich erkläre es dir gleich«, sagte Dimitrij und wusste, dass es gepresst klang. Erst als sie ihre Mäntel abgegeben und sich ein ruhiges Plätzchen auf einer dunkelroten Plüschbank gesucht hatten, fasste er den Mut, die Fragen in ihrem Gesicht zu beantworten: »Maja, ich glaube, ich habe einen großen Fehler gemacht.«

Sie starrte ihn verständnislos an: »Was meinst du damit: Fehler? Unser Leben könnte doch besser kaum sein, Dimitrij, was ist los?« Er schaute ihr tief in die Augen und versuchte es mit der Wahrheit: »Maja, Anatoli ist ein Terrorist. Er plant einen Anschlag auf den Westen, ich weiß nicht genau, was, aber es hat mit dem zu tun, was ich programmiert habe, und ich habe Wanzen bei uns in der Wohnung ...«

»Psst ...«, sagte Maja und legte ihm ihren Zeigefinger über die Lippen. Sie sah auf einmal gar nicht mehr aus wie das Modepüppchen, das sein Geld aus ihr gemacht hatte. Sie hatte den Ernst in seinem Gesicht gesehen und die Angst in seiner Stimme gehört.

»Ich liebe dich, Maja, aber wenn wir zusammenbleiben wollen, müssen wir uns etwas überlegen. Vielleicht sollten wir besser weg aus Moskau.«

Erneut bedeutete sie ihm, still zu sein, und deutete mit ihrem

Finger einen Kreis an, als ob sie sagen wollte, dass auch hier Wanzen versteckt sein könnten: »Ich liebe dich auch, Dimitrij Sergejewitsch, aber ich will nichts davon hören.«

Er schluckte. Sie nippte an ihrem Drink und sagte: »Küss mich, Dimitrj Sergejewitsch, bevor ich es mir anders überlege.«

Als ihre Lippen sich trafen, flüsterte sie: »Wir fahren nach diesem Drink. Und machen noch einen kleinen Spaziergang durch den Park.«

Er legte eine Hand in ihren Nacken und schüttelte den Kopf.

»Sie verfolgen dich sogar? Okay, dann fahr nach Hause. Wir werden so unauffällig wie möglich in den nächsten Tagen ein paar Sachen ins Auto schaffen, ohne dass sie das mitkriegen, und dann sehen wir weiter.«

Ihre Reaktion und ihre Souveränität überraschten ihn. Es schien, als würde sie in Problemsituationen größer statt kleiner, als wüsste sie genau, was zu tun war.

»Wieso kannst du das?«, fragte er in ihre Haare. »Woher weißt du, was wir tun müssen, und stellst nicht dieselben tausend Fragen, die mir im Kopf herumschwirren?«

Maja lachte leise, ihre Lippen waren immer noch nur Zentimeter voneinander entfernt. Er konnte die Fältchen um ihre Augen sehen und das rote Puder auf ihren Wangen. »Ich bin Jüdin, Dimitrij. Flucht liegt mir im Blut.«

Moskau, Russland
07. Januar 2013, 22.52 Uhr (am gleichen Abend)

Der Engländer stellte seinen gemieteten Lada über vier Kilometer von Kharkovs Villa entfernt auf einem Waldparkplatz ab. Er schaltete das tragbare GPS-Gerät ein, und keine Minute später verschluckte der schwarze Kiefernwald seine dunkle Gestalt. Die ersten Kilometer hielt er sich auf den Wegen, erst als das Display anzeigte, dass er nur noch anderthalb Kilometer von dem Haus entfernt war, schlug er sich in die Büsche. Es war stockfinster, der Mondschein schaffte es nicht durch das dicht stehende Immergrün. Zweige knackten unter seinem Gewicht, aber das störte den Engländer nicht. Niemand suchte nach ihm. Es wusste ja nicht einmal jemand, dass er in Moskau war, und es wäre nun wirklich eine zu ironische Wendung des Schicksals, wenn er von einem Jäger für Wild gehalten worden wäre. Natürlich würde das nicht passieren. Zudem wusste er, dass Kharkov keinen Hund hatte. Nicht, dass ihn ein kläffender Köter von seinem Vorhaben hätte abbringen können, aber es war einfacher so. Viel wichtiger als die Abwesenheit eines Hundes war jedoch die Anwesenheit einer zweiten Person auf dem Anwesen, die dazu führte, dass der Engländer zwei auf einen Streich würde erledigen können. Er hatte schon länger auf eine solche Gelegenheit gewartet, da sie versprach, einige mögliche Komplikationen zu verhindern. Zum Beispiel, dass der Mord an dem Vater den Sohn vorwarnte – oder umgekehrt. Er hatte zunächst auf Weihnachten spekuliert, aber die familiären Sitten in diesem Land schienen vor die Hunde gegangen zu sein. Aus Sicht des Engländers stand das gesamte Land ohnehin im zivilisatorischen Sinne kurz nach Erfindung der Elektrizität, verfallene Traditionen waren da noch das kleinste Problem. Doch jetzt, keine zwei Wochen nach Weihnachten, war der Sohn endlich aufgetaucht. Er und sein Vater hatten zu Abend gegessen, gemeinsam mit einer Frau, die vermutlich die Mutter war. Ihre Anwesenheit war ärgerlich, aber nicht zu ändern. Als er den Zaun am Waldrand erreichte, an dem die furchtbar ungepflegte Rasenfläche hinter dem Haus begann, wandte er sich nach rechts. Auf Höhe der Terrassentür sprang er über den Maschendraht, was ihm wesentlich schwerer fiel als früher. Als er den Glasschneider an der breiten Fensterfront ansetzte, nicht ohne sich vorher davon überzeugt zu haben, dass die Alarmanlage nur durch ein Öffnen des Rahmens ausgelöst werden würde, ärgerte er sich immer noch über seinen körperlichen Verfall. Wahrscheinlich lag es vor allem an dem Algerier, dass er sich in letzter Zeit so viel mit seinem Körper beschäftigte. Seit das Biest diesen schmierigen Typen eingestellt hatte, fühlte er sich zurückgesetzt. Obwohl er das vielleicht nicht sollte, schließlich war ihm die Aufgabe übertragen worden, in Moskau aufzuräumen, und nicht dem Algerier. Er verdrängte den Gedanken, als er den ersten Schnitt ausführte. Mit einem leisen, kratzenden Geräusch, so ähnlich, wie wenn man mit einem Fingernagel über eine Schultafel fuhr, zerteilte er die Scheibe, bis eine quadratische Öffnung entstanden war, durch die er ins Haus gelangen konnte. Als er hindurchschlüpfte, hielt er kurz den Atem an. Oder hatte er doch einen Bewegungsmelder übersehen? Hatte er nicht. Langsam richtete er sich auf. Er stand in der Mitte des Wohnzimmers, in der linken Ecke bemerkte er einen übertrieben dekorierten Weihnachtsbaum, der schon den größten Teil seiner Nadeln verloren hatte, auf dem Couchtisch waren ein Aschenbecher mit zwei Stumpen einer teuren Zigarrensorte und mehrere leere Flaschen Wein übrig geblieben. Das war gut, vermerkte der Engländer. Alkohol ließ sie ruhig schlafen, vermutlich hätte er die Musikanlage einschalten und einen gepflegten Charleston aufs Parkett legen können, ohne dass sie davon etwas mitbekamen. Leise schlich der Engländer in den ersten Stock, wo er die Schlafzimmer der Familie vermutete. Die Gummisohlen seiner Springerstiefel klebten ein wenig auf dem blank polierten Marmor. Auf der letzten Stufe hielt er kurz inne und lauschte. Es war still bis auf dieses undefinierbare Grundrauschen an Zivilisation, das jedem modernen Haus unterhalb der Wahrnehmungsschwelle innewohnte. Er zog das Santoku-Messer und legte den Griff in die Innenfläche seiner Hand. Nicht, wie man damit Gemüse schnitt, sondern als Verlängerung seines Unterarms. Dann öffnete er die erste Tür.

Erst bei Nummer vier fand er sich in einer Art Gästezimmer wieder. Der Sohn lag bäuchlings auf einem Doppelbett, sein Atem ging ruhig. Der Engländer trat mit zwei schnellen Schritten seitlich neben das Bett. Dann packte er seine Haare und riss seinen Kopf nach hinten. Wie jeder Mensch, der brutal geweckt wird, folgten wenige Sekunden der Orientierungslosigkeit. Der Engländer kniete sich hinter ihm auf das Bett. Noch bevor der Junge schreien konnte, schnitt ihm der Engländer mit einer schnellen fließenden Bewegung die Kehle und die Stimmbänder durch. Das Blut gurgelte aus dem tiefen Schnitt und spritzte auf das weiße Bettlaken. Das Herz hatte den unausweichlichen Tod noch nicht akzeptiert und pumpte es aus seinem Körper. Als der Russe erschlaffte, ließ der Engländer den Leichnam aufs Bett sinken. Sein Tod war kaum lauter als ein Husten gewesen. Die Eltern hatten nichts bemerkt. Noch zwei, dachte der Engländer, als er sich aufrichtete.

Landshut, Deutschland
08. Januar 2013, 11.28 Uhr (einen Tag später)

Das Kernkraftwerk Isar II lag am Rande des kleinen Städtchens Essenbach, keine Viertelstunde nordöstlich von Landshut den Fluss hinauf. Solveigh nahm die Ausfahrt von der A 92 und suchte die Tankstelle, an der sie den Kontaktmann von Yael treffen sollte. In Gedanken war sie immer noch bei Marcel, mit dem sie unverhofft sogar Weihnachten in Paris und Silvester in Amsterdam hatte verbringen können, während die Analysten der ECSB fieberhaft an ihren Prognosen für die Anschlagsziele arbeiteten. Den größten Teil der Zeit hatten sie im Bett verbracht, musste sie zugeben. Solveighs Job, die Aufklärung vor Ort, war auf der Prioritätenliste nach unten gerutscht, da sie nicht davon ausgingen, dass die Täter schon kurz davor waren zuzuschlagen. Zumal sich herausgestellt hatte, dass auch ihr Spezialist aus Israel erst Anfang Januar zur Verfügung stehen würde. Es war nicht das erste Mal, dass sie Mitglieder von militärischen Spezialeinheiten zu Gesicht bekam, einige hatten sie in Nahkampf und an der Waffe ausgebildet, aber die Schajetet 13 war trotzdem etwas Besonderes. Unter den bestausgebildeten Einheiten der Welt, zu denen beispielsweise auch das französische Commando Hubert, der SAS, und natürlich die amerikanischen Marines gehörten, galten die Israelis zum einen als besonders draufgängerisch, zum anderen jedoch auch als besonders kampferfahren. Insbesondere durch die langjährige und erprobte Zusammenarbeit mit den Geheimdiensten des Landes wagten sie sich an Operationen, die für westlich geprägte Demokratien als vollkommen undenkbar galten. Und genau das war ihr Hintersinn gewesen, als sie Yael um den Kontakt gebeten hatte. Sie ließ den unauffälligen grauen BMW 5er-

Kombi ausrollen und schaltete die Automatik auf Parken. Die Luft auf dem großen Parkplatz vor der Tankstelle roch nach Benzin und Diesel, außer ihr pausierten hier noch einige Lastwagen, ein Schild bot Sülze und Schweinebraten zum Sonderpreis, und über dem gelb-rot gesäumten Dach mit der Muschel hing ein Werbeballon. Als sie sich dem Restaurant näherte, kam ihr ein Mann entgegen, etwa in ihrem Alter, der eine Sporttasche über die Schulter geworfen hatte und nur ein offenes Hemd über einem dünnen T-Shirt trug.

»Hey«, sagte er schlicht, als er an ihr vorbeilief. Solveigh blieb stehen. Er sah nicht eben aus wie jemand von einer Spezialeinheit. Zwar war sein Haar soldatenkurz geschnitten, aber er war kleiner als sie, und seine Augen wechselten sekündlich zwischen tiefer Melancholie und angriffslustigem Flirt. Sie machten keineswegs einen aggressiven Eindruck. Angesichts seines Aufzugs musste Solveigh bei dem Erkennungssatz, den ihr Yael mit auf den Weg gegeben hatte, schmunzeln: »Wieso haben Sie kein Schlauchboot dabei?«

Seine Augen funkelten: »Mein Schlauchboot hat ein Loch und liegt im Keller«, antwortete er. Also war er es doch. Und er spazierte einfach so über den Parkplatz, als wäre nichts gewesen. Solveigh hatte sich das Ganze irgendwie konspirativer vorgestellt. Aber natürlich hatte er recht: warum auch? Warum sollten sie den Aufwand betreiben auf einem Parkplatz mitten in der bayerischen Provinz? Sie gab ihm die Hand.

»Solveigh Lang von der ECSB, freut mich.«

»Sie können Aron zu mir sagen. Aus Israel. Freut mich auch.« Ohne ein weiteres Wort steuerte er auf ihren Wagen zu und warf die Tasche auf den Rücksitz, nachdem sie den Türöffner betätigt hatte. Er setzte sich auf den Beifahrersitz und wartete, bis Solveigh ebenfalls eingestiegen war. Sie setzte sich auf die Fahrerseite und musterte ihn. Unter dem T-Shirt und dem Hemd waren Muskeln zu erahnen, die nicht aus dem Fitnessstudio stammten. Er rieb sich die Hände.

»Ganz schön beknackt, Ihr Erkennungszeichen. Und schweinekalt hier«, sagte er und nestelte an der Klimaanlage herum, die noch nicht lief. Solveigh startete den Wagen.

»Was haben Sie erwartet? Wir sind in Deutschland. Und es ist Winter.« Der Israeli lächelte ob ihrer zweideutigen Bemerkung zu den komplizierten, überorganisierten Deutschen.

»Ich weiß nicht. Ich bin, ehrlich gesagt, einfach losgeflogen. Der Anruf kam ziemlich überraschend, und ich besitze keine zivile Jacke. In Israel wird es kaum kälter als fünfzehn Grad … Wissen Sie, wie das hier angeht?«

Er war locker, wirkte komplett entspannt. Er war ihr sympathisch. Sie drückte ein paar Knöpfe, bis das Gebläse eine warme Brise im Auto verteilte. Er lächelte ihr dankbar zu.

»Fahren wir?«, fragte er schlicht.

»Klar«, antwortete Solveigh und rollte vom Parkplatz Richtung Essenbach.

»Man hat mir gesagt, Sie benötigten Informationen über einen möglichen Angriff von Spezialkräften auf eine Industrieanlage?«, brach Aron das Schweigen, als sie auf die Bundesstraße abbogen. »Und man hat mich angewiesen, vollständig mit Ihnen zu kooperieren, was – verzeihen Sie mir – doch einigermaßen ungewöhnlich ist …«

Die Fragezeichen, die in seiner Aussage mitschwangen, konnte Solveigh gut verstehen, es wäre ihr nicht anders gegangen.

»Gewissermaßen ja, aber es handelt sich nicht um eine einfache Industrieanlage, wie Sie gleich sehen werden. Und was unsere Zusammenarbeit angeht, so haben unsere Organisationen wohl derzeit die gleichen Interessen, sonst hätte Feinblat Sie wohl kaum hergeschickt.«

Bei der Erwähnung des Namens Feinblat zog Aron eine Augenbraue hoch. Nach einer Weile nickte er: »Also gut, Solveigh. Womit kann Ihnen der Staat Israel helfen?«

Am Horizont war schon der Kühlturm des Kernkraftwerks

zu sehen. Solveigh deutete mit dem Finger in seine Richtung: »Ich möchte, dass Sie mir erklären, wie man da einbrechen könnte.«

Aron pfiff durch die Zähne und knackte mit den Fingern. Anscheinend war er aufgetaut. »Ich hoffe, Sie haben viel Zeit mitgebracht«, bemerkte er schließlich, als sie an den hohen Zäunen des Umspannwerks vorbeifuhren.

––––––

Zwei Stunden später hatten sie das Gelände viermal umrundet. Sie hielten am Rand eines Felds in der Schwaigergasse, von wo aus sie den hohen Kühlturm im Blick hatten, der unablässig Kondenswolken in den blauen Himmel pustete. Solveigh ließ den Motor laufen und blickte zu Aron, der sich viele Notizen in einem kleinen roten Buch gemacht hatte: »Und? Wäre es möglich?«

»Natürlich wäre es möglich. Das ist eine Industrieanlage. Klar haben sie Zäune und Kameras und diverse Sicherheitsschleusen, aber es handelt sich nun einmal nicht gerade um Fort Knox. Das Gelände ist über zwanzig Hektar groß, es gibt über vierzig einzelne Gebäude, und hier arbeiten sicherlich Hunderte von Menschen. Natürlich käme ich da rein. Wahrscheinlich nicht zu dem Reaktor, aber die Verwaltung, von der Sie gesprochen haben? Kein Problem. Ich zeige Ihnen, wo wir anfangen würden. Fahren Sie mal bitte ein Stück die Straße zurück.«

Solveigh legte den Gang ein und rollte die einspurige Straße zurück zur Siedlung. Nach seiner Anweisung nahm sie die nächste Abzweigung nach rechts und fuhr an einem kleinen Bach entlang. Nach hundert Metern bedeutete er ihr anzuhalten. Sie parkte auf dem kleinen Grünstreifen neben der Fahrbahn und starrte ihn erwartungsvoll an.

»Sehen Sie den Telefonmast da? Der die beiden Häuser auf der anderen Straßenseite versorgt?«

Solveigh nickte. Aber was hatte das mit dem Kraftwerk zu tun?

»Das wäre unsere normale Vorgehensweise: Wir würden einen Mast herstellen, der exakt genauso aussieht wie dieser. Eine genaue Replik, bis hin zur Maserung des Holzes und irgendwelchen Schnitzereien, die jemand im Vorbeigehen hineingeritzt hat. Dann würden wir ihn in einer Nacht austauschen, nur dass der neue ein leistungsfähiges Kamerasystem im oberen Drittel enthält. So würden wir das Kraftwerk auskundschaften, ohne ständig hier persönlich herumzulungern, was ja irgendwann auffallen würde.«

Solveigh verstand: eine clevere Taktik und vor allem absolut unauffällig. Solange der Mast nicht von einem Sturm umgerissen wurde, gäbe es keinen Grund, ihn zu überprüfen, schließlich stand er schon Jahre an derselben Stelle.

»Als Nächstes würden wir die Schwachstellen identifizieren: Wo haben die Kameras einen toten Winkel? Wird manchmal nachts ein Fenster offen gelassen in der Verwaltung? Welche Türen dürfen aus Feuerschutzgründen nicht abgeschlossen werden? Und dann bauen wir das Modell.«

»Was für ein Modell?«

»Ich bin sicher, Sie wissen das, aber Spezialeinheiten funktionieren gänzlich anders als der Rest des Militärs. Wir sind , wie der Name schon sagt: Spezialisten. Wir trainieren für genau einen Auftrag, manchmal monatelang, oft auch im direkten Wettkampf mit anderen Einheiten. Nehmen Sie Operation Neptune's Spear, die Marines gegen Osama bin Laden: Die Jungs haben das gesamte Anwesen in Nevada in der Wüste nachgebaut und über ein Jahr daran trainiert. Wo ist das Klo? Wo die Treppe? Wo könnte ein Hinterhalt lauern? Wir überlassen nichts gerne dem Zufall. Und hier würden wir das genauso machen. Wir würden die Zäune und das Verwaltungsgebäude, für das wir uns entscheiden, nachbauen und dann den Einsatz hundertfach proben, bevor wir wirklich hier reinmarschieren.«

»Und woher wussten die Marines, wie das Haus von Osama bin Laden von innen aussieht?«

Aron lachte: »Nicht schwer. Seit den 60er-Jahren fliegen Satelliten über jeden bewohnten Fleck der Erde und zeichnen alles auf, und glauben Sie mir: Das Material wird säuberlich archiviert. Sie können die gesamte Bauphase rekonstruieren, also wissen Sie auch, wie die Hütte von innen aussieht.«

Solveigh war ob der Einfachheit des Plans beeindruckt. Keine aufwendige Technik, keine Spionagegimmicks, nur eine gute Aufklärung und hartes Training. Sie sprach ihn darauf an, und wieder lachte der junge Israeli: »Viel zu kompliziert. Wir sagen: Wenn es nicht einfach ist, geht es schief. Das ist immer so, glauben Sie mir. Ihre Angreifer werden entweder einen einfachen Plan finden wie: Wir greifen in einer mondlosen Nacht an, von der Seite, die nicht der Stadt zugewandt ist, wegen des Lichts. Wir wissen, dass der rauchende Buchhalter im vierten Stock immer sein Fenster auf Kipp stehen lässt. Wir wissen, wo die Kameras einen toten Winkel haben und dass die drei Mann starke Truppe in der Überwachungszentrale sowieso niemals alle zweihundert Monitore gleichzeitig ernsthaft im Blick behalten kann. Eine Wache draußen, eine Leiter, leichtes Gepäck. Wir gehen mit drei Mann rein und sind keine fünf Minuten später wieder draußen. Übung beendet, Virus installiert. Kein Problem.«

»Kein Problem«, murmelte Solveigh und startete den Wagen. »Also haben wir ein Problem. Fahren wir zum Kraftwerk, ich habe für uns einen Termin mit dem Sicherheitschef gemacht.«

Als sie das Gaspedal durchtrat, spürte sie plötzlich eine aufsteigende Übelkeit, ihr Magen krampfte sich zusammen. Sie stieg auf die Bremse und atmete tief durch. Was war nur mit ihr los? Ihr Körper war nicht gerade ihre stärkste Waffe, auch wenn sie das bei der ECSB bisher immer erfolgreich verheimlicht hatte. Den Cluster-Kopfschmerz, der sie binnen Sekunden komplett außer Gefecht setzen konnte, wenn sie ihre Tabletten nicht nahm, hatte sie dank Letzterer weitestgehend im Griff. Aber Übelkeit? Ihr Körper schien ihr in diesem Moment fremd. Solveigh schloss die Augen und versuchte, flach zu atmen. Sie spürte, wie sich das flaue Gefühl legte. Als sie die Augen wieder öffnete, sah sie, wie Aron sie stumm anstarrte. Sie winkte ab: »Es geht schon, Aron. Fahren wir.« Dann legte sie den Hebel auf Drive und bog auf die Zufahrtsstraße zum Kernkraftwerk ab.

Moskau, Russland
08. Januar 2013, 16.04 Uhr (am selben Tag)

Auf gepackten Koffern sitzend, hatten Dimitrij und Maja am vergangenen Abend beschlossen, noch eine letzte Nacht in ihrer Wohnung zu verbringen. Dimitrij hatte Maja letztlich zettel-schreibend überzeugen können, wie unwahrscheinlich es war, dass sie gerade in dieser Nacht aus ihren Löchern krochen, um ihnen zwei Kugeln in die Brust zu jagen. Maja hatte sich dabei als geborene Verschwörerin herausgestellt, die den Alltag in ihre nichtalltägliche Konversation eingepflegt und vorgeschla-gen hatte, zwischen zwei Zetteln auch einmal eine Tasse Tee zu kochen oder ins Bad zu gehen. Unter dem Rotschopf war offen-bar Platz für mehr als Gucci und Prada, und er war froh, sie bei sich zu haben. Vordergründig das glückliche, Rotwein trin-kende Pärchen mimend, hatten sie später so leise wie möglich einige Klamotten aus den Schränken in Koffer geräumt. Und er hatte Maja nicht sagen müssen, dass die hochhackigen Schuhe nicht auf ihrer Ausrüstungsliste standen, sie hatte von selbst warme Pullis und Turnschuhe eingepackt, wenn auch nicht ohne einen wehmütigen Blick auf ihre üppige Designersammlung, von dem Dimitrij nicht wusste, ob er gespielt war oder nicht.

Dann hatten sie sich geliebt. So leise wie noch nie. Er hatte sie dabei im Arm gehalten und angeschaut, sie war ihm noch nie so schön vorgekommen wie in dieser letzten Nacht in der Wohnung, die sie wahrscheinlich nie mehr betreten würden.

Als Dimitrij am nächsten Morgen seinen Wagen aus der Tiefgarage lenkte, bemerkte er im Rückspiegel wieder den Ford Focus, den er sich schon mehrfach notiert hatte. Er hoffte, dass seinen Verfolgern die Koffer entgangen waren, die er zuvor in der Tiefgarage ins Auto geladen hatte, und er betete inständig, dass Maja an ihrem Treffpunkt auftauchte. Was würde er tun, wenn sie einfach ihr Leben weiterleben wollte? Wahrscheinlich einfach nach Hause zurückfahren, als wäre nichts passiert. Als eine Ampel direkt vor ihm auf Rot wechselte, versuchte er sein Glück und drückte das Gaspedal bis zum Boden durch. Der BMW machte einen Satz und überquerte die Kreuzung gerade noch rechtzeitig, während der Ford hinter ihm bremsen musste. Dimitrij ballte die Hand zur Faust und stieß einen Siegesschrei aus. Er fuhr jetzt etwas schneller als erlaubt und hoffte, dass ihn kein Polizist anhalten würde. Dabei stellte er fest, dass es gar nicht so einfach war, auf der Flucht zu sein, ständig konnte irgendetwas schiefgehen, jede Kleinigkeit konnte ihren sorgfältig auf Papierschnipseln ausgetauschten Plan zunichtemachen. Er warf einen Blick auf die Uhr, als er plötzlich einen Lieferwagen bemerkte, der sich drei Autos hinter ihm in den Verkehr einfädelte. Sie waren wieder da. Noch zwanzig Minuten bis zu seinem vereinbarten Treffen mit Maja. Er musste unbedingt Viktor erreichen. Zitternd wählte er dessen Handynummer. Es klingelte.

»Da?«, sagte eine unbekannte Stimme am anderen Ende der Leitung.

»Wer spricht?«, fragte Dimitrij. »Ich versuche dringend, Viktor zu erreichen.«

»Wer versucht, dringend Viktor zu erreichen?« Die Stimme

klang kalt und autoritär. Als ob sie es gewohnt wäre, Fragen zu stellen. Ihm schwante, was jetzt kommen würde.

»Hier spricht Dimitrij Bodonin. Ich bin der Geschäftspartner von Viktor. Wer sind Sie?«

»Hauptmann Wolkow von der Kriminalmiliz. Es gab einen Unfall. Wir müssen mit Ihnen reden.«

Dimitrij schluckte. Und legte auf. Das Herz schien seinen Brustkorb sprengen zu wollen, so heftig pumpte es. Er wusste, dass Viktor nicht mehr lebte. Und dass es alles andere als ein Unfall gewesen war.

Eine Viertelstunde später raste er über die Rampe in das Parkhaus des Ritz-Carlton in unmittelbarer Nähe des Roten Platzes. Die Reifen quietschten auf dem glatten Beton im Untergeschoss des Luxushotels, aber wenigstens konnte ihm der Lieferwagen hierher schlecht folgen, obwohl er bezweifelte, dass dieses Manöver seine Verfolger nachhaltig abschütteln würde. Es waren einfach zu viele. Und eindeutig Profis. Ganz im Gegensatz zu ihnen. Und vermutlich hatten sie den Auftrag, ihn zu töten. Wie Viktor. Mein Gott, worauf hatte er sich nur eingelassen? Er parkte in unmittelbarer Nähe des Aufzugs und zerrte seinen Rollkoffer hinter sich her, Majas Tasche hatte er sich über die Schulter geworfen. Als er fünf Minuten später das Hotel durch einen Seiteneingang verließ, konnte er keine Verfolger entdecken. Er und Maja würden trotzdem noch einige Haken schlagen müssen, bis sie sich sicher sein konnten. Er eilte Richtung Roter Platz, wo glücklicherweise selbst um diese Uhrzeit noch viele Touristen unterwegs waren, zwischen denen er mit seinem Gepäck kaum auffiel. Kurz ertappte er sich bei dem Wunsch, dass ausgerechnet heute wieder ein Wirrkopf aus Deutschland mit einer Cessna hereinschwebte und für ein heilloses Durcheinander sorgte, was natürlich reichlich unrealistisch war. Den Treffpunkt mit Maja, das Kaufhaus GUM, der ehemals staatliche und heute eher stattliche Konsumtempel

Moskaus, erreichte er keine zehn Minuten später, und er hatte immer noch keinen Verfolger ausgemacht. Nervös schob er sich durch die Arkaden vorbei an Hermes, Dior und Co. Wie in allen großen Kaufhäusern dieser Art dominierten die gleichen Geschäfte der immer selben Luxusmarken das Bild, und es roch nach teurem Parfum und Reinigungsmittel. Alle paar Meter warf Dimitrij einen Blick zurück. Berichtete der Mann in dem dunklen Anzug mit dem Handy gerade seinen Standort? Beobachtete ihn der Beamte vom Sicherheitsdienst, der hinter einem Pult aus weiß lackiertem Holz stand? Über ihm glitzerten die Lichter an der großen Glaskuppel, darunter der Brunnen, an dem sie sich treffen wollten. Schon von Weitem konnte er sie sehen: Seine Angst, dass Maja nicht auftauchen würde, war unbegründet gewesen. Sie lehnte an einer Säule und las in einem Prospekt. Als er sie erreichte, umarmte sie ihn und flüsterte ihm ins Ohr: »Sie folgen mir auch, siehst du den Mann da hinten mit dem braunen Mantel? Wir müssen uns beeilen.« Dimitrij nickte zustimmend und wollte sich schon in Bewegung Richtung Ritz setzen, als ihn Maja zurückhielt: »Nicht da lang, und gib mir das da.«

Sie zog ihm ihre Sporttasche von der Schulter und nahm seine Hand. Nicht zu eilig, aber zu schnell, um noch wie jemand zu wirken, der eine Shoppingrunde vor sich hat, zog sie ihn zu einem Ausgang im Norden. Sie wollte nicht zurück zum Auto, sondern zur Metro. Die Station »Platz der Revolution« lag ganz in der Nähe. Und sie hatte recht. So bequem das Auto ihnen auch erscheinen mochte, es war nicht das richtige Fluchtfahrzeug. Falls er noch einen Beweis dafür gebraucht hätte, wäre es seine eigene Unfähigkeit gewesen, auf der Fahrt zum GUM seine Verfolger loszuwerden. Dimitrij stolperte hinter ihr her und blickte sich immer wieder hektisch um. Der Mann in dem braunen Kamelhaarmantel war keine dreißig Schritte hinter ihnen. Und er kam näher. Sie mussten ihn abhängen, koste es, ,was es wolle.

Als sie die steile Rolltreppe hinunter in die prachtvolle Welt der Moskauer Metro erreichten, war der Kamelhaarmantel immer noch nicht verschwunden. Maja drückte sich an Touristen und Pendlern vorbei immer tiefer in den Schacht, und als sie die Halle mit den Bronzefiguren, den Spitzbögen und dem Schachbrettboden erreichten, begann sie zu rennen. Der Rollkoffer schwankte hinter Dimitrij und hätte ihn beinahe aus dem Gleichgewicht gebracht, aber Maja zog unerbittlich an seinem Arm. Sie stolperten über die nächste Rolltreppe, er konnte den Kamelhaarmantel nicht mehr sehen. Auf dem Bahnsteig fuhr gerade ein Zug mit atemberaubendem Tempo ein, die Bremsen der alten Wagen quietschten. Sie drängten sich durch die wartende Traube, die alle gemeinsam den Zug besteigen wollten, was ein hoffnungsloses Unterfangen war, aber es gelang den beiden, sich bis ganz nach vorne und schließlich in den Wagen zu quetschen. Als sich die Türen hinter ihnen schlossen, berührte Maja sein Gesicht und nickte. Sie hatten ihren Verfolger abgeschüttelt. Als ihnen eine weibliche Stimme die nächste Station ankündigte, bedeutete ihm Maja auszusteigen.

»Ich habe mir überlegt, dass sie meinen Computer auf der Arbeit sicher nicht überwachen, und mir einen Fluchtplan zurechtgelegt.«

Dimitrij blieb stehen. Das Letzte, was er von Maja erwartet hätte, wäre ein eigenmächtig entwickelter Fluchtplan gewesen. Dieses hübsche, oftmals heillos aufgetakelte junge Mädchen, seine ehemalige Kommilitonin, entwickelte sich zu einer echten Hilfe. Nein, da war er sogar noch ungerecht – sie war der Motor ihrer Flucht. Und er war ihr unendlich dankbar dafür. Maja zerrte ihn zunächst in Richtung der grünen Linie, um am anderen Ende des Bahnsteigs dann doch wieder hinaufzufahren und schließlich in einem Zug der Ringbahn zu enden, der zum Platz der drei Bahnhöfe fuhr, wie er im Volksmund genannt wurde. Als wiederum eine weibliche Stimme aus dem knarzenden Lautsprecher erklang, wusste Dimitrij, dass sie in der richtigen

Bahn saßen. Er ließ sich in die Lehne des Sitzes sinken und hörte auf seinen Herzschlag, der immer noch pumpte, getrieben vom Adrenalin und von der Rastlosigkeit von jemandem, der nicht mehr weiß, wohin. Der vielleicht nie mehr wissen würde, wohin. Er fühlte sich leer, seine Gedanken kreisten um die Zukunft, die keine mehr war.

Moskau besitzt keinen Hauptbahnhof; je nachdem, in welche Himmelsrichtung man reisen will, muss man zu einer anderen Station, wobei drei der größten zumindest in unmittelbarer Nähe zueinander am Komsomolskaja-Platz liegen. Maja und Dimitrij kauften am Leningrader Bahnhof zwei Tickets nach St. Petersburg für den Sapsan-Hochgeschwindigkeitszug, der um 19:45 Uhr abfahren sollte. An einem Kiosk erstanden sie als Wegzehrung zudem zwei große Sandwiches und zwei Becher Kaffee, bevor sie sich auf den Weg zu ihrem Gleis machten. Knapp zehn Meter davor bedeutete Maja Dimitrij, hinter einem schweren Stahlträger stehen zu bleiben.

»Es ist nicht ausgeschlossen, dass sie hier nach uns suchen, ich halte es für besser, wenn wir uns trennen«, raunte sie ihm zu.

»Bist du dir sicher? Woher sollen sie wissen, dass wir nach St. Petersburg fahren?«

»Das nicht, aber ich gehe davon aus, dass sie mittlerweile begriffen haben, dass wir uns absetzen. Und wenn ich Anatoli wäre mit seinen Verbindungen zum FSB, dann hätte ich Leute an jedem großen Verkehrsknotenpunkt. Ich weiß nicht, ob sie schnell genug waren, aber ...«

» ... wir dürfen nichts ausschließen«, vollendete Dimitrij ihren Satz. Maja nickte und gab ihm einen Kuss auf die Wange. Nach einem flüchtigen Blick auf ihr Ticket fügte sie hinzu: »Wir sehen uns gleich. Wagen 17, Platz 104. Wahrscheinlich bin ich nur paranoid, mach dir keine Sorgen, okay?« Nach einer kurzen Berührung an der Wange lief Maja los und wurde keinen

Augenblick später von der Menge verschluckt. Dimitrij wartete eine Minute und schnappte sich dann den Griff seines Koffers.

Das Gleis war heillos überfüllt, er bahnte sich seinen Weg zwischen kreischenden Kindern und Geschäftsleuten mit billigen Anzügen und faltigen Schuhen hindurch in Richtung Wagen 17. Der moderne Schnellzug stand bereits, sodass ständig Bewegung in der Menge herrschte. Reisende stiegen über die Koffer von sich verabschiedenden Pärchen, Gepäckwagen versuchten, sich den Weg frei zu hupen – ohne durchschlagenden Erfolg. In dem ganzen Chaos begann in Dimitrij Panik aufzusteigen: Was, wenn Maja den Zug verpasste? Sie hatten zwar noch ihre Handys, aber da sie wussten, wie leicht man sie darüber orten konnte, hatten sie in der U-Bahn beschlossen, sie auszuschalten und nur im absoluten Notall zu benutzen. Hektisch warf er einen Blick auf die große Uhr über der Wagenstandsanzeige. Noch acht Minuten. Wäre es nicht besser ...? Er traf eine Entscheidung, noch bevor er den Satz zu Ende gedacht hatte, und zwängte sich an einer Gruppe Soldaten vorbei zum Zug. Als er seinen Koffer die steile Treppe hinaufwuchtete, stellte er fest, dass es einen weiteren Vorteil bot, schon hier einzusteigen, obwohl sein Wagen noch mindestens achtzig Meter entfernt war: Er konnte den Anfang des Gleises im Auge behalten. Zufrieden bezog er einen Platz zwischen zwei Waggons, von dem aus er durch die Türöffnung schauen konnte. Immer wieder drängten sich Reisende fluchend an ihm vorbei, die er einfach ignorierte. Als er den Pfiff des Schaffners hörte, atmete er durch und lehnte sich gegen die Plastikverkleidung. Aber keine fünf Sekunden später gefror ihm das Blut in den Adern. Hinter dem Fenster der Tür stand der grauhaarige Mann in dem braunen Kamelhaarmantel und starrte ihn aus hervorquellenden Augen an. Dimitrij starrte zurück, unfähig, sich zu rühren. Die Sekunden vergingen wie in Zeitlupe. Einundzwanzig. Zweiundzwanzig. Der starre Blick des Kamelhaars wurde wütend, dann listig. Dreiundzwanzig. Mit einem Quietschen der sich lö-

179

senden Bremsen setzte sich der Zug in Bewegung. Scheinbar Millimeter für Millimeter. Vierundzwanzig. Der Mann griff in seine Manteltasche und zog ein Telefon hervor. Fünfundzwanzig. Dann verschwand er aus seinem Blickfeld.

Als Dimitrij den Platz 104 in Wagen 17 erreichte und Majas erleichterten Gesichtsausdruck sah, ärgerte er sich, dass er nicht weiter hinten eingestiegen war. Es war ihm nicht einmal in den Sinn gekommen, dass es – wenn er den ersten Gleisabschnitt im Auge behalten konnte – auch für die Gegenseite die Chancen erhöhte, ihn zu entdecken. Frustriert ließ er sich in den Sitz fallen und beichtete Maja seinen Fehler. Sie nahm es erstaunlich gelassen hin und strich sich eine Strähne aus dem Gesicht, während sie gedankenverloren an ihrem Portemonnaie nestelte.

»Ich glaube, es ist Zeit für Babuschka.«

»Was willst du von deiner Großmutter?«

Maja zog einen scheinbar uralten, vergilbten 100-Dollar-Schein aus ihrem Portemonnaie.

»Der ist von Babuschka, sie hat ihn mir vor über 15 Jahren gegeben, und ich musste ihr versprechen, nur in höchster Not von ihm Gebrauch zu machen. Und ich denke, als solche könnte man das hier wohl bezeichnen, oder meinst du nicht?«

»Aber ich habe noch genug Bargeld«, protestierte Dimitrij und zog ein Bündel Geldscheine aus der Hose.

»Das hier ist ja auch keine einfache Banknote. Schau auf die Vorderseite.«

Unter dem Porträt von Benjamin Franklin stand in einer zittrigen, aber feinen Handschrift eine Telefonnummer mit einer Vorwahl, die Dimitrij noch nie gesehen hatte.

»Die Nummer soll ich anrufen, wenn ich in ernsthaften Schwierigkeiten bin und nicht mehr weiterweiß, hat sie gesagt. Und da sie ja jetzt eh schon wissen, in welchem Zug wir sitzen, können wir auch gleich das Handy benutzen.«

Maja schaltete das Gerät ein, ohne eine Antwort abzuwarten. Dimitrij schluckte. Nach einem Seitenblick zu ihm wählte sie die lange Nummer, die auf dem Geldschein stand. Sie beugte sich zu ihm herüber, sodass er mithören konnte. Das Freizeichen hörte sich fremdländisch und furchtbar weit weg an, es rauschte in der Leitung.

»Feinblat«, meldete sich nach dem fünften Klingeln eine Frauenstimme, die älter und gleichzeitig hoffnungsverheißender klang als alles, was Dimitrij je gehört hatte.

KAPITEL 33

Berlin, Deutschland
16. Januar 2013, 10.04 Uhr

Thomas Eisler öffnete das Schließfach beim renommierten Bankhaus Löbbecke an der Französischen Straße in Berlin-Mitte im Beisein einer schmallippigen Bankangestellten. Nur ein dünner, preußischblauer Vorhang schützte ihn vor ihren neugierigen Blicken. Wobei es keine Rolle gespielt hätte, wenn sie hätte sehen können, wie er einen dicken braunen Manilaumschlag in den Metallbehälter legte, um ihn danach wieder zu verschließen. Seine Lebensversicherung, die jetzt neben etlichen Reisepässen und Geldbeständen ihrer Bestimmung entgegenschlummerte. Er übergab ihr den Kasten mit der Nummer 1285, die sich seit der Staatsbank der DDR trotz mehrfachen Eigentümerwechsels des Gebäudes nicht verändert hatte. Wortlos schob die Frau mit dem knielangen Rock und der weißen Bluse ihn in den dazugehörigen Schacht, bis die Wand wieder eben glänzte wie ein Spiegel. Es war nicht Eislers einziges Schließfach bei dieser Bank, wenn auch das für ihn persönlich wichtigste, und jetzt beinhaltete es neben einer Kopie des Virus etliche Beweise für Anatoli Kharkovs Beteiligung an ihrem Terrorplot. Er verließ das Institut durch die Schalterhalle wie ein ganz gewöhnlicher

Kunde. Thomas Eisler war nicht nur alt, sondern auch altmodisch, und die Tatsache, dass der Plan, den er für Anatoli umsetzte, zu großen Teilen ausgerechnet von einem Computerprogramm abhing, störte ihn kolossal. Aber es war nicht zu ändern, die Zeiten waren nun einmal so, und wenn es half, die alten Kräfteverhältnisse wenigstens halbwegs wiederherzustellen, sollte es ihm recht sein. Im Gegensatz zu Anatolis schlechter Meinung von ihm hatte er den Auftrag nicht aus finanziellen Gründen übernommen. Nur hatte es für ihn überhaupt keinen Vorteil, ihm seine wahre Motivation offenzulegen. Für Eisler hatten das Scheitern der DDR und die feindliche Übernahme durch den westlichen »Bruderstaat« nicht nur eine ideologische Komponente. Der ganze Prozess hatte ihm seine Lebensaufgabe entzogen, und natürlich war das fraglos schmeichelhafte Angebot der CIA absolut inakzeptabel gewesen. Die Errungenschaften der Staatssicherheit der Republik ließen das Hoover'sche Archiv beim FBI lächerlich aussehen. Bis in alle Zeiten würde es niemals mehr ein so effektives System zur Kontrolle von Ideologie und Systemtreue geben, davon war Thomas Eisler überzeugt. Wenn er jetzt helfen konnte, Europa und Deutschland eine weitere Lektion zu erteilen, würde ihm das nicht nur persönlich eine Genugtuung sein, sondern ihm zudem einen ewigen Platz in der Halle der Legenden sichern. Die ganze Straßenbahnfahrt lang dachte er darüber nach, und als er die Wohnung am Alexanderplatz aufschloss, sinnierte er immer noch über die weitreichenden Konsequenzen, die die Kehrseite ihrer Anschläge bedeuteten: die Toten, die auf Jahrzehnte verstrahlten Landstriche. Andererseits war Anatolis Ziel, die westlichen Demokratien zu einem überhasteten Ausstieg aus der Atomenergie zu bewegen, aus seiner Sicht nur der erste Dominostein in einer Kette höchst erfreulicher Ereignisse der nächsten Monate und die Opfer kalkulierbar, wenn auch nicht bis ins letzte Detail. Nach Eislers Einschätzung würde Europa in seinen Grundfesten erschüttert, die Finanzkrise würde sich für die Bürger harmlos anfühlen, wenn erst allen klar würde, dass es einen Terroranschlag mitten in Europa gegeben hat. Wie nach dem 11. September wäre die Folge erst Lähmung und danach die Lust auf Rache. Als Folge würden die Extremisten an Einfluss gewinnen, die Mitte der Gesellschaft würde kleiner werden. Thomas Eisler hielt sogar eine komplette Verschiebung der Machtverhältnisse für denkbar, und das würde eine Chance bedeuten. Zwar konnte niemand wirklich voraussagen, wo eine solche Entwicklung enden würde, aber jedes Chaos bedeutete für seinesgleichen einen Wettbewerbsvorteil.

Als er mit einer Tasse Kaffee in seinem Arbeitszimmer saß, betrachtete er die Wände, die mittlerweile mit Fotos, Einsatzplänen und Balkendiagrammen übersät waren. Vier davon repräsentierten die Primärziele: vier Atomkraftwerke in vier europäischen Ländern, die Baupläne und Umgebungsdetails, daneben mit Reißzwecken angepinnt seine Teams. Die Frauen, die die Viren verbreiten würden und die aussahen wie gealterte Fotomodelle, neben den Elitesoldaten, die für den brutaleren Teil seiner Anschläge zuständig waren. Alles war vorbereitet. Jetzt war es wichtig, dass seine bestens ausgesuchten Einheiten ihre Aufgaben erfüllten. Er trank einen weiteren Schluck Kaffee aus der dünnen Porzellantasse und spielte mit dem Schließfachschlüssel, als ihn das Klingeln seines Mobiltelefons aus seinen Gedanken riss. Anatoli. Nur er kannte diese Nummer. Thomas Eisler seufzte. Wenn ihn der Russe nur endlich in Ruhe arbeiten ließe. Stattdessen fiel er ihm mit seinem Kontrollzwang auf die Nerven. Er würde ihm wieder erklären müssen, dass er mehr Geduld aufbringen sollte. Nur noch ein bis zwei Monate, dann würde der erste Störfall ausgelöst. Anatoli kam nicht damit zurecht, dass Eisler ihm kein konkretes Datum nennen konnte, aber das Leben war nun einmal keine Mathematik. Viel wichtiger als das genaue Datum des ersten Zwischenfalls war ohnehin die Frage, ob es dem Russen gelungen war, diesen Programmierer mundtot zu machen. Wenn Anatoli endlich seinen Teil des Jobs erledigte, konnten sie die Welt verändern. Aber trotzdem durfte er ihn nicht warten lassen. Natürlich nicht. Milde lächelnd setzte er die Tasse ab und griff zum Telefon. Doch am anderen Ende der Leitung hörte er nur ein Rauschen. Jemand atmete. »Anatoli?«, fragte Eisler. Dann legte er auf und war froh, das Telefonat nicht weiterführen zu müssen. Erst Tage später begann er, sich darüber Gedanken zu machen, warum er seinen Auftraggeber nicht mehr erreichen konnte.

Brüssel, Belgien
16. Januar 2013, 12.17 Uhr (am gleichen Tag)

Das Centre de Conférence Albert Borschette in Brüssel bestand hauptsächlich aus Glas und Beton, beide Materialien hatten schon bessere Zeiten gesehen. Solveigh hetzte die Stufen zum Eingang hinunter, der wie eine Souterrainwohnung tiefer als die Straße lag und nicht besonders einladend wirkte. Allein eine fabrikneue EU-Flagge kämpfte gemeinsam mit auf dem Dach über dem Eingang gepflanztem Immergrün gegen die Tristesse. Das Albert Borschette wurde hauptsächlich für die weniger glamourösen Veranstaltungen der EU genutzt, Arbeitsatmosphäre statt Staatsglamour. In der Eingangshalle drängten sich die Teilnehmer der Notfallkonferenz der ENSREG, der European Nuclear Safety Regulator Group, die Will Thater über Europarat hatte anberaumen lassen. Das Gemurmel der Menge mit größtenteils, bei Franzosen und Italienern etwas weniger schlecht sitzenden Anzügen und Kostümen wirkte lauter als bei anderen Konferenzen. Was vermutlich daran lag, dass sich die meisten nicht in ihrer Muttersprache unterhalten konnten. Solveigh streckte sich und versuchte, Will zu finden, konnte aber weder ihn noch Dominique irgendwo entdecken. Höflich um Entschuldigung bittend, bahnte sie sich einen Weg zwischen den Beamten und Politikern hindurch. ENSREG bestand zum Großteil aus Abgesandten der nationalen Atomaufsichtsbehörden und daher zum Teil aus echten Experten und zum Teil aus Politikern, die von ihren Parteien als Gegenleistung für jahrzehntelange gute Dienste auf einen ruhigen Posten mit üppigem Salär gehoben worden waren. Die Politiker waren ihre größten Widersacher bei dem heutigen Termin. Neben den Lobbyisten der Atomindustrie, die während der vergangenen Tage an jeder Strippe gezogen hatten, die sie in die Finger kriegen konnten. An einer Absperrung musste sie ihren gerade erst ausgestellten Europol-Ausweis vorzeigen, den Will extra für den heutigen Termin besorgt hatte. Die ECSB operierte in einer rechtlichen Grauzone, sie war der EU-Kommission unterstellt und operierte über die Landesgrenzen hinweg, was jedoch nur den Regierungschefs sowie den Minstern des Inneren und der Justiz der jeweiligen Länder bekannt war. Für alle anderen existierten sie offiziell gar nicht, obwohl es immer wieder Gerüchte über ihre Aufträge gegeben hatte. Bisher war es jedes Mal gelungen, sie zu zerstreuen, meist, indem eine nationale Behörde den Ruhm für eine ihrer Operationen erntete. Die ECSB-Agenten wechselten offiziell bei jedem Grenzübertritt den Arbeitgeber und waren formell dem jeweiligen Innenminister unterstellt, ein juristischer Kniff, der ihre grenzübergreifenden Kompetenzen überhaupt erst möglich machte. Heute jedoch brauchten sie keine lokalen Befugnisse, sondern einfach nur eine logische Erklärung für ihre Zuständigkeit, daher die Europol-Ausweise. Europol verfügte zwar kaum über dreihundert Mitarbeiter und durfte nicht selbst ermitteln, sondern ausschließlich unterstützend Daten sammeln, aber heute präsentierten sie eine Analyse, die große – und einzige – Stärke der offiziellen EU-Polizei. Der Sitzungssaal, einer der kleineren im Albert Borschette, war schmal und bot für etwa hundert Personen Platz an vier langen Tischreihen, gesäumt von zwei großen Glasfronten, hinter denen die Simultandolmetscher saßen wie Hennen in einer Legebatterie. Am Kopfende des Saals befand sich der Tisch für die Vortragenden, an dem Dominique gerade seinen Laptop verkabelte. Will stand telefonierend in einer Ecke und winkte. Solveigh lief durch den Mittelgang und betrachtete die braunen Zweckpulte mit Mikrofonen. An jedem Platz lag bereits eine Kopie ihrer Analyse über die drohende Gefahr für die Kernkraftwerke in Europa. Ein dunkler Gongschlag in der Lobby kündigte an, dass die Konferenz in zehn Minuten beginnen würde. Hinter ihr strömten die ersten Teilnehmer zu ihren Plätzen während sie Dominique begrüßte. Solveigh baute ihren eigenen Laptop vor sich auf, als er ihr zuraunte: »Will hat schlechte Laune.« Sie warf ihm einen fragenden Blick zu. »Er glaubt, das hier …«, er deutete in den Saal, der sich langsam füllte, »… ist längst entschieden.«

Solveigh zog die Augenbrauen hoch, sagte aber nichts, sondern wandte sich stattdessen ihrem Bildschirm zu und gab das Kennwort für das Betriebssystem ein. Während die Programme luden, warf sie einen Blick zu Will, der nach wie vor mit versteinerter Miene in der Ecke stand und in sein Telefon lauschte. Wenn Dominique recht hatte, war das eine Katastrophe, denn es würde bedeuten, dass die EU nichts unternehmen würde, um der Bedrohung etwas entgegenzusetzen. Sie las noch einmal den Bericht der ECSB, dem es nicht an Deutlichkeit fehlte: Der Sutxnet-Virus könnte dazu benutzt werden, Zwischenfälle in Atomkraftwerken auszulösen, wobei direkt etwa zehntausend Mitarbeiter in den Betrieben sowie potenziell bis zu vier Millionen fünfhunderttausend Menschen beim Entweichen von Radioaktivität mit gesundheitlichen Schäden zu rechnen hätten. Dazu kamen die volkswirtschaftlichen Folgen und ein möglicher Ausfall der Stromversorgung, bei dem Experten davon ausgingen, dass spätestens nach vier Tagen bürgerkriegsähnliche Zustände ausbrechen würden. Mitten in Europa. Solveigh schloss die Datei. Im

Grunde lag es glasklar auf der Hand, was zu tun war: Die EU musste beschließen, alle digital geschalteten Atomkraftwerke vorübergehend vom Netz zu nehmen. Aber genau hier lag das größte aller Probleme, rief sie sich ins Gedächtnis, als der zweite Gong ertönte. Die Vertreter der Atomaufsichtsbehörden aus siebenundzwanzig Ländern saßen nun fast vollständig auf ihren Plätzen. Das Gemurmel ebbte ab, als Will Thater, der mittlerweile nicht mehr telefonierte, die Anwesenden begrüßte und noch einmal den Ernst der Lage unterstrich. Die Präsentation der Zahlen und Statistiken übernahm Dominique, der seinen Auftritt sehr souverän absolvierte. Solveigh konnte kaum glauben, dass er sich erst seit diesem Fall eingehend mit Statistik beschäftigte. Beinah leidenschaftlich führte er durch die Kolonnen von Daten. Sie hatten sich nach eingehender Rücksprache mit dem EU-Kommissar für Energie, einem Politiker aus Deutschland, der Englisch mit einem äußerst amüsanten Akzent sprach, dafür entschieden, den Experten keine aufpolierten Folien, sondern möglichst viele Fakten und Rohdaten zu zeigen. Solveigh beobachtete die Gesichter in den Reihen, die Dominiques Vortrag interessiert verfolgten, und sie hatte den Eindruck, dass die meisten auch tatsächlich begriffen, worum es ging. Obwohl sie sicherlich von »Social Engineering«, laut Dominiques Analyse die wahrscheinlichste Infiltrationsmethode der Terroristen, mit Sicherheit noch niemals etwas gehört hatten. Als er zu den Schlussfolgerungen kam, bemerkte sie auf ihrem Computer eine eingehende Textnachricht über das interne Kommunikationssystem der ECSB. Sie klickte das Icon des Programmes an: Die Nachricht war von Marcel.

@Slang #private, 16. Januar 2013, 14.39 Uhr
Hast du die Nachrichten gesehen? Warum halten sie ausgerechnet jetzt ein Geheimtreffen ab?

Offenbar war das außerplanmäßige ENSREG-Zusammentreffen trotz aller Vorsichtsmaßnahmen doch an die Presse durch-gesickert. Typisch Brüssel. Und Marcel wusste davon. Die große Frage war: Was wusste er sonst noch? Über Weihnachten hatten sie alle beruflichen Themen ausgeblendet und einfach die gemeinsame Zeit genossen. Nicht zuletzt auf Solveighs Initiative, denn es wäre katastrophal gewesen, wenn die Indiskretion ausgerechnet bei der ECSB selbst zu finden wäre. Thater würde sie, ohne zu zögern, einen Kopf kürzer machen, wenn nicht Schlimmeres – er beäugte ihre Beziehung zu Marcel ohnehin schon mit Misstrauen. Und von seinem Berufsethos als Journalist hätte es sich beinahe schon verboten, über eine akute Bedrohung für die Bevölkerung nicht zu berichten. Eine der vielen Zwickmühlen ihrer Beziehung. Neben den vielen belastenden Dienstreisen durften sie sich nicht einmal erzählen, was sie beschäftigte, selbst wenn sie sich sahen. Denn Marcel weigerte sich beharrlich, seine Recherchen offen auf den Tisch zu legen, solange sie nicht das Gleiche tat. Quid pro quo. Katze beißt Schwanz. Trotzdem beschlich sie das Gefühl, dass er einiges herausgefunden hatte, seit er ihnen in Israel gefolgt war. Und seine Frage nach dem Treffen der ENSREG schien ihre Befürchtungen der letzten Wochen zu bestätigen. Während Dominique die Empfehlungen der ECSB zur Schließung der betroffenen Atomkraftwerke präsentierte, tippte sie eine Antwort:

@MarcelL #private, 16. Januar 2013, 14.42 Uhr
Glaubst Du ernsthaft, ich würde das einem Reporter verraten? Bist du noch in Paris?

»Und deshalb«, beendete Dominique seinen Vortrag, »empfiehlt Ihnen die Europol die vorübergehende Abschaltung aller digital geschalteten Reaktoren, bis wir die Terrorzelle identifiziert haben und das Stuxnet-Virus analysieren konnten, um einen ungefährdeten Betrieb der Anlagen zu gewährleisten. Ich danke Ihnen für Ihre Aufmerksamkeit.« Er atmete hörbar aus, als er den Satz beendet hatte und das Mikrofon vor sich auf stumm schaltete. Der Saal war ruhig, Dominique erntete keinen Applaus, auch nicht aus Höflichkeit, stattdessen schienen die Delegierten wie versteinert ob des unfassbaren Anliegens, das Dominique ihnen unterbreitet hatte. Mitten in die unangenehme Stille hinein blinkte das Icon auf Solveighs Desktop.

@Slang #private, 16. Januar 2013, 14.49 Uhr
Nein, in München. Bei einer Sicherheitsfirma, die mir bei meinen Recherchen begegnet ist. Hat diese Sitzung vielleicht irgendetwas mit Stuxnet zu tun?

Ein Schuss ins Blaue, da war sie sich sicher. Und dennoch ins Schwarze. Er wusste mehr, als sie geahnt hatte. Aber wie viel? Sie hatte ihm bei ihrer improvisierten Weihnachtsfeier nur mitgeteilt, dass sie nach München fliegen würde. Oder hatte sie doch Landshut erwähnt, und er hatte daraus seine eigenen Schlussfolgerungen gezogen? Verriet Yael ihm den Rest? Schlief er immer noch mit ihr? War sie vielleicht jetzt gerade bei ihm? Plötzlich wurde ihr schlecht. Sie blickte auf. Will Thater hatte mittlerweile das Zepter übernommen und beantwortete Rückfragen des Energiekommissars, der beinahe mit jeder zweiten Vokabel vollkommen danebenlag. Sie erinnerte sich, dass der ansonsten sicherlich respektable Politiker es mit seinen Englischkenntnissen sogar zum Youtube-Star gebracht hatte. Bis ihm dieser unsägliche deutsche Außenminister die Show gestohlen hatte. Will redete äußerlich ruhig und gefasst, aber Solveigh wusste anhand seiner Körpersprache, dass er innerlich kochte. Je mehr Wortmeldungen der Energiekommissar aufrief, die meist unisono mit den wirtschaftlichen Folgen begannen und mit einer Menge Fragen zu ihren Untersuchungsmethoden endeten, desto klarer wurde Solveigh, dass sie keine Chance hatten. Die EU würde keine Meiler abschalten, schon gar nicht die neuen, leistungsstarken, die besonders gefährdet waren, weil sie von Computerprogrammen gesteuert wurden. Maximal wäre wohl das Herunterfahren der alten, analogen Meiler als Kompromiss zu erzielen. Die hatten auch schon während des Atom-Moratoriums nach Fukushima stillgestanden – weitestgehend ohne Folgen für die Stromversorgung. Aber in dieser Situation würde genau das überhaupt nichts bewirken. Die Fronten verhärteten sich immer mehr, bis Will Thater schließlich entschied, dass die Sache gelaufen war. Er legte den Stift beiseite und schob die Unterlagen zusammen. Sie hatten verloren. Blieb nur zu hoffen, dass sie unrecht hatten mit ihrem Pessimismus oder dass das Computervirus nicht funktionierte. Eine Menge Variablen für Solveighs Geschmack, und wenn sie ehrlich zu sich selbst war, glaubte sie nicht daran. Im Kopf ging sie noch einmal die von Dominique als besonders gefährdet eingestuften AKWs durch. In Deutschland waren vor allem Neckarwestheim, Philippsburg und Isar II betroffen, in Schweden Forsberg und Oskarshamm, dazu nahezu alle französischen. Die Sicherheitsfirma. Isar II, schoss es Solveigh in den Kopf. Marcel ist in München. Ich muss ihn warnen. Noch einmal klickte sie auf das Icon für die Textnachrichten. Marcel wurde nicht mehr als »anwesend« angezeigt. Er war Offline. Sie musste es trotzdem probieren:

@MarcelL #private, 16. Januar 2013, 15.28 Uhr
Du musst da weg. SOFORT. Pack deine Sachen und verschwinde da, am besten nach Irland. Erklärung folgt.

St. Petersburg, Russland
16. Januar 2013, 20.14 Uhr (am Abend des selben Tages)

Nachdem sie die Nummer angerufen hatten, die Majas Großmutter ihr gegeben hatte, war alles ganz schnell gegangen. Die
Frauenstimme hatte versprochen, dass sich jemand bei ihnen
melden würde, und keine halbe Stunde später hatte das Telefon
tatsächlich geklingelt. Mit sehr ruhiger Stimme war ihnen von
dem anonymen Anrufer nahegelegt worden, den Zug an der
übernächsten Haltestelle zu verlassen und sich für einige Tage
eine Pension zu suchen, die sie bar bezahlen sollten. Maja und
Dimitrij hatten sich daran gehalten, ebenso wie an die Anweisung, möglichst wenig Zeit außerhalb des Hotelzimmers zu verbringen und den Namen der Pension von einem neutralen Telefon durchzugeben. Am Morgen des achten Tages bekamen sie
in ihrem Zimmer einen weiteren Anruf. Die Stimme verlangte
von ihnen, einen Wagen zu mieten und nach St. Petersburg zu
fahren, sie nannte ihnen außerdem eine Adresse, an der sie um
22.00 Uhr desselben Tages erwartet würden.

Als sie das sogenannte Venedig der Nordens nach zwölf Stunden Fahrt erreichten, herrschte dichtes Schneetreiben, und sie
beschlossen, den Wagen am Stadtrand stehen zu lassen und
mit dem Bus weiterzufahren. Ziel war eine Adresse im Admi-
raltejski, einem Stadtviertel südlich der Newa. Als Maja und
Dimitrij aus dem Bus stiegen, blickten sie sich immer noch nach
möglichen Verfolgern um. Die Paranoia war trotz der relativ
ruhigen Tage in der schäbigen Pension nicht verschwunden.
Obwohl es nicht mehr schneite, hatten die frostigen Temperaturen St. Petersburg fest im Griff, und die vorbeifahrenden Autos
schleuderten ihnen Schneematsch gegen die Hosenbeine. Es

war mittlerweile fast Viertel vor zehn, und Maja drängte sich mit ihrem dicken Mantel gegen ihn. »Die Große Choralsynagoge«, flüsterte sie mit ausgestrecktem Arm. Dimitrij schnappte sich ihre beiden Gepäckstücke, und sie liefen gemeinsam in Richtung der roten Steinmauer, die von einem eisernen Zaun gekrönt war, der das Areal umgab. Am Haupteingang stellte er die Koffer in den Schnee. Der Mond stand über der gezwirbelten Kuppel, und die Säulen des rot-weiß gestreift gemauerten Baus wurden von starken Scheinwerfern angestrahlt. Ein majestätischer Anblick, freundlich und bedrohlich zugleich, wie ihn nur Gotteshäuser innehatten.

»Und nun?«, fragte er Maja. Sie zuckte mit den Schultern und zog das Handy aus der Tasche.

»Nicht!«, zischte er. »Damit können sie uns orten!« Maja steckte das Handy wieder in die Tasche, als sich aus dem Schatten der Mauer hinter dem Zaun eine dunkle Gestalt löste.

»Dimitrij und Maja?«, fragte die Gestalt hinter dem Tor, das Gesicht war nicht zu erkennen, aber die Stimme klang definitiv weiblich.

Sie traten etwas näher, und Maja bestätigte die Frage mit einem vorsichtigen »Ja«.

Die eisernen Torflügel quietschten leise, als sie von innen geöffnet wurden. Die Gestalt winkte sie hinein und schloss die Tür direkt hinter ihnen wieder. Das Gesicht der Frau, die sie eingelassen hatte, lag im Mondlicht: Sie war überaus hübsch, große Locken umspielten ihre arabischen Züge, ihre Augen waren groß und dunkel. Sie sagte kein Wort, sondern bedeutete ihnen, ihr zu folgen. Der Weg zur Synagoge war geräumt, die Frau lief, in einen schlichten dunklen Mantel gehüllt, vorneweg. Maja folgte ihr, als gelte es, in ihre Fußstapfen zu treten, und Dimitrij stapfte mit einem Gepäckstück in jeder Hand hinterher. Kurz bevor sie das große Portal erreicht hatten, schlug die Araberin einen Pfad ein, der links am Gebäude vorbeiführte. Etwa fünfzig Meter weiter zog sie einen Schlüssel aus der Manteltasche und öffnete eine gedrungene Seitentür. Dimitrij zog den Kopf ein, als er eintrat, und freute sich über die Wärme im Inneren des Gebäudes.

»Hier entlang, bitte«, sagte die Fremde und wies auf eine weitere Tür, die Dimitrij noch ein wenig kleiner vorkam. Dahinter führte eine Treppe steil nach unten. Nackte Glühbirnen an den Wänden sorgten für eine spärliche Beleuchtung. Sie stiegen schweigend hinab und erreichten schließlich einen scheinbar endlosen Tunnel, dessen weiße Wände wie frisch gestrichen aussahen. Abgesehen von einigen seitlichen Treppen ganz ähnlich der, über die sie hinuntergestiegen waren, verlief der Gang schnurgerade. Ihre Schritte hallten in dem Kellergewölbe, und sie liefen etwa zweihundert Meter, bis sie am anderen Ende erneut Stufen erreichten, die wieder nach oben führten. Sie landeten im auffallend sauberen Keller eines Hauses, das gegenüber der Synagoge liegen musste. Gemeinsam stiegen sie die Stufen eines schmucken, aber durchaus gewöhnlichen Treppenhauses hinauf bis zu einer Wohnung im vierten Stock. Die Israelin öffnete mit einem weiteren Schlüssel und bedeutete ihnen einzutreten. Sie lächelte zum ersten Mal seit ihrem Zusammentreffen, die Anspannung schien von ihr abgefallen zu sein. Die Wohnung entpuppte sich als Altbau mit dunklen Antiquitäten und schien aus einer anderen Zeit zu stammen. Die Holzböden knarzten, und im Kamin des Wohnzimmers brannte ein Feuer. Ein Mann stand vor dem Bücherregal und beobachtete Dimitrij und Maja mit verschränkten Armen. Dimitrij stellte die Koffer neben den Eingang und zog seine Jacke aus, als die Frau ihnen ein Zeichen gab, sich zu setzen.

»Ich bin Yael«, stellte sie sich vor, während sie sich ihres Mantels entledigte und die Locken schüttelte. Maja und Dimitrij gaben ihr die Hand. »Und das ist«, sie deutete zu dem Mann, der am Fenster stand, »Aron. Gewissermaßen Ihr Ticket nach draußen. Sie müssen Gideon Feinblat wirklich nahestehen bei dem, was er für Sie mobilisiert hat.« Der Mann nickte ihnen zu.

193

»Meine Großmutter hat mir die Nummer gegeben, ich glaube, von einer Bekannten aus dem Warschauer Getto.«

»Feinblats Mutter«, nickte Yael. »Dann verstehe ich …«

Dimitrij blickte ihr starr in die Augen und warf dann einen Blick auf den jungen Mann, der immer noch vor dem Bücherregal stand: »Und Sie können uns helfen, das Land zu verlassen?«

»Unter Umständen«, murmelte Yael.

»Besonders schöne Umstände sind es ja nicht«, mischte sich Aron ein und lachte.

»Was meinen Sie damit?«, fragte Dimitrij und nahm Majas Hand.

»Ich denke, Sie sollten uns jetzt die ganze Geschichte erzählen, bevor wir uns mit Ihrer Flucht befassen. Meinen Sie nicht?« Die Frau mit den arabischen Gesichtszügen klang sehr bestimmt.

Dimitrij seufzte, er hatte geahnt, dass die Israelis ihnen nicht so ohne Weiteres helfen würden, wer immer dieser Gideon Feinblat auch war. Also begann er zu erzählen, und keine fünf Minuten später war ihm die Aufmerksamkeit aller Anwesenden sicher. Bis auf Yael, die einmal zwischendrin rausging, um zu telefonieren, hingen zwei Augenpaare die ganze Zeit über an seinen Lippen.

KAPITEL 36

Heilbronn, Deutschland
28. Januar 2013, 19.48 Uhr (zwölf Tage später)

Doreen Kaiser zündete gerade die Kerzen auf dem Tisch an, als sie hörte, wie Peter den Wagen an der Hecke gegenüber abstellte. Ihr Vermieter ließ es nicht zu, dass er vor den Garagen parkte, obwohl Doreen wusste, dass eine davon lediglich seine Gartengeräte beherbergte. Sie hatte mit den Achseln gezuckt, als er es ihr offenbart hatte. Und auch seine Bedenken bezüglich ihrer Liquidität konnte sie ausräumen. Ja, sie hatte als freie Journalistin ein festes Einkommen, hier ist der Brief von der Redaktion des Rostocker Anzeigers, bitte schön. Vierhundertzwanzig Euro kalt. Danke schön. Im Flurspiegel überprüfte Doreen Kaiser den Sitz ihres Lippenstifts und strich ihren Rock glatt. Sie hörte seine Schritte im Treppenhaus mit mosaikgemustertem Steinboden und Plastikhandlauf am Geländer. Sie öffnete die Haustür, als er noch im ersten Stock war, um ihn zu empfangen. Er hatte einen Strauß Blumen dabei, wie jeden Freitag seit vier Wochen. Das Papier hatte er schon unten um die Stiele gewickelt, wie es sich gehörte. Peter wusste sich zu benehmen, und es war Doreen einigermaßen schleierhaft, weshalb seine Frau ihn mit dem Jungen verlassen hatte. Er war vielleicht ein wenig monothematisch veranlagt, aber ansonsten ein netter Mann, mit dem man lachen, aber auch weinen konnte. Wäre er in Berlin in die Spielhalle marschiert und hätte ihr einen Drink ausgegeben, vielleicht hätte sie ihn auch ohne Auftrag mit nach Hause genommen, einfach nur um herauszufinden, ob er wirklich so nett war. Er lächelte, als er ihr die Blumen überreichte, und gab ihr einen Kuss auf den Mund, spitz und wenig intim. Doreen Kaiser hatte sich daran gewöhnt und wusste, wie sie ihn später auf Betriebstemperatur kriegen würde. Sie nahm die Blumen betont sanft aus seiner Hand und bat ihn herein. Sie aßen selbst gekochte Nudeln mit Tomaten-Sahne-Soße und Basilikum, die ihr nicht sonderlich gut gelungen waren, aber sie wusste, dass es Peter nicht störte. Während des Essens, dachte sie immer wieder an das Paket, das sie schon vor drei Tagen für ihn gepackt hatte und das seitdem wie ein Damoklesschwert über ihren Gedanken und ihrer Beziehung hing. Öfter als einmal hatte sie davon geträumt, wie sich ihr Verhältnis hätte entwickeln können, wenn es nicht ihren Auftrag gäbe. Das Paket lag in der Küchenschublade, und es schien sie aus dem Dunkel anzuschreien. Tu es nicht, Doreen. Lass mich hier, und geh mit ihm weg. Nimm ihn mit, solange du noch kannst. Als er ihre Wange berührte und sie fragte, was sie so beschäftige, war die Hoffnung verflogen. Es ging nicht. Natürlich nicht.

»Nichts, Peter. Wirklich.« Sie nahm seine Hand und küsste sie. Sie stand auf, und er zog sie an sich. Beinah wäre sie auf seinem Schoß gelandet, aber sie drehte sich einmal um die eigene Achse, lachte und verschwand Richtung Küche. »Warte kurz, ich habe noch ein Geschenk für dich. Aber du musst versprechen, es erst morgen bei der Arbeit aufzumachen«, rief sie aus der Küche und zog die Schublade auf. »Weißt du noch, was morgen für ein Tag ist?«

»Ja, natürlich«, antwortete Peter. »Unser erstes kleines Jubiläum. Ein Monat.«

Das Paket starrte sie an. Grünes Papier mit einer roten Schleife aus Seide, die sie doppelt geknotet hatte. Doreen starrte zurück in die Schublade. Sie trug das Paket wie ein Messdiener ins Wohnzimmer, in dem auch ihr Esstisch stand.

»Ein kleiner Beweis dafür, wie sehr ich dich liebe, mein Schatz. Und es ist wirklich wichtig, dass du es erst in der Mittagspause aufmachst.«

Peter nickte und drehte das Paket. Er schüttelte es und grinste: »Es tickt nicht. Also keine Bombe?«

Doreen lachte.

»Ich liebe dich auch, Schatz«, sagte er.

»Du machst mich sehr glücklich«, antwortete sie und fügte in Gedanken hinzu: Und vielleicht hätte ich dich sogar wirklich lieben können. Verzeih mir, mein Liebster. Für alles, was hätte sein können.

Er strich ihr eine Strähne aus dem Gesicht, bevor er sie umarmte.

KAPITEL 37

Sonthofen, Deutschland
29 Januar 2013, 07.56 Uhr (am nächsten Morgen)

Normalerweise mochte es Solveigh nicht besonders, mit dem Wagen zu fahren, aber heute war ihr die Zeit alleine hinter dem Lenkrad gerade recht. Die zwei Stunden vom Flughafen München bis zur südlichsten Stadt Deutschlands hatten ihr ein wenig Zeit zum Nachdenken gegeben, über Marcel, sich selbst und vor allem ihren Körper, den sie in den letzten zwei Wochen kaum wiedererkannte. Normalerweise litt sie in regelmäßigen Abständen unter schier unerträglichen Kopfschmerzen, die sie aber dank eines Medikaments aus den USA recht gut im Griff hatte und die jetzt urplötzlich verschwunden waren. Nach vierzehn langen Jahren, in denen sie mit ihnen gelebt hatte. Stattdessen plagten sie diese Übelkeitsattacken, die scheinbar aus dem Nichts kamen. Wahrscheinlich war es wieder nur eine Laune ihres Körpers, der ihre Kontrollsucht auf die Probe stellen wollte. Er denkt sich auch immer etwas Neues aus, seufzte Solveigh, als sie auf Anweisung des Navigationssystems rechts abbog. »Also doch nicht in der Burg«, murmelte Solveigh. Eddy hatte ihr erzählt, dass die Generaloberst-Beck-

Kaserne, ein Nazibau, der mit dicken steinernen Mauern auf einem Hügel über der Stadt thronte, im Soldatenjargon so genannt wurde.

»Sie haben Ihr Ziel erreicht«, tönte es aus den Lautsprechern. Solveigh bremste vor einem zweistöckigen weißen Gebäudekomplex mit roten Dächern, der sich nur aufgrund seiner Größe nicht ganz nahtlos in das Ortsbild einfügte. Sie musste zweimal an dem Gebäude vorbeifahren, ehe sie eine Parklücke fand, in die sie ihren Mietwagen quetschen konnte. Der Zutritt zum Kasernengelände wurde ihr dank einer Voranmeldung ohne Zwischenfälle gewährt, und so wartete sie zwei Minuten später am Ehrenmal der ABC-Abwehr, genauer gesagt: der ABC-Abwehr-, Nebel- und Werfertruppe, auf ihren Kontaktmann. Drei Minuten nach der verabredeten Zeit kam ein Mann im vollen Tarnfleckfeldanzug der Bundeswehr auf sie zu, komplettiert von einem roten Barett.

»Major Aydin?«, fragte Solveigh und streckte ihm die Hand hin. Er war groß, hatte volles dunkles Haar mit grauen Strähnen und sah nach türkischer Herkunft aus. Sie fand ihn ziemlich attraktiv.

»Sie müssen Solveigh Lang sein, von der EURATOM, habe ich recht?«

»Wenn es in Ihren Papieren so steht, wird es wohl stimmen«, sagte sie undurchsichtig. Major Aydin lächelte verbindlich.

»Mir wurde gesagt, dass Sie wegen einer Expressschulung gekommen sind?«, fragte der Soldat. Solveigh nickte. Er musterte sie ausgiebig und blickte dabei derart gelangweilt drein, dass Solveigh einige Fragezeichen hinter die angebliche Disziplin deutscher Soldaten setzen musste. Es amüsierte sie durchaus, dass er sie offenbar für eine lästige Politikerin aus Brüssel hielt.

»Aber dass sie mich für die Schulung einer Zivilistin wirklich hierher in die Schule holen, ist schon ein starkes Stück«, echauffierte er sich auch verbal.

»Sie sind gar nicht hier stationiert?«, konterte Solveigh vorgeblich irritiert. Er schüttelte den Kopf: »Nein, beim 750«, er nickte Richtung Norden, »in Bruchsal.«

»Nun«, antwortete Solveigh. »Vermutlich haben die in der Zentrale sich gedacht, etwas mehr Praxisbezug könnte nicht schaden.« Sie grinste ihn an und schob das Revers ihres Mantels zur Seite. »Aber was die Zivilistin angeht, kann ich Ihre Soldatenehre beruhigen.« Er warf einen Blick auf die Jericho mit dem Spezialschlitten, die man nicht gerade als dezente Waffe für eine Frau bezeichnen konnte. Er zog die Augenbrauen hoch und wirkte schon etwas neugieriger auf ihre Begegnung, als er sie aufforderte, ihm zu folgen. Im Gehen sagte er: »Praxisbezug? Wo sollen wir anfangen: Kosovo, Afghanistan? Das 750. wird bei so ziemlich jedem bewaffneten Konflikt angefordert. Wir von der ABC-Abwehr sogar besonders häufig«, vermerkte er nicht ohne einen Anflug von Stolz. »Unsere Methoden sind sogar bei den Amerikanern Standard. Und die können sonst nun wirklich alles besser.« Er lachte. Solveigh tat ihm den Gefallen und stimmte mit ein. Als sie den Schulungsraum erreicht hatten, den der Major ihnen besorgt hatte, lehnte sich Solveigh an eine Tischplatte in der ersten Reihe und bemerkte: »Sie haben gefragt, wo wir anfangen sollen, Major? Wir wäre es mit Deutschland?« Sie fragte sich, ob ihr Hintern, an die Tischplatte gequetscht, vielleicht dicker wirkte.

»Sie meinen einen Angriff mit chemischen, biologischen oder atomaren Kampfmitteln? Hier bei uns? Also, nicht, dass uns das unvorbereitet träfe, wir hatten sogar genau dazu eine Lükex-Übung, die Ergebnisse habe ich …« Noch während er in seiner Tasche kramte, unterbrach ihn Solveigh leise: »Ich dachte eigentlich weniger an eine kleine schmutzige Bombe mit ein bisschen strahlenden Teilchen, Major Aydin.«

Der attraktive Türke blickte auf: »Nein? Woran denn dann?«

»Ich dachte eher an eine Gruppe von Terroristen, die mithilfe eines Computervirus ein Atomkraftwerk sabotiert.«

»Heilige Scheiße. Haben Sie konkrete Hinweise auf eine solche Aktivität bei EURATOM?«

»Ich bin nicht von EURATOM, Major. Ich komme von einer Einheit, die es offiziell nicht einmal gibt. Genauso wenig, wie es die konkreten Hinweise seit der ENSREG-Sitzung von vorletzter Woche noch gibt.«

Der Adamsapfel des Majors zuckte beim Schlucken: »Politik?«

Solveigh nickte: »Und trotzdem muss ich alles über atomare Strahlung nach einem Unfall wissen: Auswirkungen, Schutzmaßnahmen, Dekontamination. Und die Planungen der Bundesregierung für den Fall der Fälle: Welche Stellen werden hinzugezogen, was wird von wem abgeriegelt? Einfach alles. Und wir haben nur neun Stunden, Major.«

Der Soldat schüttelte bedächtig den Kopf, sagte dann aber: »Sie haben die Genehmigungen, Sie bekommen Ihre Informationen. Und ich werde mir alle Mühe geben, mich kurz zu fassen.« In dem Moment spürte Solveigh ein leichtes Kribbeln in der Manteltasche: Sie bekam einen Anruf, der warten musste.

––––––

Erst drei Stunden später fand Solveigh eine Gelegenheit, ihre Mailbox abzurufen. Sie hatte die ersten zwei Stunden zur Wirkweise von Strahlen auf den menschlichen Körper, ihr Verhalten in der Natur, sei es als Wolke, Niederschlag oder in Lebensmitteln, absolviert. Jetzt stand ein technisches Dekontaminationstraining auf dem Programm, inklusive Einweisung in die Schutzkleidung. Major Aydin hatte sich als guter Lehrmeister erwiesen, der sein Tempo ihrer schnellen Auffassungsgabe angepasst hatte. Sie liefen in Richtung eines Gerätehauses, als sich die erste Gelegenheit ergab, ihn um eine kleine Pause zu bitten. Als sie auf dem Display die Nummer sah, die sie angerufen hatte, zog sie eine Schachtel mit Zigaretten aus der Manteltasche, von denen sie sich maximal noch eine am Tag erlaubte. Jetzt war dieser Moment: Dr. Prins hatte angerufen. Sie wählte die Nummer zum Abhören der Mailbox, als sich Major Aydin, der weitergelaufen war, um sie nicht zu stören, noch einmal umdrehte: »Damit sollten Sie schleunigst aufhören, wenn Sie es mit Strahlung zu tun bekommen. Das Inhalieren in verseuchten Gebieten kann sehr schädlich sein.« Er lachte, hatte es wohl als Witz gemeint. Solveigh lachte nicht. Sie wandte sich ab und drückte sich mit dem Rücken gegen einen Spürpanzer, der verlassen vor der Halle geparkt war und sie vor seinem Witz und seinen neugierigen Blicken abschirmte. Während sie der ruhigen Stimme von Dr. Prins lauschte, rutschte sie an dem kalten Stahl hinunter, bis sie schließlich neben dem riesigen Reifen hockte. Eine einzelne Träne kämpfte sich durch ihre Fassade bis auf ihre Wange. Und ein einziger Satz aus dem Vortrag des Majors brannte vor ihrem inneren Auge: besondere Risikogruppen: Kinder und Schwangere. Es musste irgendwann um Silvester herum passiert sein. Sie war in der siebten Woche.

Neckarwestheim, Deutschland
29. Januar 2013, 08.24 Uhr (zur selben Zeit)

Als Peter Bausch seinen Passat auf dem Parkplatz des Kernkraftwerks Neckarwestheim abschloss, blinzelte er in die Sonne. Es war warm für diese Jahreszeit, und wäre es nicht erst Ende Januar gewesen, hätte man annehmen können, der Frühling stünde vor der Tür. In der Schlange vor der Sicherheitsschleuse traf er einen Kollegen und begann gut gelaunt ein Schwätzchen. Sie unterhielten sich über die anstehende Dienstplanänderung der Tagschicht und die damit einhergehenden Probleme bei der Lohnabrechnung. Ein Thema, das die ansonsten fast ausschließlich mit Routineaufgaben betraute Verwaltung seit Wochen beschäftigte. Als sie ihre Jacken in einen Korb vor dem Röntgenscanner legten, fragte Peter ihn nach seinen zwei Kindern. Sie gingen oft mittags gemeinsam essen in der Kantine. Als Peter den Metalldetektor betrat, piepste es. Eine Zufallsauswahl, wie er vermutete. Während ein mürrischer Sicherheitsbeamter mit einem Handscanner nacharbeitete, lächelte er der Frau hinter dem Monitor des Röntgenapparates zu, sie sahen sich fast jeden zweiten Tag, je nachdem, wie sich ihre Schichten überschnitten. Sie lächelte zurück, er hatte sie sogar einmal zum Essen ausgeführt, bevor er Doreen kennengelernt hatte, aber sie hatten sich nichts zu sagen. Als der Mann mit dem schwarzen Gerät, das an einen überdimensionierten Kochlöffel erinnerte, stumm seine Zustimmung nickte, sammelte er seine Jacke und seine Aktentasche ein. Vor der nächsten Kontrolle steckte er sich noch ein Strahlenmessgerät ans Jackett und betrat die Kabine, in der er seinen Ausweis vor ein Lesegerät halten und in einen Spiegel blicken musste. Innerlich seufzte er darüber, dass es jeden Morgen aufs Neue über eine halbe Stunde dauerte, bis er endlich an seinem Schreibtisch saß, der doch nichts weiter war als ein ganz normaler Arbeitsplatz in irgendeiner Verwaltung. An das Paket in seiner Tasche hatte er während der gesamten Sicherheitsüberprüfung keinen Gedanken verschwendet. Er verabschiedete sich von seinem Kollegen wie immer.

Als er seine Bürotür aufschloss, erfüllte ihn schon die Vorfreude auf das Mittagessen: Cordon bleu mit Kroketten und Salat, verhieß der Kantinenplan, der mit Tesafilm an einer der Schranktüren befestigt war. Und natürlich auf das Geschenk von Doreen, das sie ihm am Morgen neben die Tasse mit dem Frühstückskaffee gestellt hatte. Als ob er es je vergessen könnte. Er stellte das schmale Paket neben das Bild seines Jungen, der mit einem Skateboard in der Hand auf ihrer Terrasse stand.

Ehemaligen Terrasse, korrigierte sich Peter und nahm sich vor, ihn heute Nachmittag anzurufen. Doreen hatte gesagt, er solle es erst im Büro öffnen. Also jetzt, oder nicht? Nein, erst ein paar E-Mails abarbeiten, Vorfreude ist doch die schönste Freude, erinnerte er sich und schaltete den Computer an, der neben einem heillos ausgeblichenen Drucker stand und nur ein paar Jahre neuer war. Es dauerte fast eine Stunde, bis er die wichtigsten E-Mails beantwortet hatte, bis auf das leidige Problem mit der Tagschicht hatte sich nur Routine angesammelt. Dann holte sich Peter in der Kaffeeküche auf seinem Flur eine Tasse Earl Grey und stellte sie auf den Schreibtisch. Jetzt war er so weit. Er schob das Paket in die Mitte seiner Schreibtischunterlage und betrachtete es ein paar Sekunden. Die rote Seidenschleife schimmerte in der Sonne, die über dem großen Kühlturm stand und direkt in sein Fenster schien. Vorsichtig öffnete Peter den Knoten, löste das sorgfältig in kleine Quadrate geschnittene Klebeband und zog eine kleine Pappschachtel hervor. Er schob den inneren Teil heraus und fand eine Karte: »Mein Schatz, jetzt sind wir schon einen Monat ein Paar. Ich freue mich so, dass ich dich gefunden habe. Schau dir die Nachricht auf dem Stick an, sie ist wohl das Wichtigste, was ich in den letzten zehn Jahren zu jemandem gesagt habe. Ich liebe dich! Doreen.«

Peter schluckte vor Rührung und angesichts der Tatsache, dass sie ihm einen USB-Stick mit zur Arbeit gegeben hatte. Natürlich war das nicht erlaubt, genau genommen sogar streng verboten. Andererseits hatte der Scanner ja auch nicht angeschlagen, oder? Er hob die Karte an und fand ein ledernes Etui, das ihm seltsam dick vorkam, und darin den angekündigten Speicherchip. Er drehte ihn in der Hand und überlegte, was er damit machen sollte. Einfach wieder mit nach Hause nehmen? Aber was würde er dann Doreen sagen? Sie erwartete einen Anruf von ihm, das hatte sie ihm gesagt. Und wenn der nicht käme? Wenn die Antwort auf das Wichtigste, was sie seit zehn Jahren zu jemand sagen wollte, einfach ausbliebe? Und was konnte schon passieren? Sein Rechner stand in der Verwaltung, und hier waren immerhin auch Mobiltelefone erlaubt – im Gegensatz zu dem zweiten Sicherheitsbereich, dem Leitstand. Nein, ein einfacher USB-Stick wäre sicher kein Problem, sagte sich Peter. Ohne weiter darüber nachzudenken, beugte er sich hinter seinen Monitor und stöpselte den Stick an den dafür vorgesehenen Port. Sein Computer begann leise zu summen, als er das Gerät erkannte, und auf dem Bildschirm öffnete sich der Videoplayer mit einem Bild von Doreen. Erleichtert atmete er aus – nur eine ganz normale Videodatei – und schalt sich im gleichen Moment, dass er überhaupt etwas anderes hatte in Betracht ziehen können. Sie saß vor einer Kerze an ihrem Esstisch und lächelte ihn aus einem Standbild an. Peter lehnte sich zurück und drückte die Starttaste.

Ebenso wie das Metall in dem Lederetui, das den USB-Stick auf dem Monitor des Scanners aussehen ließ wie einen einfachen Haustürschlüssel, entging Peter auch die Aktivität auf seinem Computer, die in diesem Moment begonnen hatte. Ein kleines Programm entschied in dieser Sekunde, dass dieser Computer noch nicht der Richtige war, und schickte ein Signal durch das Netzwerk an einige nahe gelegene Drucker, auch an den vergilbten auf seinem Schreibtisch. Peter Bausch, der in dieser Sekunde den Videoclip zum zweiten Mal startete, lächelte. Der unsichtbare Feind lag auf der Lauer.

St. Petersburg, Russland
01. Februar 2013, 16.12 Uhr (drei Tage später)

Heftiger Schneefall und Turbulenzen hatten Marcels Landung auf dem Pulkowo Airport in St. Petersburg zur Zitterpartie werden lassen. Als er mit seinem Weekender aus dem Flugzeug stieg, war er froh, diesen Teil der Reise hinter sich zu haben. Nach einer Dreiviertelstunde saß er endlich hinter dem Steuer eines Mietwagens und hoffte inständig, dass er die richtige Entscheidung getroffen hatte. Nach Yaels Anruf vor zwei Wochen hatte er noch einmal versucht, den Bleistift beim Echo von seiner Theorie zu überzeugen. Ohne Erfolg. Und dann hatte er entschieden, es auf eigene Faust zu probieren. Sogar seine alte Kamera, die treue Nikon, hatte er für das Flugticket versetzen müssen. Aber Yaels Andeutungen hatten einfach zu verführerisch geklungen. Story des Jahres, hier bin ich. Und es fühlte sich verdammt noch mal besser an, als dieser wilden Affärengeschichte hinterherzudackeln, um dann in seiner Freizeit an der Stuxnet-Story weiterzuarbeiten und für immer auf dem Thema zu versauern. Stattdessen saß er in einem Skoda, dessen Scheibenwischer dem Schneetreiben kaum Herr wurden, allein aufgrund eines mysteriösen Anrufs einer israelischen Agentin, die möglicherweise wenig mehr als Sex von ihm erwartete, aber immerhin tat sich etwas. Auch wenn er sich ziemlich sicher war, dass Yael ihn für politische Zwecke instrumentalisierte. Die Israelis waren Meister im Instrumentalisieren, vermutlich deckte sich seine Publikation exakt mit den derzeitigen Interessen der israelischen Regierung. Ihm sollte es nur recht sein, wenn sie ihm eine handfeste Sensation frei Haus lieferten. Mit einem Blick auf die rutschige Fahrbahn ermahnte er sich, vorsichtiger zu fahren, wechselte auf die rechte Spur und warf einen Blick in den Rückspiegel. Seine Titelgeschichte schien zum Greifen nah. Natürlich konnte er sich bei Yael nicht sicher sein, aber er hatte in Tel Aviv nicht das Gefühl gehabt, dass sie ihn gerne betrogen und ausgenutzt hatte. Im Grunde war er sogar überzeugt davon, dass sie ihn gernhatte. Mindestens. Er vertraute seinem Bauchgefühl, aber er würde trotzdem vorsichtig sein müssen. Eines nach dem anderen, sagte er sich. Die Adresse, die sie ihm genannt hatte, lag seinen Recherchen nach in unmittelbarer Nähe der Synagoge, was ihn nicht verwunderte. Israel betrieb nicht ebendas, was man unter strikter Trennung von Staat und Kirche verstand. Offiziell gab es zwar keine Staatsreligion, aber insbesondere der Geheimdienst nutzte die jüdischen Gemeinden auf der ganzen Welt zum Rekrutieren von Agenten oder als Anlaufstelle. Wenn auch den wenigsten der Rabbiner eine aktive Mittäterschaft zu unterstellen war, duldeten sie dennoch ebenjene Praktiken, die sich über die Jahrhunderte als äußerst bequem und überaus effektiv herausgestellt hatten. Marcel zuckte mit den Achseln und konzentrierte sich wieder auf den Verkehr. Er schaltete das Radio ein und suchte eine Station, die irgendetwas Bekanntes spielte, als plötzlich sein Handy piepste. Ohne den Blick einen Wimpernschlag länger als notwendig von der Straße abzuwenden, die er ohnehin kaum erkennen konnte, warf er einen Blick auf das Display: eine SMS von Yael. Er musste anhalten, keine Chance, sie bei dem Wetter und der halsbrecherischen Fahrweise der Russen nebenbei zu lesen. Nachdem er über fünf Minuten auf eine Gelegenheit gewartet hatte, die ihm sicher genug erschien, lenkte er den Wagen kurzerhand auf den glücklicherweise flachen Bordstein. Er ließ den Motor laufen und rief die Nachricht auf:

»Planänderung: Wir treffen uns im Wolga-Café«, gefolgt von einer Adresse, die er kaum aussprechen konnte. Fluchend griff Marcel zum Stadtplan, den ihm der Mann bei der Autovermietung in die Hand gedrückt hatte. Er faltete ihn dreimal auseinander und wieder zusammen, bis er das Straßenregister gefunden hatte. Weil es die Mobilfunkkonzerne offenbar immer noch nicht geschafft hatten, internationale Datenflatrates zu vereinbaren, wurde das Gerät in die Steinzeit zurückgeworfen. Glücklicherweise gab es überhaupt noch jemanden, der Stadtpläne druckte. Als er die Straße endlich gefunden hatte, die nicht einmal sonderlich weit entfernt lag, ordnete er sich, begleitet vom lauten Hupkonzert eines Lastwagens, wieder in den Verkehr ein.

Er erreichte das kleine Café in der anonymen Häuserzeile am Rand der Innenstadt nach weniger als einer halben Stunde. Zwar konnte man auch hier die vergangene Pracht von St. Petersburg erahnen, aber offenbar hatten die Dollarmillionen der Investoren in diesem Viertel noch nicht zum Renovieren gereicht. Die Häuser hatten allesamt Substanz, wirkten aber dennoch grau und mit ihren zukunftslosen Geschäften irgendwie deprimierend. Was auch am Wetter liegen mochte, wie Marcel zugeben musste. Der Himmel, dicht mit Wolken verhangen, spuckte immer mehr Schnee auf die Straßen, den die Reifen trotz der bitterkalten Temperaturen in Matsch verwandelten. Der Wärme einer Stadt und dem dichten Verkehr hatte auch der hohe Norden kaum etwas entgegenzusetzen. Marcel schloss das Auto ab und sprang über einen hohen Verwurf verkrusteten Schneematschs auf den Bürgersteig, wobei er beinahe auf der spiegelglatten Oberfläche ausgerutscht wäre und sich gerade noch an einem Laternenpfahl festhalten konnte. Seine Kameratasche schwankte bedrohlich nahe am Metall vorbei, als er sich langsam wieder aufrichtete. Glück gehabt, dachte Marcel und warf einen Blick durch das verschmierte Fenster des Wolga-Cafés, das offenbar geschlossen war: Billige Holzstühle stapelten sich ohne erkennbare Ordnung auf den Tischen, dazwischen wischte ein älterer Mann mit gebeugtem Rücken, aber in tadellosem Anzug den Boden. Als Marcel die Tür öffnete, ertönte das

Klingeln mehrerer kleiner Glöckchen, wie er es aus dem Dorfladen seiner Kindheit kannte. Und trotz des eher schäbigen Äußeren roch es angenehm nach Kaffee und Gebäck. Er bemerkte, dass sich auf den Bänken an den Wänden Polster für die Stühle auftürmten, an der Ecke des niedrigen Tresens, auf dem eine Registerkasse stand, stapelten sich weiß gestärkte Tischdecken. Der alte Mann wischte in seine Richtung, blieb gefühlte Zentimeter vor ihm stehen und musterte ihn eindringlich. Erst jetzt fiel Marcel auf, dass er eine schlichte Kippa trug, die Kopfbedeckung gläubiger Juden. Seine Augen lagen dunkel in faltigen Höhlen und starrten ausdruckslos geradeaus.

»Wer sind Sie?«, fragte der Mann. Es konnte ebenso gut »Was wollen Sie?« geheißen haben, schließlich beherrschte Marcel kein Russisch, aber im diesem Kontext war sein Begehr in Verbindung mit dem sich hebenden Satzende einer Frage universell verständlich.

»Marcel Lesoille«, er versuchte es auf Englisch. »I am looking for Yael.«

Über sein Gesicht huschte ein kurzer Ausdruck der Erinnerung. Er nuschelte etwas für Marcel komplett Unverständliches, aber deutete gleichzeitig mit dem Finger zu einer Hintertür, bevor er sich wieder den feuchten Kreisen seines Feudels zuwandte.

»Spasiba«, bedankte sich Marcel mit einem von vielleicht vier Wörtern Russisch, die er beherrschte, und wich den Kreisen aus, als er in den hinteren Teil des Lokals lief.

Die einfache Holztür war nicht verschlossen, und Marcel stolperte in einen zweiten, deutlich kleineren Gastraum ohne Fenster. Nur von einer einzelnen Lampe beleuchtet, saßen drei Gäste an dem einzigen eingedeckten Tisch vor dampfenden Tassen mit Tee. Sie beugten sich über eine Karte und einige Fotos in der Mitte des Tisches, keiner blickte auf, als er den Raum betrat. Marcel hielt noch die Klinke in der Hand, als er spürte, dass noch jemand im Raum war, wie man es spürt, dass man beobachtet wird, ohne dass man sagen kann, warum. Rechts von ihm. Die drei Personen am Tisch schienen immer noch nichts bemerkt zu haben, und er vermutete, dass es sich bei der, die mit dem Rücken zu ihm saß, um Yael handelte, die ihre Haare unter einem dicken Pullover und einer Wollmütze verbarg. Doch noch bevor er etwas sagen konnte, spürte er den runden Lauf einer Pistole an seiner Halsschlagader. Der kalte Lauf presste sich auffordernd gegen das weiche Gewebe. Marcel schluckte und hob die Hände.

»Achschaw«, sagte eine emotionslose Stimme knapp neben seinem Ohr. Sie hielt die Pistole. Und die Aufforderung war nicht für ihn bestimmt. Der Pullover stand auf und kam durch das Halbdunkel des Raums auf ihn zu.

»Ist okay, Aron. Das ist wirklich Marcel.« Sie strahlte ihn an, als hätte sie ihm gerade ein Geburtstagsgeschenk überreicht. Sie sah noch besser aus, als er sie in Erinnerung hatte. Trotz Wollmütze und dem etwas unförmigen Pullover. Mit einer schnellen, präzisen Bewegung richtete der Mann neben ihm die Pistole gegen die Decke, um sie dann zurück in ein Schulterholster zu stecken. Yael nahm ihn bei der Hand und bedeutete ihm, sich neben sie zu setzen. Der Mann, der ihm mehr oder weniger als Aron vorgestellt worden war, nahm am Kopfende des Tisches Platz.

»Sind die beiden die Story?«, fragte er, als ihm Yael Tee aus einem Samowar einschenkte. Yael nickte, aber Aron unterbrach sie überraschend heftig: »Die Story ist im Moment wirklich nicht unser Problem, das können wir auch alles unterwegs noch klären. Deswegen machen wir ja den ganzen Aufriss mit vier statt mit drei Leuten.« Marcel entging der leichte Vorwurf, der in seiner Stimme in Richtung Yael mitschwang, nicht. Vielleicht war sie seine einzige Fürsprecherin in dieser Runde. In der zudem jeder außer ihm Bescheid darüber zu wissen schien, worum es hier ging. Er musterte seine beiden Tischnachbarn. Seine Story. Ein etwas durch den Wind geratener junger Mann und eine junge Frau, die offenbar seine Freundin war. Trotz des verärgerten Einwurfs von Aron stellte er sich den beiden vor und fand heraus, dass sie Maja und Dimitrij hießen. Als er sie fragen wollte, was sie hierher, an einen Tisch mit einer Agentin des Mossad, geführt hatte, legte ihm Yael die Hand auf den Arm und schüttelte den Kopf, als er zu ihr hinübersah. »Nicht jetzt«, flüsterte sie mit einem Seitenblick auf Aron.

»Können wir also endlich weitermachen?«, fragte er sichtlich genervt und breitete einen weiteren Stapel Fotos in der Tischmitte aus. Marcel betrachtete die Bilder ohne jede Ahnung, wohin das führen sollte.

»Das ist die HMS Halland«, setzte Aron eine Diskussion fort, die offensichtlich schon einige Zeit vor seiner Ankunft begonnen hatte, wenn er die Anzahl der Fotos als Maßstab nahm. »Eines der modernsten U-Boote der Svenska Marinen, der schwedischen Marine. Die Halland ist unser Ticket in die Freiheit.«

»Und wie kommen wir an Bord?«, fragte Yael. »Das Ding wird ja wohl kaum in einem russichen Hafen anlegen.«

»Ich weiß«, seufzte Aron, »und glaub mir, das ist auch die größte Herausforderung bei der ganzen Operation. Feinblat hat mich angewiesen, euch unter allen Umständen in einem Stück aus Russland herauszubekommen, und er hat über irgendeine europäische Sondereinheit, die in der ganzen Sache mit drinhängt, auch das U-Boot organisiert. Allerdings hat er mich auch eindringlich vor Kharkovs Verbindungen zum FSB gewarnt – und ich hatte nur eine Woche für die Planung, beim Schajetet nehmen wir uns dafür normalerweise Monate Zeit.«

Marcel jubilierte innerlich. Er hatte doch recht gehabt mit der russischen Spur und dem FSB, die er von Anfang an hinter der ganzen Sache vermutet hatte. Keine der ganz großen Nummern, eher zweite Reihe. Aber nicht weniger smart und dafür umso nationalistischer.

»In der Armee sagen wir«, fuhr Aron fort, »dass ein Plan nur funktioniert, wenn er idiotensicher ist. Und mit dreieinhalb Zivilisten«, er zwinkerte Yael zu, »werden wir das in diesem Fall ja wohl herausfinden.« Er sagte es mit einem Seitenblick zu Marcel. Danke schön, dachte dieser. »Na ja, wird schon schiefgehen«, murmelte der Israeli.

»Was willst du denn damit sagen?«, fragte Yael irritiert.

»Ich meine, was bleibt uns für eine Möglichkeit, wenn wir nicht vom Land auf das U-Boot kommen?«

»Ein Zodiac?«, schlug Marcel vor.

Aron horchte auf: »Aha, der Herr Journalist hat eine Idee. Und gar nicht mal so eine schlechte. Aber weißt du, was so ein Ding wiegt? Also eins, mit dem wir auch weit genug rauskommen? Und hast du eine Ahnung, wie groß so ein U-Boot eigentlich ist? Und wie lange es der Kapitän riskieren würde, aufgetaucht zu fahren? Und was ist mit dem Wellengang? Hast du schon mal probiert, bei Windstärke sieben auf ein verdammtes U-Boot zu klettern? Beim ersten Mal fällt fast jeder ins Wasser. Und das heißt: aus und vorbei.«

»Euch ist doch bestimmt etwas eingefallen«, monierte Yael mit einem Augenzwinkern, als energisch an die Tür geklopft wurde. Fünf Augenpaare wanderten zu dem alten Mann, der im Türrahmen stand.

»Vor der Tür parkt ein Auto mit einem Mann. Er telefoniert.«

Yael sah ihn fragend an: »Und?«

»Er telefoniert jetzt nicht mehr.«

Marcel zweifelte an der Zurechnungsfähigkeit des Wachtpostens. Ein Mann, der mit seinem Wagen angehalten hatte, um zu telefonieren?

»Er hat zwanzig Minuten telefoniert. Und er ist ein Spitzel. Ich erkenne Spitzel.«

Aron begann, die Karten und die Fotos in einen Rucksack zu stopfen.

»Diese Leute bringen nichts Gutes«, fuhr der Alte ungerührt fort und stützte sich dabei auf seinen Schrubber. »Ihr müsst weg. Ihr könnt meinen Lieferwagen nehmen, er steht hinterm Haus.«

Yael ging zu ihm hinüber und umarmte ihn. »Danke für alles, Eli.«

Er ließ einen Schlüssel von seiner knorrigen Hand baumeln: »Fahrt vorsichtig«, ermahnte er sie mit einem Lächeln und deutete auf die Hintertür. Als Marcel auf den Rücksitz des alten Fiat Ducato kletterte und neben der Freundin des Russen Platz nahm, fragte er sie: »Wer ist dieser Anatoli überhaupt? Und warum ist er hinter euch her?«

»Das ist eine lange Geschichte«, entgegnete sie. »Und ich hoffe inständig, dass wir dazu kommen, sie Ihnen zu erzählen. Sie sind nämlich ungefähr unsere letzte Rettung vor einer sehr langen Haftstrafe. Oder Schlimmerem.«

»Und wie haben die uns gefunden?«, fragte Marcel.

»Das«, antwortete Yael vom Vordersitz, während sie ihre Pistole entsicherte und in das Seitenfach ihrer Tür gleiten ließ, »wüsste ich auch nur allzu gerne.« Ihm war, als traute sie ihm nicht. In letzter Zeit traut niemand mehr irgendjemandem, dachte Marcel. Er selbst am allerwenigsten.

Besigheim, Deutschland
02. Februar 2013, 23.55 Uhr (am nächsten Tag)

Das Team, das für das AKW Neckarwestheim zuständig war, bewohnte seit Wochen eine Lagerhalle in einem Industriegebiet am Rande der Stadt. Das größte Problem der sechs Männer war es, die Langeweile und den Lagerkoller zu bekämpfen. Sie vertrieben sich die Zeit mit Kartenspielen zwischen den Feldbetten und einer übersichtlichen DVD-Sammlung, die sie mittlerweile schon zum zweiten Mal ansahen. Ihr Anführer, ein Deutscher, hatte darauf bestanden, dass außer ihm niemand das Gelände verließ, zu groß schien ihm das Risiko der Enttarnung in einer schwäbischen Kleinstadt. In dem Moment, in dem der Anruf kam, lief *Ocean's 12,* und der Nachtfuchs zwang Danny Ocean zu seiner Wette. Der Anruf kam aus Berlin und folgte einem Telefonat zwischen dem Leitstand des Atomkraftwerks und dem Betriebsverantwortlichen auf seinem Handy. Die Männer waren binnen Minuten einsatzbereit. Jeder Handgriff war genauestens einstudiert und ihre Ausrüstung längst sorgfältig verknotet. Niemand beging einen Sabotageakt, ohne jeden Ausrüstungsgegenstand an der Kleidung zu befestigen. Zumindest keiner, der bei einer ernst zu nehmenden Einheit dafür ausgebildet worden war. Selbst ein liegen gelassener Schraubenzieher konnte dazu führen, dass sie aufflogen. Und es war für ihren Plan entscheidend, dass niemand von ihrer Existenz Wind bekam, das hatte ihnen der alte Mann aus Berlin in ihrem Ausbildungslager eingeschärft. Der Mercedes-Van stand mit der Bombe im Kofferraum abfahrbereit auf dem Parkplatz vor der Lagerhalle. Um 0.05 rollte der Wagen vom Parkplatz. Sein Ziel: das acht Kilometer entfernte Neckarwestheim. Genauer gesagt: ein Zwischenlager für zum Abtransport vorgesehenen, mittelstark strahlenden Atommüll. Zusammen mit dem radioaktiven Material, das in ihrem Semtex-Sprengstoff steckte, käme es einen Super-GAU light gleich. Oder würde zumindest für alle Beteiligten danach aussehen. Vor allem für die Bevölkerung.

Neckarwestheim, Deutschland
02. Februar 2013, 22.55 Uhr (eine Stunde zuvor)

Die Nachtschicht im Leitzentrum des Kernreaktors Neckarwestheim II arbeitete konzentriert und hatte bereits die Hälfte ihrer acht Stunden hinter sich gebracht. Die Ingenieure waren mit weißen Kitteln bekleidet, ganz ähnlich einer Krankenhauskluft. Auch hier schienen die Kittel sie daran erinnern zu sollen, dass es um Leben und Tod ging – wie im Operationssaal. Und um Präzision. Die Stimmung war konzentriert, gesprochen wurde äußerst wenig. Weder die Fußballergebnisse noch Persönliches hatte hier seinen Platz, jeder wusste, was er zu tun hatte und dass jeder noch so kleine Fehler weitreichende Konsequenzen haben konnte.

Dass am gestrigen Mittag ein Techniker der Tagschicht ein Siemens-Industriemodul in einem geringfügig weniger gesicherten Bereich unmittelbar außerhalb des Leitstands an einem der neueren Computer gewartet hatte, um eine unwichtige Fehlfunktion zu beheben, konnten sie nicht wissen. Oder vielmehr mussten sie es nicht wissen, denn Computer wurden hier ständig neu gebootet, um etwa ein Software-Update aufzuspielen. Das Ereignis, das keines war, gehörte zur täglichen Routine, es wurde getan, was getan werden musste, um den Kraftwerksbetrieb aufrechtzuerhalten.

Um 23.08 Uhr bemerkte der Ingenieur, der für die Überwachung der Kühlsysteme zuständig war, einen seltsamen Messwert an einem der Sensoren: Er zeigte einen plötzlichen Anstieg der Reaktortemperatur. Bei Weitem nicht genug für einen Alarm, zumal es sein konnte, dass die Fühler defekt waren, schließlich meldete das Hauptsystem keinerlei Störung. Er führte eine Überprüfung des Primärsystems durch, die bestätigte, dass keinerlei Fehlfunktion vorlag. Dennoch informierte er seinen Vorgesetzten über den Vorfall, und der Schichtleiter entschied, einen Techniker zu entsenden, um dem Problem auf den Grund zu gehen. Es vergingen fünfzehn Minuten, bis die Meldung eintrudelte, dass nach erstem Augenschein auch bei dem vermeintlich defekten Sensor kein Fehler festzustellen war. In diesem Moment klingelte das Telefon des Ingenieurs:

»Wieso haben Sie die Kühlpumpen heruntergefahren?«, fragte die ruhige Stimme eines Kollegen.

»Habe ich nicht«, antwortete der Ingenieur, der langsam unter seiner weißen papierdünnen Haube zu schwitzen begann. »Laut meinen Anzeigen laufen die Pumpen im Normbereich.«

»Ich stehe daneben, Ansgar, und ich sage dir, das tun sie nicht.«

Der Ingenieur runzelte die Stirn und nahm die Checkliste für Störfälle zur Hand. Er wusste, dass sein Körper zu Unrecht vor Stress schwitzte. Jedes wichtige Sicherheitssystem in ihrem modernen Reaktor war mindestens doppelt redundant vorhanden. Kein Grund zur Panik. Aber irgendetwas stimmte nicht. Stimmte ganz und gar nicht. Er warf einen Blick auf die defekte Temperaturanzeige: 378 °C, cirka 50 °C höher als üblich. Aber bei Weitem noch nicht bedenklich. Auf seinem Computer rief er das Steuerprogramm für den Kühlkreislauf auf. Alles in Ordnung, die Pumpen arbeiteten wie vorgesehen.

»Bist du dir sicher, dass sie nicht rund laufen? Hier ist alles normal. Ich meine, das ist doch gar nicht möglich, oder?«

»Ich bitte dich, Ansgar! Ich warte die Pumpen seit fünfzehn Jahren, und ich sage dir, dass sie nie und nimmer in der Norm sind.«

»Okay, ich prüfe das«, antwortete der Ingenieur und legte auf. Was sollte er tun? Wieder ein Blick auf die beiden unterschiedlichen Temperaturanzeigen, die maximal eine Abweichung von ein paar Grad hätten anzeigen dürfen. Und selbst das wäre höchst ungewöhnlich: jetzt 327 °C zu 398 °C. Wenn der

Kollege recht hatte, dann hatten sie ein ernstes Problem. Aber wenn er empfahl, den Reaktor herunterzufahren, bedeutete das einen Verlust von etwa anderthalb Millionen Euro am Tag für den Betreiber. Seinen Arbeitgeber. Und ein AKW ließ sich nicht so einfach aus- und wieder anschalten, das hieß, es würde nach einem Störfall mindestens eine Woche keinen Strom produzieren. 424 °C. Nur weil er einen defekten Temperaturfühler als möglichen Super-GAU interpretiert hatte? Und dem Gefühl eines Kollegen mehr glaubte als der millionenschweren Sicherheitstechnik. Scheiß drauf, so geht das nicht, dachte der Techniker und hob die Hand – das Zeichen für den Schichtleiter, zu ihm zu kommen.

»Fahr ihn ab«, entschied dieser, nachdem er ihm das Problem geschildert hatte, und wählte die Handynummer des Betriebsleiters. Es war Standard, dass er über eine solche Unregelmäßigkeit informiert wurde, und er würde nicht erfreut sein. Der Ingenieur aktivierte die Notabschaltung, woraufhin die Regelstäbe zwischen die Brennelemente gefahren und dem Kühlwasser große Mengen Borsäure beigefügt wurden, beides Neutronengifte, die die Kettenreaktion unterbrechen würden. In dieser Sekunde brach in dem klinischen Leitstand die Hölle los. Wenige Millisekunden nach dem Notaus begannen etliche Warnsignale zu blinken, und dunkle und hohe Alarmsignale ertönten. Der Ingenieur wurde hektisch und griff nach dem Sicherheitsprotokoll. Der Druck im Reaktor war viel zu hoch. Und offenbar hatte die sekundäre Temperaturanzeige nicht gelogen, denn plötzlich zeigte auch das Hauptsystem einen viel zu hohen Wert von 482 °C an. Was war hier los? Wie konnte das möglich sein? Von einer Sekunde auf die andere? Sein Telefon klingelte. Der Schichtleiter erteilte ruhig Anweisungen. Wie konnte er so ruhig bleiben? Er fragte nach den Meinungen der Kollegen, woraufhin eine gedrückte Hektik entstand, wie sie nur jahrelanges Sicherheitstraining hervorbringen konnte: Niemand schrie, jeder, der meinte, etwas beitragen zu können, sagte seine Meinung, die anderen schwiegen. Ob aus Professionalität, vor Respekt oder vor Angst, vermochte später niemand zu sagen. Sein Telefon klingelte immer noch. Er nahm ab und bekam von dem Kollegen an der Pumpe bestätigt, dass diese wieder arbeitete. Die große Frage war: zu spät? Die Temperatur im Reaktor lag immer noch im kritischen Bereich. Wenn sie nicht schnell genug Wasser hineinpumpen konnten, würden sie etwas tun müssen. Jeder im Raum beobachtete jetzt die Temperaturanzeigen, und jeder einzelne von ihnen hatte einen Schweißfilm auf der Stirn. Ihre Familien lebten allesamt in der Umgebung des Kraftwerks. Und auch wenn sie davon überzeugt waren, dass sie die Technik im Griff hatten, standen sie heute so nahe vor der unvorstellbaren Katastrophe wie noch niemals zuvor. 480 °C. Der Schichtleiter wischte sich mit einer Hand die Tropfen von der Stirn und blickte zu seinem Ingenieur. 475 °C.

»Sie sinkt!«, schrie er, genau eine Sekunde bevor ihn eine laute Explosion übertönte. Wenige Sekunden später begann das laute Heulen der Sirenen, die ankündigten, dass Radioaktivität ausgetreten war. Der Schichtleiter beugte sich ungläubig nach vorne: »Aber das ist doch vollkommen unmöglich! Wir hatten ihn doch im Griff! Was zum Teufel ist da explodiert?« Er hatte die Frage nicht zu Ende gesprochen, als vier Telefone gleichzeitig zu klingeln begannen. Ab jetzt konnten sie nichts mehr vertuschen. Er konnte es sich zwar nicht erklären, aber es war eine signifikante Menge an Radioaktivität freigesetzt worden. Zum ersten Mal in der Geschichte der Bundesrepublik. Die Frage, ob sein eigenes Leben in Gefahr war, stellte er sich erst zwanzig Minuten später.

St. Petersburg, Russland
03. Februar 2013, 02.04 Uhr (dieselbe Nacht)

Sie fuhren durch die endlosen Wälder im Nordwesten Russlands, und Aron holte das Äußerste aus dem Motor des Lieferwagens heraus, obwohl der Mann vor dem Wolga-Café ihre Flucht offenbar nicht bemerkt hatte. Sie hatten seit Stunden kein anderes Fahrzeug mehr gesehen, das letzte Mal an der Tankstelle, wo Aron vollgetankt und zusätzlich vier Kanister Benzin erstanden hatte. Und eine Flasche Wodka, auf der Maja bestanden hatte, denn sie meinte, kein Russe, der seinen Verstand beisammenhatte, würde in dieser gottverlassenen Gegend ohne die richtige Wegzehrung unterwegs sein, und für den Fall, dass sie liegen blieben, war es wichtig, dass ihre Story vom gemeinsamen Ausflug in die Einsamkeit der Wälder möglichst glaubwürdig war. Marcel beobachtete Yael auf dem Beifahrersitz, die wieder eine nagelneue SIM-Karte aus einer Plastikverpackung schälte. Die dritte heute Nacht – für jeden Anruf eine. Während sie den Lack über der PIN abrubbelte, zerlegte Aron sein Handy. Er fuhr mit nur einer Hand am Steuer über die schneeglatten Straßen und blickte in gefühlten Sekundenabständen auf das Telefon in seiner anderen Hand, schob die kleine Karte in das Fach, setzte den Akku wieder ein. Als Marcel vor ihnen das Glitzern einer Eisfläche in einer lang gezogenen Kurve bemerkte, betete er, dass Arons Reflexe bei der Shajetet standesgemäß trainiert worden waren. Aber noch bevor er den Gedanken zu Ende gedacht hatte, stieg der Israeli in die Eisen. Er hatte es bemerkt, obwohl er seltsam schräg im Auto saß, beinahe über der Schaltung, und Marcel hätte schwören können, dass er die ganze Zeit mit der Plastikabdeckung beschäftigt gewesen war. Zumindest Auto fahren konnte er. Trotzdem wurde

Marcel das Gefühl nicht los, dass er sich hier auf etwas deutlich Heikleres eingelassen hatte, als ihm lieb sein sollte. Meine Güte, ein U-Boot. Die nächste Kurve drückte Marcels Gesicht gegen die eiskalte Scheibe des Lieferwagens, gegen den unbequemen Gurt der provisorischen Rückbank und ließ ihn die Zukunft für einen Moment vergessen. Erst mal müssen wir hier herauskommen, dachte Marcel und betrachtete die Truppe, die sich gemeinsam auf den Weg in den Westen machen würde. Wie in den guten alten Zeiten des Kalten Krieges konnte man sich vorkommen. Eine zusammengewürfelte Gruppe von Menschen mit einem Ziel vor Augen und keiner Ahnung, ob sie es jemals erreichen würden. Das erinnerte ihn daran, dass er gewissermaßen als Dokumentar vorgesehen war. Als »embedded journalist« in der verdammten Reinkarnation des Eisernen Vorhangs, mittendrin, leider dahinter und auf der Flucht vor dem KGB. Oder FSB. Oder wie immer der jetzt hieß. Er kramte seine Kamera aus der Tasche. Da gab es den Russen, Dimitrij. Blasses Gesicht, blaue Augen. Klick. Ein teurer zerzauster Haarschnitt, ein flach abfallender Hinterkopf. Klick.

»Ein Bild von mir, und ich schiebe dir dein Objektiv in den feinen französischen Hintern«, hörte er vom Fahrersitz, obwohl Marcel den Auslöseton seiner Leica auf die leiseste Stufe gestellt hatte. Yael funkelte ihn mit ihren dunklen Augen an, dann wurde ihr Blick etwas sanfter.

»Es ist doch sein Job, Aron.«

»Ich weiß, aber von mir wird es kein Bild geben. Mehr habe ich ja auch gar nicht gesagt.«

»Versprochen. Und ich zeige Ihnen alle Bilder auf meinem Chip, wenn wir diese Eishölle hinter uns haben, okay?«, lenkte Marcel schnell ein.

»Sie empfinden das hier als eine Art Hölle?«, lachte der Kommandosoldat. »Dann warten Sie mal bis heute Nacht!« Im Rückspiegel erkannte Marcel ein breites Grinsen zwischen seinem Dreitagebart. Er traute sich nicht mehr, die Linse zu heben. Während er sich der Freundin des Russen zuwandte, tastete er nach dem Ersatzchip in seiner Fototasche. Maja. Nummer zwei ihrer Expedition. Dunkle rote Haare, eher zierlich, slawische Wangenknochen. Klick. Der Chip war noch da, und Marcel hatte nicht vor, ohne ein Bild ihres Retters nach Europa zurückzukehren. Perfekt geschminkt, und trotzdem wirkte sie nicht püppchenhaft. Klick. Auf eine sehr russische Art hübsch und mit einer Maniküre, die gar nicht zu ihrer Situation passen wollte. Klick. Auf Marcel wirkte sie trotzdem künstlich. Wie Barbies Freundin Steffi in Outdoorklamotten. Klick.

»Haben Sie das Paket für mich angenommen?«, wurde er von Aron aus seinen Gedanken gerissen. Offenbar war es ihm gelungen, das Telefon endlich zu entsperren.

»Haben Sie die Fracht schon überprüft? Ist alles vollständig? … Okay. … Ja, es bleibt bei der Zeit.« Dann legte er auf. Yael und er begannen eine Diskussion auf Hebräisch, von der Marcel wieder einmal nichts verstand. Er starrte aus dem Fenster. Keine Zivilisation, und sie waren mittlerweile seit über zehn Stunden unterwegs. Es war stockfinster, nur der gelbe Lichtkegel ihrer Scheinwerfer bewies dann und wann, dass die Bäume unter der dicken Schneedecke grün und nicht schwarz waren. Einzig der Motor des alten Fiat schnurrte und schien deutlich besser in Schuss zu sein als die Karosse, wofür Marcel wirklich dankbar war. Eine Panne in diesem Teil der Welt schien ihm nicht besonders erstrebenswert. Um nicht zu sagen, sie wäre höchstwahrscheinlich ihr Todesurteil.

———

Zwei Stunden später erwachte Marcel aus seinem leichten Dämmerschlaf, weil der Motor des Fiat plötzlich langsamer drehte. Er blinzelte und versuchte, sich zu orientieren.

»Was ist los?«, fragte er verschlafen.

»Kontrolle«, sagte Aron knapp. Marcel rieb sich die Augen und setzte sich auf.

»Weck die anderen«, sagte Yael. »Ich weiß nicht, ob mein Russisch…«

»Nicht nötig«, hörte er eine erstaunlich wache Maja zu seiner Linken sagen. Sie klopfte Dimitrij auf die Schulter und gab ihm einen Kuss auf die Wange: »Rück den Wodka raus, Schatz, den werden wir jetzt brauchen.« Wortlos streckte ihr Dimitrij die Flasche entgegen, während der Fiat auf die Polizeikontrolle zusteuerte. Grelle Scheinwerfer tauchten die Straße in taghelles Licht. War das ein Zufall?, fragte sich Marcel, als Aron das Fenster runterkurbelte. Oder hatte das ständige Wechseln der SIM-Karten gar nichts genützt? Der Polizist verlangte Arons Papiere, die mit Sicherheit gut genug gefälscht waren. Er streckte sie ihm durch das offene Fenster, da flüsterte Maja: »Lass mich mal durch« und stieg, noch während sie es sagte, über ihn hinweg und öffnete die Hintertür des Wagens. Eiskalte Luft schlug ihnen entgegen, und Maja machte keine Anstalten, sie wieder zu schließen. Er bemerkte, dass sie den Reißverschluss ihres Daunenmantels ein Stückchen aufgezogen hatte, als sie über ihn hinweggeklettert war. Sie wirkte auf einmal angetrunken, als sie durch den Schnee auf das Auto der Polizisten zustolperte und ihnen einige Brocken Russisch an den Kopf warf, die wie ein Fluch klangen. Sie setzte sich auf die Motorhaube des Polizeifahrzeugs und verwickelte die Beamten in ein Gespräch.

»Warum haben wir überhaupt riskiert, bis nach Murmansk mit dem Auto zu fahren?« Marcel konnte endlich die Frage stellen, die ihn schon seit dem letzten Nachmittag umtrieb. »Sankt Petersburg liegt doch auch am Meer.«

»Meer? Ich weiß nicht, ob ich den Finnischen Meerbusen nun wirklich als Meer bezeichnen würde. Eher eine enge Fahrrinne. Und außerdem um diese Jahreszeit vollkommen vereist. Selbst wenn wir es geschafft hätten, in die eisfreie Zone vorzustoßen: Ungesehen wären wir niemals bis ins offene Meer gekommen. Das ist eine der meistbefahrenen Schifffahrtsstraßen überhaupt. Und selbst wenn, hätte uns das Packeis erwischt.«

»Und das soll hier im Norden besser sein?«, fragte Marcel erstaunt.

»Ja, der warme Golfstrom macht's möglich«, knurrte Aron, der es offenbar nicht gewohnt war, dass seine Taktik in Zweifel gezogen wurde. »Achtung, er kommt mit den Papieren zurück.«

Marcel hielt den Atem an, als sich der Mann, der Arons Papiere entgegengenommen hatte, und damit in dem Lada verschwunden war, zu seinem Kollegen und Maja gesellte. Durch die Scheibe beobachteten sie gespannt, wie sie ihnen einen Schluck aus der Wodkaflasche anbot. Sie lachte und warf die Haare in den Nacken. Dann flüsterte sie dem einen der beiden Beamten etwas ins Ohr. Auch er lachte und winkte ab. Er hielt die Flasche noch in der Hand, als Maja zurück zum Lieferwagen ging, immer noch scheinbar wackelig auf den Beinen.

»Wir können fahren«, sagte sie schlicht, nachdem sie die Tür zugezogen hatte. Yael atmete sichtlich ein, und Marcel warf ihr einen fragenden Blick zu.

»Ihr habt den Rotwein, wir den Wodka, Marcel. Frauen hingegen hat jede Nation – und Polizisten, die es verstehen, wenn zwei Mädels mit ihren Freunden zu einem romantischen Wochenende in die Jagdhütte ihres Onkels fahren, auch.«

»Und der Wodka?«, fragte Marcel. »Ich meine, er hat ihn behalten, oder nicht?«

Maja lachte: »Ich habe ihm gesagt, dass ich das durchaus ritterlich finde, wenn er für seinen heldenhaften Einsatz, uns vor der Baba Jaga beschützt zu haben, einen kleinen Wegzoll erhält.«

»Baba Jaga. Soso«, kommentierte Yael lakonisch vom Beifahrersitz, als Aron das Lenkrad einschlug und Gas gab.

Bundesautobahn 81, Deutschland
03. Februar 2013, 04.57 Uhr (am selben Morgen)

Solveigh hielt das Steuer ihres Wagens fest umklammert und raste über die linke Spur, vorbei an den endlosen Kolonnen der Einsatzfahrzeuge von Polizei, Feuerwehr und THW. Zumindest schienen die Notfallpläne zur Mobilisierung zu greifen. Die Polizei würde sich bemühen, die öffentliche Ordnung aufrechtzuerhalten und die Beweglichkeit der Einsatzkräfte sicherzustellen. Die Feuerwehr stellte mit ihren Gefahrstoffzügen die primären, taktisch verantwortlichen Einheiten zur Ermittlung und Eindämmung der Radioaktivität. Das THW würde die beiden unterstützen. Mit Infrastrukturmaßnahmen und vor allem der Sicherung der Trinkwasserversorgung. Bei der Menge an Fahrzeugen waren offenbar die Einheiten aus halb Baden-Württemberg auf dem Weg zum Reaktor, die Gegenfahrbahn hingegen schien wie leer gefegt. 04.58 Uhr. Sie drehte das Radio lauter, um die Nachrichten zu hören, die letzten Akkorde eines uralten The-Cure-Songs, den sie in jeder anderen Situation gerne angehört hätte, verloren sich im unvermeidlichen Piepton, der unverändert seit gefühlten siebenunddreißig Jahren den Informationsteil ankündigte.

»Fünf Uhr. Stockholm. EU-Ratspräsident Mats Rooth hat in seiner Grundsatzrede zur Fiskalpolitik der Europäischen Union scharfe Kritik an den internationalen Finanzmärkten geübt. Seine Rede, in der er einigen Finanzprodukten ein ähnliches Suchtpotenzial wie Pferdewetten bescheinigte, hatte einen Proteststurm ...«

Noch nichts. Zumindest nicht bei den nationalen Sendern. Solveigh schaltete das Radio aus, obwohl sie die Analyse des Schweden teilte und erst heute Mittag eine halbe Stunde mit der

Studie der Harvard-Universität zugebracht hatte, auf die er seine wagemutige These stützte. Aber das zählte im Moment nichts. Alles, was zählte, war die Wolke.

Etwas zittrig vor Aufregung tastete sie mit der rechten Hand im Ablagefach der Mittelkonsole nach den Tabletten. Sie drückte die 65 mg Kaliumiodid aus dem Blister und schraubte die Wasserflasche auf. Eine Maßnahme gegen den Schilddrüsenkrebs, weil es verhinderte, dass sich radioaktives Jod ablagerte. Wenigstens etwas.

»Call Eddy«, sagte sie unvermittelt, nachdem sie die Flasche zugeschraubt und auf den Beifahrersitz geworfen hatte, was jedem, der im Auto gesessen hätte, reichlich dämlich vorgekommen wäre. Selbst ihr ging es nicht anders, aber das neue Spracherkennungssystem war wirklich praktisch, vor allem, wenn man mit hohem Tempo an einem riesigen Wurm tonnenschwerer, dunkler Lastwagen vorbeiraste.

»Slang, alles im grünen Bereich für deine Position.«

Sie liebte ihn beinah dafür, dass er niemals ein Wort zu viel verschwendete. Die nackte Information, die einzige, die sie im Moment interessierte. Wo war die Wolke? Und bedeutete sie eine Gefahr für ihr Leben? Und das des kleinen Zellhaufens, der sich in ihrem Bauch zu neuem Leben ballte und der im Begriff war, sie vollends aus der Bahn zu werfen? Sie, die kontrollierte, immer funktionierende Solveigh, fing an, sich Sorgen zu machen. Außerhalb der Übelkeitsattacken fühlte sie sich körperlich großartig, Dr. Prins behauptete, das könnten die Hormone sein, und sie machte sie auch für das Verschwinden der Cluster-Kopfschmerzen verantwortlich. Eine Schwangerschaft stellt den gesamten Hormonhaushalt auf den Kopf und noch einiges mehr. Zum Beispiel ihre Brüste, die gefühlt stündlich wuchsen. Sie war nicht gerade mit einer stattlichen Oberweite gesegnet, um es milde auszudrücken, aber jetzt sahen ihre 75 A verdächtig nach Push-up und eher B oder C aus. Und angeblich schlug sogar schon das Herz. Unglaublich.

»Entschuldige, Eddy, ich war kurz abgelenkt von einem LKW hier, kannst du das noch mal wiederholen?«

»Ich habe mit Major Aydin gesprochen, der, wie es unsere Experten vorausgesehen haben, auf dem kurzen Dienstweg als Berater angefordert wurde. Glücklicherweise hat Wills unermüdliche Telefoniererei bei den Ländergremien etwas gebracht, und das Büro des Ministerpräsidenten war besetzt und handlungsfähig. Allerdings soll es vor Ort reichlich chaotisch zugehen, wenn ich den Augenzeugenberichten glauben darf.«

»Was ist mit der Bevölkerung?«, fragte Solveigh.

»Um 06.00 Uhr tritt der Ministerpräsident vor die Presse – die Sender sind vorbereitet.«

»Wie viele sind betroffen?«

»Der Ministerpräsident wird sagen, dass für Stuttgart keine Gefahr besteht, was effektiv nicht ganz richtig, aber auch nicht ganz falsch ist. Der Wind weht aus Nordwest, und das soll auch für die nächsten Tage halten, aber es war schon verdammt knapp. Wenn ich Familie in Stuttgart hätte, ich würde ihnen sagen: Fahrt. Und ich glaube, das werden auch mindestens zwanzig Prozent der Leute machen. Glücklicherweise regnet es nicht.«

»Verdammt«, war Solveighs einziger Kommentar. Einerseits war es natürlich gut, dass die Wolke nicht Richtung einer Großstadt trieb, aber die Panik würde sich trotzdem in die Köpfe der Leute schleichen. Und sich per Telefon und E-Mail und Facebook und Twitter verbreiten. Katastrophenmanagement war nicht gerade leichter geworden durch die schöne neue Welt der digitalen Medien. Und Eddy hatte vermutlich recht: Wenn sich zwanzig Prozent der Stuttgarter Bevölkerung auf den Weg über dieselben Autobahnen machten wie diejenigen, die tatsächlich aufgefordert wurden, ihre Häuser zu verlassen, waren die Straßen schneller verstopft, was wiederum bedeutete, dass Rettungskräfte aufgehalten würden. Ein Teufelskreislauf. Ohne Anfang, ohne Ende und ohne Alternative, was das Schlimmste daran war.

»Gegenmaßnahmen?«, fragte sie, während sie auf einen Krankenwagen der Feuerwehr auffuhr, der die linke Spur blockierte. Sein Blaulicht zuckte gegen die schweren Ungetüme zu ihrer Rechten.

»Das entscheidet die Bundeskanzlerin, die ohnehin vermutlich das Ruder übernehmen wird. Sie stellen gerade in Berlin den großen Krisenstab zusammen. Und dann werden sie entscheiden, ob sie die Bundeswehr flächendeckend einsetzen. Seit dem Urteil aus Karlsruhe dürfen sie das ja. Zumindest theoretisch.«

»Und was ist eure Empfehlung?«

»Abriegeln. Mit allem, was sie haben. Sofort.«

Solveigh schluckte. Das Abriegeln einer Großstadt wie Stuttgart wäre in Deutschland ein einmaliges Ereignis. Die Polizei würde Straßensperren errichten müssen und notfalls … Sie verbot sich, weiter darüber nachzudenken.

»Sie haben es sich nicht leicht gemacht, Slang.«

»Ich weiß«, seufzte Solveigh und überholte den Krankenwagen, der endlich eine Lücke auf der rechten Spur gefunden hatte.

»Die Gefahr, die von einer Massenpanik ausgeht, ist ungleich größer als das Strahlungsrisiko, zumindest bei den Zahlen, die wir von den Messstellen bekommen, die sie glücklicherweise nach Tschernobyl eingerichtet haben.«

Solveigh fand es reichlich makaber, das als glücklich zu bezeichnen, biss sich aber auf die Lippe.

»Also ist es nicht so schlimm?«, fragte sie hoffnungsvoll, ein kurzer Gedanke flackerte zu dem Fötus in ihrem Bauch.

»In unmittelbarer Umgebung des Kraftwerks wurden vereinzelt stark erhöhte Bereiche gemessen, aber noch nicht zwingend lebensbedrohend. Über die Wolke wissen wir noch nichts Genaues, das wird stark davon abhängen, wo sie abregnet. Wenn Deutschland Pech hat, trifft sie München, wenn Österreich Pech hat, Salzburg.«

»Und wie gefährlich ist das für einen Fötus von 1,5 Zentimetern?«, wollte Solveigh fragen. Natürlich ging das nicht. »Wie viel Millisievert am Kraftwerk?«, fragte sie stattdessen. Major Aydin hatte sie nach ihrem Telefonat mit Dr. Prins eingeweiht. Weil es einfach nicht anders ging. Nachdem er ihr erklärt hatte, dass sie auf keinen Fall in die Nähe eines Atomunfalls fahren dürfe, hatte er ihr einige Richtwerte genannt. Ab zwanzig Millisievert wurde es kritisch für den Fötus. Das entsprach zwei Computertomographien.

»Der Höchstwert lag bei zehn Millisievert, der niedrigste bei 1,5«, antwortete Eddy, der die Daten offensichtlich von seinem Computer ablas. Solveigh atmete auf. Sie waren noch einmal glimpflich davongekommen. »Pro Stunde«, setzte Eddy hinzu. »Du bist gleich am Autobahnkreuz Weinsberg. Es wäre eine gute Idee, jetzt deinen Schutzanzug anzulegen.« Solveigh hörte ihn kaum noch.

———

Als Solveigh auf die Zufahrt zum Kraftwerk abbog, musste sie zum vierten Mal ihren Ausweis vorzeigen. So chaotisch, wie Eddy die Situation beschrieben hatte, lief es vor Ort gar nicht ab. Die Polizei hatte Straßensperren eingerichtet, indem sie zwei Streifenwagen in einem Keil quer über die Straße gestellt hatten. Sie trugen keine Schutzanzüge. Im Gegensatz zu den Feuerwehrleuten, die jetzt Solveighs Papiere prüften. Das Augenpaar starrte sie durch eine Plastikbrille an, der Körper steckte in einem weißen Strahlenschutzanzug, der ihn aussehen ließ wie einen Ballon, sein Mund blähte die Maske, die er vor dem Gesicht trug, auf, wenn er redete. Solveigh selbst trug eine Atemschutzmaske mit Filter, die alle Geräusche um sie herum klingen ließen, als wäre sie unter Wasser getaucht. Als sie den Wagen auf dem Parkplatz abstellte, hängte sie sich ihr Dosimeter um, das sie auf fünfzehn Millisievert eingestellt hatte, und prüfte noch einmal, ob sie die Arme und Beine gut verklebt hatte. Sie war so gut geschützt, wie es ging, dachte sie und strich unter dem Anzug über die Bleischürze, die ihr der Major kurz vor ihrer Abreise in die Hand gedrückt hatte.

»Sie wissen, dass Sie da nicht hinfahren sollten, wenn es wirklich passiert, oder?«, hatte er sie noch einmal gefragt und sie dabei eindringlich angesehen. Genau so, wie sich Solveigh vorstellte, dass ein besorgter türkischer Familienvater eine Schwangere ansehen sollte. Sehr besorgt und überaus fürsorglich. Danke, ich kann auf mich alleine aufpassen, hatte sie sagen wollen. Stattdessen: »Ich muss, Major. Es ist mein Job, und die anderen verlassen sich auf mich.«

»Dann nehmen Sie wenigstens die Schürze. Es ist umstritten, ob sie etwas bringt, aber ich persönlich würde sie anlegen.«

Jetzt war Solveigh ihm dankbar, vermittelte ihr diese letzte Bastion wenigstens ein minimales Schutzgefühl. Der Anzug war eines dieser Wegwerfteile aus dünnem, papierartigem Material, das aber angeblich keine Partikel hindurchließ – auch wenn es sich nicht so anfühlte. »Gegen Radioaktivität kann man sich im Grunde nicht schützen«, hatte der Major gesagt. »Nur dagegen, dass die Partikel in den Körper gelangen.« Super, hatte sie gedacht. »Aber das ist das Wichtigste«, hatte er lächelnd hinzugefügt. »Wenn Sie dem Feld zu lange ausgesetzt sind, hilft nur noch weglaufen. Das sind dann Ihre Millisievert.« Weglaufen. Na prima. Und ich gehe mitten hinein, dachte Solveigh, als sie die Autotür öffnete.

Am Horizont erwachte ein neuer Tag, der aussah wie jeder andere. Aber auf dem Parkplatz drehten sich die Blaulichter der Einsatzfahrzeuge, und Anzüge und Masken liefen über den Parkplatz, in das Gebäude oder kamen heraus. Wie die Lemminge, die sich gemeinsam ins Verderben stürzen, weil sie es nicht besser wissen, dachte Solveigh. Die Szene sah gespenstisch aus. »Man schmeckt es nicht, man sieht es nicht, man riecht es nicht. Aber es ist da. Und es ist giftig, Miss Lang. Giftiger als alles, was Sie sich vorstellen können. Denken Sie immer daran, wenn Sie wirklich dahin fahren.« Sie lief in Richtung des Eingangs, zu ihrer Linken stand eine Schlange von Maskenmännern in Reih und Glied vor einem großen gelben Zelt. Die Dekontaminierungszone. Sie gehen hinaus, während ich hineingehe. Mit einem letzten Blick auf das Dosimeter betrat sie die Zugangsschleuse des Kraftwerks. Jemand musste den infizierten Computer bergen, das konnten sie keinesfalls der Feuerwehr überlassen, die ihn im schlimmsten Fall noch bei der Dekontaminierung vernichtete und mit ihm ihre beste Chance, diesen Wahnsinn zu beenden. Und sie war keine dreihundert Kilometer entfernt gewesen, jeder andere hätte länger gebraucht. Nein, es gab keine andere Lösung. Sie musste da rein. Wir müssen da rein, korrigierte sie innerlich und spürte, wie sich eine Träne aus ihrem Augenwinkel löste und an dem dicken Gummi der Gasmaske ihre Wange herunterfloss. Zum Glück kamen die Tränen bei ihr immer nur einzeln. Bis jetzt.

»Mein Gott, lass das gut gehen.« Zum ersten Mal seit Jahren ertappte sich Solveigh beim Beten. »Nur dieses eine Mal noch.«

Eine knappe halbe Stunde später stand Solveigh vor der Pumpanlage, die laut dem Schichtleiter die erste gewesen war, die Probleme gemacht hatte. Der Mann schwitzte noch mehr als sie, und seine Nervosität hatte sich auf seine Mitarbeiter übertragen. Zwar bemühten sich alle um einen möglichst geregelten Ablauf, aber wenn man ehrlich war, herrschte das reinste Chaos. Die Einzigen, die einigermaßen ruhig blieben und einen Punkt nach dem anderen auf ihrer Checkliste abarbeiteten, waren die Männer von der Werksfeuerwehr.

»Ich brauche den Steuerungscomputer«, beharrte Solveigh. »Sofort.«

»Aber der ist ein integraler Bestandteil des Systems«, antwortete der Schichtleiter gedämpft hinter seiner Maske. »Wir können den nicht einfach ausbauen. Wir müssen zusehen, dass wir so schnell wie möglich wieder ans Netz kommen.«

Solveigh starrte ihn fassungslos an. Meinte der Mann das wirklich ernst? Oder musste man ihm zugestehen, dass sein Gehirn auf eine Art Autopilot geschaltet hatte, der vergaß zu bremsen, bevor er mit hundertvierzig Sachen eine Betonmauer traf?

»Ich will Ihnen ja nicht zu nahetreten, aber Sie haben gerade vier Arbeiter verloren, Ihr Reaktor ist undicht, und Sie reden davon, ihn wieder anzufahren? Sind Sie noch ganz bei Trost?« Solveigh versuchte, möglichst flach zu atmen, obwohl sie die Maske trug. Sie musste so schnell wie möglich weg von hier. Verstohlen warf sie einen Blick auf das Dosimeter. Noch war alles im grünen Bereich.

»Der Reaktor ist nicht undicht. Das ist vollkommen unmöglich. Und außerdem hat sich die Explosion in einem Lager ereignet, und möglicherweise ist viel weniger Radioaktivität ausgetreten, als die ersten Messwerte vermuten lassen.«

Natürlich, dachte Solveigh. Und die Instrumente der Messstationen, die nach Tschernobyl in ganz Deutschland installiert worden sind, spielen auch alle verrückt.

»Erstens«, begann Solveigh noch einmal von vorne, »bauen Sie jetzt diesen Computer aus. Ich habe mich erkundigt, es spricht nichts dagegen, die Einheit auszubauen. Sie haben doch sicher einen Ersatz, oder nicht?«

»Natürlich«, echauffierte sich der Mann, als hätte sie ihm einen Vorwurf gemacht. Vermutlich hörte er seit Stunden nichts anderes als Vorwürfe.

»Na also«, sagte Solveigh und deutete auf die graue Plastikabdeckung. Seufzend gab er einem Kollegen das Zeichen. Es dauerte keine zwei Minuten, bis Solveigh das Gerät in den Händen hielt. Laut Dosimeter hatte sie noch eine knappe Stunde. Wenn die Strahlung auf gleichem Niveau blieb.

»Und jetzt«, sagte sie, »möchte ich, dass Sie mir dieses Lagerhaus zeigen.«

»Absolut unmöglich«, schnappte der Mann nach Luft. Er war jetzt wirklich aufgebracht. Seine Körperhaltung verriet Solveigh, dass mehr dahintersteckte. Er wollte etwas vertuschen. Oder zumindest nicht an die große Glocke hängen. Sie beschloss, nicht auf ihn zu hören.

»Eddy, besorg mir den Kraftwerksplan, und markiere mir die Lagerhalle, die in die Luft geflogen ist.«

Eddy, der die gesamte Zeit über in der Leitung gewesen war für den Fall, dass sie Hilfe brauchte, reagierte prompt: Auf dem Display ihres Handys erschien ein dreidimensionaler Grundriss. Der Schichtleiter starrte sie an.

»Sie können da nicht hin!«, sagte er.

»Und warum nicht, wenn ich fragen darf?«

»Weil …«, er beendete den Satz nicht. Solveigh machte sich auf den Weg und folgte der Route, die Eddy eingezeichnet hatte. Der Schichtleiter folgte ihr auf dem Fuße.

»Hören Sie«, rief er ihr hinterher, als sie eine Metalltreppe erreichte. »Da ist alles verstrahlt. Das ist viel zu gefährlich. Wir wissen auch nicht, warum, aber …«

Solveigh hielt inne und wartete, bis er sie eingeholt hatte.

»Was wollen Sie damit sagen?«, fragte Solveigh.

»Zwei der Männer sind durch die Explosion gestorben, so weit stimmt die offizielle Variante. Aber die anderen beiden …«

»Sind verstrahlt worden …«, beendete Solveigh seinen Satz. Ein weiterer Blick auf das Dosimeter. Der Strahlungswert hatte sich kaum verändert, was ihr sehr eigentümlich vorkam.

Der Schichtleiter nickte: »Und die Strahlung da draußen ist viel höher, als sie eigentlich sein sollte bei dem, was wir da lagern. Zudem stimmen die Isotope nicht. Ich weiß, das hört sich seltsam an, aber …«

»Sie stehen vor einem Rätsel«, bemerkte Solveigh.

Ein erneutes Nicken.

»Eddy«, sagte Solveigh zu ihrem Kollegen. »Irgendetwas

231

stimmt hier ganz und gar nicht«, sagte sie. Und zu dem Schicht-leiter: »Bringen Sie mich so nahe wie möglich ran.« Als sie die Treppe hinaufstiegen, behielt sie den Wert auf ihrem Dosimeter genau im Auge. Aber sie mussten herausfinden, was es mit dieser Explosion auf sich hatte.

Berlin, Deutschland
03. Februar 2013, 05.59 Uhr (am selben Tag)

Das blaue Flimmern des Röhrenfernsehers spiegelte sich in den Augen des alten Mannes, der vornübergebeugt auf dem dunk-len Sofa saß. Kein Gesichtsmuskel verriet, dass in seinem Kopf Stolz und Anspannung um die Vorherrschaft rangen, während der Moderator eine Ansprache des Ministerpräsidenten von Baden-Württemberg ankündigte. Natürlich war längst durch-gesickert, dass es in Neckarwestheim einen Störfall gegeben hatte, die Nachrichtensender zeigten ohne Unterbrechung Bil-der der Feuerwehr und des Reaktors, der friedlich im Morgen-grauen lag, als wäre nichts gewesen. Und jetzt der Ministerprä-sident. Das konnte nur bedeuten, dass das Virus und seine Männer ihre jeweiligen Aufgaben ordnungsgemäß verrichtet hatten. Sein Uhrwerk, das nun ohne ihn ablaufen musste, schien richtig zu ticken. Der weißhaarige Politiker, der erste Landes-fürst der Grünen, bemühte sich krampfhaft, entschlossen zu wirken. Es gelang ihm nur leidlich. Seine Unsicherheit wäre einem Fünfjährigen aufgefallen, musste er als Verantwortlicher doch ebendas verkünden, wovor seine eigene Partei jahrzehnte-lang gewarnt hatte. Es war 6.00 Uhr morgens, und es gab keinen Sender, der nicht sein Konterfei zeigte. Wie beim 11. September. Nur hier, in Deutschland. Er begann ohne Anrede, wie ein

Nachrichtensprecher. Ein Ministerpräsident als machtloser Verkünder seiner Botschaft.

»Wie mich das Landratsamt Heilbronn informierte, hat sich in der letzten Nacht im Kernkraftwerk Neckarwestheim II ein Störfall ereignet. Der Reaktor wurde nicht beschädigt, alle Sicherheitssysteme sind intakt, und der Reaktor wurde heruntergefahren. Ich habe noch in der Nacht die Bildung eines Krisenstabes angeordnet, der bereits die Arbeit aufgenommen hat.«

Mit Sicherheit, dachte Thomas Eisler. Alles im Lot, kein Problem und deshalb eine Sondersendung. Er war gespannt, wie nahe das Virus dem Super-GAU gekommen war.

»Allerdings wurde aufgrund eines zu hohen Drucks in der Reaktorkammer eine kleinere Menge radioaktiven Wasserdampfs freigesetzt, um Schlimmeres zu verhindern.«

Sehr clever geschrieben, die Ansprache. Wasserdampf hört sich doch gleich viel harmloser an, oder nicht? Und wer soll das schon nachvollziehen? Noch besser gefiel ihm, dass es sich anhörte, als wäre dies kontrolliert geschehen. Ob hinter dieser dreisten Lüge die Politik steckte? Oder doch die Kraftwerksbetreiber? Eisler vermutete, dass, zumindest was die Formulierungen anging, dieser Ex-Heute-Journal-Moderator dahintersteckte, den die Kanzlerin zum Regierungssprecher gemacht hatte, was zweifellos einer ihrer klügeren Schachzüge gewesen war. So weit sind wir also schon, freute sich Eisler ob seiner Annahme. Natürlich war die Kanzlerin involviert, obwohl ein nuklearer Störfall offiziell Ländersache war. Und natürlich trat sie nicht selbst vor die Kamera. Noch nicht. Bis sie erkennen musste, dass sie gar nicht umhinkommen würde, die Bundeswehr im Inneren einzusetzen. Soldaten, ausgebildet zum Töten, nicht wie die Polizisten zum Schützen, würden zum ersten Mal in der Geschichte der Bundesrepublik der Zivilbevölkerung gegenüberstehen. Schwere Maschinengewehre statt kleinkalibriger Pistolen. Panzer auf den Straßen von Stuttgart und München.

Die Deutschen kannten solche Bilder bisher nur aus dem Fernsehen. Aus Ländern, die unendlich weit weg schienen. Aus Krisengebieten. Und alles ausgelöst von ihrem zukünftigen Staatsfeind Nummer eins: Thomas Eisler.

»Nach derzeitiger Kenntnis geht keine unmittelbare Gefahr für die Bevölkerung aus, die Messwerte am Reaktor liegen im tolerablen Bereich.«

Klar. Die am Reaktor schon. Aber was ist mit der Wolke? Derzeitige Kenntnis klang für Eisler schon jetzt nach Dementi um zehn. Perfekt. Und was hieß schon tolerabel? Binnen einer Stunde würden die Experten im Fernsehen und im Internet seine Ansprache zerpflücken, aber das Gegenteil würden sie ihm auch nicht beweisen können. Für Eisler, dessen Plan größtmögliches Chaos vorsah, kam es vor allem darauf an, dass es dem Ministerpräsidenten jetzt nicht gelang, die Bevölkerung zu beruhigen. Gib dir alle Mühe, grüner Mann. Es wird dir nichts nützen.

»Wir bitten die Bevölkerung dennoch, in ihren Häusern zu bleiben und die Fenster geschlossen zu halten. Es ist in dieser Situation vor allem wichtig, dass keine grundlose Panik entsteht. Ich wiederhole noch einmal: Es geht derzeit keine Gefahr für die Bevölkerung aus, die Lage ist unter Kontrolle.«

… Sagen sie immer dann, wenn sie im Begriff sind, die Kontrolle zu verlieren. Zum ersten Mal an diesem Morgen lächelte Thomas Eisler.

»Im Raum Stuttgart wird es in den nächsten Stunden allerdings zu massiven Verkehrsbehinderungen durch die Rettungskräfte kommen. Wir haben uns deshalb entschlossen, die Hauptverkehrsadern der Landeshauptstadt Stuttgart sowie der Städte Ludwigsburg und Heilbronn für den Personenverkehr zu sperren. Diese Maßnahme dient der Sicherheit der Bevölkerung, und ich rufe alle Bürgerinnen und Bürger auf, sich bis auf Weiteres daran zu halten. Ich danke Ihnen allen, dass Sie Verständnis für diese Maßnahmen aufbringen. Wir hoffen, dass die

Lage sich innerhalb der nächsten Stunden entspannt und wir gemeinsam zur Tagesordnung übergehen können.«

Sein Abtritt ging in einem Blitzlichtgewitter und einem durcheinandergeschrienen Fragenkonzert unter. Der Sender schaltete zurück ins Studio, um eine erste Analyse von einem eilends herangekarrten Experten einzuholen. Im Hintergrund war eine Karte von Süddeutschland eingeblendet, die den wahrscheinlichen Verlauf der radioaktiven Wolke zeigte. Sie steuerte auf München zu. Thomas Eisler freute sich schon auf den Rest des Vormittags, als er in die Küche ging, um sich eine weitere Kanne Kaffee aufzubrühen.

KAPITEL 45

Außerhalb von Murmansk, Russland
03. Februar 2013, 13.40 Uhr (am selben Tag)

Nachdem sie einige Stunden im Schutz eilig über den Lieferwagen gezerrter Zweige ausgeruht hatten, erreichten sie die Ausläufer der Küstenstadt Murmansk am frühen Nachmittag des nächsten Tages. Sie umfuhren das Zentrum weiträumig und hielten sich Richtung Nordosten. Bereits kurz nach dem Verlassen der Autobahn wurde die Straße zunächst einspurig und nach wenigen Kilometern zu einem besseren Feldweg. Die Landschaft war hügelig und mit Wasserläufen und Seen durchzogen. Der Lieferwagen rumpelte über den unebenen Schnee, aber während Marcel sich mit beiden Händen an seinen Sitz klammerte, blieb Aron am Steuer scheinbar unbeeindruckt. Schließlich hielten sie vor einem heruntergekommenen Betongebäude, über dessen große Flügeltüren ehemals bunte Surfbretter genagelt worden waren. Vielleicht hatte sich das mit dem Zodiac mittlerweile erledigt, und sie sollten einfach nach Finnland surfen?, dachte Marcel. Er erinnerte sich an zwei junge Männer aus der DDR, denen auf ebenjene Weise die Republikflucht gelungen war. Der eiskalte Wind in der Bucht verscheuchte seine Phantasie dorthin, wo sie hingehörte. Marcel streckte sich nach der langen Zeit auf dem unbequemen Sitz und atmete ein. Der typische salzige Geruch von Meer lag in der feuchten Luft. Aron ließ den Motor des Ducato laufen und klopfte mit der Faust gegen das Tor. Als sich die breiten Schiebetüren mit einem lauten Kreischen von Metall auf Metall öffneten, bedeutete er den anderen, ihm zu Fuß zu folgen. Nachdem er wortlos einen bärtigen jungen Mann umarmt hatte, der ihnen nicht vorgestellt wurde, breitete er eine Seekarte unter einer tief hängenden Lampe aus, der dazugehörige Tisch stand exakt in der Mitte der Baracke, die Marcel eher an eine Lagerhalle erinnerte. Ein abgewracktes Holzboot stand auf einem Trailer, überall lag Werkzeug herum, ein Radio spielte russischen Pop – so leise, dass er kaum die sanfte Gischt der Wellen übertünchte, die selbst hinter den dicken Betonwänden deutlich zu hören waren. Ein Surferparadies im russischen Stil, vermerkte Marcel.

»Wir sind hier«, eröffnete Aron ihnen und deutete auf eine kleine Landzunge östlich der Kolabucht. Marcel stellte sich neben Yael und roch die dunkle Note ihres subtilen Parfums, der sich mit dem Schweiß ihrer Flucht gemischt hatte. Er erinnerte sich an die Nacht in Israel, in der sie ihn hinters Licht geführt hatte, weil sie Informationen brauchte, nur um ihm dann ein paar Monate später den entscheidenden Tipp für die Story seines Lebens zuzuspielen.

»… in einer ehemaligen Wetterstation des Militärs, deren weitere Nutzung die Stadtverwaltung zur Freude unseres jungen Freundes hier«, er nickte in Richtung des Mannes, der sie eingelassen hatte, »die Stadtverwaltung immer noch nicht entschieden hat. Unsere Route führt direkt von hier nach Norden…«, sein Zeigefinger malte einen Weg durch ein unübersichtliches Gewirr aus Zahlen, Linien und amorphen Kreisen, »hinein in die Barentssee bis zu unserem Rendezvouspunkt. Hier.« Der Finger deutete auf einen Fleck mitten im Nichts. Natürlich gab es auch dort einige Zahlen, aber die Linien führten allesamt in gebührendem Abstand daran vorbei, und das Festland schien endlos weit weg. Marcel schluckte.

»Und jetzt kommen wir zum Wichtigsten«, verkündete Aron, lief zu einer erstaunlich kleinen Plastikplane und zog sie in einem Rutsch von dem Objekt, das sie bisher verborgen hatte.

»Darf ich vorstellen?«, fragte er in die Runde und grinste dabei, als spielte er ihnen einen üblen Streich. »Unser Boot.« Marcel schwankte, und er sah in den Augen der beiden anderen Zivilisten, dass es ihnen nicht anders erging. Mit dieser Nussschale sollten sie aufs offene Meer fahren? Er hatte zwar selbst die Idee mit dem Zodiac gehabt, aber irgendwie hatte er es sich trotzdem größer vorgestellt. Natürlich war es nicht mit einem Schlauchboot für den Baggersee zu vergleichen und besaß sogar eine Art Führerstand mit einer Plexiglasscheibe, aber es erinnerte in der Grundform immer noch in fataler Weise an die Spaßvariante. Aron klopfte auf die Motoren, die wie riesige Nüsse zwischen den zwei spitz zulaufenden Schläuchen am Heck saßen.

»Doppelmotor, ohne wäre ja auch Wahnsinn«, bemerkte Aron, der sich anhörte wie ein schlechter Gebrauchtwagenhändler auf einem Privatsender, der einen Wagen mit kapitalem Motorschaden als ›kaum gelaufen‹ bezeichnete.

»Und jetzt«, begann er, als er wieder am Kartentisch stand, »kommt der schwierige Teil.« Marcel, Maja und Dimitrij sahen ihn neugierig an, nur Yael lächelte fast ein wenig traurig, als wüsste sie, was nun auf sie zukäme.

»Wir haben überhaupt keine Zeit mehr, auch unsere Gegner wissen, dass eine Flucht übers Meer die logische Antwort auf unsere Probleme ist. Dennoch müssen wir unsere Chancen maximieren, und wir haben Zivilisten an Bord. Dreieinhalb, um genau zu sein.« Er warf einen Seitenblick zu Yael. »Hatte ich das schon erwähnt?«

»Und was soll das bedeuten?«

»Was ich damit sagen will, ist, dass wir keine Zeit haben, euch die wichtigsten Grundlagen für eine erfolgreiche Exfiltration bei stürmischer See und 4 °C Wassertemperatur zu erklären. Und deshalb werde ich jedem von euch einen Teil beibringen, je nach euren Fähigkeiten.«

»Und wozu soll das gut sein?«, fragte Marcel. »Sie sind doch bei uns, und Ihre Erfahrung werden wir wohl kaum an einem Abend nachholen, selbst wenn wir uns aufteilen.«

Aron lächelte: »Natürlich nicht. Aber ich hatte euch versprochen, dass immer etwas schiefgeht. Und wenn nun ich mit dem, was schiefgeht, etwas zu tun habe? Auch ich kann über Bord gehen. Wir reden hier nicht von einem kleinen Angeltrip über die Ostsee bei gutem Wetter, sondern übers offene Meer, möglicherweise meterhohen Wellengang. Ich brauche einen für Kommunikation, einen für Navigation, einen Steuermann und einen für die Motoren. Kaspert das alleine aus, ich muss mal etwas Dringendes erledigen, das sie einem selbst bei der Schajetet 13 nicht beigebracht haben.« Er ließ sie alleine am Kartentisch stehen, und Marcel glaubte wieder Yaels Parfum zu riechen. Er trat neben sie. »Wir trainieren also für den Fall, dass er uns nicht helfen kann?«, fragte er.

»Wir trainieren für den Fall, dass er stirbt, Marcel.«

Er starrte sie an.

»Und das ist so ziemlich das einzig Professionelle an dieser ganzen Mission bisher«, fügte sie leise hinzu.

KAPITEL 46

Zentrale der ECSB, Amsterdam, Niederlande
03. Februar 2013, 17.38 Uhr (zur selben Zeit)

Der große Konferenzraum war zu einer Einsatzzentrale umfunktioniert worden: Der elliptische Tisch in der Mitte war verschwunden, stattdessen hatten die Drohnen, wie Eddy und Dominique sie bisweilen nannten, wenn Thater nicht hinhörte, Reihen von Schreibtischen mit Computern und Bildschirmen an allen Wänden installiert, über die wichtige Informationen zu ihrem aktuellen Fall flackerten. Die zentrale Wand am Kopfende des Raums war für die Kernkraftwerke in Europa sowie die Rettungsmaßnahmen in Neckarwestheim reserviert. Neben einigen Livebildern von Nachrichtensendern bestand hier auch eine Verbindung zum Krisenstab im deutschen Innenministerium, das die Federführung übernommen hatte, was die politischen Dimensionen des nuklearen Störfalls und die Öffentlichkeitsarbeit in Baden-Württemberg anging. Die operative Verantwortung lag weiterhin beim Land, was zwar nach deutscher Verfassung richtig, nach Wills Meinung jedoch vollkommen schwachsinnig war, und natürlich hatte er mit seiner Meinung nicht hinter dem Berg gehalten. Dominique hatte einen Platz in der hintersten Ecke des Raums zugewiesen bekommen, galt es doch erst, die Wichtigkeit von Schadens- und Verbrechensstatistik für die ECSB nachzuweisen. Im Moment errechnete er, welche Atomkraftwerke aufgrund ihrer Bauart als nächste Ziele infrage kamen und wie es das Virus geschafft haben sollte, tatsächlich eine große Menge Radioaktivität freizusetzen. Denn an diesem Punkt hatte seine Analyse versagt: Er hätte ein Kraftwerk nah an eine Havarie bringen und erhebliches Chaos und Schaden anrichten sollen – mehr aber nicht. Die Chance für einen GAU lag bei minimalen 2,8 Prozent. Und auch das nur, wenn menschliches Versagen hinzukam. Deshalb wartete er händeringend auf den Computer, den Solveigh am frühen Morgen aus dem Kraftwerk geborgen hatte. Während sein Rechner einige Grundparameter kalkulierte, betrachtete er die rechte Wand ihrer Einsatzzentrale. Nachdem sich die linke auf die Fahndung nach Thomas Eisler und seinen Hintermännern konzentrierte, zeigte die rechte ihre Israel-Connection. Will stand auch vor dieser Wand und befand sich in einer Videokonferenz mit Gideon Feinblat, dessen verschmitztes Grinsen ob der Situation reichlich unangemessen erschien. Oder man war an militärische Operationen mit Tausenden potenzieller Opfer einfach eher gewöhnt in einem Land, in dem seit mehr als vierzig Jahren kein echter Frieden herrschte. Das in ständigem Konflikt mit seinen Nachbarn lebte und mit der terroristischen Hamas einen erbitterten Feind auf eigenem Territorium ertragen musste. Will sprach in ein Headset, wie es alle in der Einsatzzentrale trugen, und Dominique konnte sich mit einem einfachen Mausklick sogar in die Konversation einklinken. Er begnügte sich mit der Funktion für stilles Zuhören und lauschte den beiden alten Geheimdienstveteranen, die oftmals auf benachbarten, niemals jedoch auf derselben Seite gestanden hatten.

»… und die Halland ist auf dem Weg?«, fragte der Israeli.

»Ja«, antwortete Sir William. »Sie wird da sein. Allerdings wird der Kommandant nur jeweils etwa für zehn Minuten in dem verabredeten Intervall von drei Stunden auftauchen, alles Weitere erachtet die schwedische Marine wohl als zu riskant. Man möchte jeden Konflikt mit den Russen vermeiden, gerade weil wir die Hintermänner immer noch nicht kennen.«

Gideon Feinblat nahm seine Brille ab, während Dominique die HMS Halland in eine Suchmaschine eingab. Eines der modernsten Boote, das die Schweden besaßen, kaum zu entdecken. Angeblich hatte ein Schwesterschiff von ihr einen der paranoid geschützten US-Flugzeugträger bei einer Übung »markiert«, was nicht weniger als versenkt bedeutete. Mon dieu, dachte Dominique.

»Sind Sie weitergekommen, was die Täterschaft angeht?«

»Unsere Experten glauben zu wissen, wer hinter den Attentaten steckt, zumindest die Motivation scheint eindeutig. Wir haben es mit einem der typischen postterritorialen Konflikte zu tun, die die Terroranschläge vom 11. September eingeläutet haben und die unser nächstes Jahrhundert prägen werden. Es geht nicht mehr um Landbesitz oder die Eroberung von Bodenschätzen. Damit bleiben prinzipiell zwei Interessensgruppen übrig: Fanatiker oder russische Nationalisten mit knallharten Wirtschaftsinteressen. Für religiöse Überzeugungstäter wie al-Qaida ist die Nummer mit Stuxnet allerdings doch ein paar Schuhe zu groß – und wenn wir den Besuch unseres ehemaligen Stasi-Offiziers in Israel hinzurechnen, brauchen wir nicht viel mehr, um zwei und zwei zusammenzuzählen. Wir glauben, dass wir es mit dem weltweit ersten Fall von Wirtschaftsterrorismus zu tun haben. Allein die Wirtschaftsspionage ist ein boomender Faktor auf der weltpolitischen Karte. Es war nur eine Frage der Zeit, bis sich eine Gruppierung findet, die auch vor Terror nicht zurückschreckt, um wirtschaftliche Interessen durchzusetzen.«

»Sie vermuten Russland hinter dem Anschlag?«, fragte Gideon.

»Nicht den Staat, und keineswegs offiziell. Wir glauben, dass eine Gruppe sehr einflussreicher Ultranationalisten dahintersteckt, mit weitreichenden politischen Verbindungen und dem nötigen Kapital, um die Stuxnet-Variante zu produzieren. Dafür spricht auch, dass der Russe aussagt, er habe das Virus umprogrammiert.«

»Das klingt plausibel«, kommentierte Feinblat und rückte seine Kippa zurecht. »Aber Sie haben die Hintermänner bisher nicht identifizieren können, oder?«

Dominique rutschte in seinem Rollstuhl hin und her. Es entsprach zum größten Teil seine Analyse, die Feinblat plausibel

241

fand. Nicht schlecht für einen hühnerbrüstigen Krüppel von gerade einmal 1,68 Meter, der keine 30 Jahre alt war.

»Nein«, antwortete Thater. »Unglücklicherweise nicht. Wir hoffen, über die exfiltrierten Russen mehr darüber zu erfahren. Umso wichtiger ist es, dass es Ihrem Agenten gelingt, das Treffen mit der Halland einzuhalten. Glauben Sie, dass er es hinbekommt?«

Die Augen des alten Israelis blickten stumm geradeaus, als erinnerte er sich an ein Ereignis in der Vergangenheit. »Wenn es einer hinbekommt«, sagte er schließlich, »dann er. Ich vertraue ihm, und ich rate Ihnen, das Gleiche zu tun.« Daraufhin wurde der Bildschirm schwarz. Der Israeli hatte einfach aufgelegt.

Dominique beendete die Verbindung, um einen Blick auf die aktuelle Lage in Deutschland zu werfen. Die Bildschirme zeigten, dass die Wolke vom Wind weiterhin Richtung Südosten getrieben wurde. Die Messstationen, die nach der Tschernobyl-Katastrophe überall in Deutschland installiert worden waren, zeigten am Boden bisher zwar erhöhte, aber keine unmittelbar bedrohlichen Werte, sie lagen weit unter dem, was der saure Regen in den Tagen nach Tschernobyl auf bayerische Waldböden und Äcker gespült hatte. Aber auf dem Weg der Wolke lag der Großraum München mit über drei Millionen Einwohnern. Wenn sie ausgerechnet dort abregnete, würde es Hunderttausende Geschädigte geben. Und statt ein paar tausend Quadratkilometern gesperrte Landwirtschaft und Waldgebiete wären möglicherweise ganze Stadtteile auf Jahrzehnte unbewohnbar. Von der Panik ganz zu schweigen. Dominique wusste aufgrund der Verbindung zu den deutschen Ministerien, dass das bayerische Innenministerium lastwagenweise Mundschutz und Schutzkleidung angefordert hatte. Die Verteilung an die wichtigsten Behörden war bereits angelaufen, und insgeheim wurden in den sonst für Wahlen benutzten öffentlichen Räumlichkeiten wie Schulen und Ämtern Versorgungspunkte für die Bevölkerung gebildet – auch wenn dies offiziell niemand verlautbaren ließ. Alles hing von den nächsten Stunden ab. Und niemand, nicht einmal ihre eigene Expertenkommission der ECSB, die aus den besten Wissenschaftlern der EU bestand, konnte einschätzen, wie gefährlich das radioaktive Material in der Atmosphäre wirklich war. Denn so erstaunlich das klang, erforschen konnte man seine Wirkung auf den menschlichen Organismus bisher kaum. Die einzigen Daten über die Langzeitgefährdung der Bevölkerung stammten aus der Ukraine und Japan. Von den Unglücken in Tschernobyl und Hiroshima, die langfristigen Folgen von Fukushima konnte überhaupt noch niemand abschätzen. Und Dominique hatte das Gefühl, dass sich die Täter genau diese Tatsache zunutze machen wollten. Er brauchte diese Festplatte, sie war ihre einzige Chance, den Rest von Europa vor dem tödlichen Virus zu beschützen.

––––––

Hunderte Kilometer südlich stand Solveigh zur gleichen Zeit seit Stunden im größten Stau, den das Autobahnkreuz Leonberg jemals gesehen hatte. Das Navigationsgerät war in dieser Situation nur noch von eingeschränktem Nutzen, weswegen sie Eddy in der Leitung hatte, der sie mit den aktuellen Informationen der Einsatzbehörden versorgte. Das Blaulicht auf ihrem Wagendach mühte sich wie Don Quichotte gegen seine Windmühlen und war ebenso erfolglos. Die Bevölkerung war in Panik und versuchte, über jede Fahrbahn, die sie erreichen konnte, die Stadt zu verlassen, jedem Aufruf ihrer Regierung zum Trotz. Stoßstange an Stoßstange verkeilten sich die Wagen, bis nichts mehr ging, nur aus dem Auto stieg niemand – vermutlich aus Angst vor der Radioaktivität, was aus mehreren Gründen sinnlos war, wie Solveigh wusste. Sie selbst trug immer noch eine Atemschutzmaske über dem Gesicht, denn der Filter eines handelsüblichen Autos hielt radioaktive Partikel nicht etwa ab, sondern verhinderte durch die ständige Luftzirkulation sogar noch das wünschenswerte Absinken auf den Boden. Auch der Bleischutz, den ihr Major Aydin gegeben hatte, lag noch auf ihrem Bauch, nachdem er in der Dekontaminationsschleuse vor dem Kraftwerk gründlich gereinigt worden war, und sie hoffte, dass er ihren kleinen Begleiter beschützt hatte. Zwar befand sie sich nicht mehr im Gefahrenbereich, und Eddy hatte ihr mehrfach versichert, dass es ungefährlich war, hier die Maske abzunehmen, aber sie traute sich einfach nicht, obwohl ihr das enge Sichtfeld das Fahren um einiges erschwerte. Aber die Angst vor diesem unsichtbaren Gift konnte einem eiskalt den Rücken herunterlaufen. Manchmal meinte sie, die Teilchen spüren zu können, die sich mit einem metallischen Geschmack in ihre Kehle verirrten. Sie versuchte oft, nicht zu schlucken, was zwangsläufig irgendwann misslang, und dann zählte sie die Atome, die in ihrem Bauch strahlten und Krebs auslösten. Vielleicht in diesem Moment? Natürlich schmeckten die Teilchen nach nichts, dafür waren sie ja auch viel zu klein. Atome. Tödliche Atome. Solveigh ärgerte sich über ihre eigene Phantasie am meisten, aber sie konnte einfach nichts dagegen tun. Sie hupte und trat aufs Gas, als sie eine Lücke zwischen dem Kleinbus einer Familie und einem reichen Schnösel in einem dicken Porsche bemerkte, die sich hassverzerrt anstarrten. Die Schnösel waren die Schlimmsten. Im normalen Leben und in Grenzsituationen umso mehr.

»Gleich müsstest du die Absperrung auf der Südumgehung sehen. Du hast es fast geschafft, Slang.« Eddy, ihre Stütze. Wie immer. Ihr Halt, ihr Schachpartner, ihr Retter, ihr zweites Gehirn.

»Danke, Eddy, ich glaube, ich sehe sie.« Obwohl er hören musste, dass sie die Gasmaske immer noch trug und offenbar auch ihre Brille nicht aufgesetzt hatte, mit der ihr Kollege in Amsterdam aus ihren Augen hätte sehen können, hatte er es nach seiner ersten Entwarnung mit keinem weiteren Kommentar erwähnt. Obwohl er ein fauler Katalane fragwürdiger Herkunft war, liebte sie ihn dafür. Natürlich war er nicht faul, im Gegenteil, er verließ seinen Arbeitsplatz so gut wie nur zum Schlafen oder für die Bodega – aber das Kultivieren nationaler Klischees unter Europäern gehörte bei der ECSB zum guten Kantinenton. Solveigh quetschte sich zwischen zwei Autos hindurch, was sie ihren rechten Außenspiegel kostete und ein lautes Hupkonzert auslöste. In etwa zweihundert Meter Entfernung erspähte sie hinter einer Kurve die Absperrung. Sechs Mannschaftswagen waren quer über die Fahrbahn gestellt, dazwischen bewaffnete Polizisten mit Maschinenpistolen. Sie hatten die Stadt tatsächlich abgeriegelt. Demnach mussten die meisten der Autos, die den Stau verursachten, aus den umliegenden Gemeinden kommen. Nicht auszudenken, was passieren würde, wenn auch die Stuttgarter dazukämen – für die Rettungskräfte wäre es der sichere Kollaps. Solveigh verstand, warum sich der Krisenstab dazu entschlossen hatte. Aber was, wenn sich die Bürger nicht mehr beruhigen ließen? Wenn die ersten Steine flogen oder die ersten Autos versuchten durchzubrechen? Würden die Polizisten tatsächlich auf die Zivilbevölkerung schießen? Wenn Evakuierung, dann konzertiert, lautete die Devise der Politiker, erinnerte sich Solveigh an Eddys Worte, als sie langsam in Richtung der Straßensperre rollte, um niemanden zu provozieren. Leicht gesagt, murmelte Solveigh hinter ihrer Maske, als sie plötzlich bemerkte, wie einer der Polizisten ihr mit einer Kelle bedeutete weiterzufahren. Eine der grünen Wannen schob sich zentimeterweise zurück, bis die Lücke gerade breit genug für ihren Wagen war. Der Mann mit der Kelle winkte sie auf den Standstreifen hinter einen Geländewagen der Bundeswehr. Solveigh stellte den Motor ab und ließ das Fenster herunter. Wortlos nahm der Mann ihren Ausweis entgegen und brachte ihn zu einem Mann, der mit einem mittelalterlich anmutenden Feldtelefon telefonierte und der mit dem Rücken zu ihr an dem dunkelgrünen Mercedes-Jeep lehnte. Als ihm der junge Polizist ihre Papiere hinstreckte, drehte er sich um. Solveigh seufzte vor Erleichterung, als sie ihn erkannte: Major Aydin. Sie wusste nicht, wann sie das letzte Mal so froh gewesen war, ein bekanntes Gesicht zu sehen. Er kam zu ihr herüber und blieb neben ihrem Fenster stehen, die Hände in der Hüfte, die Rechte genau neben dem Holster seiner Heckler & Koch P8.

»Hallo, Frau Lang«, begrüßte er sie.

»Mein Gott, ich freue mich, Sie zu sehen, Major.« Erst jetzt wurde ihr bewusst, dass weder der junge Polizist, der sie hereingewunken hatte, noch der Major einen Atemschutz trugen. Sie kam sich überängstlich vor, und es war ihr unsäglich peinlich. Der Major öffnete die Tür und ging neben ihr in die Hocke. Er blickte ihr durch die Plexiglasscheiben in die Augen und löste sanft die Gummibänder, die ihr die Maske aufs Gesicht drückten.

»Die brauchen Sie hier nicht mehr, vertrauen Sie mir. Ab hier sind Sie in Sicherheit.«

Als er ihr die Maske vom Kopf zog, verfingen sich ihre langen Haare in dem Gummigeflecht, und sie versuchte so flach wie möglich zu atmen, während Major Aydin sie befreite. Danach warf er einen Blick auf die Messwerte ihres Dosimeters. Er sagte nichts, aber Solveigh bildete sich ein, dass er die Augenbrauen hochgezogen hatte. Sie löste den Gurt, und Major Aydin nahm ihr den Bleischutz vom Schoß. Er warf ihre Ausrüstung in einen dicken gelben Sack, auf dem das bekannte Symbol mit einem schwarzen Punkt und drei Dreiecken prangte. Als er ihn zuschnürte und in eine große gelbe Tonne warf, hatten sich Solveighs Sorgen vervielfacht. Aber er hatte recht, sie musste ihm vertrauen. Und das tat sie. Sagte sie sich. Wirklich.

»Kommen Sie, ich bringe Sie zum Flughafen. Ihr Kollege hat mich schon informiert, dass eine Maschine auf Sie wartet.«

KAPITEL 47

Außerhalb von Murmansk, Russland
03. Februar 2013, 22.25 Uhr (am Abend desselben Tages)

Als sie das Boot zum Strand trugen, schien die Nacht ihnen gewogen. Dunkle Wolken verhingen den Himmel, und die Luft war kristallklar. Marcel zupfte an der Sturmhaube, die sein Gesicht fast vollständig bedeckte und kratzte wie die Kreuzung einer Ameisenstraße. Deindividualisierung, hatte Aron die Masken genannt. Ihr Gegner sollte sie im Fall einer direkten Konfrontation nicht auseinanderhalten können. »Damit sie nicht zuerst auf dich schießen«, hatte Yael gespottet. Niemand hatte gelacht. Die Wellen schwappten seicht gegen den schmalen Sandstreifen und klangen wie ein monströses Ungetüm, das sich in Zeitlupe an der Küste verköstigte. Es war still, unendlich viel stiller, als sich Marcel es jemals von einem Strand hätte träumen lassen. Und dunkler, je weiter sie sich von der Lagerhalle entfernten. Die pechschwarze See schien mit dem dunklen Himmel am Horizont zu verschmelzen, gemeinsam bildeten sie ein einziges Nichts. Unter ihren schwarzen Thermoanzügen trugen sie einen OTS-600, der sie zumindest für eine Stunde in dem vier Grad kalten Wasser überleben lassen würde. Die Aussicht, eine weitere Stunde in der offenen Barentssee zu überleben, ohne Chance auf Rettung, wollte Marcel nicht gerade als Lichtblick bezeichnen, aber Aron hatte sie davon überzeugt, dass es pures Seemannsgarn war, dass Matrosen lieber nicht schwimmen lernten, um schneller zu sterben, wenn sie über Bord gingen. Er hatte ihnen versichert, dass sie im Fall der Fälle um jede Sekunde betteln würden, und vermutlich hatte er recht. Als sie das Zodiac am Rand der schmalen Eisschicht, die sich am Strand gebildet hatte, ins Wasser setzten, ermahnte Aron sie noch einmal:

»Ich erwarte von euch, dass ihr euch absolut diszipliniert verhaltet. Keine Spirenzchen, keine Spielereien, kein Aufstehen. Haltet euch immer am Boot fest, und glaubt niemals, dass wir zum Vergnügen hier sind, auch wenn es sich im ersten Moment so anfühlt. Wir fahren auf die offene See, Packeis nicht ausgeschlossen. Hohe Wellen ebenso wenig. Ich erwarte von euch, dass ihr nicht in Panik geratet, egal, was passiert, okay?«

Er schaute jedem von ihnen nacheinander in die Augen, sein Blick war stechend, und das überlegene Lächeln um seine Lippen war verschwunden. Sie nickten einer nach dem anderen und stiegen in das schwankende Schlauchboot. Aron kletterte als Letzter über sie hinweg und nahm seinen Platz am Steuer ein. Sein Freund, der namenlose Surfer, stieß sie in Richtung offenes Meer, und wenige Sekunden später begannen die Motoren im Leerlauf leise zu blubbern. Aron reckte die Faust zum Dank in den pechschwarzen Himmel und gab langsam Gas. Vorsichtig glitt das kleine Boot über die Gischt, es hüpfte leicht über den brechenden Wellen und nahm Kurs auf das offene Meer. Schon wenige Minuten später war kein Land mehr zu sehen, das Nichts hatte sie verschluckt.

———

Sechs Stunden später war von der anfänglich beinahe aufgekommenen Romantik unter den Insassen des Schlauchboots nichts mehr zu spüren. Yael und Dimitrij hingen, auf den Boden gerutscht, mit bleichen Gesichtern buchstäblich in den Seilen und Marcel ging das monotone Brummen der Motoren auch allmählich auf die Nerven. Die See war inzwischen deutlich rauer geworden, und das Boot kämpfte sich in immer gleichen Abständen durch die Wellentäler. Zwar wurde er nicht seekrank wie die anderen beiden, aber das ständige Auf und Ab machte die Aufgabe, die Aron ihm zugeteilt hatte, nicht gerade leichter. Auf jedem Kamm suchte er mit dem starken Fernglas den Horizont nach Schiffen ab. Er vermutete inzwischen, dass ihre Tätigkeiten mehr der Ablenkung als ihrer Mission dienen sollten, denn er würde vermutlich auch einen Atomkreuzer übersehen. Sie waren mittlerweile weit außerhalb der Hoheitsgewässer Russlands, und auch die Anschlusszone, in der sie befürchten mussten, von russischen Schiffen kontrolliert zu werden, hatten sie bereits verlassen. Marcel bezweifelte jedoch, dass sich Anatoli vom Seerecht abhalten lassen würde. Obwohl er an der Sinnhaftigkeit zweifelte, strengte er sich auch beim nächsten Wellenkamm wieder an, nur um das Fernglas frustriert sinken zu lassen, als er plötzlich bemerkte, dass Aron den Motor abstellte. Scheinbar urplötzlich schaukelte das Boot durch und drehte sich zwischen zwei Wellen zur Seite. Dimitrij stöhnte, und Marcel hatte das Gefühl, dass er noch ein wenig blasser geworden war. Und er musste zugeben, dass der abrupte Wechsel in der Bewegung auch in seinem Magen ein flaues Gefühl verursachte.

»Wir sind da«, bemerkte Aron. »Zumindest in etwa.«

»Kein GPS?«, ätzte Yael und drehte sich auf die Seite.

»Doch, aber auf See ist das alles nicht ganz so exakt. Vor allem wenn es darum geht, ein U-Boot auftauchen zu lassen, möglichst auf einem ganz bestimmten Punkt. Wir reden hier ja nicht davon, ein Auto einzuparken.«

Yael antwortete nicht, und auch Marcel fragte sich, wie lange er die Schunkelei in der Nussschale zwischen den Wellen noch aushalten würde. Aron schien zu bemerken, dass die Stimmung kippte, und vermutlich wusste er als Commander, dass auch das Verbreiten guter Laune zu seinen Aufgaben gehörte, bevor es ernst wurde. Oder zumindest das Vertreiben von Langeweile.

»Wusstet ihr, dass dieses Gewässer unter uns im Kalten Krieg eines der meistumkämpften Seegebiete der Welt war?«

Vier Augenpaare starrten ihn an, als hätte er den Verstand verloren, hier mitten auf dem offenen Meer eine Geschichtsstunde abzuhalten, aber Aron ließ sich nicht beirren.

»Aber eben nur unter dem Meer. Es war das Meer der Spione, der Muränen, die sich gegenseitig belauerten. Murmansk war der wichtigste U-Boot-Hafen der russischen Nordmeerflotte und Stützpunkt der für die Sowjetunion überlebenswichtigen Atom-U-Boote, die für den Fall eines atomaren Erstschlags zum Gegenangriff ausholen sollten, um die Welt zu vernichten.«

Eine weitere Welle hob das kleine Boot bis auf ihren Kamm und entließ es dann ins nächste Tal. Marcel hatte das Gefühl, das Meer gierig schmatzen zu hören, als wartete es nur darauf, dass sie endlich kenterten.

»Natürlich wussten das auch die Amerikaner, und deshalb haben sie ihrerseits ihre Boote hierherverlegt, um die Russen auszuspähen. Ihr könnt davon ausgehen, dass selbst heute noch irgendwo unter uns sechs oder acht Atom-U-Boote umeinanderfahren und sich gegenseitig auflauern. Genauso war es auch am Tag, als die Kursk zu einem Manöver auslief. Als sie gesunken war, haben die Russen sogar behauptet, ein amerikanisches U-Boot hätte sie ...« Der Rest seines Satzes ging im Piepen seines Funkgeräts unter. Die HMS Halland. Es konnte nur die HMS Halland sein, dachte Marcel und schöpfte Hoffnung.

»Sie tauchen auf, wir sind noch etwa zwei Seemeilen zu weit östlich«, sagte Aron und warf die Motoren an. »Haltet euch fest.«

Er drehte das Boot in Richtung der Wellen und drückte den Gashebel nach vorne. Der Bug hob sich, und Marcel wurde gegen den Schlauch geworfen. Er ahnte, dass diese zwei Seemeilen nichts mit der vergleichsweise ruhigen Fahrt aufs offene Meer zu tun haben würden. Auf einmal zeigten die dicken Motoren des kleinen Boots, was sie zu leisten im Stande waren, und das Zodiac jagte über die Wellen bis zum Kamm hinauf und stand danach für einen Moment in der Luft, bis es wieder auf die Wasseroberfläche knallte. Plötzlich packte Yael ihn am Ärmel seiner Jacke und deutete über die Gischt, die das Boot hinter sich herzog. Am Himmel sah er einen kleinen weißen Punkt, der in einiger Entfernung schräg auf sie zuzufliegen schien: ein Flugzeug. Hektisch setzte Marcel das Fernglas an und starrte durch das Okular in die Nacht. Er glaubte, seitlich des Lichtpunkts Motoren und eine breite Tragfläche zu erkennen.

»Ein Propellerflugzeug!«, rief er, um den Lärm der Motoren zu übertönen.

»Cara!«, schrie Aron. Hebräisch aber universell verständlich für einen derben Fluch. »Woher wissen die, dass wir hier sind?« Aron presste den Gashebel noch ein Stück weiter nach vorne, die Motoren kreischten, und das Boot machte einen Satz. Der Israeli bedeutete Marcel, nach vorne zu kommen und ihm das Funkgerät und das GPS abzunehmen. Wahnsinn, dachte Marcel, als er nach einem Seil griff, das fest mit dem Zodiac verzurrt war. Schwankend hangelte er sich auf dem von der Gischt nassen und halb gefrorenen Boden zum Führerstand. Er griff nach beiden Geräten mit der rechten Hand und stolperte zurück auf seinen Platz an der Seitenwand. Mittlerweile war das Flugzeug schon zu hören, und es kam näher. Trotzdem war es nicht gesagt, dass es hinter ihnen her war, hoffte Marcel zumindest. Vielleicht flog es einfach ein Routinesuchmuster vor der Küste, und es handelte sich gar nicht um Anatolis Leute, sondern um einen Zufall. Trotzdem war es natürlich nicht gerade ein willkommener Gast in ihrer Lage. Was würde ein sowjetischer Militäraufklärer tun, wenn er ein Schlauchboot beobachtete, das nur von der russischen Küste kommen konnte und das auf hoher See ein Rendezvous mit einem potenziell feindlichen U-Boot hatte? Es würde sie für Spione halten, was sie ja genau genommen auch waren – zumindest Yael und Aron. Würden sie das Feuer eröffnen? Auszuschließen war es nicht. Er aktivierte das Display des GPS-Geräts, Aron hatte ihm erklärt, wie es funktionierte. Es zeigte sowohl ihre aktuelle als auch ihre Zielposition.

»Wie weit noch?«, schrie Aron durch einen dicken Schwall Wasser, der ihn trotz der Scheibe im Gesicht traf.

»Gleich da«, rief Marcel zurück, als er keine zweihundert Meter vor ihnen eine sonderbare Bewegung im Wasser wahrnahm. Wie der gebogene Rücken eines Wals ragte zunächst der Turm des U-Boots aus dem Wasser, mattschwarzes Metall, das er in der Dunkelheit kaum erkannt hätte, wenn er beim Auftauchen nicht Wasser verdrängt hätte, das hellweiß aufschäumte. Es war viel größer, als Marcel gedacht hatte, allein ihr Schlauchboot würde zigfach in den Turm passen, und er wusste, dass der größte Teil noch immer unter Wasser lag. Auch ihrem Steuermann war das auftauchende Monstrum nicht entgangen, und er lenkte das Zodiac in eine leichte Linkskurve.

»Wir versuchen, hinter den Turm zu kommen, bis uns das Flugzeug erreicht«, rief er nach hinten. »Haltet euch fest, das wird eine knappe Angelegenheit.«

Mittlerweile war auch ein Teil des Rumpfs zu sehen, und Marcel bekam eine Ahnung davon, wie groß die Halland wirklich war. Obwohl sie zu den kleineren U-Booten gehörte, mutete sie hier draußen und von einem Sechs-Personen-Schlauchboot aus geradezu riesig an. Und dunkel, wie ein düsteres Monster aus der Tiefsee. Langsam begriff Marcel, warum Aron so große Bedenken gehabt hatte, diese Aktion mit Zivilisten durchzuführen. Bei dem Gedanken daran, auf das rundliche Deck zu steigen, wurde ihm schlecht, und er war sich sicher, dass es Yael, Maja und Dimitrij nicht anders ging. Alle drei blickten besorgt gen Himmel. Plötzlich kippte das Licht in ihre Richtung.

»Er hat uns entdeckt! Oder das U-Boot!«, schrie Yael in Arons Richtung.

»Das sehe ich selbst!«, gab er pampig zurück. Sie befanden sich mittlerweile mit ausreichendem Abstand zur Schraube hinter der Halland, und Aron lenkte das Zodiac nach rechts, um hinter den schützenden Rumpf zu gelangen. Ein U-Boot war in diesen Gewässern nichts Ungewöhnliches, auch wenn es Kommandanten hassten, aufgetaucht erwischt zu werden. Es lag ihnen im Blut, sich ungesehen zu bewegen, und es galt selbst in Friedenszeiten als Niederlage, mit heruntergelassenen Hosen erwischt zu werden, schließlich hätten sie in einer realen Konfliktsituation ein echtes Problem, wenn sie von einem Flugzeug aufgetaucht erwischt wurden, denn sie hätten, auf sich alleine gestellt, der Bedrohung von oben nichts oder nur sehr wenig entgegenzusetzen. Alles hing davon ab, ob die Männer in dem Flugzeug auch das Schlauchboot entdeckten. Das würde ihnen die Gewissheit liefern, dass hier etwas nicht mit rechten Dingen zuging. Aron presste jetzt das Letzte aus den Motoren heraus, und das kleine Boot war kaum noch zu kontrollieren. Der Aufklärer war jetzt deutlich zu erkennen, er hatte seine Flughöhe verringert und kam wie eine aggressive Wespe auf sie zu. Mittlerweile musste auch der Kapitän des U-Boots wissen, dass sie Gesellschaft hatten, und wie auf Bestellung meldete sich das Funkgerät, das Marcel immer noch in der Hand hielt, mit dem vereinbarten Rufzeichen.

»Biber ruft Sperling«, quäkte es aus dem kleinen Lautsprecher. Marcel blickte zu Aron: »Was soll ich ihm antworten?« Auf dem Turm des U-Boots waren mittlerweile zwei Männer zu sehen.

»Einstieg in zwei Minuten an der hinteren Luke«, schrie Aron. Marcel gab es weiter, während er sorgenvoll gen Himmel blickte.

»Bestätigt. Aber länger können wir nicht warten. Geschätzte Ankunft der Antonov: T-2 Minuten, 50 Sekunden!«, kam es wenige Sekunden später zurück. Die Stimme aus dem Funkgerät klang nervös. Sie lagen inzwischen längsseits, eine meterhohe Wand aus Stahl versperrte ihnen die Sicht auf das Flugzeug. Sie konnten sich nur auf ihr Gehör und den Kapitän verlassen. Aron hatte Mühe, das Zodiac auf exakt der gleichen Geschwindigkeit wie das U-Boot zu halten. Offenbar wurde das Schiff zunehmend langsamer. Dann tauchte eine Aluleiter über ihren Köpfen auf. Sie bog sich wie von selbst um die Röhre und rastete ein. Aber kommunizieren konnten sie mit ihren Rettern auf Deck nicht.

»Dimitrij, du zuerst!«, brüllte Aron. Der bleiche und immer noch von Seekrankheit gezeichnete Russe griff nach der Leiter. Er konnte kaum auf zwei Beinen balancieren, aber es gelang ihm schließlich doch, sich an den Seilen nach oben zu ziehen und einen Fuß auf die unterste Sprosse zu setzen. Keine zwanzig Sekunden später verschwand er über die gewölbte Bugform aus ihrem Blickfeld. Sie hatten die Reihenfolge ihrer Evakuierung vorher festgelegt, und so stand Maja bereits unter der Leiter, als ihr Aron den Befehl gab. Sie hatte keine Mühe, sich hochzuschwingen, und kletterte behände in Richtung rettendes Oberdeck. Bevor Marcel nach der Leiter griff, drückte er Aron das GPS und das Funkgerät in die Hand. Er nickte, und Marcel machte sich an den Aufstieg. Als er die dritte Sprosse erklommen hatte, hörte er, wie das Funkgerät quäkte: »Sperling, Ihre Zeit läuft ab.« »Ich weiß«, hörte Marcel den Israeli mit zusammengebissenen Zähnen antworten, bevor er außer Hörweite war. Der Flugzeuglärm war nun beinah ohrenbetäubend, es musste fast über ihnen sein. Zwei ungleiche Kriegsgegner. Auf ihrer Seite der leise, schleichende Attentäter, auf Seite der Russen der schnelle, aggressive Raubvogel. Plötzlich, kurz bevor er das rettende Deck erreichte, geriet das Boot ins Schlingern, und Marcels linker Fuß rutschte ab. Sein Herz blieb fast stehen, als er sich mit aller Kraft an die Sprosse klammerte. Das scharfkantige Metall schnitt durch seinen Handschuh. Panik stieg in ihm auf. Er würde abstürzen. Wie gelähmt hing er einige Sekunden in dem Seil, während das Flugzeug immer näher kam. »Kletter weiter, Arschloch!«, schrie eine Stimme von unten. Er hörte es über die Gischt wie gedämpft. Marcel ruderte mit den Füßen, um wieder Halt auf der glitschigen Sprosse zu finden. »Worauf wartest du, willst du, dass wir hier alle verrecken?« Weiter, Marcel. Du hast schon wichtige Sekunden verloren, peitschte er sich an. Wasser spritzte ihm ins Gesicht, als sein Fuß endlich wieder sicheren Halt gefunden hatte. Seine Knie zitterten. Er musste nach oben. Verzweifelt streckte er den rechten Arm nach der nächsten Sprosse aus, als ihn plötzlich jemand am Handgelenk umklammerte und auf das erstaunlich schmale Deck des U-Boots zog, das keinerlei Sicherung oder Reling aufwies. Marcel blickte in den Himmel. Die Russen waren keine hundert Meter mehr entfernt – und langsam dürften sie begriffen haben, dass es sich bei ihrem Manöver um eine Exfiltration handelte. Kaum hatte er den Gedanken zu Ende gedacht, begannen die Russen zu feuern. Eine Maschinengewehrsalve strich noch über seinen Kopf hinweg. Es würde nicht lange dauern, bis sie sich eingeschossen hatten. Und Yael und Aron saßen noch immer auf dem Zodiac fest. Die zweite Salve peitschte über das Deck, die Geschosse trafen die stählerne Hülle keine fünf Meter von ihm entfernt. Panisch versuchte er aufzustehen, als ihn erneut die kräftige Hand am Arm packte und nach ein paar Schritten über das rutschige Deck nach unten in eine Luke drückte. Er stellte fest, dass er seinen Retter gar nicht wahrgenommen hatte und sich stattdessen darüber wunderte, dass der Stahl des Rumpfs gar nicht so dick war, wie er vermutet hatte. Seine Füße fanden Halt auf der Sprosse einer zweiten Leiter, als weitere Geschosse die Hülle trafen, es hörte sich an, als schlügen sie genau an der Stelle ein, wo sich sein Kopf befand. Waren Yael und Aron mittlerweile auf dem Deck? Er stellte sich vor, wie Yael auf dem rutschigen Stahl kauerte und eine Maschinengewehrsalve ihren Oberkörper zerfetzte. Ihr Leib zuckte von den Einschlägen und stürzte dann in die eiskalten Fluten. Mitten in seinen Gedanken stolperte Marcel die kurze Metallleiter hinab und landete auf dem Boden eines mit Rohren und Leitungen vollgestopften Raums. Eine Alarmsirene schrillte, nicht einmal besonders laut. Offenbar begann das Boot bereits wieder zu tauchen. Dann erwischte ihn ein Schwall eiskalten Seewassers von oben, und ein nasser Körper in einem ihrer schwarzen Thermoanzüge fiel neben ihm auf den Boden.

Dann hörte er, wie die Luke von innen geschlossen wurde, und der Seemann von Deck kam in seinem Ölzeug die Leiter heruntergestiegen. Einer von ihnen hatte es nicht geschafft. Mit zitternden Händen griff Marcel nach der schwarzen Sturmhaube und zog sie vom Kopf.

KAPITEL 48

Heilbronn, Deutschland
04. Februar 2013, 06.38 Uhr (am nächsten Morgen)

»… betonen, dass derzeit weder von der ausgetretenen Strahlung am Atommeiler Neckarwestheim II noch von der radioaktiven Wolke über Süddeutschland eine Gefahr für die Bevölkerung ausgeht. Leif Schüler ist Strahlenexperte bei der Umweltschutzorganisation Greenpeace. Herr Schüler, wie bewerten Sie den schwersten Atomunfall in der Geschichte der Bundesrepublik?«

»Nun, es ist mehr als verständlich, dass die Regierung in der jetzigen Situation versucht, die Lage zu beschönigen. Nichtsdestotrotz muss ich darauf hinweisen, dass es genau ein solcher Unfall war, vor dem wir in den letzten Jahrzehnten gewarnt haben. Ich denke, die Regierung weiß überhaupt noch nicht, welchen Risiken sie die Bevölkerung mit ihrer voreiligen Entwarnungstaktik aussetzt. Die aktuellsten Messwerte liegen zumindest in der Nähe des Kraftwerks sehr hoch.«

»Sie glauben also, dass es für die Menschen in der Umgebung des Kraftwerks möglicherweise nicht ausreicht, die Fenster geschlossen zu halten und sich nicht ins Freie zu begeben?«

»Das weiß ich nicht, aber ich kann die Menschen verstehen, wenn sie versuchen, sich Richtung Norden des Landes abzusetzen. Ich würde mich jedenfalls nicht in Sicherheit wiegen.«

»Mit welchen Folgen haben denn Menschen zu rechnen, die einer erhöhten Strahlung ausgesetzt werden?«

»Nun, das hängt ganz davon ab, ob die Strahlung in den Körper gelangt oder ausschließlich von außen auf den Körper einwirkt. Bei der Aufnahme, beispielsweise durch Einatmen, ist eine unmittelbare körperliche Gefahr nicht ausgeschlossen. Geschieht dies nicht, sind die Folgend langfristiger. Genaue Studien darüber sind jedoch …«

»… Uns interessieren genau diese langfristigen Folgen, Herr Schüler. Welche Krankheitsbilder wären denn da zu erwarten?«

»Nun ja, von hunderttausend Liquidatoren, die damals der Strahlung von Tschernobyl ausgesetzt waren, erkrankten unmittelbar etwa ein fünftel, zwanzig Jahre später waren es schon über neunzig Prozent. Aber natürlich sind das alles nur statistische …«

»… Und welche Erkrankungen sind dabei zu erwarten? Auch hier bei uns, in unserer Bevölkerung?«

»Schilddrüsenkrebs, Leukämie, Erkrankungen der Atemwege, häufig eine Kombination verschiedener Krankheitsbilder. Wobei keine exakten Studien vorliegen, nur ein Teil der Menschen, die damals ihr Leben aufs Spiel setzten, wurde überhaupt erfasst.«

»Kommen wir noch einmal zurück zu den …«

Peter stellte das Radio ab, vor seinem Mund bildeten sich kleine weiße Wolken, er atmete flach, und Doreen wurde sich darüber im Klaren, dass er alles wusste. Sein Kopf fiel nach vorne in den Kragen seiner Daunenjacke. Doreen rutschte auf ihrem Autositz ganz nach rechts, um sich ihm besser zuwenden zu können. Sie blickte einem Mann auf die rechte Schläfe, den sie belogen und missbraucht hatte. Sie war sich nicht sicher, ob sie wissen wollte, was hinter der Schläfe in seinem Kopf vorging. Da Fragen ohnehin nicht zur Debatte standen, beschloss sie zu schweigen, bis er so weit war. Es dauerte über eine halbe Stunde, bis er den Kopf hob. Er musste es nicht aussprechen, sie verstand seinen Blick vor den beschlagenen Scheiben des Wagens nur zu gut. Wie konntest du das tun, Doreen? Sie sah, dass er mit sich haderte, ob er glauben sollte, dass sie ihn nur benutzt hatte. Sie schüttelte den Kopf und streichelte mit ihrer Handfläche seine Wange. Diese fühlte sich frisch rasiert an, worüber sie sich wunderte. Für wen hast du das getan, Doreen? Warum? Wut flackerte kurz in seinen Augen auf, die Sekundenbruchteile später einer tiefen Resignation wich.

»Ich schuldete einem Menschen aus meiner Vergangenheit Loyalität. Ich weiß, du kannst das nicht verstehen, Peter.«

Unvermittelt schlug er mit einem lauten Knall die Faust aufs Lenkrad: »Und was ist mit mir? Was ist mit deiner Loyalität mir gegenüber?«

»Glaube mir, Peter, wenn ich gewusst hätte, was wir damit anrichten, hätte ich mit ihm gebrochen.«

»Es sieht ganz danach aus, als hättest du dich für den falschen Mann entschieden«, flüsterte er, plötzlich wieder ganz leise. In seinem Blick lag jetzt nicht mehr Wut oder Enttäuschung, sondern nur noch grenzenlose Trauer. Doreen sagte nichts mehr.

»Gehen wir ein Stück«, sagte er merkwürdig bestimmt. Er war schon aus der Tür, als Doreen zögerlich den Hebel betätigte und aus dem Wagen stieg. Der Wagen stand auf einem menschenleeren Waldparkplatz, niemand, der bei Verstand war, dachte im Moment daran, einen Spaziergang zu machen. Der Morgen brach gerade an, und leichte Schneeflocken tanzten ihr um die Nase. Peter war vorausgelaufen, und sie musste rennen, um ihn einzuholen. Als sie sich bei ihm unterhakte, fragte sie: »Glaubst du, der Schnee ist radioaktiv verseucht?« Den Vögeln jedenfalls schien die Strahlung nichts auszumachen. Er blieb stehen. Wäre nicht die Welt um sie herum zusammengebrochen, hätte es ein schöner, fast ein romantischer Moment sein können.

»Glaubst du wirklich, dass das jetzt noch eine Rolle spielt?«, fragte er so nah an ihrem Gesicht, dass sie die Wärme seines Atems in den Poren ihrer Haut spürte. Er warf einen Blick auf die Uhr und ging weiter.

»Was hast du vor, Peter?«, fragte sie leise, obwohl sie es längst wusste. Sie fragte sich, ob sie bereit dazu war. Aber wer war schon jemals bereit dafür?

»Das einzig Richtige, Doreen. Und du weißt längst, dass wir nicht anders können, oder? Ich habe es in deinen Augen gesehen.«

Doreen lehnte den Kopf an seine Schulter, und gemeinsam liefen sie über den knirschenden Schnee. Hinter der sanften Biegung klaubte sie einige lockere Eiskristalle vom Boden und warf sie nach oben. Zum ersten Mal seit dem Zwischenfall lachten sie in einem kurzen Moment des Glücks zweier Liebenden, die sich trotz allem nicht verloren hatten.

TEIL 3

»Ein Mensch, der in allen Dingen nur das Gute tun will, muss unter so vielen, die das Schlechte tun, notwendig zugrunde gehen. Daher muss ein Fürst, der sich behaupten will, imstande sein, schlecht zu handeln, wenn die Notwendigkeit es erfordert.«

Niccolò Machiavelli
Der Fürst
1513

Amsterdam, Niederlande
04. Februar 2013, 07.04 Uhr (zur gleichen Zeit)

Als ihr der grünliche Schimmer des Scanners das Auge abtastete, um den verborgenen Fahrstuhl zu aktivieren, wurde Solveigh plötzlich speiübel. Sie erkannte ihren Körper nicht wieder. Normalerweise ein Uhrwerk, bei dem sie jede noch so kleine Regung nachvollziehen konnte, spielte er auf einmal verrückt. Er ließ sie jämmerlich im Stich. Jetzt, wo sie es am wenigsten gebrauchen konnte. Sie krümmte sich in der engen Kabine, um die Übelkeit niederzukämpfen, bis sich die Türen öffneten und sie schutzlos den Blicken der Kollegen einen Stock tiefer ausgesetzt wäre. Es funktionierte nur leidlich, und sie bildete sich ein, grün angelaufen zu sein, als sie keine Minute später durch die eng gestellten Schreibtischreihen der Analysten in Richtung ihres Büros ging und sich so gerade wie möglich hielt. Sie hoffte inständig, dass niemand ihren Zustand bemerkte, aber glücklicherweise schien jeder mit sich selbst und seinem Computer oder dem Telefon beschäftigt. Die Festplatte in ihrer Tasche wie einen Schatz hütend, erreichte sie Eddys und ihr kleines Büro ohne weitere Zwischenfälle. Schnell schloss sie die Tür hinter sich, und ihr spanischer Kollege warf ihr einen skeptischen Blick über seinen Monitor zu.

»Die Festplatte«, sagte sie tonlos und ohne auf seine vielsagende Geste einzugehen, stellte die Tasche auf seinen Schreibtisch und ließ sich in ihren Drehstuhl fallen. Ihre Akkus liefen auf den letzten Reserven. Die ewige Warterei im Flieger trotz aller Prioritäten, die der ECSB eingeräumt worden waren, die rasante Fahrt durch das nächtliche Amsterdam hatten ihr zugesetzt. Sie war seit über dreißig Stunden auf den Beinen und verdammt müde. Und verdammt schwanger. Nur um irgend etwas zu tun, schaltete sie den Computer ein. Während sie nach der kurzen Fanfare wartete, dass das Betriebssystem hochfuhr, nutzte Eddy die Gelegenheit:»Komm schon, Solveigh. Was ist los?«, fragte er.

Stufe zwei auf ihrer internen Eskalationsskala. Er nannte sie Solveigh, obwohl jeder sie bei der ECSB nur bei ihrem Spitznamen »Slang« rief.

»Nichts, Eddy«, versuchte sie ihm auszuweichen, ohne sich Hoffnungen zu machen, dass sie damit durchkommen würde. Verdammt, er kannte sie einfach viel zu gut. Er sagte nichts. Die Sekunden verstrichen langsamer als jemals zuvor.

»Okay«, seufzte Solveigh. »Du hast gewonnen. Freigabe für Dr. Prins.« Er hatte den Namen mit Sicherheit bei einem ihrer Telefonate aufgeschnappt, Dr. Prins war seit Jahren ihre Frauenärztin, und sein Gedächtnis war seine zweite Festplatte.

Sofort begannen Eddys Finger über die Tastatur zu huschen. Sie waren ein Team, wahrscheinlich sogar mehr als das: Freunde. Sie hatten eine gemeinsame Vergangenheit, die lange zurückreichte. Sehr lange. Aber sie hatten auch Regeln zwischen sich aufgestellt. Eine Privatsphäre. Trotz oder vielleicht gerade wegen all dessen. »Never google the private life« (Niemals das Privatleben googlen), lautete eine dieser Regeln, die galt, seit ihnen Thater ein gemeinsames Büro zugewiesen hatte.

»Scheiße«, murmelte Eddy, der natürlich sofort begriffen hatte, was los war. Solveigh schlug die Augen nieder. Einige Sekunden vergingen, in denen sie spürte, wie Eddys Blick auf ihr ruhte. Wohlwollen. Mitgefühl. Offenbar gab es noch einige Menschen, die es gut mit ihr meinten. Major Aydin. Eddy. Will. Nur sie kriegte es einfach nicht hin mit den persönlichen Bindungen. Sie würde sich ändern müssen. Etwas in ihr hatte sich schon verändert, das spürte sie deutlich. Sie hätte ihm viel früher davon erzählen müssen. Ihr Verhältnis war seit Hamburger Zeiten ein väterliches, obwohl er keine zehn Jahre älter war als sie. An besseren Tagen zog sie ihn damit auf, dass es an seinem größer werdenden Bauch lag, oder an dem Bart, den er sich seit

Neuestem stehen ließ. Er entwickelte sich stark in Richtung Steve Wozniak. Auch eine bissige Bemerkung für bessere Tage.

»Von Marcel?«, fragte Eddy schließlich. Sie nickte.

»¡Gracias a Dios! Wenigstens etwas«, sagte Eddy. Immer noch flogen seine Finger über die Tastatur, die Festplatte hatte er immer noch nicht angerührt. Niemand konnte so virtuos mit den Datenbanken der Polizeibehörden, Wolfram Alpha, Google oder sonst welchen Recherchetools umgehen wie Eddy. Plötzlich hielt er inne.

»Und, ist alles gut gegangen?« Er meinte die Strahlen. Er musste mittlerweile festgestellt haben, dass die Fehlgeburtenrate nach Tschernobyl auch in Westeuropa stark gestiegen war. Entweder weil die Frauen aus Angst vor Missbildungen abgetrieben hatten oder weil die radioaktive Strahlung eben doch die Zellteilung durcheinanderbrachte. Solveigh schluckte. »Ich weiß es nicht, Eddy. Aber ich hoffe es.« Sie fühlte, wie die Tränen in ihr hochstiegen. Dabei hatte sie sich längst damit abgefunden, keine Kinder zu bekommen. Ihr Job war viel zu anstrengend, sie reiste oft mehrmals pro Woche quer durch Europa. Aber jetzt, wo es auf einmal passiert war, konnte sie es nicht ertragen, ein Kind zu verlieren. Sie wollte es, scheiß auf den Job, das würde sich schon irgendwie finden. Waren das die Hormone? Wenn ja, hatten sie nicht nur erfolgreich ihren Cluster-Kopfschmerz geheilt, sondern auch noch einiges mehr, ob sie das nun gewollt hatte oder nicht. Ihre Tasche mit der Festplatte aus dem AKW stand noch immer verschlossen auf Eddys Schreibtisch. Plötzlich öffnete sich die Tür wie aus heiterem Himmel, und Will Thater, ihr Chef, stand im Türrahmen. Höchstselbst. Solveigh kämpfte die Traurigkeit nieder. Es war ja noch nicht einmal klar, ob die Strahlen überhaupt etwas angerichtet hatten. Vielleicht war das alles auch nur Panikmache, wie so oft bei fragwürdigen Quellen im Internet. Werdende Mütter können ganz schön paranoid sein, hatte Solveigh auch an sich selbst in den letzten Wochen festgestellt. Sir William warf ihr kurz einen irritierten Blick zu, sagte aber nichts dazu. Stattdessen: »Solveigh, du musst zurück nach Deutschland. Wir haben einen Suizid bei einem Verwaltungsangestellten des AKW. Hat sich vor den Zug geschmissen, zusammen mit einer unbekannten Frau.«

Eddy wollte protestieren und setzte zu einem »Das geht im Moment ...« an, aber Solveigh trat unter dem Schreibtisch mit dem Fuß gegen seinen Rollstuhl.

»Okay«, sagte sie und einen Augenblick später war Sir William aus der Tür.

»Das mache ich nicht mit«, murmelte Eddy und wieder flogen seine Finger über die Tastatur, schneller, als sie begreifen konnte.

»Also, dein Flug geht um 19.40 Uhr, da ist doch Zeit genug, noch einmal kurz bei Frau Dr. Prins vorbeizuschauen. Nur zur Sicherheit. Ich sehe überhaupt nicht ein, warum du dich fertigmachen sollst. Vor allem, wenn es grundlos ist. Ich habe den Termin schon ... in diesem Moment für dich vereinbart.« Er schaute auf.

»Ich mache mich nicht fertig, Eddy. Es ist in Ordnung.« Sie wusste selbst nicht, ob sie sich geglaubt hätte.

Er rollte auf ihre Schreibtischseite: »Slang, ich kenne dich. Nichts ist in Ordnung. Und das ist auch richtig so. Und auch wenn du nicht direkt zurück ins AKW sollst, brauchen wir Klarheit. Manchmal müssen wir bei allem Druck und der Geschwindigkeit, die sie von unseren Ermittlungen auch erwarten mögen, an uns denken. Und es gehört zu meinem Job, das für dich mit zu übernehmen. Und ich sage dir, jetzt ist so ein Fall. Keine Widerrede.«

Solveigh nickte dankbar. Sie wusste, dass er recht hatte.

»Wir sind ein Team«, fügte er hinzu. »Und ein verdammt gutes. Vergiss das niemals.«

Anderthalb Stunden später lag sie im Behandlungszimmer zwei bei Dr. Prins und starrte auf das schwarz-weiße Bild des Ultraschalls. Die Ärztin hatte sie fröhlich begrüßt, und sie hatte keine Veranlassung gesehen, ihr zu erzählen, wo genau sie die letzten achtundvierzig Stunden verbracht hatte und was sie getan hatte. Jetzt starrten sie gemeinsam auf den Monitor, und Solveigh kam es vor, als rutschte Dr. Prins nervös auf dem Stuhl hin und her. Sie setzte zum vierten Mal an, und der kalte Sensor tastete ihr Innerstes ab. Auf der Suche nach, ja nach was eigentlich? Dann steckte Dr. Prins den Ultraschall zurück in die Halterung neben dem Monitor, auf dem Solveigh noch immer nichts erkennen konnte. Aber das hatte sie noch nie. »In der achten Woche sieht man den Herzschlag schon ganz deutlich«, begann Dr. Prins ...

KAPITEL 50

Barentsee, internationale Gewässer
04. Februar 2013, 07.12 Uhr (zur selben Zeit)

»Besatzung klarmachen zum Tauchen.« Wie ein Echo bestätigte ein dumpfer Chor, weit entfernt und in die Länge gezogen: »Tauchen.« Der Warnung folgte ein gleichmäßiges Rauschen von Wasser, als die Halland unter die Meeresoberfläche glitt. Dann wurde es still. Marcel zögerte nur einen kleinen Moment. Bitte lass es Yael sein, flüsterte er und hatte kurz darauf ein schlechtes Gewissen. Aber sie musste es einfach sein. Es durfte nicht sein, dass sie draußen auf dem Schlauchboot von einem Kugelhagel zerfetzt worden war. Wäre es nicht fairer, wenn es Aron getroffen hätte, der dafür ausgebildet worden war? Natürlich nicht. Der Tod war niemals fair, auch nicht für einen Soldaten. Er atmete noch einmal tief ein und zerrte dann die Mütze vom Kopf. Und erstarrte. Aron. Yael hatte es nicht geschafft.

Und er war schuld. Sie hatte sterben müssen, weil er die verdammte Leiter nicht schneller hatte hochklettern können. Er hieb mit der Faust gegen die Wand aus Stahl. Aron war nicht bei Bewusstsein. Erst jetzt bemerkte Marcel die rote Blutlache, die sich unter seinem Körper gebildet hatte. Es war ihm gar nicht in den Sinn gekommen, dass Aron verletzt sein könnte, dachte er noch, als ihn zwei kräftige Arme nach hinten zogen.

»Kommen Sie, ich bringe Sie zu den anderen«, sagte eine Stimme in akzentfreiem Englisch. Blaues Uniformhemd. Einer der Schweden. »Aber Aron braucht …«, begann Marcel, bis sein Retter einen Finger auf die Lippen legte und ihm bedeutete, leise zu sein. »Wir mögen es nicht besonders gerne laut auf unserem Boot«, wies er ihn zurecht. Marcel sah, wie sich ein Offizier mit einer weißen Tasche mit rotem Kreuz neben Aron kniete. Das universelle Symbol für medizinische Hilfe. Er war bei den Schweden sicher in den besten Händen, und trotz seiner vier Jahre mehr oder weniger intensiven Medizinstudiums bildete er sich nicht ein, irgendwie von Nutzen zu sein. Stattdessen folgte er dem blonden Schweden durch einen schmalen Gang, dessen Wände mit Technik vollgestopft waren, in den vorderen Teil des Schiffs. Das alles sah zwar wesentlich aufgeräumter aus, als er es aus Filmen kannte, aber viel mehr Platz schienen die U-Boot-Konstrukteure den Besatzungen auch heute nicht zuzugestehen. Als sie die Kommandozentrale passierten, warf ihm der Kommandant einen kurzen Blick zu. Er trug einen grauen Bart um den Mund und sah nicht glücklich aus. Marcel tastete nach seiner Kamera, aber der Schwede schob ihn weiter. »Bestätige: Boot ist auf fünfzig Meter eingependelt«, war das Letzte, was er hörte, bevor er in die Messe geschoben wurde. An dem kleinsten Tisch in der langen Reihe saßen bereits Dimitrij und Maja vor zwei dampfenden Tassen Tee. Wortlos reichte ihm der Schwede eine Decke und bedeutete ihm, sich hinzusetzen. Dann glitt er neben ihm auf die schmale Bank, wahrscheinlich war er abgestellt worden, um sie im Auge zu behalten. Maja goss ihm aus einer Thermoskanne eine dampfende, süß riechende Flüssigkeit in einen Becher und sah ihn fragend an. Marcel schüttelte mit gesenktem Haupt den Kopf und starrte in die Tasse zwischen seinen Händen. Maja und Dimitrij schlugen die Augen nieder.

»Aron lebt«, fügte er flüsternd hinzu, als ihm klar wurde, wie egoistisch seine spontane Reaktion gewesen war. Dann bemerkte er, dass er die leise gesprochenen Befehle von der Brücke deutlich hören konnte. Und mit ein bisschen Phantasie ließen sich sogar die schwedischen Ausdrücke übersetzen, was vermutlich daran lag, dass viele der technischen Begriffe auf einem U-Boot ans Englische angelehnt waren. Vielleicht verrieten sie ihm etwas über ihre aktuelle Lage. Und vor allem über ihre Zukunftsaussichten in dieser Stahlröhre, die ihm auf einmal winzig vorkam. Er versuchte sich, so gut es ging, darauf zu konzentrieren.

»Sonar meldet: Keine Kontakte.«

»Gehen Sie auf hundertzwanzig Meter«, befahl der Kommandant. »Kurs zwo sechs null.« Irgendwo klingelte ein Telefon. Oder etwas, das sich so anhörte. Wieder die autoritäre Stimme des Befehlshabenden. Außer einem kurzen »Got« sagte er nichts. Und stand ein paar Sekunden später bei ihnen in der Messe. Er lehnte sich gegen die Wand des Schotts, und in seinem Blick spiegelte sich eine Mischung aus Verärgerung und Besorgnis.

»Ihr Freund wird durchkommen, es war nur ein Streifschuss«, begann er – ebenso wie sein Untergebener in makellosem Englisch. Alle drei am Tisch atmeten erleichtert auf, nur ihr Aufpasser schien ungerührt. »Aber ich kann Ihnen versichern, dass mir das hier alles überhaupt nicht gefällt«, fuhr er fort. »Was für eine Truppe seid ihr überhaupt? So eine absurde Mission ist mir überhaupt noch nicht untergekommen.«

Trotz der harschen Worte sprach er ruhig und hob nicht die Stimme. Keiner von ihnen wusste, was er dazu sagen sollte, sie starrten weiter in ihre Tassen. Marcel hatte mittlerweile seine

Kamera herausgekramt und prüfte, ob sie die Rettungsaktion heil überstanden hatte.

»Ich sage Ihnen was«, fuhr der Kommandant ungerührt fort. »Wenn wir in Schweden sind, dann werden Sie einige unangenehme Fragen beantworten müssen. So viel ist …« Er wurde von seinem Sonaroffizier unterbrochen, einer jungen Frau, die kaum das Teenageralter hinter sich haben konnte: »Sonarkontakt in Peilung Eins Zwo Vier. Entfernung Fünftausend, schnell näher kommend.« Der Platz im Durchgang war leer, nur der Vorhang schwankte noch leicht von links nach rechts. Marcel griff nach seiner Kamera und lief vorbei an der Offiziersmesse in Richtung Kommandozentrale.

»Auf Gefechtsstation!«, hieß es, als er den Durchgang erreichte, gefolgt von einem kurzen scharfen Klingeln. Die Anweisung wurde erst per Bordfunk wiederholt und schließlich vom Chor der Besatzungsmitglieder nachgesprochen. Die Beleuchtung wurde ausgeschaltet und durch ein gespenstisches rotes Licht ersetzt. Die Schatten auf den Gesichtern wurden länger und die Augenringe schwärzer. Klick.

»Geschwindigkeit achtzehn Knoten. Wahrscheinlich Zerstörer«, meldete das Sonar. Pferdeschwanz. Ein Computerbildschirm, der im Rotlicht hervorstach und ihr Gesicht von unten erhellte. Klick.

»Klangmusterabgleich bestätigt: Udaloy-II.«

Für einen Moment herrschte Stille.

»Sie geht sonaraktiv!« Schweißperlen bildeten sich auf ihrer Stirn. Eine Konzentrationsfalte zwischen den Augenbrauen. Klick.

»Stirlingmotor einschalten«, verlangte der Kommandant. »Gehen Sie auf einhundertfünfzig Meter.« Über die Seekarte gebeugt, sich den grauen Bart streichend. Klick.

»Boot ist auf einhundertfünfzig Meter eingependelt«, kam nach einer gefühlten Ewigkeit die Bestätigung des Manns am Tiefenruder.

»Gehen Sie auf einhundertachzig Meter. Neuer Kurs Drei Null null.«

»Der Stirling ist unsere stärkste Waffe«, flüsterte es plötzlich neben Marcels Ohr. Er drehte sich erschrocken um. Ihre Wache war neben ihn getreten und grinste. Wenigstens einer hat noch gute Laune, dachte Marcel.

»Der Motor erzeugt keine Wärme, ist extrem leise, und bei Schleichfahrt sind wir kaum zu entdecken. Unsere Signatur entspricht jetzt in etwa der einer Coladose.«

Marcel schaute ihn ungläubig an.

»Zumindest in der Theorie.«

Der Kommandant wirkte gelassen, er schien auf sein Boot zu vertrauen. »Macht er sich keine Sorgen?«, fragte Marcel.

»Nicht wegen eines Schiffs. Er muss sich bewegen, um uns zu kriegen. Und das hören wir. Wir wissen immer, wo er ist, aber nicht umgekehrt. Nein, die Udaloy ist nicht das Problem.«

»Hubschraubersonar im Wasser«, meldete die Gefreite. Der Kommandant stand hinter ihr und trommelte auf der Lehne ihres Stuhls. Langsam wurde auch ihr Kapitän nervös.

»Bei Hubschraubern sieht das Ganze natürlich komplett anders aus«, flüsterte es neben seinem Ohr. »Sie befinden sich im wörtlichen Sinne nicht in unserem Element. Im Wasser sind wir kaum zu schlagen, aber aus der Luft …« Er ließ die Konsequenzen unausgesprochen.

»Neuer Kurs Zwo Sieben Null. Schleichfahrt.« Erneut wurde der Befehl wiederholt, nur diesmal im Flüsterton. Schleichfahrt bezog sich offenbar nicht nur auf die ohnehin elektrisch arbeitenden Motoren, sondern galt vor allem der Besatzung als Warnung, jedes überflüssige Geräusch zu vermeiden. Jemand tippte etwas in den Steuerungscomputer. Für Marcel wirkte die ganze Situation unwirklich. Es war still, viel zu still für ein derart großes Boot. Das Wummern der Maschinen war so leise, dass selbst die Lüfter der Computer und das Klacken von Ventilen zu hören waren. Wenn er sich vorstellte, dass sich über ihrer dünnen Stahlröhre einhundertachtzig Meter schwarzes Wasser auftürmten, wurde ihm flau im Magen.

Sein Aufpasser schien seine Gedanken erraten zu haben: »Machen Sie sich keine Sorgen. Unser Schwesterschiff, die Gotland, hat bei einem Manöver mal die USS Ronald Reagan versenkt. In voller Gefechtsbereitschaft. Da wird uns kein russischer Zerstörer mit Technik aus den Achtzigerjahren gefährlich. Und außerdem würden die eh nicht auf uns feuern, wir sind ja schließlich nicht mal im Krieg.«

»Objekt im Wasser!«, hieß es von der jungen Schwedin am Sonar. Was sollte das bedeuten? Hatte er nicht gesagt, die feuern nicht auf uns? Marcel hob die Kamera. Auf ihrer Stirn bildeten sich dicke Tropfen, die ihr über den hellen Flaum in ihrem Gesicht in den Kragen ihres Hemds rannen. Für ihn sah es aus, als wäre das rote Licht in den letzten Sekunden noch intensiver geworden. Klick.

»Auf zweihundertzwanzig Meter gehen«, befahl der Kommandant, seine Hand krallte sich jetzt in die Lehne des Stuhls vor dem Sonar, und er starrte auf den Bildschirm, auf dem grüne Dreiecke und Linien in einem Muster angeordnet waren, das sich Marcel nicht erschloss. Klick. Plötzlich hörten sie eine ohrenbetäubende Detonation. Der Halland schien das allerdings wenig auszumachen, sie rollte nur ein wenig zur Seite und lag dann ruhig im Wasser wie zuvor.

Mein Gott, dachte er. Die schießen wirklich auf uns. Welche Verbindungen hatte dieser Kharkov? Auch Maja und Dimitrij waren aufgesprungen, und sie drängten sich zu viert in den engen Durchgang zur Kommandozentrale.

Der Kommandant blickte zu ihnen hinüber: »Keine Sorge, der wollte uns nicht treffen. Oder er weiß nicht, wo wir sind. In jedem Fall wird er uns nicht mehr gefährlich. Wenn er uns hätte versenken wollen, hätte dieser sitzen müssen. Ich vermute mal, er will sich nur alle Optionen für seinen Bericht offen halten.

Vor wem auch immer Sie auf der Flucht sind, er ist ein sehr gefährlicher Mann. Ziehen Sie sich etwas Ordentliches an, und dann möchte ich mit Ihnen reden. Und mit dem Vierten im Bunde, der nach seinem Streifschuss wohl schon wieder auf den Beinen sein dürfte. Ich erwarte Sie in zwanzig Minuten in der Offiziersmesse.«

Heilbronn, Deutschland
05. Februar 2013, 07.12 Uhr (einen Tag später)

Mit dem größten Kloß im Magen, den sie je gespürt hatte, betrat Solveigh am Mittag die Polizeidirektion von Heilbronn. Sie erinnerte sich nur dunkel an die Ereignisse der letzten Stunden. Eddy hatte sie abgeholt bei Dr. Prins. Nach der schlimmsten Nachricht, die sie je bekommen hatte. Und er hatte ihr zugehört, obwohl im Krisenzentrum die Hölle losgebrochen war. Zum ersten Mal seit zwölf Jahren hatte sie einem Kollegen gegenüber geweint. Dann hatte Eddy sie zum Flughafen gebracht. Hatte sich geduldig immer wieder dieselbe Frage anhören müssen. War es ihr Fehler? Obwohl Frau Dr. Prins gesagt hatte, dass man das nicht wissen könne, es könne auch einfach ein natürlicher Abbruch gewesen sein. Man wisse nicht, warum ein Fötus in einer so frühen Schwangerschaftsphase aufhört zu wachsen. Eine Störung in der Blutgerinnung, das Erbgut. Oder hatten eben doch die Strahlen die Zellteilung gestört? Eddy hatte sie auf einen späteren Flug gebucht und noch zwei Stunden mit ihr in einem Café verbracht. Nein, Solveigh, wir nehmen uns die Zeit dafür. Keine Widerrede. Nur davon, den Fall abzugeben, hatte er sie nicht überzeugen können. Niemals. Es wäre das Schlimmste, was sie sich in dieser Situation antun könnte, das war ihr bewusst. Und so stand sie hier. Verheult, aber in einem Stück. Mit einem toten Fötus im Bauch, was laut Dr. Prins kein Problem darstellte, solange sie innerhalb der nächsten Woche einen Abbruch in einer Klinik vornehmen ließ. Eddy würde ihr dabei helfen, es zu vertuschen, und ihn irgendwie in ihren Zeitplan einbauen. Das hatte er ihr versprochen. Ebenso, niemandem bei der ECSB jemals davon zu erzählen. Und natürlich würde er Wort halten.

Die Polizeidirektion glich einem Bienenstock, Beamte eilten durch das Foyer des grauen 70er-Jahre-Zweckbaus, sie trugen Stapel mit Papier, und ihre Funkgeräte quäkten laut durcheinander. Solveigh stand mittendrin und suchte nach einem Pförtner, den sie schließlich hinter einer gedrungenen Glasscheibe auf der rechten Seite entdeckte. Seufzend bahnte sie sich einen Weg durch den kontinuierlichen Strom an Beamten. »Verzeihung?«, fragte sie. Keine Reaktion. Der grauhaarige Mann mit schütterem Haar, dünnen Armen und einem kugelrunden Bauch, der unter dem beigen Hemd aussah, als wäre er hart wie Stahlbeton, beachtete sie nicht. Stattdessen sortierte er demonstrativ gelassen Kugelschreiber nach ihrer Farbe. »Verzeihung«, sagte sie etwas lauter. Der Mann nahm die Lesebrille ab und bewegte sich zum Fenster. Wie in Zeitlupe drückte er einen grünen Knopf an der Gegensprechanlage. »Ja, bitte?«

»Zu Polizeihauptmeister Tauscheck. Ich bin angemeldet.« Die höfliche Bitte hatte er verwirkt, zumindest in ihrer jetzigen Geistesverfassung.

Er warf einen langen Blick in eine Liste, blätterte dann Seite für Seite nach vorne, bis er beim Buchstaben »T« angekommen war. Solveigh wollte ihn schütteln, stand aber einfach nur regungslos da und wartete. Ob sie sich als arbeitsfähig bezeichnen würde, wusste sie in diesem Moment selbst nicht mehr so genau.

»Treppe hoch, zweiter Stock links. Gang durch bis ganz nach hinten. Vorletztes Zimmer auf der linken Seite.«

Ohne ein Wort des Dankes machte sich Solveigh auf den Weg nach oben. Nachdem sie ein halbes Stockwerk geschafft hatte, umkreisten ihre Gedanken wieder das Kind, das sie nicht bekommen würde. Wie es wohl ausgesehen hätte? Wie es wohl gewesen wäre? Offenbar hatte ihr Körper noch nicht mit ihrer Schwangerschaft abgeschlossen, die Hormone spukten immer noch im Kopf herum. Um sich davon abzulenken, dachte Solveigh an ihre Steuererklärung, Marcel und den Fall. Obwohl es ihr endlos weit weg schien, hoffte sie dennoch inständig, dass es die fünf mit der Halland nach Schweden schafften. Sie hätte es nicht ertragen, einen weiteren Menschen zu verlieren, der ihr wichtig war, und außerdem brauchten sie den Russen dringend, er war ihre einzige Spur. Fast die einzige, dachte sie, als sie an die Tür von Polizeihauptmeister Tauscheck klopfte. Sie drückte die Klinke, ohne eine Antwort abzuwarten, und fand sich in einem schmucklosen Büro wieder, an dessen Schrankwand ein Werbeplakat vom Polizeisport hing. PHM Tauscheck war nicht da. Ohne Zeit zu verlieren, begann sie die Unterlagen auf seinem Schreibtisch nach dem Selbstmord zu durchsuchen. Sie war nicht gekommen, um lange zu fackeln. Leider war Tauscheck unordentlich, die Papiere lagen ohne erkennbare Zusammenhänge durcheinander. Kein Glück. Auf dem Bildschirm seines PCs drehte sich ein Bildschirmschoner mit dem Logo der baden-württembergischen Polizei. Sie bewegte die Maus. Passwortgeschützt. Solveigh setzte ihre Brille auf und wollte gerade Eddys Nummer wählen, als sich laut polternd die Tür öffnete. Ruhig blickte sie auf und in die fassungslosen Augen eines Mannes in der Uniform eines Polizeihauptmeisters. Tauscheck wollte in sein Büro zurück. Sein Gesichtsausdruck wandelte sich von Erstaunen zu Wut: »Was zum Teufel machen Sie da?«, brüllte er.

»Ich durchsuche Ihren Schreibtisch nach Informationen über den Fall Bausch/Kaiser. Gerade wollte ich Ihren Computer knacken, aber jetzt sind Sie ja da«, fiel Solveigh mit der Wahrheit ins Haus. Damit brachte sie Tauscheck aus der Fassung.

»Was …«, stammelte er. »Wer … wer sind Sie?«, fragte er schließlich. Sein Adamsapfel tanzte, als hätte er Schluckbeschwerden. Er fuhr sich mit der Hand durchs Gesicht, am kleinen Finger trug er einen Indianerring mit einem Türkis. Sehr ausgefallen.

»Mein Name ist Solveigh Lang, und hätten Sie während der letzten zwei Stunden Ihre E-Mails abgerufen, hätten Sie festgestellt, dass mich das Bundeskriminalamt angekündigt hat. Ich würde Sie bitten, das direkt jetzt nachzuholen, ohne weiter wertvolle Zeit zu verschwenden.«

Jetzt hatte sie Tauscheck da, wo sie ihn haben wollte. Ohne weitere Fragen zu stellen, tippte er das Passwort in seinen Computer und rief das E-Mail-Programm auf. Er klickte auf die E-Mail mit dem Absender »sekret.praesidium@bka.de«. Neben einem Text, den Solveigh nicht lesen konnte, aber dessen Inhalt sie sich in etwa zusammenreimen konnte, prangte ihr Foto mit ihrer Personalnummer der ECSB.

»Also gut, Frau Lang. Wie kann ich Ihnen helfen?«, gab sich der Beamte schon deutlich kooperativer. Dass sie seinen Schreibtisch durchwühlt hatte, schien vergessen. Zumindest für den Moment.

»Ich brauche alle Informationen zum Fall Bausch/Kaiser. Wenn ich richtig informiert bin, gehen Sie bisher von einem Selbstmord aus?«

»Dann will ich Ihnen mal erzählen, was der Tauscheck weiß«, begann er, und Solveigh ordnete ihn schon jetzt als Schwätzer ein. Das kann ja heiter werden. Umso überraschter war sie, dass sich seine nachfolgende Schilderung als durchaus präzise herausstellte.

Tauscheck schlug die Akte auf: »Gestern Morgen meldete Regionalexpress 23401 von Heilbronn nach Schwäbisch-Hall um 07.23 einen Unfall mit Personenschaden. Der Zug war zu diesem Zeitpunkt mit etwa fünfundneunzig Stundenkilometern auf zweigleisiger Strecke unterwegs. Der Unfall ereignete sich hinter einer Kurve. Geschädigte waren Bausch, Peter, wohnhaft im Stahlbühl 4, 74074 Heilbronn, sowie Kaiser, Doreen, wohnhaft Eduard-Bader-Straße 18, ebenfalls Heilbronn. Die Polizei traf um 7.31 Uhr ein, der Staatsanwalt eine Viertelstunde später. Nachdem keinerlei Anzeichen für Fremdeinwirkung festzustellen waren, wurde die Leichen in die Gerichtsmedizin überführt und die Strecke um 9.04 wieder freigegeben. Kapitel geschlossen, partnerschaftlicher Suizid.« Tauscheck schloss die Akte mit einem überlegenen Lächeln.

»Und was hat die Obduktion ergeben?«

Der Beamte schlug die Akte wieder auf und blätterte. »Noch nichts, sie ist noch nicht vorgenommen worden.«

In diesem Moment klingelte Solveighs Telefon. Sie warf einen Blick auf die Nummer: Eddy. Und signalisierte Tauscheck, dass es nur einen Moment dauern würde.

»Slang?« Er machte eine kurze Pause. Schlechte Nachrichten, wusste Solveigh. »Yael ist tot«, fuhr Eddy fort. »Sie wurde beim Rendezvous mit der Halland aus einem Flugzeug erschossen.« Solveigh schluckte. »Und Marcel?«, fragte sie mit leicht zittriger Stimme, als sie an den Vater ihres Kindes dachte. Beinah Kindes.

»Marcel ist wohlauf, ebenso wie der vermeintliche Stuxnet-Programmierer, seine Freundin und Aron. Die Halland überführt sie nach Tromsø in Norwegen, was nicht länger als drei Tage dauern sollte, sofern das Wetter und ihre russischen Verfolger mitspielen.«

»Okay, Eddy. Bring mich auf dem schnellsten Weg nach Tromsø, vor allem bevor die Halland eintrifft.«

»Da ist noch etwas, Slang …« Eddy machte eine Pause, was sehr untypisch für ihn war. Solveigh ahnte, dass es keine guten Nachrichten sein würden. »Es gab ein weiteres Todesopfer unter den Ersthelfern am Kraftwerk. Strahlung. Es tut mir leid, Slang.«

»Verstanden«, antwortete Solveigh mit trockener Kehle.

»Bei dir alles okay, Slang?«, fragte Eddy ehrlich besorgt.

»Halt mich einfach auf dem Laufenden, in Ordnung?«, verlangte Solveigh und legte auf. Eddy würde wissen, dass es nicht so gemeint war. Dann traf sie eine spontane Entscheidung, wie wohl keine andere Behörde sie so jemals treffen würde. Diese Entscheidungen waren der Hauptgrund, warum die ECSB erfolgreicher war als jede andere Einheit innerhalb der EU. Sie wandte sich an den Polizeihauptmeister: »Herr Tauscheck, ich brauche Ihre Hilfe.«

Er drehte an seinem Indianerring, als er sich wieder auf sie konzentrierte. Während ihres Telefonats hatte er sich höflicherweise abgewendet, auch wenn das in dem kleinen Zimmer natürlich nichts brachte. Er wirkte aufmerksam und machte auf Solveigh trotz seines seltsamen Auftritts und der Art und Weise, wie er über sich in der dritten Person sprach, einen zuverlässigen Eindruck.

»Der Tauscheck ist ganz Ohr«, sagte er und setzte sich auf einen Drehstuhl am Schreibtisch gegenüber. Das Gestell knackte ungesund, als er sich zurücklehnte. Fast hätte sie über seine altmodische Formulierung lachen können. Ein anderes Mal, nahm sie sich vor. In nicht allzu ferner Zukunft. Sie dachte wieder an morgen. Das war ein gutes Zeichen.

»Wie Sie an meiner Autorisation durch den Präsidenten des BKA sicher erahnen können«, antwortete sie stattdessen sehr geschäftsmäßig, »arbeite ich für die Behörde, die den Vorfall im AKW Neckarwestheim II untersucht.«

»Wollen Sie damit sagen, dass Sie gar nicht von einem Unfall ausgehen?«

Er war durchaus nicht auf den Kopf gefallen, der Tauscheck, vermerkte Solveigh und wusste in diesem Moment, dass sie die richtige Entscheidung getroffen hatte.

»Das habe ich nicht gesagt, Herr Tauscheck, aber lassen Sie es mich so ausdrücken: Wir schließen im Moment keine Möglichkeit aus. Und deshalb brauche ich von Ihnen eine komplette Obduktion der beiden Selbstmörder, das volle Blutbild, die ganze Palette. Des Weiteren benötige ich eine vollständige Überprüfung der beiden Geschädigten, Peter Bausch und Doreen Kaiser. Sie wissen, dass Peter Bausch im AKW gearbeitet hat?«

Der PHM nickte.

»Mit wem hatte er Kontakt? Seit wann kannten sich Doreen Kaiser und Peter Bausch? Waren die beiden ein Paar? Wie haben sie sich kennengelernt? Wo gingen die beiden einkaufen, welche Hobbys hatten sie, einfach alles. So weit klar?«

Der Beamte nickte erneut, rutschte aber leicht nervös auf seinem Stuhl hin und her. Das Metallgestell quietschte bei jeder kleinen Drehung. Was sie im Begriff war, ihm abzuverlangen, ging weit über seinen Dienstgrad hinaus. Aber sie hatte einfach keine Zeit, jemand anderen anzufordern. Und er würde Unterstützung bekommen. Aber sie wollte demjenigen, der die Untersuchung für sie übernahm, in die Augen geschaut haben. Und so bekam PHM Tauscheck eine einmalige Chance, sich zu beweisen. Normalerweise, so die Ratio der ECSB, kann man in solchen Fällen mehr Engagement erwarten als vom Beamtenestablishment mit den üblichen Karrieristen.

»Ich möchte, dass Sie für mich diese Untersuchung koordinieren. Ich fordere für Sie Unterstützung von der Kriminalpolizei oder dem LKA an, aber ich möchte, dass Sie mein Ansprechpartner sind, der jederzeit Zugriff auf alle Informationen hat. Können Sie das für mich übernehmen?«

Wieder tanzte der Adamsapfel auf und ab, aber an seinen Augen konnte Solveigh erkennen, dass der Fisch den Köder bereits geschluckt hatte. Tauscheck war vollkommen klar, was das für ihn persönlich bedeuten könnte, wenn er seine Sache gut machte. Sie brauchte es ihm nicht mehr unter die Nase zu reiben, er war ein alter Hase. Und sie kam vom Präsidenten des BKA.

»Natürlich, Frau Lang.«

»Ihnen werden möglicherweise Kollegen zugeteilt, die im formalen Rang deutlich über Ihnen stehen. Denen wird Ihre Rolle erklärt werden, aber Sie selbst müssen sie auch effektiv führen. Trauen Sie sich das zu, Herr Tauscheck?«

Er nickte und drehte an seinem Indianerring. Vielleicht sein Glücksbringer. Solveigh speicherte seine Handynummer in ihrem Telefon und gab ihm sowohl ihre eigene als auch Eddys Durchwahl.

»Eddy Rames wird sich bei Ihnen melden, wenn er das Team zusammenhat, in Ordnung?« Sie gab ihm die Hand und warf ihm einen letzten prüfenden Blick zu. Er würde sie nicht enttäuschen, der Tauscheck. Zumindest hoffte sie das. Aber ihr blieb keine Zeit, sie musste nach Tromsø, um die Halland mit dem Russen abzufangen. »Viel Glück, Herr Tauscheck. Sie werden es brauchen.«

Das werden wir alle brauchen, fügte sie in Gedanken hinzu.

Chooz, Frankreich
05. Februar 2013, 11.08 Uhr (vier Stunden später)

Dominique Lagrand gehörte zur Abordnung für die französischen AKWs. Obwohl sie immer noch nicht wussten, wie es dem Virus gelungen war, die Explosion auszulösen und tatsächlich eine anscheinend beträchtliche Menge Radioaktivität freizusetzen, hatten sie mittlerweile zumindest eine Idee davon, wo es als Nächstes zuschlagen könnte. Wenn man, wie Dominique und Dr. Gladki, davon ausging, dass es sich auf bestimmte Steuerungscomputer konzentrierte. Die Abordnungen waren dann Wills Idee gewesen, um wenigstens den »kleinen Strohhalm, der sich uns darbietet, zu ergreifen.« Er hatte zu den wichtigsten Kraftwerken jeweils einen Agent der ECSB geschickt, der versuchen sollte, die Betreiber zum Abschalten zu bewegen, zumindest bis sie wussten, wie das Virus genau funktionierte und wie es die Explosionen auslöste. Auf der politischen Ebene waren bisher alle Initiativen ins Leere gelaufen. Niemand wollte gerade einmal zwei Tage nach einem Störfall entscheiden, die Stromversorgung in Europa zu gefährden. In den Parlamenten wurde über die möglichen Folgen eines Stromausfalls ebenso heftig diskutiert wie über eine mögliche atomare Katastrophe, und bisher hatte sich auch die deutsche Kanzlerin noch nicht dazu durchgerungen, die terroristische Natur des Anschlags öffentlich zu machen. Nach wie vor war die Bevölkerung im Glauben, es habe sich in Neckarwestheim um eine technische Panne gehandelt. Die Regierungschefs der europäischen Kernkraftnationen wussten zwar mittlerweile Bescheid, aber es war den Betreibern fast überall gelungen, die Politiker davon zu überzeugen, dass der Betrieb sicher und ein Virus in ihren Kraftwerken vollkommen unmöglich war. Und nachdem die radioaktive Wolke über der verhältnismäßig dürftig besiedelten Oberpfalz und nicht etwa über München abgeregnet hatte und zudem die Strahlungswerte am unteren Rand der Prognosen blieben, hatte sich die Panik auch in der Bevölkerung etwas beruhigt. Die Dörfer in den betroffenen Gebieten konnten mithilfe der Polizei und der Feuerwehr zügig evakuiert werden. Das brachte zwar die Atomkraftgegner auf die Straße, aber noch lange nicht die Parlamentarier dazu, einen Blackout zu riskieren. Bürgerkriegsähnliche Zustände nach zwei Tagen ohne Strom, lautete die Prognose. »Nicht wegen ein paar verstrahlter Schwammerl«, hatte der bayerische Ministerpräsident als Losung ausgegeben. Dominique hingegen wusste es besser. Laut seiner Statistik war die Gefahr beileibe nicht gebannt, ganz im Gegenteil. Mit einer Wahrscheinlichkeit von 89,45 Prozent war innerhalb der nächsten Woche mit einem weiteren Störfall zu rechnen, selbst zwei in unterschiedlichen Meilern lagen noch bei satten

50,33 Prozent. »Es gibt keinen Grund zu glauben, die Krise wäre vorüber. Machen Sie den Kraftwerksbetreibern das vor Ort klar.« waren Wills Worte an die siebzehn Mitarbeiter der ECSB, die jeweils in ihre Heimatländer geschickt worden waren, um das Schlimmste zu verhindern. Zudem war überhaupt nicht gesagt, dass der Leitstand beim nächsten Mal ähnlich besonnen vorgehen würde wie in Neckarwestheim. Laut der internen Analysen ihres Experten für Atomwirtschaft war es nämlich nur der sofortigen Notabschaltung seitens des Schichtleiters zu verdanken, dass nicht noch mehr Strahlung ausgetreten war. Zwar war ein Super-GAU bei den modernen Kraftwerken in Westeuropa nicht zu erwarten, aber es brauchte kein Tschernobyl und auch kein Fukushima, um gefährlich zu werden, insbesondere in den Ballungsräumen. Trotzdem hegte Dominique insgeheim Zweifel an seiner eigenen Analyse. Jedes Mal, wenn er die zugrunde liegenden Werte anschaute, wollten sie einfach nicht zueinanderpassen. Die Strahlungswerte waren einfach viel zu niedrig und nahmen außerhalb des Explosionsherds viel zu schnell ab. Auch wenn das natürlich gute Neuigkeiten waren, konnten sie seine Annahmen in den Grundfesten erschüttern. Glücklicherweise hatte Solveigh bei ihrem gefährlichen Ausflug wertvolle Bilder geliefert, die in diesem Moment von ihren Experten ausgewertet wurden. Es war nicht seine Aufgabe, sich über die Datenquellen Gedanken zu machen. Und trotzdem nagte der Zweifel in seinem Kopf. Egal, jetzt galt es, möglichst viele Reaktoren auf dem kurzen Dienstweg stillzulegen, um die Bevölkerung in der Nähe der Kraftwerke zu schützen. Denn die war in jedem Fall in Gefahr. Wie hier in Chooz, vermerkte Marcel, als er den Rollstuhl in dem Konferenzraum mit Blick über die Maas an den Tisch schob. 130 Kilometer bis Brüssel, 140 bis Reims, 180 bis Aachen. Anderthalb Millionen Menschen alleine in den großen Städten. Und hinter seinem Rücken liefen beide B-Reaktoren unter 1500 MW Volllast, sie trugen ihren Teil dazu bei, das ausgefallene Neckarwestheim II zu kompensieren. Der angekündigte Direktor verspätete sich, hatte eine Assistentin hineingerufen, ohne ihm einen Kaffee anzubieten. Auf dem Tisch standen trockene Kekse und ein paar kleine Flaschen mit Saft und Wasser. Dominique mischte sich eine Apfelsaftschorle, während er wartete. Vermutlich revanchiert er sich für meine Verspätung, spottete er innerlich, aber die lag schließlich an seinen eigenen Sicherheitskräften, die offenbar auf den Besuch eines Rollstuhlfahrers wenig bis gar nicht vorbereitet waren. Dominique fragte sich, wie das mit den Gleichstellungsgesetzen vereinbar war, wollte aber keinen weiteren Gedanken an derartige Nichtigkeiten verschwenden. Stattdessen beschäftigte er sich mit seinen Notizen. Er bemerkte den Mann in einem hässlichen mausgrauen Anzug erst, als er direkt neben ihm stand und ihm mit dem falschesten Lächeln im Gesicht die Hand schüttelte: »Monsieur Lagrand, wie schön, dass Sie es einrichten konnten. Ich bin Thierry Ducheix.« Grauer Anzug, graue Haare, graue Haut, die feingliedrigen Finger eines erfolgreichen Bürokraten. Dominique entging das kleine, äußerst dezente Abzeichen des »Corps des Mines« nicht. Ehemaliger Elitestudent, vielleicht der zukünftige CEO von Areva. Jedenfalls ein arroganter Sack. Arrogant, aber mit Sicherheit nicht dumm, dachte Dominique und entschied sich, entgegen dem, was er sich auf der Fahrt hierher vorgenommen hatte, alle Fakten auf den Tisch zu legen.

»Monsieur Ducheix«, begann er und sortierte die Unterlagen auf dem Tisch aus zerkratztem Buchenholz, »ich will offen zu Ihnen sein. Ich bin hier, um Sie davon zu überzeugen, Chooz mit sofortiger Wirkung vom Netz zu nehmen.«

Der Mineur lächelte müde.

»Wir haben Grund zu der Annahme, dass Neckarwestheim Ziel eines terroristischen Anschlags mit einem Computervirus wurde. Ich habe Ihnen hier eine Kopie unserer Analyse ausfertigen lassen.« Beamtensprache. Er schob einen Papierstapel über den Tisch, auf dem das Logo der ENSREG prangte. Thater hatte ihn angewiesen, es von der offiziellen Website herunterzuladen und auf die Titelseite ihrer Analyse zu setzen. Dominique wunderte sich immer wieder über die Art und Weise der ECSB, mit europäischer Bürokratie umzugehen, sie zu manipulieren und politische Gepflogenheiten gegeneinander auszuspielen, ohne dass Sir William die Konsequenzen auch nur im Geringsten zu beunruhigen schienen. Hauptsache, sie erreichten, was notwendig war, um alles andere konnten sie sich im Nachhinein kümmern. Was vermutlich genau so lange gutging, bis sie einmal versagten.

Gelangweilt blätterte der Manager durch sein Papier.

»Des Weiteren«, seufzte Dominique, »habe ich hier eine statistische Auswertung aller europäischen Kernkraftwerke im Hinblick auf ihre Eignung, ihre Verwundbarkeit und mögliche Folgen eines atomaren Zwischenfalls auf die Umwelt. Wenn Sie erlauben, würde ich gerne …« Er kam nicht dazu, den Satz zu vollenden.

»Sprachen Sie gerade von Verwundbarkeit? Und Eignung?«, fragte Ducheix scharf. Seine Fingerknöchel traten weiß hervor, als er die verschränkten Hände auf dem Tisch zusammenpresste. Ein echter Meisterbürokrat, vermerkte Dominique. Und auf dem Weg nach oben. Das sind die Schlimmsten. Trotzdem musste er nach den Regeln spielen. Seinen Regeln. Er brauchte ihn, eine vollständige Blockade konnte er sich nicht leisten. Konnten sich die Menschen in Europa nicht leisten. Die Bauernhöfe mit ihren Feldern in der Gegend. Die Kindergärten. Die Schulen. Die Schwächsten traf die Strahlung am schlimmsten.

»Schauen Sie, Monsieur Ducheix. Alles, worum ich Sie bitte, ist, sich die Unterlagen mit mir gemeinsam anzuschauen. Natürlich entscheiden Sie, wie dann vorzugehen ist.« Das Weiße an den Fingerknochen wechselte zu Erdbeermilch.

»Lassen Sie mich einmal ein paar Dinge vorab klarstellen, Monsieur Lagrand. Erstens: Was, glauben Sie, hat ein französisches Kraftwerk wie Chooz mit einem deutschen Meiler in Neckarwestheim gemeinsam?«

»Die Anlagensteuertechnik zum Beispiel«, warf Dominique ein und biss sich im gleichen Moment für seinen besserwisserischen Kommentar auf die Lippe. Glücklicherweise ließen sich die Knöchel davon nicht beeindrucken. In aller Ruhe setzte Ducheix seinen Monolog fort, ohne auf Dominiques Bemerkung einzugehen: »Gar nichts. Rien. Die Deutschen führen doch seit Jahren eine Diskussion über die Atomkraft, und mit jedem Regierungswechsel herrscht ein neues, angeblich mehrheitsfähiges Klima. Infolgedessen wurde weder investiert noch modernisiert, da ist es kein Wunder, dass es immer wieder Probleme gibt. Selbst die Manager sind frustriert, weil sie von den Popstars der Energiebranche zu den Deppen der Nation mutiert sind.«

Er redete sich in Rage. »Aber«, setzte Dominique an, als er die erste klitzekleine Gelegenheit dazu bekam. »Es ist doch nun einmal Fakt, dass Areva und Siemens die gleiche Technik ...«

»Des Weiteren konnten die Deutschen noch nie mit Problemen umgehen. Immer bildet sich gleich ein Zeltlager mit Grünkernfreaks vorm Zaun, sobald auch nur das ›S‹ von Störfall ausgesprochen ist.«

Für Dominique hatte der Mineur nicht mehr alle Spitzhacken im Schrank. München war gerade einer atomaren Verstrahlung um Haaresbreite entgangen, und der Mann nannte die Atomkraftgegner Grünkernfreaks?

»Nehmen Sie diesen Krümmel.« Er sprach es »Krümmelle« aus, sodass es fast niedlich klang, wie »Caramelle«.

»Der ganze Zwischenfall, der dazu führte, dass einem AKW die Betriebserlaubnis entzogen wurde, kam einzig und allein zustande, weil der Leiter auf einer Beerdigung war, als es zu dem Zwischenfall kam. Und sein Stellvertreter neben ihm. Zehn Minuten waren die Handys aus. Kann man das fassen? Zehn Minuten!«

Dominique hatte keine Ahnung, wovon der Mann redete, und es erschien ihm auch vollkommen irrelevant. Er startete einen letzten Versuch: »Wenn Sie sich hier einmal die Statistik anschauen würden, dann werden Sie sehen, dass Chooz ganz oben auf der Wahrscheinlichkeitsskala für einen nächsten Anschlag steht.« Sein Handy klingelte. Ausgerechnet jetzt. Eddy. Er musste rangehen.

»Entschuldigen Sie mich kurz«, bat Dominique und verdrückte sich in die hinterste Ecke des Raumes.

»Ja, Eddy, was gibt es?«

»Du hattest recht mit der Analyse. Wir haben einen neuen Zwischenfall. In Schweden. Forsmark. Sie haben es wohl im Griff, aber vier Arbeiter wurden getötet, als sie versuchten, ein Feuer im Umspannwerk zu löschen, das durch eine Explosion ausgelöst worden war.«

Dominique lief ein kalter Schauer den Rücken hinunter. Forsmark stand an Platz acht seiner Statistik. Von neunundvierzig. Seine Todesstatistik. Chooz stand auf Platz drei. Wenn er Ducheix jetzt nicht davon überzeugen konnte abzuschalten, dann wusste er auch nicht mehr weiter. An diesem Punkt hatte Dominique Lagrand jedoch den Mineur falsch eingeschätzt, es wurde ihm drei Stunden später immerhin gestattet, einen Rechner auszubauen und zu Analysezwecken mitzunehmen. Als er das Kraftwerksgelände auf dem Rücksitz eines dunklen Mercedes-Van verließ, war er erleichtert, die tickende Zeitbombe hinter sich zu lassen. Vorerst.

Tromsø, Norwegen
07. Februar 2013, 07.55 Uhr (am übernächsten Morgen)

Die Sonne ließ nach einer langen Nacht immer noch auf sich warten, obwohl der Februar immerhin schon sechs helle Stunden versprach. In einen dicken Wollmantel gehüllt, stand Solveigh an der Spitze des Piers und wartete auf die Halland. Ein leichter Schneesturm wehte ihr ins Gesicht, und es kam ihr deutlich milder vor, als sie es so weit im Norden erwartet hätte. Laut ihrem Verbindungsoffizier hatte die Halland angekündigt, um 08.15 Uhr einzulaufen, gute vierzig Minuten vor Sonnenaufgang. Solveigh schmiegte sich in den Mantel, als sie plötzlich ein seltsames Flackern am Horizont bemerkte. Über dem Meer waberte ein grünes Licht, so groß, als würde es den ganzen Horizont einnehmen wollen. Polarlicht. Es war wunderschön. Vielleicht war es ein Zeichen des Himmels an sie, dass alles gut würde. Dass sie nichts falsch gemacht hatte. Dass sie keine Schuld traf. Und obwohl sie wusste, dass sie keine Absolution erwarten konnte, erfüllte es sie mit Zuversicht. Solveigh legte den Kopf in den Nacken, und auf einmal standen die Minuten still. Das Licht zeichnete psychedelische Muster in den Himmel und spiegelte sich im Meer. Die Wellen glitzerten in Mustern, und Solveigh hätte stundenlang zuschauen können, wenn sie nicht auf einmal einen stumpfen Schatten bemerkt hätte, der das Licht nicht so reflektierte wie das Wasser. Leise glitt er auf sie zu und wurde rasch größer. Sie erkannte den Turm eines U-Boots und einen seltsam geformten Rumpf, der ein wenig aussah wie ein Löffelbiskuit. Auf der Brücke standen Männer mit weißen Mützen, die das wunderschöne Naturschauspiel kaum zu beeindrucken schien. Noch ehe sie das Rotieren der Schiffsschraube oder die Motoren hören konnte, drangen Stimmen über die Wasseroberfläche zu ihr herüber, und das Leuchten erstarb. Der Pier lag jetzt wieder in nächtlicher Dunkelheit, das gelbliche Licht der Scheinwerfer sah auf einmal nicht mehr gut genug aus. Immer noch kein Geräusch von dem U-Boot. Die Halland war wirklich leise. Gespenstisch leise. Männer kletterten aus einer Luke und postierten sich auf dem Deck, als die Halland langsam an den Pier glitt, wo sie schon von weiteren Soldaten erwartet wurde, die sofort begannen, das Boot zu vertäuen. Zwei weitere Männer legten eine wackelig aussehende Metallbrücke an das Oberdeck. Der Erste Offizier geleitete eine Gruppe von drei Menschen in dicken Windjacken über das rutschige Deck bis zur Brücke. Beide Hände am Geländer, balancierten sie einer nach dem anderen über den Steg. Den Ersten erkannte sie an seiner Größe und der Fototasche, die er über der Schulter trug. Sie löste sich von ihrem Posten, den sie absichtlich im Schatten einer Lampe gesucht hatte, und trat ihnen entgegen. Er lief an ihr vorbei, vermutlich hatte er sie weder erwartet, noch konnte er ihr Gesicht unter der dicken Kapuze erkennen.

»Hallo, Marcel«, sagte sie in seinem Rücken.

»Solveigh?« Dann drehte er sich um. Ihr Herz macht einen Sprung.

»Ist er das?«, fragte sie mit einem Nicken in Richtung des jungen Mannes, der ebenso stehen geblieben war wie die junge Frau, die nur seine Freundin Maja sein konnte. Der Kommandant der Halland hatte die wichtigsten Informationen schon per Funk an die ECSB weitergegeben. Marcel nickte. Den Mann, der hinter der Dreiergruppe in einer schwedischen Offiziersuniform das Boot verließ, bemerkte sie nicht. Erst später sollte ihr auffallen, dass Aron nicht zu ihnen gestoßen war.

»Dann lass uns gehen«, sagte sie, ohne den jungen Russen oder seine Freundin zu begrüßen. Stattdessen packte sie Dimitrij am Arm und geleitete ihn ohne Gewalt, aber bestimmt in Richtung der Hafengebäude. Die norwegische Marine hatte ihnen einen Verhörraum zur Verfügung gestellt, den Solveigh ausgiebig zu nutzen gedachte. Als sie sich der Tür zu ebenjenem Verhörraum näherten, deutete Solveigh mit der freien Hand den langen Gang hinunter, ohne den Arm des Russen loszulassen. »Gib ihr einen Kaffee, und unterhaltet euch doch ein wenig«, forderte sie Marcel auf in der Hoffnung, dass er verstand: Beschäftige sie, und halt sie von diesem Raum fern. Eine aufgebrachte Freundin wegen angeblich zu harter Verhörmethoden hatte ihr gerade noch gefehlt. »Und, Marcel?«, rief sie ihm nach. Wieder drehte er sich zu ihr um. »Das mit Yael tut mir leid.« Ohne eine Antwort abzuwarten, bugsierte sie den jungen Russen, von dem sie wusste, dass er Dimitrij Sergejewitsch Bodonin hieß, in das kleine Zimmer. Auch hier herrschte militärische Nüchternheit: ein Tisch, zwei Stühle. Ein Mann im dunklen Anzug, der in der Ecke des Raumes auf sie wartete. Mehr brauchte sie nicht. Sie legte ihr Handy in die Mitte des Tisches und schaltete die Diktierfunktion ein.

Der Anzugträger ergriff das Wort, was eine juristische Notwendigkeit darstellte, denn Norwegen gehörte nun einmal nicht zur Europäischen Union.

»Zeugenbefragung am 7. Februar 2013, Marinebasis Tromsø. Leitung der Befragung: Staatsanwalt Eirik Ulvang.«

»Danke, Herr Staatsanwalt.« Und an den Russen gewandt: »Bitte nennen Sie uns Ihren vollständigen Namen, Ihr Geburtsdatum und Ihren Beruf.« Ihre Stimme war schneidend und hallte in dem leeren Zimmer nach.

»Dimitrij Sergejewitsch Bodonin, geboren am 6. August 1984 in Kuibyschew, heute Samara, Russland. Ich bin Computerspezialist.«

»Herr Bodonin, sind Sie mit dem Stuxnet-Computervirus vertraut?«

»In groben Zügen.«

Solveigh hob eine Augenbraue. Wollte er etwa einen Rückzieher machen?

»Ist es zutreffend, dass Sie Zugang zum Quellcode des Stux-net-Virus hatten und dass Sie ihn so modifiziert haben, dass er Atomkraftwerke angreifen kann?«

»Kommt darauf an.«

»Wie meinen Sie das?«

Dimitrij rutschte auf seinem Stuhl hin und her. Solveigh ahnte, worauf das hinauslief. Er wollte einen Deal.

»Ich möchte Strafverfolgungsfreiheit seitens aller Länder der EU sowie das Zeugenschutzprogramm für Maja und mich.«

»Aller europäischen Länder, wie stellen Sie sich das vor?«, fragte sie aufgebracht, obwohl sie seine Amnestie längst in der Tasche hatte. Thater hatte geahnt, dass er kaum mitspielen würde, wenn ihm eine lebenslange Haftstrafe wegen Massen-mords drohte.

»Eine Freundin hat mir gesagt, dass Sie genau dafür die rich-tige Ansprechpartnerin sein dürften.« Yael. Natürlich.

Solveigh wog ihre Optionen ab. Gerechtigkeit gegen die Ge-fahr für Tausende. Hunderttausende. Sie betrachtete ihn, die-sen Russen. Er war jung, aber trotzdem verströmte er eine beeindruckende Genialität. Er sah aus wie jedermann. Anony-mus. Und doch hatte er einen der gefährlichsten Terrorakte der letzten Jahrzehnte mitzuverantworten. Natürlich hatte er nicht alles selbst erfunden, die Basis seiner Arbeit war das Ergebnis staatlicher Geheimdienstarbeit, das Stuxnet-Virus, das die USA und Israel mit Millionenbudgets entwickelt hat-ten. Aber in eine tödliche Waffe hatte es erst dieser unschul-dig anmutende Student verwandelt. Er musste sehr talentiert sein und konnte auf der richtigen Seite vermutlich genau das Wunder bewirken, das sie so dringend brauchten. Konnte er das wirklich? Hatte sie eine Wahl? Ihr Wunder begann zu schwitzen.

»Also gut, Dimitrij. Ich bin autorisiert, Ihnen Immunität anzubieten.«

Der Russe atmete erleichtert auf.

»Allerdings«, fügte Solveigh hinzu, »nur für den Fall einer vollständigen Kooperation und im Erfolgsfall.«

»Was verstehen Sie unter einem Erfolgsfall? Ich meine, in diesem Fall?«

Plötzlich wurde Solveigh wütend und hieb mit der Faust auf den Tisch. Der junge Russe zuckte beim lauten Knall zusammen.

»Dass keines dieser verdammten Kraftwerke mehr hochgeht und noch mehr Kinder verstrahlt!«, schrie sie ihn an.

In diesem Moment brach die Fassade von Dimitrij Bodonin zusammen, und Solveigh erkannte, was der Druck zum Vorschein brachte: einen zutiefst verstörten, ob der Ereignisse, die er mitausgelöst, die er vielleicht sogar maßgeblich zu verantworten hatte, beinahe gebrochenen jungen Menschen, der in etwas hineingeraten war, über das er irgendwann die Kontrolle verloren hatte.

Als sie sich in einer Pause zwanzig Minuten später an einem billigen Automaten einen Kaffee zog, wusste sie, dass er das Virus für einen Mann namens Kharkov programmiert hatte, den CEO einer Wodkafabrik, den er jedoch nicht für den Drahtzieher, sondern für eine billige Marionette hielt, womit er vermutlich richtig lag. Die Ressourcen, die notwendig waren, um Stuxnet mit einem Griff in die Portokasse zu besorgen, überstiegen die Profite selbst der größten Destillerie. Trotzdem würden sie ihn überprüfen müssen. Viel wichtiger war im Moment die einzig gute Neuigkeit des Tages: Dimitrij hatte sich bei der Programmierung eine sogenannte Backdoor offengelassen, was bedeuten sollte, dass er das Problem an den Kraftwerken beheben könnte. Allerdings nur, wenn er eine Kopie des Virus hätte. Und die hatte er nicht. Nicht mehr. In der festen Überzeugung, dass er bei einer Mossad-Agentin am sichersten wäre, hatte er Yael gebeten, den USB-Stick an sich zu nehmen. Ihre Chance, die Katastrophe zu beenden, war mit ihr in der Barentssee untergegangen. Der Kaffee war heiß und schmeckte fürchterlich bitter. Sie mussten weitermachen, dachte sie, als plötzlich Marcel neben ihr stand. Langsam drehte sie sich zu ihm um.

»Hey, Solveigh«, sagte er sanft.

»Hallo, Marcel«, gab sie zurück.

»Immer noch sauer wegen Yael?«, fragte er. Solveigh schüttelte den Kopf. Was der Wahrheit entsprach. Sollte sie es ihm sagen? Natürlich musste sie es ihm sagen, dachte sie noch, als ihr Handy klingelte. Entschuldigend nickte sie ihm zu und verschwand um die Ecke.

»Hallo, Frau Lang, hier spricht der Tauscheck«. Ein Schnaufen war zu hören. »Erinnern Sie sich an mich?«

»Natürlich erinnere ich mich an Sie«, antwortete Solveigh und wählte eine Funktion, die ihr Gespräch mitschnitt und direkt im Anschluss als Audiodatei an Eddy sendete.

»Wir haben eine Spur«, fiel er ihr ins Wort. »Ich habe alles erledigt, was Sie verlangt haben: Wohnungen, Melderegister, Verwandte, Bekannte, Freunde, Kollegen, einfach alles.«

»Das ist gut, Herr Tauscheck. Was haben Sie herausgefunden?«

»Die Kaiser-Doreen und der Bausch-Peter kannten sich erst seit knapp über einen Monat. Er ist seit drei Jahren geschieden, seine Frau lebt mit einem gemeinsamen Sohn in Hannover. Es gibt noch eine Schwester, die ihm aber nicht sonderlich nahzustehen scheint.«

»Tauscheck, gibt es davon auch eine Kurzfassung?«, rügte Solveigh mit leicht amüsiertem Unterton. Er sollte wissen, dass es ihr nur zu 50 Prozent ernst war mit dem Kommentar.

»'türlich, Frau Lang. Also, bei der Kaiser-Doreen ist alles viel seltsamer. Die zog vor knapp anderthalb Monaten nach Heilbronn scheinbar aus dem Nichts. Bei der vorherigen Adresse, die sie angegeben hat, ist sie unbekannt, die Gehaltsnachweise für den Vermieter allesamt gefälscht.«

Es begann interessant zu werden. Vielleicht hatten sie doch noch eine Chance, eine Kopie des Virus in die Hände zu bekommen. Wenn Solveighs Vermutung stimmte und der Mann, den Dimitrij auf einer Jacht in Dubrovnik und ein zweites Mal in Kharkovs Villa gesehen hatte, wirklich Thomas Eisler war, dann handelte es sich bei ihm vermutlich um eine der zentralen Figuren dieses grotesken Plans. Und dann gab es vermutlich auch eine Verbindung zu Doreen Kaiser. Und so, wie Solveigh einen Ex-Stasi-Offizier einschätzte, hätte der in jedem Fall eine Kopie des Quellcodes angelegt. Die Sammelwut der Stasi war legendär, und jede Organisation prägte ihre Mitarbeiter.

»Also wissen wir nicht, wo Doreen Kaiser zuletzt gewohnt hat?«

Am anderen Ende der Leitung vernahm sie ein Räuspern: »Also, da hat der Tauscheck noch was in petto. Ich habe mir gedacht, die machen das zwar offiziell nicht, aber wer in der heutigen Zeit löscht schon irgendwelche Daten, die er schon mal hatte, oder?«

»Wie meinen Sie das?«

»Na, Big Brother. Die Datenkrake. Kundendaten und so weiter.«

»Worauf wollen Sie hinaus, Herr Tauscheck?«

»Ich habe mir gedacht, es kann nicht schaden, mal die großen, Kundendatenbanken anzuzapfen, und dank Ihrer BKA-Connection konnte ich ja aus dem Vollen schöpfen.«

»BITTE, Herr Tauscheck.«

»Schon gut. Doreen Kaiser kam aus Berlin. Mit dem Zug. Zumindest laut den Daten, die bei ihrer Bahncard 25 hinterlegt waren.«

Solveigh grinste. Sie hatte sich in dem Beamten nicht getäuscht, mochte er auch noch so verschroben wirken. Das war nicht schlecht. Gar nicht schlecht.

»Bietzkestraße.«

»Entschuldigen Sie, das habe ich jetzt akkustisch nicht verstanden.«

»Na, die Adresse von der Karte. Bietzkestraße 18, Berlin. Kaiser, Doreen.«

Solveighs Grinsen wurde noch ein wenig breiter, als sie sich bei ihm bedankte und auflegte.

London, England
07. Februar 2013, 13.12 Uhr (fünf Stunden später)

Im Kamin der Wohnung im sogenannten Londongrad, dem Zentrum russischer Macht in Canary Wharf, brannte ein Feuer, obwohl es erst Mittag war. Das Biest mochte die Flammen und bestand stets darauf, die Scheite selbst zu stapeln. Er formte aus Zeitungen lange Rollen, die er verknotete. Darauf schichtete er trockenes Birkenholz bevor er das extralange Streichholz an die unteren Ränder des Papiers hielt, das wenig später knackend die Scheite entzündete. Er blickte ins Feuer, während er auf die Regierungserklärung der deutschen Kanzlerin wartete. Der schwere Zwischenfall im AKW Neckarwestheim war jetzt drei Tage her, der in Forsberg einen. Die Bilanz mit mittlerweile elf Toten, zweihundert Kraftwerksmitarbeitern, die vermutlich bleibende Schäden davontragen würden, und über fünftausend Personen aus dem Katastrophenschutz und der Bevölkerung, die erhöhte Strahlenwerte abbekommen hatten, konnte sich sehen lassen. Bei Letzteren konnte niemand abschätzen, wie sich ihr Leben entwickeln würde. Vielleicht wurden sie achtzig Jahre alt, vielleicht erkrankten einige von ihnen an Krebs. Das Biest fragte sich, ob er Aktien von Pharmaunternehmen kaufen sollte, wahrscheinlich würden sich die Chemopräparate in naher Zukunft bestens verkaufen. Er machte eine Notiz für seinen Assistenten, bevor er den Ton des Fernsehers lauter stellte.

»Nach der Atomkatastrophe von Fukushima haben wir gesagt: Dieses Ereignis hat unsere Haltung verändert. Wir haben den Atomausstieg beschlossen. Die Katastrophe von Neckarwestheim hat uns in erschreckender Weise verdeutlicht: Das war nicht genug. Das Moratorium hatte uns überzeugt, dass ein schrittweiser, kontrollierter Ausstieg möglich, ja sogar geboten schien. Doch, und das sage ich Ihnen in aller Offenheit und Deutlichkeit: Ich habe mich getäuscht. Und deshalb habe ich gemeinsam mit der Bundesregierung entschieden: Das Zeitalter der Atomkraft in Deutschland endet mit dem heutigen Tage.«

Der gesamte Bundestag applaudierte, die Erleichterung war den Politikern aller Parteien anzumerken, es war, als wäre dem 2,5 Tonnen schweren Bundestagsadler ein Stein vom Herzen gefallen.

»Aber ich will diesem hohen Haus nicht die Konsequenzen verschweigen, die diese unsere Entscheidung für unser Land haben wird. Die Energiekosten werden massiv steigen …«

Das Biest bemerkte, dass sie die Vokabel »explodieren« vermied.

»… und wir werden die Gasimporte drastisch erhöhen müssen. Schon heute liegt der Erdgaspreis auf einem Allzeit-Hoch. Und das ist nicht das Ende der Fahnenstange. Ich habe jedoch mit unseren Freunden in Russland eine Liefergarantie vereinbart, die uns dabei helfen wird, unsere Wirtschaft wettbewerbsfähig zu halten.«

Das Biest lächelte.

»Ich möchte noch einmal betonen, dass die Bundesregierung bei allen Risiken, bis hin zu einem möglichen Blackout in Deutschland, die Kernkraft für nicht zukunftsfähig erachtet. Wir verstehen die mehrere Hunderttausend Demonstranten, die seit Tagen in unseren Städten für den sofortigen Ausstieg auf die Straße gehen. Und wir schließen uns ihrer Meinung an. Der Kernkraft ist die Grundlage entzogen worden.«

Alles lief genau nach Plan. Das Biest legte einen weiteren Birkenscheit in den Kamin, der sofort lodernd Feuer fing.

»Lassen Sie mich zum Schluss noch zu den Gerüchten Stellung nehmen, die in den letzten Tagen in unserem Land kursieren, es handele sich bei den Störfällen in Neckarwestheim und Forsberg um Terroranschläge. Gegenwärtig liegen uns keine gesicherten Erkenntnisse darüber vor, wie es zu den beiden Vorfällen kommen konnte. Aber ich kann Ihnen versichern, dass die Bundesregierung alles daransetzen wird, in den nächsten Tagen die genauen Ursachen zu ergründen.«

Als die Gegensprechanlage seines Telefons summte, stellte das Biest den Ton des Fernsehers aus. Der Besuch war eingetroffen. Der Engländer würde erklären müssen, wie der junge Russe entkommen konnte und wie er die Situation wieder unter Kontrolle bekommen wollte. Es galt eine weitere Brücke hinter sich abzubrennen. Die letzte, die zu ihm führte. Und es war eminent wichtig, dass diesmal nichts schiefging. Er schauderte, als er den Kamelhaarmantel im Türrahmen erblickte.

Flughafen Tegel, Berlin, Deutschland
07. Februar 2013, 20.04 Uhr (sieben Stunden später)

Die Bombardier Global der Flugbereitschaft des Verteidigungsministeriums landete kurz vor acht, immer noch in Tegel. Aufgrund einer weggelächelten Bauverzögerung beim neuen Großflughafen war der alte Stadtterminal immer noch in Betrieb. Die Besatzung des zweistrahligen Verkehrsflugzeugs hatte sich über den ungewöhnlichen Auftrag ebenso gewundert wie über ihre Passagiere: Ein Pick-up im äußersten Norden Norwegens und nach dem Auftanken sofort wieder zurück nach Berlin mit einer Frau und einem Mann, zwei Zivilisten, die jedoch nicht aussahen wie die Minister oder Staatssekretäre, die sie sonst beförderten. Die blonde Luftfahrttransportbegleiterin, die die beiden während des Flugs betreut hatte, blickte ihnen nachdenklich hinterher, als sie in einen schwarzen Audi stiegen, der sie auf dem Rollfeld erwartete.

Marcel beobachtete Solveigh aus dem Augenwinkel, während sie mit ihrer Zentrale telefonierte. Irgendetwas stimmte nicht mit ihr. Sie wirkte ihm gegenüber abweisend, unterkühlt. Und gleichzeitig aufgebracht, unruhig. Und sie lachte kaum, zumindest wesentlich weniger als sonst und am allerwenigsten über seine Bemerkungen. Das einsilbige Telefonat, das sie offenbar mit ihrem engsten Kollegen Eddy führte, hatte ihm bisher auch noch nicht weiter Aufschluss darüber gegeben, was passiert war, es bestand zum größten Teil aus einzelnen Wörtern wie ›Ja‹, ›Nein‹ oder ›Okay‹. Marcel vermutete, dass sie ganz bewusst ihm gegenüber etwas zu verschleiern versuchte. Als sie aufgelegt hatte, betrachtete er sie von der Seite. Sie hielt sich gerade, den Kopf streng nach vorne gerichtet.

»Solveigh, was ist los?«

»Nichts, Marcel. Es ist alles in Ordnung.«

»Das glaube ich nicht. Du redest kaum mit mir, deinen Humor hast du offenbar in Paris oder in Prag oder sonst wo vergessen, und mit uns ist irgendwas alles andere als in Ordnung. Nur habe ich leider überhaupt keine Ahnung, was das sein könnte.«

Solveigh schwieg mehrere Minuten lang und starrte weiter geradeaus. Die Limousine glitt durch die abendliche Hauptstadt, vorbei an Autohäusern und Möbelmärkten. Marcel war mehrfach versucht, einen neuen Anlauf zu nehmen, aber sie sah aus, als ob sie Zeit zum Nachdenken bräuchte. Mitten in der Vorstadt bedeutete Solveigh ihrem Fahrer auf einmal, rechts ranzufahren.

»Du hast recht, wir müssen reden«, sagte Solveigh. »Warten Sie bitte hier, es dauert nicht lange«, bat Solveigh den Fahrer und stieg aus der Limousine. Sie liefen schweigend auf der Straße nebeneinander, bis sie die Spree erreicht hatten. Erst in der Mitte einer einfachen Brücke aus blau gestrichenem Stahl und einfachem Beton blieb Solveigh stehen. Und lehnte sich an das Geländer, ihren Blick immer noch starr geradeaus den Fluss hinunter gerichtet. Marcel trat neben sie und stützte sich ebenfalls mit den Unterarmen ab. Ihre Ellenbogen berührten sich durch den dicken Stoff ihrer Jacken, unter ihnen am Ufer standen neue Hotels neben alten Fabriken und maroden Verwaltungsgebäuden. Typisch Berlin. Der Wind wehte ihr eine geschwungene Locke ins Gesicht. Marcel bemerkte ein feuchtes Glitzern in ihren Augen. Ohne sich ihm zuzuwenden, begann sie, mit nüchternen Worten alles zu erklären. Sie war schwanger. Gewesen. Natürlich von ihm! Ihr Kind hatte es nicht geschafft. Vielleicht war es ihre Schuld. Oder die ihres Jobs. Aber sie hatte in das Kernkraftwerk gehen müssen. Er hielt sie im Arm, während sie erzählte, und ließ sie auch nicht los, als sie nach ihrem Geständnis verstummte.

»Marcel«, sagte sie schließlich. »Ich brauche deine Hilfe.«

»Natürlich, was immer ich tun kann.«

»Du musst mich vertreten. Du musst alleine zur Wohnung von der Kaiser fahren und dich dort umsehen. Eddy wird dir helfen. Ihr müsst unbedingt herausfinden, wer sie auf den AKW-Mitarbeiter angesetzt hat. Und dass das jemand getan hat, daran dürften kaum Zweifel bestehen. Und bitte, nur dieses eine Mal: Vergiss den Journalisten. Keine Story, okay? Tu einfach das, was ich tun würde. Zusammen mit Eddy. Kannst du das für mich machen, Marcel?«

»Na ja, ich kann es zumindest versuchen. Aber nur, wenn du mir erklärst, warum du das nicht selbst machen kannst.«

»Ich muss noch woandershin, um das Kapitel endlich abschließen zu können. Es gibt keine andere Möglichkeit, und

Eddy hat sich um einen Termin noch heute Abend gekümmert. Sie warten schon auf mich. Morgen früh bin ich wieder fit.«

Marcel begriff, worum es ging. Natürlich. Wann hätte sie in den letzten Tagen auch sonst den Eingriff machen lassen sollen?

»Ich hole dich ab, okay?«, versprach Marcel. Solveigh nickte.

———

Der Wagen setzte Marcel vor der Bietzkestraße 18 ab. Das Miethaus war einfach, orangefarbene Balkone hingen an einer gelben Sechzigerjahre-Fassade, und vor dem Eingang warteten bereits zwei Streifenpolizisten.

»Ihr Kollege ist übrigens schon da, die Tür ist offen«, sagte der ranghöhere Beamte und trat dabei eine Kippe aus.

»Was für ein Kollege?«, fragte Marcel verdattert.

»Na, der Polizeihauptmeister aus Heilbronn. Tauschgeschäft oder so ähnlich.« Die Uniformierten lachten unisono. Marcel lachte nicht, sondern machte sich stattdessen an den Aufstieg in den vierten Stock ohne Fahrstuhl. Das Treppenhaus wirkte ebenso unspektakulär wie die Fassade, grau, aber gepflegt. Es roch nach gegrilltem Hähnchen, Fett und nassen Schuhen. Als er den dritten Stock erreicht hatte, wählte er die Nummer von Solveighs Kollegen Eddy.

»Was soll ich jetzt machen?«, fragte er. »Die Beamten haben mir verraten, dass schon einer da ist. Aus Heilbronn.«

Eddy lachte. »Der Tauscheck ist schon da? Er arbeitet für uns, genauer gesagt: für Solveigh. Zumindest im Moment. Und was du machen sollst? Wie wir besprochen haben, ist jeder Hinweis zu Doreen Kaisers Leben wichtig. Vergangenheit, Arbeitgeber, Freunde, einfach alles. Tut mir leid, dass ich das nicht weiter eingrenzen kann, aber so ist es nun einmal. Wir müssen versuchen, ihren Auftraggeber zu identifizieren.«

»Okay. Ich versuch's«, versprach Marcel und legte auf. Die

Tür zu Doreen Kaisers Wohnung stand offen, das Schloss war brutal aufgebohrt worden. Im Flur war es kalt, und es wirkte, als hätte sie vor ihrem Auftrag noch einmal durchgeputzt. Das Linoleum roch nach künstlicher Bergwiese, die Kleiderhaken waren leer. Vielleicht die Kommode darunter? Marcel zog eine Schublade auf und begann, den Inhalt nach etwas Interessantem zu durchwühlen, als ihn plötzlich jemand ansprach.

»Und wer bitte schön sind jetzt Sie?«, fragte ein Mann in grüner Polizeiuniform. Er trug einen Indianerring am Finger und war schätzungsweise Mitte fünfzig. Graue, ein wenig zu lange Haare. Er sah mehr wie ein Streetworker als wie ein Polizist aus.

»Marcel Lesoille von der ECSB«, log er. »Ein Kollege von Solveigh.«

»Ah, Frau Lang«, sagte der Beamte, als wären sie gute Bekannte. »Na, dann will ich Ihnen mal zeigen, was der Tauscheck gefunden hat. Kommen Sie mal mit!«

Seltsame Ausdrucksweise, notierte Marcel. Im Grunde ein gutes Motiv, der Indianer in Uniform. Er dachte nur kurz daran, die Leica aus der Tasche zu holen, bevor er sich erinnerte, was er Solveigh versprochen hatte. Trotzdem lief er dem Mann hinterher ins Schlafzimmer, wo er offenbar bereits den Inhalt sämtlicher Schränke und Schubladen ordentlich sortiert auf dem Bett ausgebreitet hatte.

»Meine Einschätzung hat sich nicht geändert bezüglich der Kaiser-Doreen. Eine äußerst geheimnisvolle Frau.«

»Und eine überaus attraktive dazu«, vermerkte Marcel, als er einige der Fotos betrachtete, die in der Mitte des Bettes lagen.

»Ja, schon«, stimmte Tauscheck zu. »Aber vor allem geheimnisvoll. Es gibt keine Jugendfotos, keine Zeugnisse, keine Dokumente von vor 1991. Nichts. Es ist, als habe ihr Leben erst in diesem Jahr begonnen. Genauer gesagt: am 18.9.1991 mit einer Arbeitslosenmeldung.«

Das war tatsächlich eigentümlich. Normalerweise bewahrt doch jeder irgendetwas aus seiner Vergangenheit auf, und sei es ein Impfpass. »Und Sie haben wirklich alles gründlich durchsucht?« Der Indianer warf ihm einen tadelnden Blick zu.

»Okay, okay«, wehrte Marcel ab. »Und in der näheren Vergangenheit?«

»Wollen wir doch mal sehen.« Er begann, einen Stapel DIN-A4-Papier durchzublättern. »Fast durchgängig Monatskarten für den BVG in den letzten zwei Jahren, Tarifbereich AB bis zum September, unterbrochen im Juni 2012 und im August 2011.«

»Urlaub«, schätzte Marcel. Der Beamte nickte. »Hilft uns der Tarifbereich weiter?« Kopfschütteln. »Nein, das ist ein riesiges Gebiet.«

»Sonst irgendetwas?«, fragte Marcel.

»Nicht so schnell, junger Mann. Ich habe ja nicht gesagt, dass der Tauscheck nicht noch ein Ass im Ärmel hat. Für besagten Juni und August fand ich einige Einzelfahrscheine, Hin- und Rückfahrt säuberlich abgeheftet neben den Monatskarten. Und was sagt uns das?«

Marcel hatte keine Ahnung, aber er musste Tauscheck auch nicht extra auffordern, seine Erkenntnisse loszuwerden.

»Die Steuererklärung. Sie hat sie aufgehoben wegen der ständigen Änderungen für die Fahrtkostenpauschale. Und damit haben wir einen Hinweis auf ihren Arbeitsplatz.«

»Und wohin ist sie gefahren?«

»Mehringdamm. U-Bahnhof.«

»Und was jetzt?«, fragte Marcel.

»Na, hier fertig machen, obwohl ich nicht glaube, dass wir noch irgendwas finden werden, und ab morgen früh Klinkenputzen am Mehringdamm.«

»Ich habe morgen früh schon einen Termin. Schaffen Sie das alleine?«

Erneut erntete Marcel einen tadelnden Blick von Tauscheck,

der ihm sagen sollte, dass er es natürlich alleine schaffte. Und zur Not konnte er ja noch die beiden Beamten vor der Wohnung verpflichten. Denn eines hatte Marcel ganz sicher nicht vor: Solveigh alleine zu lassen, wenn sie aus der Narkose aufwachte. Er musste in die Charité, so schnell wie möglich.

———

Als Solveigh mitten in der Nacht aufwachte, sehr langsam, aus einem tiefen, traumlosen Schlaf, sah sie Marcel noch in seiner Jacke auf dem Besucherstuhl sitzen. Er hatte ihn ganz nah neben ihr Bett geschoben, sein Kopf lag auf seiner Schulter, seine Fingerspitzen berührten den Katheter auf ihrem Handrücken. Sie lächelte. Als sich langsam der Nebel in ihrem Kopf verzog, stellte sie fest, dass es ihr erstaunlich gut ging. Körperlich war sie natürlich geschwächt, und ab und zu überfiel sie eine tiefe Traurigkeit, aber innerlich fühlte sie sich auch seltsam befreit. Als könne sie erst jetzt von dem Zustand loslassen, der hätte sein können, aber einfach nicht mehr war. Sie fragte sich, ob alles normal verlaufen war, und ertappte sich bei dem irrationalen Gedanken, ob man ihr das Frau-Sein genommen hatte. Ob etwas schiefgegangen war? Ein Routineeingriff, hatten sie ihr bei der Einweisung versichert. Sie machten so etwas mehrmals jeden Tag, kein Problem. Machen Sie sich keine Sorgen. Dann kam das Formular zur Risikoaufklärung. Und die beruhigenden Worte lösten sich auf im Strudel der Befürchtungen. Sie trank eine halbe Flasche Wasser in einem Zug und hätte sich beinahe verschluckt, weil Marcel auf einmal hochschreckte. Nach einem kurzen Moment der Desorientierung fixierten sich seine Augen auf sie. Dann begriff er, dass er nur schlecht geträumt hatte, und strahlte sie an. »Guten Morgen, Solveigh.«

»Hallo, Marcel. Schön, dass du gekommen bist.« Die Worte purzelten noch ungelenk aus ihrem trockenen, verschlafenen Mund. Das würde sich glücklicherweise schnell ändern.

Es klopfte an der Tür, und im selben Moment spürte sie, wie ihr Herz schneller schlug und sich Angst in ihr breitmachte. Ein weißer Kittel betrat ihr Zimmer, und kaum hatte er die Tür geschlossen, fühlte sich die sonst so harte Solveigh, Special Agent der ECSB, ganz klein. Der Arzt starrte auf ein Datenblatt. Er sah nicht glücklich aus. Bildete sie sich das ein? War alles gut?

»Wie geht es Ihnen, Frau Lang?«, fragte er.

Verdammt noch mal, das sollte doch der mir sagen!, dachte Solveigh. Marcel rutschte unruhig auf seinem Stuhl hin und her. Sie antwortete: »Gut. Ein leichtes Ziehen im Unterleib, aber sonst gut.« Er nickte in sein Datenblatt. Wie? Ist? Es? Verdammt? Noch mal? Gelaufen?

»Die OP verlief ohne Komplikationen«, sprach er endlich die erlösenden Worte aus. »Wie Herr Rames es verlangt hat, haben der Oberarzt und ich zu zweit operiert, sodass einer ständig den Ultraschall im Auge behalten konnte.«

Danke, Eddy! Danke tausendmal. Du bist der Beste. Ich werde dir so viel Wein in deiner Bodega ausgeben, wie du nur trinken kannst. Verlass dich darauf.

»Wann kann ich hier raus?«, fragte Solveigh, die sich auf einmal wieder ihrer Pflichten bewusst wurde. Sie erinnerte sich daran, was auf dem Spiel stand. Ziehen im Unterleib hin oder her. Sie warf einen kurzen, fragenden Seitenblick zu Marcel, der beruhigend abwinkte. Offenbar hatte seine Zusammenarbeit mit Eddy Früchte getragen.

»Den Tag über möchten wir Sie mindestens noch zur Beobachtung hierbehalten. Herr Rames hat gesagt, wir sollen uns so viel Zeit nehmen wie nötig.«

»Herr Rames ist irrelevant, Sie haben ja jetzt mich, um selbst zu entscheiden. Gibt es die Möglichkeit von Folgeschäden, wenn ich mich selbst entlasse, sobald ich wieder laufen kann?«

Der Arzt schüttelte den Kopf: »Nein, aber Sie sollten sich bewusst sein, dass Sie einen chirurgischen Eingriff hinter sich haben, und sich schonen.«

»Versprochen«, sagte Solveigh mit dem ernsthaftesten Blick, zu dem sie fähig war.

Sechs Stunden später, um exakt 09.46 Uhr, verließ Solveigh die Berliner Charité auf eigenes Risiko. Sie fühlte sich noch etwas wackelig auf den Beinen, aber es ging aufwärts. Jedem Tief folgt ein Hoch, erinnerte sich Solveigh, als sie mit Marcel zusammen auf den Rücksitz des Audis glitt. Ab jetzt zählte nur noch der Fall. Und sie freute sich fast ein wenig auf die Ablenkung.

Sie erreichten den Mehringdamm im Stadtteil Kreuzberg keine halbe Stunde später. Sie hatten sich mit dem Polizisten aus Heilbronn am Eingang zur U-Bahn verabredet, und er wartete schon auf sie, mit einem Döner in der Hand. Er begrüßte Solveigh mit vollem Mund: »Ehrlich gesagt ist dieses Ding hier der beste Döner, den ich je gegessen habe. Sollten Sie auch mal probieren, ist gleich da vorne.« Er deutete mit dem Teigfladen in Alufolie auf einen kleinen Verhau auf dem Bürgersteig. Mustaphers Gemüsedöner.

»Vielleicht später«, antwortete Solveigh und erkundigte sich nach dem Stand der Ermittlungen.

»Zehn Beamte durchkämmen die umliegenden Geschäfte und Wohnhäuser. Alle haben ein Foto von Doreen Kaiser dabei, ich warte jederzeit auf einen Anruf.«

Wie auf Bestellung klingelte in diesem Moment das Handy. Tauschek drückte Marcel den Rest seines Gemüsekebaps in die Hand und fischte ein Handy aus seiner Dienstlederjacke. Das Telefonat dauerte keine drei Minuten. Als er aufgelegt hatte, nahm er Marcel den Döner wieder ab und bedeutete ihnen, ihm zu folgen. Er schlang im Gehen die letzten Reste hinunter. Zwischen zwei Bissen erklärte er ihnen, was die Beamten herausgefunden hatten. Solveigh verstand nur drei Worte: Doreen,

Casino und Arbeit. Es reichte aus, um zu verstehen, dass sie offenbar Doreens Wirkungsstätte gefunden hatten. Das Casino entpuppte sich als billige Spielhalle. Der Geruch von abgestandenem Bier, kaltem Altherrenschweiß und Kupfermünzen ließ sie flach atmen. Das Trio aus einer Frau im dunklen Kostüm, Marcel in einer modischen petrolfarbenen Jacke und dem Polizisten mit dem Indianerring, das man ohnehin als bunt bezeichnen durfte, wirkte hier doppelt deplatziert. Der Beamte, der die Befragung durchgeführt hatte, stellte ihnen den Besitzer als einen Robert Tucher vor, der darauf bestand, Robbie genannt zu werden, und dessen Schweißgeruch nach Solveighs Nase mindestens für fünfzig Prozent des schlechten Raumklimas verantwortlich war. Sie erfuhren, das Doreen Kaiser als Buchhalterin für ihn gearbeitet hatte und dass sie sehr zuverlässig gewesen war. Bis zum 15. September im letzten Jahr, an dem ein grauhaariger, dünner Rentner hier aufgekreuzt war, den sie zu kennen schien. Sie hatte noch am gleichen Tag ihre Kündigung eingereicht, und obwohl Robbie nach eigener Aussage »alles getan hatte, um das Mädchen zu halten«, hatte er sie danach nie wiedergesehen. Auf einem Foto von einer Überwachungskamera in Haifa identifizierte er den Besucher als Thomas Eisler, den ehemaligen Stasioffizier. Sie hatten ihre Verbindung zu dem Fall gefunden. Doreen Kaiser hatte das Virus über ihre Bekanntschaft zu Peter Bausch in das Kraftwerk eingeschleust. Sie hatten eine Spur. Eine ziemlich heiße sogar.

Als sie das Casino verließen, zog Solveigh ihr Handy aus der Tasche und wählte Eddys Nummer.

»Eddy, verschaff dir Zugang zu den Überwachungskameras in Berlin. Wir brauchen alles, was die polizeilichen hergeben. Für die nicht öffentlichen schicke ich dir gleich eine Liste.«

»Aber Frau Lang«, mischte sich Tauscheck ein. »Ich habe das überprüft, bevor wir hier mit der Befragung begonnen haben. Es gibt keine Kameras hier in der Gegend. Nur an der U-Bahn-Station, und das wird uns ja kaum etwas …«

Solveigh legte die Hand über das Mikrofon und grinste ihn an: »Das vielleicht nicht, aber ich denke, ich habe da eine Idee. Sie können schon mal anfangen, mir die Fotos von der Kleidung rauszusuchen, die Sie in der Wohnung in Heilbronn sichergestellt haben. Das haben Sie doch, oder?«

Der Polizeihauptmeister nickte.

»Im Ihrem Bericht standen Marken wie Burberry und Tommy Hilfiger. Halten Sie es für denkbar, dass sie diese Klamotten von dem Gehalt hätte kaufen können, das ihr dieser Halsabschneider Robbie bezahlt hat?«

Tauscheck schüttelte den Kopf.

»Also: Irgendwo wird sie die Sachen dann doch wohl gekauft haben zwischen dem 15. September und ihrer Ankunft in Heilbronn Mitte Dezember, oder nicht? Wenn ich in kurzer Zeit viele unterschiedliche Klamotten bräuchte, was, glauben Sie, wo ich die suchen würde? Ich wette darauf, dass sie auch in der Gegend um den Kurfürstendamm eingekauft hat. Und dort gibt es mehr Kameras als bei Wetten, dass?«

Tauscheck grinste.

Berlin, Deutschland
08. Februar 2013, 16.04 Uhr (sechs Stunden später)

In einem schäbigen Hotel in Moabit, hängte der Engländer seinen Kamelhaarmantel in den Schrank und schlüpfte in eine schwarze Funktionsjacke. Die Makarow, eine alte, aber dennoch nicht weniger wirkungsvolle Schusswaffe, steckte im Schulterholster, das Paket mit dem Sprengstoff in einer Plastiktüte des lokalen Supermarkts, eingewickelt in silbern glänzende Frischhaltefolie mit einem Etikett von heute: Lachsfilet frisch, 2,5 Kilogramm. Er hielt nichts von Aktenkoffern oder Geigenkästen, alles konnte verdächtig wirken in der Hand eines Mannes mit Lederhandschuhen und dunkler Kleidung. Plastiktüten hingegen machten aus jedem Terroristen einen Anwohner auf dem Weg an den heimischen Herd. Eine Flasche billigen Weißwein, eine Stange Lauch und eine Packung Parboiled-Reis in Kochbeuteln rundeten das Bild ab. Zufrieden betrachtete er seine Erscheinung im Spiegel des Badezimmers und verließ das Hotel durch den Seiteneingang. Er kannte die Adresse von einem früheren Besuch in Berlin, die Wohnung lag in der Nähe vom Alex. Er hoffte nur, dass der alte Mann seine Routine nicht geändert hatte. Sonst würde er warten müssen, und er wartete nicht gerne, ebenso wenig wie sein Auftraggeber. Die Brücke abbrennen. Sein Plan sah nicht weniger vor.

KAPITEL 57

Amsterdam, Niederlande
08. Februar 2013, 16.04 Uhr (zur gleichen Zeit)

In der Einsatzzentrale der ECSB herrschte konzentrierte Anspannung. Alle Anwesenden spürten, dass sie auf einen entscheidenden Punkt ihrer Ermittlungen zusteuerten.

»Ich will noch einmal eure Herleitung sehen, Eddy«, bat Sir William, der in konzentrischen Kreisen durch die Schreibtischreihen lief.

»Erster Kontaktpunkt mit der Zielperson: das Kaufhaus Claas & Papenburg am 21. September 2012 um 11.49 Uhr. Doreen Kaiser bezahlt an der Kasse mit einer Prepaid-Kreditkarte auf den Namen Patricia Keller.«

»Nicht rückverfolgbar?«

»Eine amerikanische Kreditkartengesellschaft, online ausgegeben und über mehrere Ebay-Verkäufe alter Autoprospekte aufgefüllt. Die angegebene Adresse der Karte und des Ebay-Kontos lautet Woodroad, New York.«

»Holzweg? Sehr witzig«, grummelte Thater, ohne seinen Marsch zu unterbrechen. Weiter im Text!«

»Zweiter Kontaktpunkt Ku'damm, eine Überwachungskamera der Polizei. Sie läuft in Richtung U-Bahnhof Uhlandstraße. Als Nächstes haben wir sie …«

»Okay, okay. Ich weiß. Vielleicht bin ich etwas nervös«, unterbrach ihn Thater.

»Sir?«, fragte eine weibliche Stimme vollkommen unvermittelt und mit dringlichem Tonfall in den Raum. Thater wandte sich der Analystin zu.

»Golfech in Frankreich meldet multiples Versagen von Kühlpumpen. Über die Krisen-Hotline, die wir eingerichtet haben. Nofallmaßnahmen sind eingeleitet.«

»Verdammt«, fluchte Will und blieb zum ersten Mal seit einer Stunde ruhig auf einem Fleck stehen.

»Sir«, sagte die Frau, die den Zwischenfall gemeldet hatte. »Es werden immer mehr. Wenn wir nicht bald …«

»Ich weiß, ich weiß …«, murmelte Sir William. Er sah müde aus. Sie alle sahen müde aus. Aber es nützte nichts. Also weiter im Text, dachte Will und stellte seine nächste Frage, als ob es die drohende Katastrophe in Südfrankreich nicht gegeben hätte: »Und ihr habt sie sicher bis zu dieser Wohnung verfolgt? Lückenlos?«

Eddy räusperte sich: »Nun ja, so lückenlos das nun einmal geht. Können wir sicher sein, dass sie irgendwo jemand zwischendrin getroffen hat? Nein. Können wir nachweisen, dass sie an diesem Tag eingekauft hat und schließlich in dem Apartmentblock am Alex verschwunden ist? Ja. Definitiv. Ohne jeden Zweifel.«

»Und wir glauben zu wissen, in welcher Wohnung sich Eisler aufhält?«

»Ja, das glauben wir. Die Berliner Polizei hat eine sehr diskrete telefonische Befragung einiger Mieter durchgeführt, und dabei sind wir auf die Spur eines gewissen Cornelius Henke gestoßen, der seit mehreren Jahren gleich zwei Wohnungen in dem Apartmentblock angemietet hat. Direkt übereinander. Er bezahlt die Miete in bar bei der Hausverwaltung, angeblich wegen einer Pfändungsklage seiner Exfrau. Die Buchhalterin hat ihn eindeutig als Thomas Eisler identifiziert. Laut Zeugenaussagen steht die Wohnung im sechsten OG jedoch seit Jahren leer, er wohnt also offenbar im siebten Stock, wobei wir annehmen, dass er die zweite Wohnung als Fluchtweg ausgebaut hat, weswegen wir in jedem Fall beide zeitgleich stürmen sollten.«

»Okay, das muss uns reichen«, befand Thater und fügte, an das virtuelle Konterfei zweier Männer an der Wand gewandt, hinzu: »Was meinen Sie? Herr Oberstaatsanwalt?«

Der Kleinere der beiden nickte über den Rand seiner Lesebrille: »Sie kriegen die Papiere. Wenn ich recht informiert bin, ist das SEK bereits vor Ort?«, fragte er, an seinen Kollegen gewandt.

Berlin, Deutschland
08. Februar 2013, 16.35 Uhr (kurz darauf)

Solveigh Lang schwitzte unter der schweren Schutzweste. Sie gehörte zu dem Team, das im siebten Stock in einer kurzfristig geräumten Nachbarwohnung Stellung bezogen hatte. Das ältere Ehepaar, das hier normalerweise wohnte, war von einer Beamtin in Zivil auf die Straße geleitet worden. Das SEK-Team hatte – ebenso in Zivil und die Ausrüstung in großen Reisetaschen verstaut – die Wohnung in Beschlag genommen. Nun stapelten sich die leeren Taschen auf einem Sofa aus Samt, Heckler & Koch MP5 lehnten samt Ersatzmagazinen an Biedermeierschränkchen. Die Männer mit Sturmhauben unter den Helmen mit Schallschutz und integrierten Funkgeräten drängten sich in dem engen Flur, in dem es nach gebratenem Schollenfilet und Haarwasser roch. Solveigh hockte neben dem Einsatzleiter auf dem Teppich vor dem niedrigen Couchtisch und beugte sich über einen Grundriss des Hauses. Der Einsatzleiter trank die dritte Dose Red Bull und stellte sie auf die Ecke mit dem Maßstab. Er erläuterte noch einmal seinen Plan: »Team 7«, was für den siebten Stock stand, »bricht die Tür mit dem Rammbock um 0:00:00. Team 6 folgt um 0:00:15. Wir rücken in Standardformation vor, ›hit and rush‹. Kein Problem.« Er nahm einen weiteren Schluck von dem Getränk, das nach Gummibärchen roch und das Solveigh zum Kotzen fand. Es war sein zweiter Einsatz heute und wohl auch für einen Teil seiner Männer. Das Berliner SEK war eines der bestbeschäftigten der gesamten Bundesrepublik. Wahrscheinlich war es vorteilhaft für ihren Einsatz, wenn er sich mit dem Getränk aufputschte, auch wenn sie den Geruch nicht ausstehen konnte.

Er rollte den Plan zusammen, als Solveigh nickte. Sie packte ihn am Arm: »Eins noch, Herr Reimers.« Er hielt inne und starrte sie aus seiner Sturmmaske an. Vermutlich ahnte er, was jetzt kommen würde, sie wusste schon jetzt, dass er Probleme machen würde, und sie konnte es ihm nicht einmal verdenken.

»Ich gehe mit. Und zwar vorne dran. Mit Ihnen.«

Reimers atmete scharf ein: »Kommt überhaupt nicht infrage, Frau Lang. Erstens gehe ich nicht vorneweg, das ist vollkommen unüblich für den Einsatzleiter, und zweitens nehme ich auf gar keinen Fall eine Zivilistin mit da rein. Das gibt nur Probleme. Was wollen Sie machen? Mit Ihrer niedlichen Jericho in der Luft rumfuchteln, wenn der ein Sturmgewehr da drin hat? Sie wissen schon, dass eine Pistole sehr viel besser als Drohgebärde taugt, als zum schießen?«

Solveigh seufzte. Natürlich. Aber damit hatte sie gerechnet. Sie zog einen Ausdruck aus ihrer Weste, den sie sich am Morgen ins Hotel hatte faxen lassen. Während Reimers las, schnappte sie sich eines der Sturmgewehre und überzeugte sich zunächst, dass der Abzug auf »sicher« stand. In einer einzigen flüssigen Bewegung entfernte sie dann das Magazin, entlud die Patrone aus dem Lauf, zog die Schulterstütze heraus, steckte die Patrone zurück ins Magazin, zog den Spannschieber zurück und führte das Magazin wieder ein. Sie senkte den Lauf genau in dem Moment, in dem Reimers ihre Teilnahmebestätigung eines Lehrgangs bei der SAS zur Geiselrettung inklusive Waffenschulung auf Heckler & Koch MP5 durchgelesen hatte.

»In Ordnung, verzeihen Sie die Zivilistin. Aber warum, in Gottes Namen, wenn ich fragen darf? Sie wissen, dass es immer ein Risiko ist, eine eingespielte Gruppe zu ergänzen, oder nicht?«

Solveigh nickte: »Natürlich. Dessen bin ich mir voll bewusst. Aber ich weiß auch als Einzige in diesem gesamten Team um die Brisanz der Situation und wie wichtig diese Wohnung, besser gesagt ihr Bewohner für uns ist. Wir können einfach nicht riskieren, dass irgendjemand durchdreht. Deshalb möchte ich auch Sie ganz vorne mit dabeihaben. Es ist absolut und unbedingt erforderlich, dass wir die Zielperson unversehrt festnehmen. Selbst zwei Tage Bewusstlosigkeit auf der Intensivstation wegen einer minderschweren Schussverletzung, die Ihre Leute normalerweise zu Recht billigend in Kauf nehmen, können wir uns nicht erlauben.«

Sie flüsterte jetzt fast: »Es steht einfach zu viel auf dem Spiel.« Wie viele Tote liegen noch an unserem Wegesrand bis zum Ziel?, fragte sich Solveigh, ohne es laut auszusprechen.

Reimers nickte bedächtig und strich unter seinem Helm über den Stoff der Sturmhaube. Er kratzte an seinen Bartstoppeln. »Also gut, Frau Lang. Wir machen das so. Auch wenn mir nicht wohl dabei ist, aber wenn ich Ihre Zettel hier richtig interpretiere …«, er fuchtelte angesäuert mit den Papieren herum, die sie ihm gegeben hatte, »gibt es ohnehin eine Order von ganz oben.«

Solveigh zog ebenfalls eine Sturmhaube über den Kopf und setzte den Helm auf. Das vertraute Geräusch eines aktiven Sprechfunks legte sich über ihre Ohren.

»Also los«, sagte Reimers und drückte sich an seinen Männern vorbei durch den Flur, Solveigh folgte dicht hinter ihm. Er nickte einmal in die Runde und überzeugte sich leise per Funk, dass Team 6 ebenso bereit war. Dann liefen sie das kurze Stück über den Flur bis vor die Haustür der Zielwohnung. Schwere Stiefel klapperten leise über den abgenutzten Steinboden des Plattenbaus. Dann traten Solveigh und er zur Seite. Ein Team von zwei Männern schleppte einen schweren eisernen Rammbock vor die dünne Holztür. »Los«, flüsterte Reimers ins Mikrofon, und keine Sekunde später barst das einfache Haustürschloss und gab den Weg frei. Die schwarz gekleideten Männer verteilten sich effizient und schnell, die Mündungen ihrer Maschinenpistolen streiften jeden Raum der kleinen Wohnung, die geschulten Augen suchten nach Bewegungen. Menschlichen Bewegungen. »Raum eins gesichert«, hörte Solveigh. Die Küche. »Raum zwei gesichert.« Das Wohnzimmer. Solveigh und Reimers standen vor der Tür zum dritten Zimmer, in dem sie ihr Ziel von Anfang an vermutet hatten. Das Zimmer, das wahrscheinlich eine Fluchttür zur Wohnung darunter besaß. Sie hielt die Maschinenpistole nach oben. Keine Feuerbereitschaft. Dann blickte Reimers sie fragend an. Sie nickte. Er rammte die Tür mit der Schulter ein und senkte seine Waffe in derselben Bewegung. Solveigh folgte, und was sie sah, ließ ihr den Atem stocken.

Reimers schrie: »Hände hinter den Kopf! Und dann ganz langsam hinlegen.« Die Bilder fanden wie in Zeitlupe den Weg in Solveighs Gehirn, das versuchte, sich einen Reim darauf zu machen. Das Adrenalin. Er lag doch schon. Reimers meinte den zweiten Mann, der in der Ecke des Raumes stand und ein Handy in der Hand hielt.

»Waffe fallen lassen!«, schrie Reimers. Solveighs Waffe zeigte auf den Mann am Boden. Sekundärziel. Sichern. Vermutung bestätigen. Sie lief über den ausgetretenen Teppichboden über rote Pfützen aus Blut. Ein Mann in einer dunklen Jacke, dunkle Hose. Zivilist. Vermeintlich. Er lag auf dem Rücken. Die Maschinenpistole im Anschlag, versuchte sie, seinen Kopf mit dem Fuß umzudrehen. Was viel zu leicht gelang. Ein großer Schwall Blut ergoss sich aus seiner bis auf die Halswirbelsäule aufgeschlitzten Kehle auf den Teppich. Die Knochen leuchteten weiß im Meer aus Blut. Jemand hatte ihm eine Stange Lauch tief in den Rachen geschoben. Was hatte das zu bedeuten? Was hatte der Mann hier gewollt? Solveigh beschlich ein ungutes Gefühl. Keine Zeit.

»Sekundärziel tot«, sagte Solveigh im Tonfall eines Nachrichtensprechers. Seltsamerweise schienen ihre Worte nicht der gleichen Zeitmessung zu unterliegen wie die Bilder, die auf sie einströmten. Sie hob die Waffe und zielte auch auf den Mann in der Ecke. Älter. Alt. Ein grauhaariges Männchen in einem guten Anzug. Feine Gesichtszüge unter den Falten. Sie hatten Thomas Eisler gefunden.

»Fallen lassen!«, schrie Reimers erneut, weitere Männer stürmten hinter Solveigh in den Raum.

»Raum eins gesichert«, begann im Sprechfunk die Aktion einen Stock tiefer.

»Wenn ich das tue, gehen wir alle drauf«, sagte der ehemalige Stasioffizier viel ruhiger als man hätte erwarten sollen.

»Raum zwei gesichert.«

Die analoge Anzeige am Flughafen schob sich in Solveighs Blickfeld wie damals in Prag, als Thanatos zum Gürtel gegriffen hatte. Was hatte der Alte in petto? Eine Waffe? Gehen wir alle drauf? Eine Handgranate? Die Möglichkeiten ratterten über das Schwarze Brett.

»Scharfe Zündvorrichtung in Raum neun. Wiederhole,

scharfe Zündvorrichtung in Raum neun«, quäkte es aus dem Sprechfunk. Die Etage drunter. Der Albtraum. Eine Bombe. Sie saßen auf einer Bombe. Auf einmal erkannte Solveigh die Zusammenhänge glasklar: Der Anschlag hätte Eisler eliminieren sollen. Sein Auftraggeber räumte auf, um die Spuren zu sich selbst zu verwischen. Erst Dimitrijs Geschäftspartner in Moskau, dessen Familie von einem Unbekannten regelrecht abgeschlachtet worden war, wie sie mittlerweile herausgefunden hatten, jetzt die Spur nach Europa. Der alte Mann lächelte. Reimers richtete langsam den Lauf seiner Waffe nach oben. Solveigh zögerte, aber folgte seinem Beispiel wenige Sekunden später.

»Okay, ganz ruhig«, verlangte Reimers.

»Wissen Sie, ich bin ganz ruhig. Und wissen Sie, warum? Weil ich alt bin und Sie nicht. Und weil ich etwas geschafft habe, das ich mir nach der unsäglichen feindlichen Übernahme durch den Klassenfeind nicht mehr hätte träumen lassen.«

»Ich bitte Sie, lassen Sie uns reden«, sagte Reimers ruhig, aber Solveigh erkannte in diesem Moment, dass es zu spät war. Sie wusste, sie würde sterben.

»In tiefer Verbundenheit zu meiner Heimat«, sagte der alte Mann und drückte eine Taste auf dem Handy in seiner Hand.

Amsterdam, Niederlande
08. Februar 2013, 16.51 Uhr (zur gleichen Zeit)

»Will, die Franzosen evakuieren die Gemeinden rund um Agen und Montauban. Offenbar gab es eine weitere Explosion, die Meldungen sind ein heilloses Durcheinander. Irgendwer hat wohl entschieden, dass die Fehlfunktionen nur die Folge eines Computervirus sind. Also haben wir im Grunde selbst mit unseren Warnungen dazu beigetragen, dass sie die Situation unterschätzt haben, auch wenn das nie unsere Absicht war. Und jetzt sind sie sich nicht mehr sicher, ob sie den Reaktor in den Griff kriegen«, sagte die Analystin, die für Frankreich zuständig war.

Will Thater, der auf dem Bildschirm das Stürmen der Wohnung in Berlin verfolgte, antwortete, ohne den Blick abzuwenden: »Kriegen Sie raus, wie weit Eddy mit dem Russen gekommen ist, und fragen Sie nach, ob die irgendwie helfen können, auch ohne den Quellcode.«

»Aber Sir, wenn selbst die Franzosen evakuieren …«

»Nicht jetzt, Marija«, blaffte er sie für seine Verhältnisse ungewöhnlich harsch an. Für Eddy und Will gab es im Moment nur eine Priorität: Berlin. Durch die Kamera an Solveighs Brille konnten sie sehen, was ihre Agentin vor Ort sah. Den alten Mann, der so seltsam ruhig schien. Sie hörten seine Worte, und Will Thater war der Erste, der begriff. Er schrie: »Neiiiin!«, keine halbe Sekunde bevor die Wucht der Explosion Solveighs Körper niederriss und der Bildschirm schwarz wurde. Der Schock stand ihnen in den Gesichtern geschrieben, das Tippen und die leisen Telefonate, sonst übliche Geräuschkulisse in ihrer Operationszentrale, hatten von einer Sekunde auf die andere aufgehört. Das einzige Geräusch war das Knirschen von Beton und herabfallenden Trümmerteilen, übertragen von Solveighs offenbar noch intaktem Mikrofon.

»Slang!«, schrie Will, der sich als Erster gefangen hatte. »Report!« Aber nichts rührte sich.

»Die Kamera filmt doch noch, oder nicht?«, fragte Will.

Eddy antwortete mit trockenem Mund: »Ja, das Signal ist noch da.«

»Das heißt, sie ist nicht zerstört worden, oder?«

»Vermutlich nicht«, gab Eddy zu. In seiner Stimme lag wenig Hoffnung.

»Slang, bist du verletzt? Antworte bitte, Solveigh.«

Aber die Leitung blieb stumm, während sich der Staub aus Putz und Beton langsam auf die Linse der Kamera senkte. Nur Schwarz, nichts als Schwarz. Aber noch wollte Will sie nicht aufgeben. Er hielt das Mikrofon ganz dicht vor seinen Mund und wiederholte alle paar Sekunden ihren Namen: »Slang? Alles okay?«

In dem Chaos, das nun folgen sollte, nahm niemand Notiz von einem Mann, der mit einem Fernglas in der Hand auf dem Dach eines Bürogebäudes stand und die Szenerie beobachtete.

London, England
08. Februar 2013, 16.53 Uhr (zur selben Zeit)

In der Schreibtischschublade klingelte eines der Prepaid-Handys, deren Nummern jeweils nur ein einzelner Mann kannte. Er drehte den Schlüssel der Schublade im Schloss, und nach dem fünften Klingeln drückte er die Taste, um das Gespräch des Algeriers anzunehmen. Es gab keinen Grund, sich gegenseitig vorzustellen, und einige, die dagegensprachen, Höflichkeiten auszutauschen.

»Das Paket wurde von Ihrem Boten nicht wie geplant ausgeliefert. Der Empfänger hat die Annahme unter Androhung von Gewalt verweigert, und wir können auch künftig nicht liefern, da er leider mittlerweile verschieden ist. Die Behörden sind bereits informiert, allerdings weiß ich nicht genau, welche zuständig ist.«

Das Biest betrachtete die Flammen in dem Kamin. Sah zu, wie sie das Ende eines dünnen Holzscheits erst zum Glühen brachten, um es dann zu verzehren und schließlich zu verglimmen. Er wusste jetzt, dass die Zielperson und sein Attentäter ums Leben gekommen waren. Der Engländer hätte sich niemals durch Androhung von Gewalt einschüchtern lassen. Zäher alter Stasi-Bastard. Und der Algerier hatte mehrere Parteien ausgemacht, die den Vorfall untersuchten? Was zunächst nichts Ungewöhnliches wäre, sollte die Bombe tatsächlich explodiert sein. Dennoch hörte es sich für seinen Geschmack etwas zu geheimnisvoll an. Waren sie ihm doch näher gekommen, als er jemals für möglich gehalten hätte? Dann brauchte er vor allem eines: mehr Informationen.

»Das ist überaus bedauerlich, die Lieferung war mir und ihm sehr wichtig. Wäre es Ihnen eventuell möglich, die nächsten Verwandten zu identifizieren? Und auch, welche Behörde für unsere Lieferung zuständig ist?«

Der Algerier, sein letztes As im Ärmel, würde jetzt höchstpersönlich besorgen müssen, was der Engländer verbockt hatte. Sie mussten es schaffen, die glimmende Lunte, die langsam in ihre Richtung abbrannte, zu kappen.

»Das wäre möglich, Sir.«

Die gesamte Gruppe um Eisler war getötet worden. Außer den Teams, die für die Explosionen verantwortlich waren, aber die kannten seine Identität nicht. Es sei denn, Eisler hatte noch eine Rückversicherung. Irgendjemanden, der Bescheid wusste und im Fall seines unerwarteten Ablebens auf den Plan trat. Einen Anwalt oder einen Kumpancn aus alten Zeiten. Ansonsten gab es nur noch einen Mann, der ihn identifizieren konnte. Und dessen Schicksal kam lebendig begraben noch am nächsten. Sie würden diese Verbindung niemals finden, und selbst wenn, wäre er einer der ersten, der davon erführe. Nein, es war alles unter Kontrolle.

»Halten Sie sich bitte zunächst an seine Verwandten und die zuständige Behörde, und dann beratschlagen wir erneut, was zu tun ist. Ich wünsche Ihnen einen angenehmen Tag und einen erfolgreichen Aufenthalt in Berlin!«, sagte das Biest und legte das Telefon zurück in die Schublade. Die verklausulierte Sprache ging ihm auf die Nerven. Nach einem kurzen Zögern nahm er den zweiten Apparat, ein identisches Telefon mit einer blauen statt einer roten Markierung. Er wog es in der Hand, als würde er sich an etwas erinnern. Dann warf er das Handy in die Flammen des Kamins. In dem beißenden Rauch verbrennenden Plastiks fragte sich das Biest, ob er dem Algerier vertrauen konnte. Ob er ihm seine Zukunft anvertrauen konnte? Ja, dachte er. Der Algerier mordete nicht nur um des Auftrags willen. Das Biest wusste, dass es ihm gefiel, wenn seine Opfer in seinen Händen mit einem letzten Atemzug ihr Leben aushauchten. Er war der Einzige, der war wie er. Bestialisch. Auf einmal fühlte sich das Biest wieder sehr sicher.

Berlin, Deutschland
08. Februar 2013, 16.54 Uhr (zur selben Zeit)

Der massige Körper, der auf ihr lag, drückte die letzte Luft aus ihren Lungen, die Nylonnähte über den Aramidplatten seines Brustpanzers schnitten ihr ins Gesicht, ihre Ohren pfiffen nach der heftigen Explosion trotz des Helms. Aber sie lebte. Verzweifelt versuchte sie, den Mann, der ihr das Leben gerettet hatte, von sich herunterzuschieben. Einsatzleiter Reimers hatte sich in letzter Sekunde über sie geworfen und sie so vor den Splittern bewahrt. Ächzend rollte sie ihn auf die Seite und setzte sich auf. Sie hustete und bekam einen noch heftigeren Anfall, als sie dabei noch mehr von dem beißenden Staub einatmete. In ihrem Kopfhörer wurden Anweisungen gebellt. Und sie hörte noch etwas anderes. Eine ihr wohlvertraute Stimme drang langsam zu ihr durch. Weiter weg. Von hinten hörte sie die Schritte des SEK-Teams, das anrückte, um sie zu retten. Noch wie in Trance betrachtete sie ihren Retter: In seinem Hals steckte ein Stück der Tischplatte. Die verkleisterten Holzteile waren in große Stücke geborsten. Darüber überall Blut. Viel Blut. Benommen tastete sie nach seinem Puls, als sie von hinten unter den Armen gepackt und weggezogen wurde. Sie beobachtete, wie ihre Füße über den harten Teppichboden schleifen. Zwei weitere Männer beugten sich über ihren Vorgesetzten.

»Slang! Alles in Ordnung?«, drang es jetzt etwas deutlicher an ihr Ohr. Will. Natürlich. Die Brille, ihre Verbindung zur ECSB. Der Mann legte sie im Wohnzimmer ab. Sie stand auf. Wackelig auf den Beinen. Er legte ihr die Hand auf die Schulter und fragte durch seine Sturmhaube, ob alles in Ordnung sei.

»Ja, mir geht es gut«, sagte sie, obwohl ihre Knie immer noch zitterten. Sie war dem Tod diesmal nur knapp von der Schippe gesprungen. Der SEK-Beamte nickte und ließ sie im Wohnzimmer stehen. Weit entfernt hörte sie Will seufzen, aber noch bevor er ein weiteres Wort darüber verlieren konnte, schaltete Solveigh um. Sie mussten diese Wohnung durchsuchen. Und zwar nicht, nachdem ein paar SEKler alles niedergepflügt hatten. Mit wackeligen Schritten ging sie zurück in den Raum, in dem Eisler offenbar seinen Terrorplot ausgeheckt hatte. An den Wänden hingen die zerfetzten Reste seines Plans. Im Flur trugen Sanitäter eine Trage vorbei, einer hielt einen Tropf in die Höhe. Sie warf ihm einen fragenden Blick zu, aber der Arzt zuckte nur mit den Achseln. Reimers lebte. Und sie wussten nicht, ob er durchkommen würde. Als sie den Raum betrat, sah sie, wie ein Beamter frustriert ein Stück Beton mit dem Fuß wegkickte. Sie ging zu ihm und legte ihm eine Hand auf den Arm.

»Bitte nicht«, sagte sie ruhig und aktivierte den Sprechfunk. »Alle mal herhören, dies ist ein Tatort, und ich brauche Ihre Hilfe. Ich weiß, dass der Einsatz ein Desaster war und Ihr Kollege schwer verletzt ist, aber wir müssen dennoch die Wohnung absperren und auf die Spurensicherung warten. Ich danke

Ihnen. Bitte postieren Sie jeweils zwei Männer an den Wohnungstüren, ich möchte, dass niemand außer der Spurensicherung die Wohnung betritt. Ich danke Ihnen für Ihre Kooperation.«

Nicht über Funk, sondern in den Gängen hörte sie misstrauisches Gemurmel. Sie konnte es den Männern nicht verdenken, sie hatten beinahe ihren Vorgesetzten verloren. Vielleicht ihren Mentor. Möglicherweise einen guten Freund. Sondereinsatzkräfte galten überall auf der Welt als verschworene Gemeinschaften, Reimers war sicherlich der Patenonkel von mehr als einem Kind aus seiner Truppe. Das waren sie immer. Sie verspürte dennoch keine Reue, ihn in diese Situation gebracht zu haben, was man ihr je nach Standpunkt als Kaltherzigkeit oder als Professionalität auslegen konnte. Hätte sie Gefühle zugelassen in diesem Moment, hätte sich das Blatt gewendet, aber jetzt musste sie so funktionieren, wie es die ECSB von ihr erwartete. Sie zog den Helm vom Kopf und justierte die Brille.

»Eddy, hol bitte Bennett in die Leitung.« Bennett war ihr Experte für Forensik aus London, den sie immer hinzuzog, wenn es galt, einen Tatort zu untersuchen. Zu einem der wichtigsten Einstellungskriterien für Solveighs Job gehörte es, sehr schnell lernen zu können. Als Field Agent war sie gewissermaßen ein Mädchen für alles, das wenig herausragend, aber dafür vieles einigermaßen zufriedenstellend erledigen musste. Zum Glück konnte die ECSB auf ein handverlesenes Team von Experten aus ganz Europa zurückgreifen: beispielsweise Dr. Gladki für Statistik und eben Professor Bennett für Forensik. Ein Urgestein von Scotland Yard und in seiner Kompetenz über jeden Zweifel erhaben. Es knackte in der Leitung, als Eddy den Wissenschaftler dazuschaltete.

»Agent Lang, schön, Sie zu sehen. Oder auch, schön, mal wieder zu sehen, was Sie sehen, um es präzise auszudrücken.«

»Danke, Professor. Wir haben einen Raum nach einer Explosion«, begann sie ohne Umschweife. Bennett neigte zu professoralem Geschwafel, was durchaus amüsant sein konnte. Aber heute? Keine Zeit. »Vermutlich Semtex, dem Geruch nach zu urteilen.«

»Verdammte Sauerei. Okay, benutzen Sie diese neue App, die ich Ihnen geschickt habe.«

Solveigh rief das Programm auf ihrem Telefon auf. Es nutzte die Kamerafunktion ihrer Brille und legte ein digitales Schachbrett aus grünen Linien darüber. So wurde der Raum in kleine einzelne Quadrate unterteilt, sodass sie etwaige Beweise später einem genauen Fundort zuordnen konnte. Gleichzeitig zeichnete die Kamera jede ihrer Bewegungen in hochauflösendem HD-Format auf, das auf Servern bei der ECSB gespeichert wurde. So wurde sichergestellt, dass sie eine Erstbegehung vornehmen konnte, bei der jede noch so kleine Veränderung dokumentiert würde, falls ihr ein Fehler unterlief. Aber sie hatte ohnehin nicht vor, die Explosion selbst oder den unbekannten Toten zu untersuchen, sie wollte nur möglichst schnell das augenfällig Interessante herausfiltern. Als Erstes nahm sie sich die Tapeten vor, die Thomas Eisler bei der Planung offenbar als Pinnwand gedient hatten. Das, was davon übrig war, hing in Fetzen an kleinen bunten Reißzwecken. Neben den Satellitenfotos verschiedener Atomkraftwerke fanden sich Baupläne, Grundrisse und Aufnahmen von Personen. Bei den meisten handelte es sich um Porträts in unbarmherzigem Licht und aus unvorteilhaftem Winkel, frontal fotografiert. Keine Aufnahmen aus Familienalben.

»Eddy, welches ist Neckarwestheim?« Das erste Anschlagsziel. Dort, wo alles begann.

»Das Zweite von rechts«, wurde ihr über den Ohrstöpsel eingeflüstert. Solveigh trat vor die Fotos. Doreen Kaiser war nirgends zu sehen, ebenso wenig Peter Bausch. Dafür einige Männer, deren kantige Gesichtszüge für Solveigh verdächtig nach Militär aussahen. In ihrem Kopf begannen die Thesen zu rotieren. Was, wenn es neben dem Einschleusen des Virus noch einen weiteren Teil von Eislers Plan gegeben hatte, den sie bisher nicht einmal in Erwägung gezogen hatten?

»Eddy, wir müssen herausfinden, was es mit diesen Männern auf sich hat. Identität, Herkunft, Lebenslauf und so weiter.«

Ohne auf eine Bestätigung ihres Kollegen zu warten, widmete sie sich dem Rest des Raumes. Ihr blieb nicht viel Zeit, bis die Kriminaltechnik der Berliner Polizei anrücken würde. Langsam ging sie von Quadrant zu Quadrant und hielt die Augen konzentriert auf den Boden fixiert. Als sie an der Leiche mit der aufgeschnittenen Kehle vorbeikam, kramte sie hektisch in ihrer Hosentasche nach ihrem kleinen Döschen mit Kampferpaste, das sie ständig bei sich trug. Sie strich sich eine kleine Menge über die Oberlippe und merkte sofort, wie das Menthol ihren Geruchssinn ablenkte. Er kam zurück. Offenbar hatten die Hormone die Aussichtslosigkeit ihres Kampfes erkannt und suchten das Weite. Mit dem Geruchssinn kehrte allerdings bestimmt auch ein anderer Bekannter zurück: der Cluster. Ein heftiger, spontan auftretender Kopfschmerz. Sie griff noch einmal in die Hosentasche mit dem Tiegel und atmete beruhigt auf, als ihre Finger den Blister mit dem Medikament ertasteten. Sie hatte es nicht vergessen. Dann kramte sie in den Taschen des Toten nach Papieren. Jacke nichts. Hose nichts. Natürlich nichts. Stattdessen ein kleines Tauchermesser in einem Beinholster, eine Makarow unter der Schulter. Solveigh ließ beides an Ort und Stelle und nahm seine Fingerabdrücke. Um keine unnötigen Beweise für die Berliner Spurensicherungsgruppe zu hinterlassen, verwendete sie auf Anraten von Professor Bennett das Visier ihres Helms, das sie vorher mit ihrem Pullover gründlich abgewischt hatte. Drei Quadranten und kein einziges Beweismittel reicher kam sie zur Leiche von Thomas Eisler, oder besser, zu dem, was von ihr übrig war. Solveigh musste trotz der Kampferpaste ob des Geruchs von Eisen und Fäulnis heftig schlucken und einen starken Brechreiz unterdrücken. Es war kaum noch etwas von ihm übrig, auf dem Boden lag ein Haufen

Knochen, Blut und andere Innereien, dazu ein halbes Bein, zwei fast intakte Arme und sein Kopf, der immer noch zu grinsen schien. Die Fernbedienung war ein Handy gewesen, kein sonderlich neues Modell. Ein altes bananenförmiges Nokia. Die Letzten, die noch tagelang funktioniert hatten, ohne aufgeladen werden zu müssen. Solveigh würgte erneut, als sie in sein Gesicht sah, das auf der Seite lag und aus dem die Sehnen und Blutgefäße hingen wie Kabelbäume.

»Agent Lang?«, fragte Professor Bennett auf einmal. Sie schluckte noch einmal und trug noch etwas Kampferpaste auf, nicht weil noch mehr Paste die Gerüche besser in Schach hielt, sondern weil das Ritual gegen fast alles half.

»Ja, Professor?«

»Bitte zeigen Sie mir noch einmal die Stelle da rechts, direkt neben dem Pylorus.«

Solveigh hatte keine Ahnung, wovon der Mann redete.

»Den Magen da. Dieser rote Beutel da. Warum liegt da ein Kondom?«

Solveigh starrte auf die Masse vor ihren Füßen. Sie hörte, wie Professor Bennett zunehmend erregter sprach: »Ja, genau da. Schauen Sie genauer hin!« Solveigh schaute. Und konnte nichts entdecken.

»Heben Sie es schon auf, ich wette, er hat das geschluckt. Das muss etwas Wichtiges sein. Wer schluckt schon freiwillig so was, außer ein Drogenkurier?«

Solveigh blickte auf ihre Hand, die in einem Handschuh des SEK steckte. Seufzend ergab sie sich ihrem Schicksal und ging in die Hocke. Der Gestank war jetzt unerträglich. Da entdeckte sie es auch, es sah aus wie ein kleines Plastikei in einem blauen, am offenen Ende verknoteten Kondom. Es sah tatsächlich aus wie diese kleinen Spielsachen in den Schokoeiern, die sie als Kind von ihrer Mutter in dem Billstedter Supermarkt immer bekommen hatte. Sie griff nach dem glitschigen Ding, kriegte es aber nicht zu fassen. Sie versuchte es ein zweites Mal, aber die dicken Einsatzhandschuhe waren nicht für filigranes Arbeiten gemacht.

»Machen Sie sich keine Gedanken über Fingerabdrücke, Frau Lang. Die Magensäure hat das eh längst weggeätzt, und selbst wenn wir noch etwas finden, sortieren wir Sie halt raus. Tot ist er ja eh schon.« Bennett. Forensikerhumor. Aber sie würde ganz sicher nicht mit nackten Fingern da reingreifen. Oder doch?

»Nun machen Sie schon, Solveigh. Was glauben Sie, wie viel Blut ich schon abbekommen habe, Sie werden schon nicht daran zugrunde gehen.«

Natürlich hatte der Professor recht. Langsam streifte sie die Handschuhe ab und legte sie in den Helm, den sie auf den Rücken gelegt hatte, um das Visier mit den Fingerabdrücken zu schützen. In Zeitlupe griff sie nach dem in ein Kondom eingeschlagenen Objekt und fragte sich, was wohl so wichtig gewesen sein konnte, dass sich Thomas Eisler ein sicherlich zwei Zentimeter dickes Plastikei durch die Speiseröhre gezwängt hatte.

Amsterdam, Niederlande
08. Februar 2013, 18.22 Uhr (zwei Stunden später)

Dimitrij Bodonin saß in einem Büro der ECSB, jener geheimnisumwitterten Organisation, die seine Flucht aus Russland organisiert hatte, ihm gegenüber der seltsamste Programmierer, den er je getroffen hatte: ein leicht dicklicher Spanier, der fortwährend fluchte und zudem im Rollstuhl saß. Allerdings war er wirklich gut, das musste Dimitrij zugeben. Seine Codes waren kreativ, laut eigener Aussage hatte er in den Achtzigern bei einem Hamburger »Club« mitgemacht, was nur heißen konnte, dass er eines der ersten Mitglieder des legendären Chaos Computer Clubs gewesen war. Diese Jungs waren nicht zu unterschätzen, alte Hasen im Geschäft, und auch in Dimitrijs Hackerkreisen galten sie als die richtigen Jungs auf der falschen Seite. Wenn auch etwas idealistisch. Seit einigen Stunden versuchten sie, den Code, den ein Mitarbeiter der ECSB aus dem havarierten Kraftwerk in Deutschland geborgen hatte, zu ›reverse engineeren‹ – was bedeutete, das ausführbare Programm in den Originalquellcode zurückzuverwandeln. Dass Dimitrij den Originalcode geschrieben hatte, half ihnen dabei nur wenig, denn er hatte eine mehrere Megabyte große Datei an einigen entscheidenden Punkten modifiziert, aber auch vieles vom Original-Stuxnet übernommen. Als die Codezeilen vor seinen Augen wieder einmal vor Müdigkeit verschwammen, schob er frustriert die Tastatur zur Seite und betrachtete die Schrankwand hinter sich. Neben einigen dicken Wälzern zu diversen Fachgebieten entdeckte er in der hintersten Ecke hinter einer Reihe von Fotos auch zwei Urkunden: eine Verdienstmedaille erster Klasse der Bundesrepublik Deutschland sowie ein Orden der Weißen Rose aus Finnland. Die Fotos zeigten die Frau, die ihn in Tromsø verhört hatte, und mehrere andere Personen, darunter auch Eddy, der ihm gegenübersaß, in einer spanisch aussehenden Bar mit einem Weinglas in der Hand. Sie hockte auf seinem Schoß im Rollstuhl, und beide prosteten in die Kamera. Auf dem Foto sah sie wesentlich jünger aus, als er sie in Erinnerung hatte. Die beiden kannten sich wohl schon länger. Und offenbar saß er an ihrem Schreibtisch. Er beobachtete den Spanier, der konzentriert in seinen Monitor starrte. Als sein Telefon klingelte, fluchte er in einer Sprache, die Dimitrij noch nie gehört hatte. Er bemühte sich wegzuhören, aber es wollte ihm nicht gelingen. Eddy schien es nicht zu stören, dass Dimitrij im Raum war, er beachtete ihn gar nicht. Nach dem vierten Klingeln ging er endlich ran.

»Slang, was gibt's?«

Dafür, dass sein Status nach wie vor der eines gefangenen Kriminellen war, behandelte man ihn irgendwie seltsam: Jetzt aktivierte Eddy den Lautsprecher des Telefons, um ihn mithören zu lassen. Eigentümliche Arbeitsmethoden in dieser Behörde, vermerkte er und erhielt kurz darauf eine Erklärung von Eddy, der die Hand über die Sprechmuschel hielt: »Slang hat eine Spur, die uns möglicherweise zu einer Kopie des Quellcodes führen wird, zumindest hoffen wir das. Und Sie kommen hier sowieso nicht mehr raus, bis die Krise vorbei ist, insofern schadet es nichts, wenn Sie mithören, ansonsten fragen Sie mir eh nur Löcher in den Bauch danach. Und Sie wollen den Quellcode doch auch, oder?«

Dimitrij nickte, woraufhin sich Eddy wieder auf seine Gesprächspartnerin konzentrierte, deren Stimme angenehm weich und trotzdem sehr bestimmt klang.

»Wir wissen jetzt, wozu der Schlüssel aus dem Ei passt, den wir in Eislers Magen gefunden haben.«

»Wie habt ihr das denn so schnell rausgefunden?«

»Wir nicht. Sondern Tauscheck.«

»Dieser Indianer aus Heilbronn?«

»Er hat den Schlüssel auf die Facebook-Seite der Berliner Polizei gepostet und gefragt, wozu der passen könnte. Zweihundert Kommentare später stellt einer ein Bild rein mit einem identischen Schlüssel, aber einer anderen Nummer. Das Ganze hat nicht mal eine Stunde gedauert.«

Dimitrij grinste. Keine schlechte Idee, die Bevölkerung in die Ermittlungen einzubeziehen. Willkommen im 21. Jahrhundert.

»Er gehört zu einem Schließfach beim Bankhaus Löbbecke in der Französischen Straße. Ich bin jetzt auf dem Weg dorthin. Drückt mir die Daumen, dass der Stasi-Mann dem Ruf seiner ehemaligen Behörde gerecht wird.«

Dann legte sie auf. Eddy wandte sich wieder seinem Computer zu und sagte: »¡Hola amigo!« Er brauchte es für Dimitrij nicht zu übersetzen. Sie mussten weitermachen für den Fall, dass diese Solveigh Lang keinen Erfolg mit dem Schließfach hatte. Dimitrij hatte ohne den Quellcode jedoch wenig Hoffnung, sie würden Wochen brauchen, ihn wiederherzustellen. Und inzwischen zeigten die Nachrichtensender Bilder aus Südfrankreich, auf denen die Menschen von Männern in weißen Anzügen und mit Atemschutzmasken aus ihren Häusern geführt wurden. Es war gespenstisch. Und kein Ende in Sicht.

———

Zwanzig Minuten später betrat Agent Solveigh Lang die Schalterhalle des Bankhauses Löbbecke. Sie wurde bereits von dem zuständigen Oberstaatsanwalt erwartet, der auch schon ihre Durchsuchung genehmigt hatte. Er begrüßte sie mit Handschlag und führte sie in das Büro des Direktors.

»Haben Sie die Papiere dabei?«, fragte Solveigh, als sie vor seinem Schreibtisch auf ihn warteten. Die stuckverzierten Decken waren höher als im päpstlichen Palast, die Einrichtung jedoch beinah puristisch, mit einem Glastisch und zwei ausnehmend hässlichen, aber sicher sündhaft teuren prall lederbespannten Besucherstühlen davor.

»Sie müssten mittlerweile per Fax angekommen sein«, sagte der Staatsanwalt, »ich muss nur noch unterschreiben.«

Solveigh lächelte ob des für ihn offenbar ungewohnten Vorgangs einer Vor-Ort-Unterschrift, als sich die Tür öffnete und der Direktor der Bank mit einer Mappe unter dem Arm das Zimmer betrat. Er begrüßte sie höflich und bat sie, Platz zu nehmen, aber Solveigh wollte nicht mehr warten: »Wenn Sie erlauben, würde ich Stehen vorziehen. Und für eine schnelle Erledigung unserer Anfrage wäre ich Ihnen sehr dankbar.«

Der Bankdirektor starrte auf die Unterlagen in seiner Hand, er war es wohl nicht gewohnt, so offen abgekanzelt zu werden. Solveigh war das vollkommen egal, ihr ging es einzig und allein um das Schließfach. Ihre einzige Spur. Vor ihrem geistigen Auge sah sie die kleinen Atome in die Atemwege der Menschen in Südfrankreich fliegen, in den Mund hinein. Unbemerkt und leise. Sah sie sich in die Schilddrüsen setzen, unschuldig und klein. Dann sah sie den Krebs wachsen, Jahre später. Sie sah die Generationen von Kindern mit Leukämie. Verwaiste Dörfer, für Tausende Jahre verstrahlt. Sie brauchte das verdammte Schließfach. Der Bankdirektor reichte die Unterschriftenmappe dem Staatsanwalt, der seinen Kuli zückte.

»Sie können gerne auch meinen Stift …«, sagte der Direktor höflich, seine Krawatte baumelte über den Schriftsätzen.

»Dokumentenecht«, unterbrach ihn der Staatsanwalt, »für mindestens 50 Jahre« und zeichnete mit einer schwungvollen Bewegung beide Kopien ab. Er steckte eine davon in die Brusttasche seines Jacketts.

»Und jetzt, wenn ich bitten darf«, sagte Solveigh und deutete zur Tür. Sie hatte gesehen, dass die Treppe zum Tresorraum von der Schalterhalle abging.

Keine Minute später stand Solveigh vor dem Schließfach mit der Nummer 1285 und zog die lange glänzende Metallkassette aus dem Schacht. Dann trat sie hinter einen blauen Vorhang und streifte sich Gummihandschuhe über. Sie ging zwar nicht davon aus, dass hier kriminaltechnisch etwas zu holen wäre, aber man konnte nie sicher sein. Stück für Stück breitete sie den Inhalt des Schließfachs auf dem Tisch aus und begann, jedes Objekt abzufotografieren. Sie musste dazu bei jedem einzelnen kurz innehalten, damit die Kamera in ihrer Brille fokussieren konnte. Was vermutlich einigermaßen lächerlich wirken musste, wie ein pickendes Huhn. Nach jeder Aufnahme wurden die Daten zur ECSB-Zentrale übertragen, wo bereits vier Analysten darauf warteten, das Material in Augenschein zu nehmen und auszuwerten. Jede Menge Pässe und Bargeld. Offenbar war Eisler trotz seiner Strafverfolgung in Deutschland in den letzten Jahren weit gereist, im Grunde ein Wunder, dass er nicht gefasst worden war. Solveigh wurde noch einmal mehr deutlich, auf welchem Niveau ihre Gegner spielten. Die Identität des Bombenlegers, der in der Wohnung darunter eine Sprengvorrichtung installieren wollte, weil er sie für unbewohnt gehalten hatte, war nach wie vor nicht geklärt. Nur dass er die Überwachungskameras, die Eisler auch dort installiert hatte, übersehen haben musste. Was entweder gegen seine Professionalität oder für die Raffinesse des Stasi-Mannes sprach, vermutlich eher Letzteres. Dazu enthielt das Fach eine ganze Menge von Kontoauszügen und anderen Listen, deren Sinn sich ihr nicht in jedem Fall erschloss. Sie legte sie zur Seite. Das Wichtigste war ein Datenträger. Hatte Eisler eine Kopie des Virus behalten? Sie kramte bis auf den Boden der Schublade, als ihre Fingerkuppen plötzlich ein rundes Plastikteil ertasteten. War es das? Sie schnitt sich an den Kanten des Papiers, als sie es herauszog. Und tatsächlich hielt sie einen USB-Stick in der Hand. Nichts Besonderes, ein Standardmodell, wie er in jedem Elektronikmarkt für ein paar Euro verkauft wurde. Sie klappte ihren Laptop auf. Jetzt galt es herauszufinden, ob der Stick das kompilierte Virus oder den Quellcode enthielt. Entweder würde sie den Rechner verschrotten müssen, oder sie konnte Eddy das liefern, worauf er so dringend wartete. Sie trommelte mit den Fingern auf der Tischplatte, während der Rechner hochfuhr. Dann loggte sie sich ein und ließ das Betriebssystem alle Dateien laden. Hielt sie das Ende der europäischen Atomkatastrophe in der Hand? Sie atmete ein, bevor sie den Stick in den Rechner steckte. Es passierte: nichts. Sie klickte auf das Symbol für eine Videokonferenz mit Eddy in Amsterdam.

»Eddy, wie erkenne ich, ob es der Quellcode ist?«

»Warte mal kurz«, bat der Kollege und gestikulierte an seinem Schreibtisch. Vermutlich wegen Dimitrij. Er hatte ihr schon gestanden, dass er dem Russen ihren Schreibtisch überlassen hatte, um ihn besser im Auge behalten zu können. Nur einen Moment später tauchte er hinter Eddys Konterfei auf.

329

»Nicht schwer«, erklärte er. »Klicken Sie mal auf das Symbol mit dem Stick, so als ob Sie eine Datei davon aufrufen wollten.«

Solveigh tat wie geheißen.

»Wir werden gleich sehen, ob es der Quellcode ist. Wenn nicht, dann sehen Sie nichts oder einen Film oder eine Bilddatei.«

Das Fenster öffnete sich mit einer schicken Animation. Es sah aus wie ein Ordner:

QTIE_BLD_55.32.9

Eddy und der Russe jubelten: »Du hast sie gefunden, Slang! Das ist, was wir brauchen. Schieb das sofort auf unseren Server hier! Jetzt haben wir endlich eine Chance!«

»Und was, wenn das Virus doch noch irgendwie aktiv ist?«

Eddy grinste in die Kamera und legte einen Arm um Dimitrijs Schultern: »Für den Fall hat unser neuer Freund hier eine kleine Spezial-Firewall angelegt. Kein Problem.«

Solveigh schob den Ordner per sftp auf den Server der ECSB und legte auf. Die Datenübertragung über ihr Mobiltelefon verlief gähnend langsam, vermutlich lag es an den dicken Wänden des Tresorraums. Nur mühsam kam der Fortschrittsbalken voran, er schleppte sich wie ein untrainierter Läufer beim Marathon über die Strecke.

Sie widmete sich wieder den Dokumenten aus dem Schließfach. Vielleicht hatte Eisler ja noch etwas Interessantes hier versteckt. Zum Beispiel weitere Namen. Doreen Kaiser konnte nicht die Einzige gewesen sein, ihre Teams hatten in mindestens fünf Atomkraftwerken Hinweise auf eine Verbreitung des Stuxnet-Virus gefunden. Nicht überall in kritischen Bereichen, aber das hieß dennoch, dass es mehrere Verteiler gegeben haben musste. Und dann gab es noch die Männer aus dem Apartment. Auch von ihnen hatten sie immer noch keinen identifizieren können. Vermutlich waren die Aufnahmen zu alt. Oder Eisler hatte sie ausgetauscht und eine gänzlich falsche Fährte ausgelegt, die jeden Ermittler in eine Sackgasse führen würde. Zurzeit lief ein Abgleich mit sämtlichen europäischen Datenbanken, aber das brauchte seine Zeit. Als sie das siebte Blatt abfotografiert hatte, stockte Solveigh der Atem: Offenbar hatte Eisler versucht, mehr über seinen Auftraggeber herauszufinden. Ein Geschäftsmann namens Kharkov war mit dem Plan an ihn herangetreten. Das wussten sie bereits von Dimitrij. Aber Eisler hatte, wie sie auch, einen Hintermann vermutet. Und sich alle Mühe gegeben, ihn aufzuspüren. Das Interessanteste war die Kopie eines karierten Schmierzettels, auf dem Eisler sämtliche Beteiligte aufgelistet und die Beziehungen untereinander mit Pfeilen markiert hatte. Dazu mehrere Jahreszahlen, die bis ins Jahr 1992 zurückreichten. Ganz oben auf dem Zettel stand ein großes Fragezeichen. Und darunter: das Biest. Rechts daneben war ein Pfeil zu einem weiteren Namen: Dawydow. Und ein dreimal umkringeltes Fragezeichen daneben mit dem Hinweis: 1992. Solveigh wählte Wills Nummer, der von ihnen allen die besten Verbindungen zu den alten Seilschaften des ehemaligen Ostblocks hatte.

»Will, wir haben eine Spur. Einen Decknamen des Auftraggebers und einen Hinweis auf eine Kontaktperson namens Dawydow. Wir müssen rausfinden, wer das ist.«

Nachdem Will ihr bestätigt hatte, sich darum zu kümmern, legte sie auf und machte sich an die Arbeit, den Rest der Akten abzufotografieren. Sie ahnte, dass sie schon bald eine Reise nach Russland unternehmen würde. Ihre letzte Reise dorthin hatte sie nicht in allerbester Erinnerung.

Amsterdam, Niederlande
09. Februar 2013, 06.54 Uhr (am nächsten Morgen)

Die Abordnungen der ECSB waren wieder nach dem bekannten Muster ausgeschwärmt – jeder verfügbare Mitarbeiter hatte ein Atomkraftwerk zugeteilt bekommen, um den nächsten Störfall zu verhindern. Oder zumindest ihre Chancen darauf zu maximieren. Die Strategie der Angreifer hatte sich als überaus perfide und hochgefährlich herausgestellt. Nachdem es der ECSB doch noch gelungen war, die Männer auf den Fotos in Eislers Apartment als ehemalige Soldaten verschiedener europäischer Armeen zu identifizieren, hatten sie nicht lange für eine erste Schlussfolgerung gebraucht. Die Terroristen fuhren zweigleisig. Das Virus und eine kleinere Detonation irgendwo auf dem Kraftwerksgelände außerhalb des Hochsicherheitsbereichs. Eine gezielte Überprüfung in Neckarwestheim hatte ihren Verdacht bestätigt. Sie zündeten parallel zum Angriff des Virus einen konventionellen Sprengsatz, der eine kleinere Menge nukleares Material enthielt. Eine sogenannte dreckige Bombe, vor der die amerikanische CIA die westliche Welt immer wieder gewarnt hatte, weil das Material so einfach zu beschaffen und sie trotzdem hochgefährlich war. So sorgten sie dafür, dass die Bevölkerung – und im Chaos nach dem Störfall auch die namhaftesten Experten – glaubten, das Kraftwerk sei explodiert. Was im Grunde genommen auch stimmte, nur dass es eben nicht der GAU, der Größte Anzunehmende Unfall, war, sondern ein Sprengsatz mit einer weitaus geringeren Menge an freigesetzter Radioaktiviät. Die Wirkung dieser Simulation war jedoch beinahe die gleiche: Panik in der Bevölkerung und bei den Verantwortlichen. Seitdem sie von dem Bomben wussten, wurden die europäischen Kraftwerke von Soldaten gegen einen

Angriff von außen geschützt. Aber die Sicherheit, die sie versprachen, war trügerisch. Denn gegen die Gefahr von innen, die nach wie vor nicht gebannt war, waren sie machtlos. Tag für Tag häuften sich jetzt die kleineren und größeren Zwischenfälle an den Kühlpumpen, es war nur eine Frage der Zeit, bis einem Leitstandmitarbeiter ein schwerwiegender Fehler unterlief. Und dann könnte alles noch viel schlimmer kommen. Auch ohne die dreckigen Bomben. Nüchtern betrachtet, war Europa dem GAU näher als je zuvor.

In der Zentrale arbeiteten Eddy und Dimitrij fieberhaft daran, eine Routine zu entwerfen, mit der das Virus sicher entfernt werden konnte. Es war ein Wettlauf gegen die Zeit, denn es waren mehr Kraftwerke mit Dimitrijs Stuxnet-Variante infiziert als bisher angenommen. Bei insgesamt zweiundzwanzig Kraftwerken hatten sie das Virus nachweisen können, und zumindest teilweise waren sie auch über die Wartungsteams externer Dienstleister weiterverbreitet worden. Die Atomindustrie war ein kleiner exklusiver Zirkel, und das Virus verbreitete sich wie die Grippe in einer vielköpfigen Familie. Drei der Kraftwerke waren durch die Störfälle der letzten Woche bereits notabgeschaltet, vier weitere, bei denen man das Virus im innersten Sicherheitsbereich hatte nachweisen können, waren mittlerweile ebenfalls vom Netz gegangen. Aber die ENSREG hatte unter Federführung Frankreichs die vorsorgliche Abschaltung der restlichen AKWs verhindert. Zu groß sei die Gefahr eines Blackouts, zu enorm der Schaden für die europäische Wirtschaft, die Bevölkerung, das tägliche Leben. Zumindest nachdem alle deutschen Meiler per Dekret der Kanzlerin vom Netz gegangen waren, schulterte Frankreich die Hauptenergielast, vor allem in der Nacht. Ohne Strom geht nichts mehr in der westlichen Zivilisation, und es schien, als sei zumindest für die politische Klasse die Angst vor einem Stromausfall größer als vor atomarer Verstrahlung. Dominique, der die Statistik nur zu gut kannte, wusste, dass sie nicht unrecht hatten mit dieser Angst. Ihm wäre es trotzdem lieber gewesen, wenn der Meiler von Chooz, durch dessen innerste Sicherheitsschleuse er gerade von einem Mitarbeiter geschoben wurde, nicht mehr in Betrieb gewesen wäre. Ihm war bewusst, dass er auf einer tickenden Zeitbombe saß. Immer noch Platz drei in seiner urprünglichen Statistik, auch wenn bisher kein Störfall gemeldet worden war. Und der Leiter des Kraftwerks, Ducheix, der jetzt hinter ihm, ebenso wie alle anderen in einen weißen, papierdünnen Schutzanzug gehüllt, die Schleuse betrat, war immer noch bester Laune. Weder der zweite Zwischenfall in Schweden noch der in Golfech hatten ihm sein Vertrauen in das eigene Krisenmanagement nehmen können. Als Dominique ihn darauf angesprochen hatte, hatte er trocken auf die baulichen Unterschiede der beiden Reaktortypen hingewiesen. Und hinzugefügt: »Im Übrigen, Monsieur Lagrand, kann ich nur noch einmal betonen: Wenn ich wirklich überzeugt wäre, dass meine Anlagen in Gefahr sind, dann müsste ich sie ja abschalten, oder nicht?« Also hatte die Politik Druck ausgeübt. Und sich falsch entschieden. Auch die Regierung in Tokio hatte nach der Katastrophe von Fukushima nicht alle Reaktoren abgeschaltet. Mit der gleichen Begründung wie die französische Regierung.

»Ganz wohl ist mir dabei nicht«, sagte einer der leitenden Ingenieure, als sich ihre Gruppe weiter in Richtung der Hauptpumpen des Reaktorblocks zwei vorarbeitete, und deutete mit seinem Finger auf den Laptop, der auf Dominiques Schoß lag. Mir ist auch nicht ganz wohl bei der Aktion hier, dachte Dominique, und das liegt am wenigsten an meinem Laptop.

»Mir wurde von höchster Stelle versichert, dass die Ausnahme in diesem Fall gerechtfertigt ist«, stellte sich Ducheix zum ersten Mal zumindest offiziell auf seine Seite. »Die Taskforce der ENSREG hat den Schadcode mittlerweile identifiziert und arbeitet an einem Problem zur Beseitigung. Da er sowohl in Forsberg als auch in Neckarwestheim als Erstes die Kühlpumpen angegriffen hat, wird Monsieur Lagrand dort anfangen.«

Taskforce der ENSREG, dachte Marcel. Ein weiteres Pseudonym der ECSB. Er steckte den Stöpsel seines Headsets ins Ohr und wählte eine Nummer auf seinem Mobiltelefon. Beide Geräte waren Teil der Sondererlaubnis und normalerweise hier nicht gestattet, aber sie hatten einfach keine Zeit mehr. Dimitrij behauptete, dass Chooz längst überfällig sei, nachdem sie von seinem letzten Besuch wussten, dass zumindest in der Verwaltung seit mindestens sechs Tagen das Virus kursierte.

»Eddy, wie weit seid ihr? Ich bin fast da.« Er konnte bereits die riesige Stahlhülle einer der Hauptpumpen erkennen.

»Gib uns noch zehn Minuten. Wird schon schiefgehen, du bist doch unser Statistiker. Wie wahrscheinlich ist es, dass das Ding ausgerechnet jetzt hochgeht?«

Dominique seufzte. Das individuelle Problem der Statistik war bloss, dass sich der Einzelfall nur sehr schwer daran ablesen ließ. Und wenn man persönlich betroffen war, als Individuum, so wie er in genau diesem AKW in genau dieser Sekunde, dann zählte die Wahrscheinlichkeit auf einmal kaum noch. Als sie die große Pumpe erreicht hatten, bat Dominique den Ingenieur, ihm Zugang zum Steuerungscomputer zu verschaffen. Natürlich handelte es sich nicht mehr um Computer im herkömmlichen Sinne. Der Techniker nahm eine einfache Plastikabdeckung von einem grauen Kasten. Dahinter steckten graue SIMATIC-Module, das eigentliche Ziel von Stuxnet, sogenannte Programmable Logic Controller oder kurz: PLCs. Sie steuerten überall auf der Welt Roboter, Fertigungsstraßen, Chemiefabriken oder wie eben hier: die Pumpen des AKWs. In Neckarwestheim und Forsberg hatten ebensolche Controller die Leistung der Pumpen verringert, dem Leitstand jedoch angezeigt, im Normbereich zu laufen. Das Genie des Bösen. Dominique kam es seltsam still vor.

»Hört sich das hier für Sie nach einem normalen Pumpenbetrieb an?«, fragte er den Ingenieur.

»Natürlich!«, antwortete Thierry Ducheix, der Manager.

»Alles einwandfrei.« Dominique warf einen skeptischen Blick zu dem Techniker, der auf einmal unruhig mit den Händen an der Abdeckung herumknispelte.

»Also, ich weiß nicht. Sie kommt mir schon sehr leise vor, aber es ist natürlich möglich, dass gerade eine der anderen Hauptpumpen läuft.«

»Aber Sie haben, wie wir das vorher besprochen hatten, im Leitstand nachgefragt, welche Pumpe läuft, und das ist diese hier, richtig?«, fragte Dominique jetzt ernsthaft besorgt. Scheiß auf die Statistik, es ging los. Er spürte es in den Haarspitzen, und auf seiner Stirn bildete sich ein Schweißfilm. Der Ingenieur nickte.

»Fragen Sie nach«, bat Dominique, so ruhig es ihm möglich war, und stöpselte ein Kabel von seinem Rechner an das PLC-Modul. Er startete die Software, die ihm Dimitrij auf den Rechner gespielt hatte.

»Was ist los bei euch?«, fragte Eddy in seinem Ohr.

»Ich weiß nicht, ich glaube, die Pumpe läuft nicht. Ich glaube, es geht los. Wir haben nicht viel Zeit. Und denkt daran, dass ich keine hundert Meter entfernt von diesem verdammten Reaktor sitze, okay?« Nicht nur er, auch Eddy wusste, dass bei allen drei Zwischenfällen mehrere Arbeiter teilweise mit tödlichen Dosen verstrahlt worden waren. Sie hatten direkt in der radioaktiven Wolke gestanden. »Ich habe jetzt dieses WinCC/Step 7 geladen. Was soll ich machen?«

»Also«, mischte sich Dimitrij ein, der offenbar mitgehört hatte. Sein russischer Akzent war unverkennbar. »Das Problem ist, dass Stuxnet alle deine Kommandos abfangen kann. Manche werden ihn interessieren, andere nicht. Die gute Nachricht ist schon mal: Dein Rechner ist sicher.«

»Das heißt, es kann mich nicht infizieren?«

»Korrekt«, antwortete der Russe. »Da wir keine Zeit hatten, einen richtigen Prozess zu bauen, müssen wir da händisch ran und die Dateien tauschen, die Stuxnet umgeschrieben hat. Stell dir das vor wie bei einem Hütchenspieler. Stuxnet macht so etwas Ähnliches mit dem Dateisystem des PLC. Und wir müssen jetzt den Hütchenspieler austricksen und das Ganze umkehren.«

»Ich habe noch nie erlebt, dass man den Hütchenspieler schlagen kann«, bemerkte Dominique trocken und stöpselte sein Handy an den Computer. Im Hintergrund hörte er den Manager und den Ingenieur diskutieren.

»Doch, doch, die Pumpe müsste laufen, aber ...«

»Wenn die oben sagen, sie läuft, dann läuft sie auch.« Ducheix' Fatalismus.

»Aber wenn ich Ihnen doch sage, das tut sie nicht.«

Dominique sah die Minuten wie in einer riesigen Sanduhr unaufhörlich verrinnen. Die Sanduhr war aus Beton, sie sah in seiner Vorstellung genauso aus wie der Kühlturm des Kraftwerks. Das Virus hatte mit der Sabotage begonnen.

»Dimitrij, die wissen selbst nicht mehr, was hier passiert. Ich habe das Gefühl, sie haben keine Ahnung. Ich glaube sogar, das haben sie in den letzten 20 Jahren nicht erlebt. Es grenzt an ein Wunder, dass dieser Planet überhaupt noch bewohnbar ist.« Was natürlich kompletter Unsinn war. Angstgetriebener Unsinn. Aber für Dominique fühlte es sich genau so an.

»Und ich sage Ihnen, wir müssen abschalten«, beharrte der Ingenieur mit hochrotem Kopf. Der Mineur blieb unbeeindruckt und schabte ein Staubkorn von seinem Schutzanzug.

Dominique beobachtete, wie auf dem Bildschirm seines Laptops Dateien hin und her verschoben wurden. Lange Kolonnen unverständlichen Codes rasten durch ein Fenster. Das meiste sah aus, wie man es von seinen Computer zu Hause kennt, mit einem Punkt und drei Buchstaben dahinter. Dateinamen. Der Rest wie reiner Datensalat.

»Nur noch ein paar Minuten, Dominique«, versprach der Russe, als plötzlich ein lauter Warnton durch die meterhohen Hallen erklang. Dumpf und weit weniger bedrohlich, als sich

Dominique die Ankündigung einer atomaren Katastrophe vorgestellt hätte. Der Schweiß lief ihm jetzt in Sturzbächen den Rücken hinunter und verklebte ihn mit der Plastiklehne des Rollstuhls. Der verdammte Schutzanzug war die reinste Sauna. Der Ingenieur und Ducheix brüllten sich nicht mehr an, sondern waren erstarrt. Dominique blickte um eine Erklärung flehend in ihre Richtung. »Haben wir ein Problem?«, fragte er. Er bekam keine Antwort. Stattdessen zückte der Ingenieur sein Werkstelefon, und Ducheix kalkulierte seine Pensionsansprüche bis heute.

»Nein, ich sage euch, sie läuft nicht. Nehmt eine andere, oder schaltet endlich ab!« Er fluchte, als er auflegte.

Dominique fragte noch einmal, jetzt nachdrücklicher, auf seinem Schoß ratterten immer noch die Dateinamen umeinander.

»Mein Gott, sie wollen einfach nicht hören!«, rief er und bekreuzigte sich. Dominique wurde schlecht, als er plötzlich ein tiefes Brummen vernahm, das konstant lauter wurde. Der Bildschirm seines Laptops war ruhig, es bewegte sich nichts mehr.

»Haben wir es geschafft?«, fragte Dominique in sein Headset. Die Antwort ging in einem Jubel auf der anderen Seite unter. Als die Warnsirene erstarb, atmete Dominique zum ersten Mal seit gefühlten fünf Minuten. Er keuchte, als bekäme er nach langer Zeit zum ersten Mal wieder Luft.

———

»Wie der französische Staatspräsident und die deutsche Bundeskanzlerin auf einer gemeinsamen Pressekonferenz am Mittag feststellten, handelte es sich bei den Störfällen in den Atomkraftwerken Neckarwestheim, Forsberg und Golfech um terroristische Anschläge auf die Energieinfrastruktur Europas.«

Solveigh bat den Taxifahrer, das Radio lauter zu stellen. Am liebsten hätte sie ihn auch noch gebeten, den Vanilleduftbaum abzuhängen, aber sie wollte nicht unhöflich sein und öffnete stattdessen ihr Fenster. Sie presste die Nase so dicht wie möglich vor den dünnen Spalt.

»Alle atomtechnischen Anlagen wurden mittlerweile einer eingehenden Prüfung unterzogen, und die Gefahr eines weiteren Störfalls wurde beseitigt. Der Bevölkerung sagten die Bundeskanzlerin und der Präsident ihre Solidarität und Unterstützung zu und versprachen, alles in ihrer Macht Stehende zu tun, um dieses beispiellose Verbrechen, das über neunundachzig Europäer das Leben gekostet hat, aufzuklären.«

Als sie die Zentrale der ECSB betrat, verspürte Solveigh eine gewisse Euphorie, über der jedoch nach wie vor ein dumpfer Teppich der Anspannung lag. Alle Plätze des Großraumbüros mit den Analysten waren besetzt und erinnerten sie daran, dass die Krise noch nicht ausgestanden war. Als ob sie das gebraucht hätte. Noch bevor sie ihr Büro erreichte, fing Will Thater sie auf dem Gang ab und zitierte sie zu sich. Er stand hinter seinem Schreibtisch, der keinen Zentimeter größer als ihrer war, aber dafür einen Zwillingsbruder in der anderen Ecke des Raumes besaß, der als Konferenztisch diente. Solveigh lehnte sich im Stehen an den Rücken eines Stuhls und blickte ihrem Chef in die Augen. Er hatte ganz offensichtlich seit Langem keine Nacht mehr durchgeschlafen, und die Anstrengung der letzten Wochen stand ihm mit tiefblauen Augenringen ins Gesicht geschrieben. Sir William war müde und sehnte sich wahrscheinlich nach seinem Rasen, seinem Boot und seiner Frau. Vermutlich in dieser Reihenfolge, ätzte Solveigh innerlich, weil sie die blasierte Britin nicht leiden konnte.

»Willkommen zurück, Solveigh. Das war gute Arbeit in Berlin. Vor allem die Auswahl dieses Tauscheck, das hat mir wieder einmal gezeigt, was wir an dir haben.«

»Danke, Will. Aber du weißt, wie immer war es vor allem Team…«

»Ich weiß, ich weiß«, winkte Thater ab. Dann wanderte ein leises Lächeln von einem Mundwinkel zum anderen. »Und nun?«, fragte er.

»Finden wir den Scheißkerl, der uns das eingebrockt hat, bringen ihn zur Strecke und gehen dann einen trinken, oder etwa nicht?«, fragte Solveigh lakonisch.

Republik Karelien, Russland (Segescha)
12. Februar 2013, 06.08 Uhr (drei Tage später)

»Verdammtes Déjà-vu«, fluchte Marcel, als Solveigh wieder einmal in hohem Tempo einem Schlagloch auf der ramponierten Straße auswich.

»Wenn du dich weiter so unqualifiziert beschwerst, dann setze ich dich hier aus, und du kannst zusehen, wie du zurück findest. Oder wolltest du einfach noch mal darüber reden, welche Sensation du hier auf dem Silbertablett serviert bekommst?«

»Ist ja schon gut, ich beschwere mich ja nicht«, seufzte Marcel. »Aber diese gottverlassene Gegend sieht eben genauso aus wie die gottverlassene Gegend vor zwei Wochen.«

»Könnte es daran liegen, dass es die gleiche gottverdammte Gegend ist?«, grinste Solveigh.

Marcel lachte und faltete die Hände im Schoß: »Und vergiss nicht, dass du mich brauchst, nicht umgekehrt.«

»Ausnahmsweise, ist notiert. Aber das ist trotzdem nichts gegen das leere Gefühl, das ich neben meiner linken Brust verspüre. Richtiggehend nackt kommt man sich vor, wenn man es gewöhnt ist, dort den beruhigenden kalten Stahl einer Jericho zu wissen. Und das in dieser gottverdammten Gegend. Was, wenn ein Bär kommt?«

»Ich weiß gar nicht, warum du dich beschwerst, Solveigh?«
Er deutete aus dem Fenster. »Die Häuser sind nur etwas drecki-
ger als in Schweden, aber genauso klein, und Beton bleibt nun
einmal Beton, ob in Lyon oder in der gottverdammten Gegend.
Und einen Bären oder irgendein anderes interessantes Lebe-
wesen habe ich in den letzten sechs Stunden auch nicht mehr
gesehen.«

»Wie charmant«, bemerkte Solveigh. Tatsächlich aber war
die Stadt Segescha, in dessen Umland das Straflager Nummer
sieben lag, an Trostlosigkeit kaum zu überbieten. Etwas über
Zwanzigtausend Menschen fristeten hier ihr Dasein in Freiheit,
einige Tausende mehr im Knast. Seit vor ein paar Jahren die lokale Hühnerfabrik geschlossen hatte, war das Straflager der
größte Arbeitgeber. Manche lebten vom Fischen, einige von der
Papierindustrie. Teilrepublik Karelien, ein weltvergessener Teil
Russlands, das Weiße Meer am östlichen Rand, gen Westen
einer der letzten Urwälder Europas. Genau der richtige Ort, um
einen der wichtigsten politischen Gefangenen des Riesenreichs
wegzuschließen. Natürlich hatte Solveigh recht: Er konnte sein
Glück kaum fassen, dass der einzige Weg, überhaupt mit dem
Gefangenen reden zu dürfen, eine Tarnung als Journalisten war.
Genauer gesagt, hatten sie ihre ›Einladung‹ einem Kommuni-
qué des französischen Präsidenten zu verdanken. Aufgrund des
Zeitmangels hatte Solveighs geheimnisvoller Arbeitgeber offenbar entschieden, dass es schneller ging, Marcel die Story schreiben zu lassen, als eine zweite Identität für Solveigh aufzubauen.
Sie reiste als seine Assistentin, was ihm ausnehmend gut gefiel.
Er betrachtete ihre schlanken Handgelenke und die kräftigen
Finger, die nicht recht zusammenzupassen schienen. Eine gewölbte Stirn, die bestechend hellen Augen unter ihrem dunklen
Haaransatz. Solveigh war keine klassische Schönheit, aber er
würde ihr jederzeit wieder verfallen, vor allem wenn sie sich in
die Sekretärinnenschale geschmissen hatte, so wie jetzt. Wenn
sich da nach seinem Ausrutscher mit Yael noch etwas machen

ließ. Sie vermieden das Thema wie Kardinal Ratzinger seine Aussichten bei der Papstwahl, doch ebenso unausweichlich rollte es auf sie zu. Es war nicht einmal zwei Wochen her, dass Yael von Maschinengewehrfeuer zerfetzt worden war, und er dachte an einen Neustart mit Solveigh. Er fühlte sich mies. In allen Belangen. Um sich abzulenken, blätterte er noch einmal durch das Dossier in dem Manila-Folder, auf dessen Deckel das Logo der ECSB prangte: die stilisierte Befiederung eines Pfeils, darum kreisförmig angeordnet die Sterne der Europaflagge. Das Dossier über den Mann, den sie in einem der entlegensten russischen Strafgefangenenlager treffen sollten, hatte es in sich: Michail Borrisowitsch Dawydow hatte eine der ersten privaten Banken Russlands gegründet und schließlich die Kontrolle über ein Ölimperium übernommen. Bis 1994 war er einer der reichsten Männer des Landes gewesen, noch vor den heutigen Spitzenreitern, die die ganze Welt als Oligarchen kennt. Die Bilder aus frühen Jahren zeigten einen Mann mit kurzen Haaren und Brille, der ebenso der Vermögensverwalter von Jonathan Quale Higgins III. sein könnte. Oder auch einfach nur ein netter Junge von nebenan, der neben seinem Jurastudium auf die Kinder aufpasste. Doch je mächtiger Dawydow wurde, desto argwöhnischer wurden die Autoritäten. Niemand hatte je herausfinden können, wer seine ursprünglichen Förderer gewesen waren, aber es musste sie gegeben haben. Und zwar in äußerst einflussreichen Positionen. Der jetzige Präsident jedoch verzieh ihm seine politischen Ratschläge nicht und ebenso wenig, dass er zwei amerikanischen Ölmultis einen Teil der russischen Förderkapazitäten verkaufen wollte, sowie seine finanzielle Unterstützung für andere Parteien. Dawydow wollte sich nicht beugen und auch nicht wie viele in Ungnade gefallene Firmenlenker das Land verlassen. Im Oktober 2003 wurde er verhaftet und in einem spektakulären Prozess zunächst zu acht Jahren Haft verurteilt, unter anderem wegen Steuerhinterziehung in Milliardenhöhe. Seine Firma wurde zerschlagen, den größten Teil verleibte sich über eine Scheinfirma der Staatskonzern wieder ein. Für die Politik war die Machtprobe gelungen, den Oligarchen waren ihre Grenzen aufgezeigt worden, und fortan war auch die Frage der Parteienfinanzierung ein für alle Mal geklärt. Dawydow hatte einen hohen Preis für seine Standfestigkeit bezahlt und viele seiner inhaftierten Mitstreiter auch. Ein Bild zeigte ihn und seinen Geschäftspartner beim Prozess: zwei Männer, in Haft sichtbar gealtert, aber nicht gebrochen, in einem Käfig aus dicken Stahlrohren, der in einem holzvertäfelten Gerichtssaal stand, davor Männer mit Maschinenpistolen. Es war ein Bild, wie man es sich in einem demokratischen Staat für zwei mutmaßliche Steuerhinterzieher nicht vorstellen mochte. Laut Solveigh war Dawydow ihre einzig mögliche Spur zu dem Drahtzieher des beispiellosen Anschlags auf die Kernkraftwerke. Angeblich kannte er die Identität des Mannes, der als › das Biest ‹ bekannt war. Marcel bekam seine Story, Solveigh den Namen. Das war ihre Abmachung. Zum fünften Mal an diesem Morgen überprüfte er Batterie und Speicherkarte seiner Leica. Er würde einen Mann fotografieren, den man nach dem Prozess in eines der härtesten Straflager Russlands verlegt hatte, mit der Absicht, ihn zu brechen. Wenn er in vier Jahren rauskäme, sollte er nicht mehr davon träumen, eines Tages in die Duma gewählt zu werden. Ein ehemaliger Häftling hatte die neue Methode des Strafvollzugs, die hier › erprobt ‹ wurde, als eine Mischung aus Wachfolter und Beschäftigungstherapie beschrieben. Es gab keine freie Minute für die Insassen, jede Tätigkeit war genauestens festgelegt und ausschließlich in der Gruppe zu erledigen, egal, ob Fernsehen oder Strafarbeit in der Holzfabrik. Die letzte Haftverkürzung hatte man Dawydow verweigert, weil er nicht hinreichend motiviert das Nähen gelernt hatte. Marcel war gespannt, wie ihm die letzten zwei Jahre zugesetzt hatten. Würden sie einem gebrochenen Mann gegenübersitzen, oder hielt sein wacher Verstand ihn an dünnen Fäden aus Disziplin und Selbstachtung zusammen?

Als sie in die Zufahrtsstraße zum Straflager Nummer sieben einbogen, die seltsamerweise dichter geteert schien als der gesamte Rest der Teilrepublik Karelien, hob Marcel den Sucher der Kamera. Eine weiß getünchte Betonmauer, an einigen brüchigen Stellen nur mit Holzlatten vernagelt. Klick. Zwei blaue Fässer, die seltsam farbenfroh wirkten, vor einer engen Einfahrt. Klick. Offenbar gab es nichts, wohin die Gefangenen hätten fliehen können, es sei denn, es gelänge ihnen, auch eine Polarausrüstung für ihre Flucht zu ergattern. Wachtürme, hoch und bedrohlich. Spitze braune Giebel. Klick. Oder es wurde einfach geschossen, was fast eher zu vermuten war. Kein Besucherparkplatz. Überhaupt kein Parkplatz. Wo parkten die Angestellten, die hier zwangsläufig Wache schieben, putzen, kochen und instand halten mussten? Enge Durchfahrt. Abblätternder Putz. Rot-schwarze Warnschilder, deren kyrillische Schrift keinerlei Übersetzung bedurfte. Klick. Ein Tor wurde geschlossen. Das Innere öffnete sich. Sechs Wachen, Maschinengewehre, lange graue Mäntel, schwere Pelzmützen. Klick. Eine Hand wanderte zum Spannhebel, ein irritierter Blick auf die Kamera. Zwei Männer gestikulierten sie in eine Parklücke, so groß wie ein Elefantengehege. Solveigh stellte den SUV ab, und Marcel verstaute die Leica in seiner Tasche. Besser kein Risiko eingehen, dachte er.

»Denk an unsere Coverstory«, sagte Solveigh, die Hand an der Wagentür. Marcel nickte. Sie sah noch einmal prüfend zu ihm herüber. Hellgrau und kalt lagen ihre Augen jetzt in ihren Höhlen. Marcel hatte Solveigh noch nie auf diese Art wahrgenommen, und er begriff, dass er bisher nur die eine Solveigh gekannt hatte. Dies war Slang, die Agentin, nicht Solveigh, die Frau, die er liebte.

»Dann los«, sagte sie und setzte ihr schönstes Lächeln auf. Die zwei Gesichter eines Zwillings.

Sie waren keine fünf Sekunden aus dem Wagen gestiegen, als jeweils zwei Männer sie in Beschlag nahmen und sehr uncharmant und vor allem nicht ganz ungefährlich mit den Läufen ihrer schweren Gewehre gegen die Seitentüren des SUVs drückten. Jeweils einer tastete sie nach Waffen ab. Sie durchsuchten auch Marcels Umhängetasche, die Kamera interessierte sie nicht mehr. Das jedoch änderte sich keine zehn Minuten später, als sie beim Leiter der Anstalt in seinem Büro saßen. Der Herr über mehr als tausend Gefangene, allesamt Mörder, Vergewaltiger oder Staatsfeinde, trug eine Wintermütze aus gekräuseltem Fell und eine dicke Armeejacke, grünes Tarnfleck. Sein dreifaches Kinn hing schlaff unter zwei ausdruckslosen kleinen Augen mit ergrauten Brauen.

»Mister Lesoille, Ihre Papiere sind in Ordnung, aber von einer Kamera steht nichts in diesen Papieren.« Er blickte skeptisch auf die Leica, die auf seinem Schreibtisch stand. Marcel hatte das Gefühl, dass die beiden Wachen jeden Moment zu den Waffen greifen könnten.

»Aber ich bin Journalist, Oberst. Die Kamera gehört zu meiner Ausrüstung wie zu Ihrer die Uniform und die Waffe.«

»Waffe, ja?«, gab er spitz zurück. »Nun, dies hier ist mein Lager, und ich sage: Nehmen Sie Ihre Kamera, und gehen Sie. Wenn Sie reinwollen, geben Sie sie ab.«

Marcel blickte zu Solveigh, die kaum merklich den Kopf nickte. Na klar, für sie war es nicht besonders wichtig, ob sie Fotos von Dawydow bekamen oder nicht, für seinen Artikel hingegen konnte es den Unterschied zwischen Seite fünf und der Titelseite ausmachen. Archivmaterial oder Exklusives, Flop oder Top. Marcel seufzte und beschloss dennoch, sich zu fügen. Selbst ohne Bilder wäre das Interview immer noch ein Knaller, und schließlich ging es hier noch um einiges mehr als nur um seine Karriere. Er schob die kompakte Kamera über den Tisch und hob abwehrend die Hände: »In Ordnung. Aber das Aufnahmegerät geht in Ordnung?«

Er warf einen Blick auf sein Diktiergerät, das neben der Kamera auf dem Schreibtisch stand, woraufhin der Oberst nickte.

Solveigh holte eine Brille aus einem Etui, die Marcel noch nie an ihr gesehen hatte. Vermutlich gehörte sie zu ihrem Verständnis einer ordentlichen Tarnung als Assistentin eines erfolgreichen Journalisten. Und er musste zugeben, dass sie damit nicht schlecht aussah, irgendwie ein bisschen mehr nach Berlin, mit den breiten schwarzen Rändern und dem Retro-Chic.

»Eine Frage noch, Oberst«, sagte Solveigh und studierte ihre Aufzeichnungen. »Meines Wissens nach wurde uns vom Präsidenten der gesamte Tag für dieses Interview gewährt. Meine Frage wäre nun, wie es für Sie am besten einzurichten ist mit der Mittagspause und dem Abschlussgespräch? Selbstverständlich richten wir uns ganz nach Ihnen, ich wollte nur sichergehen, dass wir so wenig Abläufe wie möglich stören ...« Sie komplettierte ihre Maskerade gegenüber dem Oberst mit einem notizbereiten Stift, der auf die Anweisungen des Obersten zu warten schien.

Er lächelte dünn: »Um 16.00 Uhr ist Schluss. Und machen Sie sich um das Essen keine Sorgen, wir bringen Ihnen etwas.« Sein Lachen ging in einem schweren Husten unter.

Nach einer diesmal deutlich ausführlicheren Leibesvisitation, die auch an Solveigh von einem Mann und nicht eben sanft vorgenommen wurde, begleiteten sie die beiden Wachen durch einen Gang aus schweren Eisenstäben, die in hellem Rosa lackiert waren. Die Farbe sah frisch aus, notierte Marcel. Sie passierten mehrere Türen, die nach einem ohrenbetäubenden Klingeln geöffnet wurden und rasselnd in die Schlösser fielen. Dann betraten sie die Todeszone. Außerhalb des hell erleuchteten Ganges aus noch mehr Eisenstangen dämmerte es hinter den Baumwipfeln. In einiger Entfernung sahen sie die Wachtürme in den Himmel aufragen, Hunde strichen über die Rasenflächen zwischen den Hütten oder lagen vor den Häuserwänden. Große, fleischige, Furcht einflößende Tiere. Die Stahlstreben führten sie, ohne ein anderes Ziel zuzulassen, vorbei an den Gängen zu den Wohnbaracken. Dann wurden sie von ihren Begleitern über einen großen Platz innerhalb des Sperrgebiets bis zu einem weiteren, gedrungenen Gebäude gescheucht, das keine Fenster besaß. Als sie es betraten, wurde Marcel klar, dass es sich um den Hochsicherheitstrakt handeln musste. Der Knast im Knast. Isolationshaft. Es roch stark nach Fäkalien, und die Türen zu den Zellen bestanden aus dickem Stahl mit winzigen Spionen und armdicken Hebeln zum Öffnen und Schließen. Doch der Trakt mit den Zellen war nicht ihr Ziel, ihre beiden Wachen schoben sie weiter ins Innere des Gebäudes. Marcel verspürte einen Anflug von Platzangst und fragte sich, was eine attraktive Frau im Kostüm und ein junger Franzose wohl bei den Insassen eines solchen Zellenblocks auslösen würden. Sicher nichts Gutes. An einer der Stahltüren blieben sie stehen. Ein Schlagstock schlug laut gegen das Metall. Sie öffnete sich mit dem Quietschen rostiger Scharniere. Solveigh und Marcel betraten in leicht gebückter Haltung den Raum, dessen Zweck keine Fragen offenließ: In der Mitte stand ein Käfig aus Stahlstangen, dahinter eine Scheibe aus Plexiglas, damit dem Gefangenen keine Gegenstände zugesteckt werden konnten. Er sah genauso aus wie der im Gerichtssaal auf dem Foto. Und derselbe Mann saß auf einem einfachen Holzstuhl: Michail Borrisowitsch Dawydow, der ehemals reichste Mann Russlands, in einem Pullunder mit geputzter randloser Brille und perfekt gebügelter Hose.

»Wenn Sie den Käfig berühren, werden Sie gewaltsam davon abgehalten«, warnte einer der Soldaten sie in auswendig gelerntem Englisch, unterstützt von aggressiven Gesten. Dann zogen sich die beiden in eine Ecke des Raums zurück. Eine einfache Regel. Zwei weitere Holzschemel standen vor dem Käfig. Solveigh und Marcel setzten sich und rückten so nah wie möglich heran, ohne die Stangen zu berühren. Dawydow musterte sie interessiert, beinah belustigt. Sein Haar war grau und kurz getrimmt, ein leichter Bartschatten lag auf seinem Gesicht. Er wirkte müde. Marcel ärgerte sich, dass er die Kamera abgegeben hatte, als er plötzlich bemerkte, wie der Blick des Russen ins Leere glitt, hinter sie, durch sie hindurch. Offenbar war die Gefangenschaft doch nicht ganz spurlos an ihm vorübergegangen.

»Herr Dawydow?«, fragte Marcel. »Mein Name ist Marcel Lesoille, und ich arbeite für den L'Echo Diplomatique. Das ist meine Kollegin Solveigh Lang. Wir hatten gehofft, dass Sie uns ein paar Fragen beantworten könnten.«

Sein Blick kehrte zurück: »Natürlich, oder sehen Sie etwas, was ich lieber täte?« Er lächelte.

»Was bedeuten Ihnen die Solidaritätsbekundungen nicht nur der ausländischen Presse, sondern auch der Gerichte und der Regierungen?«

Für einen winzigen Moment fiel sein Blick zu Boden, aber nur für den Bruchteil einer Sekunde, bevor er sagte: »Sie geben mir Kraft. Ändern können sie natürlich nichts.«

Marcel bemerkte, wie Solveigh unruhig wurde und ständig die Wachen im Auge behielt. Natürlich sollten sie die wichtigste aller Fragen möglichst schnell beantwortet bekommen, keiner konnte wissen, ob ihnen der Oberst wirklich den gesamten Tag zugestehen würde oder ob Dawydow durchhielt. Er nickte Solveigh zu.

»Herr Dawydow, ich will Ihnen reinen Wein einschenken. Ich arbeite nicht für eine Zeitung.« Marcel beobachtete, wie sich die beiden ansahen. Dawydows Blick hatte etwas Intensives, dem man sich kaum entziehen konnte, aber Solveigh hielt dagegen. Er hob eine Augenbraue, bevor er antwortete: »Das hatte ich mir fast gedacht. Sind Sie gekommen, um mich zu befreien?«

Solveighs Mimik blieb ausdruckslos, aber in ihren Augen lag eine Antwort, die erst jenseits ihrer Worte ihre ganze Bedeutung entfaltete: »Nein, Herr Dawydow. Aber wenn Sie mich darum bitten, werde ich mich möglicherweise dafür einsetzen können.«

Der Russe lachte: »Das haben schon andere versucht, aber machen Sie sich keine Sorgen. Ich wusste, dass ich ins Gefängnis gehe, wenn ich Russland nicht verlasse. Mein Schicksal war mir immer bewusst. In der Rückschau muss man das möglicherweise als naiv betrachten, aber ich habe einfach unterschätzt, wie weit die Justiz in diesem Land tatsächlich gehen würde. Wie weit es mit meinem Land schon gekommen ist.«

»Ich bezog mich nicht auf ein juristisches Einsetzen, Herr Dawydow.«

Der ehemalige Oligarch nickte und schob seine Brille zurecht. Er sah immer noch aus wie ein Stanford-Professor.

»Ich glaube Ihnen, und mir ist klar, dass Sie heute kein Versprechen abgeben können. Im Grunde ist das auch nicht mehr wichtig, mir sind nur einige Strohhalme abhandengekommen, an die ich mich während meines Prozesses klammern konnte. Es gab immer ein Ziel. Bis ich hierherkam. Ein neuer Strohhalm hilft mir möglicherweise mehr als alles andere, selbst wenn mich niemals jemand daran aus diesem Loch herausziehen wird.«

Er sah sie durchdringend an. Solveigh wich seinem Blick auch diesmal nicht aus, und sie trafen eine Übereinkunft, über dessen Inhalt Marcel nur Vermutungen anstellen konnte. Er sollte beim Abhören der Bänder, die noch mehrere Stunden füllen würden, eine Verschwörungstheorie entwickeln, die er jedoch weder beweisen noch widerlegen konnte.

»Ich vermute«, fuhr der Russe leise fort, »Sie hatten an eine Gegenleistung für Ihr Engagement gedacht?«

Solveigh nickte: »Ich las, dass Sie regelmäßig die Tagespresse verfolgen?«

»Seit sie mich hierherverlegt haben, muss ich jeden Tag vierhundert Tischbeine drechseln, aber ja, das Wichtigste lese ich immer noch.«

»Das heißt, Sie sind über die Vorfälle in Westeuropa informiert?«

»Sie meinen die Störfälle in den Atomkraftwerken? Natürlich! Verzeihen Sie meine geschmacklose Wortwahl, aber für Russland ist es, ökonomisch gesehen, das Beste, was überhaupt passieren konnte. Der Gaspreis explodiert, und dazu exportieren wir demnächst noch als Einzige günstigen Atomstrom!«

Solveigh schwieg und starrte ihn an. Das Plexiglas und seine Brille spiegelten jeweils einen anderen Teil der Deckenbeleuchtung, als er erkannte, was ihr Schweigen zu bedeuten hatte.

»Sie vermuten …?« Er brauchte die Frage nicht auszusprechen. Solveigh starrte weiterhin geradeaus. Er sog die Luft durch die Lippen.

»Wir haben einen Hinweis, dass Sie die Identität des Mannes kennen könnten, der hinter den Anschlägen steckt. Ich vermute, aus den turbulenten 90er-Jahren. Man munkelt, dass Sie einer von Jelzins Vertrauten gewesen sind. Der Mann, der hinter den Anschlägen steckt, ebenso. Zu jener Zeit war er unter einem Decknamen bekannt, den angeblich niemand mehr kennt, der heute noch lebt.«

In einem Moment der Vorahnung weiteten sich Dawydows Pupillen, und er rückte leicht auf seinem Stuhl zurück, als würde ihn die Erinnerung auch heute noch in Panik versetzen.

»Es ist wieder da«, flüsterte er. »Das Biest.«

Flughafen Franz-Josef-Strauß, München, Deutschland
14. Februar 2013, 14.24 Uhr (zwei Tage später)

Der dunkelhäutige Geschäftsmann in dunkelgrauem Anzug und hellblauem Hemd klappte seinen Laptop auf. Der feine Stoff seiner Hose rutschte auf dem schwarzen Plastikleder, was ihm unangenehm war. Die hellgrauen Augen der Frau im marineblauen Kostüm irritierten ihn. Sie erinnerten ihn an einen Wolf, obwohl sie aussah wie eine Stewardess oder eine der zahlreichen Geschäftsfrauen auf einem Zwischenstopp in München. Sie sah auf eine natürliche Art attraktiv aus. Ihre muskulösen Beine sprachen für hartes Training und eine Zähigkeit, die er an Frauen schätzte. Vor allem an Frauen, die seine Gegnerinnen waren und mit denen es über kurz oder lang zu einer körperlichen Konfrontation kommen würde. Er freute sich schon jetzt auf sie. Aber er durfte sie auch nicht unterschätzen. Im Gegensatz zu dem Mann an ihrer Seite, den der Algerier für vernachlässigbar hielt. Er strahlte keine Gefahr aus, sein ganzer Habitus ließ auf einen unbeteiligten Zivilisten schließen, der zufällig zwischen die Fronten geraten war. Der Algerier hatte nur Augen für seine Begleiterin, und bei seiner unbedarften Fröhlichkeit hatte der Mann an ihrer Seite garantiert keine Ausbildung für ihr Spiel aus Täuschen, Verfolgung und Angriff.

Der Algerier öffnete eine PowerPoint-Datei, die er für solche Zwecke vorbereitet hatte. Sie zeigte die Verkaufspräsentation einer Mediaagentur, etwas, für das sich niemand wirklich interessierte. Und natürlich gab es die Mediaagentur tatsächlich, sie gehörte zu einem internationalen Netzwerk mit großen Büros in mehreren Ländern, was seine Anwesenheit auf nahezu jedem europäischen Flughafen erklärte. Das Logo hatte er einfach von ihrer Internetseite in seine Präsentation kopiert. Über den schwarzen Rand seines Bildschirms beobachtete er, wie sich die beiden verabschiedeten. Er saß mehrere Reihen von ihnen entfernt, die beiden nahmen keine Notiz von einem gestressten Vielflieger. Natürlich nicht. Warum verabschiedeten sie sich? Sein größtes Risiko in diesem Moment bestand darin, dass sie sich trennten und nur der Mann nach Amsterdam eincheckte. Er war davon ausgegangen, dass sie beide in die Niederlande flogen, seine Bordkarte hatte er bereits in der Tasche. Falls die Frau ein anderes Ziel hatte, würde er ein neues Ticket kaufen müssen, und dafür wurde möglicherweise die Zeit knapp. Als Vorsichtsmaßnahme loggte er sich schon mal mit der App auf seinem Handy bei der deutschen Lufthansa ein. Ticketverkauf. Keine Airline bot mehr Flüge von München an. Ein weiterer Blick über den Rand des Bildschirms. Sie hielten sich etwas zu lang in den Armen. Sie hatten eine Beziehung, auf die eine oder die andere Art. Für den Algerier waren solche Informationen wichtig, sie konnten über Leben und Tod entscheiden. Der Begleiter löste sich von ihr mit einer Berührung an der Wange. Als sich die Brünette mit dem Rücken zu ihm wieder auf ihren Platz setzte und ihr Ticket herauszog, sah er den kleinen Aufkleber eines aufgegebenen Gepäckstücks. Ein weiteres Problem weniger. Zufrieden schloss er die App der Airline auf seinem Handy und widmete sich wieder seiner Präsentation.

Amsterdam, Niederlande
14. Februar 2013, 17.44 Uhr (drei Stunden später)

Auf dem Flughafen Schiphol ärgerte sich Solveigh wieder einmal über die scheinbar unbelehrbaren Touristen, die sich möglichst dicht an den Rand des Gepäckbands pressten wie Kinder an die Theke einer Eisdiele, anstatt etwas weiter hinten auf ihren Koffer zu warten, um so Platz für alle zu lassen. Sie sah auf die Uhr. Es war kurz vor fünf, und wenn sie es rechtzeitig zur Lagebesprechung in die Zentrale schaffen wollte, hatte sie nicht mehr viel Spielraum. Sie betrachtete die Werbung einer Autovermietung, die ein Cabrio mit schönen Frauen zu einem besonders günstigen Preis bewarb, als sich das schwarze Gummiband endlich in Bewegung setzte. Sie versuchte durch die dicht gedrängte Menschenmenge einen Blick auf den schwarzen Schlund zu erhaschen, aus dem in wenigen Sekunden die ersten Gepäckstücke auf das Band fallen sollten, und gab schließlich seufzend auf. Als sie etliche dunkle Koffer, einige bunte und weniger Rucksäcke später ihren eigenen entdeckte, musste sie sich zwischen einem streitenden Ehepaar hindurchzwängen, das seinen sperrigen Gepäckwagen quer zum Fließband geparkt hatte. Sie warf ihnen einen giftigen Blick zu, als sie den Griff einrasten ließ. Nach wenigen Schritten Richtung Taxistand beschlich sie ein ungutes Gefühl. Ein Bauchgefühl, nicht mehr. Aber auch nicht weniger. Einer ihrer Ausbilder hatte ihr dringend geraten, darauf zu hören. Solveigh reagierte mechanisch. Suchte spiegelnde Oberflächen, bemühte sich, Augenpaare auszumachen, die für einen Moment zu lange an ihr hängen blieben. Dann hielt sie Ausschau nach den Toiletten, die es im Gepäckbereich eines jeden Flughafens gab, für Langstreckenreisende und solche mit überstandener Flugangst. Sie entdeckte keine Gesichter, aber dafür das weltweit universelle Zeichen für Waschräume und entschied sich, einen Zwischenstopp einzulegen. An der Tür verkantete sie ihren Koffer am Türrahmen und drehte sich, um ihn wieder aufzurichten. Sie entdeckte niemanden. Keinen überhaupt nicht unauffälligen Zeitungsleser wie in einem schlechten Agentenfilm, keine Frau mit Sonnenbrille, die an ihrer Handtasche nestelte. Sie zog den Koffer vor das gelbe Waschbecken und seifte sich die Hände ein. Das eiskalte Wasser ließ sie noch ein wenig über ihre Pulsadern laufen, denn sie wusste, dass es nach einem längeren Flug mit sauerstoffarmer Luft die Sinne schärfte. Dann trocknete sie die Hände und rief sich noch einmal die Situation vor der Tür ins Gedächtnis: Wer hatte wo gestanden? Wer hatte in welche Richtung geschaut? Der Mann mit den braunen Schuhen zum schwarzen Anzug, die Mutter mit ihren zwei Kindern, die Frau mit den Korksandalen? Dann schnappte sie ihren Koffer und öffnete die Tür. Der Mann war weg, die Frau ebenso. Die Kinder zogen an einem Gepäckwagen. Es stand niemand mehr dort, wo er vorher gestanden hatte. Ihr Bauchgefühl musste sie getäuscht haben. Sie wurde offenbar doch nicht verfolgt. Oder von jemandem, der sehr, sehr gut darin war. Mit dem Gedanken an die nicht vorhandene Waffe in ihrem Schulterholster machte sie sich auf den Weg Richtung Taxistand.

———

Solveigh erreichte den Konferenzraum der ECSB fünf Minuten zu spät. Nach der Beseitigung der unmittelbaren Bedrohung für die Kernkraftwerke war er in seinen ursprünglichen Zustand zurückversetzt worden: Der weiße elliptische Tisch stand wieder in der Mitte, drum herum Platz für zwölf Personen, zentrale Monitorwand am Kopfende. Neben Sir William, der mit seinem karierten Jackett wieder einmal ausgesprochen britisch aussah, waren die üblichen Verdächtigen versammelt: Eddy und Dominique sowie eine Analystin aus dem Russlandteam, eine rundliche, rothaarige Mittvierzigerin namens Irina, die aus Tschechien stammte und in Moskau studiert hatte. Solveigh kannte sie als äußerst kompetente Kollegin, die sich mit der russischen Politik und dem Land bestens auskannte. Irina stand vor dem Monitor und präsentierte ihre Analyse über das Biest. Solveigh war gespannt, was die Kollegen während ihres Rückflugs herausgefunden hatten. Dawydow hatte ihnen nicht viel mehr als einen Geburtsnamen und einige frühe Unternehmensbeteiligungen liefern können. Immerhin. Sie nickte in die Runde und setzte sich. Bei der ECSB gehörte es sich nicht, eine laufende Sitzung zu unterbrechen, auch wenn ihr niemand vorwerfen würde, dass sie am Flughafen auf ihren Koffer warten musste.

»… geboren wurde er als Stanislav Nikolayewitsch Mokeyev am 7.8.1968 in Woronesch. Seine Eltern waren russische Diplomaten in Washington, wo er die russische Schule besuchte. Er kehrte wohl als Anfang zwanzigjähriger nach Russland zurück, nachdem sein Vater ins Außenministerium versetzt worden war. Für die nächsten zwei Jahre verliert sich seine Spur. 1990 schrieb er sich an der Wharton School der University of Pennsylvania im Bereich Wirtschaft ein. Vier Jahre später schloss er sein Studium in Internationalen Beziehungen und Wirtschaft als Drittbester seines Jahrgangs ab. Aus dieser Zeit stammt das erste Foto, das wir von ihm auftreiben konnten.«

Auf dem Bildschirm erschien das Porträt eines jungen Mannes, aufgenommen vor einer blau-weißen Fototapete, augenscheinlich im Studio. Er hatte blonde Haare, links gescheitelt, Oberlippenbart. Nicht sehr aussagekräftig, vor allem heute nicht mehr.

»Nach seinem Abschluss ging er zurück nach Russland und brach jeden Kontakt zu seinen Kommilitonen ab. Das nächste Foto zeigt ihn im Beraterstab von Boris Jelzin bei einem Wirtschaftsgipfel in der letzten Reihe.«

Auf dem Bild war der Kopf einer Person rot eingekreist. Er blickte zur Seite, und trotz des Anzugs und der neuen Frisur war Mokeyev noch deutlich zu erkennen.

»Wir vermuten, dass er in dieser Zeit enge Kontakte zu Jelzin selbst oder zu einigen seiner einflussreichsten Wirtschaftsberater knüpfte. Verständnis von freier Marktwirtschaft stand damals hoch im Kurs, Jelzin wollte das ganze Land umkrempeln, und natürlich brauchte er dazu Fachkräfte. Es waren ebenjene wenigen Männer, die damals über das notwendige Fach- oder auch nur Halbwissen verfügten, denen es gelang, aus staatlichen Ressourcen große Vermögen zu privatisieren. Sie waren die Ersten, denen es erlaubt wurde, private Firmen zu gründen. Banken, Versicherungen, Kolchosen, Rohstoffe. Beinahe alles wurde damals in äußerst undurchsichtigen Prozessen verschoben. Manche kauften mit einem unbeliehenen Bankkredit ein Unternehmen für 100 Millionen Dollar, das schon eine Woche später 1,5 Milliarden wert war. Unter den Insidern herrschte regelrechte Goldgräberstimmung, und jeder bekam einen Teil vom Kuchen.«

»Seltsame Vorstellung von Gerechtigkeit«, murmelte Solveigh.

»Das sehen die meisten im Westen so«, erklärte Irina, »aber in Wirklichkeit gab es fast keine Alternative. Man wollte die Schlüsselindustrien bei der Privatisierung nicht ans Ausland verlieren, also hat man lieber ein paar Russen reich gemacht als fremde Aktiengesellschaften aus Amerika.«

Solveigh erkannte wieder einmal, dass ihr Politik zu kompliziert war.

»Konntet ihr die Angaben verifizieren, die Dawydow über seine Beteiligungen gemacht hat?«, fragte Will Thater.

»Teilweise ja. Wir wissen, dass er eine Tankstellenkette besaß und sie kurz nach seiner Heirat mit Alexandra Grigorjevna Astakhova an einen anderen Oligarchen verkaufte. Das war 1995.«

Eine bildhübsche Frau mit slawischen Wangenknochen und blonden Locken, die in einer größeren Gruppe vor einem Universitätsgebäude stand, erschien auf dem Monitor. »Seine Beteiligung an dem Agrarunternehmen konnten wir nicht mehr nachvollziehen, allerdings rankt sich darum eine interessante Geschichte. Angeblich hatte sich der Bürgermeister des Ortes, an dem das Unternehmen seinen Hauptsitz hatte, über die Personalpolitik und die harten Arbeitsbedingungen öffentlich beschwert, woraufhin der Lokalzeitung sein abgeschlagener Kopf in einem Schuhkarton geliefert wurde. Mokejev konnte niemals etwas bewiesen werden, aber in den Protokollen der Staatsanwaltschaft wurde er kurze Zeit als Verdächtiger geführt. Es ist nicht weiter verwunderlich für jene Zeit in Russland, dass die Ermittlungen im Sande verliefen.«

Solveigh rieb sich die Augen. Zumindest passte es zu seinem Spitznamen.

»Es gibt noch einen ungeklärten Fall aus jener Zeit, der mit Mokejev in Verbindung steht. Seine Frau verschwand im Jahr 1997 auf mysteriöse Weise. Laut seiner Zeugenaussage verließ sie die gemeinsame Wohnung in der Stadtmitte, um einkaufen zu gehen, und kam nicht mehr zurück. In ihrer Ehe habe es keine Probleme gegeben, gab er damals zu Protokoll. Auch dieser Fall wanderte zu den Akten, vermutlich aufgrund seines Einflusses. Allerdings hält sich auch hartnäckig das Gerücht, sie habe einen Liebhaber gehabt, und das Biest hätte sie eigenhändig zerstückelt und im Garten ihrer Datscha vergraben, daher rührt wohl sein Spitzname, obwohl es mir schwerfällt, ihn als solchen zu bezeichnen.«

»Hat die Polizei den Garten untersucht?«, fragte Will Thater.

»Nein«, antwortete Irina.

»Was für Zeiten«, pfiff Solveigh durch die Zähne.

»Weiter im Text«, mahnte Will und klopfte nervös mit dem Stift auf die Tischplatte. »Ich will mich nicht mit Gerüchten aufhalten, selbst wenn sie stimmen sollten. Das Biest hat weit mehr

Schuld auf sich geladen, so oder so.« Er nickte Irina zu, die sich beeilte fortzufahren.

»Im Jahr 1998 verliert sich seine Spur vollständig. Seine Unternehmensbeteiligungen hat er verkauft, wir vermuten, dass er sein Portfolio diversifiziert hat. Aktien aus dem Ausland, Häuser, Land, Gold. Er hat mit Sicherheit einen neuen Namen angenommen, vermutlich lebt er die meiste Zeit im Ausland und hält nur informell ein paar alte Kanäle offen. Aber auch das ist nur eine Vermutung…«

Der Stift trommelte weiter ein schnelles Stakkato. »Das reicht nicht«, murmelte Thater.

»Und was ist mit dem anderen Foto?«, fragte Eddy.

»Was für ein Foto?«, der Stift hielt inne.

»Das ist nicht bestätigt, und wir sind uns nicht einig. Die Gesichtserkennungssoftware bestätigt zweiundfünfzig Prozent, also viel zu wenig Merkmale für eine Übereinstimmung.«

»Ich will es sehen«, entschied Will. »Jetzt ist nicht der richtige Zeitpunkt, um mit etwas hinter dem Berg zu halten.«

Auf dem Monitor erschien eine Außenaufnahme auf einer Terrasse des Kreml. Irina vergrößerte einen Bildausschnitt, die groben Körner ergaben das vage Profil eines Mannes in einer größeren Gruppe, die sich angeregt zu unterhalten schien.

»Die Aufnahme entstand am 17. Juni 2011. An diesem Abend gab der russische Präsident ein Galadinner für enge Vertraute. Die meisten der Oligarchen und auch viele Strippenzieher der ersten Stunde waren anwesend. Und fragen Sie bitte nicht, wo wir das Bild herhaben.«

Bei der Auflösung brauche ich nicht lange zu rätseln, dachte Solveigh. Es kommen sowieso nur die Amerikaner infrage. Niemand sonst hätte sie zugetraut, so dreist zu sein.

Der Stift schwang wieder im Takt. »Und die Übereinstimmung liegt nur bei zweiundfünfzig Prozent?« Will Thater beugte sich in seinem Stuhl nach vorne. »Das kann ich fast nicht glauben.«

»Also, wir sind der Meinung, dass die Beleuchtung und der ungünstige Winkel …«, setzte Irina an.

»Er ist es, Irina. Manchmal geht es auch nicht nur um Daten, sondern um das große Ganze. Das scheint ihr hinter euren Bildschirmen manchmal zu vergessen«, dozierte Will.

»Wie kannst du dir da so sicher sein?«, fragte Solveigh, für die der Mann auf dem Bild nicht gerade große Ähnlichkeit mit den alten Aufnahmen von Mokejev hatte. Um genau zu sein, keine bis auf die Haarfarbe und die Kinnpartie.

»Bauchgefühl, Slang. Und es täuscht mich nur äußerst selten«, antwortete ihr Chef. »Ihr habt gesagt, ihr vermutet, er lebt im Ausland? Dann will ich, dass ihr aus dem unscharfen Etwas da an der Wand ein ordentliches 3D-Bild zaubert und dann jagt ihr es durch alle Datenbanken. Nicht nur die von der Polizei, ich will alle EU-Grenzkontrollen, alle Bahnhöfe, einfach alles.«

»Aber Will«, mischte sich Eddy ein. »Hast du eine Ahnung, wie viel Rechenleistung wir dafür brauchen?«

»Nein, aber wenn nötig, zapft doch das CERN an oder die ESA.«

Der Stift trommelte wieder.

»Wir kriegen das Biest«, murmelte er.

Nur Solveigh dachte nicht an das Biest, sondern an ihr Bauchgefühl. Am Flughafen. Dass ihr jemand gefolgt war. Vielleicht waren sie nicht die einzigen Jäger in diesem Endspiel.

Amsterdam, Niederlande
18. Februar 2013, 09.36 Uhr (vier Tage später)

Der Mann auf der Bank an der Gracht kratzte sich am Kinn, als die attraktive Brünette das schmale Stadthaus verließ und sich in voller Businessmontur auf ihr Rennrad schwang. Die Morgensonne schien auf ein regennasses Pflaster, beinahe frühlingshafte Temperaturen sorgten dafür, dass die Menschen fröhlicher wirkten als noch vor ein paar Tagen und dass der Bewohner der unteren Wohnung, wohl getrieben von dem schönen Wetter, bereits vor zwanzig Minuten das Haus verlassen hatte. Insofern kamen die Temperaturen dem Algerier sehr zupass. Er beobachtete die Frau seit knappen fünf Tagen, und er war sich nahezu sicher, dass sie zu dem Bürogebäude im Amstel Business Park fahren würde, wie am Donnerstag nach ihrer Ankunft in Schiphol, am Freitag und sogar am Samstag. Heute würde er ihr nicht folgen, er musste endlich mehr über die Organisation herausfinden, für die sie arbeitete. Sein Auftraggeber erwartete Ergebnisse, er wollte wissen, wer immer noch hinter ihm her war. Falls sie das waren. Und umbringen konnte er seine hübsche Zielperson immer noch. Der Algerier hatte keine Eile. Jetzt fuhr sie stehend und in schwerem Gang über die leicht gewölbte Brücke und bog dann rechts ab. Er beobachtete, wie sie eine rote Ampel überfuhr, um dann hinter einem Häuserblock auf der anderen Uferseite zu verschwinden. Er summte eine Melodie aus »Tosca« während er auf seine Uhr blickte.

Zehn Minuten später stellte er befriedigt fest, dass ihre Wohnungstür keine Alarmanlage besaß. Das waren gute Nachrichten, denn seine Werkzeuge waren Waffen unterschiedlichster Natur, angefangen bei seinen kraftigen Händen. Technikspielereien hingegen stellten ihn jedes Mal wieder vor schier unüberwindbare Hindernisse. Ein Sicherheitsschloss bedeutete allerdings kein großes Problem für ihn, und mit seinen Picks hatte er auch diese Tür in kürzester Zeit geöffnet, obwohl sie im Gegensatz zu der im Erdgeschoss abgeschlossen war. Als er in dem schmalen Flur stand, hielt er kurz inne und lauschte. Kein Alarm. Eine sehr unvorsichtige hübsche Frau. Er wandte sich nach links und betrat das Wohnzimmer: eine helle Wohnung mit dunklen Deckenbalken. Eine beige Chaiselongue, ein Schreibtisch mit einem Computer, daneben das Foto einer älteren Dame, vermutlich ihre Mutter, ein Bild von der jungen Wohnungsbesitzerin, sicherlich einige Jahre alt, mit einem älteren Mann im tadellosen Anzug, Einstecktuch inklusive. Mit dem Computer konnte er nichts anfangen, der war mit Sicherheit passwortgeschützt, und er machte sich keine Illusionen über seine Chancen, es zu knacken. Stattdessen zog er ein paar Latexhandschuhe über und drehte die Bilderrahmen. Nichts. Dann durchsuchte er das Bücherregal hinter dem Sofa: hauptsächlich englischsprachige Literatur, ein paar deutsche Krimis. Kein einziges auf Holländisch, was nur bedeuten konnte, dass sie nicht hier geboren worden war. Es gab dem Mann einen Hinweis: Sie arbeitete nicht für die Polizei. Und selbst der Geheimdienst war unwahrscheinlich, wenn sie aus einem anderen Land stammte. Vielleicht ein ausländischer Dienst? Kaum, die würden kein Büro unterhalten, dessen Name nur Fassade sein konnte. ›Loude IT Services‹, stand auf dem Schild im Amstel Business Park. Das klang derart beliebig, dass es nur auf dem Reißbrett entstanden sein konnte. Europol? Möglich, obwohl deren Hauptsitz in Den Haag lag. Dennoch das Naheliegendste, entschied der Mann. Als er die Küchenschubladen durchsuchte, fand er den nächsten Hinweis zwischen etlichen vollgekritzelten Zetteln und einem Meterstab: einen abgelaufenen und entwerteten Reisepass, ausgestellt auf Solveigh Lang, deutsche Staatsbürgerin. Sie kam ganz schön rum, diese Solveigh Lang. Er wühlte in der Kramschublade, wie es sie in jeder Küche gab, förderte aber nichts Brauchbares mehr zutage. Leise stieg er die Treppe in das obere Stockwerk hinauf. Das Schlafzimmer. Er öffnete den Kleiderschrank und strich sanft über die Anzüge und die Blusen. Ein rotes Kleid aus weicher Kunstfaser, ein kleines Schwarzes, in dem sie sicherlich besonders aufreizend aussah. Er hielt sich den Stoff vor die Nase, er war zart, und er stellte sich vor, wie er ihre Haut berührt hatte. Das Parfum hatte eine dezente Note edler Hölzer. Es würde ihm gefallen, sie zu töten, sollte sich sein Auftraggeber dazu entschließen. Was vermutlich davon abhing, ob sie ihm auf die Spur kamen. Er verspürte eine gewisse Erregung, als er sich vorstellte, sie von hinten zu erwürgen, wie sie in seinen Händen versuchte, um Hilfe zu schreien und sich seinem Griff zu entziehen. In ihrem kleinen Schwarzen. Zur Not auch in einem der Kostüme. Der Algerier lächelte, als er eine Nummer in London wählte.

Amsterdam, Niederlande
19. Februar 2013, 15.56 Uhr (einen Tag später)

Dominique Lagrand klopfte an die offen stehende Bürotür von Will Thater. Der Chef der ECSB stand hinter seinem Schreibtisch und telefonierte, winkte ihn jedoch herein und bedeutete ihm, die Tür zu schließen.

»Nein, Sir, bisher noch keine weitere Spur … Ja, selbstverständlich nutzen wir alle Ressourcen, die uns zur Verfügung stehen, aber bisher noch nichts.«

Dominique hangelte sich auf seinen Krücken zum Besprechungstisch. Mittlerweile konnte er schon mehrmals am Tag für zehn Minuten auf den Rollstuhl verzichten. Seit seine Muskeln wieder begriffen, was sein Kopf ihnen sagen wollte, ging es steil bergauf. Er trainierte verbissen und hatte Sophie tatsächlich schon auf Krücken ausgeführt. Und es lief gar nicht mal schlecht zwischen ihnen. Er mochte ihre Sommersprossen immer mehr.

»Natürlich, Sir, wir halten Sie auf dem Laufenden.«

Will kam um seinen Schreibtisch herum und setzte sich ihm gegenüber. Seine Körperhaltung wirkte entspannt, aber sein blasser Teint und seine nervösen Handbewegungen verrieten ihn. Bisher hatten sie das Biest auf keiner Überwachungskamera entdecken können. Allerdings war die Datenmenge, die es zu bewältigen galt, gigantisch. Wohl einzig die Amerikaner besaßen die Technologie, so etwas binnen kürzester Zeit zu bewerkstelligen, aber sie konnten ja schlecht bei der NSA anrufen, die mit ihren eigenen Terrorfahndungen mehr als ausreichend beschäftigt war. Aber Dominique hatte eine Idee.

»Also, Dominique, was gibt's?«

»Du erinnerst dich doch noch an unser Gespräch im Dezember? Mein Vorschlag, dass ich der Statistiker unserer Einheit werde?«

»Dominique«, protestierte Thater. »Jetzt ist wirklich nicht der richtige Zeitpunkt, um über Karriereplanung zu diskutieren.«

Dominique wehrte ab: »Wollte ich auch gar nicht. Du hast mir damals gesagt, ich sollte beweisen, dass sich statistische Modelle für uns lohnen, oder nicht?«

»Ja, aber das habt ihr doch mit den Vorhersagemodellen für die Kraftwerke schon ziemlich deutlich gemacht, oder nicht?« Sein Stift zuckte bedrohlich nah an der Tischkante. Das Gespräch, das er eigentlich gar nicht führen wollte, dauerte ihm schon zu lange. Aber Dominique hatte sich vorgenommen, sich diesmal besser zu verkaufen. Er wollte dieses Studium.

»Mag sein«, grinste er. »Aber was würdest du sagen, wenn ich uns das Biest liefern könnte?«

In diesem Moment hielt der Stift inne. »Wie meinst du das?«, fragte Thater skeptisch.

»Nun ja, ich denke, ich weiß, wo er sich aufhalten könnte.«

Thater blieb der Mund offen stehen. »Und das sagst du erst jetzt?«

»Ich bin gerade erst fertig geworden, und ehrlich gesagt weiß ich auch eher, wo er sich vermutlich aufgehalten hat, nicht unbedingt, wo er im Moment ist. Statistik eignet sich nicht sonderlich für Momentaufnahmen oder Individualaussagen. Das liegt an der ...«

»Stopp!«, unterbrach ihn Thater. »Ich bin nicht an einer Vorlesung interessiert. Wenn das wirklich stimmt, kriegst du die Statistikstelle. Ein für alle Mal. Also: Wo ist der Dreckskerl?«

»Wie gesagt, er ist nicht unbedingt dort. Aber ich glaube, dass sich der Bilderabgleich einengen ließe und uns möglicherweise ein besseres zweites Bild liefern könnte. Dazu habe ich mir angeschaut, welche Städte welche Infrastruktur bieten hinsichtlich seiner Profession als Banker, dem Lebensstil eines sehr reichen Mannes und – das wichtigste von allem Merkmalen – welche Städte nicht in der Nähe von stuxnetinfizierten Kernkraftwerken lagen. Es waren ja viele, aber bei Weitem nicht alle Kraftwerke infiziert, und das muss ja nicht unbedingt Zufall sein. Besser gesagt: Ich habe ausgerechnet, dass es zumindest in einem Fall vermutlich kein Zufall ist, und genau da, vermute ich, hat sich das Biest aufgehalten oder hält sich sogar immer noch auf.«

»Du willst sagen, er hat dafür gesorgt, dass er nichts abbekommt, wenn ein AKW havariert? Das klingt logisch.«

»Es ist ein wenig komplizierter, aber ja. Im Grunde kann man es so ausdrücken. Ist es dir nicht seltsam vorgekommen, dass weder Dungeness noch Sizewell infiziert wurden?«

Als Brite wusste Sir William sofort, worauf er hinauswollte. »Das Biest ist in London«, flüsterte er. Dominique nickte.

London, England
01. März 2013, 17.55 Uhr (zehn Tage später)

Als Solveigh am Flughafen Heathrow in die Sonne trat, wusste sie wieder einmal, warum sie diese Stadt nicht besonders mochte. Einen blasierten Briten hatte sie schon als Chef, wenn auch einen zumeist ziemlich charmanten, aber hier in England schien ihr alles bis in den letzten Winkel spiegelpoliert und gleichgeschaltet. Hinter der Fassade dafür umso maroder und im Grunde ziemlich gewöhnlich. Und dieser Koloss von einem Flughafen mit seinen in mehreren Jahrzehnten wahllos danebengesetzten Zubauten war da keine Ausnahme. Sie setzte die Sonnenbrille auf und hielt nach dem Mann von New Scotland Yard Ausschau. Noch einmal warf sie einen Blick auf das Foto, das Eddy ihr aus der Datenbank der Metropolitan Police heruntergeladen hatte. Es zeigte einen Mann in den Dreißigern, markantes Kinn, grüne Augen. Sie scannte die wartenden Fahrer der Limousinen, dann die scheinbar ankommenden Fluggäste, konnte ihn aber nirgends entdecken. Detective Inspector Wayne Sherwood stand unter dem Porträt. Die Autodächer glitzerten, aber Wayne war nirgends zu entdecken, als ein schwarzer Lexus mit quietschenden Reifen neben ihr auf dem Bordstein hielt. Die Fahrertür öffnete sich. Solveigh betrachtete den Mann, der ausstieg, argwöhnisch. Er kam direkt auf sie zu und begrüßte sie mit rotem Kopf.

»Sie werden wohl Solveigh Lang sein, oder täusche ich mich?« Der Mann, den Solveigh niemals als Wayne Sherwood erkannt hätte, schwitzte. Er war mindestens fünfzehn Jahre älter als auf dem Foto und mindestens ebenso viele Kilos schwerer. Sein teigiges Gesicht setzte sich bis zum Hinterkopf fort und wurde von einem grauen Haarkranz umrahmt. Seine Lippen

365

waren tiefrot und die Krawatte unter seinem taubenblauen Pullunder um einiges zu bunt. Nur seine Augen ließen einen Blick auf einen anderen Teil seines Charakters zu, sie schienen ständig in Bewegung und verrieten einen wachen Geist, vielleicht etwas zu nervös für Solveighs Geschmack. Sie gab ihm die Hand.

»Detective Inspector Sherwood, nehme ich an?«

»Sherwood, wie der Forest«, sagte er ohne den Hauch eines Schenkelklopfers und hielt ihr den Schlag auf. Solveigh stieg ein, er schmiss die Tür hinter ihr ins Schloss. Das graue Polster roch nach scharfem Reinigungsmittel und etwas säuerlich, als hätte sich jemand vor nicht allzu langer Zeit in dem Auto übergeben. Solveigh strich etwas Kampferpaste auf die Oberlippe, bevor Wayne neben ihr Platz genommen hatte und etwas davon mitbekommen konnte. Er startete den Wagen und fuhr an wie nach einem Reifenwechsel bei einem Formel-1-Rennen, seine Hinterreifen mussten einen kurzen schwarzen Streifen auf dem Asphalt vor dem Flughafen hinterlassen haben. Als er sich im Kreisverkehr Richtung M4, London, einfädelte, begann er mit den unvermeidlichen Fragen, auf die Solveigh seit Minuten wartete. Immer, wenn sie die Hilfe lokaler Behörden benötigten, waren es dieselben Fragen, aber Solveigh konnte sie mittlerweile beantworten, ohne sich konzentrieren zu müssen. Sie dachte stattdessen an die Bilder, die das Computersystem nach der Einschränkung von den Londoner Kameras ausgespuckt hatte. Vier Stück insgesamt, davon drei vom Flughafen. Das Biest in der Ankunftshalle von einem innereuropäischen Flug, das Biest vor einer teuren Boutique, das Biest an der Curb Side, der Vorfahrt, wo Wayne auch Solveigh aufgelesen hatte. Sie ratterte ihre Erklärung über die offizielle Anfrage zur Zusammenarbeit aus dem Innenministerium herunter und dass sie selbstverständlich keine Intention hatten, Wayne seine Erfolge streitig zu machen, während an den Fenstern sattes Grün an ihr vorbeiflog. Sherwood fuhr schnell und wechselte öfter die Spur, als es sinnvoll sein konnte.

»Sie jagen also ein Phantom? Ausgerechnet in meinem Kiez?«

Der Grund, warum die ECSB gerade Wayne angefordert hatte, lag im vierten Foto begründet, das von einer Kamera in der Londoner Innenstadt aufgenommen worden war. Es war nicht besonders scharf, aber es zeigte neben dem Biest noch einen weiteren Mann, den Solveigh bereits kannte: den Killer aus Berlin, den der Deutsche umgebracht hatte. Es war drei Monate alt, und der Mann trug einen langen Mantel aus hellem Stoff, aber es handelte sich unverkennbar um die gleichen Gesichtszüge mit den auffällig hervortretenden Augen. Solveigh dachte an seine weiße, frei liegende Halswirbelsäule und den See aus dunklem Blut.

»Gewissermaßen«, antwortete sie schließlich. »Wir wissen, dass er Russe ist und vermutlich einen amerikanischen Akzent hat. Allerdings kennen wir seine momentane Identität nicht. Keine Adresse. Weder Firma noch privat.« Das Foto war am Canary Wharf aufgenommen worden, und die ECSB hatte bei der Met einen langjährigen Kenner des Viertels angefordert, einen Insider, der die reiche Gegend mit den Hochhäusern, den Banken und den Luxusapartments wie seine Westentasche kannte. Deshalb hatte die Londoner Polizei Wayne Sherwood geschickt.

»Na ja«, antwortete der Mann, den Solveigh eher bei der Sitte in den frühen Achtzigerjahren eingeordnet hätte als ausgerechnet in einem der profiliertesten Viertel der Stadt. »Das dürfte nicht ganz einfach werden.«

Solveigh hob eine Augenbraue.

»Wir nennen die Wharf auch Londongrad, wissen Sie? Mehr Russen als in einem verdammten Gulag.« Er lachte über seinen eigenen Witz, und Solveigh revidierte ihre Einschätzung über sein Schenkelklopfer-Potenzial. »Einer von den neureichen Schnöseln?«

Solveigh nickte: »Einer aus der ganz frühen ersten Garde

nach dem Zusammenbruch der Sowjetunion. Aus der Jelzin-Ära. Geld wie Heu.«

Er wechselte wieder die Spur: »Auch das wird uns hier kaum helfen. Geld haben die Russen in der Wharf alle. Obwohl, wer weiß …?«

»Wie meinen Sie das?«, fragte Solveigh neugierig.

»Warten Sie es ab. Wir sind gleich da. Und in der Zwischenzeit verraten Sie mir, ob ich das bin oder mein Auto«. Er roch an seinem blauen Pullunder.

Vielleicht doch kein so schlechter Bulle, dachte Solveigh und lachte: »Nein, der Wagen. Keine Sorge. Sie haben das bemerkt?«

»Einer von den verdammten Bankern. Spielen sich auf wie Graf Zahl, vertragen aber überhaupt nichts. Wahrscheinlich hatte er auch noch 'ne Tonne Koks drin, als er mir in den Wagen gekotzt hat. Dafür hat er am Ende rausgerückt, was ich wissen wollte. Ich würde sagen, es hat sich gelohnt, auch wenn die Karre wahrscheinlich noch ein halbes Jahr stinkt. Sie gewöhnen sich daran, versprochen.«

Zwanzig Minuten später erreichten sie den zweiten Finanzplatz Londons, von dem Solveigh mittlerweile wusste, dass er ein Retortenkind der Neunzigerjahre war. Ehemals ein geschäftiger Hafen, dessen Importe hauptsächlich von den Kanaren gekommen waren, daher der Name. Und heute eine der reichsten Gegenden der Stadt, in der nach und nach die höchsten Gebäude Londons entstanden. Hauptsächlich Banken und Versicherungen hatten hier ihre Hauptsitze oder zumindest ihre Dependancen im Königreich eingerichtet. Das Viertel boomte, und die Preise für die großen Wohnungen in den Wolkenkratzern waren trotz der Immobilienkrise astronomisch. Sherwood parkte vor einem offenbar geschlossenen Lokal.

»War mal ein guter Pub. Hat vor einem Monat geschlossen, hier geht keiner mehr in einen einfachen Pub«, nuschelte

Wayne, als er die Autotür mit einem lauten Rumms ins Schloss fallen ließ. »Und wenn die da«, er deutete auf zwei große, halb fertige Türme mit riesigen Telefonnummern von Maklern an der Seite, »erst fertig sind, gibt's hier bald nur noch blasierte Deppen.«

Mittlerweile fand Solveigh Sherwood sogar irgendwie sympathisch. Er wirkte auf den ersten Blick wie ein frustrierter Zirkusbär, aber er kannte sich hier wirklich aus, und vermutlich konnte er auch ganz anders, wenn man ihn reizte. Solveigh hatte nicht vor, es auszuprobieren, als sie sich auf den Weg ins Herz der Wharf machten, ein riesiges Areal von Shoppingmalls, Büros, Restaurants und Luxusapartments. Solveigh hatte keine Ahnung, wie sie das Biest hier jemals finden sollten.

»Zeigen Sie mir noch mal das Foto, das Sie von der Überwachungskamera haben.«

Solveigh reichte ihm ihr Telefon.

»Das ist am Cabot Square, gleich hier die Straße runter.« Er gab ihr das Telefon zurück und schlug einen schnellen Schritt an. Sie rannten beinahe durch mehrere Einkaufszentren, deren Glasdächer so hoch wie die Geschäfte exklusiv waren. Der richtige Konsum am richtigen Ort, vermerkte Solveigh. Bankangestellte und Berater, ein bisschen Kunstszene, noch weniger normales Leben. Dafür gab es auf dem Cabot Square einen Springbrunnen.

Sherwood deutete auf einen Mast mit Kameras: »Sehen Sie, hier wurde die Aufnahme gemacht«, verkündete er triumphierend.

»Natürlich«, sagte Solveigh. Als ob sie nicht selbst hätte rausfinden können, welche Kamera die Aufnahme gemacht hat.

»Die Frage ist, wie wir jetzt weitermachen. Ich würde vorschlagen, wir besorgen uns die Bänder von allen umliegenden Liegenschaftsverwaltern. Irgendwo muss er ja noch einmal in eine Kamera gelaufen sein. Bei den ganzen Banken hier gibt es doch sicher eine Überwachung wie vor Fort Knox, oder nicht?«

»Ist natürlich eine Möglichkeit«, murmelte Sherwood und strich sich über die immer noch unnatürlich roten Lippen. »Andererseits ...«

Solveigh horchte auf: »Na, da bin ich aber gespannt.«

»Andererseits könnten wir auch einfach mal ein Eis essen gehen zum Beispiel. Kommen Sie mit, ich lade Sie ein!«

Solveigh wollte protestieren, aber Wayne war schon weitergestürmt. Mittlerweile war die Sonne untergegangen, und die Lichter der hohen Bürotürme funkelten um die Wette. Der beleuchtete Springbrunnen auf dem Platz, die Menschen, die trotz der Kälte noch um kurz vor acht zwischen den Malls unterwegs waren. Obwohl sie niemals ihre beschauliche Amsterdamer Wohnung, in der sie das Fahrradklingeln an der Gracht hörte und die sie auf einmal schrecklich vermisste, dagegen eintauschen würde, konnte sie verstehen, warum dieser Ort auf die Menschen eine gewisse Faszination ausübte. Altes und Neues, Bequemlichkeit und Luxus. Und Wayne Sherwood, der tatsächlich eine Dose Eiscreme aufgetrieben hatte, mitten im Winter. Es war eine amerikanische Sorte, die besonders viel Schokolade versprach. Er drückte ihr einen Löffel in die Hand und hielt ihr die kleine Dose hin. Noch bevor sie überhaupt das Werkzeug in der Hand hatte, stopfte sich Wayne einen ersten großen Löffel in den Mund und grinste.

»Die beste Eiscreme der Welt.«

Solveigh probierte und musste zugeben, dass es wirklich mindestens doppelt so viel Schokolade beinhaltete, wie für ihren Geschmack notwendig gewesen wäre. Er grinste: »Ohne Eiscreme kann ich nicht denken. Ihr Phantom allerdings schon. Ich kenne wenige, die es schaffen, Pete nicht aufzufallen.«

»Wer ist Pete?«, fragte Solveigh.

»Pete ist der Typ, der bei Starbucks die Tassen wegräumt. Er kennt fast jeden hier vom Sehen. Auch die ganz Reichen.«

Solveigh ahnte, warum Wayne von ihrem Vorschlag, die Aufzeichnungen der Kameras zu besorgen, nicht angetan gewesen war. Er ging vermutlich davon aus, dass er das Biest mit seinen persönlichen Kontakten genauso schnell finden würde. Und vor allem weniger auffällig. Eine Anfrage nach den Bändern würde den wichtigen Mietern vermutlich mitgeteilt, selbst wenn sie versuchen würden, das zu verbieten. Langsam war sie froh, den spießigen Polizisten dabeizuhaben. Sie wüsste nur zu gerne, was ihm widerfahren war, dass auf der Karriereleiter beim Detective Inspector für ihn Schluss gewesen war. Sie beschloss, ihn das jetzt besser nicht zu fragen.

»Sie glauben, wir finden ihn schneller, indem wir bei Starbucks nachfragen?«

»Natürlich nicht oder zumindest nicht nur bei Starbucks. Aber ich wollte das Eis. Und glauben Sie mir, wenn Sie meine Figur hätten, bräuchten Sie für jedes Double Chocolate Fudge einen verdammt guten Grund.« Er lachte und schaufelte sich einen großen Löffel zwischen die kirschroten Lippen, von denen Solveigh hätte schwören können, dass sie durch das kalte Eis noch ein wenig röter geworden waren.

»Aber jeder braucht ab und zu mal etwas zu essen und eine Toilette, sogar ein Oligarch. Und was glauben Sie, wie viele von den Russen sich alles nach Hause liefern lassen?«

»Keine Ahnung.«

»Russen, insbesondere Oligarchen, verlassen nicht unbedingt gerne ihr Penthouse. Schon gar nicht, um zu essen oder um auf die Toilette zu gehen. Muss was Kulturelles sein. Seit Litwinjenko gehen die sogar fast gar nicht mehr vor die Tür. Ich wette, wenn wir die zehn exklusivsten Restaurants hier in der Gegend abklappern, die auch einen Lieferservice anbieten, haben Sie einen Namen.«

Solveigh zuckte mit den Achseln. Er war der Experte, und wenn er davon überzeugt war, dann bitte.

»Auf einmal glaube ich, dass es unsere Ermittlungen dringend erfordern, eine Hummersuppe im Hungry Cat zu probieren. Und dann das Lammfilet im Quadrant. Meinen Sie nicht?«

Solveigh zückte ihre schwarze Kreditkarte der ECSB, auf der ihre Reisekosten verbucht wurden und die kein Limit kannte: »Ich zahle. Hauptsache, wir finden ihn.«

London, England
01. März 2013, 23.21 Uhr (drei Stunden später)

Der Algerier hatte den dunkelgrauen Anzug gegen eine blaue Trainingsjacke eingetauscht und stand hinter einem der Bäume, die der Architekt des Four Seasons auf das Kanalufer der Themse gepflanzt hatte. Er hob das lichtstarke Objektiv seiner Kamera vors Auge. Ein Tourist, vielleicht auch ein Angestellter einer der Banken auf Dienstreise, der Fotos zum Beeindrucken seiner Frau schoss. Jedenfalls war er nicht der einzige Jogger an diesem Abend. Joggen mit Kamera, nach einem Tag voller Meetings. Keine Zeit. Das verstand hier jeder. Der Autofokus am Objektiv drehte sich mit einem kurzen Zirpen in die richtige Position. Solveigh Lang aus Berlin, der er über Amsterdam bis hierher gefolgt war. Die er am liebsten vögeln würde, während er ihr den Hals zudrückte. Und der Polizist aus England, ein Detective Inspector mit einem massiven Herzproblem, wie er mittlerweile wusste. Einer von hier, einer, der sich auskannte. Die beiden klapperten seit Stunden ein schickes Lokal nach dem anderen ab, und DI Sherwood schien mit den meisten Kellnern bestens bekannt. Das Quadrant war das erste Lokal, bei dem er die beiden beobachten konnte, die großen Panoramafenster des edlen Restaurants im Four-Seasons-Hotel machten es möglich. Wo atemberaubende Blicke hinaus auf die Themse träumten, ließ sich auch das Innere beobachten. Zwangsläufig. Er zoomte auf die Beine der Frau, die sie übereinandergeschlagen hatte unter einem knielangen Rock, der auf dem Stuhl hochgerutscht war. Er stellte sich vor, wie er sie dort berührte. Dann drückte er ab. Klick, klick. Die Frau, der Mann, ihr Schritt. Er kniete sich neben den Baum und zog ein Handy aus der Hosentasche. Mit einem Kabel verband er es mit der Kamera und lud die Bilder auf das Telefon, um zwei davon kurz darauf per E-Mail zu verschicken. Der Mann und die Frau. Er packte die Kamera in die Tasche und begann, seine Muskeln zu dehnen, als hätte er einen schnellen 10-Kilometer-Lauf hinter sich. Aus dem Gedächtnis wählte er eine Handynummer.

Nachdenklich stand das Biest vor dem Kamin und betrachtete die züngelnden Flammen, als das Handy in der Schublade seines Schreibtischs klingelte. Der Seelenverwandte, der Einzige, dem er jederzeit sein Leben anvertraut hätte. Langsam ging er zu seinem Schreibtisch. Er trat vorsichtig auf den dicken Teppich. Nicht, um die Fasern zu schonen, sondern weil ihn ein heftiger Gichtanfall plagte. Als er die Schublade aufzog, wurde das Klingeln lauter. Er griff nach dem Telefon und nahm das Gespräch an, während er zurück vor die Feuerstelle humpelte, sein Weinglas wartete auf dem Sims, und er hasste es, wenn der Weißwein zu warm wurde.

»Ich habe Ihnen Bilder geschickt.« Begleitet von einem lauten Fluchen tief im Inneren seines Kopfs, machte er sich auf den beschwerlichen Rückweg zum Schreibtisch, den Wein nahm er mit. Er stellte das Glas auf die blank polierte Schreibtischplatte und erweckte den Computer zum Leben. Gigantische Zahlenkolonnen erschienen auf den zwei Bildschirmen, ein Gewirr aus Abkürzungen in Rot und Grün, das selbst intimen Kennern des Investmentbankings herzlich wenig gesagt hätte. Es handelte sich um komplexe Finanzkonstruke, die er geschnürt hatte, um seine wahren Absichten zu verbergen. Er klickte sie weg und rief das E-Mail-Programm auf. Zum ersten Mal sah er ein Foto von der einzigen Frau, die ihm noch gefährlich werden konnte. Ihm und seinen Zahlenkolonnen. Seinen Wetten auf den Niedergang der europäischen Stromkonzerne an den Börsen, seinen diskreten Gaskäufen zu festgeschriebenen Preisen. Seinen astronomischen Gewinnen, die er ganz legal neben den politischen Ambitionen für sein Heimatland erwirtschaftet hatte und die er seinen Gesinnungsgenossen in Russland niemals verraten durfte.

»Ist sie das?«, flüsterte er, obwohl er es bereits wusste. Ihre Körperhaltung strahlte Disziplin und Stärke aus, ihre hellgrauen Augen eine gewisse Kälte. Eigenschaften, die das Biest unter anderen Umständen bewundert hätte. Vielleicht hätte sie ihn sogar fasziniert. Es würde eine hypothetische Faszination bleiben. Er musste die Brücken abbrennen. Noch heute.

»Der Mann ist ein Detective Inspector von der Met. Sie sitzen im Quadrant, diesem Restaurant im Four Seasons.«

»Das sehe ich«, sagte das Biest kalt, während sich in seinem Hinterkopf die Wut zu einer großen dunklen Wolke ballte. Es war sein Lieblingsrestaurant.

»Und in diesem Moment reden sie mit dem Manager. Sie zeigen ihm ein Foto.«

Das Biest atmete schwer.

»Ich vermute, es ist ein Foto von Ihnen.« Die gnadenlose Offenheit, mit der sein Seelenverwandter die gefährlichen Entwicklungen kommentierte, beruhigte das Biest. Er blickte aus dem Fenster hinunter auf die Wharf. Er konnte das Four Seasons von hier aus deutlich sehen. Und seine Londoner Identität war dort bestens bekannt. Da saßen sie und erkundigten sich nach ihm. Aber noch war er im Vorteil. Natürlich konnte er nicht in London bleiben, aber das war ohnehin niemals sein Plan gewesen. Sie kamen zu spät, seine Transaktionen waren abgeschlossen, es bedeutete keinen Nachteil für ihn, eine Woche früher als geplant zu fliegen.

»Töte sie«, forderte das Biest. Seine Stimmlage veränderte sich nicht, er sprach über den Tod, als verlangte er die Rechnung in einem Restaurant. Vielleicht ein wenig so, als wäre es bequemer, sie nicht bezahlen zu müssen, aber dennoch in vollständiger Akzeptanz der Unausweichlichkeit.

»Mit Vergnügen«, sagte sein Seelenverwandter, und das Biest wusste, dass es keine Floskel war.

»Erst die Frau, dann den Polizisten.« In der darauffolgenden Gesprächspause hörte er den Mann am anderen Ende der Leitung einatmen.

»Und sie darf ihre Einheit, wer immer das sein mag, nicht mehr erreichen. Das müssen Sie unter allen Umständen verhindern.«

London, England
02. März 2013, 00.02 Uhr (eine halbe Stunde später)

»Ehrlich Wayne, das Dessert war göttlich«, sagte Solveigh und fühlte sich ein wenig betrunken. Sie trank selten im Dienst, und der Abend mit DI Sherwood hatte sich als einer jener herausgestellt, an denen sie sämtliche Regeln fahren ließ. Für einen kurzen Moment ärgerte sie sich darüber, aber eine Sekunde später entschied sie, dass es auch einmal in Ordnung war. Sie hatte es nach allem, was in den letzten Wochen vorgefallen war, einfach nötig. Sie brauchte ein Stück normales Leben, auch wenn sie wusste, dass sie es am nächsten Morgen bitter bereuen würde. Und jetzt war es ohnehin zu spät. Wayne lächelte und goss ihr ein weiteres Glas von dem Rotwein ein, der sich bestimmt auf der Rechnung unangenehm bemerkbar machen würde.

»Und wir haben zumindest die Lieferadresse«, prostete ihr Wayne zu.

Sie stießen an, und Solveigh nahm einen tiefen Schluck von dem schweren Barolo, als der Kellner mit ihrer Kreditkarte und der Rechnung zurückkehrte. Sie unterschrieb, und Wayne wollte schon aufstehen, als sie ihm bedeutete, noch kurz sitzen zu bleiben. Sie musste, Alkohol hin oder her, noch eine Nachricht an Eddy schreiben, damit er anfing, die Wohnungen in dem Hochhaus zu überprüfen. Es war eher eine Frage der Zeit, bis sie seinen Namen herausfanden. Sicherlich ließen sich die meisten Mieter als legitime Mitglieder unserer Gesellschaft ohne dubiose Vergangenheit mit einer Lücke so tief wie der Grand Canyon identifizieren. Das war ein Ansatz. Sie tippte die E-Mail mit zittrigen Fingern:

Von: Solveigh Lang <slang@ecsb.eu>
An: Eddy Rames <erames@ecsb.eu>
Cc: Will Thater <will@ecsb.eu>

Eddy,

angebliche Adresse: 800 Boardwalk, London E14, 5SF, UK. Kreditkarte lautet auf John Edwards, kein Treffer in der Datenbank. Lieferungen immer an die Lobby. Haus hat 80 Bewohner.

Alles Weitere morgen,

Slang

Sie las die Mail noch einmal, bevor sie sie abschickte, und natürlich fiel ihr auf, dass die Angabe mit achtzig Bewohnern nicht ganz korrekt war, es hätte Wohnungen heißen müssen. Aber das würde Eddy auch ohne sie herausfinden, und sie hatte keine Lust, es noch zu korrigieren. Ihre Finger kamen auf dem kleinen

Touchscreen vor Müdigkeit nicht mehr so gut zurecht. Sie klickte auf Senden und trank auch noch den letzten Schluck ihres Rotweins, nachdem sie gesehen hatte, dass der sich mit über fünfhundert Pfund auf der Rechnung niederschlug. Sie hatte nicht vor, einen 60-Euro-Schluck auf dem Tisch stehen zu lassen.

Als DI Sherwood mit ihr vor dem Hotel stand, schwankte sie leicht, aber die kalte Luft tat ihr gut, und der Alkohol, den sie im Lokal noch deutlich gespürt hatte, war verflogen. Sie verabschiedete sich von Wayne, obwohl er anbot, sie zu ihrem Hotel am anderen Ende der Innenstadt zu fahren, aber Solveigh war nach einem Spaziergang zumute. Er äußerte sich besorgt, aber sie klopfte auf ihr Schulterholster mit der Jericho.

»Glauben Sie mir, Wayne, ich bin ein großes Mädchen, ich kann sehr gut auf mich selbst aufpassen.«

»Ich meine ja nur …«, sagte Wayne. »Ich habe kein gutes Gefühl.«

»Wer soll mir hier was tun? Irgendwelche Gangs?«

»Eigentlich weniger«, gab der Inspector zu.

»Na also«, sagte Solveigh und machte sich auf den Weg Richtung U-Bahn. Die halbstündige Fahrt würde ihr guttun, um wieder einen vollständig klaren Kopf zu kriegen. Sie vermutete, dass Eddy nicht besonders lange brauchen würde, um herauszufinden, in welchem Appartement das Biest wohnte, und dann lag eine anstrengende Observierung vor ihr. Am Himmel zogen dunkle Wolken über die Hochhäuser, als sie die Hauptstraße im Westen der Wharf überquerte. Nachts war die Gegend verlassen, wie es alle Bankenviertel von Südmanhattan bis Frankfurt gemein hatten. Tagsüber drängten sich hier die Menschen auf dem Weg zur Arbeit, zum Lunch oder zum nächsten Meeting. Nachts hingegen war zwischen dem Beton nichts als Leere. Auf einmal bemerkte man Lieferzufahrten mit angeschrammten Wänden und dreckige Tore aus Metall, die einem tagsüber in all dem Trubel nicht aufgefallen wären. Irgendwo zog ein Straßenkehrfahrzeug kreisend seine Runden, die Bürsten schrubbten über den Asphalt, und schnell drehende Motoren saugten den aufgewirbelten Staub, die Papierschnipsel und die Zigarettenkippen in das bauchige Innere. Er bog um eine Ecke, und Solveigh hörte wieder das Klackern ihrer Absätze. Die Flucht zwischen den beiden Hochhäusern warf es als Echo zurück. Sie blieb stehen. Vielleicht war die E-Mail doch etwas kurz angebunden gewesen? Sie beschloss, Eddy doch noch anzurufen. Sie wollte nicht, dass er dachte, sie drücke sich vor der Arbeit. Als es klingelte, setzte sie sich wieder in Bewegung.

Sie spürte den Lufthauch, eine Sekunde früher als sie der Schlag auf die Schulter traf. Was für ein Anfänger, dachte sie, als ihre Nerven den stechenden Schmerz an ihre Gehirnzellen übertragen hatten. Sie griff mit der rechten Hand in ihr Schulterholster und spürte den kalten Griff der Jericho, als sie erkannte, wie sehr sie sich getäuscht hatte. Luft! Scharf schnitt der Riemen in das weiche Fleisch ihres Halses und presste ihren Kehlkopf in ihre Speiseröhre. Ihr Rücken bog sich unnatürlich nach hinten, als sie einen fremden Körper spürte, der sie mit der Hüfte brutal Richtung Wand drängte. Gleichzeitig riss der Angreifer ihren Kopf an den Haaren nach hinten. Er drückte sie an die Wand, sie spürte den rauen Beton durch den dünnen Stoff des Trenchcoats auf ihrer Haut. Beinahe jeden Stein einzeln, dachte sie, als die Luft aus ihren Lungen gepresst wurde. Er hatte den Riemen um ihren Hals ein wenig gelockert, um ihn sofort danach noch fester wieder zuzuziehen. Eine Hand tastete nach dem Schulterholster. Er zog die Waffe heraus und schleuderte sie nach links weg. In dem Moment, in dem das Metall auf dem Beton aufschlug, starb in Solveigh ein Stückchen Hoffnung. Sie spürte, wie sich eine Hand unter ihren Rock schob und ihn brutal nach oben riss. Ein Vergewaltiger? Welcher Vergewaltiger würde zielgerichtet nach meiner Waffe tasten? Solveigh bäumte sich auf und versuchte verzweifelt, die Finger ihrer linken Hand zwischen ihren Kehlkopf und das Seil zu bekommen.

Denk nach, Solveigh. Natürlich wusste sie, dass es aussichtslos war, der Zug der Garotte war viel zu stark. Aber es war das, was der Angreifer erwarten musste. Wenn er ein Profi war und sie es nicht zumindest mit einer Hand probierte, könnte er misstrauisch werden. Gibt es irgendeine Möglichkeit, die freie Hand einzusetzen? Denk weiter, Solveigh, dir läuft die Zeit davon. Sein Atem ist dein Atem. Er wird nicht ausgehen. Seine Schlinge kann dir nichts anhaben. Sie musste etwas versuchen, sonst sanken ihre Chancen mit jedem Atemzug, auch wenn sie noch so oft versuchte, sich das Gegenteil einzureden. Sein Gesicht war direkt hinter ihr, sie roch seinen Atem. Curry mit zu viel Bockshornklee und ein Minzbonbon. Und sein moschuslastiges Parfum. Werde eins mit ihm. Sie ließ die Hand fallen und befahl ihrem Körper gegen jeglichen Reflex, sich nicht mehr gegen sein Zerren zu wehren. Ihre Muskulatur erschlaffte, und tatsächlich lockerte das seinen Griff, wenn auch nur minimal. Neu gewonnene Freiheit. Sie holte aus und rammte ihm einen Ellenbogen in die Rippen. Sein Knochen knackte. Er stöhnte, und der Schraubstock um ihren Hals verlor für den Bruchteil einer Sekunde seine Gnadenlosigkeit. Hier war sie, ihre klitzekleine, einzige Chance. Solveigh holte tief Luft. Jetzt. Sie verlagerte den Schwerpunkt auf ihr rechtes Bein. Oder nie. Plötzlich stieß sie sich ab und versuchte, mit einer Drehung und einem gleichzeitigen Abstützen an der Wand den Angreifer aus dem Gleichgewicht zu bringen. Er taumelte rückwärts. Von ihr weg. Er fiel, und plötzlich lag Solveigh mit dem Rücken auf ihm. Er lachte, sie spürte es keuchend als Hauch in ihren Haaren. Dann zog er die Schlinge wieder zu und drehte sie auf den Bauch. Er saß jetzt auf ihr, die Arme unter seinen Knien. Unerbittlich verbrauchten ihre Lungen den Sauerstoff, und ihr Herz pumpte es durch ihre Blutbahn. Ihr Körper verbrauchte ihr wertvollstes Gut jetzt noch schneller. Ein Teufelskreis. Der mit ihrem Tod enden würde. Zum ersten Mal, seit Solveigh Agentin der ECSB geworden war, hatte sie Angst zu sterben. Panische Angst. Hier würde es also zu Ende gehen. Auf den kalten Pflastersteinen hinter einem Hochhaus im Herzen Londons. Sie dachte an Will und dass sie ihn enttäuschen würde. Ein verzweifeltes letztes Mal bäumte sich ihr Körper auf, bevor er endgültig erschlaffte. Das war es. Sie hörte jetzt seinen Atem nicht mehr, sie spürte die Schlinge nicht mehr. Der Sauerstoffmangel. Unendlich weit entfernt, dumpf, wie durch Watte hörte sie eine Stimme.

»Metro Police! Nehmen Sie die Hände hoch.«

Schritte. Rennen. Auf dem Asphalt. Unendlich weit weg.

»Wir sehen uns wieder, Solveigh Lang.« Ganz nah. Flüsterleise. Neben ihrem Kopf. Der Atem. Eine tonnenschwere Last wich von ihr. Ein Schuss knallte durch die leise Nacht. Sie hatte ihren Angreifer nicht einmal zu Gesicht bekommen.

»Bleiben Sie stehen!«

Die Schritte kamen näher. Jemand beugte sich über sie. Drehte sie zur Seite. Eine Hand tastete nach ihrem Hals.

»Solveigh?«

Die Watte wollte nicht verschwinden, ihr ganzer Kopf war darin versunken, wie verpackt in einem Karton. Vorsicht Glas!

»Solveigh!« Jemand berührte sie im Gesicht. Nein, irgendjemand schlug ihr ins Gesicht. Vorsicht, Glas!, dachte Solveigh, als sie hochschreckte. Sie hustete und drehte sich zur Seite. Ihre Lungen kreischten, als sie die kalte Luft einsaugten. Vielleicht mit Papierschnipseln von der Straße. Sie erinnerte sich an den Reinigungswagen. Jemand hielt sie im Arm. Sie roch Kirschen, Gewürze und Rosen. Sie kannte diesen Duft. Der Barolo. DI Sherwood.

»Alles okay?«, fragte er.

Solveigh nickte zwischen zwei heftigen Hustenanfällen.

»Er ist weg«, versprach Wayne.

»Danke«, sagte Solveigh schlicht.

»So viel zur Wirksamkeit Ihrer Waffe. Sie haben Glück, dass ich Ihrem Urteilsvermögen nicht hundertprozentig vertraut habe«, bekannte er. »Wollte er sie vergewaltigen?«

»Zumindest nicht nur«, sagte Solveigh und versuchte aufzustehen. Wayne bot ihr seinen Arm als Stütze und sammelte ihr Handy und ihre Waffe ein.

»Wollen Sie Anzeige erstatten? Wenn Sie möchten, fahren wir zum nächsten Polizeirevier.«

Solveigh schüttelte den Kopf: »Nein, das führt zu nichts. Der Mann war ein eiskalter Profi, nicht einfach ein Vergewaltiger.« Ächzend richtete sie sich auf, nahm Wayne die Jericho ab und steckte sie zurück in das Holster. Das Laufen fiel ihr immer noch schwer, aber sie würde sich wieder berappeln. Augenscheinlich war sie nicht ernsthaft verletzt, sie war noch einmal mit dem Schrecken davongekommen.

»Okay, aber Sie können jetzt nicht ins Hotel. Sie schlafen bei mir, ich habe ein Gästezimmer. Es ist ein wenig unordentlich, aber dafür sicher.«

Solveigh nickte dankbar: »Ja, vielleicht wäre das sogar eine gute Idee«, sagte sie. »Und ich glaube, ich brauche noch einen Drink. Haben Sie zu Hause was zu trinken, Detective Inspector?«

»Ich denke schon, Solveigh. Und jetzt lassen Sie uns gehen. Für heute haben wir, denke ich, beide genug.«

London, England
02. März 2013, 09.31 Uhr (am Morgen danach)

Als Solveigh am nächsten Morgen aufwachte, dröhnte ihr der Schädel, als würde die Caterpillar-Weltmeisterschaft der Baumaschinen darin ausgetragen. Sie schlug die Augen auf und versuchte sich an gestern Abend zu erinnern. Das Abklappern der Restaurants mit Wayne. Der Barolo. Der Überfall. Die Hand zwischen ihren Beinen. Solveigh schauderte. Dann Wayne. Erschrocken blickte sie sich um. Ein winziges Zimmer, mit hellem Holz vertäfelte Wände. Ein Schrank, weiß lackiert, Landhausstil eines Möbelhauses mit gelb-rotem Katalog und Sonderpreisen. Rosamunde-Pilcher-Deko ohne die Rosenhecken und Millionärsvillen. Aber nicht ungemütlich und durchaus charmant. Eine grüne Wolldecke. Ein altmodisches Nachttischlämpchen. Sehr ordentlich. Sehr behaglich. Sie rieb sich mit den Händen über das Gesicht und betastete ihren Hals. Das Schlucken tat weh, aber bis auf ein paar Quetschungen schienen keine ernsthaften Verletzungen zurückgeblieben zu sein. Über ihre Zunge hingegen kroch ein unerträglicher Pelz, von dem ihr selbst ganz übel wurde. Scharfer Alkohol, Gin vermutlich, Whiskey mindestens. Was war passiert, nachdem Wayne den Angreifer in die Flucht geschlagen hatte? Langsam, wie ein erwachendes Faultier, kehrten ihre Erinnerungen zurück. Waynes Couch, rot geblümt, die nebenan stehen musste. Der dreifache Whiskey. Seine Fragen nach der ECSB. Hatte sie zu viel erzählt? Vermutlich. Hatte er sie nur mitgenommen, um sie auszufragen? Unwahrscheinlich. An seine Sorge um sie erinnerte sie sich noch ganz gut. Sie setzte sich auf und streckte den Rücken, woraufhin ihr ein starker Schmerz zwischen die Wirbel fuhr. Ihre Klamotten lagen, säuberlich zu einem Stapel gefaltet, auf einem Holzstuhl neben dem Bett. Der Trenchcoat hing auf einem Bügel am Schrank. Was war gestern Abend passiert? Hatten sie …? Sie stellte sich seinen roten Mund auf ihren Lippen vor und wie sie ihm den Pullunder auszog. Sie hatten nicht. Unvorstellbar, egal, nach wie viel Whiskey. Solveigh atmete auf. Die Jericho lag in ihrem Schulterholster zuoberst auf ihrer Bluse. Mechanisch prüfte sie die Waffe. Das Magazin war weg. Seine Sorge um sie war echt. Vorsichtig setzte sie einen Fuß aus dem Bett. Sie trug ein Nachthemd, das ihr viel zu groß war. Unsicher und noch leicht benommen, schwankte sie ins Wohnimmer. Das Blümchensofa. Und die Überreste der letzten Nacht. Sowie eine Frau, die gerade im Begriff war, diese zu beseitigen. Die Flaschen in ihrer Hand klirrten gegeneinander, als sie sich zu Solveigh umdrehte. Sie war Mitte 40, ziemlich attraktiv für ihr Alter und lächelte sie an. So eine Frau hätte sie dem biederen Detective Inspector gar nicht zugetraut.

»Sie müssen Solveigh sein«, begrüßte sie sie. »Ich bin Maude, Waynes Frau.« Sie streckte ihr die Hand entgegen, während in der anderen die Flaschen klirrten. Dann machte sie Solveigh Frühstück.

Eine Stunde später und um eine Dusche und Maudes Lebensgeister weckende Eierkuchen reicher, trat Solveigh auf die Straße in dem Londoner Vorort und blinzelte in die Sonne.

»Ihre Frau ist wirklich ein Schatz«, sagte sie zu Wayne, als er den Wagen aufschloss.

»Ich weiß«, gab er zu. »Ohne sie wäre alles nichts.« Solveigh glitt auf den Beifahrersitz und wählte Eddys Nummer in Amsterdam.

»Slang«, hieß es nach dem zweiten Klingeln. »Was war denn gestern Abend los? Du hast mich angerufen, und als ich zurückrufen wollte, war auf einmal das Handy aus.« Der Hauch eines Vorwurfs lag in seinem Ton.

»Ich weiß, Eddy. Frag nicht, okay? Nicht jetzt.«

Eddy schwieg. Sie wusste nicht, ob sich die Vorwürfe in seinem Kopf weiter auftürmten oder ob er Verständnis hatte. Aber sie wusste, dass er ihre Entscheidung mittragen würde. Er würde nicht fragen, bis sie es ihm von sich aus erzählte.

»Was ist mit dem Appartementhaus?«, fragte Solveigh, auch um schnell vom Thema abzulenken.

»Ich dachte schon, du fragst gar nicht mehr. Also, wir sind fast durch und glauben, dass wir ihn gefunden haben. In der obersten Etage. Er existiert in keinem Melderegister, obwohl er angeblich Engländer ist. Ein gewisser Alan Pierce. Er hat das gesamte 17. Stockwerk gemietet. Insgesamt über dreihundert Quadratmeter.«

»Klingt eindeutig standesgemäß für unseren Milliardär«, stimmte Solveigh zu. »Wayne, können Sie uns ein SWAT-Team besorgen?«

»Bei der Beweislage? Aber sicher«, spottete der DI.

»Okay, dann gehe ich so rein«, antwortete Solveigh kurzerhand und etwas trotzig.

»Ihr könnt euch die Frotzelei sparen«, mischte sich Eddy ein.

»Er ist nicht mehr da. Unser Algorithmus hat ihn gestern Abend auf den Bildern einer Überwachungskamera am Pier von Dover registriert. Er hat eine Fähre nach Dünkirchen genommen und ist seitdem von der Bildfläche verschwunden. Er muss irgendwie erfahren haben, dass wir hinter ihm her sind.«

Also ging der Anschlag, der sie fast das Leben gekostet hätte, doch auf sein Konto, wurde es Solveigh schlagartig klar. Der Angreifer musste sie beobachtet haben, und nachdem er den Beweis dafür hatte, dass sie eines der Lokale identifiziert hatten, in dem der Russe öfter aß, war ihm die Luft zu dünn geworden. Vermutlich hatten sie kurzerhand beschlossen, dass sie sterben sollte. Das Biest machte seinem Namen alle Ehre. Aber es war ihm nicht gelungen. Noch nicht. Solveigh ballte die Hand zur Faust, als sie Eddy von ihrem Verdacht berichtete. Natürlich konnte sie das Attentat nicht verschweigen, aber sie spielte es herunter, bis nicht viel davon übrig war. Trotzdem informierte Eddy den Chef. Und erst nachdem sie auch Will persönlich davon überzeugt hatte, dass es ihr gut ging, besprachen sie die nächsten Schritte. Sie mussten die Wohnung in Augenschein nehmen. Sie brauchte dringend einen Hinweis darauf, wohin er sich abgesetzt haben könnte. Allerdings würden sie sehr vorsichtig sein müssen, denn es war nicht auszuschließen, wenn nicht sogar wahrscheinlich, dass der Attentäter dort auf sie wartete. Oder in der Nähe. Aber nicht nur sie, sondern auch DI Sherwood musste eine Entscheidung treffen, die weitreichende Konsequenzen haben könnte.

Nachdem sie aufgelegt hatte, beschloss sie, die Karten offen auf den Tisch zu legen. Das war das Mindeste, was Sherwood erwarten konnte nach dem, was er gestern Abend für sie getan hatte.

»Wayne, ich muss Sie etwas fragen«, begann sie vorsichtig.

»Na, dann schießen Sie mal los«, antwortete er, ohne sein halsbrecherisches Tempo zu verringern. Solveigh fragte sich, wohin sie fuhren, dass er es so eilig hatte.

»Wir müssen in diese Wohnung, auch wenn das streng genommen natürlich vollkommen illegal ist. Und ich hätte Sie gerne als Absicherung dabei, falls uns der Mann von gestern Abend wieder einen Besuch abstattet. Aber es ist Ihre Entscheidung. Ich möchte Sie wirklich nicht zu etwas anstiften, das Ihre Karriere gefährden könnte.«

DI Sherwood grinste: »Welche Karriere? Mein Chief traut meinem Herzen keine Karriere zu, ich bin seit Jahren nicht mehr befördert worden und werde es wohl auch nicht mehr. Außerdem: Glauben Sie ja nicht, nur Ihre Leute könnten ordentlich recherchieren.«

»Sie meinen, Sie wissen, wo er wohnt?«

»Was glauben Sie, wohin wir unterwegs sind?«

Der Pullunder überraschte sie immer wieder.

Sie erreichten die Wharf eine halbe Stunde später. Sherwood parkte erneut vor dem geschlossenen Pub, und sie machten sich zu Fuß auf den Weg zu dem Apartmenthaus. Die Architekten des Gebäudes waren mit Sicherheit sehr teuer gewesen, denn sie hatten die charakterlose Gestaltung der weltweiten Bankerzunft gut getroffen: so individuell wie möglich, so geschmacksneutral wie nötig. Eine Klientel, die in Moskau, New York oder Singapur sozialisiert war, musste sich hier wohlfühlen. Oder das zumindest annehmen. Die Lobby war weitläufig, meterhohe Pflanzen wetteiferten mit den metallenen Stützstreben um jeden Meter. Als sie an die Fahrstühle traten, ohne sich am Empfang anzumelden, kam ein gelangweilter Wachmann zu ihnen herüber.

»Die gehen nicht ohne Karte. Haben Sie eine Karte?«, fragte er, obwohl er die Antwort kannte. Es gehörte vermutlich zum Service des Hauses, dass er sich Gesichter merken konnte und keine Bewohner behelligte. DI Sherwood hatte keine Lust auf ein Gespräch: »Wir haben eine«, sagte er und schwenkte seine Marke der Metropolitain Police. »Gefahr im Verzug. 17. Stock, wenn ich bitten darf.«

Zähneknirschend hielt der Wachmann seine Karte vor den Sensor und trat zur Seite. Die Tür des Fahrstuhls schloss sich hinter ihm, und Solveigh war froh, DI Sherwood dabeizuhaben. Ohne ihn hätte sie vermutlich wesentlich mehr Überzeugungsarbeit leisten müssen.

Auf dem Stockwerk wartete eine einzelne Tür auf sie, die von zwei marmornen Säulen gesäumt wurde. Russischer Geschmack, dachte Solveigh, als sie das Schloss inspizierte. Neuestes Modell, sehr hoher Sicherheitsstandard. Das war unmöglich zu knacken. Mist. Doch DI Sherwood zog grinsend einen Handbohrer aus der Tasche und steckte ihn in den Zylinder. Manchmal war rohe Gewalt einfach der schnellste Weg. Wayne zog die Waffe. Solveigh setzte ihre Brille mit der integrierten Kamera auf und holte Eddy ans Telefon, damit er ihren Einsatz aufzeichnen konnte. Der Fehler von gestern Abend würde ihr nicht noch einmal unterlaufen.

Der Bohrer summte leise, dann stieß Solveigh nach einem Nicken zu Wayne die Tür auf, die Jericho jetzt ebenfalls im Anschlag. In der Choreografie, die bei allen Polizeibehörden auf der Welt ähnlich war, durchsuchten sie die Räume, einen nach dem anderen. Die Wohnung war verwaist. Im Kamin des Arbeitszimmers stapelten sich noch die Scheite eines Feuers.

»Slang, ich denke, das ist etwas für die Spurensicherung.«

Eddy hatte natürlich recht. Trotzdem streifte sie ein paar Wegwerfhandschuhe über: »Nur eine Minute, okay?« Wenigstens den Schreibtisch wollte sie sich ansehen. Leider hing das Kabel, das normalerweise vom Monitor zu einem Rechner oder einem Laptop führte, ohne Verbindung hinter dem Schreibtisch herunter. Dafür war der Blick wirklich phantastisch. Unter ihr schoben sich Ausflugsdampfer über die Themse, und das gesamte südliche London lag ihr zu Füßen. Vorsichtig öffnete sie die Schubladen, aber in keiner fand sich auch nur ein winziges Stückchen Papier. Kein einziges Papier? In einem Büro? Mit einer bösen Vorahnung betrachtete Solveigh die Reste der Feuerstelle.

Bei Orleans, Frankreich
02. März 2013, 16.54 Uhr (fünf Stunden später)

Das Biest saß auf dem Rücksitz einer dunklen Mercedes-Limousine, als das Handy klingelte. Der Bericht, den ihm sein Vertrauter lieferte, gefiel ihm nicht. Er ballte die Hand zur Faust, während der Algerier ihm erklärte, warum es ihm nicht gelungen war, diese Spezialagentin auszuschalten. Das Biest schenkte seinen Erklärungsversuchen keine Beachtung. Sein Seelenverwandter hatte versagt. Zum ersten Mal. Noch während er den Ausflüchten lauschte, überlegte er, ob er wirklich nichts übersehen hatte. Nein, er war sich sicher, dass man seine neue Identität durch nichts mit dem Londoner Investmentbanker namens Alan Pierce in Verbindung bringen konnte. Es gab keine Unterlagen, kein Papier, und den Laptop mit den sensiblen Daten hatte er bei sich. Allmählich entspannte sich seine Hand, und er erinnerte sich daran, was der Mann am Telefon schon alles für ihn getan hatte. Alle anderen Beteiligten und Mitwisser waren eliminiert. Und das war das Wichtigste.

»Vergessen Sie die Frau. Sie haben die Wohnung durchsucht, also ist das Kind sowieso schon in den Brunnen gefallen. Kommen Sie hierher, Sie wissen, wohin.«

Das Biest hörte den Algerier am anderen Ende der Leitung schnaufen. »Das geht nicht. Jetzt nicht mehr.«

»Reißen Sie sich zusammen! Sie sind jetzt alarmiert. Ich bin mir sicher, dass sie Ihre verpatzte Vergewaltigung nicht für einen Zufall halten.«

»Das ist mir egal«, bekannte der Algerier leise. »Ab jetzt ist es etwas Persönliches.«

»Wir werden uns um sie kümmern. Aber nicht sofort. Kommen Sie nach Frankreich, oder Sie können sich Ihren Bonus in Ihre schleimigen schwarzen Haare schmieren«, entschied das Biest und legte auf. Manchmal muss man Angestellte zu ihrem Glück zwingen. Und er brauchte den Mann bei sich, für den äußerst unwahrscheinlichen Fall, dass sie ihm doch auf die Schliche kamen. Es gab keinen Besseren als ihn, und die Tatsache, dass er einmal daran gescheitert war, diese Frau umzubringen, würde seine Motivation nur anstacheln, es beim nächsten Mal besser zu machen. Für den Fall, dass diese Frau in sein neues Haus kam, dass sein Zuhause werden sollte, würde die tödlichste Waffe auf sie warten, die das Biest kannte. Und diesmal würde er nicht versagen.

Cannes, Frankreich
12. März 2013, 14.54 Uhr (zehn Tage später)

Solveigh verbrachte den vierten Tag an der französischen Riviera und absolvierte das reguläre Touristenprogramm. Zurzeit gastierte wie jedes Jahr im März die weltweit größte Immobilienmesse in der Stadt, und Solveigh hatte nichts dagegen, für die Ehefrau eines der Teilnehmer gehalten zu werden, während sie von morgens bis abends einen Kaffee oder ein Tonic Water nach dem anderen in den Bars entlang der Flaniermeile trank. Die zündende Idee war von Eddy gekommen. Es wäre Solveigh im Traum nicht eingefallen, die Steuerunterlagen eines gewissen Alan Pierce einzusehen. Er hatte eine hohe Zahlung an ein lokales, sehr exklusives Maklerbüro von der Steuer abgesetzt, obwohl sich in seinen Unterlagen kein Hinweis auf ein neues Haus finden ließ. Eddy war das sofort verdächtig vorgekommen, und deshalb hatte Will beschlossen, zumindest Solveigh hierher zu entsenden, um dem Zufall auf die Sprünge zu helfen. Es ließ sich in Cannes kaum vermeiden, irgendwann landete man zwangsläufig auf der Croisette, jenem palmengesäumten Boulevard direkt am Strand. Wenn das Biest hier tatsächlich seine Höhle gebaut hatte, dann würde er ihr früher oder später über den Weg laufen. Sie hatten entschieden, sich nicht aktiv nach ihm zu erkundigen, zu frisch war die Erinnerung an London und seine daraus resultierende, bisher erfolgreiche Flucht. Diesmal wollten sie ihn nicht aufschrecken. Solveigh würde ihm folgen und sein Haus identifizieren, dann würden sie mit einem SWAT-Team der französischen Polizei das Haus stürmen und ihn festnehmen. Ein einfacher Plan, aber wie hatte es Aron, der israelische Kommandosoldat, Marcel gegenüber formuliert? Nur ein einfacher Plan hat Aussicht auf Erfolg. Was kompliziert ist, geht garantiert schief. Und so saß sie nach ihrem dritten Spaziergang von einem Ende der Croisette zum anderen vor dem dritten Getränk an diesem Tag. Sie hatte ihre Haare unter einem großen Hut verborgen, mit dem sie hier deutlich weniger auffiel als ohne, und wie die meisten anderen trug sie eine Sonnenbrille, ein Modell von Chanel, das von den Technikern der ECSB ebenfalls mit einer Kamera ausgestattet worden war. Die Temperaturen waren mild, bei einer leichten Brise erreichten sie knapp zwanzig Grad in der Sonne. Während sie austrank, musterte sie die anderen Gäste, aber keiner der Anwesenden erinnerte im Entferntesten an die Fotos von den Überwachungskameras. Trotzdem wurde sie nach wie vor das Gefühl nicht los, dass sie verfolgt wurde. Sie wusste, dass es sich paranoid anhören musste, und sie hatte bei der ECSB mit niemand darüber gesprochen, aber seit dem Moskauer Flughafen war es nie wieder verschwunden. Auch nicht in Cannes. Oder in Amsterdam. Sie verscheuchte den unsinnigen Gedanken und konzentrierte sich wieder auf das Biest. Er war nach wie vor ein Phantom, die ECSB hatte noch nie so wenig Hinweise auf eine Privatperson ausgraben können wie über ihn. Sicher war nur, dass er als reicher Mann in den frühen Neunzigerjahren nach England gekommen war und mindestens dreimal die Identität gewechselt hatte, bevor er sich unter dem Namen Alan Pierce die Wohnung in der Wharf gekauft hatte. Auch seine Konten und Finanztransaktionen hatten sie bisher nur zum Teil entwirren können, und es würde ihnen wohl auch in Zukunft nicht gänzlich gelingen. Zwar wussten sie, dass er an der Katastrophe, die er heraufbeschworen hatte, mittels Wetten und Spekulationen sein Vermögen noch einmal verdoppelt hatte, aber der weitaus größte Teil seiner Milliarden blieb verschwunden. Investiert in Ländern, die nicht unbedingt für die Transparenz ihrer Finanzmärkte bekannt waren. Im Nahen Osten oder in Asien. Das Biest hatte sich gut versteckt. Solveigh trank ihre Cola aus und beschloss, noch einmal eine Shoppingtour zu un-

ternehmen. Um die Chance zu maximieren, ihn hier »zufällig«
zu treffen, war es entscheidend, in Bewegung zu bleiben. Nur so
stieg sie, wie Dominique mit seinen neuen Lieblingsmethoden
errechnet hatte, binnen zwei Wochen auf über vierzig Prozent.
Sie ließ einen Zehneuro-Schein auf dem Tisch liegen und fischte
ihre Handtasche von der Lehne des Stuhls. Darin befand sich
neben ihrer Jericho ein Lippenstift, ihr ECSB-Ausweis und ihr
Handy. Sie stöckelte in perfekter Immobilienmakler-Ehefrau-
Manier durch die chaotisch zusammengestellten runden Bis-
trotische. Die Unterhaltungen drehten sich um Nizza, Paris
oder die neueste Strandmode. Solveigh konnte sich kaum ein
langweiligeres Leben als das Jetset vorstellen. Sie fand die Vorstellung, nichts zu tun zu haben, als anderer Leute Geld auszu-
geben, ohne dass es weniger werden konnte, fürchterlich. Alles
verlor an Wert, wenn man es sich einfach nehmen konnte. Die
Zeit am allermeisten.

Als sie auf den Bürgersteig trat, an dem die Cafés und Boutiquen lagen, betrachtete sie ihre rot lackierten, aber kurz geschnittenen Fingernägel an ihren nicht sehr weiblichen Händen
und fragte sich, ob sie dadurch auffiel. Höchstwahrscheinlich
nicht, entschied sie und stürzte sich in die vierte Shoppingrunde des Tages, die wieder ohne einen Kauf enden würde. Vermutlich musste sie langsam damit anfangen, zumindest in einigen Geschäften etwas zu erstehen, wie sollte sie sonst ihre
ständigen Besuche rechtfertigen? Vor allem wenn diese Aktion
noch ein paar Tage oder sogar Wochen dauern sollte.

Als sie die hiesige Filiale von Dolce & Gabbana betrat, ärgerte
sie sich zum x-ten Mal darüber, dass irgendein Werbeheinz die
grandiose Idee hatte, frisches Gemüse als Schaufensterdeko
zu verwenden. Solveigh fragte sich ernsthaft, welche Käufer
damit angesprochen werden sollten, dass man angesichts der
Armut dieser Welt auch noch die Chuzpe hatte, Essen wegzu-
werfen. Die Verkäuferin, die sie heute zum dritten Mal sah, warf

ihr einen missmutigen Blick zu, aber Solveigh ließ sich davon nicht irritieren. Ohne Eile ließ sie ihre Hände über die Stoffe gleiten und zog dann und wann ein Teil hervor, um es an der Spiegelwand vor ihren Körper zu halten. Zu kurz. Unmögliche Farbe. Dicke Beine. Im hinteren Teil des Ladens probierte ein Mann einen dunklen Anzug. Er stand ihm überhaupt nicht, und es handelte sich auch definitiv nicht um das Biest. Solveigh nahm ein sehr buntes, asymmetrisch geschnittenes Kleid von der Stange und machte sich auf den Weg zu den Kabinen. Der Teppich war weich und machte es schwer, mit schmalen Absätzen darauf zu laufen. Als sie an dem Mann mit dem Anzug vorbeistöckelte, stockte ihr plötzlich der Atem. Er lächelte ihr zu. Minzbonbons. Und ein sehr moschuslastiges Parfum. Ein sehr auffälliges Parfum. Sie lächelte zurück. Sie kannte diesen Geruch. Seit ihrer Fehlgeburt hatte sich ihr Geruchssinn im selben Maße zurückgemeldet, wie ihre Clusterkopfschmerzen. Sie täuschte sich nicht. Ihr Geruchssinn täuschte sie niemals. Es traf sie wie ein Schlag ins Gesicht. Sie betrat die Kabine. Der Mann, der keine sechs Schritte von ihr entfernt einen 2000-Euro-Anzug anprobierte, war derselbe Mann, der sie in London beinah vergewaltigt hätte. Derselbe Geruch. Der Hitman. Eine Verbindung zum Biest nicht ausgeschlossen. Sie zog den Vorhang zu und überlegte fieberhaft, was sie tun sollte. Ihr Herz pochte, aufgeputscht vom Adrenalin. Dass er hier war, konnte nur eins bedeuten: Er war nach dem verpatzten Anschlag von seinem Dienstherren zurückbeordert worden. In ihre neue Operationszentrale. Nach Cannes. Hierher. Sie erinnerte sich daran, wie er sie fast umgebracht hätte in London. Das Seil um ihren Hals. Keine Luft. Wäre Wayne nicht gewesen … Sie verdrängte den Gedanken. Was waren ihre Optionen? Sie konnte Eddy nicht anrufen, ohne dass der Mann sie hörte. Sie öffnete ihre Handtasche und betrachtete das dunkel schimmernde Metall der Jericho. Nein, auch mit der Waffe konnte sie im Moment nichts anfangen. Hatte der Mann sie bemerkt? Zittrig zog sie den

Reißverschluss ihres Kleides auf und stieg in das asymmetrische Teil. Bevor sie den Vorhang aufzog, atmete sie einmal kurz durch. Mit ihrer Handtasche, um zumindest eine minimale Chance zu haben, falls die Situation eskalierte, trat sie aus der Kabine vor den Spiegel. Der Mann stand immer noch vor dem Spiegel an der anderen Wand und besprach mit der Verkäuferin Änderungen. Solveigh zupfte das Kleid an der Hüfte zurecht und beobachtete ihn aus dem Augenwinkel. Soweit sie es beurteilen konnte, hatte er sie nicht wiedererkannt. Sie atmete aus. Zum ersten Mal, seit sie die Kabine verlassen hatte. Der Mann war mittelgroß und hatte pechschwarzes Haar. Dunkler Teint. Nordafrika, vermutete Solveigh. Das Auffälligste an ihm war seine auffällige Unauffälligkeit. Jetzt blickte er zu ihr herüber. Nur die Gier in seinen Augen verriet, dass er kein netter Kerl von nebenan war. Er musterte erst ihre Beine, dann wanderte sein Blick an dem engen Kleid hinauf. Sie spürte, wie er versuchte, sie auszuziehen. Umso sicherer war sie sich, dass er sie nicht erkannt haben konnte, denn dann hätten ihn seine Gefühle verraten. Er hatte mit Sicherheit eine Stinkwut auf die Frau, die ihm entkommen war. Und Solveigh hatte sein Versprechen, dass sie sich wiedersehen würden, nicht vergessen. Sie plante, ihm seinen Wunsch zu erfüllen, wenn auch anders, als er sich das möglicherweise vorgestellt hatte. Ohne ihn eines Blickes zu würdigen, drehte sie sich um und ging zurück in die Umkleide. Sie zog sich um und hängte das Kleid wieder über den Bügel. Als sie die Kabine wieder verließ, achtete sie darauf, noch einige weitere Stücke in Augenschein zu nehmen, um schließlich den Bügel zurück an die Stange zu hängen. Mit einem »Au revoir«, verließ sie das Geschäft. Sie hoffte, dass ihr Französischtraining mit Marcel so weit gefruchtet hatte, dass sie als Muttersprachlerin durchging. Der Mann blickte ihr nach, als sie das Geschäft verließ. Nicht gerade die besten Voraussetzungen für eine Verfolgung, wusste Solveigh. Vor dem Schaufenster des Geschäfts nebenan holte sie ihr Handy aus der Tasche. Ihre

Hände zitterten, als sie einen Eintrag aus dem Telefonbuch wählte.

»Eddy, ich habe den Mann, der mich in London angegriffen hat. Er ist hier in Cannes.«

»Bist du dir sicher? Ich dachte, du hast ihn gar nicht gesehen?«

»Ich bin sicher. Das Parfum ist dasselbe, und das ist nicht gerade Massenware. Dazu dieselben Minzbonbons. Das kann unmöglich ein Zufall sein.«

Eddy funktionierte wie immer. Schnell und ohne viele Fragen zu stellen: »Okay, ich habe dein GPS-Signal und den Videofeed von der Brille auch. Willst du Verstärkung?«

»Noch nicht. Die Polizei ist das Letzte, was wir jetzt gebrauchen können. Er muss uns zum Biest führen. Er darf auf keinen Fall die Lunte riechen.«

»In Ordnung. Taxi ist bestellt, es wartet keine fünfzig Meter die Straße runter, und ich lasse es dir in einigem Abstand nachfahren. Ansonsten gibt es noch eine Busverbindung von einer Haltestelle etwa hundertfünfzig Meter nach Osten.«

Solveigh bedankte sich nicht. So wenig reden wie möglich. Sie brauchte ihre Sinne für etwas anderes. Sie wechselte die Straßenseite, unter den Palmen der Flaniermeile konnte sie ihn besser beobachten, ohne Gefahr zu laufen, sofort entdeckt zu werden, immerhin hatte er Zeit genug gehabt, sich ihr nicht gerade unauffälliges Outfit einzuprägen. Was hier an der Strandpromenade als perfekte Mimikry durchging, konnte sich bei einer Verfolgung durch die Stadt schnell in einen riesigen Nachteil verwandeln. Sie warf den Hut in einen Papierkorb am Straßenrand und setzte eine andere Sonnenbrille auf. Zumindest das beige Kleid stach nicht besonders ins Auge, was der Hauptgrund war, warum sie es ausgewählt hatte. Auch wenn es ihrem hellen Teint nicht besonders schmeichelte. Keine fünf Minuten später verließ der Mann das Geschäft. Er blickte sich nicht um, und Solveigh vermutete, dass er ihre Begegnung längst vergessen hatte. Er musterte eine Blondine, die ihm in Hotpants entgegenkam, mit derselben unverhohlenen Gier. Solveigh wollte ihm dafür in die Eier treten, diesem brutalen Vergewaltiger. Sie fragte sich, wie viele Frauen er wohl schon sexuell belästigt hatte oder Schlimmeres. Sie folgte ihm in einigem Abstand zu einem weißen Mittelklassekombi, der am Ende der Croisette parkte.

»Eddy, jetzt wäre das Taxi gut«, sagte sie, und das Mikrofon in ihrer Brille übertrug ihre Worte digital nach Amsterdam.

»Schon unterwegs.«

Als der Mann den weißen Wagen aus der Parkbucht steuerte, hielt neben ihr ein Taxi. So schnell wie möglich glitt sie auf den Rücksitz und bemühte sich, hinter dem Polster des Vordersitzes zu verschwinden.

»Der weiße Wagen dort vorne.« Eddy würde den Taxifahrer bereits instruiert haben, dass er Teil eines Polizeieinsatzes wurde. Das tat er immer, damit sie nicht unnötig Zeit mit überflüssigen Erklärungen verlieren musste, und normalerweise fanden sie es aufregend und spielten gerne mit.

»Und halten Sie mindestens vier Autos Abstand.«

Neben ihnen hupte quäkend ein Motorroller.

»Und wenn er an einer roten Ampel davonfährt?«, fragte der Taxifahrer.

Solveigh kramte in der Handtasche nach ihrem Ausweis und hielt ihm das goldene Emblem der ECSB vor die Nase, das ihr hier zwar ohne eine weitere Verfügung des französischen Innenministeriums keine wirkliche Polizeigewalt verlieh, aber woher sollte der Taxifahrer das wissen?

»Dann fahren Sie über Rot, Monsieur. Ich verspreche, dass Sie keinen Ärger kriegen.«

Der Fahrer, ein älterer Franzose mit dichtem Schnauzbart und wachen Augen, nickte.

»Das will ich hoffen«, antwortete er und gab Gas.

Er stellte sich als fähiger Autofahrer heraus, und sie erreichten nach einer knappen halben Stunde ein Wohngebiet. Am

Anfang einer Sackgasse bat Solveigh den Fahrer, sie aussteigen zu lassen. Es war eindeutig zu auffällig, ihm dorthin mit dem Wagen zu folgen, und sie würde das richtige Haus ab hier auch alleine finden. Solveigh zog die hochhackigen Schuhe aus und war wie immer dankbar dafür, dass sie regelmäßig ein Barfußtraining absolvierte. Der Mensch hatte es verlernt, und die Fußsohlen waren häufig überempfindlich, was in Situationen wie diesen dazu führte, dass man Konzentration einbüßte. Mit gezogener Waffe lief sie die Straße hinunter. Die Villen, die hier am Hang über der Stadt thronten, wirkten allesamt millionenschwer und lagen nicht direkt an der Straße. Die Mauern waren hoch genug, dass sie sowohl ihren Bewohnern als auch Solveigh ausreichend Deckung boten.

»Solveigh«, meldete sich Eddy mit warnendem Unterton. »Du weißt, dass du nicht alleine weitermachen kannst, oder? «

»Ich weiß, Eddy.« Ohne ihr Tempo zu verringern, schlich sie weiter die Mauern entlang und suchte den weißen Mercedes. Vorbei an einem modernen Bungalow mit einem riesigen Außenpool. Einem weinroten Geländewagen. Einem verlassen wirkenden Haus mit Doppelgarage, beide geschlossen, die Fensterläden verrammelt. Solveigh erreichte das Ende der Sackgasse. Nur noch eine Villa lag dort, ein schmiedeeisernes Tor versperrte eine lange Kiesauffahrt. Das gelbe Haus, das mindestens fünfhundert Quadratmeter Wohnfläche haben musste, lag fast auf der Spitze des Hügels. Und davor stand der weiße Mercedes. Sie duckte sich in den Schatten eines Baumes, der über die Mauer des Nachbargrundstücks ragte, und warf einen Blick auf die Uhr: Viertel vor fünf.

»Ich hab ihn, Eddy.«

»Ich hab's gesehen. Das SWAT-Team ist informiert, sie brauchen eine knappe Stunde, vielleicht geht es etwas schneller.«

»Okay«, sagte Solveigh, ohne es zu meinen. Eine Stunde war vollkommen inakzeptabel. Was, wenn das Biest gar nicht zu Hause war? Was, wenn die beiden mit dem Auto wegfuhren?

Nein, sie musste näher an das Haus heran. Und zwar nicht erst in einer Stunde, wenn endlich die Kavallerie anrückte.

»Solveigh, was hast du vor?«, fragte seine entgeisterte Stimme aus Amsterdam, als sie sich über die niedrige Mauer in den verwilderten Garten des Nachbargrundstücks schwang. Sie ignorierte Eddy und lief gebückt in Richtung der Doppelgarage. Geschützt vor Blicken aus der Villa, legte sie sich einen Weg zurecht, der möglichst wenig Angriffsfläche bot. Erschossen oder entdeckt zu werden läuft in diesem Fall in etwa auf dasselbe heraus, dachte sie noch, bevor sie ein Stück über den Rasen sprintete, um hinter einer Hecke wieder Deckung zu finden. Plötzlich hörte sie ein Geräusch, das sie aufschrecken ließ: Rotoren, die sich langsam in Bewegung setzten. Eine Turbine. Ein Hubschrauber. Sie verfluchte sich selbst, dass sie den Mann unterschätzt hatte. Er musste sie doch wiedererkannt haben in dem Geschäft. Und er hatte eins und eins zusammengezählt. Das Biest war auf der Flucht. Und es wusste, dass sie kamen. Korrektur, Solveigh. Singular. Du bist alleine, vergessen?

»Eddy, ich brauche einen Bauplan von dem Haus.«

»Ich habe ihn doch schon rausgesucht«, seufzte er. »Auch wenn ich es nicht gutheißen kann, was du vorhast, und Thater wird dich einen Kopf kürzer machen, aber da du ja sowieso machst, was du willst, kriegst du ihn.«

Solveigh holte das Handy aus der Tasche und rief die Blaupause auf, die Eddy aus dem Grundbuch der Stadt gezogen hatte. Es war eine der größten Leistungen von Thater bei der Gründung der ECSB gewesen, dass er durchgesetzt hatte, Zugriff auf alle denkbaren Datenbanken in den EU-Staaten zu bekommen. Nur so hatten sie das Biest über die Steuererklärungen aus England überhaupt in Cannes festnageln können. Solveigh scrollte sich durch die Stockwerke, bis sie in etwa eine Ahnung davon hatte, wie der Grundriss aufgebaut war. Sie markierte einige Punkte auf dem Plan, damit Eddy wusste, was sie vorhatte.

»Ich versuche, von hier bis zu dieser Tür zu kommen. Dann weiter in den ersten Stock. Der Heliport kann ja nur hinter dem Haus sein, bei der Hanglage die einzige Möglichkeit.« Ihr Atem ging schnell. Ihr Körper spürte die Gefahr, noch bevor Solveigh darüber nachdachte. »Ich werde versuchen, sie auf der Terrasse abzufangen.«

Sie blickte zurück zur Straße. Jenes verdammte Bauchgefühl wollte einfach nicht verschwinden. Egal. Sie schraubte einen Schalldämpfer auf die Jericho und klemmte das Handy unter ihren BH.

»Auf geht's, Eddy. Und drück mir die Daumen, dass sie keine Hunde haben.«

Sie hechtete über die Hecke und sprintete los. Die Jericho hielt sie mit ausgestreckten Armen von sich weg. Noch hundert Meter. Noch fünfzig Meter. Keine Schüsse. Vermutlich waren sie alle hinter dem Haus. Schwer atmend, presste sich Solveigh gegen die Tür. Ihr lief die Zeit davon. Im Kopf holte sie den Plan des Hauses zurück und traf dann eine Entscheidung. Sie atmete tief ein und arbeitete sich an der Häuserwand vor, statt Zeit im Inneren zu vertrödeln. Mehr Risiko. Aber schneller. An jedem Fenster duckte sie sich und achtete darauf, nicht zu sehr außer Atem zu geraten. Sie brauchte eine ruhige Hand. An der Ecke des Hauses drückte sie sich mit dem Rücken gegen die Wand und lauschte. Der Rotor war jetzt deutlicher zu hören, aber die Maschine stand offenbar weiter von der Villa weg, als sie vermutet hatte. Sie hörte Stimmen. Drei oder vier. Sie klangen hektisch, eine bellte Befehle auf Englisch. »Holt die Taschen!« Jetzt oder nie. Sie riskierte einen Blick um die Ecke. Ein Wachmann im dunklen Anzug starrte in ihre Richtung. Der Mann aus London trug eine Tasche zum Helikopter, ein Mann in einem weißen Leinenanzug stand mit dem Rücken zu ihr. Das Biest. Sie zog sich hinter die Ecke zurück, damit der Wachmann sie nicht doch noch entdeckte. Sie erwog ihre Optionen. Nein, besser wurden ihre Chancen nicht. Aber sie würde verdammt gut zielen müssen.

»Eddy, wie lange noch für das SWAT-Team?«

»Halbe Stunde mindestens.«

Zu lang. Sie würde es alleine zu Ende bringen müssen. Sie atmete dreimal tief ein, um ihren Puls zu beruhigen. Eins. Zwei. Drei. Dann trat sie aus der Deckung und zielte auf den Wachmann. Als er sie sah, griff er zu seiner Waffe.

Plopp, plopp, spuckte die Jericho in schneller Folge zwei Kugeln aus. Beide trafen den Bodyguard in den linken Oberschenkel. Mit einem gellenden Schrei des Erstaunens sackte er in sich zusammen. Das Biest drehte sich zu ihr um. Solveigh blickte in die kältesten Augen, die sie je gesehen hatte. Sein Gesicht war rundlich, die Zähne weiß, das Haar kurz. Er sah aus wie ein Grundschullehrer, der im Lotto gewonnen hatte. Sein Mund verzerrte sich zu einer Wutfratze, als er ihre Waffe sah.

»Bleiben Sie, wo Sie sind«, schrie Solveigh. »Und ich will Ihre Hände sehen.«

Zwei feingliedrige Hände wuchsen in den Himmel, an einem Handgelenk prangte eine goldene Rolex mit Diamanten.

»Sie werden mich niemals kriegen, Agent Solveigh Lang.« Woher kannte er verdammt noch mal ihren Namen? Als ihr Angreifer vom Helikopterlandeplatz zurückkehrte, beschlich sie eine Ahnung. Der Lauf ihrer Waffe wechselte im Sekundentakt vom einen zum anderen, als sie ihm bedeutete, sich neben seinen Boss zu stellen und ebenfalls die Hände zu heben. Er musterte sie lüstern und grinste. Warum grinst er?, fragte sich Solveigh. Ihm wird das Grinsen schon noch vergehen, dachte sie und bewegte sich langsam auf die beiden zu. Der Wachmann lag noch immer wimmernd am Boden. Solveigh bückte sich, zog ihm die Waffe aus dem Holster und warf sie in hohem Bogen ins Gras. Weiterhin fixierte sie die beiden Männer mit ihrer Jericho. Sie hatten keine Chance, bei der kleinsten Bewegung würde sie abdrücken, und die beiden wussten das. Die einzige Frage war, warum er immer noch grinste. Er hatte gewusst, dass sie kam, schoss es ihr durch den Kopf, während sie sagte: »Eddy, ich hab sie.« Warum das Grinsen?

Solveigh erkannte ihren schrecklichen Fehler noch in der gleichen Sekunde, als sie plötzlich den kalten Lauf einer Waffe an der Schläfe spürte. Sie roch Mandel- und Jasminnoten.

»Das glaube ich nicht«, sagte eine eiskalte Frauenstimme. Solveigh nahm die Hände hoch. Die Jericho wies nutzlos gen Himmel. Sie blickte nach links. Eine sehr attraktive blonde Frau in den Vierzigern in einem überaus eleganten Kostüm bedrohte sie mit einer kleinkalibrigen Browning. Ihre blauen Augen schienen noch ein paar Grad frostiger als die des Biests. Seine Gefährtin. Nicht weniger gefährlich. Solveigh musste Zeit gewinnen. War sie seine Ehefrau? Diejenige, die er angeblich eingemauert hatte? Solveigh versuchte, sich an das Foto zu erinnern. Es war durchaus möglich. Also war die Geschichte über ihre Ermordung eine Lüge. Der Grund, warum man ihn das Biest nannte, war eine Lüge.

»Werfen Sie die Waffe weg!«, verlangte die Frau. Solveigh gehorchte. Sie hatte wohl keine Wahl.

»Wieso überhaupt dieser Name: ›das Biest‹«?, fragte Solveigh gepresst. Wenn die Frau nicht sofort schoss, wusste sie, dass sie ihren Tod zumindest etwas hinauszögern konnte. Eine halbe Stunde, hatte Eddy gesagt. Ein nutzloses Unterfangen.

Die gealterte Schönheit begann zu lachen: »Wissen Sie, ich habe nie verstanden, wieso alle immer davon ausgingen, dass er mich umgebracht hat. Die Leiche im Garten war die seiner damaligen Geliebten. Seiner ersten von vielen. Ich habe ihn gezwungen, sie umzubringen. Zu zerstückeln und zu vergraben.« Die Frau des Biests lachte immer noch: hell, hämisch.

Solveigh schluckte. Das Biest hatte eine Gefährtin, zu der sein Spitzname kaum weniger passte. Das Biest und das Biest. Eine tödliche Verbindung.

»Ist nicht das Biest immer dasjenige, welches die schwächere Kreatur tötet? Ist nicht das Biest einfach eine andere Bezeichnung für den Sieger?«, fragte die Frau mit ihrer hellen Stimme und richtete plötzlich die Waffe auf ihren Ehemann. Keine Sekunde später drückte sie, ohne zu zögern, ab. Ein Schuss löste sich, und auf seiner Brust bildete sich ein kleiner roter Punkt, der schnell größer wurde. Mit erstaunt aufgerissenen Augen sackte er auf die Knie. Aber er war noch nicht tot. Der Vergewaltiger kam auf sie zu. Sollte er seine Phantasie am Ende doch noch ausleben können?, fragte sich Solveigh, die sich nicht traute, sich auch nur einen Zentimeter zu rühren. Sein Blick starrte in ihre Seele und zog sie dort aus. Er stand kaum einen Meter vor ihr, sie roch wieder die Minze und den Moschus.

»Wie recht du hast, Schatz«, sagte er unvermittelt und ließ Solveighs Blick los. Er fasste mit der Hand um die Taille der Frau und strich ihr sanft über den Rücken. »Darf ich?«, fragte er und griff nach der Waffe.

»Natürlich, Liebster«, sagte sie kalt.

Er nahm die kleine Pistole und ging zu dem Mann, von dem Solveigh angenommen hatte, dass er das einzige, das wahre Biest in diesem unsagbaren Spiel war, das schon so viele Menschenleben gekostet hatte. Sie dachte an die Kinder und den zukünftigen Krebs und entschied, dass es ihr egal war, wie viele von den Biestern auf dieser Terrasse heute starben. Sie würde nicht überleben, das war ihr klar, aber wenn sie noch einen von ihnen mit ins Grab nehmen konnte, war ihr das nur recht.

Jetzt stand der Dunkelhäutige über dem Russen, dem er seine Frau ausgespannt hatte, und drückte die Pistole an seine Stirn.

»Es tut mir wirklich leid um so ein cleveres Gehirn, das so einen perfekten Plan ausgeheckt hat. Vielleicht hättest du sie doch einmauern sollen statt deiner Geliebten? Aber so bleibt das alles nur eine Legende mit tragischem Ausgang. Denn sie«, er blickte zu der Frau, die ihn aufmunternd ansah, »sie gehört schon lange zu mir.«

Dann drückte er ab. Blut und Gehirnmasse spritzten auf den Holzboden der Veranda. Der dunkelhäutige Mann lächelte triumphierend und blickte dann plötzlich Solveigh unverwandt in die Augen. Bohrend.

»Und nun zu dir, Schätzchen«, sagte er leise, und seine Stimme klang wie das Zischeln einer Schlange. Solveighs Magen krampfte sich zusammen.

»Oder sollen wir sie mitnehmen? Was meinst du, Schatz? Wir könnten sie einmauern, wie die andere …« Sein Vorschlag hing wie eine dunkle Verheißung in der Luft. Solveigh ahnte, was das bedeuten würde. Und sie würde eher sterben, als sich von diesem Psychopärchen quälen zu lassen. Sie betrachtete seinen lüsternen Mund und ihre grell geschminkten Lippen. Dann traf sie eine Entscheidung.

»Neeein!«, schrie Solveigh und wollte sich gerade in einem letzten Akt der Verzweiflung nach vorne stürzen, als plötzlich ein weiterer Schuss krachte. Von weiter weg. Der Mann war getroffen. Sein Körper stürzte in einer grotesken Drehung auf den des Russen. Die zweite Leiche. Die Frau starrte ungläubig zu Solveigh herüber, sie starrte zurück. Die Frau hatte nicht gefeuert, sie waren beide wie gelähmt. Solveigh fing sich als Erste und hechtete in Richtung ihrer Pistole, die immer noch auf der Veranda lag, wo sie sie zuvor hatte fallen lassen. Sie hob die Waffe in der Sekunde, als jemand das Feuer eröffnete. Die Frau wurde von einem großen Kaliber in die Brust getroffen, das ihre Bluse zerfetzte. Blut spritzte auf Solveighs nackte Füße. Dann wurde es still. Der Hubschrauber hatte die Motoren abgestellt, und auch der Wachmann wimmerte nicht mehr. Wer hatte geschossen? Viel später, als es nötig gewesen wäre, nahm Solveigh die Hände herunter und sammelte ihre Waffe ein. Der Schütze war ihr nicht feindlich gesinnt, oder? Sonst hätte er längst wieder abgedrückt. Trotzdem suchte Solveigh hinter einer großen Topfpflanze Deckung. Man konnte nie wissen. Die Schüsse mussten aus dem leer stehenden Nachbargebäude gekommen sein. Sie suchte die Fenster nach dem Angreifer ab, konnte aber niemanden entdecken. Wer hatte sie gerettet? War es ein unsichtbarer

Beschützer, der ihr die ganze Zeit gefolgt war? Wenn ja: Wer käme dafür infrage? Plötzlich fiel ihr ein, wen sie in der Hektik, den Computerspezialisten aus Russland zu befragen, nachdem das U-Boot angekommen war, gar nicht vermisst hatte. War das möglich? Nach dem Anschlag in London hatte sie gedacht, ihr Angreifer sei für das mulmige Bauchgefühl verantwortlich gewesen. War es möglich, dass ihr mehrere Personen gefolgt waren? Hatte sie sich deshalb auch in Cannes immer umgedreht, ohne jemals jemanden zu entdecken? Ein zweites Mal suchte sie jedes Fenster des Hauses ab. Diesmal glaubte sie, einen Schatten im zweiten Stock bemerkt zu haben. Aber sie konnte sich täuschen. Plötzlich klingelte ihr Handy. Eine SMS. Sie rief sie auf, noch während sie den Garten des Hauses im Auge behielt. Von einer unbekannten Nummer. Die Nachricht bestand nur aus zwei Wörtern. Auf einmal lächelte Solveigh. »Für Yael.« Sie war nicht paranoid geworden. Sie hatte nur Gut und Böse verwechselt. Dann setzte sie sich auf die Dielen der Veranda, lehnte sich mit dem Rücken an die Topfpflanze und wartete auf die französische Polizei.

Amsterdam, Niederlande
23. März 2013, 19.28 Uhr (knapp zwei Wochen später)

Solveigh musste die beiden Flaschen abstellen und die große Tüte in die linke Hand nehmen, um die Tür zu ihrer Wohnung an der Prinsengracht aufzuschließen. Sie hatte drei anstrengende Stunden hinter sich. Auch diesmal hatte Sir William darauf bestanden, eine kleine Feier zu organisieren. Er nannte sie Tea Time, und sie gehörte zur ECSB wie die unterschiedlichen Nationen ihrer Mitarbeiter. Es gab tatsächlich Gurkensandwiches, aber dafür Champagner statt Tee, und Solveigh spürte, dass sie möglicherweise das eine oder andere Glas zu viel davon getrunken hatte. Anders ließen sich allerdings die Reden ihres Chefs in bestgelaunter Gutsherrenmanier auch nicht ertragen, stellte sie fest und stützte sich mit einer Hand an der Wand ab, als sie die Schuhe auszog.

»Jemand zu Hause?«, rief sie.

»Ich bin hier«, kam es aus dem Wohnzimmer zurück. Marcel schrieb seit Wochen an seinem Artikel über Dawydow, für den der »Echo« ihn gefeuert und die »Le Monde« eingestellt hatte. Solveigh ahnte, dass der »Echo« es noch bereuen würde. Sie schwenkte abwechselnd die Tüten und die beiden Champagnerflaschen, die sie von der Feier hatte mitgehen lassen, als sie das Wohnzimmer betrat. Wie erwartet saß er vor dem Rechner, das einzige Licht spendete die metallene Schreibtischlampe.

»Ich hab Sushi mitgebracht. Und Gurkensandwiches.« Sie stellte beides demonstrativ vor ihn auf den Schreibtisch.

»Gurkensandwiches? Jemand muss dem Mann beibringen, dass er ein wandelndes Klischee ist.« Marcel warf ihr einen amüsiert tadelnden Blick zu. »Gib mir eine Minute, dann bin ich auch fertig. Ich feile gerade am letzten Satz.«

Solveigh schnappte sich die Tüte und die beiden Flaschen und verschwand in der Küche. Nach dem verheißungsvollen Plopp des Champagners dauerte es eher zehn als die versprochene eine Minute, bis sich Marcel in der Küche blicken ließ. Solveigh wusste das genau, weil sie das erste Glas schon fast alleine getrunken hatte. Er schenkte ihr nach. Sie lächelte: »Können wir auf den Pulitzerpreis anstoßen?«

»Na ja«, bemerkte Marcel. »Das vielleicht nicht gerade.« Sie stießen an. »Obwohl«, setzte er nach, »wenn mir der Oberst nicht die Kamera abgenommen hätte, dann vielleicht schon.« Er grinste.

»Nimm mich in den Arm, Marcel«, verlangte Solveigh, die plötzlich eine tiefe Müdigkeit verspürte. Es war vorbei. Sie hatten Europa vor einer unvorstellbaren Katastrophe bewahrt. Und sie hatte ein Kind verloren. Kein zu großer Preis, oder doch? Plötzlich gesellte sich zu ihrer Müdigkeit eine große Zuversicht. Sie wusste nicht, woher sie kam. Vielleicht lag es einfach an Marcel und an seinem Geruch, den sie jederzeit unter Tausenden von Männern wiedererkannt hätte. Er streichelte ihre Wange und drückte sie dann ein Stück von sich weg, um ihr in die Augen zu sehen.

»Möchtest du, dass wir es noch mal probieren?«, fragte Marcel.

Solveigh wunderte sich, dass sie seine Frage nicht erstaunte.

»Ich weiß es nicht, Marcel. Wir werden sehen.«

»Okay«, sagte er schlicht. Das Beste, was er sagen konnte. Er hielt sie noch eine Weile fest, bis sie hinter seinem Rücken nach ihrem Champagnerglas griff und sich aus seiner Umarmung wand.

»Und übrigens, was diesen Pulitzerpreis angeht …«

Marcel hob eine Augenbraue. Solveigh kramte in ihrer Handtasche.

»Da habe ich, glaube ich, eine Idee«, sagte sie und hielt triumphierend ihre dickrandige Brille in die Höhe. Marcel blickte sie verständnislos an, und Solveigh grinste, als sie ihm zuprostete: »Auf die Zukunft, Marcel. Alles wird gut.«

Danke

Schreiben sei einfach, man müsse nur die richtigen Worte weglassen, hat Mark Twain einmal behauptet. Und wie bei jedem Buch haben auch beim BIEST viele Menschen Anteil an jenen ausgesparten Worten, die in Wahrheit den Text ausmachen. Sollte mir dabei ein Fehler unterlaufen sein, geht er natürlich auf meine Kappe – und wie immer habe ich teils auf technische Akkuratesse zugunsten der Lesbarkeit für alle meine Leser verzichtet. Danke an: Michael Hoos und Michael Piontek von Symantec, der Firma, die Stuxnet aufdeckte, für die Einführung und die atemberaubenden Hintergründe zum wohl spannendsten Stück Schadsoftware, das je geschrieben wurde, sowie Blumi für den Kontakt. Stephan Gerhager für den Einblick in die IT Security der Energiebranche, Dr. André Weilert für die Formel und die Diskussionen über die Möglichkeit, Versicherungsmathematik zur Verbrechensbekämpfung einzusetzen. Fregattenkapitän Achim Winkler für seine Einblicke in das Innere moderner U-Boote und maritime Kriegsführung, Annette Rump für die physiotherapeutische Hilfe bei Dominiques Rekonvaleszenz sowie Elke Saborowski fürs frühe Mitlesen. Und natürlich meinen Quellen aus Israel, die vorerst weder dieses Buch noch diese Danksagung werden lesen können – von Letzterem schicke ich Euch persönlich eine Übersetzung, den Wichtigsten unter Euch durfte ich ja ohnehin nicht namentlich nennen.

Großer Dank gebührt auch dem ganzen Team beim Piper Verlag: Katrin Andres, meiner Lektorin, für Rat und Tat von Dramaturgie bis zum Feinschliff und dass sie mich aushält, Michael Then und sein Team für Marketing und Werbung, dem

Vertrieb, der Presse und allen anderen für ihren täglichen Einsatz sowie Marcel Hartges, meinem Verleger, und Julia Eisele für den (langen) Kampf ums beste Cover.

Nie vergessen könnte ich die zwei Menschen, ohne die es meine Bücher ganz sicher nicht geben würde: Danke an Dirk Rumberg, meinen Agenten. Und an Katharina. Wie immer: für alles.

Dank gebührt auch den Buchhändlerinnen und Buchhändlern, allen voran denjenigen, die sich für meine Bücher einsetzen und sie ihren Kunden empfehlen oder die Lesungen organisieren und uns Schreiberlingen den Kontakt zur wichtigsten Gruppe von allen ermöglichen: Ihnen, den Leserinnen und Lesern. Ich danke Ihnen für Ihren Zuspruch, Ihre Rezensionen, Ihre E-Mails, Ihre Anmerkungen, Ihre Kritik. Ohne Euch wäre das Schreiben bei Weitem nicht so spannend!

Ich freue mich immer über Post unter js@jenksaborowski.de.

Herzlich, Ihr & Euer

Jenk Saborowski
München im Frühjahr 2012

Personenregister

Die Ermittler der ECSB (European Council Special Branch)
Solveigh Lang, die leitende Ermittlerin
Eddy Rames, ihr engster Vertrauter
William Thater, der Chef der ECSB
Dominique Lagrand, der Jüngste der Runde
Dr. Andrea Gladki, Statistikerin aus Warschau
Irina, Russlandexpertin bei der ECSB
Prof. Bennett, Forensiker von Scotland Yard

Die Terroristen
Das Biest, der Kopf hinter den Anschlägen
Der Engländer, erster Ausputzer für das Biest
Der Algerier, zweiter Ausputzer für das Biest
Anatoli Iwanowitsch Kharkov, CEO der größten Wodkafabrik Russlands
Viktor Anatoljewitsch Kharkov, sein Sohn, Wirtschaftsstudent
Dimitrij Sergejewitsch Bodonin, Informatikdoktorand
Thomas Eisler, untergetauchter ehemaliger Stasi-Funktionär
Doreen Kaiser, ehemalige Rekrutin unter Eisler

Weitere Personen
Marcel Lesoille, Pressefotograf und Solveighs Lebensgefährte
Yael Yoffe, Mossad-Agentin
Aron, Mitglied der Shajetet 13 ohne Nachnamen
Gideon Feinblat, Chef des Mossad

Tom Chambers, Stuxnet-Experte aus München
Maja Rubinstein, Dimitrij Bodonins Freundin
Polizeihauptmeister Tauscheck aus Heilbronn
Michael Borrisowitsch Dawydow, inhaftierter Exoligarch
Peter Bausch, Verwaltungsangestellter im AKW Neckarwestheim
Thierry Ducheix, Leiter des AKW Chooz
Detective Inspector Wayne Sherwood, Metropolitan Police

LESEPROBE

Aus dem Thriller von Jenk Saborowski
»**Operation Blackmail**«

Erschienen im Piper Taschenbuch

Paris, Avenue Friedland
Tag 0: Freitag, 4. Januar, 08.34 Uhr

Leonid Mikanas blies warmen Rauch hinaus in die nasskalte Luft des verregneten Pariser Januarmorgens. Wie immer drückte er seine Zigarette so kunstfertig aus, dass sie neben den anderen vierzehn im Aschenbecher auf der Spitze stehen blieb. Um den beißenden Tabakgeschmack von seiner Zunge zu vertreiben, nahm er einen Schluck aus der mitgebrachten Wasserflasche und kontrollierte zum wiederholten Mal die Einstellung seines Zielfernrohrs. Dabei ließ er das renommierte Bankhaus auf der gegenüberliegenden Straßenseite nicht aus den Augen. Er beobachtete geduldig, wie sich die Angestellten durch die Drehtüren vor dem Regen in Sicherheit brachten. Einer nach dem anderen, wie die Glieder einer Kette. Mit einem Blick auf die kleine Stofffahne, die er an einer Straßenlaterne gegenüber angebracht hatte, analysierte er den Wind, berechnete im Kopf zentimetergenau die Abweichung des Projektils. Obwohl es nicht notwendig war, sah er noch einmal kurz hinüber zum Foto seines Zielobjekts, das er mit einem Reißnagel am Fensterbrett fixiert hatte. Die Frau war hübsch, auf dem Foto wirkte sie gelöst und lachte, war sich der heimlichen Aufnahme nicht bewusst. Während der letzten Woche hatte er sich ihr Gesicht anhand vieler ähnlicher Bilder genau eingeprägt. Seine Vorbereitungen waren abgeschlossen, er atmete zunehmend flacher, bis kaum noch eine Bewegung seines Brustkorbs wahrzunehmen war, den Personaleingang der Bank im Visier.

Da war sie. Sein Ziel. Ohne Zweifel. Sie machte einen gehetzten Eindruck, als sie sich in die kurze Schlange einreihte, die sich vor der Drehtür gebildet hatte. Ihm blieb nicht viel Zeit. Das Fadenkreuz seines Zielfernrohrs tanzte kaum merklich um das Zentrum ihres Hinterkopfs. Wie immer, wenn er im Begriff war zu töten, fühlte er das Adrenalin pulsierend durch seine Venen jagen. »Für dich, Mischa«, flüsterte er kaum hörbar. Der Profi in ihm zog ohne das geringste Zögern den Abzug durch.

Durch die Optik beobachtete er, wie ihr Kopf von der Wucht der Kugel zur Seite geschleudert wurde, ihre Gesichtsmuskeln zuckten den erstaunten Tanz eines unerwarteten Todes. Die Menschen um sie herum stoben panisch auseinander, ihr Körper stürzte, schlug auf den Asphalt und lag grotesk verdreht in einer roten Pfütze aus Blut, die schnell größer wurde.

Wie es ihm sein Ausbilder vor mehr als dreißig Jahren beigebracht hatte, sammelte Leonid Mikanas seine Patronenhülse ein, zerlegte die Waffe und verstaute sie in einer unauffälligen schwarzen Nylontasche. Sein Blick fiel auf den Aschenbecher mit den fünfzehn kerzengerade aufgestellten Zigarettenkippen. Ganz nach seiner Gewohnheit schnippte er mit dem rechten Zeigefinger die erste an, woraufhin alle anderen der Reihe nach umfielen wie Dominosteine. Er hatte seinen Auftrag erfüllt.

KAPITEL 2

Paris, Boulevard Haussmann
Tag 0: Freitag, 4. Januar, 08.52 Uhr

Im Café Friedland balancierte Marcel Lesoille unruhig auf den hinteren Beinen seines Stuhls und stocherte frustriert in seinem weich gekochten Ei. Ihn plagten heftige Gewissensbisse, im Grunde hatte er bereits gestern gewusst, dass Linda ausrasten würde. Seine Lebensgefährtin saß ihm in diesem Moment

gegenüber und schielte ihn aus wütend zusammengekniffe-
nen Augen an, ihr Frühstück hatte sie noch nicht angerührt.
Natürlich war sie sauer, aber schließlich ging es um seine Leidenschaft, damit würde sie sich abfinden müssen. Er erinnerte
sich an ihren letzten Streit vor wenigen Wochen. Wie immer
war es um seine beruflichen Ambitionen gegangen. Oder besser: ihr Fehlen. Er wusste, dass sie seit einem halben Jahr auf
den Antrag wartete. Mit Ring, Stein und allem, was dazugehört. Bringen wir erst mal diese Kuh vom Eis, nahm er sich vor,
dann sehen wir weiter. Er konnte nicht gut mit ihr streiten.

»Hör mal, Linda«, brach er gepresst das Schweigen. »Es ist
ja nicht so, dass ich das Geld versoffen hätte. Mir ist es ernst,
ich möchte damit später mal meine Brötchen verdienen. Für
uns. Oder traust du mir das nicht zu?« Ihre Stimmungslage
war nach wie vor frostig und kühlte weiter ab, er musste es
mit einer anderen Taktik versuchen: »Außerdem gibt mir mein
Vater auch einen Anteil dazu.«

»Aha. Wenn ich mich recht entsinne, kann sich dein Vater
nicht einmal einen neuen Anzug leisten. Da wird dir seine
mildtätige Spende wohl kaum eine große Hilfe sein.«

Gut, zumindest antwortet sie, schöpfte Marcel zaghaft
Hoffnung. Jetzt bloß nicht zu früh auf sie eingehen, er hatte
nicht vor, sich weiter als unbedingt nötig in die Ecke des Box-
rings treiben zu lassen, den sie Beziehung nannten.

Unbeirrt setzte Linda ihre Tirade fort: »Ich kann einfach
nicht verstehen, wieso das sein muss. Ein mittelloser Student,
der nicht mal genug Geld zum Kinderkriegen hat und der eher
seine Eltern unterstützen sollte statt umgekehrt. Ausgerechnet
der braucht eine neue Kamera für fünftausend Euro? Haben
sie dir im Krankenhaus gleich das Kleinhirn mit rausope-
riert?«

»Linda, es war der Blinddarm. Meinem Kleinhirn geht es
prächtig«, versuchte Marcel sein Glück. Normalerweise waren
sein markantes Kinn und das schiefe Lächeln eine Kombina-

tion, der Frauen nicht widerstehen konnten. Vielleicht gelang es ihm so, ein fingernagelkleines Loch in ihre Mauer aus Wut zu hämmern. Genau da, wo sie gerade kurz ob ihrer eigenen Formulierung den Mundwinkel zu einem Beinahelächeln verzogen hatte.

»Du hast dir also wirklich in den Kopf gesetzt, Fotoreporter zu werden statt Arzt? Und wie willst du damit unsere Familie ernähren? Was verdient denn so ein Profi-Knipser?«, ätzte Linda.

Marcel erahnte Sonnenstrahlen, die den Nebel zwischen ihnen vertreiben könnten. Linda sprach gern über Geld, vor allem zur Finanzierung ihrer künftigen Familienpläne.

»Na ja«, setzte er an. »Das ist natürlich ganz unterschiedlich. Manchmal, wenn man wirklich Glück hat, kann man schon mal mit einem Foto ein paar Tausender machen.«

»Wer ist denn so bescheuert und zahlt für ein einziges Bild so viel Geld?«, echauffierte sich Linda.

Die Auseinandersetzung war noch nicht vorbei, und Marcel ging ihr simples Gemüt auf die Nerven. Vielleicht sollte er sich doch unter seinen Kommilitoninnen nach einer neuen Freundin umsehen, statt weiter auf Linda zu setzen. Sie sah zwar umwerfend aus, war aber augenscheinlich gierig und teilte sich zudem das Intelligenzniveau mit einer Tomatenstaude. Seufzend widmete sich Marcel wieder seinem Frühstücksei, als ihn Sirenen aus seinen Gedanken rissen. Für jeden Fotoreporter, auch einen Anfänger wie ihn, waren die schrillen Fanfaren von Polizei, Feuerwehr und Notärzten Musik in den Ohren. Allerdings würde sich Lindas Wut, wenn er jetzt ging, nicht so schnell legen, im Gegenteil. Kurz wog er ab, ob er nicht doch bleiben sollte, aber seine neue Kamera hatte den Kampf schon vorab gewonnen. Hektisch wühlte er in seiner Tasche nach einem Zwanzigeuroschein. »Ich muss los, entschuldige«, bemerkte er und küsste Linda, die dasaß, als hätte sie der Blitz getroffen.

»Du spinnst ja. Das kannst du doch nicht machen«, legte sie los, aber er war schon aufgesprungen und hechtete den Sirenen hinterher. Um Linda würde er sich später kümmern.

Während er durch den kalten Regen lief, zählte Marcel acht Polizeifahrzeuge und dazu mehrere Krankenwagen, die mit hohem Tempo in die Avenue Friedland einbogen. Da muss etwas Größeres passiert sein, dachte Marcel und kramte seine Leica M8 aus der Fototasche. Endlich besaß er das richtige Werkzeug, eine Profikamera, deren digitaler Chip Bilder aufnahm, die auch den Ansprüchen großer Tageszeitungen genügen würden. Als er die Avenue Friedland erreicht hatte, keuchte er heftig, und sein Puls raste. Scheiß Zigaretten. Zu seinem Glück blieben die Streifenwagen etwa hundert Meter von ihm entfernt stehen und riegelten die gesamte vierspurige Straße ab, was die Pariser Pendler mit einem gellenden Hupkonzert beantworteten. Marcel verlangsamte seinen Schritt und hob den Sucher vor sein Auge. Die Leica war nichts für Anfänger, er musste jedes Bild einzeln scharf stellen. Pah, Autofokus ist doch was für Touriknipser, er hatte es gestern Abend lange geübt. Außerdem war das genau der Grund, warum Reporter die Leica so schätzten: Angeblich bekam man mit der Zeit das Gefühl, mitten in seinem Motiv zu stehen. Na ja, was nicht ist, kann ja noch werden, machte sich Marcel Mut. Ihm war die Bedienung noch nicht in Fleisch und Blut übergegangen, und so brauchte er einen Augenblick, um sich zu orientieren: Die Polizeiwagen bildeten eine Barriere direkt vor der Pariser Filiale der EuroBank, einem großen Geldinstitut aus Deutschland. Klick. Auch von der anderen Seite waren Einsatzkräfte angerückt, sodass vor dem Gebäude ein Sicherheitskordon entstanden war. Klick. Ein Beamter zog das Visier seines Schutzhelms herunter. Eine Spezialeinheit. Klick. Sie brachten ihre Waffen in Anschlag. Klick. Die Fahrer nahe stehender Autos waren ausgestiegen, um einen Blick auf das

Spektakel zu erhaschen. Ein rothaariger Gaffer mit einem Flickenteppich aus Muttermalen und einem Glimmstängel im Gesicht, wild gestikulierend. Klick. Eine Frau reckte den Hals, um besser sehen zu können, blankes Entsetzen. Klick. Es herrschte das reinste Chaos, der Einsatzleiter der Polizei schrie etwas, das Marcel nicht sofort verstand. Sein Gesicht war ernst, professionell, ausgeprägte Wangenknochen und ein Dreitagebart. Klick. Was hatte er gesagt? Marcels Gehirn verarbeitete das ungewohnte Wort, ein paar Sekunden nachdem er es gehört hatte. Panisch vor Angst, warf er sich hinter eines der Polizeiautos mitten in eine große Pfütze: Der Kommandant hatte seine Leute vor einem Scharfschützen gewarnt. Nicht nur er hatte es gehört, neben ihm kniete ein Polizist, der mit dem Sucher seiner automatischen Waffe das Haus gegenüber abscannte. Marcel lief Angstschweiß den Rücken herunter, aber er besann sich auf seine zukünftige Reporterehre und schoss blind einige Bilder rücklings über die Motorhaube. Klick. Klick. Er atmete tief ein und drückte sich, so fest er konnte, gegen den Kotflügel. Sechzig Sekunden, eine gefühlte Ewigkeit später ging die Polizei davon aus, dass keine akute Bedrohung mehr vorlag, denn alle Beamten waren aufgestanden und sicherten routiniert die Szene. Gebückt schlich sich Marcel an den Streifenwagen entlang, um eine Lücke zu finden, durch die er zum Eingang der EuroBank vordringen konnte. Er ging fest davon aus, dass ein sensationelles Motiv auf ihn wartete. Und tatsächlich fand er zwischen zwei Stoßstangen einen Spalt, durch den er sich quetschen konnte, ohne aufgehalten zu werden. So ruhig wie möglich hob er seine Leica ans Auge und dokumentierte: Vor dem Eingang der Bank knieten zwei Notärzte vor einem leblosen Körper. Der Kleidung nach zu urteilen, handelte es sich um eine Frau. Klick. Sie drehten sie auf den Rücken. Da war kein Gesicht mehr. Klick. Die Blutlache floss über den Asphalt, breitete sich aus wie ein verschüttetes Glas Wein. Es roch ekelhaft nach Eisen. Klick. Der zweite Arzt schüttelte den Kopf. Klick. Der andere nickte. Sie bedeckten ihren Körper mit einer golden glänzenden Folie, zogen sie bis über ihr Gesicht. Klick. Klick. Ein Polizeibeamter in voller Kampfmontur kam auf ihn zu, ein Maschinengewehr an der Schulter. Klick. Kevlar-Panzer an Brust, Schienbeinen und Oberarmen. Klick. Hinter ihm erschienen die ersten Uniformierten ohne Panzerung. Klick. Er hielt ihm die Linse der Kamera zu und drängte ihn aus dem Kreis, den die Streifenwagen bildeten. Marcel blickte zurück. Klick. Sein Job war erledigt.

An der nächsten Straßenecke kotzte er in einen Gulli. Er hatte noch nie eine Tote gesehen, und obwohl die Leiche frisch war, roch der Tod grauenhaft: das Blut wie Eisenkraut, die austretenden Körpersäfte nach Kot und Essig. Ach du Scheiße, dachte Marcel und lehnte sich erschöpft an eine raue Hauswand, die ihn am Rücken kratzte. Er blieb ein paar Minuten auf dem kalten Gehsteig sitzen, bis er den Mut aufbrachte, seine Ausbeute auf dem digitalen Display seiner Kamera zu begutachten. Einige Bilder waren unscharf. Eines fand er richtig gut: Der Polizist, der mit ihm hinter dem Wagen gekauert hatte, von der Seite und von unten fotografiert, das Maschinengewehr im Anschlag, Angst im Gesicht, Schweiß auf der Stirn. Als er durch die Bilder blätterte, fiel ihm auf, wie sehr er zitterte. Er konnte die kleinen Tasten kaum kontrolliert drücken. Es kostete ihn endlos lange Zeit, sein Handy aus der Jackentasche zu ziehen und die Nummer eines befreundeten Bildredakteurs zu wählen.

»Hey, Anon. Ich hab was für dich. Vor der Zentrale der Euro-Bank ist eine Frau von einem Scharfschützen erschossen worden. Ich habe Bilder.«

»Wovon hast du Bilder?«, fragte sein Freund, der Bildredakteur.

»Von allem. Von der Polizei, den Notärzten und sogar von der Frau selbst, bevor sie ihr eine Decke über den Kopf gezogen haben.«

Anon lachte herzlich. »Ist ja super, kannst du dir an den Kühlschrank hängen. Die ersten Bilder kamen vor zehn Minuten, online über das Handy vom Fotografen. Unser Chefredakteur hat längst ausgewählt. Junge, wir sind in Paris, hier gibt es Fotografen wie Sand am Meer. Und nicht wenige davon hören den Polizeifunk. Mach das nächste Mal ein Foto vom Mord selbst, das ist sensationell. Für alles andere musst du früher aufstehen. Tut mir leid, Mann.«

»Schon klar. In Ordnung. Danke dir, Anon.«

»Okay. Ich will dich nicht entmutigen. Ruf wieder an, wenn du was hast.«

Frustriert legte Marcel auf. Vielleicht war es doch nicht so einfach, vom Medizinstudenten auf Fotoreporter umzusatteln. Er hatte noch viel zu lernen. Und Linda würde sauer sein. Richtig sauer. Dabei hatte er nichts, um sie zu beruhigen. Obwohl, vielleicht doch, sinnierte er, als er sich hochstemmte und mit zittrigen Knien zur nächsten U-Bahn-Station wankte.

Paris, Boulevard Haussmann
Tag 0: Freitag, 4. Januar, 09.14 Uhr

Fünfzig Meter entfernt atmete Dominique Lagrand hörbar aus. Endlich hat sich die verdammte Journaille verzogen, dachte der Adjutant des Polizeipräsidenten, der als erster Stabsoffizier vor Ort war. Ein fucking Albtraum: Irgendein Wahnsinniger hatte am helllichten Tag eine Passantin von einem belebten Pariser Bürgersteig geputzt. Das versprach Ärger, und sein cholerischer Chef würde toben. Er musste die Lage so schnell wie möglich in den Griff kriegen, was ihm wie immer nicht leichtfallen dürfte. Trotz seiner mittlerweile fast achtundzwanzig Jahre sah er mit seiner Täubchenbrust, so sein ehemaliger Sportlehrer, immer noch aus wie ein Teenager. Er hatte blonde Haare, war mit 1,68 Meter auch nicht gerade groß gewachsen und musste regelmäßig bei Discobesuchen seinen Ausweis vorzeigen. Keine guten Voraussetzungen, um sich bei einer testosteronstrotzenden Spezialeinheit durchzusetzen. Aber Dominique war vom Leben nicht eben verwöhnt worden, er war hart im Nehmen, und die ihm übertragenen Aufgaben pflegte er mit geradezu selbstloser Hartnäckigkeit zu erledigen. Und er brauchte nun einmal den Bericht. So baute er seine schmale Statur, so gut es ging, vor dem Einsatzleiter auf, einem Mann Mitte fünfzig mit wettergegerbtem Gesicht und Dreitagebart, der genauso aussah, wie Dominique gerne ausgesehen hätte. Wenn er sich drei Tage nicht rasierte, machte ihn sein dünner Flaum auch nicht männlicher. Dominique Lagrand war Realist, und er setzte Vertrauen in die Streifen seiner Uniform: »Guten Morgen, Capitaine, können Sie mich bitte ins Bild setzen?«

Der Leiter des Sondereinsatzkommandos stand lässig an einen Mannschaftswagen gelehnt und rauchte einen nach verbranntem Autoreifen stinkenden Zigarillo. Geduldig musterte ihn der erfahrene Beamte, letztendlich fiel seine Antwort jedoch gar nicht so abschätzig aus, wie Lagrand erwartet hatte: »Sie müssen der Neue von Rocard sein, nicht wahr?«, fragte er und spuckte Tabakfetzchen auf den Boden.

»Das stimmt, Monsieur«, seufzte Dominique.

»Na gut, Sie können ja nichts für den Bastard. Da wir beide wissen, dass sich die aufgeblasene Kröte gleich hier blicken lassen wird, um der Presse ihre Meinung aufs Auge zu drücken, will ich Ihnen nicht den Freitagabend vermiesen.«

»Dafür wäre ich Ihnen sehr dankbar«, gab Dominique zurück und entspannte sich etwas.

»Im Moment scheint keine Gefahr mehr zu bestehen, von dem Täter fehlt jede Spur. Laut Ausweis heißt das Opfer Sophie Besson, eine Angestellte der EuroBank, die gerade auf dem Weg zur Arbeit war. Ob sie es wirklich war, können wir derzeit nicht sagen. Er hat ihr das halbe Gesicht weggepustet, so wie ich den Notarzt verstanden habe, mit einem ziemlich großen Kaliber. Üble Austrittswunde, ich tippe auf ein Gewehr. Genaueres bekommen Sie erst vom Gerichtsmediziner. Wie schon gesagt: Unsere Arbeit ist getan, die Straße ist sicher. Jetzt sind Sie dran, und ich schätze, Sie werden nicht so schnell wieder in die gemütliche Kaserne kommen. Obwohl, bei Rocards Leuten weiß man nie, angeblich kriecht ihr ja in die Wärme eurer Büros wie die Motten zum Licht«, lachte der Beamte schallend und zündete sich noch einen Zigarillo an. Aus dem Augenwinkel beobachtete Lagrand, wie sich die silberne Limousine seines Vorgesetzten näherte.

»Besten Dank erst einmal, Capitaine, Sie haben mir schon sehr geholfen«, murmelte er zum Abschied und bereitete sich auf die Ankunft Seiner Majestät, des selbst ernannten Königs von Paris, vor. Der schwere Wagen kam neben ihm zum Stehen, und noch während er ausrollte, wurde energisch die hintere Tür geöffnet: General Rocard betrat die Szene. Seine Uniform sah aus, als hätte er heute schon vier beschwerliche Stunden im Dienst der Republik absolviert, obwohl Lagrand wusste, dass er seine Haushälterin anwies, an Arm- und Kniebeugen Falten hineinzubügeln. Du bist fast genauso ein dämlicher Lackaffe wie mein Alter, dachte er im Stillen. Äußerlich das Gegenteil des schweren Rocard, war ihm sein Vater charakterlich umso ähnlicher. Eitel von den Haarspitzen bis zur Schuhsohle, hatte ihn der Pedant in den kindlichen Wahnsinn getrieben. Und schließlich aus reiner Rebellion gegen das verhasste Jurastudium in den Polizeidienst und damit indirekt in die Arme des ebenso eitlen Rocard. Nachdem er seinen Chef über die Lage informiert hatte, unterbreitete er ihm seine Vorschläge: Spurensicherung, Durchsuchung aller umliegenden Wohnungen, Befragung der Anwohner sowie der Kollegen in der Bank.

»Bei der zu erwartenden Publicity würde ich Ihnen Commissaire Fallot vorschlagen. Sie ist kompetent und wird Ihnen auf der Pressekonferenz nicht den Rang ablaufen«, schloss er mit einem Lächeln. Er wusste, dass die Erwähnung der Medien seinen Chef eher dazu bringen würde, seine Vorschläge zu akzeptieren. Sein eigentlicher Beweggrund für die Ernennung von Catherine Fallot zur Leiterin der Sonderkommission war die Tatsache, dass sie ihn nicht wie alle anderen herablassend behandelte. Viele sahen in ihm den unerfahrenen Jagdhund vor der Eignungsprüfung, dabei hatte er sein Studium an der Polizeiakademie mit Prädikat abgeschlossen. In diesem Fall hatte ihn sein Urteilsvermögen nicht getäuscht, und der General winkte seine Pläne ohne jede Änderung durch. »Pressekonferenz um dreizehn Uhr«, verlangte er noch, bevor er wieder in seinen Dienstwagen stieg und es Lagrand überließ, seine Anweisungen umzusetzen. Zu diesem Zeitpunkt ahnte Dominique Lagrand nicht, dass auch die überaus kompetente Catherine Fallot den ersten brauchbaren Hinweis auf ein Motiv erst zweiundsiebzig Stunden später erhalten sollte.

KAPITEL 4

Frankfurt am Main, Konzernzentrale der EuroBank
Tag 1: Montag, 7. Januar, 08.17 Uhr

Bläulich schimmernd, spiegelten die zwei Türme der Euro-Bank-Konzernzentrale die Strahlen der Morgensonne über der Mainmetropole wider. Zwischen den im Konferenzraum versammelten Vorstandsmitgliedern lag eine nicht fassbare Spannung. Niemand der Anwesenden kannte den Grund ihres eiligst anberaumten Meetings an diesem Morgen. Jeder Einzelne hatte einen Anruf von der persönlichen Assistentin ihres neuen Vorstandsvorsitzenden bekommen: »Dr. Heinkel erwartet Sie um 8.30 Uhr in seinem Konferenzraum wegen eines Notfalls.« Nun saßen zehn der einflussreichsten Bankmanager der Welt im 33. Stock eines Frankfurter Hochhauses und fragten sich, welche schlechten Nachrichten so dringend sein konnten, dass ein Termin zu derart früher Stunde notwendig war.

Um exakt 8.20 Uhr öffnete sich die Tür, eine gespannte Stille legte sich über den großen Konferenztisch. Schwungvoll betrat Dr. Peter Heinkel in einem dunkelblauen Maßanzug mit faltenfrei gestärktem Hemd und passender Krawatte den Raum. Er war ein respektierter Manager, der sein Imperium in den vergangenen Monaten weitgehend ohne Schaden durch eine der schwersten Finanzkrisen in der Geschichte der Menschheit gesteuert hatte, aber heute stand ihm die größte Herausforderung seiner Karriere bevor. Hinter ihm schloss Paul Vanderlist, der Sicherheitschef des Instituts, die schwere Eichentür.

»Meine Herren, bereits am Freitag habe ich Sie über den kaltblütigen Mord an unserer Mitarbeiterin Sophie Besson informiert. Die Polizei tappt bisher im Dunkeln, aber ich befürchte, ich kann Ihnen heute eine Erklärung für ihr plötzliches Ableben liefern«, eröffnete Heinkel seinen Vorstandskollegen. Mit einem kurzen Nicken bedeutete er seinem Assistenten, den Beamer einzuschalten.

»Wir werden erpresst«, fuhr er fort. »Folgende E-Mail ging gestern Abend bei mir ein.« Auf der glatten Wand erschien die auf zwei mal drei Meter vergrößerte Abbildung einer einfachen E-Mail:

von: sm4llv1ll3_2010@yahoo.com
an: <Heinkel, Dr. Peter>

Paris war erst der Anfang. Wir werden Mitarbeiter von Ihrer Bank töten, bis Sie uns die Summe von 500 000 000 Euro übergeben haben. Sollten Sie in die Zahlung einwilligen, lassen Sie die Bürobeleuchtung in Ihrer Frankfurter Firmenzentrale nach folgendem Muster an einem beliebigen Tag um 01.30 Uhr für zehn Minuten an- und ausgehen:

27. Stock: Büros 27.1001 bis 1040 Intervall 30 Sekunden
18. Stock: Büros 18.2010 bis 2080 Intervall 15 Sekunden
40. Stock: Büros 44.3000 bis 3040 Intervall 60 Sekunden
22. Stock: Büros 22.4050 bis 4090 Intervall 120 Sekunden

»Ich hielt es zunächst für einen groben Scherz«, erklärte Heinkel, »aber ich habe unseren Sicherheitsberater hinzugezogen, und er hat mich überzeugt, dass wir diese Drohung ernst nehmen müssen. Paul …«, übergab er das Wort an den Sicherheitsexperten der Bank.

Äußerlich die Ruhe selbst, erhob sich Paul Vanderlist, der in seinem schwarzen Anzug mit weißem Hemd und schwarzer Krawatte aussah wie ein Bestattungsunternehmer. Er stützte sich mit den Handballen auf die Tischplatte: »Der Brief ist mit neunzigprozentiger Wahrscheinlichkeit echt. Aus primär drei

Gründen. Erstens ist die Summe viel zu hoch: Harmlose Nachahmer schreiben Summen ab, die sie aus Hollywood kennen, und die liegen in solchen Fällen eher im zweistelligen Millionenbereich. Zweitens ist die Idee mit den Bürotürmen mehr als clever. Die Kommunikation ist die Achillesferse jeder Erpressung, aber das scheinen sie alles bedacht zu haben. Sie müssen nicht mal vor Ort sein, um unsere Antwort abzuwarten, ihnen reichen die zahllosen Webcams, die auf die Frankfurter Skyline gerichtet sind. Ich bin überzeugt, dass wir sie ernst nehmen sollten. Vor allem wenn man den Tod von Sophie Besson hinzurechnet. Für einen Trittbrettfahrer liegen die beiden Ereignisse zeitlich viel zu nah beieinander«, schloss der Sicherheitschef und strich sich über den Bart, der sein Gesicht wie ein grauer Teppich bedeckte.

»Ich sehe das mittlerweile genauso«, pflichtete ihm Heinkel bei. »Andererseits können wir uns auch nicht von jedem Dahergelaufenen erpressen lassen. Ansonsten wären Nachahmern Tür und Tor geöffnet. Paul, Sie waren Offizier, deshalb haben wir Sie eingestellt. Haben Sie einen Vorschlag?«

»Wir kommen gar nicht umhin, offiziell die Polizei zu informieren. Das weiß offensichtlich auch die Gegenseite, schließlich macht sie uns, was das betrifft, keine überflüssigen Vorschläge. Setzen wir also die Behörden in Kenntnis, aber es darf kein Wort an die Öffentlichkeit gelangen. Wenn die Presse Wind davon bekommt, könnte sich unter unseren Mitarbeitern Panik ausbreiten. Das müssen wir mit allen Mitteln verhindern.«

»Und«, ergänzte Heinkel, »wir zahlen auf keinen Fall. Das kommt nicht infrage. Die EuroBank lässt sich nicht erpressen.«

Ben Berkeley

Judaswiege

Thriller. 448 Seiten.
Piper Taschenbuch

»Schau unter den Fahrersitz, Jessica.« Mit Autobomben zwingt ein Psychopath junge Frauen in abgelegene Waldgebiete und ermordet sie mit einem mittelalterlichen Folterwerkzeug, der Judaswiege. Doch schon bald ist ihm das nicht mehr genug: Er stellt Videos von seinen grausamen Taten ins Netz, getarnt als harte Pornografie. Ein schwieriger Fall für Sam Burke, Psychologe und leitender Ermittler beim FBI. Hilfe von unerwarteter Seite erhält er durch seine Ex-Partnerin Klara »Sissi« Swell, die sich bei ihren Untersuchungen jedoch am Rande der Legalität bewegt. Können sie den brutalen Killer stoppen?

Ferdinand von Schirach

Verbrechen

Stories. 208 Seiten.
Piper Taschenbuch

»Ein erfolgreicher Berliner Strafverteidiger erweist sich als bestürzend scharfsichtiger Erzähler, der in schlaglichtartigen Geschichten zeigt, wie sich die Parallelwelt des Verbrechens in der bürgerlichen Welt einnistet.«
Literarische Welt

»Schirach schreibt so souverän, klar und einfach, als hätte er nie etwas anderes gemacht. Er ist ein großartiger Erzähler, weil er sich auf die Menschen verlässt, auf deren Schicksale ... Geschriebenes Kino im Kurzformat«
Der Spiegel

»Im atemberaubenden Erzähldebüt ›Verbrechen‹ des Rechtsanwalts Ferdinand von Schirach geht es um die Wahrheit – nichts als die Wahrheit.«
Frankfurter Allgemeine Zeitung

Jede Seite
ein Verbrechen.

REV LVER
BLATT

Die kostenlose Zeitung für Krimiliebhaber. Erhältlich bei Ihrem Buchhändler.

Online unter www.revolverblatt-magazin.de

 www.facebook.de/revolverblatt